»LA GAJA SCIENZA«

VOLUME 562

IL SILENZIO DEL TESTIMONE

Romanzo
di RICHARD NORTH
PATTERSON

TRADUZIONE DI
ANNAMARIA BIAVASCO
E VALENTINA GUANI

LONGANESI & C.
MILANO

PROPRIETÀ LETTERARIA RISERVATA
Longanesi & C. © 1999 - 20122 Milano, corso Italia, 13

ISBN 88-304-1491-3

Traduzione dall'originale americano
Silent Witness
di Annamaria Biavasco e Valentina Guani

IL SILENZIO DEL TESTIMONE

A Linda Grey e Clare Ferraro

TONY LORD
Il presente

GINA BELFANTE assassinò il marito all'una e quindici di un martedì notte. Nel pomeriggio dello stesso giorno mentì alla polizia. Il giovedì la polizia e il medico legale giunsero alla conclusione che non era stato un estraneo a sparare a Donald Belfante, ucciso nel sonno nel suo letto. La polizia trovò il contratto antenuziale, che assegnava a Gina una vera miseria in caso di divorzio, soltanto il lunedì successivo. Il giorno dopo, quando Gina fu accusata di omicidio, l'avvocato cui si era rivolta per un eventuale divorzio versò la cauzione e affidò la sua cliente ad Anthony Lord.

Benché San Francisco tutto sommato fosse una piccola città e l'ambiente dei ricchi in cui si muovevano i Belfante fosse ancora più ristretto, Tony Lord non la conosceva. Inevitabilmente invece Gina conosceva lui, come gli raccontò in tono animato, avendolo visto alla cerimonia di consegna degli Oscar quando la sua deliziosa moglie Stacey Tarrant aveva vinto la statuetta come migliore attrice non protagonista. Seduto dietro la sua scrivania, Tony la lasciò chiacchierare e, senza farsene accorgere, la osservò con attenzione. Alla fine le rivolse qualche domanda; fu solo diverse ore più tardi, molto dopo che Gina, in lacrime, ebbe ammesso di aver sparato in testa al marito, che scoprì che Donald la picchiava e che c'erano vari certificati medici a dimostrarlo. Tony decise che avrebbe basato la sua difesa su quello.

Non era facile. Dal momento che Donald Belfante era morto nel sonno, era arduo sostenere che Gina avesse agito per legittima difesa, di fronte a un pericolo imminente. Il contratto antenuziale, poi, peggiorava la situazione perché dal punto di vista economico premiava l'assassinio e puniva il divorzio. Non c'era quasi nessun testimone: come molti mariti violenti, di solito Donald Belfante picchiava la moglie in maniera sadica, ma senza lasciarle segni sul viso e, come molte mogli maltrattate, Gina mentiva a tutti tranne che al proprio medico. E, ai giurati, una donna di mondo con la prospettiva di ereditare venticinque milioni di dollari difficilmente sarebbe sembrata tanto indifesa, spaventata e disperata da sparare al marito. Tony sapeva che la sua unica possibilità era mettere sotto processo il defunto.

Donald Belfante era un uomo grande e grosso; come molti imprenditori che mantengono un potere assoluto sulla propria creatura – nel suo caso una ditta che produceva drive per computer – era affascinante, egocentrico, permaloso e prepotente. Se si doveva credere a Gina, la picchiava spesso e senza motivo: l'aveva picchiata quattro ore prima di morire e, se lei non lo avesse ucciso prima che si risvegliasse, l'avrebbe picchiata di nuovo. Bastava poco per fare arrabbiare Donald Belfante, che, oltretutto, provava gusto ad arrabbiarsi. Gina viveva nel terrore costante di nuove violenze e del giorno – a suo dire inevitabile – in cui Donald avrebbe esagerato e l'avrebbe uccisa. Non era stato il contratto antenuziale a spingerla a sparare, ripeteva in lacrime Gina: quel documento era indicativo del fatto che il marito non le avrebbe mai permesso di lasciarlo. Donald infatti le aveva giurato che, se mai ci avesse provato, lui l'avrebbe trovata e uccisa. E lei era convinta che fosse vero, tutto sommato a ragione.

Fu questo che Gina disse alla giuria e che lo psicologo convocato dalla difesa confermò. E fu questo che Tony Lord, cercando d'immedesimarsi più che poteva con Gina Belfante, spiegò ai membri della giuria.

A quarantasei anni, Tony aveva ancora un look da bravo ragazzo americano che ispirava fiducia: capelli biondi né troppo corti né troppo lunghi, un viso fresco, dai lineamenti marcati ma non duri, e schietti occhi azzurri. Insomma, faceva buona impressione sulle giurie. Non era mai arrogante, sapeva dosare l'ironia ed evitava quegli autocompiacimenti che possono risultare antipatici ai giudici popolari.

La giuria si fidò di Tony Lord. E difatti, con suo grande sollievo, assolse Gina Belfante.

Il silenzio nell'aula fu rotto improvvisamente dalle voci degli spettatori che commentavano la sentenza, dal rumore dei giornalisti che correvano a prendere telecamere e computer e dei giurati che si abbracciavano per festeggiare la fine di quel tormento e dal gemito di angoscia dell'anziana madre di Donald Belfante. Gina crollò tra le braccia di Tony.

Era minuta, di corporatura esile.

Quando uno dei giornalisti lo chiamò, lui non si voltò.

«Grazie», continuava a ripetere Gina con un filo di voce. «Dio mio, Tony, grazie.»

Tony sapeva che non si capacitava ancora di essere libera. Lo guardò con gli occhi rossi. «Credo di essermi innamorata di te», disse.

«Di un avvocato sposato?» replicò lui sorridendo. «Non so quale delle due cose sia peggio. Mi avevi promesso che d'ora in avanti avresti fatto scelte migliori.»

«E le farò.» Gina fece una risata incerta, come se il suono della sua stessa voce l'avesse sorpresa. «Dio mio, che cosa farò adesso?»

Tony smise di sorridere. «Per ora goditi questo momento, Gina. Fra un po' forse avrai bisogno di aiuto.»

«Sì, certo.» E fece un sorriso senza malizia, arricciando gli angoli degli occhi, improvvisamente brillanti. «Sono ricca e posso fare tutto quello che voglio.»

Lui scosse la testa. «Sì, *quasi tutto* quello che vuoi.»

Gina si guardò intorno nell'aula spoglia, illuminata da squallide luci al neon, e divenne pensosa. «L'unica cosa che voglio in questo momento, Tony, è uscire da questo posto e non tornarci mai più.»

Tony fece un cenno alle guardie del corpo.

Pochi minuti dopo erano sulla scalinata davanti al palazzo di giustizia. Soffiava un fresco venticello primaverile, ma c'era il sole e gli obiettivi delle telecamere ne riflettevano i raggi come scaglie di mica. Tony si preparò a rilasciare una dichiarazione a nome della sua assistita; quando alzò la mano e i giornalisti si fecero avanti con i microfoni, in cuor suo ammise che per un avvocato difensore la cosa migliore, dopo un cliente quasi sicuramente innocente, era vincere una causa che tutti davano per persa.

L'intervista fu veloce; in una forma o nell'altra, aveva già risposto alle stesse domande in molti altri casi. Quando l'inviato della CNN gli chiese se pensava che Gina Belfante fosse stata assolta perché poteva permettersi di farsi difendere da lui, ribatté: «Vuol forse dire che la signora Belfante è troppo ricca per essere stata picchiata? O che, dal momento che altri imputati di fatto non beneficiano della presunzione d'innocenza, dovrebbe esserne privata anche lei? Allora sì che questo Paese sarebbe un paradiso per i pubblici ministeri...»

«A proposito del procuratore distrettuale», lo interruppe la giornalista di Channel Five, «il giudice Salinas ha appena rilasciato una dichiarazione. Dice che si è trattato di una sentenza 'emotiva' e che non c'è 'alcuna prova credibile del fatto che la signora Belfante si trovasse in imminente pericolo di vita'.»

Attirando Gina a sé, Tony guardò fisso la giovane donna dai lineamenti asiatici che gli aveva posto la domanda. In tono pacato disse: «Non è un commento molto gentile, le pare? Oltre che ingiusto nei confronti della giuria. È vero però che il giudice Salinas, a differenza della giuria, non ha messo piede in aula nelle ultime tre settimane. Come non era presente quando il marito della signora Belfante la picchiava...»

Si trattenne dall'andare avanti, pensando che doveva continuare a intrattenere rapporti di lavoro con Victor Salinas. Con un gesto della mano pose fine alle domande, dicendo: «Adesso la signora Belfante ha bisogno di un po' di pace, che spero vorrete concederle».

Diede un rapido bacio su una guancia a Gina e sottovoce le disse: «Ti auguro una vita migliore, d'ora in avanti». Lei gli sorrise e le due guardie del corpo la spinsero verso una limousine e verso la vita che l'aspettava, mentre Tony, smarrito e al tempo stesso sollevato al pensiero che i complessi rapporti che li legavano si erano finalmente troncati, si avviava a riprendere la sua vita.

Ai piedi della scalinata vide la sua Lincoln nera, ma non l'autista. Evitando gli ultimi giornalisti, aprì la portiera posteriore.

Al volante c'era Stacey, nascosta dai vetri scuri. Era una cosa così insolita che Tony scoppiò a ridere, proprio come voleva lei. Chiuse la portiera e andò a sedersi davanti.

Guardandolo con gli occhi verde-azzurri, Stacey gli diede un lungo bacio, poi si voltò di nuovo in avanti, soddisfatta di averlo sorpreso.

«Vieni spesso da queste parti?» gli chiese.

Per un attimo Tony si accontentò di guardarla.

Era magra, con i capelli biondo miele e un viso schietto pieno di contraddizioni, dove il bel sorriso aperto non nascondeva un'ombra di diffidenza nello sguardo; sulla pelle fresca era comparsa qualche piccola ruga agli angoli della bocca che, quando sorrideva, ricordava a Tony che sua moglie aveva ormai quarantun anni. Si truccava poco: per una cantante e attrice famosa, tanta indifferenza per il modo in cui gli altri la vedevano tutti i giorni era al tempo stesso un lusso e una sfida. Ma il motivo per cui la sua presenza davanti al palazzo di giustizia l'aveva tanto sorpreso era che di solito evitava i processi: i tribunali non le piacevano e quello, in particolare, le suscitava brutti ricordi.

Dodici anni prima, Stacey aveva dato un concerto per raccogliere fondi a favore del senatore James Kilcannon, candidato democratico alle primarie in California, cui era sentimentalmente legata. Stacey era in piedi al suo fianco quando Kilcannon si era accasciato, colpito a morte da un certo Harry Carson, un reduce della guerra del Vietnam sofferente di disturbo da stress postraumatico. O almeno così aveva sostenuto Anthony Lord, che lo aveva difeso in tribunale.

All'inizio Stacey li aveva detestati entrambi allo stesso modo e ancora adesso non riusciva a spiegarsi del tutto come avesse fatto a dissociare Tony dal suo cliente e a innamorarsene, ma era andata così.

«Complimenti», gli disse.

Nello sguardo di Stacey si leggevano affetto e una tacita domanda. «Non riesci a capacitarti di come ci sia riuscito, eh?» le chiese.

Stacey accennò un sorriso, ma solo con le labbra: pur avendo imparato ad accettare, e anche a capire, i motivi dell'impegno talvolta spietato con cui Tony difendeva i propri clienti, non riusciva a condividerli. «Non ce l'ho con te», disse alla fine. «Ma dopotutto l'ha ammazzato lei. Capisco che lui la picchiava, ma era proprio vero che non poteva lasciarlo?»

Lui si strinse nelle spalle. «Quando si sceglie una linea difensiva di tipo psicologico, dipende tutto dalla giuria. In questo caso, spero che abbiano visto Gina Belfante per quel che è veramente. O forse hanno solo pensato che il suo prossimo marito non correrà grandi rischi e che la morte del precedente non sia stata una grande perdita.» Si accorse subito che non era la cosa migliore da dire. «Se ti può consolare, Stacey, nessuno degli imputati di omicidio che ho fatto assolvere ci ha mai riprovato. Almeno per me è una consolazione.»

Lei lo osservava in silenzio. «Be'», disse infine, «sono contenta che sia finita. Mi sei mancato.»

Tony l'attirò a sé e la baciò sul collo. Profumava di fresco. «Non basta», mormorò lei. «Andiamo a casa.»

Vivevano in una casa di Pacific Heights, in una strada privata con vista sul mare. Come la macchina e l'autista, era una scelta dettata dal bisogno di sicurezza e di privacy. Meno male che Stacey se la poteva permettere, diceva sarcastico Tony, perché lei era tormentata dai fan e lui aveva difeso vari personaggi piuttosto impopolari: anche se la vita non avesse insegnato loro il valore della prudenza, avevano entrambi buoni motivi per preoccuparsi della sicurezza propria e di Christopher, il figlio di Tony.

Era solo uno dei lati negativi di una notorietà che, tutto sommato, non avevano cercato: gli sguardi della gente al ristorante, gli incauti pettegolezzi di persone che li conoscevano appena ma fingevano di sapere tutto di loro, l'amicizia frettolosa di chi era attratto soltanto dalla «fama». Per fortuna però tutto questo non piaceva né a Tony né a Stacey, come non piaceva loro il fatto che la gente li credesse esenti dagli stress che affliggevano le altre coppie, tipo i dubbi sul lavoro, la necessità di mantenere vivo il matrimonio, la consapevolezza di lavorare troppo tutti e due. E poi il costante dilemma se adottare un figlio, dal momento che Stacey non poteva averne, oppure le preoccupazioni per Christopher. Tony e Stacey, però, avevano in comune una cosa che molte altre coppie non avevano: l'idea che la felicità è fragile e che la fortuna è un dono.

È vero che non avevano preoccupazioni economiche né, grazie al successo di lei, ne avrebbero mai avute, tuttavia, se erano felici – e di solito lo erano veramente – non era tanto per i soldi, quanto perché volevano bene a Christopher e si volevano bene, ma rispettavano la reciproca autonomia. Forse era anche per questo che erano così uniti. Senza che Stacey glielo avesse mai chiesto, Tony rinunciava ai casi fuori città e lei era diventata più selettiva nella scelta delle parti: erano passati ormai cinque anni dall'Oscar e non era più disposta ad accettare il totale distacco dalla realtà e dalla propria vita che comportavano le trasferte per le riprese in esterni. In quegli ultimi tempi aveva ricominciato a scrivere e registrare canzoni – era ancora popolare, un po' come Bonnie Raitt e Carly Simon – ma stava leggendo una sceneggiatura insolitamente bella che, come aveva detto a Tony con leggero sarcasmo, pareva adatta a una donna della sua età: niente scene di nudo, né inseguimenti in auto, dinosauri o bambini. Ne avevano discusso in alcune delle brevi cene consumate insieme durante il processo Belfante: l'equilibrio che aveva raggiunto con Tony e Christopher l'aveva resa riluttante ai cambiamenti.

Entrando nel soggiorno, trovarono Christopher sdraiato sul divano con le Nike e gli immancabili jeans larghissimi, la felpa ancora più larga e il berretto da baseball. Da sotto la visiera, un volto che somigliava straordinariamente a quello di Tony Lord quando aveva diciassette anni rivolse loro un bel sorriso.

«Ciao», disse senza accennare ad alzarsi. «Come va la vita?»

Tony sapeva che era appena tornato dall'allenamento di baseball e che quell'aria di pigra indolenza faceva parte del look del momento: Christopher considerava l'agiatezza in cui viveva come una specie di scherzo che poteva finire ogni sera. Era una manifestazione della sua innata prudenza, Tony ne era sicuro; benché non ne parlasse mai, Christopher sembrava ricordare i conflitti dei suoi primi sei anni di vita – i litigi dei genitori per i soldi, le ambizioni del padre, lo scontento della madre – e dei tre anni successivi al divorzio, quando la madre aveva insistito per ottenere l'affidamento, più per usarlo come un'arma nei confronti di Tony, unica vera costante della vita di Christopher, che per amore. Stravedeva per il figlio: non riusciva a capire come Marcia avesse potuto rinunciare al piacere e alla responsabilità di allevare Christopher per trasferirsi a Los Angeles a vivere quella che a lui pareva un'esistenza squallida con un secondo marito altrettanto squallido. Ma così aveva fatto, e Tony gliene era profondamente grato.

Si fermò accanto a Stacey, con le mani sui fianchi, a guardare il ragazzo nella sua finta apatia. «La vita», gli disse, «va alla perfezione.»

«Bene», rispose allegramente Christopher. «Allora mi presti la macchina stasera? Vado a studiare da Aaron.»

Stacey lanciò un'occhiata al figliastro piegando un po' la testa. «Non hai altro da dire? Non volevi chiedere a tuo padre come mai è tornato così presto?»

Christopher la guardò senza capire, poi s'illuminò. «Ah, già, il processo. Me n'ero dimenticato, scusa.» E rivolto al padre chiese: «Hai vinto?»

«Sì.»

«Bravo.» Si tirò su a sedere. «Era stata lei?»

«Certo che era stata lei», ribatté seccamente Stacey. «Ma tuo padre sostiene che non è questo il punto.»

Christopher guardò prima uno e poi l'altra con aria divertita, quindi si alzò, fece tre passi e abbracciò goffamente Tony. «Be', congratulazioni, padre.»

Lui ne approfittò per stringerlo forte, poi gli disse, con un sorriso: «Grazie di tanto spontaneo interessamento per quello che faccio».

Anche Christopher sorrise e, scompigliandogli i capelli, disse: «Non c'è di che. Comunque sono sicuro che te la cavi anche senza di me». E andò a prendere le chiavi della macchina.

Tony preparò una caraffa di martini cocktail e, sedendosi accanto alla moglie, versò da bere. Insieme guardarono le barche a vela che punteggiavano di bianco la baia.

«Che cosa faremo quando Christopher avrà dato la maturità e andrà al college?» mormorò lui.

Lei guardò l'orologio. «Quello che faremo tra un quarto d'ora, più o meno», rispose. Poi aggiunse: «Ho detto a Marcella di prendersi la sera libera».

Tony posò subito il bicchiere. «Vai avanti tu... Mi piace guardare.»

Stacey si avviò per le scale che portavano alla loro camera.

Dopo cinque o sei scalini, cominciò a spogliarsi: prima il maglione, poi il reggiseno, i jeans. Tony ammirò il suo corpo ben fatto. Arrivata in cima, lei si fermò e, facendo ondeggiare le anche, a metà tra il sensuale e lo scherzoso, lasciò scivolare a terra gli slip.

«Brava», disse Tony. Poi smisero tutti e due di scherzare.

«Ti amo», le disse. Stacey gli sorrise con gli occhi.

Erano a letto nella stanza in penombra, Stacey sotto e lui sopra, appagati, la pelle che si raffreddava dopo l'amore. Invaso da un piacevolissimo languore, Tony sentiva ancora il calore dentro di lei, il suo seno contro il proprio petto.

«Secondo te quante volte abbiamo fatto l'amore?» gli chiese.

«Ultimamente troppo poche.»

Lei lo baciò, poi disse: «Durante i processi, è come se tu fossi altrove. È come recitare, immagino».

«Se non altro gli attori sanno che cosa stanno per dire gli altri. E anche come andrà a finire.» Si staccò da lei, la baciò e le posò la testa sul ventre. Vide che si era girata verso la finestra e guardava distrattamente il cielo color pastello del tramonto.

«Ho pensato a quella sceneggiatura», disse.

«E allora?»

«Non so.»

Tony alzò la testa. «Non posso decidere per te, Stace. Preferisco non esprimermi.»

Alzando la testa dal cuscino, lei lo guardò: «Nemmeno nel tuo stesso interesse?»

Scosse la testa, guardandola negli occhi. «La storia ti piace: non capita spesso.»

«Lo so, e vogliono una risposta.» Aggrottò la fronte. «Non è il momento migliore per me. Ho l'impressione che tu sia appena tornato.»

Lui sorrise. «Mi prenderò qualche giorno di ferie, così poi sarai pronta a tornare a lavorare anche tu.»

«Se lo fai davvero, non ci vorrò tornare mai più.» Si girò verso la porta chiusa della camera. «Potremmo fare un raid nel frigo e portare su quello che c'è: vino, formaggio, non importa. Quello che vuoi tu.»

«Ostriche affumicate.»

Stacey fece una smorfia. In quel momento squillò il telefono.

Era la linea privata, quella per gli amici intimi e le emergenze. Tony si agitò.

«Non rispondere», mormorò lei.

«Non possiamo non rispondere, con un figlio diciassettenne in giro in macchina.»

Stacey gli lanciò un'occhiata comprensiva e fece un cenno del capo in direzione del telefono. Lui alzò la cornetta al terzo squillo.

«Signor Lord», disse una voce maschile. «Parla il suo servizio di segreteria...»

«Cristo», borbottò Tony, irritato.

«Abbiamo ricevuto due chiamate da una certa Sue Robb», continuò la voce. «Dice che è urgente...» Tony si sedette sul bordo del letto, voltando istintivamente le spalle a Stacey. «È in linea, signor Lord. Oppure preferisce richiamarla lei?»

Tony esitò. «No», rispose, «me la passi.»

Lui era in piedi davanti alla finestra. Stacey lo guardava dal letto.

«Se ci torni», gli disse, «verrà di nuovo tutto a galla.»

Lui stette zitto per un po', sapendo che era la verità. «Lo so.»

«Per quanto ti conosco, Tony, so che hai fatto di tutto per lasciarti alle spalle quel periodo. Eppure continui a sognartelo, hai ancora quegli incubi. E a volte, quando ti guardo, ho l'impressione che tu sia ancora là e non qui.»

«Sam e Sue erano i miei migliori amici», rispose. «Mi sento un po' in colpa per il modo in cui me ne sono andato.»

«Se ben ricordo, lei era più di un'amica.» Stacey abbassò la voce. «Andartene è stata una questione di sopravvivenza. A volte mi chiedo come hai fatto a uscirne.»

Tony si voltò e andò verso il letto. «Gli è successa una cosa che potrebbe essere la loro rovina. Io allora ho avuto bisogno di un avvocato; loro ne hanno bisogno adesso.»

Costernata, Stacey scosse la testa. «È così strano... È una storia troppo simile...»

«Allora io ho subìto un'ingiustizia come adesso potrebbe subirla lui. So fin troppo bene com'è la gente in quella città.» Fece una pausa, tentando di vincere la propria costernazione. «Devo andare, amore mio. Almeno per un paio di giorni. Anche se è l'ultima cosa che vorrei fare.»

Stacey abbassò gli occhi e annuì lentamente.

Tony non voleva chiudere il discorso così. «Non so se riesco a spiegare...»

Lei si alzò dal letto e lo abbracciò. «Non c'è bisogno di spiegazioni. La sceneggiatura può aspettare qualche giorno.» E, dopo una pausa, aggiunse: «Mi occuperò io di Christopher. La vita ha le sue esigenze, lo so. E la vita che hai vissuto prima d'incontrarmi ne avrà sempre».

Sull'aereo che lo riportava per la prima volta dopo ventotto anni a Lake City, nell'Ohio, la città dov'era cresciuto, Tony Lord si trovò a ricordare, momento per momento, come in un film, la notte in cui era morta Alison Taylor.

Erano immagini indelebili: non soltanto quelle di Alison o di Sam e Sue, che adesso erano nei guai, ma anche quelle dei mesi successivi alla tragedia. Era sicuro che tanta chiarezza fosse dovuta sia a ciò che aveva trovato nel giardino dietro la casa dei Taylor sia a ciò che aveva passato da quell'istante che aveva spaccato in due la sua vita come una linea di faglia. Gli era molto più difficile invece ricordare quello che gli era successo prima, quando era ancora ignaro del fatto che la tragedia, come la passione, può travolgerci da un momento all'altro.

Avevano l'età di Christopher, diciassette anni.

PARTE PRIMA

ALISON TAYLOR
Novembre 1967 – Agosto 1968

1

Tony Lord era al centro dello stadio illuminato.

L'aria della sera era frizzante, fredda, e odorava leggermente di foglie secche e di gramigna bruciate, mentre dalle gradinate si alzava il profumo di pop-corn. Sotto i riflettori, il campo da football brillava di una luce verde-giallastra quasi fosforescente nell'oscurità circostante. Nelle urla d'incitamento e nel battere ritmato sulle tribune di legno c'era tutta l'energia di una cittadina di tredicimila abitanti nella fascia industriale tra il Nord-Est e il Midwest, a circa cinquanta chilometri da Steelton, dove molti padri andavano a lavorare, ma non portavano la famiglia.

C'era mezza città: genitori, nonni, parenti, compagni del liceo con tanto di fratelli e sorelle più piccoli, in cerca di una scusa per fare un giro, parlare e ritrovarsi. Per tutti gli altri, infagottati in cappotti, berretti di lana e guanti di pelle, l'Erie Conference Championship significava orgoglio per la propria scuola e per la città e un motivo in più per darsi un po' di arie alle riunioni del Rotary, sul lavoro o all'Elks Club. Dalle urla dei tifosi trapelava l'ansia: il Lake City stava perdendo dieci a sette e il Riverwood aveva la palla sulla linea delle cinquanta iarde, a un minuto e quaranta dalla fine della partita. Ed era terzo e cinque: l'ultima chance dei Lakers consisteva nel fermare quel gioco.

Il Riverwood finì di consultarsi sullo schema da eseguire, e sette ragazzi in maglia rossa e pantaloni bianchi si disposero lungo la linea di scrimmage e corsero verso la linea, seguiti dalle loro ombre e dal quarterback, dal fullback e da due halfback che si piazzarono alle loro spalle. Il quarterback del Riverwood, Jack Parham, infilò le mani tra le gambe del centro mentre i sette si chinavano sul segno di gesso del centrocampo. Di fronte si schierarono quattro giocatori con la divisa azzurra del Lake City – la linea di difesa –, dietro di loro i lineback e poi, per difendere contro un eventuale passaggio o contro un giocatore che fosse riuscito a superare la linea, due halfback e due safeties. Uno degli halfback era Tony Lord; l'altro era Sam Robb, il suo migliore amico.

Jack Parham sbraitò i numeri dello schema. Con la coda dell'occhio, Tony vide Sam che veniva in avanti, furtivo come un gatto.

Il centro mise in gioco la palla.

Parham la sistemò sullo stomaco del suo fullback. Ma quando il fullback arrivò alla linea, Tony vide Parham che riprendeva la palla e se la infilava sotto il braccio destro: una sweep per guadagnare le ultime cinque iarde e far scorrere secondi preziosi sul cronometro.

Sam stava già correndo verso Parham quando Tony gridò: «Sweep...»

Parham correva da solo sul lato destro della sua linea. Ma Sam era scattato come una freccia: quando Parham girò verso il fondo del campo, vide Sam a una decina di metri da lui.

Seguendolo, Tony vide che Parham esitava, non sapendo se andare fuori dal campo. Ma in quel modo avrebbero fermato il cronometro; indeciso, Parham rallentò e alzò il busto.

Tony conosceva troppo bene Sam Robb per non accorgersi che era stato un errore.

A un metro da Parham, Sam spiccò un salto e colpì con il casco protettivo la maschera di Parham da sotto in su.

Si sentì uno scrocchio spaventoso, Parham piegò la testa all'indietro e lasciò sfuggire la palla. Vedendola cadere sull'erba a un metro e mezzo da Tony, la folla esplose in un boato.

Tony si gettò faccia a terra, afferrò la palla e se la strinse al petto, preparandosi all'assalto dei tre giocatori in maglia rossa che gli si buttarono addosso per rubargliela, tempestandogli di colpi la schiena e il torace e graffiandogli braccia e mani. Puzzavano di sudore.

L'arbitro fischiò.

Tony si tirò su lentamente, in mezzo a grida quasi isteriche, con i graffi che gli bruciavano, e porse la palla all'arbitro con una calma che non provava ma che si sentiva in dovere di fingere. Sam, con i capelli biondi che brillavano alla luce dei riflettori, era rivolto verso la tribuna di Lake City con le braccia alzate e il casco in mano. Sembrava non essersi accorto del fatto che Jack Parham non si era più mosso.

La folla scattò in piedi come un sol uomo per applaudirlo, riempiendo la notte di suoni. Le grida si affievolirono solo quando l'allenatore e il massaggiatore del Riverwood corsero verso Parham, sempre immobile a terra.

Tony non guardò né le tribune né Parham, ma il cronometro.

Un minuto e diciannove secondi. Si chiese come sfruttare l'aggressività del suo fullback, che giochi eseguire per vincere quella partita, come tenere sotto controllo Sam.

In attacco, Tony era il quarterback. Ma il minuto successivo, l'ultimo della carriera sua e di Sam, apparteneva a tutt'e due.

Era il momento che aspettavano dal primo anno delle superiori, da quando Tony si era trasferito al liceo pubblico dalla Holy Name, la scuola cattolica dove i suoi genitori polacchi lo avevano mandato finché se lo erano potuto permettere, e due settimane dopo il suo arrivo gli avevano dato il ruolo precedentemente ricoperto da Sam Robb.

A quattordici anni Sam era già alto, correva veloce ed essendo forte e autoritario era rispettato dalla maggior parte dei suoi compagni; ma aveva anche un carattere collerico per cui alcuni addirittura lo temevano un po'. Era chiaro che non si aspettava concorrenza, meno che mai da parte dell'ultimo arrivato, e per giunta cattolico.

Per giorni si erano allenati insieme senza praticamente rivolgersi la parola. Tony si era reso conto che Sam era più atletico, ma lui aveva i riflessi pronti e qualcosa, anche se non sapeva bene cosa, che all'allenatore piaceva. La tensione all'interno della squadra era palpabile: nel codice di comportamento non scritto di una cittadina in cui le competizioni sportive studentesche erano al centro dell'attenzione, tutti sapevano che l'allenatore Ellis non stava per scegliere soltanto il quarterback, ma quello che avrebbe preparato a diventare il quarterback della prima squadra.

All'ultimo allenamento c'era George Jackson, l'allenatore della prima squadra, che guardava dalla linea laterale.

Sam aveva guidato la squadra con più grinta del solito, privilegiando i giochi che mettevano in evidenza la sua abilità nei lanci e nella corsa. Alla fine, l'allenatore Ellis l'aveva preso da parte.

Il quarterback era Tony.

Nello spogliatoio, Tony aveva ricevuto le congratulazioni di alcuni compagni di squadra, ma non di Sam, che sembrava essersi volatilizzato; poi se n'era andato da solo sugli spalti e si era seduto a riflettere sulla fortuna che gli era toccata. Aveva udito dei passi pesanti sulle assi di legno e, alzando lo sguardo, aveva visto Sam Robb che gli andava incontro con l'aria arrogante che gli era caratteristica.

Senza dire nulla, gli si era seduto accanto. Tony si era preparato a una sfuriata.

«Questi allenatori non capiscono un cazzo», aveva detto dopo un po' Sam. «Tu lanci ancora con il peso indietro.»

Tony si era voltato a guardarlo. «Come?»

Sam l'aveva squadrato. «Ho un giardino grande. Ti farò vedere.»

Dopo qualche istante Tony aveva fatto di sì con la testa. «Okay.»

Avevano percorso il breve tratto di strada fino a casa di Sam in silenzio, portandosi libri e quaderni.

Di prima mano, Tony non sapeva molto della vita di Sam, ma a Lake City giravano tante voci e, benché i Robb fossero soci del country club, dove i genitori di Tony non erano mai stati invitati, era risaputo che il negozio di ferramenta del padre di Sam andava male. Tony quindi non era rimasto sorpreso nel vedere che la casa di legno bianca di Sam, in mezzo a un grande giardino bordato di querce, era grande ma un po' malandata. Né si era sorpreso nel vedere sulla mensola del caminetto del soggiorno i trofei vinti dal fratello di Sam, Joe, che era stato Atleta dell'Anno della Lake City High School nel 1962, un anno prima di partire per il Vietnam e morire in guerra. Tony sapeva che il padre di Sam, alto ma un po' panciuto, da giovane era stato un campione anche lui ed era uno degli ex presidenti del Lake City Athletic Booster Club. Era stata la madre di Sam a sorprenderlo, invece.

Dottie Robb era bionda e aveva la faccia liscia, il naso all'insù e gli occhi azzurro porcellana come Sam, anche se nel collo e nelle braccia un po' cascanti s'intuivano le tracce di una gioventù ormai finita. Era sdraiata sul divano con un improbabile prendisole a colori vivaci e lo sguardo perso nel vuoto. Ignorando Tony, aveva detto a Sam: «Avevi promesso che oggi avresti falciato l'erba».

Lo aveva detto in modo strano, con la voce un po' impastata, autoritaria e imbronciata. Sam si era irrigidito. «Stiamo andando ad allenarci dietro casa.»

Dottie Robb aveva inarcato le sopracciglia. «Oh», aveva detto in tono vagamente derisorio. «Football.»

Tony aveva notato un bicchiere di qualcosa che sembrava whisky su un tavolino vicino al divano. Si era fatto avanti. «Sono Tony Lord.» Per una sorta d'istintiva prudenza si era trattenuto dall'aggiungere: «Piacere».

Lei l'aveva squadrato dalla testa ai piedi, lentamente, poi si era alzata con grazia dal divano e gli aveva porto la mano. Aveva la

pelle fresca e asciutta e lo sguardo schietto, leggermente beffardo.
«E io sono Dottie, la madre di Sam.»

L'aveva studiato ancora un attimo, quindi era andata verso
Sam e senza cambiare espressione gli aveva dato un bacio sulla
guancia, cui lui non aveva cercato né di sfuggire né di rispondere.

Sam aveva portato Tony in giardino senza dire una parola.

L'erba era alta e le aiuole trascurate. Dal ramo di un ippocasta-
no pendeva un vecchio pneumatico di camion legato con una
corda.

Senza preamboli, aveva detto: «Guardami i piedi», e si era
piazzato a circa sei metri dal pneumatico. Danzava sulla punta
dei piedi e, quando aveva lanciato la palla, Tony aveva visto che
aveva il peso sul piede davanti. La palla era passata diritta in
mezzo al pneumatico.

«Come braccio non sei male», aveva detto Sam, «ma, come
diceva Joe, mio fratello, se non hai il peso sul piede giusto, il tiro
viene corto. Niente slancio, niente distanza.»

Sapendo che quelle parole non erano del suo compagno quat-
tordicenne, ma del fratello maggiore morto, Tony si era reso conto di quanto doveva significare per la famiglia il successo di Sam
nello sport. Per la prima volta, aveva intuito la sua generosità,
perché per la famiglia di Sam il fatto che non fosse più lui il
quarterback doveva essere molto più importante che per la sua.

«Ora tocca a te», gli aveva detto Sam.

Tony aveva cominciato a lanciare, con Sam che lo guardava
con le mani sui fianchi e gli dava brevi consigli. Aveva fatto centro
sette volte su dieci.

Alla fine Sam aveva annuito senza fare commenti e gli aveva
lanciato la palla dal basso verso l'alto. «Linea laterale», aveva
detto. Aveva fatto qualche passo di corsa, poi si era diretto a tutta
velocità verso un'aiuola di rose sul lato sinistro del giardino.

Tony aveva lanciato.

La palla era volata pigramente sopra la testa di Sam. Sam si
era messo a correre per cercare di prenderla, ma poi improvvisamente aveva rotto la falcata ed era saltato oltre i cespugli di rose,
lasciando cadere la palla a terra.

Alle loro spalle si era aperta cigolando la zanzariera di una
portafinestra. Dottie, questa volta con voce acuta, aveva gridato:
«State attenti alle rose: le curo come figli!»

Si erano voltati: era lì, appoggiata al telaio della porta con tutte
e due le mani. Sam, fermo vicino all'aiuola, era arrossito e non

26

aveva risposto. Solo Tony gli aveva sentito borbottare fra i denti: «Vaffanculo».

Soddisfatta, Dottie Robb aveva chiuso la porta. Tony si era chiesto da quanto tempo li guardava. O beveva.

«Riprova», gli aveva detto Sam. «Con un po' meno arco, okay? E sta' attento alle sue stupide rose.»

Con un misto di solidarietà e di orgoglio, Tony aveva ribattuto: «Do il meglio di me nei momenti difficili». I quattro passaggi successivi erano stati quasi perfetti.

«Bene», aveva detto improvvisamente Sam. «Abbiamo bisogno di uno schema di gioco. Prima o poi ci sarà una partita importante e toccherà a me e a te.» Aveva fatto una pausa, senza togliergli gli occhi di dosso, e per la prima volta aveva sorriso. «Diventerò il miglior ricevitore della storia della Lake City High School. Avrai bisogno di me.»

Tony l'aveva osservato per capire se stava scherzando. Sam aveva smesso di sorridere. «Agli altri sei simpatico», aveva detto secco, «giocheranno per te. Ma avrai bisogno di me.»

Tony aveva capito che in quella ammissione c'era qualcosa d'importante e che Sam cercava di nasconderlo facendo lo spaccone. «Corri lungo la linea laterale», gli aveva detto alla fine. «Come prima. Fai solo una finta di corpo e taglia verso il centro, profondo.»

Sam gli aveva restituito la palla.

Tony aveva cercato di visualizzare quello che voleva. Il giorno sfumava nella luce del tardo pomeriggio, mentre il verde dell'erba e degli alberi diventava sempre più scuro; l'unica cosa chiara era il momento che voleva creare.

Aveva visto che Sam aspettava paziente, come se avesse capito. «Vai», aveva detto Tony.

Sam era corso verso sinistra, verso le rose. Tony aveva fatto qualche passo all'indietro, leggerissimo, fingendo di smarcarsi correndo sulla destra di un avversario immaginario.

Improvvisamente Sam aveva deviato verso il centro del prato. Tony si era fermato subito, lanciando il pallone con un'alta parabola oltre la testa di Sam, alla sua destra. Sam l'aveva seguito, correndo più forte che poteva. Con un ultimo sforzo, l'aveva afferrato con la punta delle dita.

Si era fermato in scivolata e si era girato, tenendo alta la palla. Per un attimo a Tony era parso che Sam non fosse più nel prato dietro casa, ma davanti a una folla immaginaria che scandiva il suo nome. Aveva gli occhi socchiusi.

Li aveva aperti di colpo gridando: «Touchdown! Questo è lo schema».

Il loro momento era giunto.

Il fatto che in tribuna ci fossero i suoi genitori e Alison a guardarlo non contava e l'infortunio di Jack Parham voleva dire soltanto che avevano il vantaggio di un *time-out*. Mentre correva verso il margine del campo, passando davanti alle *cheerleaders*, Tony notò a malapena il gesto d'incoraggiamento di Sue Cash, con i suoi ricci bruni e il bel sorriso, e un'ombra del suo profumo, mentre il coro intonava: *We are the Lakers, the mighty, mighty Lakers...*

A bordo campo, l'allenatore Jackson passeggiava avanti e indietro guardando il cronometro, innervosito dalla voglia di una sigaretta. Era un quarantacinquenne tarchiato che aveva già avuto un attacco di cuore e non prendeva peso solo perché fumava. Con gli occhi piccoli da serpente nella faccia rossa, congestionata, squadrò Tony.

«Che schema vuoi fare?» gli chiese in tono perentorio.

Tony glielo disse.

Jackson sgranò gli occhi, come faceva quando voleva intimidire qualcuno. «Sam è stato marcato tutta la sera.»

Tony alzò le spalle. «Quindi non se l'aspettano.»

Sul viso di Jackson comparve un'espressione quasi divertita, di profonda simpatia e di orgoglio per aver saputo valutare il carattere del ragazzo che gli stava di fronte. Tony si rese conto che questi erano i momenti per cui l'allenatore Jackson viveva.

«Basta che vinciate questa maledetta partita», disse Jackson.

Mentre Tony guidava l'attacco in campo, uno dei giocatori del Riverwood e un massaggiatore aiutavano Jack Parham a uscire. Sam arrivò accanto a Tony trotterellando e gli disse: «Bello: palla nostra e time-out».

C'era una gioia autentica nella voce di Sam, carico di adrenalina. Mentre gli attaccanti si consultavano sulla strategia, Tony si fermò a guardarli uno per uno: la linea di attacco, Sam, il fullback muscoloso di nome Johnny D'Abruzzi, amico di Tony dai tempi della Holy Name School, Ernie Nixon, halfback, l'unico nero della scuola. Avevano la faccia tesa, preoccupata. Tony mantenne un tono pratico.

«Tranquilli, un gioco per volta. Niente palle perse, niente penalità. Nessuno si monti la testa e nessuno cerchi di fare l'eroe. Facciamo solo quello che dobbiamo fare, e la partita è nostra. Il cronometro lo guardo io.»

La squadra parve calmarsi. Tony chiamò lo schema e i giocatori rialzarono la testa andando a prendere posizione con aria sicura di sé. Alle loro spalle, Tony guardò la difesa. Il cronometro era ancora fermo a un minuto e diciannove e non sarebbe ripartito finché il centro non avesse passato la palla al quarterback.

Tony, cui le urla della folla parevano solo un'eco in lontananza, si mise dietro il centro, sapendo che Johnny D'Abruzzi era alle sue spalle ed Ernie Nixon alla sua destra. Cominciò a gridare i numeri dello schema.

La palla gli scivolò fra le mani. Al primo contatto di spalle, al sentire i grugniti di dolore, di rabbia e di aggressività della linea di attacco, Tony si girò su se stesso e passò la palla a Ernie Nixon.

Ernie colpì la linea tagliando a sinistra, poi corse in un buco per altre cinque iarde, finché uno dei linebacker del Riverwood non lo atterrò con una testata nel petto.

Con l'azione successiva, una corsa di Johnny D'Abruzzi, non guadagnarono quasi niente.

«Tempo», gridò Tony all'arbitro. Soltanto in quel momento guardò il cronometro.

Quarantaquattro secondi. Aveva appena sfruttato l'ultimo time-out.

La squadra si raccolse intorno a Tony, con Johnny D'Abruzzi che gridava: «Ridatemi la palla...» Facendosi avanti fra i due, Sam afferrò Tony per la maglia, con una smorfia di panico e frustrazione, e disse: «Sono libero. Devi cominciare a lanciare, non c'è più tempo».

Tony gli guardò le mani, cercando di soffocare la propria rabbia. «C'è un sacco di tempo», disse. Ma il tono in cui lo disse significava: *non è questo il nostro momento*.

Si guardarono negli occhi, poi Sam abbassò le mani. Tony si rivolse agli altri come se non fosse successo niente. Il cuore gli batteva forte.

«Va bene.» Studiò l'espressione accanita di Johnny D'Abruzzi e prese la sua decisione. «Facciamo correre di nuovo Johnny, questa volta sulla sinistra. Poi io correrò una option.»

Vide lo stupore di Sam e la delusione di Ernie Nixon; ignorandoli entrambi, chiamò i numeri dei due schemi di gioco successivi. Ma prima di disporsi sulla linea, prese Ernie per una manica: «Conto su di te per bloccare il lineback destro».

«Stai tranquillo.»

Voltatosi, Tony si avviò lentamente dietro il centro con aria ingannevolmente indifferente. Poi all'improvviso gridò: «Hut tre». Ricevette la palla e la passò a Johnny D'Abruzzi, che correva verso sinistra dietro Ernie Nixon. Ernie passò a razzo la linea; con una grinta splendida, si piegò su se stesso e colpì con una spallata il linebacker destro del Riverwood, facendolo cadere all'indietro mentre Johnny lo superava di corsa e poi inciampava, improvvisamente e irrimediabilmente, nelle gambe dell'avversario caduto.

«Merda», esclamò Tony sottovoce. Il cronometro segnava trentuno, trenta, ventinove. Ancora venti iarde...

I giocatori azzurri si rialzarono da terra per riposizionarsi lungo la linea di mischia. Ventidue secondi...

Il centro passò la palla all'indietro a Tony, che corse lungo la linea, seguito da Ernie. L'opzione era correre lui stesso o passare la palla a Ernie.

Mentre la folla cominciava a gridare, davanti a Tony si formò una fila di bloccatori. Ernie era dietro di lui sull'esterno, in una buona posizione per un passaggio laterale. Ma Tony vide che il gioco gli si apriva davanti: dieci iarde lungo la linea laterale e poi fuori del campo, in modo da fermare di nuovo il tempo. Le grida si fecero ancora più forti quando superò la linea di scrimmage.

Con la coda dell'occhio vide spuntare dal nulla una maglia rossa: era Rex Stallworth, il lineback più veloce del Riverwood. Sentì lo scricchiolio sinistro del suo casco, l'impatto sulla propria guancia lo fece tremare dalla testa ai piedi e sprofondare nel buio.

Quindi la prima cosa che sentì fu l'odore dell'erba e della terra. Si tirò su in ginocchio, senza nessuna nozione di quanto tempo fosse passato.

«Tony!» gridò Sam.

Istintivamente, Tony alzò lo sguardo verso il cronometro.

Sedici secondi, quindici, quattordici. Barcollando si alzò e a grandi passi andò verso il centrocampo. «Spike», gridò. «Sull'uno.»

Un po' disordinatamente, la linea di attacco si mise in posizione. «Dieci», cominciarono a scandire i tifosi del Riverwood, «Nove...»

«Uno», gridò Tony. Il pallone rimase nelle sue mani un secondo prima che lo schiacciasse a terra. Un passaggio incompleto, che fece fermare il cronometro.

Ancora cinque secondi.

Tony si allontanò dalla linea di scrimmage, respirando profondamente. Aveva la nausea, la testa che gli girava e le orecchie che fischiavano.

Sam lo raggiunse per primo. «Stai bene?»

«Sì.»

«Me la devi passare, Tony. Per favore.»

La squadra gli fece nuovamente cerchio intorno. Tony scosse la testa per schiarirsi le idee, poi senza rivolgersi a nessuno in particolare disse: «Ho sbagliato, eh? Quel figlio di puttana me l'ha fatta pagare per Parham».

Anche se non dissero niente, Tony li sentì sollevati. Solo Sam sembrava troppo teso.

«Okay», disse Tony. «Abbiamo cinque secondi, venti iarde, nessun time-out. È ora di finire questa partita.» Fece una pausa, guardando tutti tranne Sam. «Reverse pass trentacinque.»

La consultazione era finita. Sottovoce, Tony disse a Sam: «Adesso tocca a noi, amico».

Sam annuì: era pronto. Per l'ultima volta, andarono verso la linea insieme alla squadra.

Tony si fermò a osservare la scena: la folla, le luci e il cielo notturno, la linea azzurra dei compagni di squadra e la formazione rossa di fronte, che gridava insulti e battutacce. Poi si concentrò esclusivamente su quello che voleva fare.

Fu come se il tempo avesse rallentato. Il suono della sua stessa voce pareva venire da lontano, eppure Tony non avrebbe voluto essere da nessun'altra parte.

«Hut due...»

La palla gli arrivò in mano.

Tony finse di passarla a Ernie Nixon all'altezza dello stomaco. Piegato in due, Ernie si gettò sulla linea avversaria con finta determinazione, mentre Tony correva nella direzione opposta, faceva un giro su se stesso e poggiava la palla in petto a Johnny D'Abruzzi.

Ma solo per un attimo.

Johnny si raddrizzò, scontrandosi di spalla con un linebacker avversario che puntava dritto verso Tony. E Tony si trovò solo a correre con la palla a destra della linea.

Davanti a sé vide del movimento, due linebacker che correvano paralleli per tagliargli la strada, convinti che corresse per l'end zone.

Senza darlo a vedere, Tony guardò Sam che si spostava verso la linea laterale sinistra. Sembrava estraneo al gioco, tanto era lontano dal centro dell'azione.

Improvvisamente Sam deviò verso il centro, con un metro di vantaggio sul giocatore che lo marcava.

Perfetto, pensò Tony.

Di colpo si fermò, preparandosi a lanciare. Dalla folla si alzò un grido di avvertimento.

A testa bassa, Stallworth stava per caricarlo dal suo lato cieco.

Tony fece un passo in avanti. Stallworth lo mancò, ma riuscì ad afferrargli una caviglia.

Tony incespicò, perdendo l'equilibrio, poi si riprese, appoggiandosi a terra con la mano sinistra.

Più avanti, altri due giocatori si lanciarono all'attacco. Tony non aveva scampo. Non vedeva Sam; se avesse cercato di passare la palla, non avrebbe potuto difendersi dal placcaggio.

Si tirò su, alzò un braccio, spostò il peso sul piede anteriore e lanciò nella direzione in cui, secondo i suoi calcoli, sarebbe dovuto arrivare Sam, un attimo prima che il primo dei difensori lo colpisse alle costole.

Tony cadde a terra, frastornato dall'urto e da un dolore lancinante. Istintivamente rotolò su un fianco e poi si tirò su a sedere.

La palla descrisse un ampio arco sopra le teste dei giocatori che si voltarono a guardarla impotenti. La sua sagoma oblunga parve rallentare volando tra luci e ombre verso la linea di fondo, accompagnata da strilli pieni di speranza e d'incertezza.

Troppo lungo, pensò Tony. Poi vide Sam Robb.

Correva a tutta velocità verso la palla che cadeva a terra, apparentemente senza nessuna speranza di riuscire a prenderla. A un metro di distanza, a mezzo metro dalla linea di fondo, Sam spiccò un salto.

Volando con le braccia tese, afferrò la palla con la punta delle dita. Cadde oltre la linea di fondo, strisciando con i piedi in un ultimo tentativo di toccare all'interno del campo. Tony non riuscì a vedere se ce l'aveva fatta; vide solo, quando Sam si alzò e si voltò verso l'arbitro, che aveva la palla in mano.

Tony si alzò, dimentico del dolore, gli occhi fissi sull'arbitro, formulando in silenzio una preghiera.

Lentamente, l'arbitro alzò le braccia.

Tony sentì un groppo alla gola.

Touchdown. Madre di Dio, touchdown. Si mise a correre verso Sam.

Era nell'area di fondo, con le braccia alzate al cielo e la palla in una mano. Sopra di lui il tabellone segnò altri sei punti per Lake City. Sam si era tolto il casco; alla luce dei riflettori, Tony lo vide piangere, immobile.

Poi, di colpo, Sam lo vide.

Si voltò, lanciando lontano la palla, e gli corse incontro.

Sulla linea di meta si fermarono per un attimo, poi si buttarono le braccia al collo.

Senza parole, Sam tenne stretto Tony. In quel momento non esisteva nessuno al mondo a cui Tony Lord volesse più bene che a Sam Robb.

«Touchdown», disse Tony con la voce rauca. «Questo è lo schema!»

2

Esultanti, i compagni di squadra facevano ressa intorno a loro sulla linea di meta, abbracciandosi e dandosi grandi pacche sulle spalle. Esclamavano frasi sconclusionate, ma era un momento che non potevano dividere con nessuno e non c'era bisogno di parole. A un tacito segnale, si separarono e si diressero verso l'uscita, verso l'edificio di mattoni scuri che a Tony era sempre sembrato più una fabbrica che una scuola, mentre i tifosi festanti scendevano dalle tribune, formando due ali lungo il percorso.

Superata la porta, Tony si fermò nello stretto corridoio ad aspettare l'allenatore Jackson, mentre la fila dei giocatori rallentava per passargli davanti, stringendogli la mano. Come sempre, l'allenatore si teneva in disparte, dietro tutti gli altri, come se non fosse successo niente, riservandosi di esternare le sue emozioni davanti ai giocatori.

Appena entrato, Jackson trovò Tony che lo aspettava.

Finse di essere infastidito, come se lo avesse distratto dal suo lavoro. «Che cosa vuoi, Lord?»

«Dia a lui la palla, okay?»

Jackson gli posò una mano sulla spalla senza sorridere. «Faccio quello che mi pare», rispose e si diresse verso lo spogliatoio.

Tony si chiese perché l'allenatore si ostinasse a negare a Sam il riconoscimento che tanto desiderava. Sam ce la metteva tutta e, dietro la sua spacconeria, temeva Jackson come la maggior parte dei ragazzi. C'era qualcosa che non quadrava; ancora una volta, Tony ripensò alla voce che sperava ardentemente non giungesse mai alle orecchie di Sam, secondo cui sua madre andava a letto con l'allenatore Jackson. Speriamo che non gli venga un altro infarto, pensò.

Si voltò ed entrò nello spogliatoio.

I ragazzi erano seduti sulle panche di legno davanti ai vecchi armadietti grigi, a testa bassa, in silenzio, mentre l'allenatore – che probabilmente non metteva piede in chiesa da anni – recitava una breve preghiera.

«Ti rendiamo grazie, o Signore», concluse. Poi, congedato l'Onnipotente, alzò la testa di scatto e salì su una panca. «Bene», disse brusco. «Non vi racconterò le solite balle: che siete la squadra migliore che abbia mai allenato o che penserò a voi in punto di morte. Anche perché spero di vivere abbastanza a lungo da dimenticarmi di tutti voi. Vi dirò solo che quello che conta è imparare qualcosa, prima di andarvene da questa scuola. Nella vita non si tiene conto dei punti. Questo campionato potrebbe essere l'ultima cosa che vincete in vita vostra. Ricordatevi che l'importante stasera non è stato vincere, ma impegnarvi. Avete dato il meglio. Avete collaborato. Vi siete rispettati. Se avete imparato questo, può darsi che le cose vi vadano bene anche nella vita.»

Le facce sudate si alzarono verso Jackson. Suo malgrado, Tony era commosso: Jackson gli aveva insegnato a mantenere il sangue freddo e far girare le cose per il verso giusto, ed era meglio che ricevere in premio il pallone, perché quelle erano verità che gli sarebbero restate per sempre.

Jackson prese il pallone che gli porgeva un assistente e lo tenne davanti a sé.

Tony lanciò un'occhiata a Sam. Seduto sulla panca, il suo amico guardava Jackson con un'espressione di speranza e di desiderio così scoperti che lui distolse gli occhi.

«Ora», disse Jackson, «abbiamo questa palla. Potrei darla a molti di voi, ma alcuni sarebbero capaci di perderla.»

Qualcuno rise, ma Tony vide che Sam rimaneva serissimo, con gli occhi fissi su Jackson.

L'allenatore si voltò verso Tony. «Quindi la darò a Tony Lord. Non c'è bisogno che vi dica perché, visto che avete giocato con lui per tutta la stagione.»

Mentre Tony si faceva avanti, la squadra cominciò ad applaudire e acclamare. Poi Johnny D'Abruzzi si alzò, subito imitato da Ernie Nixon e da tutti gli altri. Tony non osava guardare Sam.

Che dire? Tony scartò rapidamente l'idea di dividere il premio con Sam, perché avrebbe potuto suonare offensivo nei confronti degli altri, oltre poter essere male interpretato da Sam stesso.

Salì sulla panca accanto a Jackson e li osservò, mentre raccoglieva le idee prima di prendere la parola in tono solenne. «Se ho ricevuto questa palla, è grazie a ciascuno di voi. Quindi vorrei dividerla con voi.» Tacque e fece un gran sorriso prima di continuare: «L'orario di visita è dalle nove alle cinque».

Sorpresi, i suoi compagni di squadra scoppiarono a ridere.

Incoraggiato, Tony proseguì: «Pensandoci bene, però, se Sam

Robb non se ne fosse impossessato, questa palla adesso sarebbe in qualche ospedale fra le mani di Jack Parham, che starebbe lì a chiedersi se è un pallone o un mappamondo. Quindi, in onore di Jack Parham, Sam potrà portarsela a letto nei fine settimana».

Fra le risate, tutte le facce si voltarono verso Sam. «Bravo!» gridò qualcuno. Sam sorrideva, sorpreso e felice. Tony aspettò che tutti avessero smesso di ridere e passò la palla dal basso a Sam.

«Bel colpo», disse, «anche questa volta.»

La squadra si voltò di nuovo verso Tony, che riprese a parlare in tono più sommesso. «Siete i migliori. L'allenatore Jackson forse si dimenticherà di voi, perché ha un sacco di cose per la testa, ma io non vi scorderò mai.»

Scese dalla panca senza dare loro il tempo di applaudire e abbracciò i più vicini. Quando arrivò a Sam, disse soltanto: «Dove si sono nascoste le nostre ragazze?»

Con un mezzo sorriso, Sam fece ruotare la palla sulla punta di un dito come un mappamondo, fissandola con grande concentrazione. «Nel parcheggio», rispose, rilanciandola a Tony.

Mezz'ora più tardi, in camicia Oxford e pantaloni beige, uscirono insieme dall'edificio.

Fuori, al freddo, c'erano alcuni studenti e due giornalisti del quotidiano locale che li aspettavano e li accolsero con altri applausi. Tony rimase soddisfatto e stupito al tempo stesso: erano famosi, anche se solo per una stagione, troppo giovani per una fama che durava troppo poco per essere vera. Gli eroi di due anni prima venivano quasi ignorati quando andavano a trovare la squadra; Tony aveva l'impressione che rimanessero delusi, perché non si rendevano conto che il loro momento di gloria era finito con la fine del liceo.

Ma quella volta toccava a loro, a lui e a Sam; quando i due giornalisti, uno giovane e uno di mezz'età, si fecero avanti con il taccuino in mano, sul viso di Sam comparve un comprensibile guizzo di orgoglio.

«Avvicinati, Tony», gridò il giornalista più giovane, e scattò loro una foto. «Sapete che sembrate fratelli?» disse poi.

Non lo sembravano affatto, e Tony lo sapeva: Sam era biondissimo, quasi bianco, mentre lui aveva i capelli di un biondo miele; Sam aveva una faccia liscia da bambino, mentre lui aveva lineamenti spigolosi e un naso pronunciato; Sam era più forte e, con il suo metro e ottantadue di statura, era due dita più alto di Tony. Ma, per quella stagione, la gente li avrebbe visti come voleva.

Il giornalista più anziano si fece avanti e in tono scherzoso chiese: «Allora, chi dei due diventerà Atleta dell'Anno?»

Tony si rabbuiò. «Chi lo sa?» rispose freddo. «Ci sono un sacco di ragazzi in gamba in questa scuola e il campionato di basket non è nemmeno incominciato.»

Intervenne Sam: «È come la partita di stasera. Ci eravamo preparati fin dalla prima». Fece una pausa per sorridere a Tony. «Perché, vede, da quando ho capito che questo qui sapeva passar palla, ci siamo sempre allenati insieme. Quindi non importa a chi va il riconoscimento.»

Era una bugia e Tony lo sapeva: Sam ci teneva molto più di quanto fosse disposto ad ammettere. Ma anche Tony ci teneva. L'unica cosa che potevano fare era mentire, perché dire la verità sarebbe stato pericoloso.

«Scusi», disse Tony, «ma adesso dobbiamo andare: ci aspettano.»

«Fidanzate?» Il giornalista giovane sembrava curioso. «Con chi uscite?»

Solo a Lake City possono farti una domanda del genere, pensò Tony. Guardò Sam, che si strinse nelle spalle e disse: «Io con Sue Cash. Da sempre».

«E tu, Tony?»

Tony esitò. «Con Alison Taylor», rispose.

L'altro annuì con aria quasi solenne. Alison Taylor, sembrava ripetesse fra sé. Come aveva fatto a non pensarci.

«Andiamo», disse Tony.

3

Sue e Alison li aspettavano sotto un albero in fondo al parcheggio vuoto, chiacchierando sottovoce. Sue aveva il giubbotto di Sam sopra l'uniforme da *cheerleader* e Alison un cappotto blu, un maglione Villager e una gonna a pieghe. Quando li vide arrivare, Sue corse incontro a Sam. Alison invece rimase indietro e, come per riempire il vuoto, Sue si voltò verso Tony e abbracciò anche lui.

«Siete stati grandi, Tony. Alla fine ho creduto di morire.»

Tony le sorrise. Era difficile immaginare che Sue Cash potesse morire, con quegli occhi marroni e vivaci, così grassottella e piena di energia com'era; la faccia espressiva che gli faceva venire in mente la classica sorellina dei musical di Hollywood, con il naso all'insù, il mento volitivo, le fossette quando rideva e un'aureola di ricci bruni sulla testa. A differenza della maggior parte delle ragazze che conosceva, Sue gli dava l'impressione di avere tutte le caratteristiche per diventare una moglie e una madre felice: dietro la sua estroversione c'era qualcosa di materno, di solido, come se fosse sempre pronta a prendersi cura di chi ne aveva bisogno. In quel momento, anche di Tony.

«Sue», le disse, «sei mille volte meglio di un trofeo di football.»

Si scambiarono un gran sorriso, poi Sue si rivolse di nuovo a Sam, premendogli la faccia sul petto mentre lui l'abbracciava: erano una vera coppia.

Alison si fece avanti un po' esitante, diversa dalla ragazza padrona di sé che sembrava di solito. Gli diede un rapido bacio e finalmente sorrise. «Mio eroe», esclamò. «Dopo tante fatiche vorrai cercare il meritato riposo tra le mie braccia?»

La battuta era un po' incerta, e anche questo non era da lei. Sembrava tesa, quella sera; Tony si rese conto che Sue e Sam li stavano osservando.

«Che ne diresti di una Coca-Cola, piuttosto?» scherzò lui.

Con un sorriso dubbioso, Alison scosse leggermente la testa, facendo in modo che gli altri non la vedessero. A Tony venne il batticuore.

Era diversa da tutte le altre ragazze che aveva conosciuto: intelligente e un po' circospetta, aveva una sicurezza che forse le veniva dal fatto di appartenere a una famiglia ricca e influente. Vedendola diversa dal solito, Tony sperò che quello che tanto desiderava stesse per avverarsi.

Sottovoce le disse: «Meglio che andiamo» e, prendendola per mano, si voltò verso Sam e Sue.

«Venite con noi», li invitò Sam. «Almeno per un po'. Ho del whisky in macchina, così ci scaldiamo.»

Tony sentì che Alison lo tirava per un braccio. «No, grazie. Preferiamo stare un po' soli.»

Sam lanciò un'occhiata ad Alison e poi sorrise a Tony con aria delusa, come a dire: immagino che non abbiate bisogno del whisky. Tony intuì che Alison era a disagio.

«Cerca di non farti beccare dalla polizia», gli raccomandò.

Sam scoppiò a ridere. «In questa città, stasera? Chi vuoi che ci sbatta dentro? Come dice Alison, siamo eroi, amico. Possiamo fare tutto quello che vogliamo.»

Per una notte, pensò Tony. C'era qualcosa di preoccupante nell'euforia di Sam: prima o poi avrebbe preso una facciata.

«Ci vediamo lunedì», disse Alison a Sue. A Sam non disse niente.

Poi Tony e Alison si voltarono e si avviarono verso la macchina, una Ford Fairlane del '61 che Tony aveva comprato con i guadagni di due estati di lavoro. La teneva sempre pulita e lucidissima ed era fiero soprattutto della radio.

In macchina, Alison si girò verso di lui.

Era diversa dalle altre anche nell'aspetto: gli ricordava una moneta antica, un delicato oggetto metallico. I capelli corvini le cadevano lisci ai lati del viso, accentuando il profilo degli zigomi, il mento con la fossetta, la carnagione chiarissima. Sue era piena di vita; Alison era guardinga e grintosa. A volte, quando sorrideva, assumeva un'aria misteriosa, meditabonda, ma lo sguardo dei suoi occhi neri era diretto e raramente lei dava segni di timidezza. Il suo aspetto rispecchiava il suo carattere: Alison era la prima della classe, quella che i compagni, più che conoscere davvero, ammirano. A Tony aveva concesso di lasciarsi conoscere.

E lui non voleva farle fretta. «Hai ancora dei dubbi?»

Lei lo guardò pensosa, ma nella sua voce c'era una calma risolutezza. «No», rispose, «adesso so che cosa voglio.»

Senza dire niente, Tony la baciò pensando che forse avrebbero finalmente superato l'ostacolo che li divideva da una sera dell'estate precedente.

Era una serata calda anche per Lake City in estate; tutti e quattro, in maglietta e pantaloni corti, avevano attraversato il giardino di Alison e sceso la scaletta che portava all'ormeggio dei Taylor, per poi raggiungere la spiaggia ai piedi del parco che, come la vecchia villa che adesso ospitava la biblioteca, era stata donata al comune dalla famiglia di Alison e tuttora ne portava il nome.

La spiaggia era sabbiosa, l'ideale per stare seduti o sdraiati a pomiciare. Il lago Erie era inquinato ed emanava un vago fetore sulla cui provenienza era forse meglio non indagare... ma avevano diciassette anni e quella era l'unica spiaggia a disposizione.

Avevano acceso un falò con alcuni pezzi di legno trovati sulla riva e un po' di cherosene e avevano preparato degli hot-dog. Sam aveva portato quattro bottiglie di birra, che aveva comprato con una carta d'identità falsa, e ne aveva generosamente offerto una a ciascuno. Non per la prima volta Tony aveva pensato che il loro era uno strano quartetto: mentre Sue le era chiaramente simpatica, nei confronti di Sam Alison provava una certa diffidenza, come davanti a un fenomeno naturale dall'evoluzione imprevedibile. Eppure era pronta ad ammettere che nella maggior parte dei casi Sam era divertente e aveva un certo fascino, cui Tony sapeva che Alison era sensibile, benché a volte Sam la chiamasse la «regina delle nevi».

Si erano seduti a sorseggiare la birra. La luna piena si rifletteva sull'acqua che sciabordava contro la riva. Nel silenzio, Tony aveva notato che Sam li guardava.

Non gli era difficile immaginare perché. Anche se quando erano insieme nessuno ne parlava, tutti e quattro sapevano che Sam e Sue facevano l'amore già da diversi mesi. Sam ne parlava apertamente con Tony e si aspettava altrettanta confidenza da lui, ma Tony non aveva niente da dire, e glielo aveva ripetuto anche la settimana precedente.

Sam aveva sgranato gli occhi. «Dopo sei mesi?» aveva esclamato con stupore esagerato. «Via, Tony, non tirartela tanto da gentiluomo! Non con me, per la miseria.»

«Non me la sto tirando da gentiluomo. Credo che Alison abbia diritto di decidere chi dev'essere il primo.»

Negli occhi di Sam era comparso un guizzo divertito. «Non l'ha mai fatto con nessuno?»

Tony aveva scosso la testa. «E caso mai cambiasse idea, non sperare che io venga a dirtelo...»

Quella sera Sam, fissando Alison, aveva detto: «Volete fare il bagno?»

Alison l'aveva guardato dritto negli occhi com'era sua abitudine. «E il costume?»

Sam aveva riso e risposto con nonchalance: «Tanto è buio».

Il lieve sorriso di Alison non aveva cambiato l'espressione dei suoi occhi. «Non abbastanza.»

Sam l'aveva guardata ancora un momento, poi si era stretto nelle spalle e si era rivolto a Sue. «Andiamo?»

Sue non aveva risposto. Secondo la morale corrente della Lake City High School, una ragazza non era considerata una «leggera» se andava a letto con il suo ragazzo, o anche con più di uno, a condizione che tra una storia e l'altra trascorresse abbastanza tempo da poterle definire entrambe storie d'amore. Sue sembrava preoccupata per Alison: si era voltata verso di lei, come temesse di metterla in difficoltà. Sam era stato ad aspettare paziente e Tony si era reso conto che, a parte lui, Sue era la persona cui Sam portava più rispetto.

«Torniamo fra un po'», aveva detto Sue ad Alison. Lanciando un'occhiata a Tony, Sam l'aveva presa per mano.

In silenzio Tony e Alison avevano guardato i due che si allontanavano fino a scomparire nel buio.

Tony l'aveva baciata delicatamente. «Hai voglia di fare il bagno?» le aveva chiesto. «Ne avranno per un'ora.»

Alison l'aveva osservato da vicino con esitazione e desiderio al tempo stesso; anche se si erano accarezzati, a volte audacemente, non si erano mai spogliati. Senza smettere di guardarlo, si era alzata ed era andata verso gli alberi. Tony l'aveva aspettata, non osando muoversi. Nel buio, Alison era solo una sagoma con le braccia in alto sopra la testa. Tony aveva intuito, più che visto, la sua nudità.

Poi Alison era emersa dall'ombra alla luce della luna ed era corsa verso l'acqua. Tony aveva pensato al suo confessore, padre Quinn: Alison era «l'occasione del peccato», lo sapeva, e fare l'amore con lei sarebbe stato peccato mortale. Il cuore gli batteva forte.

Si era spogliato e l'aveva raggiunta nell'acqua.

Era immersa fino alla vita, di spalle. A un certo punto si era inginocchiata e si era voltata verso di lui, rimanendo soltanto con il viso fuori dell'acqua nera come l'inchiostro. Non gli stava dando nessun permesso, Tony l'aveva capito: quello era il suo modo di coprirsi.

Si era fermato a qualche passo da lei, con l'acqua fino alla vita. Aveva immaginato il suo corpo nascosto nell'acqua, tanto vicino che lo poteva toccare, e aveva sentito crescere l'eccitazione.

Si era avvicinato ancora, ma Alison si era irrigidita e aveva fatto un passo indietro. Poi si era fermata guardandolo fisso.

Tony l'aveva presa per la vita e l'aveva attirata a sé, traboccante di desiderio.

Si erano baciati e abbracciati e Tony aveva sentito sul petto i seni piccoli di Alison, il ventre che premeva sul suo, spinto in avanti da un improvviso impeto di desiderio. Poi lei aveva allontanato la testa e si era girata da una parte.

«Non posso», aveva detto con voce tesa. «Non adesso.»

Sopraffatto dal desiderio, Tony non riusciva a staccarsi da lei. «Invece sì...»

Alison aveva chiuso gli occhi, come se non vedendolo potesse smettere di desiderarlo. Tony si era sentito svuotato: quella volta ci erano arrivati così vicino che il rifiuto gli aveva lasciato il vuoto dentro, quasi non fosse rimasto più nulla fra loro. A bassa voce aveva detto: «I tuoi hanno ricominciato...»

Alison aveva aperto gli occhi e l'aveva guardato a lungo. «Loro c'entrano solo in parte...»

«È perché sono cattolico?» In preda alla rabbia e alla frustrazione, Tony era sul punto di perdere le staffe. «Non si è mai abbastanza prudenti, vero? Li ammetti al club e in men che non si dica tua figlia comincia a scodellare bambini con i capelli rossi, il rosario al collo e le immaginette del papa in mano...»

D'un tratto, Tony aveva avuto la sensazione che tra di loro fosse sorto un muro: dall'altra parte, inaccessibile per lui, c'era il mondo delle gite a New York per fare shopping, delle vacanze a Parigi, dei week-end in compagnia dei rampolli degli amici di famiglia sulla East Coast. Mentre lui, nipote di un polacco con un cognome troppo lungo, restava sulla porta di casa Taylor con il cappello in mano.

Alison aveva continuato a guardarlo negli occhi. «Non voglio difenderli per questo...»

«Difenderli? Non hai mai pensato di dirgli che non sono un ladro di macchine?»

«Lo sanno, ma non è solo per il fatto che sei cattolico. I miei hanno paura che continuiamo a uscire insieme, perché pensano che siamo troppo giovani, che sia troppo presto.» Si era interrotta, poi a voce più bassa aveva ripreso: «Vorrebbero che ci vedessimo una sera sola per week-end, non tutte e due».

Punto dalla gelosia e, dietro di essa, da un dolore assai più profondo, Tony aveva ribattuto: «Per uscire con qualcun altro, intendi dire? Tanto per far contenti i tuoi? Non riesco a credere che tu voglia fare una cosa simile».

Per la prima volta, Alison aveva abbassato gli occhi. «Ho detto che i miei c'entrano solo in parte. Ho paura, capito? Ho paura dell'effetto che mi farà e di come mi sentirò dopo, perché in un modo o nell'altro cambierà le cose.» L'aveva guardato di nuovo, con le lacrime agli occhi. «A volte ti desidero in maniera quasi insopportabile, ma è un po' come affidarmi a te, darti una parte di me. Ti rendi conto di quanto mi disorienta?»

Tony aveva scosso la testa. «A me non disorienta affatto.»

Alison l'aveva studiato per un momento, poi sottovoce aveva risposto: «Questo è l'altro dubbio che ho, Tony. Avevi le idee chiare anche con Mary Jane. Ma adesso che cosa pensi di lei?»

Quella volta era stato Tony ad abbassare gli occhi. «Se lo facessimo stasera, come per tanti versi vorrei anch'io», gli aveva detto, «saresti contento come hai sempre detto o finiresti per sentirti in colpa e andresti a confessarti, come se io fossi una cosa peccaminosa? Non ti chiedi mai come mi sentirei io?»

Non gliene aveva mai parlato con tanto sentimento. Improvvisamente, a Tony era mancato il coraggio di obiettare.

Alison se n'era accorta e lo aveva baciato sulla guancia. Per un attimo i loro corpi si erano toccati e Tony aveva sentito riaccendersi il desiderio, come una scossa resa più dolorosa dal timore che rimanesse per sempre inappagato.

Alison si era staccata lentamente da lui. «Fra poco torneranno. Meglio che usciamo.»

Tony aveva sospirato. «Sì.»

Erano tornati a riva insieme, Alison davanti e lui dietro. Quand'era uscita dall'acqua, Tony l'aveva trovata così bella che gli si era stretto il cuore. Sconsolato, le aveva detto: «Ti porto a casa, se vuoi».

Lei si era voltata, argentea sotto la luce della luna. «Posso stare ancora un po', Tony. Non voglio che tu debba dare spiegazioni a Sam.»

Si erano vestiti al buio ed erano rimasti seduti vicini in malinconico silenzio, in attesa che Sam e Sue finissero di fare l'amore. Ci erano voluti dei mesi per ricucire quello strappo. Quella sera d'estate, Tony non avrebbe mai creduto di poter fare un giorno l'amore con lei.

4

Tony mise in moto la macchina. «È stata una sera terribile, quella.»

Voltandosi, lei gli sfiorò il viso. «Anche per me.»

Alla luce dei fari, Tony vide Sam che si portava alle labbra una borraccia e poi partiva.

Alison, pensosa, guardò dal finestrino le luci dell'auto di Sam che si allontanavano nella notte e disse: «Non vorrei essere Sue, stasera».

Tony le lanciò un'occhiata. «Non ti preoccupare. Di solito Sam sa fin dove può arrivare.»

«Ma non sempre», osservò lei, girandosi a guardarlo. «A volte mi chiedo come avete fatto a diventare così amici.»

Tony partì in direzione di Taylor Park. «Ci siamo semplicemente trovati a essere i migliori in tutte le squadre in cui abbiamo giocato. Potevamo diventare amici oppure rivali e dobbiamo aver capito che era meglio essere amici.»

Alison gli lanciò un'occhiata strana. «A volte vi guardo e mi sembra che Sam sia il tuo gemello cattivo, quello che riesce a farla franca in ciò che anche il fratello buono vorrebbe, ma sa di non dover fare.»

«Per esempio?»

«Per esempio quella volta in chiesa. Mi ha fatto paura.»

Tony fece una risatina. «In effetti è stato spaventoso. Ma io non volevo assolutamente essere nei suoi panni: ero ben contento che la sbornia l'avesse presa lui e a me non fosse capitato niente.»

Se Tony avesse saputo quello che stava per succedere, avrebbe addirittura evitato di andarci. Andare a messa non gli era mai sembrato così bello.

Tutto era cominciato a casa di Sam, verso l'una, una sera che Tony era andato a dormire da lui; erano seduti per terra in camera di Sam con le luci basse, la radio accesa e una bottiglia di whisky da cui bevevano a turno. Sam si era scaldato con un paio di birre; il risultato era un'apparente sicurezza di sé, dietro la quale Tony intuiva però un senso di precarietà: il negozio di ferramenta di suo padre era definitivamente fallito e Sam a volte sembrava avercela con la città intera per il declino della sua famiglia. E poi c'era l'argomento che Tony non osava toccare, ovvero le voci sul conto dell'allenatore Jackson e di sua madre. «Buono, questo whisky», aveva dichiarato Sam, bevendone l'ennesimo sorso.

La radio trasmetteva *Rhapsody in the Rain*, cantata quasi in falsetto da Lou Christie; a quanto Tony riusciva a capire, parlava di due che facevano l'amore in macchina al ritmo dei tergicristalli. Sam ascoltava le parole con un ghigno sardonico.

«Allora», aveva chiesto, «vanno meglio le cose con la regina delle nevi?»

Tony gli aveva lanciato un'occhiataccia: quel nomignolo lo irritava e la domanda lo deprimeva. Aveva risposto freddamente: «Come al solito».

Sam aveva alzato gli occhi al cielo. «Ti cresceranno i peli sul palmo della mano, amico mio. E diventerai cieco. Mi pare già di vederti a vendere matite davanti alla scuola perché Alison Taylor non ne vuol sapere. Dai retta a me.»

«Dio mio, Sam, non pensi proprio ad altro? Guarda che tra me e Alison ci sono anche un sacco di altre cose. Tu e Sue non parlate mai di niente, quando siete soli?»

Sam aveva assunto un'aria rassegnata. «Volgi il tuo sguardo benevolo su quest'uomo, Signore», intonò, «poiché vaga nelle tenebre con una tremenda erezione da cui non trova sollievo se non per propria mano.»

Suo malgrado, Tony era scoppiato a ridere.

Sam aveva bevuto un lungo sorso. «A proposito di nostro Signore, devo scrivere una predica. Penso di aver bisogno di te.»

«Una predica? Per chi? Per l'Anonima Assatanati?»

«Non te l'ho raccontato? Cristo!» Sam aveva bevuto un'altra sorsata. «Ti ricordi di quel gruppo giovanile metodista con cui mia madre mi ha incastrato perché non volevo più andare in chiesa con lei? Mi hanno eletto presidente.»

Tony era rimasto esterrefatto. «Dev'esserci stata un'intercessione divina», aveva osservato alla fine. «Non vedo come avrebbero potuto eleggerti, altrimenti.»

«Sì, be', ma il bello deve ancora venire. Devi sapere che al pastore è venuta la brillante idea di organizzare una celebrazione ecumenica per i giovani, papisti esclusi, naturalmente, e ha incaricato me di tenere la predica davanti al mio nuovo gregge e relativi genitori. Vengono anche quelli di Sue.»

Tony si era coperto gli occhi con le mani. «Ma ti conosce?»

«Sai come sono io, per un po' riesco a far fesso chiunque. Ma la vuoi sapere la più bella?»

«Veramente speravo che non ci fosse altro.»

Sam aveva fatto un gran sorriso. «La predica è domani.»

Tony aveva sgranato gli occhi. «Cazzo», era stato il suo commento.

«Non basta. Ci vuole qualcosa di più lungo.»

Di colpo Tony si era reso conto di essere un po' brillo. «E che cosa gli racconti?»

«Non ne ho la minima idea.» Sam, più che brillo, era proprio ubriaco. Tony aveva riconosciuto quella strana impressione d'impenetrabilità che aveva notato in lui altre volte, subito prima che uscisse completamente di testa.

Non c'era per niente da ridere. «Forse dovresti smettere di bere.»

Negli occhi di Sam era comparso un guizzo d'insubordinazione. «No, sarei meno incisivo.»

Tony gli aveva lanciato un'occhiata e poi aveva guardato l'orologio. «A che ora è?»

«Alle sei. All'aperto: sarà una specie di saluto al sole.»

Tony aveva sbuffato. «Se fossi in te, Sam, mi metterei a pregare subito. A pregare che piova.»

Sam aveva alzato le spalle. «Se piove lo fanno in chiesa. Avanti, Tony: vediamo che cosa sappiamo fare.»

Tony si era messo più comodo mentre, per ironia della sorte, alla radio Elvis cominciava a cantare *Crying in the Chapel*. «Okay», aveva detto, «immagino che sia un bene che tu debba parlare ai protestanti. Se non erro, la loro idea dell'inferno è un anno senza giocare a golf e la chiesa è il posto in cui si va a dormire.»

Erano andati in cucina. Sam aveva preparato il caffè e Tony aveva cominciato a scribacchiare in un quaderno con la spirale. «Se fossi in te», aveva mormorato, «parlerei il più possibile di 'spirito del Signore'. Per quelli che raccolgono fondi alla tv sembra che funzioni.»

Mentre Tony scriveva i suoi appunti, Sam beveva caffè e whisky, con il risultato che aveva la voce impastata, ma anche una certa energia, e rideva un sacco. Tony aveva abbozzato una predica.

«Vieni con me, vero?» gli aveva chiesto poi Sam. «Senza di te non mi diverto.»

«Io veramente mi sono già divertito abbastanza. E in teoria mi è vietato mettere piede in una chiesa protestante.»

«In questo caso non ci entri mica, no? E poi non ci credete, voi, al buon samaritano?»

Sam era un po' malfermo sulle gambe. «Sarà meglio che vada a casa a mettermi il vestito buono e le scarpe da corsa», aveva detto Tony.

Un'ora dopo, quando era tornato a prenderlo, l'aveva visto molto pallido e poi aveva notato che gli tremavano le mani, mentre s'infilava la bozza nella tasca interna della giacca. Aveva immaginato che avesse continuato a bere.

Salendo in macchina, Sam aveva annunciato: «Farò Richard Burton. Era splendido nella parte del pastore in *Castelli di sabbia*». E si era addormentato di colpo.

Quand'erano arrivati alla chiesa, sulla strada alberata si stavano alzando i primi raggi del sole. Tony aveva visto che le sedie pieghevoli sistemate sul prato, davanti a una pedana di legno con un podio e una croce, si stavano già riempiendo di gente. Sam era ancora nel mondo dei sogni.

Tony gli aveva toccato una spalla. Sam aveva sbattuto gli occhi e l'aveva guardato senza capire, come un bambino svegliato nel cuore della notte. Tony non era riuscito a trattenersi dal fare una battuta sadica: «Tocca a te, Lazzaro! Alzati e compi l'opera del Signore».

Sam era scoppiato a ridere e Tony, costernato, era sceso dalla macchina ed era andato ad aprirgli la portiera.

Insieme avevano attraversato il prato coperto di rugiada. Nella luce fresca del mattino, Sam era bianco come un cencio; Tony, che lo aveva visto in quello stato in altre occasioni, sapeva che stava per vomitare.

Il pastore, un uomo smilzo, con i capelli biondo rossicci e gli occhiali, lo aveva visto e gli era andato incontro con un sorriso di circostanza, senza scoprire i denti. «Fai respiri profondi», aveva bisbigliato Tony.

Sam aveva seguito il suo consiglio e aveva deglutito. «Buongiorno, Samuel», l'aveva salutato il pastore. «Sei pronto a guidarci?»

Lui aveva chinato umilmente la testa e il pastore, non vedendo il suo sorriso sardonico, l'aveva preso per un gesto di rispetto. «Il Signore ti aiuterà», gli aveva detto. Dopo di che si era presentato a Tony. «E qual è la tua chiesa?»

«Sono della parrocchia di Saint Raphael.»

Lì per lì il pastore aveva inalberato un'espressione sorpresa, poi gli aveva dato una pacca sulla spalla. «Bene, bene. Spero che la nostra cerimonia ti piacerà.»

Mentre si allontanava con il pastore, Sam aveva continuato a tenere la testa bassa.

Guardandosi intorno, Tony aveva visto Sue con la madre e il padre, entrambi insegnanti delle medie, vivaci e cordiali. Li aveva salutati e si era andato a sedere vicino a loro. Dopo aver osservato Sam, Sue sottovoce gli aveva chiesto: «Sta bene?»

«Lui è convinto di sì.»

Sue si era voltata di nuovo verso il podio, con la schiena dritta e le labbra socchiuse. La cerimonia era cominciata, ma Tony non aveva sentito praticamente niente, né della preghiera né della presentazione di Sam fatta dal pastore. L'unica cosa di cui era certo era che il Sam Robb di cui parlava il pastore non esisteva.

Quando Sam era salito sul podio, Tony aveva visto che aveva la fronte imperlata di sudore e aveva sentito che Sue gli stringeva la mano. Sam aveva deglutito. «Ieri sera», aveva esordito poi con voce tremante, «non ero pronto per questo.»

Sue aveva chiuso gli occhi. Sam si era interrotto, apparentemente incerto. «Mentre aspettavo di essere ispirato dallo spirito del Signore, mi sono sentito male...»

«Ma cosa dice?» aveva sussurrato Sue.

«Poi ho sentito una musica bellissima, un canto che parlava della pioggia di Dio che cade sulle sue creature, e mi sono trovato a dire al mio amico Tony Lord: 'Tony, non puoi farlo da solo...'

«'Tony', gli ho detto, 'non puoi scoprire le gioie della vita senza che qualcuno ti accompagni lungo il tuo cammino, toccandoti nel profondo...'»

Cristo Gesù, cazzo.

«'E quel qualcuno non può che essere...'» Aveva lasciato la frase in sospeso e rivolto a Tony un sorrisetto pieno di superiorità, prima di concludere: «... 'Dio'».

Tony lo fissava affascinato.

«Dio», aveva continuato Sam. «Solo Dio può appagarci completamente, sciogliere il gelo che ci circonda, realizzare i nostri desideri più profondi, nella maniera più profonda. Dio è il colmo della beatitudine.»

Tony si era accorto che quel tono era l'imitazione perfetta di Richard Burton nella predica di *Castelli di sabbia*. Ma le parole non erano quelle scritte da Tony.

«Solo Dio ci può toccare dove abbiamo più bisogno di essere toccati.»

Sulle spine, Tony si era chiesto se anche gli altri avrebbero capito il doppio senso, prima o poi. Ma guardandosi intorno aveva visto che i fedeli erano attentissimi, serissimi. Sam aveva alzato la voce.

«Solo Dio può dare sollievo alle nostre sofferenze... Solo Dio può riempire tutti i vuoti.»

Solo Dio, pensò Tony, *può farci venire una pelle d'oca così.*

«Solo Dio», aveva continuato Sam più piano, «può darci ciò di cui abbiamo veramente bisogno.» Era ancora più pallido di prima. Si era aggrappato al podio e, con la sua voce normale, aveva detto: «Non voglio dilungarmi troppo. Ma non so dirvi quanto mi è stato di conforto questo pensiero, e spero lo sia anche per Tony. E per tutti voi». Era rimasto zitto un momento, come in cerca d'ispirazione, quindi aveva concluso: «Perché so che cosa devo fare, che cosa secondo me tutti dovremmo fare. Come dice il vecchio inno: 'Roccia eterna, che ti sei aperta per me, lascia che trovi me stesso dentro di te'.»

Di colpo era tornato a sedersi, come per una profonda meditazione, ma Tony si era reso conto che stava per sentirsi male.

Il coro di adolescenti alle sue spalle aveva cominciato a cantare.

Sue si era morsa un labbro e Tony si era accorto che aveva gli occhi lucidi. «Devi portarlo via di qui, Tony, prima che succeda qualcosa d'irreparabile.»

«Lo so.»

Quando il coro aveva smesso di cantare, per fortuna, il pastore aveva detto una preghiera e invitato tutti a entrare a bere caffè o succo d'arancia.

Alzandosi, il padre di Sue si era voltato e aveva commentato affabilmente: «Niente male. Anzi, devo dire che sono sorpreso».

«Anch'io.»

Tony aveva salutato in fretta Sue ed era andato da Sam, che stava ascoltando una coppia di coniugi di cui Tony sapeva soltanto che vietavano alla figlia di uscire con i cattolici. «Sam», diceva serio il marito, «non vorrei essere indiscreto, ma penso che la tua potrebbe essere una vocazione...»

«Scusate», si era intromesso Tony e, rivolto a Sam, aveva detto: «Mi hai promesso che saresti venuto a messa con me, ricordi? Non voglio arrivare in ritardo».

La signora gli aveva lanciato un'occhiataccia irritata. Ignorandola, Tony aveva preso Sam sottobraccio e gli aveva fatto attraversare il prato a una velocità tale che nessuno aveva osato intralciarli.

Appena erano saliti in macchina, Tony aveva abbassato i finestrini ed era partito. Sam era piegato in due e ansimava.

«Mai più», aveva detto Tony. «Mai più.»

Sam non aveva risposto. L'amico aveva percorso rapidamente Erie Road, passando davanti alla grande casa di Alison, e con una brusca sterzata era entrato nel parcheggio vuoto in mezzo a Taylor Park. Il parco era deserto e si sentivano soltanto gli uccelli che cinguettavano fra gli alberi.

Sam aveva aperto la portiera e si era sporto fuori a vomitare. Tony non aveva nemmeno fatto in tempo a scendere dalla macchina.

Mezzo fuori della macchina, con le mani per terra e con la testa biondissima che quasi sfiorava il vomito, Sam si era svuotato lo stomaco e poi aveva cominciato a tremare con violenza.

«Sam?»

Si era voltato lentamente, con i capelli nel vomito, e aveva riso fino alle lacrime.

«Li ho fregati», aveva detto, quando era riuscito di nuovo a parlare, poi aveva fatto un gran sorriso a Tony, pallido e sfatto, con gli occhi sconvolti. «Li ho fregati, cazzo.»

5

Tony e Alison arrivarono nel parcheggio buio di Taylor Park. Prima che spegnesse il motore, lei gli disse piano: «Penso che dovremmo andare in un punto dove non ci veda nessuno».

Tony si sentiva oppresso. Senza rispondere, proseguì sull'erba fino a un gruppo di querce vicino al ciglio dello strapiombo sul lago. Rallentò e nascose la macchina fra i tronchi e i rami bassi degli alberi. Quando spense i fari, furono avvolti dal buio.

Alison gli prese la mano. «Vuoi sapere che cos'ho detto ai miei?» gli chiese.

Anche se la intravedeva appena, Tony sapeva che non c'era bisogno di rispondere. L'emozione le addolcì la voce. «Ho detto loro che ti amo e che dovranno abituarsi all'idea. Perché, se mai cambieranno le cose, sarà per via di qualcosa tra me e te, non tra me e loro.»

Il suo tono deciso lo sorprese. «E loro che cos'hanno risposto?»

«Quello che mi aspettavo. Che sono troppo giovane per decidere, per una serie di motivi che alla mia età non posso capire... Mia madre si è messa a piangere.»

«Perché? Non stiamo mica per fidanzarci ufficialmente.»

Alison taceva. «Penso che abbia paura», disse dopo un po'. «Non solo del fatto che stiamo insieme, ma che sto cominciando a vivere la mia vita e a prendere le mie decisioni. Magari senza che lei lo sappia.» Gli strinse più forte la mano. «O per lo meno credo che sia così.»

C'era qualcosa di nuovo nella sua voce, una vena malinconica, di timore e determinazione al tempo stesso. Tony sospettava che la decisione che evidentemente Alison aveva preso, come non riguardava i suoi genitori, non riguardasse nemmeno lui, ma soprattutto lei che si apprestava a fare un passo importante, insieme con lui. A quel pensiero, l'abbracciò.

Lei gli posò la testa sulla spalla e poi lo baciò senza esitazione.

Tony non sapeva che cosa fare. Baciarla con impeto, travolgerla con la passione, gli pareva sciocco. L'atmosfera era troppo razionale: Tony non si sentiva il seduttore, bensì il compagno che

Alison aveva scelto per quel rito, e questo lo lusingava e lo sminuiva al tempo stesso.

Quasi lo avesse intuito, Alison si fermò e lo guardò negli occhi. «Volevo essere pronta. Indipendentemente da quello che facevi tu o da quanto ti desideravo: capisci che cosa voglio dire?»

Tony annuì. Alison gli appoggiò la fronte sulla sua. Sentì il suo respiro lieve sul viso e si rese conto che stava aspettando che lui prendesse l'iniziativa. Sapeva quello che voleva fare, ma non come: per quello si affidava a lui.

«Ho dei preservativi nel cassetto sotto il cruscotto.»

Lei scosse la testa. «Non importa, Tony. Ho appena avuto le mestruazioni.»

Nella macchina faceva freddo. Quando accese il riscaldamento, Tony vide che l'orologio segnava le 22.55. Alison doveva rientrare entro un'ora al massimo.

Tony si tolse il giubbotto e lo stese sul sedile posteriore. Sfilandosi il cappotto, Alison fece una battutina: «Spero che sia morbido».

Tony capì che lo considerava suo complice e ne fu sollevato.

Scese dalla macchina e andò ad aprirle la portiera.

Nonostante l'agitazione, Alison scese con una mossa aggraziata, con le ginocchia e le gambe unite. Tony rimase così profondamente commosso da quel gesto che l'attirò a sé e, per la prima volta quella sera, la baciò con trasporto. La sentì tremare nel rispondere al suo bacio.

«Dio mio...» mormorò Tony.

Aprì velocemente la portiera di dietro e salì in macchina dopo di lei. In ginocchio sul sedile, Alison disse: «Fa freddo fuori...»

Lui si accorse di avere le mani gelate e che i vetri della macchina erano appannati. Si voltò e con un dito scrisse sul finestrino: TI AMO.

Alison sorrise e, sotto, scrisse: ANCH'IO! Ma quando parlò aveva la voce tranquilla. «Andrà tutto bene, Tony. Mi fido di te.»

Lui non capì se lo diceva per incoraggiare lui o se stessa. Ripensò alla sua prima volta, a Mary Jane Kulas sdraiata sotto di lui su quello stesso sedile con le cosce grassocce e lo sguardo vacuo. La prima volta le aveva fatto male e, anche se non ne avevano mai parlato, Mary Jane gli aveva portato rancore per questo. Ma mai quanto gliene aveva portato quando, dopo mesi in cui lei non sentiva più male ma neanche provava piacere e lui oscillava tra brevi momenti di soddisfazione e insistenti sensi di colpa, Tony l'aveva lasciata, assumendosi così colpe ancora maggiori sebbene, come adesso sapeva, inevitabili. Perché adesso Tony sapeva che quel che Mary Jane gli aveva detto – «Mi pianti perché ti ho dato quello che volevi» – era il contrario esatto della verità: era stato infatti solo il senso di colpa a trattenerlo, quando si era accorto che non avevano niente da dirsi e che fino ad allora il desiderio carnale gli aveva impedito di rendersene conto. Così non si era potuto difendere quando Mary Jane, cattolica come lui, vedendolo uscire con Alison, lo aveva accusato di essere un arrampicatore sociale e di averle rubato ciò che aveva di più prezioso per puro egoismo. Né l'aveva consolato molto il fatto che Mary Jane avesse capito così poco di lui da non accorgersi che Tony non trovava sollievo nemmeno nel confessionale ed era disgustato di se stesso.

Con Mary Jane ho peccato, pensò Tony. Non voleva farlo anche con Alison.

«Spogliami», gli chiese lei sottovoce.

Tony esitò, poi, a voce altrettanto bassa, disse: «Ti amo». Lo disse a lei, ma in parte anche a se stesso, per rassicurarsi. Quando le toccò il seno, Alison sospirò.

Senza riuscire a smettere di pensare ai peccati del passato, Tony l'aiutò a togliersi il maglione e tutto il resto, finché non fu nuda insieme con lui, tremante di desiderio. Tony chiuse gli occhi, come per pregare.

A salvarlo fu il tocco della sua pelle.

A quel contatto, sentì crescere l'eccitazione e l'istinto protettivo, pensando che non c'era nessuno da cui doveva proteggerla, tranne se stesso... La baciò sul collo e sui capezzoli, mentre lei emetteva piccoli gemiti d'incoraggiamento.

Nel tepore della macchina, Tony si sentì al sicuro dai sensi di colpa. La loro era una decisione comune, erano complici: doveva fare in modo che quel momento rimanesse memorabile per entrambi, magari per tutta la vita. Sentiva il calore del corpo di Alison sotto di sé.

Quando alla fine la toccò in mezzo alle gambe, sentì che era pronta.

Si fermò un attimo, appoggiandosi sui gomiti per guardarla con un misto d'incertezza e di desiderio, temendo di farle male. Vide che gli sorrideva con gli occhi. «Ti voglio», gli sussurrò. Lui si tirò su e lei aprì le gambe per lui, percorsa dallo stesso brivido di eccitazione.

Un gridolino, e fu dentro di lei.

Tony esitava. Alison gli nascose il viso sulla spalla, sussurrando: «Ti amo, Tony. Sono felice con te».

Era un atto d'amore.

Alison cominciò a muoversi insieme con lui e Tony si perse nell'odore pulito della sua pelle, nella morbidezza dei capelli, nel calore dei fianchi, delle cosce, del ventre. Fra le sue braccia, dimenticò che, da occasione di peccato, Alison Taylor era diventata il peccato stesso.

Il tempo si era fermato.

Tony sentì una forza incontrollabile scorrere dentro di sé e riuscì a trattenere a stento un grido. Di colpo si sentì solo: fra la vergogna e l'estasi, fu scosso da un brivido e si fermò.

Alison lo guardò con aria interrogativa e poi sorrise, come se avesse carpito un segreto. C'era qualcosa che lo metteva in imbarazzo e al tempo stesso lo avvicinava ancora di più a lei.

«Ti ho fatto male?» le chiese.

«Solo un po'. Non è successo niente, stai tranquillo.»

Lo disse con autorevolezza, con orgoglio: sapeva cose che lui non sapeva, sottintendevano quelle parole, che pure erano dette con un'ombra di sollievo, quasi ora che aveva compiuto quel passo non ci fosse più da preoccuparsi.

«Scusa», disse lui.

«Per che cosa?»

«Perché tu non...» Esitò. «O sì?»

«Non credo.» Tacque un attimo, poi con un altro sorrisetto aggiunse: «Penso che ci vorrà un po' di pratica».

A metà tra il sollievo e l'imbarazzo, Tony rifletté su quello che voleva dire. Alison si protese per baciarlo e gli disse piano: «Sono contenta di averlo fatto con te».

Accarezzandole i capelli, lui si sentì colmo di gratitudine. «Voglio stare con te per sempre.»

«Anch'io, per sempre.»

Lui sorrise. Lei si agitò un po' sotto di lui. «Puoi spostarti un pochino?» gli chiese. «Non del tutto, non andartene. Ho solo bisogno di respirare.»

Lui si spostò sul gomito e lei lo guardò teneramente. «Sei stato bene?» gli chiese.

«Oh, Dio mio, sì.»

Il sorrisetto ricomparve. «Alla fine, me ne sono accorta anch'io.»

D'un tratto, Tony sentì la forza del legame che li univa, completamente diverso da quello con Mary Jane. *L'abbiamo fatto*, si trovò a pensare, *e siamo stati bene. Non può essere peccato.*

Si ricordò per un pelo di guardare l'ora.

Mancavano venti minuti a mezzanotte. La strinse a sé mormorando: «Vorrei che questa sera non finisse mai».

Tacquero entrambi per un attimo, avvolti dal buio, in un mondo tutto loro. Con voce sognante Alison disse: «Potrei uscire di nuovo».

Tony rimase sorpreso. «Di nascosto dai tuoi?»

«Sì.» Gli scostò i capelli dal viso. «Voglio stare ancora con te. Sono stufa di dover sempre rientrare a mezzanotte.»

Dietro gli altri pensieri, Tony sentì riemergere il senso di colpa e, con esso, la prudenza. «Non voglio che tu corra rischi per me.»

Alison scosse la testa. «Appena rientro, si addormentano. Posso scendere per le scale di servizio, uscire dalla porta sul retro e tornare qui passando per il giardino dietro la casa.»

«Non ti perderai?»

Lei scosse la testa. «Giocavo sempre a nascondino qui nel parco. Ti troverei anche a occhi chiusi. Se mi vuoi.»

Tony taceva, vergognandosi della propria vigliaccheria. «Certo che ti voglio», disse.

Cominciarono a rivestirsi in fretta, eccitati da quel piano. A un certo punto, con le calze in mano, Alison si fermò e con aria decisa annunciò: «Queste non mi servono», e le infilò nella borsetta. «La mamma non se ne accorgerà nemmeno.» E gli fece un gran sorriso spensierato e trionfante.

Prima di scendere dalla macchina, insieme cercarono di pulire i finestrini appannati con le mani, ma il vetro rimase offuscato: era gelato e non si vedeva niente lo stesso. L'orologio segnava le 23.57.

«Non ti preoccupare», disse Alison. «Posso andare a casa a piedi.»

«Ti accompagno.»

S'inoltrarono tra gli alberi fitti con passo incerto, un po' spaventati. «Che buio», bisbigliò Tony.

Lei gli prese la mano. «Davvero.»

Arrivarono nel prato e si misero a correre.

Il cielo era nuvoloso e praticamente senza luna. La casa dei Taylor era separata dal parco da una fila di querce: Tony le riconobbe solo perché erano ancora più nere del resto. Si sentivano solo il loro respiro affannoso e il rumore dei loro passi.

Raggiunsero le querce, oltre le quali Tony vide la sagoma scura della casa con il tetto a due spioventi e il bagliore di una luce lasciata accesa sul retro.

«Sarà meglio che ci salutiamo», disse Alison.

Tony l'attirò a sé, baciandola sulla fronte. «Ti aspetto qui.»

Lei scosse la testa. «Fa freddo. Aspettami in macchina e tienila calda.»

Si guardarono e, senza fretta, Alison gli diede un bacio, lungo e profondo. Tony non voleva lasciarla.

Lei si ritrasse. «Adesso devo proprio andare», disse, sorridendo di nuovo. «Ci vediamo fra un quarto d'ora.»

Senza lasciargli il tempo di rispondere, gli diede un ultimo bacino e corse verso casa.

Rimasto solo, Tony la guardò sparire nel buio e poi ricomparire, come un fantasma, alla luce della veranda. Si voltò e gli fece un cenno con la mano. Poi la luce si spense.

6

Nella macchina ferma nel posto in cui avevano fatto l'amore, Tony aspettava che Alison tornasse. L'orologio segnava le 0.26.

Faceva freddo. Accese il riscaldamento e poi anche la radio.

Sembrava che il tempo passasse lentissimo. Mentre Bobbie Gentry cantava *Ode to Billy Joe*, Tony si accorse di essersi messo a contare fra sé, nella speranza che Alison si materializzasse prima che lui arrivasse a cento. Si sentiva come se gli mancasse una parte di sé.

Passarono anche le 0.40.

Inquieto, cercò di ricordare la sensazione di quando l'aveva vicina, di rivedere il suo sguardo. La radio mandò in onda *Lucy in the Sky with Diamonds*. La spense, irritato.

I suoi dovevano averle impedito di uscire di nuovo.

Li immaginava in piedi ad aspettare la figlia maggiore e prediletta per farle l'ennesima predica a proposito di Tony Lord; immaginava le sue gambe nude alla luce del salotto, l'espressione colpevole e ribelle con cui doveva essersi seduta di fronte a loro. Pensò ai propri genitori, soprattutto a sua madre: senza laurea e senza grandi aspettative, Helen Lord era diffidente nei confronti di un mondo che temeva le portasse via l'unico figlio, la fonte di tutte le sue soddisfazioni, per punirla di aver sperato d'innalzarsi al di sopra del suo status. Tony, che si scontrava costantemente con la sua scomoda convinzione di avere un figlio straordinario, capiva e disapprovava nello stesso tempo l'amore possessivo dei Taylor per Alison. Se si erano messi a discutere, le sarebbe stato impossibile uscire di nuovo.

Era l'una. Ma Tony non poteva piantarla in asso.

La casa era vicina, cento metri al massimo. Se la finestra non fosse stata nascosta dietro gli alberi, forse avrebbe potuto vedere la luce accesa in camera di Alison. Mosso da un istinto che neppure lui avrebbe saputo spiegare, *sentì* che era uscita. Non voleva che dovesse cercare la strada da sola.

Chiuse a chiave la macchina e uscì dal boschetto. La notte era ancora più buia di prima.

Lentamente si diresse verso la casa dei Taylor, tendendo le orecchie.

Niente.

Si fermò. Alison poteva essere vicina: era talmente buio che avrebbe potuto passargli accanto senza che lui la vedesse. Il silenzio assoluto faceva sembrare infinita anche l'oscurità.

Alla cieca si diresse verso la fila di querce. A un certo punto sentì una folata di vento freddo che muoveva i rami e, ormai a pochi passi di distanza, li vide.

Stagliati contro il cielo nero, gli alberi spogli erano scheletrici. Al di là scorse il tetto della casa dei Taylor. Le finestre erano tutte buie. Poi sentì un rumore, un ramo secco che si spezzava.

Non era stato il suo piede a provocarlo.

«Alison?»

Nessuna risposta. Teso, si mosse nella direzione da cui era venuto il rumore. La sua voce, bassa e soffocata, si disperse nella notte. «Alison...»

Si spezzò un altro ramo, questa volta più vicino.

Tony s'immobilizzò, intuendo che chiunque avesse provocato quel rumore si era fermato nel sentirlo arrivare.

Ancora più in ansia, udì un suono diverso, più lieve, forse il vento. Forse fu l'immaginazione, ma gli parve lamentoso, femminile.

Sentì un altro ramo spezzarsi, ancora più vicino.

Gli venne la pelle d'oca. «Chi è là?» gridò e subito dopo sentì qualcuno che correva verso di lui.

Non vedendo niente, cercò di farsi coraggio mentre i passi pesanti si avvicinavano sempre di più. A un certo punto, però, cambiarono direzione. Con il cuore che batteva all'impazzata, Tony sentì che il rumore si spegneva piano piano nel buio sconfinato.

Quando fu solo, ricordò l'altro suono più lieve.

Si voltò e corse oltre la fila di querce.

Un ramo gli sferzò la faccia, ma il bruciore lo fermò solo per un attimo. Entrò nel giardino dei Taylor.

Rallentò e si guardò intorno senza vedere niente. La casa era lì, con la sua caratteristica sagoma scura stagliata contro il cielo notturno; alla sua destra si sentiva lo sciabordio del lago, invisibile, più in basso. Solo quando la luce sul retro si accese, tingendo l'erba di giallo, vide l'ombra distesa ai suoi piedi.

Senza far caso alla luce si avvicinò, in preda a una paura crescente. Era rannicchiata sul fianco, come un bambino che dorme.

Tony si chinò e la sfiorò. Toccò i capelli che nascondevano la faccia, la guancia ancora calda.

Con voce rotta chiamò: «Alison».

Aveva la gonna sollevata. Come per svegliarla, Tony le posò la mano sulla gamba nuda.

Era bagnata, di qualcosa che odorava di urina. Gridò.

La porta sul retro si aprì cigolando. Sull'erba passò il fascio di una torcia.

«Alison», chiamò la voce di suo padre.

Stordito, Tony abbracciò Alison senza vederla. Finché la luce della torcia non li trovò entrambi.

Alison era paonazza, con una smorfia orribile sul viso e gli occhi, che erano stati così pieni d'amore per lui, vuoti e spenti, iniettati di sangue.

Sconvolto, Tony si fece il segno della croce con il viso inondato di lacrime.

Santa Maria, madre di Dio, prega per noi peccatori, adesso e nell'ora della nostra morte...

«Oh, Dio mio...»

Tony si ritrasse di scatto. Gli ci volle un attimo per rendersi conto che quel grido di angoscia non era suo. «Oh, Dio mio...» ripeté il padre di Alison.

In preda alla nausea, Tony sentì contro la testa qualcosa di freddo e di metallico e cominciò a tremare. «Animale, che cosa le hai fatto?»

Voltandosi, Tony si trovò di fronte una rivoltella nera.

A impugnarla era John Taylor, con i capelli bianchi che controluce sembravano d'argento e il viso stravolto dalla collera e dallo sbalordimento. Alle sue spalle, sulla porta, apparve la madre di Alison, allarmata. «Katherine», le gridò il marito. «Per favore, chiama aiuto...»

Tony tremava senza capire. Con la pistola in mano, John Taylor s'inginocchiò accanto alla figlia e le sentì il polso. Quando chiuse gli occhi, Tony disse disperato: «Non sono stato io...»

John Taylor aprì di colpo gli occhi. Come un automa, si alzò e puntò la pistola contro Tony. Incredulo, il ragazzo non riusciva a muoversi.

«Jack!»

Katherine Taylor corse a inginocchiarsi accanto ad Alison.

Quando la vide in faccia, si mise a gridare e le si gettò addosso, come per proteggerla.

L'uomo fissava Tony vicino alle due donne, una immobile e l'altra scossa dai singhiozzi. Con lo sguardo inespressivo alzò la pistola per fare fuoco. Tony si nascose la faccia tra le mani.

«Mamma, che cosa succede?»

John Taylor sbatté le palpebre. La sorellina undicenne di Alison, in camicia da notte, era sulla veranda.

La madre di Alison si alzò a fatica, con i capelli grigi scarmigliati, pallidissima. In tono secco disse al marito: «Non fargli del male, Jack. Aspetta la polizia».

L'uomo non rispose. Si voltò dall'altra parte e, forse ricordando i propri doveri di padre, si sforzò di parlare in tono autorevole: «È Alison, Lizzie. Per favore, resta dove sei». Rabbrividendo, Tony si rese conto che la signora Taylor gli aveva salvato la vita.

Si sentì ululare una sirena e Tony vide le luci rosse lampeggianti di una macchina della polizia e poi di un'altra, che si fermavano con grande stridore di freni davanti alla casa dei Taylor. Arrivò di corsa un agente giovane, seguito dal capo della polizia, un uomo tarchiato, che gridò: «Che cos'è successo, John?»

Lentamente, John si girò e con voce priva di espressione disse: «Questo ragazzo ha ucciso Alison...»

«No», esclamò Tony. «L'ho trovata così...»

Con il fiatone, il capo della polizia si fermò e guardò prima John, poi il corpo ai suoi piedi. Si chinò su Alison, mettendole una mano davanti al naso e alla bocca, e mormorò: «Sta arrivando l'ambulanza».

Poi scese il silenzio. Tony deglutì. Il capo della polizia lo fissava con gli occhi azzurri pieni di stupore e di una tristezza indicibile. «Ero alla partita, stasera...»

Sulla veranda, la bambina cominciò a piangere sommessamente, spaventata. Il capo della polizia guardò prima il padre di Alison, poi la pistola. «Siamo qui noi, John. Non devi preoccuparti.»

La signora si appoggiò rigida al marito. Il capo della polizia fece cenno al giovane agente di avvicinarsi e disse a Taylor: «È meglio che vi allontaniate un po'».

Borbottando qualche parola di conforto, l'agente li accompagnò verso la casa, mentre Katherine Taylor si voltava a guardare Alison.

Alle spalle di Tony c'erano altri due poliziotti; a denti stretti il capo ordinò: «Portatelo via». Tony si sorprese a guardare Alison come se potesse alzarsi e andare insieme a lui, come in un sogno.

I poliziotti lo scortarono fino alla macchina, attraverso quel giardino divenuto d'un tratto il paesaggio tenebroso di un incubo popolato da agenti in uniforme, con la sua ragazza morta e la sorellina che le assomigliava tanto che piangeva nascondendosi il viso tra le mani.

Lo spinsero sul sedile posteriore di una delle auto e lo portarono via. In fondo al viale, fra le lacrime, Tony vide i genitori di Alison, il padre che fissava l'auto e la madre con la testa appoggiata sulla sua spalla.

«Non sono stato io», ripeté, «non sono stato io.»

7

Poi nessuno parlò.

Dal finestrino Tony guardava le strade silenziose a metà fra la periferia e la campagna, con case di legno bianche degli anni '20, villette di mattoni rossi a un piano e giardini minuscoli degli anni '50, il municipio con la sua guglia e l'orologio di ferro che faceva a pugni con lo stile severo della stazione di polizia, finita di costruire l'anno precedente fra mille polemiche. Lake City gli pareva al tempo stesso familiare ed estranea, come un luogo quasi dimenticato. Quanto avrebbe voluto che Alison fosse con lui...

Arrivarono a destinazione.

I due agenti lo accompagnarono nel seminterrato. Tony li seguì senza protestare, perché rientrava nella logica di quell'incubo, così come ubbidì alla richiesta fattagli da un terzo agente, nel tono formale di un dottore che esegue una visita medica, di spogliarsi. L'uomo gli prelevò del sangue dal braccio, gli passò una limetta sotto le unghie, gli tagliò un ciuffo di peli pubici e gli applicò un tampone sul pene; poi scattò alcune foto al graffio che doveva avergli lasciato il ramo sulla guancia. Per tutta la durata di queste operazioni, Tony non fece domande. L'unica cosa cui riusciva a pensare era Alison.

Gli restituirono i vestiti e lo misero in una cella con le pareti dipinte di giallo, piccola come un armadio, con un tavolo e delle sedie sotto una forte luce al neon. Colto da un senso di claustrofobia, Tony si sedette e si appoggiò al tavolo, sfinito.

Alison era morta per lui, in peccato mortale. Non riusciva a pensare ad altro. Si sentiva come se avesse appena preso una botta in testa, con la memoria svuotata, capace di afferrare solo il dolore che provava, con le tempie che gli scoppiavano.

Perdonami, Padre, perché ho peccato...

Non sapeva più da quanto tempo era lì da solo, né gli importava: genitori e amici non contavano più niente per lui. Solo Alison.

Nella cella entrarono due poliziotti. Nella sua indifferenza, Tony riconobbe il più giovane, elegante e slanciato, con i capelli castani impomatati: era il sergente Dana, che si occupava della sorveglianza e della prevenzione di furti e spaccio di droga alla

Lake City High School. L'altro aveva i capelli rossi, gli occhi a mandorla e il colorito acceso di chi beve troppo. Agitava nervoso le mani lentigginose sul tavolo. A un certo punto si accese una sigaretta.

«Sono il tenente McCain. Frank McCain. Conosci già Doug Dana, vero? Una volta giocavo anch'io da quarterback. Ma non ero bravo come te.»

Tony si fregò gli occhi senza capire. McCain fece un tiro alla sigaretta, come per sforzarsi di procedere lentamente. «È una cosa terribile, Tony, terribile. Scommetto che ti dispiace essere qui quanto dispiace a noi avertici portato. Mi rincresce veramente averti dovuto sottoporre a tutti quegli esami poco fa, ma è la routine: non se ne può fare a meno.» Al tiro successivo, la mano gli tremava lievemente. «Abbiamo una grossa responsabilità, Tony. È morta una bellissima ragazza, una persona cui so che tenevi molto. Come te, anche i suoi genitori devono farsi una ragione di questa tragedia. Dobbiamo cercare di aiutarli a capire quel che è successo. Per quel po' di pace che questo può dargli.»

Tony fissava il piano del tavolo. «È colpa mia», mormorò. «Ditegli che è stata colpa mia.»

McCain rimase immobile. «In che senso è stata colpa tua, Tony?» La sigaretta gli si consumava tra le dita.

«Volevo stare ancora con lei. Ci eravamo messi d'accordo di rivederci di nascosto.» Con un groppo alla gola, spiegò: «Se non avessi voluto stare ancora con lei, quello non l'avrebbe uccisa».

Questa volta fu Dana a guardarlo con interesse. «Chi non l'avrebbe uccisa?»

«Non so chi fosse. Ho sentito qualcuno nel parco...» Tony s'interruppe: sotto quella luce impietosa, il rumore di passi nel parco buio sembrava una sciocca allucinazione.

I due agenti lo guardavano. «Raccontaci come hai passato la serata», disse Dana. «Tutto quello che hai fatto dopo la partita.»

Tony non riusciva quasi a parlare. Sconsolato, raccontò l'incontro con Sam e Sue, la decisione sua e di Alison di stare da soli e poi di rivedersi più tardi, quindi i passi nel parco, il fievole grido che l'aveva guidato fino al corpo. Avrebbe dato qualsiasi cosa per poter tornare indietro, restare con Sam e Sue, o dire ad Alison di rimanere a casa al sicuro con i suoi che le volevano bene. Tacque solo una cosa, il desiderio di Alison di fare l'amore con lui, perché gli sembrava l'unico modo in cui poteva ancora proteggerla.

Dana era scuro in viso. «Come ti sei fatto quel graffio sulla faccia?»

Tony cercò di ricordare. «È stato un ramo... mentre correvo tra gli alberi.»

«Perché sei sceso dalla macchina?»

«Era in ritardo. Sono andato a cercarla e ho sentito qualcuno nel parco...»

«E come avrebbe fatto a sapere che lei era là, quello che l'ha uccisa?»

Tony scosse la testa sconcertato. Sottovoce, Dana chiese: «Hai fatto l'amore con Alison ieri sera?»

Tony chiuse gli occhi. «No.»

«Pensiamo che Alison abbia avuto rapporti sessuali prima di morire, Tony.» Con aria malinconica, McCain scosse la testa. «Anche se è morta, il suo corpo parlerà. E il tuo anche, quando avremo i risultati delle analisi di laboratorio.»

Tony fu assalito dai sensi di colpa. «Potrei parlare con padre Quinn... il mio parroco?»

McCain lo guardò negli occhi. «Anch'io sono cattolico, Tony. Sappiamo che confessarsi fa bene all'anima, ma quello che dirai a padre Quinn sarà di aiuto solo a te. Per aiutare anche gli altri devi parlare con noi, e sono certo che padre Quinn è d'accordo. È l'unico modo perché la gente di questa città non perda fiducia.» Parlò più lentamente per dare maggiore enfasi alle proprie parole. «Quindi comincia col dirmi se hai fatto l'amore con Alison Taylor.»

D'un tratto Tony sentì il bisogno di urinare. «No», disse.

«Avete litigato, ieri sera?» incalzò Dana. «Voglio dire, avevate qualche problema, no? Vi eravate anche lasciati per un po'.»

Tony aveva le tempie che pulsavano. «Chi gliel'ha detto...»

«Allora che problema c'era ieri sera?» lo interruppe Dana.

Tony si sentiva scoppiare la vescica. «Nessuno.»

McCain posò la sigaretta. «Collabora, Tony. Raccontaci che cos'è successo fra te e Alison.»

Tony non rispose. Dana abbassò di nuovo la voce. «Io credo di saperlo.»

Tony percepì che l'atmosfera era cambiata. «Come?»

Il poliziotto si appoggiò allo schienale della sedia e lo guardò senza espressione. «A volte alle donne piace provocarci un po'. Magari ci fanno credere che gli piace farlo in un certo modo e poi cambiano idea.» Prese un'aria confidenziale. «È per questo che volevi che uscisse di nuovo? Per fare qualcosa di un po' diverso?»

«Volevo solo stare con lei...»

«Magari avete avuto un contrasto al riguardo.» Adesso Dana parlava in tono disinvolto. «Magari è questo che ci dirà il cadavere: che l'hai costretta a farlo come volevi tu.»

Tony scosse la testa. «No.»

«Allora vuoi che diciamo ai suoi che se la faceva con qualcun altro?»

«No... Noi due stavamo insieme.»

«Allora cerchiamo di capirci. Dici che Alison non aveva nessun altro, che non se la faceva con nessun altro. Ma se vuoi essere corretto nei suoi confronti e vuoi portare rispetto alla sua memoria, l'unica è dire la verità su quel che le hai fatto.»

Di colpo Tony comprese e ammutolì inorridito.

McCain gli posò una mano sulla sua. «Le volevi bene, Tony?»

A Tony si riempirono gli occhi di lacrime. «Sì, le volevo bene.»

McCain annuiva lentamente. «A me questo sembra un omicidio a sangue freddo. E non riesco a credere che tu abbia ucciso a sangue freddo una ragazza di cui eri innamorato.»

«No...»

McCain gli diede una pacca sulla mano. Tony pensò che forse, tutto sommato, gli credeva. «Secondo te, come si sente in questo momento la persona che l'ha fatto?» chiese il detective.

«Non lo so.» La pressione della vescica era diventata insopportabile. «Devo andare al bagno...»

«Pensi che la volesse veramente uccidere?»

Il tono di voce era consolatorio, ma Tony, per quanto scioccato, intuì che cosa nascondeva. A bassa voce, rispose: «Sì, la voleva uccidere».

Negli occhi di McCain si accese una scintilla. «Come fai a saperlo, Tony?»

Il ragazzo prese fiato. «Perché ho visto quello che le ha fatto.»

McCain, seduto di fronte a lui, si sporse in avanti fino ad avere la fronte a un palmo da quella di Tony. «Secondo te allora che cosa si merita?» chiese. «Si potrebbe avere un po' di pietà, se solo riuscissimo a capire.»

«No», rispose Tony. «Secondo me chi l'ha uccisa merita di morire. Com'è morta lei.»

McCain gli strinse la mano. «Secondo me, no. Se non voleva

che succedesse, se la situazione gli è sfuggita di mano, non merita
di morire.» L'ispettore lo guardava dritto negli occhi. «È ora di
comportarsi da uomo, Tony. Ieri sera sei stato un eroe per questa
città. Puoi tornare a esserlo, sei ancora in tempo.»

Per quanto in quel momento fosse ben poco razionale, Tony
si sforzò di concentrarsi sul pensiero della sopravvivenza. «Basta
che racconti quello che è successo veramente, giusto? Poi posso
andare al bagno?»

«Certo.» Tony sentì un tremito nella mano di McCain. «Non
volevi che morisse, lo so. Per quanto brutta sembri la tua posizione.»

Lentamente, Tony ritrasse la mano e guardò il tenente. «Okay.
Non l'ho uccisa io. L'ho trovata così. Quindi la smetta di far
finta di essere mio amico.» Si alzò, con la voce che tremava per
l'angoscia, la paura e la collera. «Voglio che chiami i miei, subito.
E mi dica dov'è il bagno.»

McCain lo fissò e arrossì. Per un attimo, nessuno parlò.

«In fondo al corridoio», rispose Dana.

Arrivarono i suoi. La madre, Helen, aveva gli occhi rossi; senza
trucco, con i capelli troppo biondi, era pallidissima. Gli corse
incontro e lo abbracciò disperatamente. «Non l'ho uccisa io,
mamma.»

«Va bene, Tony, va bene.»

Tony guardò il padre dietro di lei. Vedendolo a testa alta, con
l'espressione autorevole, gli tornò in mente la foto che la madre
teneva sulla mensola del caminetto; il giorno del matrimonio,
Stanley Lord aveva soltanto i capelli più scuri, pettinati all'indietro, e i lineamenti slavi più sottili e più netti. «Com'era bello...»
diceva sempre Helen, come se parlasse di un'altra vita.

Per la prima volta dopo tanti anni, il padre prese Tony per
mano. Guardando McCain e Dana, disse: «Portiamo a casa nostro figlio». Tony provò la gratitudine di un bambino che, essen-
dosi perso, viene ritrovato.

Passando davanti a un altro ufficio, videro il capo della polizia
che parlava sottovoce con John e Katherine Taylor. John Taylor
alzò gli occhi e fissò Stanley Lord con una spaventosa amarezza.
Nello sguardo di Stanley c'era compassione, ma nessuna scusa: si
sarebbe preso cura della sua famiglia, diceva quello sguardo, sen-

za lasciarsi impressionare da chi era John Taylor. Poi la moglie lo tirò per un braccio e se ne andarono.

Nella luce incerta dell'alba, la madre di Tony si appoggiò alla Dodge azzurra e, nascondendosi il viso tra le mani, scoppiò in singhiozzi. «Non avresti dovuto metterti con lei. L'ho sempre saputo...»

Quelle parole lo ferirono, benché sapesse che dietro c'erano tutte le paure e le superstizioni di una donna nata in un misero quartiere di polacchi che non si era mai emancipata del tutto. Sconvolto, Tony si rivolse al padre. «Mi dispiace, papà. Credo di aver bisogno di un avvocato.»

Lo vide rabbrividire al pensiero delle conseguenze di quella tragedia e subito dopo accettare la realtà che era morta una ragazza e suo figlio era nei guai.

Stanley Lord lo abbracciò. «Te ne troveremo uno, Anthony.»

8

QUANDO si trovò di fronte Saul Ravin, Tony rifletté che, se la sua vita non fosse stata sconvolta da quel che era successo, difficilmente avrebbe avuto a che fare con uno come lui.

Nei primi due giorni di strazio e d'insonnia si era reso conto che si stava rassegnando all'idea che Alison era morta, lentamente ma inesorabilmente, come la goccia d'acqua che scava la roccia. Il giornale del sabato gli era parso irreale: la foto di classe di Alison, un po' sbiadita, assomigliava a quelle delle tante adolescenti la cui vita era stata stroncata da una tragedia. Il titolo diceva: UCCISA STUDENTESSA MODELLO. INDAGATO IL FIDANZATO DELLA RAGAZZA. In tono piatto, Tony aveva chiesto alla madre: «Chi lo ha portato?»

«La signora Reeves, quella che sta in fondo alla strada. Insieme a un po' di tonno al tegame.»

Chissà perché Tony era scoppiato in una risata amara, che aveva lasciato interdetta la madre. «La prossima volta che ammazzo qualcuno, dille che preferisco le lasagne», aveva replicato.

La madre si era nascosta la bocca con le mani. Il padre, che sbirciava dalla finestra i giornalisti assiepati davanti alla casa, si era voltato e aveva sussurrato: «Figlio mio, cerchiamo di essere gentili l'uno con l'altro, soprattutto adesso».

Il padre era pallido e aveva gli occhi pesti. Contrito, Tony si era seduto sul divano di fronte alla madre. «Siamo soli», aveva annunciato Helen Lord. «Lo zio Joe e la zia Mary Rose volevano venire, ma abbiamo dovuto dir loro di no, con tutta quella gente fuori.»

Tony aveva guardato la casa in cui aveva sempre vissuto. Il salottino con la foto del matrimonio dei genitori, la foto del primo giorno di scuola, il busto di porcellana di san Stanislao, la statuina raffigurante due contadini che ballavano la polka in costume tradizionale. Quella stanza rifletteva gli angusti confini della vita dei suoi, le paure di sua madre e i piccoli diversivi di suo padre – il bowling, le attività della parrocchia –, il suo lavoro paziente e senza prospettive d'impiegato in una grande azienda. Quante volte Tony aveva fantasticato di lasciarsi alle spalle tutto quanto, compresa quella casa che adesso era diventata la sua prigione. Avrebbe voluto essere morto, come Alison.

Era lunedì pomeriggio. Soltanto tre giorni prima avrebbe immaginato di essere a scuola, a quell'ora, a ricevere le congratulazioni dei compagni per la vittoria sul Riverwood. Invece la scuola era chiusa per il funerale di Alison e Tony e i suoi genitori erano nello studio di questo penalista che dicevano fosse il migliore di Steelton. Di tanto in tanto Tony guardava dalla finestra il panorama della città industriale, che sembrava tutta cemento e acciaio, con edifici grigi, autostrade grigie e l'inquinatissimo fiume Steelton che scorreva, anch'esso grigio, punteggiato dalle navi grigie che trasportavano il minerale di ferro. Dalle ciminiere grigie usciva fumo grigio.

Ravin illustrò a chiare lettere la situazione. La faccenda era seria: l'anticipo sul suo onorario era di diecimila dollari e, se Tony fosse stato rinviato a giudizio per omicidio, i suoi avrebbero dovuto ipotecare o vendere la casa. Ma il primo colloquio, naturalmente, sarebbe stato gratis.

Purtroppo Tony e lui avrebbero dovuto parlare a tu per tu, senza i genitori, che dovevano impegnarsi a non chiedere né a lui né a Tony che cosa si erano detti. Inoltre, in quanto potenziali testimoni, padre e madre non dovevano assolutamente parlare con Tony della sera del delitto. Non perché il ragazzo fosse colpevole, si affrettò ad aggiungere, ma perché un pubblico ministero in gamba avrebbe approfittato certamente di ogni piccola discrepanza nelle loro dichiarazioni. Sconcertati, i Lord stettero ad ascoltare come se si trattasse di un nuovo catechismo. Poi Ravin li accompagnò nella sala d'aspetto e chiuse la porta. Tony e l'avvocato rimasero soli.

Ravin si accomodò sulla sua poltrona con la schiena appoggiata allo schienale e le mani incrociate sullo stomaco. Aveva una quarantina d'anni e un po' di pancia, i capelli ricci neri con qualche filo grigio, il naso grosso, il doppio mento e uno sguardo vivace, a tratti fulminante, ma anche un po' triste. Tony immaginò che fosse ebreo, perché il nome gli suonava un po' esotico, ma non ne era sicuro, anche perché non ricordava di aver mai conosciuto nessun ebreo. Con fare paterno, Ravin gli fece capire che si rendeva conto di quanto Tony fosse disorientato e che non c'era fretta. Il ragazzo intuì che aveva congedato i suoi anche per un altro motivo: senza di loro, era più probabile che lui gli parlasse a cuore aperto.

«Bene», disse dopo un po'. «Per te sono un perfetto scono-sciuto, Tony, ma anche l'unica persona al mondo di cui puoi fidarti nella maniera più assoluta. Niente di quello che mi dirai uscirà da questa stanza. Quindi devi raccontarmi tutto. Perché, vedi, io non potrò fare un gran che, se tu mi nascondi qualcosa. Ricordati che dire la verità è la cosa più facile, perché è l'unica storia su cui non c'è bisogno di pensare. Chiaro?»

Per un'ora, Tony rispose alle domande di Ravin sulla sua vita, la famiglia, gli amici, la scuola, lo sport e le altre attività, la parrocchia, da quanto tempo abitavano a Lake City, perché si erano trasferiti da Steelton, i college cui pensava di fare domanda ed eventuali problemi precedenti con la polizia, gli insegnanti o altri. Tony si rese conto che stava cercando di metterlo a suo agio e intanto di farsi un quadro della situazione.

«Sei una novità per me», gli disse a un certo punto. «Un cliente il cui unico precedente consiste nell'avere diciassette an-ni.» Poi si fece serio. «Dobbiamo parlare di Alison, Tony. Non solo di quel che è successo, ma di lei.»

Lui cominciò con voce sommessa. Alla fine, senza fargli fretta, Ravin gli fece ricostruire la sera dell'omicidio dal principio fino all'interrogatorio della polizia: con cortese insistenza, gli fece ripetere le domande che gli avevano fatto e come aveva risposto, frase per frase. Quand'ebbe finito, lo avvertì: «Ti stanno nascon-dendo qualcosa».

«Che cosa?»

«Non lo so.» Appoggiò il mento sulle mani giunte come se stesse per aggiungere una frase, invece liquidò l'argomento: «I poliziotti tengono sempre nascosto qualcosa, o per farti cadere in fallo o per evitare che qualche mitomane confessi un omicidio che non ha commesso. A volte lo fanno semplicemente per proteggere la famiglia della vittima». In tono più sommesso aggiunse: «Ma anche tu hai tenuto nascosto qualcosa. Sia a me sia alla polizia».

Tony arrossì. «Che cosa?»

«Che ci andavi a letto insieme.»

Tony lo fissò in silenzio, offeso e imbarazzato al tempo stesso. Ravin si osservava i gemelli d'oro ai polsi con aria indifferente. «E, come i poliziotti, mi chiedo perché. Loro penseranno che non hai voluto dirlo perché l'hai violentata e magari, cercando di farla stare zitta, hai stretto un po' troppo. Non puoi biasimarli.» A un certo punto Ravin alzò gli occhi e lo fissò: «Allora dimmi,

Tony, che cos'è stato? Violenza carnale? Omicidio? Violenza carnale e omicidio? O un semplice rapporto consensuale? Parla, e questa volta non saltare niente».

Tony si alzò di scatto e andò alla finestra. Ma non riusciva a cancellare dai propri occhi la vista di Alison, nuda e distesa sotto di lui, che lo guardava. Solo la forza di volontà gli impedì di piangere. Senza voltarsi, disse: «Abbiamo fatto l'amore in macchina. Era la prima volta».

«E lo volevate tutti e due.»

«Sì.» Dopo un po' aggiunse, in tono piatto: «Per questo era uscita di nuovo, di nascosto».

«Perché non l'hai detto alla polizia?»

Tony sospirò. «Perché era una cosa che riguardava solo noi.»

Sentì che Ravin si alzava dalla poltrona di pelle. «Alison è morta, Tony. Da come me l'hai descritta, non credo che avesse bisogno di tutta questa galanteria da parte tua.» Gli mise una mano sulla spalla. «Se ben ricordo, secondo la tua religione i rapporti sessuali prematrimoniali sono peccato mortale. Ma io non credo che facendo l'amore con Alison Taylor tu l'abbia uccisa. Secondo me, e secondo la legge, l'unico responsabile è quello che l'ha uccisa veramente. Quindi te lo chiedo ancora una volta: hai ucciso Alison Taylor? Qualunque risposta tu mi dia, farò il possibile. Però devo sapere la verità.»

Tony si voltò a guardarlo negli occhi. «Non ho ucciso Alison, signor Ravin. Io l'amavo.»

L'avvocato lo fissò, poi accennò un sorriso. «Saul», lo corresse, «chiamami Saul. Il signor Ravin era mio padre, il rabbino, al quale ho dato parecchie delusioni. Vieni, siediti.»

Il ragazzo tornò a sedersi, abbastanza fiducioso. Ravin si appoggiò allo schienale. «Adesso ti spiego qualcuna delle mie verità, Tony. Prima di tutto, a parte la questione del sesso, la tua storia non presenta grossi problemi. La polizia e i Taylor potranno anche trovarla incredibile, ma la loro opinione non basta. Non so ancora come pensino che siano andate le cose: forse hanno scoperto qualcosa dall'autopsia o dai campioni che hanno prelevato su di te, magari sotto le unghie, oppure c'è qualcuno che sostiene di sapere qualcosa d'importante.

«A questo riguardo non possiamo fare molto, a parte dire alla polizia che effettivamente hai fatto l'amore con lei, ma che il rapporto è stato consensuale.» Ravin si fermò a riflettere. «Perché se lo è stato veramente, il coroner lo confermerà. Lo stupro provoca delle lesioni che neanche la deflorazione può lasciare.» Dopo un'altra pausa, aggiunse sottovoce: «A meno che non ci sia stato qualcun altro dopo di te. Se così fosse, il coroner potrebbe non essere in grado di distinguere: anche se il liquido seminale fosse di una sola persona, non sarebbe comunque possibile stabilire di chi. Si riesce a risalire solo al gruppo sanguigno».

Tony fu assalito contemporaneamente dallo strazio per quel che doveva aver subito Alison, dall'odio per l'assassino, dall'angoscia di parlare di lei in termini di prove e indizi, oltre che dai sensi di colpa. «E questo», continuò Ravin, «ci porta a un'altra considerazione. Quando succede una cosa del genere, Tony, a volte il movente è meno assurdo di quel che sembra. C'è qualcuno a cui Alison interessava che poteva essere nel parco quella notte?»

«No. Non era una ragazza leggera, che passava da uno all'altro.» Si accorse di aver alzato la voce. «Sono stato io a trovarla. È di me che sospettano i poliziotti. Se sapessi chi può averla uccisa, gliel'avrei già detto. Oppure l'avrei già ammazzato io.»

L'avvocato gli lanciò un'occhiataccia. «Se fossi in te, non parlerei di ammazzare nessuno. E fino a poco tempo fa, Alison usciva con altri ragazzi. Se piaceva a te, può darsi che piacesse ancora anche a loro, o che lei provasse qualcosa per loro. O comunque che loro lo credessero e si sentissero traditi.» Assunse un tono secco, realistico. «E questo ci porta ad altre verità. Se ti processano, per i tuoi sarà una rovina, dal punto di vista economico, e difficilmente tu potrai rifarti una reputazione, almeno in certi ambienti. Bisogna che la polizia si convinca che può essere stato qualcun altro. Devi aiutarmi.»

Continuando a fissarlo, Tony elencò in tono monocorde tutti i ragazzi con cui era uscita Alison. Ravin scrisse i nomi, poi lo ringraziò educatamente e alzò la testa dal foglio. «Lo darò alla polizia. Quando andrò a illuminarli sui rapporti tra te e Alison.»

Tony si raddrizzò sulla sedia. «Voglio venire anch'io.»

Ravin posò la penna. «Stavo giusto per dirti che non devi parlare mai più con la polizia. Il mio compito è proprio tenerti aggiornato e impedirti di commettere errori...»

«Credevo che la verità fosse l'unica storia a cui non c'è bisogno di pensare.»

L'altro lo osservò attentamente. «In queste circostanze, non lascio mai che i miei assistiti parlino con la polizia. Il rischio è che finiscano per dire qualcosa che sarebbe meglio non dire, per quanto innocente.»

«Ho mentito.» Tony raddrizzò la schiena. «Devo guardarli di nuovo in faccia e spiegar loro che non sono stato io. Lo devo dire a tutti.»

Ravin intrecciò le dita, con un'espressione meno severa. Nei suoi occhi c'era di nuovo una luce triste, d'infinita stanchezza. «Ho ancora una verità da dirti, Tony, la più dura di tutte. Tu sei l'unica persona al mondo a sapere di non averla uccisa. Gli altri potranno crederci come no. E quello che hai in mano tu non può convincere il cittadino medio di Lake City che non sei un assassino. Soltanto la polizia e il pubblico ministero possono riuscirci, e solo se a mia volta io riesco a convincere loro a non incriminarti. Nel frattempo dovrai contare solo su te stesso. Quello che devi dire a tutti – ai tuoi genitori, allenatori, amici, compresi Sam e Sue – è che non sei stato tu, che confidi che la polizia scopra il colpevole e che stai collaborando con il tuo silenzio. Nient'altro.»

Ancora una volta, Tony si rese conto dell'isolamento in cui era precipitato. Aveva perso per sempre Alison e nessuno poteva aiutarlo a sopportare il suo dolore, a superare l'orrore di averla trovata cadavere, a vincere l'angoscia di sentirsi considerato colpevole. Guardando fuori della finestra, disse quasi fra sé: «Il funerale è oggi pomeriggio. La scuola è chiusa e a quest'ora mezza città sarà in chiesa. Molti la conoscevano appena, ma vogliono pensare di essere stati suoi amici. Il pastore mi ha telefonato per accertarsi che non andassi in chiesa: ha detto che era il desiderio espresso dai Taylor e che sperava che lo rispettassi. Per la verità devo dire che mi ha anche invitato a pregare per Alison a modo mio, nella mia chiesa. Probabilmente pensa che abbiamo uno speciale rito pagano per gli assassini cattolici».

Ravin per la prima volta parve in difficoltà. Tony lo guardò. «Ci saranno tutti i nostri amici. Ma la cosa peggiore è che i suoi genitori e io eravamo quelli che le volevano più bene a Lake City e loro non vogliono nemmeno sentirselo dire.»

«Né ti lasciano partecipare al lutto della comunità.» Lo sguardo di Ravin era pieno di comprensione. «Ma ti consiglio di stare alla larga dai Taylor, Tony. Hanno ricevuto un colpo terribile e vederti li farebbe stare ancora peggio. In una città come Lake City, i Taylor potrebbero rovinarti veramente.»

Quelle parole lo fecero sentire ancora più solo. «Se le devo credere», disse a Ravin, «non posso parlare con nessuno.»

«Con il tuo sacerdote hai provato?»

Il ragazzo esitò. «Non so se farlo», rispose. «Riguardo ad Alison, mi disapprovava.»

Ravin lo osservò impassibile, come se cercasse di guadagnare tempo per riflettere. «Ti propongo un patto», disse poi. «Se mi prometti di stare zitto con tutti gli altri, ti porterò con me alla polizia. Così potrai dire le tue ragioni davanti a quelli che contano di più.» Alzandosi, gli tese la mano. «D'accordo?»

Dopo un attimo d'incertezza, Tony gliela strinse. «D'accordo.»

«Va bene, allora», lo congedò Ravin. «Ci sentiamo.»

Tony si avviò verso la porta e si rese conto che stava per affrontare un mondo che non conosceva più.

«Ancora una cosa», sentì che gli diceva Ravin.

Si voltò, con la mano sulla maniglia. «Che cosa?»

«Puoi telefonarmi, Tony. Tutte le volte che hai bisogno di parlare.»

Sollevato e pieno di gratitudine, riuscì a dire soltanto: «Grazie, signor Ravin».

Per la prima volta l'avvocato sorrise anche con gli occhi. «Saul», lo corresse.

9

Tornando a casa, i Lord passarono davanti alla chiesa episcopale di Saint Barnabas. La strada era piena di macchine e in fondo era parcheggiato un carro funebre nero.

Con un filo di voce Tony disse: «Ho bisogno di parlare con padre Quinn».

I genitori, pallidi e silenziosi, lo lasciarono alla chiesa di Saint Raphael.

Pur non essendo una parrocchia ricca, la chiesa in sé era spaziosa, molto decorata, rassicurante nella sua quiete ombrosa. Tony si sedette nell'ultima fila di banchi.

Erano le tre del pomeriggio e non c'era nessuno. Tre giorni prima, a quell'ora, la partita di football non era ancora cominciata e lui e Alison Taylor non avevano ancora fatto l'amore.

Con il viso rigato di lacrime, Tony invocò pace per l'anima della ragazza.

Conosceva la strada.

Il confessionale era in un corridoio buio su un lato della chiesa. Padre Quinn confessava il sabato e il lunedì pomeriggio. Tony si accostava a quel sacramento da quando era bambino; riconosceva i suoi peccati, veniali o mortali, padre Quinn lo ascoltava e poi gli assegnava una penitenza, un certo numero di padrenostri e avemarie, invitandolo a fare atto di contrizione. «*Ego te absolvo*», diceva il sacerdote, ti assolvo, «*in nomine Patris, et Filii et Spiritus Sancti*. Vai in pace.» Tony tornava in chiesa, s'inginocchiava davanti all'altare, recitava la sua penitenza e se ne andava con l'anima di nuovo pura e il cuore leggero.

Quel giorno era la sua unica speranza di redenzione, per sé e soprattutto per Alison.

Mentre andava verso il confessionale, spuntarono due donne, madre e figlia. Vedendolo, si fermarono di colpo e indietreggiarono per lasciarlo passare, Tony non avrebbe saputo dire se per rispetto al suo dolore o per paura di quel che doveva confessare.

Nella penombra del corridoio, sentì le assi del pavimento di legno scricchiolare sotto i suoi passi.

Il confessionale, con la sedia vuota, era in fondo. Tony entrò e si sedette. Dietro la grata s'intravedeva il profilo ascetico di padre Quinn.

«Padre, mi perdoni perché ho peccato...»

Notò l'immobilità del prete, che poco dopo, con il suo accento irlandese, gli chiese piano: «Quali peccati hai commesso, figliolo?»

«Mortali, padre.» S'interruppe, con un groppo alla gola. «Ho fatto l'amore con una ragazza.»

Il sacerdote esitò. «I rapporti prematrimoniali sono un peccato mortale...»

«È morta, padre.»

Oltre la grata, Tony sentì che il sacerdote sospirava, ma non per la sorpresa. «Com'è successo?»

«Per causa mia.»

Questa volta padre Quinn non parlò. Tony si chinò in atteggiamento supplice. «Per mesi ho insistito, pur sapendo che non era giusto. Alla fine si è data a me perché mi amava. Non era cattolica; per lei non era peccato...»

«Sì», disse piano padre Quinn, «lo so. E questo in sé era peccato.»

Tony tremava. Il prete abbassò la voce. «Non mi hai detto com'è morta. Solo che è stato per causa tua.»

Tony chiuse gli occhi. «Dopo che abbiamo fatto l'amore, la desideravo ancora. Ho aspettato a Taylor Park che uscisse di nuovo di nascosto. Non vedendola arrivare, sono andato a cercarla. L'ho trovata nel giardino dietro casa sua, morta.» Di nuovo gli si riempirono gli occhi di lacrime. «So che è morta soffrendo. Che non si sarebbe mai trovata là fuori a quell'ora se non gliel'avessi chiesto io. Che è morta per causa mia.»

Ci fu un lungo silenzio. Poi il prete chiese: «C'è altro che mi devi dire?»

Passò un bel po' prima che Tony riuscisse a parlare. «È morta dopo che abbiamo fatto l'amore, padre. Ho bisogno di sapere...»

Il prete si chinò in avanti e con voce secca continuò per lui: «... Che cos'è successo alla sua anima?»

«Sì.»

Padre Quinn tacque un momento, poi disse: «Non lo puoi sapere».

Tony avvertì uno spasimo. Aveva imparato dai suoi genitori il dogma secondo cui chi non era cattolico, e meno che mai una ragazza che moriva nel peccato, non poteva ragionevolmente spe-

76

rare nella salvezza dell'anima. «Ma la nostra dottrina sta cambiando...»

«Forse. Ma non per queste cose, credo.»

Nel suo sconfinato dolore, Tony si nascose la faccia tra le mani. «La prego, padre...»

In tono più dolce, il prete disse: «Non posso dirti quello che non è, nemmeno per il bene di una povera ragazza per la quale le tue azioni non sono state prive di conseguenze e la cui salvezza si decide adesso al cospetto di Dio. Qui puoi confessare solo i tuoi peccati e far penitenza per la tua anima immortale». La sua voce s'indurì. «Perciò devo chiederti: mi hai detto tutto?»

«Sì», rispose Tony con improvviso slancio. «Padre, mi perdoni, perché ho commesso un peccato mortale e in tal modo ho fatto andare all'inferno la ragazza a cui volevo bene.»

«Ascoltami», disse il prete alzando la voce. «Tu non stai parlando con me, ma con Dio, il giudice supremo, nel cui regno nessun atto cade in prescrizione. Egli può concedere l'assoluzione soltanto a te, e solo per i peccati che gli hai confessato. Ce ne sono altri?»

«Non l'ho uccisa, padre... L'ho fatta andare all'inferno.» Tony era in preda a una disperazione e a una collera nuove per lui. «Adesso mi dia l'assoluzione, allevi il mio dolore...»

Udì un forte sospiro dietro la grata. «Sei sconvolto, figlio mio. Forse dovresti riflettere...»

In preda all'angoscia, Tony scattò in piedi. «Forse dovrei andare all'inferno con Alison. Così almeno avrà compagnia...»

«Anthony», esclamò il prete, «guarda che senza assoluzione non puoi fare la comunione. Io ti voglio aiutare...»

«Non mi può aiutare, padre. Non in questa vita.»

Accecato dalla disperazione, dalla stanchezza e dalla solitudine, Tony Lord si alzò e uscì dalla sua chiesa.

Poco dopo le cinque, mentre era seduto solo nella tavernetta di casa sua, Tony sentì qualcuno scendere le scale.

Per un momento, Sam e Sue si fermarono nella penombra, poi Sue gli corse incontro e gli buttò le braccia al collo. «Tony, mi dispiace tanto...»

Con gli occhi chiusi, Tony l'abbracciò e la tenne stretta a lungo, senza pensare a nient'altro che al sollievo di vederla, al conforto di quell'inaspettato gesto di affetto. «Sono così contento di vedervi...»

Sue gli premette una guancia sulla fronte, poi fece un passo indietro. Tony si alzò e abbracciò Sam. Non ci fu bisogno di parole.

Dopo un po', Sam e Sue si sedettero sul divano scozzese. Tony non chiese dov'erano stati; Sam era goffo e a disagio nel vestito scuro e il tailleur blu di Sue era uno di quelli che metteva solo per andare in chiesa. Senza la sua solita vivacità, Sue sembrava più piccola. Con un filo di voce, Tony le chiese: «Com'è stato?»

Sue parve incerta su che cosa rispondere. «Tremendo», disse infine. «Il padre di Alison ha provato a parlare, ma non ci è riuscito. La madre era distrutta.» Con gli occhi fissi sul pavimento di linoleum grigio, aggiunse: «Sono contenta che tu non sia venuto».

«Io sarei voluto venire, Sue. È stato il pastore a dirmi di non presentarmi.»

La ragazza alzò gli occhi. «Lo so.»

In quelle due parole riecheggiavano mille cose non dette. Facendosi forza, Tony chiese: «Pensano tutti che l'abbia uccisa io, vero?»

Sue non si lasciò prendere alla sprovvista. «La gente non ha parlato molto», rispose. Poi evidentemente decise che per un amico non bastava e aggiunse: «Chi ti conosce non lo pensa. Probabilmente c'è chi non sa che cosa pensare. Voglio dire, è successo solo venerdì scorso...»

«È incredibile», intervenne Sam e Tony vide che aveva gli occhi lucidi. «Continuo a ripensare a quella sera. Sue e io eravamo nel bosco degli aceri, al sicuro, mentre tu... Continuo a pensare che se avessi insistito per farvi venire con noi, non sarebbe mai successo...»

Senza parlare, Sue gli lanciò un'occhiataccia. Ma non era il caso: Tony aveva già rimpianto a sufficienza di non essere rimasto con loro. Erano sempre usciti tutti insieme e senza Alison si sentivano irrimediabilmente menomati.

«È come un brutto sogno», disse Tony. «A volte mi sembra di potermi svegliare e raccontarglielo...»

Sam giunse le mani. Dopo un po' disse: «Sul giornale c'era scritto che hai riferito alla polizia che l'hai trovata così...»

Tony si sfregò gli occhi. «Sì.»

«Era... morta?»

«Sì.»

Sam lo guardava esitante. «La polizia è venuta anche da me.»

Tony si sentì sprofondare. «Che cosa volevano?»

«Più che altro sapere che cos'è successo quella sera, di chi era stata l'idea di dividersi.» Lo guardava fisso con i suoi chiari occhi azzurri. «Quel coglione di Dana mi ha chiesto se tu e Alison litigavate. Gli ho detto che non bisticciavate mai.»

Tony sospirò. «Non sono mica scemi, Sam.»

Lentamente, Sue approvò con la testa. «Sono venuti anche da me. Volevano sapere se Alison mi aveva mai confidato i vostri problemi.»

Tony arrossì. «E l'aveva fatto?»

«Sì.»

Tony tacque per la vergogna: dunque Sue era al corrente degli scrupoli di Alison riguardo all'andare a letto con lui. Non aveva il coraggio di chiederle che cosa le aveva detto Alison o che cosa aveva riferito lei alla polizia. Ma Sue aggiunse a bassa voce: «Non mi aveva detto niente di male. Per noi ragazze è una decisione delicata, tutto qui. Mi aveva confidato che non glielo facevi pesare troppo».

Tony non sapeva che cosa dire. «Non puoi fare niente per trarti d'impaccio?» chiese Sam. «Tipo: non hai visto nessuno?»

Tony si sfregò il naso. «Ho sentito qualcuno, nel parco, qualcuno che si allontanava di corsa dal corpo di Alison, penso. Ma era troppo buio per vederlo.»

«Tutto qui?»

«Pressappoco.» Tony prese fiato. «Poi l'ho trovata.»

Sam si sporse in avanti. «Senti, forse noi possiamo aiutarti. Probabilmente non sarà facile per te tornare a scuola. Se Sue e io sapessimo che cos'hai detto alla polizia, potremmo spiegare quel che è successo, raccontare a tutti la tua versione dei fatti. Non può essere terribile come dicono i giornali.»

Tony si rese conto che la gente doveva aver parlato molto di più di quanto avesse ammesso Sue. Ma c'era da aspettarselo a Lake City, dove non c'era ragazza madre la cui gravidanza non venisse seguita con avida curiosità, o le cui «storie» precedenti – il cui numero veniva invariabilmente gonfiato dai presunti amanti dell'adolescenza – non venissero riferite per filo e per segno dalle coetanee. Figuriamoci per un omicidio. Di colpo capì che il suo punto debole era proprio il fatto di essere stato fino ad allora un personaggio molto popolare; sicuro della propria innocenza, si era illuso di poter godere sempre della benevolenza della gente. Si ricordò della raccomandazione di Saul Ravin.

«Non credo che possiate aiutarmi.» Si fermò, restio a continuare. «O perlomeno non lo crede il mio avvocato.»

Sam strinse gli occhi. «Perché?»

«Dice che non dovrei parlare con nessuno. Anche se sono innocente, pensa che i poliziotti torneranno a interrogarvi, cercando un pretesto per incastrarmi...»

«E allora?» ribatté Sam con aria di sfida. «Chi è quest'avvocato?»

«Saul Ravin.» Tony provò l'impulso di difendere il suo legale. «È il migliore di Steelton.»

«Un avvocato di fuori, che non abita nemmeno qui? Cristo, noi siamo tuoi amici. La gente a noi darà retta.» Alzò la voce, stupefatto. «Che cosa penserà la gente, se tagli fuori anche noi?»

Dietro la sincera preoccupazione, Tony intuì l'orgoglio possessivo di Sam, che si considerava il suo miglior amico. L'idea che Sam la prendesse come un affronto personale lo angustiava. A bassa voce disse: «Non ho bisogno che tu mi faccia da avvocato, Sam. Ho bisogno della tua amicizia». Per allentare la tensione, si rivolse a Sue: «Saul pensa che mi convenga dire alla polizia tutto quello che so senza parlarne con nessun altro. Meglio la polizia riesce a fare il suo lavoro, dice, meglio sarà per me». S'interruppe e notò l'espressione frustrata e dubbiosa di Sam. «Mi auguro solo che trovino il bastardo che l'ha uccisa.»

Sue gli lanciò un'occhiata e gli posò una mano su un ginocchio. Sam la guardò, poi alzò gli occhi verso Tony e lentamente annuì. «Faremo quello che dici tu. O che dice questo tuo avvocato.»

Dopo un attimo d'imbarazzato silenzio, Sue si alzò, andò da Tony e gli prese la mano. «Sentiamo tutti la mancanza di Alison, ma ti siamo sempre vicini.»

Anche Sam si alzò e abbracciò Sue e Tony, tenendoli vicini. «Certo», disse. «Come prima.»

10

«Ho FATTO l'amore con lei», disse Tony.

Era seduto con McCain e Dana nella stessa cella in cui l'avevano portato la notte dell'omicidio, ma questa volta c'era anche Saul Ravin, la porta era socchiusa e Saul aveva chiesto a McCain di non fumare. Con aria irritata, l'ispettore giocherellava con una busta.

«Perché non ce l'hai detto subito?» chiese Dana.

Tony finse di riflettere, prima di dare la risposta che aveva studiato con cura insieme all'avvocato. Come gli aveva consigliato di fare Ravin, guardò dritto negli occhi il poliziotto. «Perché non riuscivo a capacitarmi di quello che stava succedendo. Pensavo solo che per Alison era stata la prima volta e che non riguardava nessuno, tranne noi due.» Fece una breve pausa prima di concludere in tono sommesso: «Non mi ero reso ancora ben conto di quel che le era successo».

McCain fece la faccia scura. «A me non sembravi tanto confuso...»

«Se fossi in lei», interruppe freddo Saul, «lascerei perdere la prima deposizione di Tony. Visto che ha dimenticato di chiamare suo padre, sua madre e il suo parroco, di rispettare le più elementari regole sugli interrogatori e persino di dirgli dov'era il bagno...»

«Non era in arresto», ribatté secco McCain.

«Ha diciassette anni, tenente», gli fece osservare Saul con un sorriso garbato. «Non litighiamo su queste cose. Se vuole montare un'accusa di omicidio su una serie d'intimidazioni ai danni di un adolescente in stato di shock e fare la figura del somaro davanti a Dio e alla stampa quando il giudice la rigetterà, faccia pure. Non sarò certo io a impedirle di diventare famoso in questo modo.»

McCain, che già era di un colorito rubizzo, divenne ancora più rosso e si mise a tormentare il lembo della busta. Ma Dana non toglieva gli occhi di dosso a Tony. «Quando dici che hai fatto l'amore con lei, che cosa intendi?»

«Come sarebbe a dire?»

«In che modo l'hai fatto?»

Tony guardò Saul, che però fissava la parete con aria leggermente annoiata. «In macchina, sul sedile di dietro», rispose Tony.

«Ti ho chiesto in che modo, non dove. Per esempio, in bocca?»

Tony arrossì. «No.»

«Ora sì che cominciamo a capirci. Sei venuto?»

«Sì.»

«Dove?»

«Dentro di lei.»

«Dentro di lei?» Dana prese un tono leggermente beffardo. «Non c'è un termine più tecnico?»

Ancora una volta, Tony pensò ad Alison, a com'era bella, a com'era tenera. In tono piatto disse: «Nella vagina».

«E lei era d'accordo?»

«Sì.» La voce di Tony era tesa. «Perché non mi chiede direttamente se l'ho violentata? Non l'abbiamo mica fatto per eccitare lei...»

Sotto il tavolo, Saul gli afferrò un polso. Chinandosi in avanti, Dana disse piano: «Non c'è molto di eccitante in questa storia, perlomeno per me, Tony. Allora sentiamo, hai fatto nient'altro con lei?»

«No.»

Lentamente, McCain infilò una mano nella busta e ne estrasse tre fotografie a colori, che posò sul tavolo una accanto all'altra.

«Nemmeno questo?» chiese con aria indifferente.

Nelle foto, Alison era distesa su un tavolo. La morte le aveva impresso per sempre sul viso la smorfia che Tony aveva sperato di dimenticare, ma che ormai si sarebbe portato dietro per sempre: la bocca spalancata in un muto grido di dolore, la lingua che sporgeva, il viso congestionato, con i vasi sanguigni scoppiati sulle gote e negli occhi. Quel che lui non aveva visto nel fascio di luce gialla della torcia di John Taylor era la collana di lividi intorno alla gola, le impronte di una mano.

Tony chiuse gli occhi.

Quando li riaprì, Saul Ravin stava osservando le foto, impassibile. «Mi fa piacere che invece il suo lavoro le procuri un po' di eccitazione», mormorò rivolto a McCain. «Questo dev'essere un momento memorabile e sono sicuro che Tony non lo dimenticherà. Ma adesso che si è tolto la soddisfazione, le metta pure via. Quello che gradirei è una copia del referto autoptico.»

Dana lo fissava. «Lo avrà quando formalizzeremo le accuse, non prima.»

Saul rivolse al ragazzo un'occhiata di profonda compassione. «C'è qualcos'altro che vuoi dire a questi... signori?»

Tony si sforzò di controllarsi, poi guardò i due poliziotti al di là delle fotografie che sarebbero diventate il suo ricordo più duraturo di Alison Taylor e disse: «Trovatemi solo l'animale che l'ha ridotta così...»

«Questa sì che è un'idea», intervenne Saul. Raccolse le foto e le infilò nella busta. «Per esempio, da un esame del fascicolo dei verbali di polizia pubblicati sul *Lake City Weekly* risulta che ci sono alcuni barboni senza fissa dimora a Taylor Park di notte. Visto che quando li fermate fate rapporto, vi consiglierei di tirare fuori i dossier e diramare un telex a tutte le forze di polizia della regione, chiedendo tutti quelli che riguardano violenze carnali e aggressioni. Oltre che i casi di strangolamento.» Si alzò di scatto e sbatté la busta sul petto di McCain. «Tony ha ragione», disse all'ispettore, che era rosso come un peperone. «Dovete trovare chi è stato. A meno che non vogliate altre foto come queste.»

Saul e Tony erano seduti su una panchina davanti al municipio.

Era una mattina soleggiata, limpida ma fredda; la brina luccicava e l'erba era piatta e secca. Quando Saul si voltò verso Tony con un gran sospiro, gli si condensò l'alito come una nuvoletta nell'aria.

«Volevano vedere come reagivi», disse. «Forse speravano che ti lasciassi scappare qualcosa.»

Il ragazzo era ancora frastornato. «L'avrei preso a pugni, quel maledetto, ma non ce la facevo nemmeno a muovermi.»

«Ti sei comportato benissimo. Mi congratulo per l'autocontrollo. Non è detto che ti credano, ma se non altro adesso sanno che come testimone daresti loro qualche problema. E che gliene darà anche la tua prima deposizione.» Si alzò il bavero del cappotto nero di lana. «Comunque, con loro abbiamo finito. D'ora in avanti, avrò direttamente a che fare con la procura. Tocca a loro decidere se incriminarti: a Johnny Morelli, il capo della sezione penale, e, in un caso come questo, al procuratore in persona.»

Tony si sfregò gli occhi. «Che cos'erano tutte quelle domande? Che cosa abbiamo fatto, come l'abbiamo fatto...»

Saul guardava dritto davanti a sé, come per decidere fino a che punto sbottonarsi. Alla fine disse: «È un omicidio a sfondo sessuale, questo è certo».

«Perché certo?»

Saul aggrottò la fronte, poi spiegò a bassa voce: «Il primo rapporto sessuale non si può confondere con uno stupro, Tony: chi l'ha ammazzata deve averle fatto qualcosa, anche se non so che cosa. Forse l'ha costretta a succhiarglielo, oppure l'ha penetrata con violenza. Lo stanno tenendo nascosto sia a noi sia alla stampa. È per questo che ho chiesto di vedere il referto dell'autopsia e che loro non me l'hanno dato».

Con la testa che gli girava, Tony incrociò le braccia, nauseato. In quel momento sentiva di odiare con tutte le sue forze l'uomo che aveva ucciso Alison, facendole cose che conosceva, ma che non osava immaginare. Con voce spenta chiese: «Perché non dicono semplicemente com'è andata?»

«Perché qualunque cosa abbiano scoperto, la sanno solo loro e l'assassino, e forse anche i Taylor. E vogliono tenerla per sé. Mentre spera di trovare altri indizi, Morelli sta ben attento a non fare passi falsi.» Saul si passò una mano tra i capelli. «Cercherò di fargli aprire un po' gli occhi, soprattutto sul tipo di uomo che ha strangolato Alison: potrebbe essere un recidivo. Te lo dico io che ne ho difesi tre. Uno adesso è fuori, a piede libero, che Dio ci salvi. Chissà che non lo sia anche questo. Chiederò a Morelli, che è mio amico, di controllare tutti i dossier su reati sessuali che può, in modo da individuare eventuali soggetti simili al nostro uomo che siano stati da queste parti quest'autunno.» Saul tacque, stringendo gli occhi. «Stamattina Morelli non mi ha voluto dire un accidente di niente», riprese. «Ci vorrà un po' di pazienza.»

«Quanta?»

«Dipende da lui. Gli omicidi non cadono in prescrizione.»

Saul si voltò di nuovo a guardarlo. «Immagino che tu ti renda conto che per un po' la tua vita non sarà più come prima. La gente spesso sceglie di vivere in una città piccola perché vuole stare tranquilla e tenere i figli al sicuro da quelli che, per un motivo o per l'altro, le fanno paura, tipo i negri, gli ebrei, eccetera. Un fatto come quello di Alison Taylor vuol dire che tanto al sicuro non si è, e scatena inevitabilmente una paura e una rabbia con cui tu dovrai fare i conti. Ti senti pronto?»

«Non saprei.» Nella sua disperazione, Tony pensò alla madre, apprensiva com'era, che aveva sempre creduto in lui e che sperava per il figlio in un futuro come quello di Bill Bradley, il cestista di Princeton che aveva vinto una borsa di studio per andare a Oxford e che si diceva volesse addirittura diventare presidente: l'aveva letto su *Look*. D'un tratto Tony si rese conto di aver creduto anche lui di essere speciale, di essersi illuso che, se si fosse impegnato e avesse dato il meglio di sé, sarebbe stato ricompensato. «Sa che cosa mi diceva tutte le sere mia madre quando ero piccolo?» disse a Ravin, «'Ogni giorno, con l'aiuto di Dio, puoi migliorare la tua vita.'»

Ravin lo guardò, ironico e comprensivo al tempo stesso. Con una certa dolcezza ribatté: «Tua madre probabilmente non ci pensava, ma fino a non molti anni fa alcuni dei tuoi antenati cattolici in Polonia miglioravano la loro vita ammazzando a bastonate i miei antenati ebrei. Molti di coloro che guidavano i pogrom avevano paura, è vero, pensavano che gli ebrei fossero demoni, ma è per colpa loro che mio nonno Ravinsky emigrò. In Polonia essere reietti della società poteva voler dire la morte. A te è capitato di colpo di ritrovarti a essere non solo un cattolico, ma un reietto, uno di cui la gente ha paura. Eppure tu sai che non sei cambiato, che è diverso solo il loro modo di vederti. Cerca di trarne una lezione». Con un sorrisetto aggiunse: «Tenendo presente che il nipote di Sol Ravinsky impedirà loro di fare di te la vittima di un nuovo pogrom».

Tony cercò d'immaginare le settimane, i mesi che lo aspettavano a scuola, in attesa che la procura decidesse se rinviarlo a giudizio. Con profonda amarezza disse: «È facile per lei dirmi che devo trarne una lezione. E da quelle foto che lezione devo imparare? Che cosa dovrei imparare dal fatto che la gente mi crede capace di una cosa simile?»

Saul sospirò. «Forse che il mondo è ingiusto, e non solo nei tuoi confronti. O forse soltanto a contare su te stesso e non sull'approvazione degli altri.» Gli posò una mano sulla spalla. «Che cosa vorresti?»

«Adesso? Vorrei che tutto questo finisse. Che Alison fosse ad aspettarmi vicino al mio armadietto quando torno a scuola domani.»

«E prima? Quando Alison era viva che cosa volevi?»

Gli pareva che fossero passati anni. Alla fine rispose: «Volevo andare a Harvard, vincere una borsa di studio, e Dio sa quanto ne avrò bisogno adesso. Volevo andare a vivere in un posto più grande».

Saul lo osservava attentamente. «E poi?»

Non gli veniva in mente nient'altro; quando trovò la risposta, si vergognò a dirla a voce alta. «Che cosa?» chiese Ravin.

Tony lo guardò. «Battere Sam Robb. Diventare Atleta dell'Anno.»

Saul lo prese per le spalle e lo guardò negli occhi. «Allora provaci, Tony. Metticela tutta.» Con voce più dolce, concluse: «Non lasciarti portare via anche questo da un assassino, dalla polizia, dalla gente».

11

«As-sas-si-no...»

Restavano sei secondi di gioco e Lake City e Riverwood erano quarantadue pari. Entrambi erano squadre di basket mediocri e alla fine di gennaio, ormai, in gioco c'era solo l'onore. Ma la palestra di Lake City era piena: i tifosi di casa erano andati perché si trattava del Riverwood e quelli del Riverwood per sete di vendetta. E finalmente adesso avevano qualcuno con cui prendersela.

«As-sas-si-no...»

Tony Lord stava per effettuare due tiri liberi.

Era fermo sulla linea di tiro, mentre i giocatori rossoblu si preparavano a saltare per prendere la palla nel caso avesse sbagliato il secondo tiro.

Piegandosi in avanti, Tony prese fiato. I tifosi del Riverwood scandivano: «As-sas-si-no, as-sas-si-no, as-sas-si-no...»

Asciugatosi il sudore dalla fronte, Tony prese la palla dall'arbitro e fissò il canestro, cercando d'ignorare la folla.

«As-sas-si-no, as-sas-si-no, as-sas-si-no...»

Ormai dovrei esserci abituato, pensò.

Per molti dei parrocchiani di Saint Raphael, Tony aveva in pratica ammesso di essere colpevole smettendo di fare la comunione: presumevano, giustamente, che si fosse rifiutato di fare atto di contrizione. Suo padre si vergognava e sua madre era in pena per la sua anima. Una domenica che Tony aveva saltato la messa, padre Quinn era andato a trovarlo.

Si era seduto ai piedi del letto di Tony, che stava con la schiena appoggiata al muro e le braccia incrociate dietro la testa e guardava quello che da sempre era il suo parroco con un'indifferenza che era lungi dal provare. «Non mi ha lasciato molta scelta», aveva detto Tony. «Lei mi ha detto che Alison probabilmente è andata all'inferno per un peccato terribile, perché non era credente. Così ho deciso di non esserlo più nemmeno io.»

«Anthony», aveva risposto pacatamente il prete, «io ti ho solo consigliato di pregare per la sua anima...»

«E io lo faccio, padre. Continuamente.»

Padre Quinn lo aveva guardato di sottecchi; sotto i capelli mezzi rossi e mezzi grigi tagliati a spazzola, il suo viso segnato per una volta non era severo, ma affranto all'idea di non essere riuscito a comunicare con un giovane affidato alle sue cure. Per un attimo il ragazzo aveva provato pena per lui.

«I tuoi genitori sono preoccupati per te», si era azzardato a dire.

«Lo sono anch'io: rischio di essere processato per omicidio.»

«Sono preoccupati per la tua anima. E perché tanta gente che sarebbe disposta a crederti è sconcertata dal tuo comportamento.»

Tony aveva sentito tutto il peso di quell'accusa; avrebbe voluto reagire buttandola in ridere, ma non ce l'aveva fatta. Alla fine aveva detto: «Non posso tornare in una Chiesa di cui non accetto le risposte, solo per compiacere gli altri. Nemmeno se si tratta dei miei genitori».

Le guance magre del prete si erano incavate in un gran sospiro. «Chi sei tu per decidere quando la Chiesa deve compiacere te?»

Da un certo punto di vista aveva ragione, aveva dovuto riconoscere Tony: nei confronti della fede, lui era solo un essere insignificante che peccava d'orgoglio.

«Questo atteggiamento di sfida è peccato in sé.»

Il ragazzo si era alzato e aveva aperto la porta della camera, un po' per difendersi, un po' per congedare il sacerdote.

«As-sas-si-no, as-sas-si-no, as-sas-si-no...»

Quasi tutta la scuola pensava che lo fosse.

Tornarci gli aveva fatto una strana impressione. Qualcuno aveva dipinto dei fiori sull'armadietto di Alison, mentre sul suo Tony aveva trovato una foto di Alison con una scritta di traverso: «Come hai potuto?» L'aveva staccata. Timidamente, qualcuno gli aveva fatto le condoglianze. Nella squadra di basket, a parte Sam, tutti avevano fatto finta di niente, come se gli allenatori avessero fatto una bella predica prima che tornasse. Tanti, sempre di più, lo evitavano, a mano a mano che passavano le settimane e non saltavano fuori altri indiziati. Tony non poteva parlare dell'omicidio. Aveva capito che, se era sempre stato un leader, era anche perché non si era mai occupato di chi lo seguiva; adesso non sapeva da che parte cominciare per cercare comprensione o per spiegare che lo strazio indescrivibile della morte di Alison lo aveva reso più introverso. Pochi capivano quanto soffriva o si rendevano conto che non pensava ad altro.

«Molti sono convinti che tu sia colpevole», lo aveva informato Mary Jane Kulas. «Perché fai tanto l'arrogante?»

Lo aveva abbordato all'ingresso della mensa con l'atteggiamento di un'amica che dice una dura verità, con una veemenza e un tono che a Tony avevano fatto venire in mente un'attrice di teatro che cerca di farsi sentire anche dal loggione. Il profilo aquilino era severo e i capelli biondi e spettinati dondolavano al ritmo delle parole. «A prescindere da quel che c'è stato tra di noi», gli aveva detto, «ti sto dicendo quel che non hanno il coraggio di dirti quelli che ti vogliono ancora bene. Forse ti perdonerebbero, se tu ti dimostrassi dispiaciuto per come ti sei comportato.»

Sgomento, lui aveva capito che era il suo modo di vendicarsi. «Perché, come mi sono comportato?» era riuscito a malapena a ribattere. «Ho solo cercato di prendere bei voti per la borsa di studio...»

«Appunto.» Il tono di Mary Jane si era fatto petulante. «Pensi solo a te stesso, non te ne frega niente di quel che credono gli altri. Francamente, questo fa venire dei dubbi.»

Tony aveva visto vari studenti ai tavoli vicini che alzavano la testa dal piatto. Disperato e mortificato, avrebbe voluto gridare a tutti la sua innocenza. Poi aveva notato Sue Cash, seduta dall'altra parte della sala con un'amica, che con gli occhi gli mandava un messaggio d'incoraggiamento.

Allora aveva detto a Mary Jane: «Ti dispiacerebbe dire a tutti una cosa da parte mia?»

Lei aveva annuito: «Va bene».

Tony aveva alzato la voce quanto bastava per farsi sentire dal tavolo più vicino. «Digli che stare con Alison era la cosa migliore che mi fosse mai capitata e che la fine che ha fatto è stata la peggiore. E chiedigli di essere comprensivi come sei stata tu.»

Ci era voluto un attimo perché negli occhi azzurri di Mary Jane comparisse un lampo d'indignazione, poi si era accorto di averla veramente offesa.

«Tony?» si era sentito chiamare.

Si era girato e aveva visto Sue. «Vuoi venire a mangiare con noi?» Il suo sorriso, come la sua domanda, ignorava del tutto Mary Jane.

Tony si era rivolto a Mary Jane e le aveva detto piano: «Scusa». Poi si era voltato e aveva seguito Sue al suo tavolo. «Non si fa così», gli aveva sussurrato lei.

«Ce l'hai con me o con Mary Jane?»

Sue gli aveva lanciato una rapida occhiata. «Con te», aveva risposto, severa. «Lei è una ragazza di buon cuore. Dovresti prenderla a esempio.»

L'inaspettata ironia di Sue gli aveva dato un tal sollievo che era scoppiato a ridere forte. Si erano voltati tutti, forse scandalizzati che Tony Lord avesse il coraggio di ridere.

«As-sas-si-no, as-sas-si-no, as-sas-si-no...»

Non c'era via di scampo. Il sergente Dana andava a scuola a fare domande sul conto di Alison o di Tony, poi si presentava in silenzio agli allenamenti di pallacanestro e stava a guardare dalle gradinate. Quando Sam glielo aveva fatto notare, Tony non aveva quasi risposto; intuiva che Sam avrebbe voluto che si confidasse con lui, ma non aveva voglia di parlare di sé, non solo perché Saul gliel'aveva sconsigliato, ma anche perché più ne parlava peggio si sentiva e più aumentava la sua disperazione. Questo rendeva più difficili i suoi rapporti con Sam e Sue. Quand'erano andati a vedere *Il laureato* – che a Tony era sembrata la storia di una ragazza che piantava un fidanzato imbranato per mettersi con uno un po' meno imbranato che si scopava sua madre – la presenza di Alison era palpabile quanto il posto libero accanto a Tony, un vuoto di cui non parlavano mai, ma che sentivano costantemente. Tony non aveva il coraggio di pensare alle ragazze; se anche ne avesse avuto voglia, ben pochi genitori avrebbero permesso a una figlia di uscire con lui e qualunque ragazza fosse stata disposta a farlo sarebbe certamente stata giudicata male da tutti. Non lo avrebbe sopportato. I Taylor gli erano bastati.

Il *Lake City Weekly*, il settimanale di cui i genitori di Alison erano azionisti di maggioranza, chiedeva con insistenza perché Tony non era stato rinviato a giudizio. I Taylor avevano istituito la Alison Foundation, ufficialmente per impedire il ripetersi di episodi come quello che era costato la vita alla loro primogenita, ma in realtà per far pressione sulla polizia e sulla procura affinché formalizzassero le accuse contro Tony Lord. Un giorno Tony aveva visto la signora Taylor, che in passato aveva fatto parte del consiglio scolastico, entrare con il marito nell'ufficio del preside: l'indomani era stato convocato in presidenza.

«So che per te è un brutto periodo», aveva esordito il signor Marks, aggiustandosi gli occhiali sul naso. «Soprattutto dal momento che sei nella squadra di basket. Finché continui a giocare, sei sotto gli occhi di tutti.»

«Mi aiuta a non perdere la testa», aveva risposto Tony esitante, non trovando le parole per spiegarsi. «Quando gioco, riesco quasi a dimenticarmene per un paio d'ore...»

«Capisco.» Marks si era accomodato meglio sulla poltrona. «Ma a parte i problemi che puoi avere con i compagni, sono certo che ti rendi conto del fatto che alcuni genitori sono preoccupati per le loro figlie. Si tratta indubbiamente di preoccupazioni inutili, ma sai com'è... Volevo parlarne con te.»

Di colpo il ragazzo aveva capito dove voleva andare a parare. «Sono innocente, signor Marks. Forse è con loro che dovrebbe parlarne.»

Il preside aveva increspato le labbra. «Sei sempre stato un ottimo studente, un ragazzo irreprensibile, Tony, ma mi chiedo se non sarebbe meglio che per questi ultimi mesi ti trasferissi in un'altra scuola. Non posso cambiare la testa alle persone e sono preoccupato per te.»

Tony aveva fissato il preside in silenzio, sentendosi tradito, umiliato. «Non pensa che a Harvard potrebbero rifiutarmi la borsa di studio pensando che abbia fatto chissà che cosa?» Aveva scritto il numero di telefono di Saul Ravin su un foglietto e guardato il preside. «Questo è il numero del mio avvocato, signor Marks. Lo dia pure a quelli che mi vorrebbero sbattere fuori.»

Il preside era rimasto senza parole.

Il pomeriggio seguente il professore d'inglese, Jack Burton, gli aveva restituito il modulo da allegare alla domanda di borsa di studio senza avervi scritto nulla.

Tony aveva guardato prima il foglio, poi il barbuto professor Burton. Il giovane insegnante si era scusato, rimanendo però inflessibile. «Mi sono fatto un esame di coscienza, Tony, e anche se credo nella presunzione d'innocenza, con lo spettro di un'accusa tanto grave non riesco a essere obiettivo sul tuo conto.»

Per un attimo Tony era rimasto interdetto; fino al giorno della tragedia, Jack Burton era sempre stato incoraggiante e lui aveva ottimi voti in inglese. «Non sono un assassino, professor Burton. Ho bisogno della sua raccomandazione per andare al college.»

«Per andare a Harvard. Ci sono tanti altri college, meno costosi.» Poi il tono del professore si era addolcito. «Se la polizia chiarirà la tua posizione, sarò ben lieto di darti le mie migliori referenze.»

Tony sapeva che Burton era un uomo ambizioso, che aveva frequentato la stessa università di John Taylor ed era stato assunto su sua richiesta. Gli tremava la voce quando aveva detto: «Me l'aveva promesso, lo sa benissimo. La domanda va presentata la settimana prossima».

Burton era arrossito. «Mi dispiace, ma da allora ho avuto modo di riflettere...»

«Su che cosa? Alison è morta quattro mesi fa.»

Vedendo che il professore non rispondeva, Tony si era reso conto che doveva esserci lo zampino dei Taylor. «Non c'è altro da dire», aveva concluso Burton con fare risoluto. «Forse ti potrà aiutare qualcun altro.»

L'allenatore Jackson, che era anche il suo insegnante di geografia, aveva riempito il modulo e glielo aveva porto, imperturbabile. «Ho scritto che sai dove si trova Hanoi», aveva detto. «Sono cose che vengono apprezzate nelle scuole più prestigiose del Paese...»

Ma i momenti piacevoli come quello erano sempre meno. Ogni giorno che passava senza che i sospetti su di lui si diradassero, Tony faceva più fatica ad andare a scuola e a studiare. Le vacanze di Natale erano una tregua ormai lontana.

«As-sas-si-no, as-sas-si-no, as-sas-si-no...»

Come sempre, Tony fece tre palleggi. Aveva la gola asciutta e le mani sudate, le dita rigide.

«As-sas-si-no, as-sas-si-no, as-sas-si-no...»

Da qualche parte, sulle gradinate, c'erano suo padre e sua madre che lo guardavano, soffrendo in silenzio. Tony si concentrò sul canestro, prese fiato e tirò. Si accorse di aver sbagliato prima ancora che la palla mancasse il bersaglio.

Dalle tribune del Lake City si alzarono sospiri e grida di scherno, fischi e risate sguaiate. «Fai finta che la palla sia il collo di Alison», gli urlò uno dei tifosi del Riverwood.

Tony si chinò, con le mani sulle ginocchia. Aveva ancora un tiro: che facesse centro o no, agli avversari rimanevano solo sei secondi per segnare il canestro della vittoria e poi, comunque finisse, Tony se ne sarebbe potuto andare dalla palestra.

«As-sas-si-no, as-sas-si-no, as-sas-si-no...»

Si guardò intorno, evitando la folla, rivolto verso il tabellone segnapunti, lo stendardo, lo striscione azzurro appeso al muro

con i nomi di tutti quelli che erano stati insigniti del titolo di
Atleta dell'Anno. Poi guardò il canestro. Cercò di non vedere
nulla, di non pensare a nulla, come se fosse un allenamento, ignorando il sudore, il fiatone, il batticuore. Ma quando sollevò la
palla per tirare, sentì la stessa rigidità nelle dita.

«As-sas-si-no, as-sas-si-no, as-sas-si-no...»

Tony fece un tiro molto arcuato.

Il tempo parve fermarsi. La palla colpì il cerchio del canestro,
rimbalzò e con una carambola cadde lentamente nella rete.

Quarantatré a quarantadue.

Il Riverwood rimise la palla in gioco e l'avversario che Tony
doveva marcare si liberò e partì disperatamente all'attacco; ma
come dal nulla comparve Sam Robb, che gli rubò la palla...

Suonò la sirena.

Sam si precipitò verso Tony e, voltandosi verso la tifoseria
sulle gradinate del Riverwood, gli alzò in alto il braccio in segno
di esultanza. Poi, come dopo il touchdown della vittoria, sollevò
la palla con una mano e rivolse agli avversari un sorriso smaglian-
te che non poteva sfuggire a nessuno.

«A-ve-te per-so...» gridò e subito dalla tribuna di Lake City
gli fecero eco.

«A-ve-te per-so, a-ve-te per-so, a-ve-te per-so...»

Sconvolto, Tony chinò il capo, dimentico della folla che accla-
mava, delle congratulazioni dei compagni di squadra, e si avviò
lentamente verso lo spogliatoio.

Mentre faceva la doccia, Sam gli si avvicinò esultante. «Incredibile», esclamò al settimo cielo. «Lake City ti adora.»

Tony si sciacquò la faccia. «No, non mi adora per niente: detesta perdere, ecco come stanno le cose. Se quel tiro di merda non
fosse andato dentro, mi avrebbero fatto a pezzi.» Vedendo che
Sam era rimasto male, aggiunse: «Per la verità, devo ringraziare
te. Quando quello si è smarcato, ero nelle nuvole».

L'altro gli mise una mano sulla spalla. «Tony, devi prendere
quello che viene. Credimi, so come ti senti, ma non puoi rovinarti
l'esistenza perché Alison non c'è più. Non sopporto di vederti in
questo stato.» Gli si velarono gli occhi. «Insomma, prima o poi
scopriranno chi è stato e la gente la smetterà di sospettare di te.»

Che anche Sam avesse cominciato a sospettare di lui? si chiese
Tony. «Può darsi», rispose, «ma può anche darsi di no. E comunque io non potrò mai più essere lo stesso, ora che Alison non

c'è più.» Fece una pausa per spiegarsi meglio. «Sono cose che ti cambiano...»

Forse per dargli ragione o forse perché non sapeva che altro dire, Sam annuì e gli tolse la mano dalla spalla. Tony si vestì e andò verso la sua macchina da solo.

Il parcheggio era buio. Vicino all'auto, trovò due persone ad aspettarlo. Per un attimo pensò a Sue e Alison, la sera che era morta. Poi uno dei due si fece avanti: era John Taylor.

Tony trasalì. «Sei un eroe», gli disse il padre di Alison con il viso incavato, invecchiato. Si vedevano le nuvolette formate al freddo dall'alito mentre parlava.

«No», rispose il ragazzo con voce tremante. «Non sarò mai un eroe.»

John lo prese per un braccio. Anche l'altra ombra si avvicinò. Era esile come Alison: era sua madre.

«Non voglio farti del male», disse piano John. «Vogliamo solo sapere che cos'è successo. Per metterci l'anima in pace.»

La madre di Alison era tesissima. «Dicci la verità», incalzò. «Ti prego. Non andremo alla polizia.»

Tony aveva paura, ma si sentiva stranamente legato ai Taylor da quella tragedia che aveva sconvolto la loro vita. Paradossalmente, sentiva di avere maggiore affinità con loro che con Sue e Sam e gli altri compagni di scuola, con cui non riusciva più a condividere gioie e timori. Ma solo lui se ne rendeva conto.

«Anch'io voglio sapere», disse. «Anch'io voglio sapere chi l'ha uccisa.»

Gli occhi di Taylor si riempirono di odio. Saul lo aveva messo in guardia e gli aveva raccomandato di stare alla larga da quelle due persone. Garbatamente, Tony si liberò dalla stretta. «Mi dispiace», disse rivolto alla moglie.

Poi girò le spalle e fece i pochi passi che lo separavano dalla macchina, con la schiena rigida, chiedendosi se Taylor avesse la pistola e aspettandosi uno sparo da un momento all'altro.

Non successe nulla. Partì tremando e vide il padre di Alison che abbracciava goffamente la moglie. Erano prostrati come la sera del delitto.

Una settimana dopo, uno dei loro vicini di casa presentò una petizione in cui si chiedeva l'espulsione di Tony Lord dalla scuola.

La sala era strapiena. Tony, accompagnato dai suoi e da Saul Ravin, ascoltò John Taylor che chiedeva la sua espulsione.

«Non sono venuto qui per mettere in mostra il nostro dolore», dichiarò, «ma perché anche Alison sarebbe venuta, se avesse voce, a parlare nell'interesse di altre ragazze come lei.»

L'effetto di quelle parole e di quel tono era evidente: l'ostilità nei confronti di Tony si leggeva chiara sulle facce serie dei membri del consiglio. John fece una pausa per vincere l'emozione. «Probabilmente stasera sentirete un gran parlare di presunzione d'innocenza. Ma era Alison a essere innocente, anche quando l'ho trovata cadavere tra le braccia di questo ragazzo che l'aveva illusa di volerle bene.

«Tutte le nostre figlie sono innocenti. Quello che vi chiedo, che vi chiederebbe anche Alison, è d'impedire che altri padri e altre madri debbano soffrire come noi.»

La donna che presiedeva il consiglio si tolse gli occhiali e chiuse gli occhi. Il padre e la madre di Tony, di fianco al figlio, avevano un'aria angustiata.

«Nelle mie notti insonni, che sembrano non finire mai, continuo a pormi la stessa domanda: che genere di ragazzo può mai essere uno che uccide una ragazzina colpevole soltanto di essersi fidata di lui?»

Con la voce rotta, Taylor si fermò per un attimo, poi riprese. «Cercando di dare un senso a un delitto che non ne può avere, nella mia disperazione sono andato da tre psicologi e ho rivolto loro la stessa domanda: che genere di ragazzo è capace di commettere una simile atrocità? Ed è stata proprio la risposta che mi hanno dato a spingermi qui stasera.»

Il silenzio era opprimente. Nessuno si muoveva. «Un ragazzo che ha fatto una cosa del genere è capace di farla di nuovo», disse. «Non ricordo i termini tecnici, ma posso riferirvi il succo di quel che mi hanno detto gli esperti. Un ragazzo così non disprezza una, ma tutte le donne. Un ragazzo così è schiavo dei propri impulsi distorti.» Per la prima volta, si rivolse a Tony Lord. «Un ragazzo così si sente in diritto d'infliggere sevizie come quelle che ha inflitto ad Alison, prova piacere a farlo e – quel che è peggio – crede che l'assassinio brutale di una ragazzina sia solo una momentanea mancanza di autocontrollo, che non deve impedirgli di godersi la vita. È un mostro», continuò, sempre fissando Tony, «che potrebbe non aver ancora compiuto le sue azioni peggiori.»

A quel punto si voltò verso il consiglio e assunse un tono stranamente pragmatico. «Se questi mostri si riconoscessero dall'aspetto, sapremmo come evitarli. Ma spesso sono persone normalissime, se non addirittura simpatiche e accattivanti. È così che riescono ad avvicinarsi alle loro vittime, come ha fatto lui con Alison.

«Non sono stato io a lanciare l'iniziativa di questa petizione e non l'ho neppure firmata.» Sfiorò la spalla della moglie, seduta stoicamente al suo fianco. «Ma l'assassinio di nostra figlia non sarà servito a niente, se non capiamo che i mostri vanno messi all'indice. Abbiamo trovato Tony Lord vicino al corpo di Alison all'una di notte. Abbiamo capito che genere di ragazzo dev'essere.» John si rivolse al consiglio, disfatto. «Purtroppo l'abbiamo capito troppo tardi per impedire che nostra figlia venisse assassinata. Ma voi siete ancora in tempo.»

Si voltò verso la moglie che piangeva e le si sedette accanto.

Nel silenzio che seguì, rotto soltanto da qualche nervoso colpo di tosse, Tony avrebbe voluto morire. Rimase dov'era solo perché sapeva di essere innocente.

E vi rimase per altre due ore. In sua difesa parlarono l'allenatore Jackson e Saul Ravin. Alla fine, la decisione fu rimandata; la polizia non aveva spiccato alcun mandato d'arresto, fece notare Saul, e il consiglio non aveva l'autorità di giudicare Tony Lord. Ma Tony sapeva che era stata solo la minaccia di una querela a salvarlo.

Dopo, Saul portò Tony nell'unico bar di Lake City. Si sedettero in un angolo poco illuminato ad ascoltare il juke-box e a guardare distrattamente due camionisti in pensione che giocavano a biliardo. George Corby, il proprietario tarchiato del locale, servì a Tony una Coca-Cola senza nemmeno chiedergli che cosa voleva. Lasciava che i ragazzi del liceo andassero lì a giocare a biliardo ma, per rispetto ai genitori, non serviva alcolici ai minorenni. La polizia chiudeva un occhio sapendo che non c'era da preoccuparsi e allo stesso modo George Corby chiuse un occhio e non si mostrò sorpreso nel vedere Tony Lord quella sera.

Tony non si capacitava ancora di aver scampato per un soffio l'espulsione. «È tutto merito suo», disse a Saul.

Saul sorseggiava lentamente il suo doppio whisky, come uno che centellina l'ultimo bicchiere d'acqua. Alla fine disse: «Può darsi. Ma non è detto che ti abbia fatto un favore».

«Non mi hanno espulso...»

«Questo lo prevedevo. Ma alla fin fine il nostro unico argomento è stato: aspettate che lo incrimini il procuratore.» Saul tacque, guardandolo dritto negli occhi. «Non potevo fare altro. Ma è stato come invitare John Taylor ad andare dal procuratore. Stasera lui ha chiesto al consiglio di fartela pagare e il consiglio gli ha risposto picche. Adesso non gli resta altro che fare pressione sulla procura. La quale apparentemente non ha altri da incriminare.»

Quando arrivò la seconda Coca-Cola, Tony non la toccò neppure.

«Scusa», concluse sottovoce Saul. «Dopo tutte le brutte serate che hai passato, ti ho rovinato anche questa. Ma devi continuare a essere prudente come hai fatto finora. Perché, secondo me, questa storia è tutt'altro che finita. E in un certo senso, forse non finirà mai.»

Quella notte Tony ebbe il suo primo incubo: sognò il momento in cui trovava Alison morta, al rallentatore. Nell'incubo, come nella vita, lui non poteva fare niente.

12

SECONDO una tradizione che durava ormai da sette anni, cioè dalla sua fondazione, l'assemblea annuale dei soci dei Lancers, l'associazione segreta degli studenti della Lake City High School, si teneva alla fine di marzo. Quell'anno si svolse in casa di Dave Suggs: suo padre Jack, massone di trentaduesimo grado, aveva una tale passione per le società segrete che aveva aiutato il fratello maggiore di Dave a scrivere lo statuto. Sulle prime, Tony aveva pensato che se la massoneria fosse stata veramente così segreta, nessuno avrebbe saputo che il signor Suggs era massone, e tantomeno di che grado. Poi si era reso conto che, come per i Taylor e i loro amici l'esclusione dei cattolici dal country club era un modo per sottolineare il proprio status, una società segreta non aveva senso se non metteva gli esclusi in condizione d'invidiare gli eletti. Il fatto che le autorità scolastiche non vedessero di buon occhio i Lancers non faceva che rendere più emozionante l'onore di esservi ammessi e più allettante l'idea d'infrangere il vincolo della segretezza. La scuola intanto poteva farci ben poco.

L'onore più grande era l'ammissione al secondo anno, com'era successo a Sam e Tony. I Lancers apprezzavano soprattutto chi era bravo nello sport e reggeva l'alcol: Tony si distingueva nel primo campo e Sam era già in gambissima in entrambi. Tony era stato lusingato di entrare a quindici anni: significava che i ragazzi più grandi pensavano che sarebbe diventato un campione e volevano saggiamente assicurarsi il prestigio futuro dell'associazione. Sam, poi, era rimasto addirittura entusiasta di quel segno di riconoscimento tanto desiderato, che lo faceva sentire degno del fratello maggiore, caduto in guerra, il quale aveva contribuito a fondare i Lancers e di cui tutti rispettavano la memoria.

La cerimonia d'iniziazione consisteva nel recitare un giuramento segreto e nel bere whisky, cui si dava fuoco con uno Zippo, finché non si vomitava. C'era chi diceva che Joe Robb ne avesse tracannato otto bicchierini; Sam ne aveva bevuti nove, contandoli ad alta voce, poi aveva perso i sensi e rischiato il coma alcolico. Il fatto che non avesse vomitato gli era valso grande ammirazione.

Quella sera, Tony e Sam sedevano a gambe incrociate sulla

moquette insieme ad altri quattordici soci, otto anziani e otto giovani, intorno alla ciotola rituale di porcellana bianca che la madre di Dave usava ogni tanto per l'insalata. Ognuno aveva un sacchetto di biglie, dieci bianche e dieci nere, come quelle che si usano per la dama cinese. Avevano valore di talismano: ogni volta che veniva messa ai voti una candidatura, a uno a uno i Lancers si avvicinavano alla ciotola coperta da un drappo e vi lasciavano cadere una biglia, con un fatidico tintinnio. In questo modo si garantiva la segretezza in una votazione dove bastava una biglia nera a bocciare un candidato: non si ammetteva una persona se anche un unico socio, dopo attenta riflessione, la considerava indegna. Benché i Lancers avessero bevuto parecchio, la deposizione delle biglie nell'urna era un momento solenne che richiedeva un assoluto silenzio. Il fatto che fosse venerdì sera e che i compagni di scuola avrebbero sicuramente notato con un po' d'invidia che loro non erano in giro aggiungeva solennità alla cerimonia.

La prima ora di riunione si svolse in un'atmosfera cordiale, con le luci basse. Benché il *Lake City Weekly* avesse rinnovato l'appello a incriminare Tony Lord, il fatto che molti lo ritenessero colpevole della morte di Alison Taylor non era motivo di eccessivo disagio: dopotutto i Lancers avevano prestato un giuramento di fedeltà reciproca e Tony era uno di loro. Questo gli era di conforto e gli pareva di capire perché gli adulti s'iscrivono ai club. Poi Johnny D'Abruzzi propose di ammettere Ernie Nixon.

Johnny non era un politico. Tony osservò i ragazzi dell'ultima fila – Bobby Strob, Charlie Moore, Larry Saddler e Steve Sawback – e notò le loro facce costernate, ostili. Lanciò un'occhiata a Sam e vide che se n'era accorto anche lui.

Johnny invece se ne rese conto solo verso la fine del suo discorso: si guardò intorno e nei suoi occhi castani apparve una luce risentita. Giocando a football con lui, Tony aveva capito che Johnny passava facilmente dall'euforia alla collera sfrenata, che non aveva vie di mezzo.

«D'accordo», disse alzando la voce, «Ernie è un negro. Ma io non ci faccio caso: per me è un compagno di squadra, è quello che ha fermato il linebacker nella partita contro il Riverwood. Gioca bene, è simpatico, e diventare un Lancer gli farebbe un gran piacere. E l'anno prossimo potrebbe essere il migliore di Lake City, come lo sono adesso Tony e Sam.»

«Non assomiglia molto a Tony», ribatté Charlie Moore, poi

finse di studiare Sam. «E neanche a Sam. A parte la bocca, forse.»

Ci fu qualche risatina; Sam, le cui labbra carnose erano oggetto di commenti favorevoli da parte delle ragazze, fece un mezzo sorriso. Tony trovò così conferma a due supposizioni: che Ernie Nixon era nei guai e che persino i Lancers avevano paura di scherzare con lui.

Johnny D'Abruzzi arrossì. «Per questo Ernie Nixon se ne sta sempre per conto suo: sa che cosa pensa la gente.» Qualcuno parve recepire il messaggio e un paio di ragazzi annuì addirittura. «Motivo di più per farlo entrare. Per dimostrare che siamo superiori a queste cose.»

Prese la parola Terry Clark, in prima fila. «Ernie ha un gran senso dell'umorismo. Non so se gli basterà per decidere di passare il suo tempo con un branco di coglioni come noi. Ma se è così pazzo da volerlo fare, a me sta bene...»

«Tu sei un membro anziano e fra un po' te ne vai», replicò secco Steve Sawback. «Noi otto rimaniamo, però. Dovremmo deciderlo noi giovani, se vogliamo un negro...»

«Ma che cos'ha Ernie che non va?» chiese Johnny D'Abruzzi.

Steve Sawback sembrava sulla difensiva. «È che non mi convince, tutto qui.»

Per la prima volta, prese la parola Sam. «Nessuno sta chiedendo a tua sorella di sposarlo. Perlomeno fino a iniziazione avvenuta.»

Si sentirono parecchie risate soffocate: con quella battuta, Sam aveva rotto la tensione, mettendo benevolmente in ridicolo l'ostinazione di Steve. Tony pensò che il suo amico stava diventando veramente abile.

«Senti, Steve», continuò Sam lanciando un'occhiata d'intesa a Charlie Moore, «manda tua sorella a parlare con Sue che le spiegherà tutto.»

A questo punto anche Charlie Moore scoppiò a ridere; senza prendere apertamente le difese di Ernie, Sam aveva sdrammatizzato la situazione. Ma il modo in cui c'era riuscito spinse Tony a riflettere su che cosa doveva essere per Ernie anche solo mettere piede nella caffetteria della scuola.

Non ci aveva mai pensato e meditò sulla posizione da prendere. Ernie non era peggiore di loro, forse era anzi migliore di molti. Helen e Stanley Lord non avevano grande considerazione per i neri. L'unico commento di sua madre, vedendo la marcia di Mar-

tin Luther King su Washington, era stato sulla cartaccia rimasta
per le strade. Ma questo non aveva niente a che fare con Ernie
Nixon, l'unico studente di colore della Lake City High School.
Mentre Tony si chiedeva se, nell'interesse di Ernie, era meglio
che lui prendesse le sue difese o stesse zitto, si rese conto improvvisamente che adesso lui ed Ernie avevano in comune molto più
di prima.

La discussione intanto andava avanti. «Questo è un Paese libero», disse Dave Suggs, prima di mandar giù velocemente un sorso
di whisky. «Ciò significa che possiamo frequentare chi vogliamo
ed escludere chi non vogliamo. Come al country club.»

Per esempio i cattolici, pensò Tony. Gli era sempre sembrata
una fortuna che i Lancers non tenessero conto della religione, ma
adesso, dal di dentro, si sentì a disagio. «E se qualcuno di noi
volesse frequentare Ernie Nixon?» chiese pacatamente. «Dovremmo emarginarlo solo perché è di colore?»

Dave Suggs aggrottò la fronte. «Non mi piacciono i negri.»

«Ma Ernie, personalmente, ti ha mai fatto qualcosa?»

«No.» A giudicare dalla faccia scura, Dave non gradiva essere
interrogato su questioni di principio. «Non ce l'ho con Ernie. Ce
l'ho con i negri.»

«Quanti altri negri conosci?»

Questa volta Dave Suggs parve punto sul vivo. «Non ti riguarda.»

Tony si strinse nelle spalle. «Non mi sembra che ne girino
molti da queste parti. Ma forse sono io che non li ho visti.»

Dave ora sembrava decisamente arrabbiato; Sam, a sinistra di
Tony, gli lanciò un'occhiata ammonitrice. Tony tacque.

Ci fu un breve silenzio, in cui Tony si trovò a pensare non a
Ernie ma a se stesso. Viveva in una specie di limbo, tra lo spettro
del rinvio a giudizio e la speranza di essere ammesso a Harvard,
stringendo i denti per resistere giorno dopo giorno e pensando ad
Alison di notte. Non sapeva se il futuro gli riservasse l'università o
il tribunale, e, come lui, non lo sapeva nessuno, in città. La compagnia dei Lancers era più importante di quanto avesse immaginato.

«È uno sporco negro», sibilò Steve sottovoce.

Quando tutti si voltarono a guardarlo scandalizzati, fece una
faccia stizzita e confusa. «Ecco», sbottò, «finalmente qualcuno
l'ha detto. Voglio poterli chiamare sporchi negri tutte le volte che

mi pare, cazzo. Perché non abbiamo il coraggio di dire le cose come stanno...»

«Non tollero che usi questo linguaggio in mia presenza», tagliò corto Johnny D'Abruzzi, mettendosi in ginocchio. «Smettila, perché se no m'incazzo.»

«Okay.» Per la prima volta intervenne Doug Barker. «Adesso calmiamoci e discutiamo da bravi fratelli.»

Continuando a guardarsi in cagnesco, Johnny e Steve si zittirono. Tutti si voltarono verso Doug, qualcuno approfittò dell'interruzione per bere un sorso di whisky e nella stanza si ristabilì una certa calma.

Doug era il presidente. Era sicuro di sé, serio, consapevole del proprio ruolo. Suo padre, proprietario della locale agenzia di assicurazioni, era stato presidente della camera di commercio e tutti a Lake City convenivano che anche Doug era avviato a diventare qualcuno, magari in politica. Concreto e affidabile, si distingueva dalla maggioranza dei Lancers perché scherzava di rado, ma sapeva ascoltare e parlava con una misurata pacatezza insolita per la sua età: ogni parola che diceva aveva il suo peso. Anche fisicamente, con i capelli chiari tagliati a spazzola, il viso squadrato e gli occhi azzurri e sinceri, ispirava fiducia. Si sporse in avanti, preparandosi a esporre i suoi pensieri.

«Ho letto un libro su Branch Rickey», disse. «Sapete, quello che ha introdotto l'integrazione razziale nel baseball facendo giocare Jackie Robinson. Credo che potremmo imparare qualcosa dal suo esempio.»

Gli altri lo ascoltavano. Tony, che aveva sempre pensato che la lezione da imparare da Jackie Robinson fosse che il baseball era uscito indenne da quella novità, sperò che Doug volesse lanciare un salvagente a Ernie. «Non credo che la nostra situazione sia tanto diversa», continuò Doug. «Stiamo discutendo se far entrare Ernie Nixon, ma alcuni dei fratelli non sono convinti della candidatura di un negro. Sentite che cos'ha fatto Branch Rickey. Prima di offrire un contratto a Jackie Robinson lo ha fatto seguire da un detective per sei mesi. Quando questi ha riferito che Jackie era a posto, Branch ha firmato il contratto. Anche per noi, come per i Dodgers, è la prima volta. Quindi potremmo a turno tenere d'occhio Ernie, vedere come si comporta sapendo che lo controlliamo. Se si dimostra all'altezza, l'anno prossimo possiamo indire una votazione straordinaria a gennaio per ammetterlo.»

Nella stanza scese il silenzio. Riflettendo sulla proposta, i ragazzi bevvero ancora un po'. Alla fine Dave annuì. «Bravo, Doug. Così la fratellanza avrà tempo di riflettere.»

Tony si rivolse a Doug: «A me non piacerebbe essere seguito».

Doug fece una faccia vagamente contrariata. «Invece forse avremmo dovuto farlo», ribatté Dave.

A Tony occorse un momento per capire. Nel silenzio penoso che seguì, si voltò verso Dave e sottovoce rispose: «Forse l'hai già fatto».

«Dio mio...» mormorò qualcuno.

Tony e Dave continuarono a fissarsi finché quest'ultimo non abbassò gli occhi. Continuando a guardarlo, Tony disse: «Così quelli a cui non piacciono i negri potranno dire che è una semplice misura di prudenza. Ma quando Ernie si presenterà nei Lancers per i quattro mesi di fratellanza che gli resteranno l'anno prossimo, sarà pur sempre un negro. Io credo che dovremmo affrontare il problema adesso».

«Secondo me Tony ha ragione», intervenne velocemente Johnny. «Che cosa se ne fa Ernie di entrare per quattro mesi? Perché trattarlo in modo diverso dagli altri?»

«Perché è diverso», replicò Steve.

«Il fatto è che nella fratellanza c'è una vera divisione», spiegò Doug a Tony in tono molto paziente. «In questo modo potremmo tenere d'occhio Ernie e restare uniti.»

Lo disse con una tale sicurezza che nella stanza tutti si zittirono. Senza rivolgersi a nessuno in particolare, Sam mormorò: «Peccato che non ci sia Jackie Robinson. Lui sì che potrebbe dirci che cosa fare».

Vedendo che Doug cercava d'ignorarlo, Tony fece un sorrisetto. Poi Dave disse: «Propongo di approvare la mozione del fratello Barker».

«Anch'io», fece eco Charlie Moore.

La mozione sarebbe stata approvata, era chiaro. Per Tony il modo migliore per uscire senza danno da tutta quella storia era votare a favore. Ma in coscienza doveva votare no e lasciare che gli altri facessero quel che volevano.

«Chi è favorevole?» chiese Doug. Si alzarono undici mani, ben più di quelle di chi si era pronunciato contro Ernie Nixon.

«Chi è contrario?»

Alzarono la mano in cinque, fra cui Sam, Tony e Johnny. Quest'ultimo, l'amico di Ernie Nixon, teneva gli occhi bassi; probabilmente quel giorno stava imparando una bella lezione su come funzionava la fratellanza dei Lancers.

«Mozione approvata», dichiarò Doug.

Si mossero tutti, qualcuno un po' deluso, la maggior parte sollevati. Tony continuava a fissare Johnny, che sembrava non avere il coraggio di guardare in faccia nessuno. Sembrava una seconda vittima; di colpo Tony si sentì sporco, complice.

«L'importante è salvaguardare l'unità della fratellanza nei momenti difficili», commentò Doug. «Indipendentemente da quello che pensiamo a titolo personale, credo che come fratelli possiamo essere fieri della decisione che abbiamo preso.»

Qualcuno annuì; anche Johnny, ma con poca convinzione, sempre fissando il pavimento.

Forse fu per questo, forse fu per via di Ernie Nixon, oppure di quel che gli era successo, ma Tony si accorse con grande sorpresa che con i Lancers aveva chiuso.

Tolse il drappo che copriva l'insalatiera, si alzò e vi versò il suo sacchetto di biglie. «Sarà meglio che cominci a tener d'occhio Ernie», disse. «Vi riferirò alla riunione dell'anno prossimo.»

Ignorando il loro sconcerto, si avviò verso le scale. Poi si ricordò di Dave e voltandosi disse: «Camminerò piano. In caso volessi seguirmi».

Già salendo i primi scalini, Tony si stupì della sua collera. Ma qualcosa dentro di lui gli suggerì che non aveva ancora detto abbastanza. Quando si girò la seconda volta, fu per prendersela con Doug.

«A proposito», gli disse, «il più grosso coglione della compagnia sei tu. Ho pensato di dovertelo dire, da fratello a fratello. Perché nessuno può competere con te.»

Si rese conto che non sarebbe mai riuscito a dire tutto quello che pensava e uscì.

13

«Tony!»

Era Sam, uscito dalla casa dei Suggs, che gli correva dietro. Tony si fermò vicino alla macchina.

Sam sembrava sorpreso e preoccupato. «Su, dai. Per Ernie Nixon non ne vale la pena. Stai piantando in asso i tuoi amici.»

D'un tratto Tony si sentì mancare le forze. La sua solitudine non dipendeva solo dalla rabbia o da Alison: il fatto era che a un certo punto, che non avrebbe saputo identificare con precisione, aveva smesso di essere come gli altri e ormai non aveva più voglia di tornare indietro. Si appoggiò al lampione con le braccia conserte. «Che dovrei fare?» chiese. «Tornare dentro e chiedere scusa? Tu lo faresti?»

Sam abbassò gli occhi. «No», disse alla fine. «Non lo farei.»

«E io neanche.» Si frugò nelle tasche in cerca delle chiavi della macchina. «Senti, torna dentro. Tu non c'entri...»

«Ma tu sì.» Sam si mise le mani sui fianchi. «Sei il mio migliore amico e non capisco più che cazzo stai facendo.»

Tony si sedette sul cofano della macchina, dandogli le spalle. «Guarda che io non sto facendo niente», rispose. «Una sera ho trovato la mia ragazza morta strangolata, l'indomani tutti pensavano che l'avessi ammazzata io e la mia vita è andata a puttane. Non puoi capire che effetto mi ha fatto, perché non lo so manco io. L'unica cosa che so è che mi sento solo anche quando sono con te e Sue.»

«È colpa tua.»

Tony si voltò verso di lui e disse piano: «Torna dentro, per piacere».

Sam rimase zitto per un po', poi con tranquilla ostinazione ribatté: «No, vengo con te. Sei ancora il mio migliore amico, e ho del whisky in macchina».

Pur essendo confuso, Tony gliene fu grato. «Okay», disse. «Se sono condannato alla solitudine, tanto vale che tu mi tenga compagnia.»

Si sedettero sul molo di Lake City a bere a turno dalla bottiglia. Tony si sorprese a fantasticare su come sarebbe potuta essere la loro vita se non fosse successo niente dopo il touchdown della vittoria contro il Riverwood. Poi Sam disse: «È passato un sacco di tempo», e Tony capì che stava pensando la stessa cosa.

La notte era piena di stelle. Tony si appoggiò all'indietro sui gomiti a guardare il cielo, con la brezza del lago che gli accarezzava la faccia. Più beveva e guardava le stelle, più il mondo gli sembrava uguale a prima. Gli sarebbe piaciuto rimanere lì, sospeso in quel momento, e che non venisse mai giorno.

«Dopo la scuola», chiese Tony, «che cosa farai?»

Sam rifletté prima di rispondere. «Andrò all'università da queste parti. Rimarrò con Sue.» Dopo un po' aggiunse: «Sai una cosa? Mi piacerebbe continuare a vivere qui, dove la gente mi conosce e sa già che cosa pensare di me».

Tony non gli aveva mai sentito esprimere così apertamente la sua insicurezza; gli parve che quel suo desiderio di normalità si scontrasse con lo spirito ribelle di Sam, ma che non si trattasse solo di riflessioni ispirate dal whisky in una tiepida notte di primavera. Rimasero a lungo sdraiati sul molo con la bottiglia in mezzo, in silenzio. Poi Sam chiese a bassa voce: «Riuscirai mai a togliertela di mente?»

Lo chiese in tono incerto, come se temesse la risposta. Con voce piatta, Tony disse: «Se finisco in prigione, no di certo».

«A parte la prigione, Tony.»

Di colpo lui dimenticò le stelle e rivide Alison com'era mentre facevano l'amore, poi come l'aveva trovata nel giardino dietro casa sua e poi ancora nelle fotografie. «No», rispose, «non me la toglierò mai dalla testa.»

Sam si tirò su appoggiandosi sui gomiti. «Fossi in te, però, almeno ci proverei. Voglio dire, io farei finta che fosse successo a qualcun altro.» Si voltò verso l'amico, come per spiegarsi meglio. «Tu non sei diverso da prima; sei sempre lo stesso, puoi continuare a fare la stessa vita. È che ti senti diverso. Ma non devi: per il tuo bene, perché altrimenti sarai sempre solo quello che, secondo certa gente, ha ammazzato Alison Taylor.»

Tony posò la bottiglia. «Tu non c'eri. Non puoi parlare, perché non hai la più pallida idea di quel che si prova.»

Sam si sdraiò di nuovo. «Sei convinto che io non senta la sua mancanza? È vero che a volte gliela menavo perché si credeva di essere speciale, ma lo sapevo, che lo era veramente. Lo sapevano tutti. Ci penso spesso...»

«Cazzo», sbottò Tony, «per te è diverso, per me invece... In fondo è la mia ragazza, non la tua...»

«Lo *era*. Adesso è morta.» Nella voce di Sam c'era una sfumatura nuova, a metà tra il rimpianto e l'amarezza. «E tu e io non siamo più gli stessi. E a me dispiace.»

Tony era tesissimo. «Dispiace anche a me...»

«Ma allora perché non è più come prima? Se una cosa del genere fosse successa a me, sono sicuro che tra di noi non sarebbe cambiato niente. Perché tu per me sei importante, chiaro? Qualunque cosa succeda, o qualunque cosa tu faccia, sei importante.»

Tony riconobbe l'effetto del whisky in quella conversazione, che aveva preso troppe sfumature e pieghe diverse. Si tirò su a sedere a gambe incrociate, mentre l'amico si stirava. «Sam», disse, «sei l'amico più caro che ho. Ma non capisco un cazzo di quello che dici.»

Sam fissava le assi del molo. «Ah, no?»

«Non mi pare.»

«È come con quelli là, i Lancers. Loro conoscono te e tu conosci loro, ma non sino in fondo. Voglio dire, se morisse uno di loro, o morissi tu, ci rimarremmo tutti malissimo, ma la nostra vita continuerebbe.» Si fermò e gli lanciò un'occhiata, sperando che capisse.

Freddamente, Tony chiese: «Ti riferisci ad Alison?»

Sam si tirò su a sedere. «Per una volta vuoi smettere di pensare ad Alison? Mi riferisco alla nostra amicizia e a quello che vuol dire...»

S'interruppe, si alzò di scatto e andò in cima al molo a guardare l'acqua nera che sciabordava contro i piloni di ferro. Tony rimase seduto a gambe incrociate a cercare di mettere ordine tra emozioni contrastanti, in preda alla confusione, alla rabbia e al desiderio di non perdere quell'amico tanto caro. Sentì il whisky che gli bruciava la gola e, guardando Sam in cima al molo buio, pensò che era come se fossero soli ai confini del mondo.

Sam si voltò. «È tutto sbagliato. Perché non importa.»

«Che cosa non importa?»

Tornò lentamente a sedersi vicino a lui, poi si sdraiò sulla schiena con le mani dietro la testa per guardare le stelle; qualcosa in quel gesto spinse Tony a pensare a quanto era aperto e vulnerabile. «Niente. Non importa niente», ripeté Sam a bassa voce. «A me non importerebbe, se anche l'avessi ammazzata tu.»

L'altro rabbrividì. «Non t'importerebbe o non t'importa?»

Per un attimo Sam rimase zitto. «Non m'importerebbe. Non m'importa. È lo stesso.»

«Mi stai chiedendo se sono stato io?»

Questa volta Sam lo guardò negli occhi. «Sei stato tu?»

Tony lo fissava e gli ci volle tutta la sua forza per ribattere: «Secondo te?»

Sam continuava a fissarlo in silenzio, senza paura. «Ho smesso di pensarci.»

Fu come se, dopo tutti quei mesi di dolore e di rabbia, di colpo gli si fosse spezzato qualcosa dentro. Afferrò Sam per il colletto e lo costrinse ad alzarsi. Sentiva il suo alito sulla faccia. «A che cazzo pensi allora?»

Sam non accennò a difendersi e lo guardò negli occhi con una strana calma. «Che per il momento non hanno trovato nessun altro. E che a me non importa.»

Tony si sentì andare il sangue alla testa. Con la voce roca disse: «A me invece sì», e lo lasciò andare di colpo.

Sam picchiò con la nuca sulle assi del molo e sbatté gli occhi per il dolore, ma continuò a fissare Tony che, quasi in un sussurro, gli disse: «Avresti fatto meglio a rimanere con quelli come te, cazzo».

Si alzò e si allontanò lungo il molo, seguito soltanto dal rumore dei propri passi.

Il pomeriggio del giorno seguente faceva molto caldo per quella stagione e Tony si sedette su una sdraio dietro la casa, a torso nudo, con indosso soltanto un paio di pantaloncini da ginnastica. Non aveva voglia di andare da nessuna parte, non aveva voglia di fare niente o di vedere nessuno. Fece soltanto una telefonata lasciando un messaggio sulla segreteria di Saul per chiedergli se c'erano novità. Non controllò se c'era posta perché quel giorno non se la sentiva di rinunciare alla speranza di essere ammesso a Harvard: in quegli ultimi cinque mesi aveva vissuto nel terrore che la commissione di ammissione a Cambridge venisse a sapere dell'omicidio avvenuto in una cittadina dell'Ohio e che i voti, i risultati nello sport, le referenze, il colloquio positivo dell'estate precedente fossero tutti inutili... Se avesse potuto chiudersi in casa e non uscire più fino al giorno di andare all'università, oppure in tribunale, l'avrebbe fatto volentieri. Quella mattina, svegliandosi, si era reso conto di che cosa significasse essere veramente soli.

«Tony?»

Trasalì: non aveva sentito arrivare Sue. Le fece posto sulla sdraio. Lei si accomodò senza dire nulla, come se fosse andata a trovarlo solo per sedersi lì.

«Ti avrà raccontato tutto», disse Tony.

La ragazza gli lanciò uno sguardo interrogativo. «Solo che avete bevuto e avete litigato. A volte Sam non riesce a spiegarsi. Ma ti assicuro che, comunque sia andata, si vergogna di quel che è successo.»

Lui sentì risvegliarsi la rabbia. «Non vedo perché. Mi ha solo chiesto quello che vorrebbero sapere tutti.»

Il bel viso di Sue era insolitamente serio. «Non avrebbe dovuto; è stata una stupidaggine. Ti conosce, dovrebbe saperlo.»

Tony si sdraiò di nuovo; anche se Sue gli era sempre stata simpatica, era animato da un desiderio perverso di rompere tutti i ponti. «Così sei venuta a cercare di rimediare.»

Sul viso della ragazza passò un'ombra di risentimento e Tony si accorse che si stava sforzando di non rispondergli male. «Dagli tempo e vedrai che Sam ti chiederà scusa. Non credo proprio che voglia perderti.»

«Va bene», ribatté Tony, caustico. «Allora digli che non sono stato io a uccidere Alison e che, se mi dice dove era lui quella notte, possiamo ricominciare come se non fosse successo niente.»

Sue arrossì e poi lo guardò esterrefatta. «Sam era con me quella sera, ricordi? Ci spiace solo che non ci fossi anche tu, e non solo per Alison.»

«Scusa, dimenticavo. Solo che Sam si è perso alcune esperienze illuminanti, ultimamente, tipo sentirsi osservato da gente che si chiede chi sarà la prossima vittima. Forse se il suo migliore amico gli manda a dire se è stato lui ad ammazzare Alison, si renderà conto dell'effetto che fa.» Fece una pausa, poi, ostentando più indifferenza di quel che provava, concluse: «Gli posso anche assicurare che la risposta non importa».

Lei lo osservava in silenzio. «Sam ti vuole bene. Te ne vuole un sacco. Ma non sa come esprimerlo.»

Tony sentì che il suo rancore nei confronti di Sam diventava più freddo e deciso. «È inutile», disse infine. «Non riesco a mandar giù che Sam mi abbia fatto una domanda del genere, con tutto quello che ne consegue.»

«Ma allora con chi ti confiderai?»

Lui si strinse nelle spalle. «Chi se ne frega?»

«Non fare così, Tony, per me è importante.»

Lo disse semplicemente, come se fosse ovvio, banale.

«Tu sei la ragazza di Sam», replicò lui.

Lì per lì Sue parve sconcertata, poi irritata. «Anche questa è una stupidaggine. Non potevi dire che sono tua amica, o che Alison manca anche a me, o anche solo che non ce l'hai con me per quel che dice il mio ragazzo?» S'interruppe. «Io lo so che non sei stato tu a uccidere Alison, che non ne sei capace.»

Tony la guardò: non gliel'aveva mai detto così apertamente. Lo aveva detto con tanta convinzione da persuaderlo che non era un'affermazione qualunque o un tentativo di tirarlo su di morale: Sue Cash *era certa* della sua innocenza.

Per la prima volta, gli sorrise. «Non c'è bisogno che litighi anche con me, chiaro? Io sono io.»

Tony osservò con un'improvvisa ondata di affetto quel viso che conosceva tanto bene. «Da quanto tempo ci conosciamo?» le chiese dopo un momento.

Sue guardò il cielo. «Da tre o quattro anni. Dalla prima superiore...»

«È vero, mi ricordo che ti ho visto il primo giorno di scuola. Avevi un vestito a righe rosa.»

Lei annuì. «Era il mio preferito. La sera prima, me l'ero fatto stirare dalla mamma.» Sorrise e le si formarono due fossette. «Speravo che qualcuno mi dicesse che ero carina.»

Tony immaginò Sue, a quattordici anni, emozionata e speranzosa, che guardava sua madre stirare un vestito a righe rosa. «Eri carinissima.»

Sue abbassò gli occhi, a metà fra il serio e il sorridente, e gli strinse una mano con un gesto istintivo, affettuoso, che a Tony parve proprio da lei. Sam era più fortunato di quel che meritava.

«Sei una brava persona.»

«Perché mi dicono tutti così?» si lamentò lei in tono scherzoso. «E se volessi diventare cattiva, ma *veramente* cattiva?»

«Se fossi in te, comincerei con il trasferirmi in un'altra città.»

Lei continuò a sorridere, ma con aria più pensierosa. Per un po' rimasero seduti in silenzio.

«Tony!»

Questa volta era sua madre che arrivava di corsa con una busta in mano. «Posta per te», annunciò. «Da Harvard.»

Tony percepì la sua trepidazione: per quanto a volte lo facesse arrabbiare, era convinto che in quel momento provava anche lei lo stesso nodo allo stomaco, la stessa ansia. Mentre Helen Lord gli porgeva la busta, aspettando che l'aprisse, Sue guardò prima Tony, poi la madre e disse: «Io devo andare».

Lui scosse la testa senza parlare mentre armeggiava con la busta beige. Quasi dimenticando la presenza di sua madre e di Sue, lesse la prima riga.

«Siamo molto lieti d'informarla...»

Tony lesse fino a «borsa di studio».

«Dio mio...»

«Che cosa dicono?»

«Mi hanno preso!» Alzò gli occhi, stupefatto. «Mi hanno dato la borsa di studio, mamma. Posso andare...»

Fu il pensiero del processo e non l'abbraccio di sua madre a troncare di netto il suo entusiasmo. Ma non volle rovinarle quel momento, intuendo le sue speranze e le sue paure nella forza con cui lo stringeva a sé.

«Okay, mamma», disse con voce roca. «Ora mollami, non riesco a respirare...»

La madre si ritrasse con una risata incerta. Sembrava che non riuscisse ancora a crederci. «Che meraviglia! Sue, non è meraviglioso?»

La ragazza sorrise: «Sì».

Helen prese la lettera di mano al figlio. «Vado a dirlo a tuo padre...» disse e corse in casa. Tony era talmente commosso che non riusciva nemmeno a sorridere.

«Bene», mormorò Sue, «ce l'hai fatta.»

«Sì, ce l'ho fatta. Almeno per il momento.»

Sue sorrise e scosse la testa, come a dire che niente ormai poteva impedirgli di andare all'università. Si voltò a controllare che la signora Lord non li stesse guardando e, un po' per scherzo e un po' sul serio, lo baciò sulla bocca. Le si leggeva negli occhi che era felice per lui.

«Ecco», disse. «Adesso posso dire di aver baciato uno di Harvard.»

Quella sera, quando Saul Ravin lo richiamò, Tony gli annunciò: «Mi hanno preso a Harvard».

«Che bellezza!» Per un attimo parve veramente contento, poi il buonumore svanì dalla sua voce. «Volevi sapere se ci sono novità?»

«Sì. Ha saputo qualcosa?»

«Non proprio. Il massimo che posso dirti è 'nessuna nuova buona nuova'.»

Tony intuì che gli stava tacendo qualcosa di sgradevole: dopo la morte di Alison, era diventato sensibilissimo alle sfumature. «Che cosa c'è?» chiese.

Dall'altra parte ci fu un lungo silenzio. «Il referto del coroner è ancora sotto chiave. Ma la cosa strana è che non lasciano trapelare niente. Ormai sono passati quasi cinque mesi.»

Tony sentì crescere l'apprensione. «Che cosa vuol dire?»

«Non lo so.» Nel silenzio che seguì, a Tony parve di vedere Saul che sospirava. «Forse che c'è qualcosa d'insolito. Ho paura che stiano ancora cercando un modo per incastrarti e non per scagionarti.»

«Lo pensa solo per questo?»

Ci fu un altro silenzio. «Okay, Tony... Non voglio metterti in ansia, ma credo di doverti trattare come un adulto.

«Giovedì ci sarà un incontro con Morelli, il procuratore della contea, e i Taylor. Continuano a far pressione, il giornale lo leggi anche tu. Morelli non mi ha voluto dire di che cosa si tratta, ma sembra che abbiano qualcosa di più contro di te.»

Tutto l'entusiasmo per la lettera di Harvard crollò. «Cosa possiamo fare? Non possiamo almeno cercare di scoprire di che cosa si tratta?»

«No: è un incontro in cui non abbiamo diritto di voto. Ma farò un ultimo tentativo con Morelli.» Saul abbassò la voce. «L'unica cosa che puoi fare tu, Tony, è quella che hai fatto finora: aspettare.»

14

Se non fosse stato per la disgrazia di Alison, ora che era stato accettato a Harvard l'unica cosa che gli mancava era conquistare il titolo di Atleta dell'Anno. Ma durante i cinque giorni che mancavano al giovedì sera, quando l'avvocato gli avrebbe saputo dare una risposta, lo spettro del processo fu il suo unico pensiero.

Non riusciva a ignorarlo. Nel bel mezzo della lezione di fisica immaginava di telefonare ai Taylor per implorarli di credere nella sua innocenza. Ripensava a quella sera, come faceva ogni giorno da quando Alison era morta, e cercava di capire chi potesse essere stato. Gli sembrava impossibile che fosse qualcuno del posto: lui e Alison avevano attraversato il parco a piedi per puro caso, solo perché i finestrini della macchina erano gelati, e un malintenzionato che l'avesse presa di mira l'avrebbe aspettata davanti, non dietro la casa. Tony l'aveva vista entrare alla luce della veranda e nessuno poteva sapere che sarebbe uscita di nuovo. Quindi doveva essersi trattato di una coincidenza veramente straordinaria: un vagabondo che per un malaugurato caso era passato vicino al boschetto. Ma allora in una serata tanto fredda ci dovevano essere ben tre persone là fuori al buio: i due fidanzatini e uno sconosciuto tanto malvagio che, avendo sentito che si mettevano d'accordo, aveva deciso di tendere un agguato ad Alison. Non era plausibile. Altrettanto poco plausibile gli pareva che qualcuno li avesse seguiti fino al parco. E con questo Tony si ritrovava di fronte alla stessa conclusione cui era giunto molto tempo prima, ancora più spaventosa alla luce dell'incontro di quel giovedì: se fosse stato nei panni della polizia o dei Taylor, avrebbe creduto che a strangolare Alison fosse stato Tony Lord.

Il giovedì pomeriggio Tony doveva giocare a baseball contro la squadra di Stratford. Non aveva più pensato alla partita e, quando entrò in campo per prendere posto sulla pedana del lanciatore, stanco dopo una notte insonne, vide che sulle gradinate c'era il sergente Dana.

Già al primo lancio di riscaldamento, Tony si chiese se Dana fosse venuto per arrestarlo.

Johnny D'Abruzzi era il ricevitore. Tony entrò in una sorta di stato di trance e gli lanciò la palla. Johnny la prese e la rilanciò. Era come se ci fossero solo loro due; Sam era in prima base, come al solito, ma Tony quasi non lo vedeva. Un istinto superstizioso gli diceva che, se avesse fatto finta che Dana non ci fosse, il poliziotto non lo avrebbe arrestato.

Nei primi sei inning Tony non rivolse la parola a nessuno e Dana non si mosse.

La partita non era un gran che. Tony non era molto forte come lanciatore, ma stava attento a lanciare dove Johnny teneva il guantone basso e ai lati del piatto. Ripetendo ossessivamente questa tattica, riuscì a mantenere la calma: era così completamente e disperatamente concentrato sul gioco che lanciò come mai aveva fatto in passato. Ignorò il chiacchiericcio dei compagni di squadra e i loro incitamenti tra un inning e l'altro; come Dana, anch'essi facevano parte della più vasta realtà che doveva cercare di dimenticare. Non gliene fregava niente della squadra.

Quando Sam fece un home run nella seconda metà del sesto inning e passò sul piatto con la disinvoltura che viene da una profonda soddisfazione di sé, l'unica cosa cui Tony riuscì a pensare fu che mancava un solo inning alla fine della partita, dopo di che avrebbe trovato Dana lì ad aspettarlo.

«Ti senti bene?»

Johnny D'Abruzzi era vicino a lui. Solo allora Tony si rese conto che tutti gli altri si erano precipitati a congratularsi con Sam. Il ricevitore fece una faccia stupita, poi lanciò un'occhiata a Ernie Nixon, esterno destro, fermo accanto agli altri.

«Mi dispiace per la storia dei Lancers, Tony. Ho creato un sacco di problemi.»

«Non a me.»

Lo disse con una indifferenza tale che Johnny rimase turbato. «Manca ancora un inning», disse goffamente e andò a raggiungere gli altri.

Durante il settimo inning, Tony tornò sulla pedana.

Si rendeva conto di ciò che lo circondava – le gradinate piene di spettatori, la scuola che sembrava una fabbrica, lo schermo di protezione alle spalle di Johnny D'Abruzzi, la recinzione verde oltre il campo – nello stesso modo in cui un attore si rende conto del fondale in teatro. Poi, con la coda dell'occhio, vide qualcuno muoversi: non ebbe bisogno di guardare meglio per sapere che era Doug Dana.

Quando il primo battitore andò in battuta, di fianco a Johnny D'Abruzzi, dall'altra parte dello schermo comparve Dana. A Tony parve di vederci doppio: Johnny, la sua via di scampo, e Dana, il simbolo di tutte le sue paure. Poi accanto a Dana arrivò il padre di Alison.

I due stettero a guardare Tony da dietro lo schermo. Dovevano sapere già che cosa aveva deciso il procuratore, Tony ne era sicuro. Solo lui, che non poteva parlare con il suo avvocato, era all'oscuro di tutto.

L'arbitro si accovacciò dietro Johnny D'Abruzzi, pronto a chiamare ball e strike. Come un automa, Tony si concentrò di nuovo e fece il primo lancio.

«Primo ball», gridò l'arbitro. Dana si voltò e disse qualcosa a John Taylor.

Dopo altri quattro lanci, il battitore poté camminare in prima base, e lo stesso accadde col successivo.

«Su, Tony. Datti una mossa.»

Era la voce di Sam.

Vaffanculo, vaffanculo tutti.

Col terzo battitore le cose andarono meglio. Per ultima, Tony lanciò una palla lenta e curva e ingannò il battitore, che non si mosse in tempo.

«Terzo strike.»

Tony continuava a fissare il guanto di Johnny D'Abruzzi, la sua unica salvezza. Il battitore successivo batté al primo lancio una palla bassa e veloce.

La palla rimbalzò verso Tony e lo colse di sorpresa: era talmente concentrato a lanciare che aveva dimenticato di chinarsi per raccogliere eventuali palle di rimbalzo. La prese per un pelo, si voltò a guardare i corridoi e rilanciò in prima base.

Un altro eliminato.

«As-sas-si-no...»

La tifoseria di Stratford era poco numerosa e, senza l'eco creata dai muri di una palestra, i fischi erano deboli. Tony trasalì comunque e, senza volere, guardò nella direzione di John Taylor oltre la rete.

Il padre di Alison annuiva approvando silenziosamente, non Tony, bensì la parola che veniva ripetuta.

«As-sas-si-no...»

Doveva essere venuto a vedere Dana che lo arrestava.

Clayton Pell, il battitore più forte di Stratford, si avvicinò al piatto.

«Tony!» gridò Sam.

Sorpreso, si voltò e vide che i giocatori di Stratford stavano per toccare la seconda e la terza base. Tony fece per lanciare verso la seconda, ma anni di allenamento gli avevano insegnato a non farlo; non sapeva che altro fare. I giocatori erano quasi arrivati. Tony se li era dimenticati.

Dalle gradinate di Stratford si levarono grida e risate. «Time-out», gridò Sam. Poi arrivò di corsa con aria incredula. «Che cazzo fai, Tony? Siamo in vantaggio di un solo punto.»

Tony gli mise una mano sulla spalla e cercò di controllare la propria voce. «Dimmi che non t'importa. Mi aiuterebbe molto.»

Sam diventò paonazzo e rispose secco: «Invece m'importa, eccome. Vorrei poter continuare a rispettarti».

E, voltandogli le spalle, tornò in prima base.

«Gioco», gridò l'arbitro. Dall'altra parte del diamante, Tony fissava Sam; quando si fece forza e si voltò verso il piatto, Dana e il padre di Alison lo stavano osservando a braccia conserte, come se stessero finalmente per assistere alla rivelazione della verità.

«As-sas-si-no...»

Sul piatto, Clayton Pell faceva dondolare la mazza nella sinistra ostentando un'impazienza a stento trattenuta. Tony era furibondo.

Quando Johnny gli chiese una palla curva, con il guanto basso e girato in dentro, Tony scosse la testa con aria di sfida.

Johnny lo guardò stupito da dietro la maschera, poi fece segno di lanciare una palla veloce fuori della portata di Pell.

Tony s'inarcò all'indietro e lanciò più forte che poté al centro del piatto.

La battuta di Clayton Pell fu di una rara bellezza. Ruotò le braccia distendendole lentamente e incontrò la palla con la parte grossa della mazza. Tony non ebbe bisogno di guardare. Solo all'ultimo momento si voltò e vide Ernie Nixon a destra che correva verso la rete e poi stava a guardare mentre la palla rimbalzava sei metri avanti a lui. Dagli spalti si alzò il boato dei tifosi di Stratford.

Il resto furono solo frammenti: l'ultimo battitore di Stratford che scattava verso una palla veloce molto tesa, che Sam Robb agguantò mentre filava verso l'estrema destra; il silenzio in panchina durante l'ultimo mezzo inning che non avrebbero dovuto giocare se non fosse stato per Tony Lord; la disperata serie di battute di Ernie Nixon e Johnny D'Abruzzi che cercavano di fare punti perché due dei loro erano già fuori. Poi, in una specie di nebbia, Tony fu eliminato con quattro lanci.

Era finita. Tony si sedette a testa bassa sulla panchina ad aspettare Dana. Qualche compagno si avvicinò; Tony si accorse appena di Sam che si voltava a guardarlo mentre il resto della squadra lasciava il campo.

Quando finalmente alzò la testa, Dana e John Taylor se n'erano andati.

Mezz'ora dopo, quando Ernie Nixon uscì dallo spogliatoio dopo essersi cambiato, Tony era ancora lì.

Gli si sedette accanto. «Sfortuna», disse.

Tony si girò. Non ricordava di aver mai parlato o anche solo di aver provato a parlare con Ernie a tu per tu. Si accorse così che Ernie aveva una luce riflessiva, saggia, negli occhi di un verde sorprendente che suggerivano ironie genetiche cui Tony non aveva mai pensato. «Ho cercato di fare una cosa che non so fare», rispose dopo un po'. «Un lancio dritto e veloce sul loro miglior battitore. Non è stata sfortuna.»

Ernie non disse nulla. Stettero per un po' insieme a guardare il campo da baseball, vuoto e immobile come in una fotografia. A un certo punto, Ernie disse: «Ho saputo dei Lancers. Non dovevi prendertela tanto per me».

Tony rimase dapprima sorpreso, poi imbarazzato. «L'ho fatto più per me che per te. Mi ero stufato di tutte quelle scemenze.»

«Sono fatti così, Tony. È inutile.»

Chissà perché, quell'amaro fatalismo gli fece venire voglia di parlare. «Sai che cos'è successo oggi in realtà, Ernie? Credevo che Dana fosse venuto ad arrestarmi.»

Ernie si voltò e lo guardò.

«Non sono stato io, Ernie. C'era qualcun altro nel parco, quella sera.»

L'altro piegò la testa, strizzando gli occhi verdi. «L'hai visto?»

«No, ma l'ho sentito.»

Ernie si posò il mento sulle mani, rivolto verso il campo. «C'è un sacco di gente nel parco. E un sacco di posti dove nascondersi. Io li conosco tutti, credo.»

Quel commento lo sorprese e lo irritò: Tony non aveva mai esplorato il parco e, da quando era stata uccisa Alison, non ci si era più avvicinato.

«Me li fai vedere?» chiese.

Erano nel parco e guardavano fra gli alberi il profilo caratteristico del tetto della casa dei Taylor. Era sera. Per un attimo Tony immaginò la madre di Alison che si accingeva a servire la cena a tre persone e una sedia vuota e quasi gli venne la nausea.

Come per un tacito accordo, si voltarono e uscirono dal boschetto.

Per la prima volta il parco, con le sue querce cresciute spontaneamente l'una vicina all'altra e la fitta siepe che, dalla fila di querce che segnava il confine della proprietà dei Taylor, arrivava fino all'ingresso del parco, gli parve sconosciuto e abitato da misteriose presenze. Avvicinandosi alla siepe, Tony vide che in realtà era formata da una serie di folti cespugli contorti, pieni di germogli, più alti della loro testa.

Senza parlare, Ernie allungò un braccio e scostò un ciuffo di foglie.

Dietro, nascosto tra i rami, c'era uno spazio vuoto, un piccolo spiazzo di erba schiacciata, ombroso e buio come una caverna. Per terra c'erano un pacchetto di sigarette vuoto, dei mozziconi schiacciati, la bustina di un preservativo. Ernie fece una risata sommessa.

Quelle tracce furtive di presenza umana turbarono Tony. «Come hai fatto a scoprire questo posto?»

«Me lo ha mostrato mio fratello quando avevo quattordici anni. D'estate uscivamo di nascosto di notte: andavamo in giro e giocavamo ai commandos. Certe volte dormivamo nel vecchio cimitero, altre venivamo qui.» S'interruppe, assalito dai ricordi. «Ci siamo accorti quasi subito che non eravamo gli unici. Ci venivano le coppiette in camporella, ci dormivano i barboni, negli ultimi tempi ci bazzicavano anche dei piccoli spacciatori. C'è molta più gente in giro adesso, soprattutto studenti. La polizia lo sa: passa sempre una volante a controllare alle due o le tre del mattino e a volte qualcuno a piedi con la torcia. Non farsi beccare dai poliziotti era la cosa più divertente, a parte cercare d'indovinare chi altri era nel parco.»

Tony si sorprese a fissare il pacchetto di sigarette per terra; benché Saul gli avesse parlato di vagabondi che frequentavano il parco di notte, quella vista lo turbò profondamente. «Ci sono un sacco di posti come questo», disse Ernie. «Ma la gente non lo sa.»

Tony gli chiese: «Ci vieni mai da solo?»

«Ogni tanto. Ma da quand'è morta Alison ho smesso.» Ernie lasciò andare i rami e il nascondiglio sparì di nuovo. «Quando mio fratello se n'è andato mi sentivo solo, ma venendo qui mi sembrava di essere il re segreto di Lake City. Per un po' non mi vedeva nessuno e potevo fare tutto quello che mi pareva.» Con un sorriso sarcastico, aggiunse: «Da mezzanotte alle cinque, era l'unico country club dove fossero ammessi i negri. Ma non era esclusivo. C'è un sacco di gente che potrebbe averla uccisa. I poliziotti lo sanno benissimo. E anche lei doveva saperlo».

«Alison?»

«Quand'ero piccolo e ci venivo con i miei e mio fratello Gerald, la vedevo sempre che giocava.» Ernie abbassò la voce. «Sai, con i suoi amici.»

Tony ebbe la certezza che quell'ultima frase avesse un significato recondito, forse inconscio: che non era ammissibile, socialmente o razzialmente, che Alison Taylor e un ragazzino di colore giocassero insieme.

«Mi manca molto», disse Tony semplicemente.

Dopo un po' Ernie annuì con una strana riluttanza. «È sempre stata gentile con me. Ma mettiti nei miei panni, che cosa voleva dire? Cioè, dovevo pensare che volesse uscire con me?»

Tony sapeva già la risposta. Raramente aveva pensato a Ernie Nixon se non come a un compagno di squadra o a una bestia rara; in quel momento intuì che cosa si nascondeva dietro la sua riservatezza: certa gente era gentile con lui, altra no, ma tutti lo consideravano per quello che, ai loro occhi, era e sarebbe sempre rimasto.

Istintivamente, Tony guardò ancora una volta nella direzione del giardino dietro la casa dei Taylor, pensò a quel che vi aveva trovato e si voltò dall'altra parte.

Tornarono alla macchina senza parlare. Il parco era deserto, più silenzioso di come Tony lo ricordasse. Solo quando salirono in macchina disse: «Mi dispiace per la storia dei Lancers. Ma è vero che sono scemenze».

Ernie lì per lì non rispose. «Forse. Ma sono gli altri a decidere che cos'è 'scemo' e che cosa no.»

Tony si voltò verso di lui, poi la curiosità prevalse sull'imbarazzo. «Perché i tuoi sono venuti a vivere qui?»

Negli occhi verdi di Ernie brillò una luce ironica e rassegnata. «Forse per lo stesso motivo per cui ci sono venuti i tuoi», rispose. «Lake City è il posto ideale per tirare su dei figli.»

«Che cos'è successo?» chiese Tony. Stringeva la cornetta del telefono rimpiangendo di non poter vedere in faccia Saul Ravin.

«Mettiamola così, Tony: a quanto mi ha detto Morelli, John Taylor se n'è andato arrabbiatissimo. E la polizia pure.»

«Non m'incriminano?»

«Per il momento no. Morelli è ancora contrario. È un uomo intelligente, di sani principi. Ha studiato dai tuoi amici gesuiti e sa dare alla giustizia la precedenza sulla politica.»

«E che cos'era la 'nuova' prova contro di me?»

«Non so niente di preciso, ma devono aver trovato qualcosa sul cadavere che corrisponde al tuo gruppo sanguigno. Non mi hanno voluto dire se si tratta di sangue, o di capelli o di chissà che cos'altro. Ho fatto presente a Morelli che il sessanta per cento della popolazione ha il tuo stesso gruppo sanguigno e lui ha detto soltanto che non sei ancora stato escluso.»

«Avete parlato di altro?»

«Gli ho detto che secondo me sei innocente e lui è rimasto interdetto.»

«Perché?»

«Non so.» Tony riconobbe la prima sfumatura d'ironia nella voce di Saul. «Probabilmente perché non glielo avevo ancora detto.»

Per un attimo anche Tony rimase a corto di parole. «Grazie, Saul...»

«Non ringraziarmi. Morelli sa che cosa significherebbe un processo per te. Ha tutto il tempo per cercare altre prove.»

Tony si sentì mancare, combattuto tra il sollievo e la paura che i sospetti su di lui non si dileguassero mai più. «Alla partita di baseball c'erano Dana e il padre di Alison che mi guardavano», disse. «Ho creduto che Dana fosse venuto per arrestarmi appena finiva la partita.»

«Sono sicuro che l'hanno fatto apposta per spaventarti. Te

l'ho detto, sono frustrati.» Poi in tono di scusa aggiunse: «Avrei dovuto spiegarti come funziona: Morelli mi telefonerebbe e sarei io a portarti in procura. È una prospettiva già abbastanza brutta, senza bisogno che tu la immagini peggiore».

«Dio mio...»

«Allora hai capito? Non ti sbatteranno dentro né domani né dopodomani.» Sembrava stanco. «Per il momento possiamo tornare tutti a guardare la tv.»

Tony fece una risatina. «Io no. Devo recuperare il sonno perduto...»

«Non hai sentito che cos'è successo?»

«Che cosa?»

«Hanno sparato a Martin Luther King, Tony. È morto.»

Tony rimase di sasso. «Dio mio, mi dispiace...»

«Anche a me. Adesso chissà che cosa succederà... Ci vorranno anni per superare il trauma. È una perdita gravissima per tutta la gente per bene di questo Paese.» E, con quello, riattaccò.

Tony andò ad accendere il televisore senza dire ai suoi che cos'era successo.

Robert Kennedy era davanti a una folla silenziosa in un quartiere nero di Indianapolis, dove si trovava per la campagna presidenziale. Molti piangevano. Kennedy parlava a braccio, con le lacrime agli occhi:

«Martin Luther King ha consacrato la sua vita all'amore e alla giustizia per i suoi simili, ed è morto per questo suo impegno... Negli Stati Uniti non abbiamo bisogno di divisioni; negli Stati Uniti non abbiamo bisogno di odio; negli Stati Uniti non abbiamo bisogno di violenza o d'illegalità, ma di amore e saggezza, di compassione reciproca e di giustizia per coloro che ancora soffrono nel nostro Paese, bianchi o neri che siano... Quindi vi chiedo di tornare a casa, di pregare per la famiglia di Martin Luther King junior, sì, ma anche per il nostro Paese, che tutti amiamo, di pregare per la comprensione e la compassione...»

Ascoltandolo, Tony si rese conto di essere profondamente scosso. Per un attimo pensò di chiamare Ernie Nixon e dirgli che gli dispiaceva. Ma sarebbe sembrato presuntuoso, o sciocco. Ernie Nixon abitava a Lake City e la sua vita sarebbe rimasta più o meno la stessa. Erano ben altri i problemi per cui aveva lottato Martin Luther King.

15

ARMEGGIANDO con i gemelli dello smoking preso in affitto, Tony si era preparato ad affrontare il ballo di fine anno cui solo una settimana prima aveva giurato di non andare.

«Almeno rifletticci», gli aveva detto Sue. «Non venirci sarebbe da vigliacchi...»

«E perché non dovrei esserlo?» aveva concluso lui alzando la voce, irritato. «Pensa a tutti gli chaperon che avranno assoldato per assicurarsi che le ragazze tornino a casa vive. Sue, tu sei la reginetta. Io sono un assassino.»

Sue aveva abbassato gli occhi. «Solo se ti comporti da assassino. Se vieni, la gente rispetterà il tuo coraggio.» Poi lo aveva guardato. «Come pensi che ti sentirai quella sera, solo in casa davanti alla TV? Non ti pare che sia meglio venire?»

Suo malgrado, Tony si era lasciato contagiare dall'ottimismo di Sue e dalla sua speranza, per quanto vana, di regalargli un attimo di quella serenità che aveva creduto possibile quando erano ancora in quattro. Le aveva risposto: «Non posso portare una ragazza, Sue. Mentre tu sarai con Sam a farti fotografare, io sarò da solo a far tappezzeria...»

«Ma io ballerò con te.»

Per la prima volta, Tony aveva sorriso. «Hai intenzione d'imbottire Sam di tranquillanti? Guarda che lui non mi ha mica invitato...»

«Però sarà contento, se verrai.» Il tono di Sue era insolitamente deciso. «Siamo amici da troppo tempo. Dovreste finirla di fare i bambini, voi due.»

Lui aveva provato un'ondata di risentimento profondo: difficilmente Sam si sarebbe riconciliato con lui alla festa vedendolo ballare con Sue. Forse, mosso da un istinto perverso, aveva deciso allora di mettere alla prova l'amico. «Magari faccio un salto...» aveva detto.

E così, dopo essersi rassegnato a lasciarsi fotografare dai genitori in abito da sera, Tony si era trovato tra le braccia di Sue Cash mentre l'orchestra suonava The Way You Look Tonight.

Per una sera il Lake City Country Club era tutto per loro. Era la prima volta che Tony metteva piede in quella sala, decorata con festoni di carta e palline di vetro appese al soffitto. L'atmosfera non gli parve particolarmente magica: a suonare erano insegnanti e genitori e il cantante era molto più bravo in *Smoke Gets in Your Eyes* che in *A Hard Day's Night*; *Respect* di Aretha Franklin, poi, era decisamente al di sopra delle sue possibilità. Il tema della festa, una serata al casinò, con roulette e tavoli di black-jack a cui si potevano vincere bambolotti e coppe da champagne piene di limonata, era stato scelto dai genitori nel vano tentativo di distogliere i ragazzi dal bere di nascosto nel campo da golf. Né potevano bastare cravatte nere e abiti lunghi per trasformare un branco di adolescenti in altrettanti Cary Grant e Grace Kelly in *Caccia al ladro*. La maggioranza dei maschi non aveva mai messo la cravatta – e si vedeva – e portava la giacca con la disinvoltura di un manico di scopa. Poi c'era la solita serie d'improbabili coppie formate da un apposito comitato d'insegnanti per fare in modo che anche i più timidi avessero un partner. Scorgendo Ernie Nixon che cercava di fare conversazione con la ragazza che gli era stata appioppata, una bionda bruttina seduta su una sedia pieghevole con un'aria di umiliazione quasi ultraterrena, Tony si pentì di non avergli praticamente rivolto la parola dalla sera in cui era morto Martin Luther King. Sue invece era uno splendore.

In maggio c'erano state le prime giornate di sole e lei aveva una leggera abbronzatura che il vestito di raso rosa e un filo di trucco mettevano in risalto. Il vestito fatto da sua madre per l'occasione si adattava alle sue curve senza metterle troppo in evidenza. Tony rimase colpito e un po' intimidito: era come se la sua compagna di scuola fosse stata di colpo promossa donna e fosse entrata nella parte con tanta facilità e disinvoltura da sembrargli un'altra persona. Ma era affettuosa e rilassata e, anche se non avevano mai ballato insieme prima di allora, fin dalle prime note si trovarono affiatatissimi. I suoi capelli profumati gli sfioravano il viso.

«Sei bellissima», le sussurrò all'orecchio.

La sentì sorridere dietro la sua spalla, poi la musica finì. Quando si staccò da lui, gli rivolse un'occhiata birichina e chiese: «Più che con il vestito a righe rosa?»

Tony la guardò con occhio critico, fingendo di riflettere. «Non credo proprio che ci entreresti più.»

Si sorrisero ancora un momento, poi lei andò a cercare Sam.

Curioso, Tony la seguì con lo sguardo. Era chiaro che Sue si sentiva completamente libera, almeno per quanto riguardava lui. Sam dava le spalle alla pista e rideva con Charlie Moore. Al ritorno di Sue ostentò un'indifferenza che a Tony parve un po' forzata. Sam e Charlie sembravano uniti da qualche segreto che li faceva sentire superiori. Poi Sam bevve in fretta un sorso dal suo bicchiere di carta e Tony capì che probabilmente si trattava solo di una bottiglia di whisky nascosta nello stipetto di Sam. Forse, pensò, era il momento di andare a mettere alla prova il suo amico.

Vedendolo che si avvicinava, Sue si voltò e gli fece spazio. Charlie, il Lancer, salutò Tony con un breve cenno del capo e Jane Jeffords seguì il suo esempio, rivolgendogli prontamente un sorriso di circostanza. Sam fu più lento e lo accolse con una certa sorpresa, come se gli ci fosse voluto un po' per accorgersi di lui.

Tony fece un piccolo cenno. «Ciao, Sam.»

«Ciao.» Sam era arrossito. «Sei solo?»

C'era un'ombra di astio in quelle parole, forse rivolto a Sue: Sam sapeva benissimo che Tony era solo. Con la coda dell'occhio, vide che ci era rimasta male.

«Solo», confermò. «Vado a letto presto, stasera.»

Sam inarcò le sopracciglia. «Peccato», disse con aria indifferente. Bevve un altro sorso di whisky e si rimise a parlare con Charlie Moore.

Tony percepì la tensione di Sue al suo fianco. Chinandosi leggermente, le sussurrò: «Grazie per il ballo. Adesso mi trasformo in una zucca».

Sam si girò di scatto, come se li avesse colti in flagrante. Sorrise e, con gli occhi un po' troppo accesi, incrociò lo sguardo di Tony. «Mi state nascondendo qualcosa, voi due?»

Lui si morse la lingua, per il bene di Sue. Ma l'occhiata che lei lanciò a Sam era più rabbiosa che mortificata. «Ho appena chiesto a Tony di concedermi un altro ballo», rispose. «Non ti dispiace, vero?»

Lo disse con un tono da cui si capiva chiaramente che a Sam conveniva lasciarla fare, anche se forse Charlie Moore e la sua ragazza, che la conoscevano meno bene, non se ne accorsero.

Di nuovo Sam diventò rosso. «Perché dovrebbe dispiacermi?» ribatté allegramente, prima di rivolgersi di nuovo a Charlie. «Andiamo un momento nello spogliatoio?» Sparirono prima che Sue e Tony avessero fatto un passo.

Tony si allontanò con Sue quanto bastava per non farsi sentire e le disse: «È veramente ora che io me ne vada...»

«Ancora un ballo, ti prego.»

La prese fra le braccia, seguendo lentamente la melodia di *A Thousand Stars*. «Sbaglio o mi è sfuggito qualcosa poco fa?»

Lei gli appoggiò la testa sulla spalla e disse piano: «Sì. Non gli basta che io lo ami».

«Perché?»

«Dato che tu non gli hai chiesto scusa, pensa che io stia dalla tua parte. Quando beve non ragiona.»

Lui la strinse più forte. «Non è solo colpa sua. Quando mi hai chiesto di venire, sapevo già che sarebbe finita così. Non ho pensato a te.»

Lei si scostò lievemente per guardarlo negli occhi. «Sei geloso?»

«No, ma Sam e io siamo in competizione. E io sono ancora arrabbiato.»

Sue scosse la testa pensosamente. «Allora è diverso», disse alla fine. «Perché Sam è geloso.»

Tony obiettò: «Non gli hai mai dato motivo di...»

«Non è geloso di me, ma di te.» Lo disse con tristezza, ma con lucidità. «Ha sempre paura che tu abbia qualcosa più di lui.»

Tony rimase di sasso. «Perché dici così?»

«Quando abbiamo finito di ballare, ho visto in che modo ti guardava.» Il suo sguardo era turbato, ma schietto. «Non si tratta solo di questo, però. Penso che in un certo senso vorrebbe essere te...»

Tony si sentì toccare una spalla. «Posso?» chiese amichevolmente Sam. Aveva l'alito che puzzava di whisky.

Tony lo osservò: aveva una strana espressione di sfida, per cui si chiese se li aveva sentiti. Sue guardò prima Tony e poi Sam.

Tony la lasciò andare, come se non ci fosse nessun problema, e disse: «Divertitevi».

Sue si sforzò di sorridere, fingendo anche lei che fosse tutto normale. «Siamo contenti che tu sia venuto», disse.

Sam tacque.

Li lasciò lì.

Si guardò intorno. Le coppie che ballavano, i gruppetti di genitori ai lati della sala, il brusio di sottofondo... cominciava a sembrare una vera festa e per la prima volta Tony si lasciò andare a immaginare come sarebbe stata quella serata con Alison, come si sarebbe vestita, quanto sarebbero state divertenti le sue battute e azzeccati i suoi commenti. Il rimpianto al pensiero di lei e del vuoto incolmabile che aveva lasciato era ancora vivo e doloroso come il primo giorno. Vedendo Sue che ballava con gli occhi chiusi appoggiata alla spalla di Sam, si sentì più solo che mai. In una serata come quella bisognava essere in due.

Si allontanò dalla pista e si fermò a chiacchierare un momento con Ernie Nixon e quel sacco di patate della sua ragazza. Una madre in rosa che sorvegliava la festa cominciò a osservarlo con sospetto.

«Tony!»

Era Jane, la ragazza di Charlie Moore, sola. Aveva bevuto e aveva lo sguardo un po' spento; parlava esagerando i movimenti della bocca come se si rivolgesse a una nonna dura d'orecchie. «Non balli più?» gli chiese.

Lui si sforzò di sorridere. «Sono tutti accoppiati.»

La ragazza annuì solennemente. «Che peccato che non ci sia Alison.»

Tony la fissò esterrefatto. Sospirando, Jane assunse l'aria di presuntuosa commozione di chi ha bevuto abbastanza da confondere la mancanza di tatto con la sollecitudine e volerla imporre agli altri. Lo guardò da sotto in su e sentenziò: «Voglio dire, mentre ballavi con Sue pensavo che era proprio un peccato che Alison non ci sia più».

Tony decise che era meglio lasciar perdere e cambiare discorso. «Dov'è Charlie?» chiese.

«È andato nello spogliatoio a prendere ancora un po' di tu sai che cosa.» Fece un gran sorriso. «Sam ha il suo stipetto, sai. I Robb sono soci.» Poi le venne un'idea. «Anche Alison...»

«Lo so», disse lui sempre a voce bassa. «Forse è meglio che tu resti qui ad aspettare Charlie, Jane. Qualcuno potrebbe pensare che sei ubriaca...»

«Ehi, amico! Stai cercando di fregarmi la ragazza?» Era Charlie Moore, sbronzo anche lui, pericolosamente incerto tra le battute pesanti e le minacce. «Non ti basta Sue Cash?»

«Altro che», rispose Tony.

Charlie si rivolse a Jane, dimenticandolo, e scoppiò in una risata sguaiata. «Che figlio di puttana!» esclamò.

Jane sbarrò gli occhi. «Tony non ha...»

«Sto parlando di Sam.» Cercando a casaccio tra i ballerini, Charlie passò dall'allegria all'indignazione. «C'erano due bottiglie e non ne ho trovato più nemmeno una. Dev'essersela presa quel figlio di puttana.»

126

Anche Tony si voltò, ma non riuscì a individuare Sam e Sue nella folla. Non gli sembrava che Jane e Charlie meritassero un saluto.

Quando fu fuori, si appoggiò alla portiera della sua macchina. La notte era calda e piena di stelle. A parte l'eco della musica in lontananza, il parcheggio era immerso nel silenzio. Era quasi mezzanotte. Ben presto le prime coppie sarebbero uscite di soppiatto per appartarsi nel campo da golf a bere o a pomiciare. Tradizionalmente il ballo di fine anno era un'occasione per dare libero sfogo alle passioni: chissà quante ragazze avevano perso la verginità nei pressi della diciottesima buca proprio la sera del ballo. A Tony si strinse il cuore al pensiero di Alison.

Tra le automobili ferme, sentì due voci. Soprappensiero, non capì quello che dicevano, né si sorprese che una fosse maschile e l'altra femminile: qualcuno doveva ben cominciare.

«No», diceva lei.

Tony drizzò le orecchie. Varie file di macchine più in là, vide una ragazza di profilo, molto più bassa del ragazzo a cui parlava, evidentemente arrabbiata.

Tony avrebbe riconosciuto Sam ovunque, anche al buio. «Non voglio», ripeté la ragazza. Era Sue.

Piano piano, si avvicinò.

Sam aveva aperto il portabagagli ed era girato di spalle, con una bottiglia di whisky in una mano e un cestino da picnic e una coperta nell'altra. Sue si era allontanata di qualche passo.

«E dai», insisteva Sam. «Nessuno si accorgerà che ce ne siamo andati. E anche se se ne accorgono, chi se ne frega.»

Lei scosse la testa. «Frega a me, soprattutto se sei in questo stato.»

«Quale stato?»

Tony si fermò a tre macchine di distanza. «Sei ubriaco», sentì che rispondeva Sue.

Sam lasciò cadere la coperta sull'asfalto. «Non sono come lui, vorresti dire.»

«Sei ubriaco. Altrimenti non diresti una cosa simile.» S'interruppe e, da esasperato, il suo tono si fece implorante. «Ti prego, non roviniamoci la serata per via di Tony.»

Nel sentirsi nominare, Tony si bloccò. Sam taceva. Tony, immobile, pensò che il peggio fosse passato.

Sottovoce Sam disse: «Mi hai messo in imbarazzo davanti ai nostri amici. Hanno visto tutti com'eri con lui».

«E com'ero?» ribatté stancamente Sue.

«Pendevi dalle sue labbra.» Sottolineò quelle parole muovendo la testa come un ubriaco. «Come se stasera volessi stare con lui.»

«No. È solo che mi dispiace per Tony. È diverso.»

Barcollando, Sam fece un passo. Fu da quell'esitazione, più che dalla voce, che Tony capì quanto era sbronzo. Vide che le metteva le mani sulle spalle e le chiedeva: «Allora con chi è che vuoi stare, Sue?»

Guardandolo, lei prese fiato. «Con nessuno. In questo momento non voglio stare con nessuno...»

«Invece io voglio stare con te.» Non sembrava più arrabbiato, ma spaventato. «Dimostrami di chi sei...»

«Io sono mia, Sam, solo mia.» E si voltò verso il country club.

Lui l'afferrò per un polso. «Sali in macchina, vieni con me. Ti prego, devo capire...»

«Mi fai male», esclamò lei. Senza nemmeno pensarci, Tony si fece avanti.

Fu Sue a vederlo per prima. Restò immobile, con gli occhi sbarrati e la bocca spalancata come a dire: «No». Sam, continuando a stringerle il polso, seguì il suo sguardo e lo vide.

Gonfiò il torace e le lasciò la mano. Negli occhi gli si leggevano emozioni diverse, incontrollabili: vergogna, gelosia, collera. «Sei ubriaco marcio», gli disse Tony. «E stai facendo male alla tua ragazza.»

Sam pareva esterrefatto. «Non le ho fatto niente...» Non finì la frase e lasciò cadere le braccia.

Tony s'infilò le mani in tasca. «Scusa, mi sono sbagliato.»

Per un attimo Sam parve placarsi, poi si rianimò. «Non sono affari tuoi. La tua ragazza è morta. Sue è mia.»

Tony sentì che stava per perdere le staffe. Da dietro le spalle di Sam, Sue lo implorava con gli occhi di ragionare. Vacillando, Sam si fece avanti e lo guardò. «Perché ce l'hai con me? Perché hai cercato di portarmi via Sue?»

«Non è vero.»

«Non contarmi balle.» Sam raddrizzò la testa. «Sei un bugiardo...»

«Smettila», gridò Sue, prendendolo per una manica dello smoking. «Tony non ha fatto niente...»

Spingendola via, Sam afferrò Tony per il bavero della giacca. «Perché ti difende tanto?»

Tony lo guardò negli occhi. Sempre tranquillo, disse: «Forse perché ha bisogno di qualcuno che ha bevuto meno di te che l'accompagni a casa».

Con una smorfia, Sam gli mostrò il pugno, ma Tony gli diede uno spintone facendogli perdere l'equilibrio. «Non fare il cretino», disse. E Sam fece per colpirlo.

Mentre Sue lanciava un grido, Tony spostò la testa ed evitò il pugno con cui Sam cercava di sfogare sette mesi di rabbia.

Avanzando di un passo, Tony colpì Sam allo stomaco con tutta la forza che aveva.

L'impatto gli fece vibrare il braccio. Sam cadde a terra senza fiato, piegato in due.

Con uno spasimo, cominciò a vomitare. Con le lacrime agli occhi, Sue guardò Tony, che sentì svanire tutta la sua collera. «Mi dispiace», si scusò.

Sam cominciò a tossire, lo stomaco ormai svuotato; a testa bassa, guardava il suo stesso vomito. Sue si chinò. «Mi aiuti?» chiese a Tony.

Lo presero per le braccia, lui da una parte e lei dall'altra, e lo aiutarono a rialzarsi. Aveva lo sguardo spento e lo smoking tutto sporco.

«Non può tornare dentro in questo stato», disse Sue.

Tony pensò che l'aveva detto come se Sam non ci fosse. «Che cosa facciamo?»

«Portiamolo a casa.» Sue era a metà tra la rabbia e la desolazione. «Non è in grado di guidare.»

Tony gli frugò nelle tasche e, trovate le chiavi della macchina, aprì la portiera di dietro. Poi, insieme a Sue, lo trascinò verso la macchina. A un certo punto Sam gemette una vaga protesta, ma appena Tony lo sdraiò sul sedile posteriore e Sue lo aiutò a posare la testa, si addormentò profondamente.

Tony la guardò. «E i suoi chi li sveglia?»

Sue scosse la testa. «Io no di sicuro. E non voglio nemmeno stare ad aspettare che si riprenda. Sono così arrabbiata...»

Tony sospirò. «Potremmo lasciarlo a dormire sull'amaca del giardino di casa sua. Guida tu, io ti seguo con la mia macchina.»

Lei annuì lentamente. «D'accordo.»

Venti minuti più tardi, trasportarono Sam nel giardino tenendolo per le ascelle e per i piedi.

L'amaca era appesa a due meli. Quando ce lo adagiarono, Sam

sospirò, si mosse leggermente, ma continuò a dormire con la bocca semiaperta, pallido come uno straccio.

Sue gli posò due dita sulle labbra per accertarsi che respirasse.

«Sta bene?» chiese Tony.

«Sì.»

Lo scrutarono: era tranquillo come un bambino. «Guardalo», disse piano Tony. «Scommetto che morirà di vecchiaia, nel sonno. A vederlo diresti che non è successo niente, ti pare?»

Per un po' Sue rimase a osservarlo in silenzio, come se volesse capire che cosa aveva in testa, poi si allontanò dall'amaca e si fermò in mezzo al prato, alzando la testa per guardare le stelle. Tony le andò vicino.

«Be'», disse lei. «Ti ho proprio rovinato la serata.»

«E io l'ho rovinata a te.»

Sue tacque per un momento. «No», disse.

Tony si mosse ascoltando il frinire dei grilli. «Adesso dovrei accompagnarti a casa.»

Sue si voltò a guardare Sam. «Vuoi veramente tornare a casa?»

Lui si strinse nelle spalle. «Per me la festa è finita comunque. Ormai saranno tutti nel campo da golf o sulla spiaggia. Ad aspettare l'alba.»

Sue abbassò gli occhi. «Ci andiamo anche noi? Ad aspettare l'alba, voglio dire.»

Tony esitò, lanciando un'occhiata all'amaca da cui non proveniva nessun rumore. «Sei sicura?»

«Sì.» Alzò gli occhi e accennò un sorriso. «Dobbiamo andare a letto il più tardi possibile, no? Non voglio perdermi il più bello.»

16

Tony le disse che non voleva andare alla spiaggia a vedere l'alba, che non riusciva nemmeno a pensare di passare nei pressi di Taylor Park di notte. L'unico altro posto che Sue conosceva era il boschetto di aceri; non aveva voglia di vedere nessuno e dover trovare una scusa per Sam. Anzi, se possibile, preferiva toglierselo dalla mente.

Tony sapeva che questo era impossibile. Era proprio in quel boschetto che si era appartata con Sam la notte che Alison era morta; la coperta che stesero sull'erba era di Sam e il cestino da picnic (succo d'arancia, frutta, brioche, una bottiglia di spumante) era quello che aveva preparato per lui; anche il vestito che aveva addosso mentre camminava scalza sull'erba umida era quello con cui si era fatta bella per lui. Tony era sicuro che la sua stessa presenza le ricordasse Sam, come a lui Sue ricordava Alison.

Gli si sedette vicino sulla coperta, pensierosa. C'era la luna e la notte era calda, limpida e senza vento: l'unico rumore era il canto dei grilli. «Se avessimo provato a immaginare questa serata l'anno scorso, tu saresti stata con Sam e io con Alison. Dalla notte in cui è morta, è cambiato tutto. Anche Sam», le disse.

Sue taceva. «Anche tu sei cambiato», gli fece notare dopo un po'.

Lui si strinse nelle spalle. «Prima non ero mai stato veramente triste. Adesso lo sono quasi sempre.»

Lei si voltò a guardarlo. «Non sei solo triste. È come se ci avessi abbandonato... Lake City, Sam, me. Come se avessi in mente qualcosa che non ci vuoi dire e che noi non possiamo immaginare.»

Gli parve un giudizio azzeccato, anche se lui stesso non avrebbe saputo spiegare esattamente in che cosa era cambiato. «Sembri Sam», le disse.

«Non volevo.» Si aggiustò il vestito, come se in quel modo potesse riordinare anche i suoi pensieri. «A me vai bene comunque. Però Sam fa fatica ad accettarlo.»

«Accettare che cosa?»

«Il fatto che tu ti sia allontanato da lui.» In tono più incerto, aggiunse: «Non saprei, veramente. Forse finché è convinto che volete tutti e due le stesse cose, tipo diventare Atleta dell'Anno, non è geloso. Qui a Lake City ti può battere. Ma se le cose che per lui sono importanti per te non lo sono, allora perdono interesse anche per lui...» Lasciò la frase a metà, come si vergognasse di quei pensieri.

«Va' avanti», le disse Tony.

«Ti sembrerà ridicolo, ma non piace neanche a lui fare così. Perché ti vuole veramente bene, Tony. Secondo me quando avete litigato è stato per questo, perché lui stava cercando di dirti che è tuo amico nonostante tutto e non si è sentito ricambiato.» Si voltò dall'altra parte. «Tu che ne pensi?»

Era la prima volta che Tony le sentiva fare un discorso del genere ed ebbe l'impressione che stesse cercando di spiegare il comportamento di Sam prima di tutto a se stessa. «Forse hai ragione», disse. «Ma stasera?»

Sue sospirò. «Semplice. Ha sempre pensato che tu mi piacessi troppo. E adesso che Alison non c'è più, pensa che tu ti senta più vicino a me che a lui.»

«Tu hai cercato di metterti nei miei panni; lui non ci ha neanche provato.»

«Be', lo sai che sono una brava persona.»

Tony non riuscì a decifrare il tono della sua voce. D'un tratto si sentì egoista: avevano parlato di Sam, di lui, ma così poco di Sue. Si rese conto che, come gli altri, anche lui vedeva solo il lato allegro e sorridente di lei. «È per questo che lo sopporti anche quando beve? Perché sei troppo 'brava'?»

«Non credo che nessuno di noi sia tanto 'bravo', né Sam, né tu, né io.» Si voltò a guardare le stelle. «Sto con Sam perché è sensibile, molto più di quanto dia a vedere. E perché ho bisogno di sentirmi necessaria e so che Sam avrà sempre bisogno di me.»

«Ma è questo che vuoi veramente?»

Sue si spinse pigramente i capelli all'indietro. «Non ho ancora le idee chiare. A volte avrei soltanto voglia di vivere con qualcuno e fare del mio meglio per stare bene e penso che potrei essere felice, o infelice, ovunque. Altre mi domando perché non faccio come te.» Si voltò a guardarlo. «Capisci che cosa intendo?»

«Credo di sì...»

«Voglio dire, Sam parla di sposarsi e di rimanere a Lake City, e mi sembra che vada benissimo. Poi vado a letto e invece di pensare a lui mi vengono in mente tutti i posti che non ho mai visto e magari non vedrò mai.» Scosse la testa. «Non sono mai stata da nessuna parte.»

«Neanch'io ho mai viaggiato.»

«Ma ci pensi, no? Ci hai sempre pensato.»

«Sì.»

Piegò la testa da una parte. «Dove ti piacerebbe andare?»

«A parte la prigione?»

«A parte la prigione.» Con voce più dolce aggiunse: «Farai la tua vita, vedrai. Nessuno finisce in galera per cose che non ha fatto».

Tony si commosse. «Allora brindiamo. Poi ci penserò.» Sorrise di nuovo. «Dopotutto, è la sera giusta per festeggiare.»

Sue estrasse la bottiglia dal cestino. Tony l'aprì, facendo saltare il tappo di plastica nella notte, e riempì di spumante due bicchieri di plastica.

«All'Italia», esclamò.

Sorridendo, Sue bevve un sorso, poi chiese: «Perché l'Italia?»

«Perché ci abita Sophia Loren, tanto per cominciare.»

Sue pareva poco convinta. «Vuoi brindare a Sophia Loren?»

Tony scosse la testa. «Ho letto un articolo sul *National Geographic*, l'estate scorsa.» Per la verità se n'era dimenticato, ma raccontandolo a Sue gli tornarono in mente le fotografie. «Parlava di un'isola che si chiama Capri, con grotte e barche di pescatori e spiagge, e un'acqua così limpida che si vede il fondo...»

Lei parve rifletterci sopra. «Bello», ammise. «E poi?»

«Be', c'è Venezia. Immagina di trovarti in una città costruita tutta su canali, con chiese, campanili e nemmeno un'automobile. Solo barche, e dei caffè all'aperto sull'acqua. Ci vado sicuro.»

«Ho visto qualche foto. Ma voglio delle alternative.»

Tony sorrise. Si tolse la giacca dello smoking e versò ancora un po' di spumante. «C'è sempre la Toscana. È una delle regioni vinicole, diceva l'articolo. Con molto sole, tante colline con ville e castelli in cima.» Ammiccando aggiunse: «E un sacco di donne prosperose, a giudicare dalle foto. Il *National Geographic* non perde occasione...»

Sue lo guardò scettica. «Sicuro che non sia per Sophia Loren?»

«Sicurissimo.» Fece l'offeso, ma poi si rese conto che il suo futuro, da mesi, non arrivava al di là di Harvard o, peggio ancora,

133

della temuta telefonata di Saul Ravin. «No», disse sottovoce, «è una questione di libertà. E di scelta.»

Sue tacque di nuovo. «Allora magari vengo anch'io. Se non sono di troppo.»

«Preparerò Sophia un po' alla volta.» Tony riempì di nuovo i bicchieri. «Allora, dove preferiresti andare?»

Lei lo studiava; Tony ebbe la sensazione che avesse intuito le sue preoccupazioni e, per delicatezza, volesse continuare a farlo parlare dell'Italia. «Capri», disse.

«Perché?»

«Perché mi piace il mare.» Esitava. «Se a te va bene.»

Improvvisamente serio, Tony la guardò negli occhi e disse sottovoce: «Capri mi andrebbe benissimo».

Per un po' rimasero in silenzio, seduti vicini, ciascuno immerso nei suoi pensieri, senza bisogno di parlare. E Tony, d'un tratto, si accorse che non si sentiva più solo.

Rimase talmente sorpreso che non poté fare altro che guardarla intensamente.

Lì per lì Sue continuò a guardare il bicchiere che aveva in mano, apparentemente lontana, quasi non se ne fosse accorta, ma Tony capì che non era vero da come stava ferma. Tuttavia non riuscì a distogliere lo sguardo: era come se l'avesse appena scoperta.

Sue gli rivolse un'occhiata interrogativa, carica di domande prima per lui e poi anche per se stessa.

Tony posò il bicchiere.

Sue lo vide e, senza dire nulla, vi posò accanto il proprio.

Mentre lei continuava a guardarlo, Tony le si avvicinò per baciarla. Sue tenne gli occhi aperti.

Aveva le labbra morbide e calde. Tony non voleva fermarsi e sentì che nemmeno lei lo voleva. Quando le accarezzò il seno, Sue non lo respinse. Poi, delicatamente, si scostò e lo guardò di nuovo.

«Non siamo in Italia, Tony.»

«Lo so.»

Tony si accorse di non avere il coraggio di chiederglielo. Il tempo pareva essersi fermato. Fino a pochi istanti prima, non sapeva neppure di desiderarla; adesso, in silenzio, avrebbe dato qualunque cosa per averla.

Passò un momento.

Senza staccare gli occhi dai suoi, Sue allungò le braccia dietro la schiena e si abbassò la cerniera lampo, rimanendo con le spalle nude alla luce della luna.

«Sì», sussurrò Tony, «ti prego.»

Si alzò con grazia, guardandolo negli occhi, e continuò a guardarlo anche quando il vestito cadde con un fruscio leggero e mentre si sfilava le calze. Era come se, a ogni nuovo passo, ripetesse la stessa domanda, prima a Tony e poi a se stessa.

Rispondendo al suo silenzio, lui si alzò e si tolse la camicia e i pantaloni. Sempre guardandolo, Sue si slacciò il reggiseno.

Aveva il seno pieno e rotondo, proprio come se l'era immaginato, pensò sorpreso. Quando fu completamente nuda, Tony rimase senza fiato: la sua amica Sue Cash era bellissima.

Si abbracciarono. Tony sentì il tepore del suo seno sul petto. Lei gli appoggiò il viso sulla spalla.

La strinse a sé, combattuto tra il desiderio di proteggerla e quello di possederla. Poi lei cercò la sua bocca e lo baciò a lungo, intensamente, con sicurezza. La sentì fremere di desiderio.

Le baciò il seno e il ventre, lentamente, poi s'inginocchiò e le fece quel che non aveva mai fatto a nessuna ragazza. I suoi gemiti parevano venire da molto lontano. Tony si sentiva pronto, eppure, cosa nuova per lui, non aveva fretta.

D'un tratto, anche Sue s'inginocchiò e lo baciò. Il resto lo sapevano senza bisogno di dirselo: Tony si sarebbe sdraiato sulla schiena e lei si sarebbe messa a cavalcioni su di lui, alzando la testa.

Per Tony la notte si riempì del calore di lei e dell'espressione del suo viso.

Era con lui e nello stesso tempo non lo era; gli sorrise, piegò la testa all'indietro e gemette con gli occhi semichiusi. Tony si trattenne, cercando di controllarsi. Poi, d'un tratto, Sue spalancò gli occhi e dalla gola finalmente le scaturì, lungo e flebile, il grido che aveva trattenuto fino a quel momento.

Un attimo prima di lasciarsi andare, Tony capì che cos'era successo e che era una cosa nuova per tutti e due.

Sue si chinò a baciarlo.

«Non ti muovere», le disse lui piano.

«Non voglio muovermi.»

Alla fine, quando si staccò da lui, restarono sdraiati vicini, senza bisogno di parlare.

Fu Tony a rompere il silenzio. «L'abbiamo fatto bene, eh?»

Lei lo guardò. «Sì», disse piano. «Proprio bene.»

Tony si voltò a baciarla di nuovo.

Lei lo guardò incantata. Poi rotolò sulla schiena e rivolta alle stelle esclamò, sottovoce: «Dio mio, Sue Cash, che bugiarda sei...»

Tony si appoggiò a un gomito e le posò una mano sulla pancia. «Perché bugiarda?»

Lei girò la testa dalla sua parte. «E me lo chiedi? Ho detto a Sam che per me eri un amico e basta. Ho persino cercato di convincere me stessa. Guardami, sono una vera crocerossina.» Sorrise amareggiata. «Se è questo che fanno gli amici, dove andremo a finire?»

Ricambiando il suo sorriso, Tony si accorse che il mondo esterno, dal quale era riuscito a estraniarsi per pochi attimi, stava ricominciando a guastargli il piacere di stare insieme. «Non so, Sue. Dobbiamo rispondere immediatamente?»

Sdraiata sulla coperta, Sue girò la testa da una parte e dall'altra. «No», rispose. «Non voglio.»

Dopo un po' Tony le prese la mano e si sdraiò a guardare le stelle insieme a lei. Sentiva che tra loro era nato qualcosa di cui nessuno li avrebbe mai potuti privare: era la loro notte e tutto quello che succedeva quella notte sarebbe stato per sempre loro. La domanda di Sue, per quanto imprevista, non lo colse del tutto di sorpresa.

«Pensi che diventerai Atleta dell'Anno?» gli domandò, quasi con noncuranza. «Ci tieni ancora?»

Non era una domanda oziosa: dietro, c'erano Sam, Alison e la consapevolezza che, nella loro nuova intimità, Sue e Tony non potevano ignorarli.

«No», rispose, «perché non sarò io a vincere.»

Sue ci mise un po' prima di dire: «Secondo me lo meriteresti».

«Anch'io lo pensavo. Ma è colpa mia se abbiamo perso la partita con lo Stratford, dopo che Sam aveva dato il massimo.» Le strinse forte la mano. «E comunque chi uccide la prima della classe non vince il titolo di Atleta dell'Anno. Sam è decisamente in vantaggio.»

Sue lo guardò e gli chiese: «Ti senti in colpa? Per stanotte, intendo dire?»

Tony esaminò i propri pensieri in silenzio. «Mi sento confuso, piuttosto. Alla festa Alison mi mancava da morire.»

«Forse ti manca anche adesso, Tony. Sentivi la sua mancanza e io ero qui con te...»

«No», rispose lui, meditabondo. Gli bastò uno sguardo per capire. «Sentirò sempre la sua mancanza, è vero. Ma, tra me e te, Alison non c'entra. Né adesso né mai.»

Gli parve di vedere una luce nuova negli occhi di Sue, combattuta tra il desiderio di credergli e la riluttanza a domandargli quello che in cuor suo sapeva di non dover domandare. Lui le accarezzò i capelli. «Stanotte è stato diverso... da quando ho fatto l'amore con Alison.»

«In che senso?»

Tony prese fiato. «Quella sera mi vergognavo di desiderarla tanto», le confidò. «Ancora prima di trovarla morta, ero convinto che quel che avevamo fatto fosse peccato, che fosse un atto da dover confessare.» S'interruppe, poi a bassa voce concluse: «Forse sono davvero cambiato: con te non mi sono sentito in colpa, se non nei confronti di Sam, forse».

Lei gli sfiorò il viso. «Non sei il solo.»

Tony rifletté sul significato di quelle parole. «Glielo dirai?» le chiese.

Lei lo abbracciò. «Non voglio pensarci per ora. Non voglio pensare a niente.»

Tony la tenne stretta, accarezzandole i capelli e la schiena. Dopo un po' la sentì rilassarsi e respirare più regolarmente: forse abbandonandosi al sonno sperava di sfuggire al conflitto che l'agitava. Tirò su la coperta per proteggerla. La tenerezza sempre più grande che gli suscitava restò un segreto per lei.

Tony non riusciva a dormire. Prima pensò ad Alison, con profonda tristezza ma senza sensi di colpa, poi meditò a lungo su quel che sarebbe successo a loro tre: a lui, a Sam e a quella carissima amica che si era data a lui quella notte. Ma ormai era quasi giorno e, quando i primi bagliori cancellarono le stelle e il cielo si rischiarò, Sue si mosse fra le sue braccia.

Si svegliò con il viso fresco e tranquillo. Per un attimo lo guardò sorpresa poi, ricordando, sorrise.

«Quanto ho dormito?»

Lui la baciò. «Tanto.»

«Troppo.» Lo guardò di nuovo, questa volta con un'espressione triste, e mormorò: «Dobbiamo andare».

Tony taceva. Dopo un po', Sue cominciò a vestirsi. «No», le disse lui. «Ancora un attimo.»

Sue si lasciò guardare, in piedi, nuda, e lo fissò. Poi fece un passo e lo abbracciò come per salutarlo con un bacio, e raccolse il vestito da terra. Continuarono a guardarsi mentre se lo infilava.

Mostrandogli la schiena gli chiese di aiutarla a tirare su la cerniera.

Tony ubbidì dicendo: «È la parte che mi piace meno». Voleva essere una battuta, ma non riuscì bene. E Sue non lo guardò quando rispose: «Lo so».

Lo aiutò a mettersi i gemelli. Mentre raccoglievano i resti del picnic, Tony si sentiva come un profugo alla fine del mondo. Dopo aver riposto tutto nel bagagliaio, rimasero l'uno vicino all'altra a guardare l'erba calpestata.

«Fra un'ora», disse Sue, «non si vedrà più niente.»

Senza parlare andarono a casa di Sue. La città alle prime luci dell'alba era ancora immersa nel silenzio. Tony si ricordò che l'ultima volta che l'aveva vista a quell'ora era stato quando i suoi erano andati a prenderlo alla stazione di polizia, intontito e sconvolto, dopo la morte di Alison.

Si sentì la mano di Sue sul ginocchio e gliela prese.

«Possiamo vederci e parlare un po'?» le disse. «Fra un paio di giorni, magari.»

Lei lo guardò. «Farebbe piacere anche a me, Tony.»

Si sentì invaso da una sensazione di pace. Per il resto della strada rimasero zitti. Quando svoltarono davanti a casa di Sue, lei gli teneva ancora la mano.

Seduto sulla porta c'era Sam.

Tony sentì che Sue s'irrigidiva. Non dissero nulla. Sue ritirò la mano solo quando ebbero parcheggiato.

Senza essersi messi d'accordo, scesero contemporaneamente dalla macchina, pronti ad affrontare quel che sarebbe successo.

Sam, pallido e spettinato, aveva ancora i pantaloni dello smoking e la camicia stropicciata della sera prima. Sue si era tenuta le chiavi della sua macchina, per cui doveva essersi fatto quasi due chilometri a piedi per andarle a riprendere. Aveva gli occhi pesti e arrossati.

Quando Tony e Sue si fermarono a pochi passi da lui, li guardò, prima l'uno e poi l'altra. Si alzò e andò verso Tony, che si preparò al peggio. Si guardarono negli occhi, poi Sam gli mise una mano sulla spalla e scosse lentamente la testa.

«Scusa, Tony. Ho rovinato la serata a tutti. Mi dispiace veramente.»

Colto alla sprovvista, Tony ci mise un po' a rispondere: «Dispiace anche a me».

«Non è colpa tua.» Sam si sforzò di sorridere. «Grazie di esserti preso cura di Sue.»

Tony capì che con quello lo stava ringraziando e congedando al tempo stesso. Si voltò incerto verso Sue e la guardò negli occhi, improvvisamente lucidi, forse un briciolo troppo a lungo.

«Arrivederci, Sue», disse piano e intuì che Sam la stava guardando, perché lei gli sorrise senza cambiare espressione.

«Grazie, Tony. Di tutto.»

Tornò alla macchina e mise in moto, cercando di non guardarli. Quando alla fine lo fece, nello specchietto retrovisore vide Sam che appoggiava la fronte sulla testa di Sue chiedendole silenziosamente perdono.

17

Due giorni dopo la notte passata con Sue, Tony entrò per l'ultima volta nella palestra della scuola per la cerimonia di consegna dei premi di fine anno.

Era partito dal nulla ed era diventato quarterback; i tre campionati che si tenevano ogni anno in autunno, inverno e primavera avevano scandito i tempi della sua vita di liceale, segnando ciascuno una stagione d'impegno, di amicizie e di ricordi diversi che si concludeva con una simbolica L in stampatello. Ne aveva collezionate undici, che teneva nel cassetto. Fin dal primo anno di scuola, quando aveva capito che il titolo di Atleta dell'Anno sarebbe toccato a lui o a Sam Robb, aveva sperato nella dodicesima, con la quale avrebbe coronato tutti i suoi sforzi.

Sam era seduto dalla parte opposta della palestra, vicino a Sue. Tony notò che era silenziosa. Quel pomeriggio si sarebbero visti e forse neanche lei sapeva bene che cosa aspettarsi da quell'incontro. Tony sapeva solo che avrebbe dato chissà che cosa per averla al suo fianco in quel momento ed era il primo a sorprendersi dell'intensità con cui la desiderava.

Ernie Nixon, seduto vicino a lui, bisbigliò: «Che dici, ce la farai?»

Senza staccare gli occhi di dosso a Sue, dopo un po' Tony rispose: «Non credo proprio».

La cerimonia intanto andava avanti. Tony aveva già ricevuto la lettera per il baseball e la consegna di quelle per l'atletica non gli interessava. Irrequieto, vide che Sam osservava la scena distrattamente. Aspettò che Sue guardasse verso di lui: quando lo fece, con la testa piegata da una parte e un mezzo sorriso interrogativo, gli sembrò impossibile che Sam non si accorgesse del feeling tra di loro, tanto era forte; poi la ragazza distolse lo sguardo.

La consegna degli ultimi premi fu uno stillicidio. Con la coda dell'occhio, Tony vide che Sam fissava il podio, immobile come non lo aveva mai visto.

Alla fine l'allenatore della squadra di atletica si sedette e il preside Marks prese la parola.

A consegnare il trofeo di Atleta dell'Anno era sempre George

Marks, a cui piaceva l'atmosfera di suspense della cerimonia. Gli allenatori di football, pallacanestro, baseball e atletica, seduti su una fila di sedie pieghevoli dietro di lui, avevano già fatto la loro scelta. Tony cercò di decifrare l'espressione di Jackson, ma era tetra come al solito e non rivelava nulla. Cercò di convincersi ancora una volta che il premio non sarebbe andato a lui.

George Marks contemplava ammirato la statua di bronzo di un maratoneta greco. Tony si accorse che una parte degli studenti guardava lui e una parte Sam.

«Il massimo riconoscimento», cominciò George Marks, «va allo studente dell'ultimo anno che con il suo talento, la sua determinazione e il suo impegno meglio incarna lo spirito della Lake City High School...»

Negli anni precedenti, quel pistolotto aveva fatto sorridere Tony. «Manco fosse una medaglia al valore», aveva commentato una volta con Sam. «Continuavo ad aspettarmi che dicesse 'conquistata combattendo in terra straniera'.»

«Il vincitore di quest'anno», continuò George Marks, «è ancora più ammirevole.»

«Si è distinto in tre sport, nel football, nella pallacanestro e nel baseball, ma soprattutto ha dimostrato di possedere le caratteristiche di cui tutti abbiamo bisogno nella vita: forza di carattere, leadership, spirito di sopportazione, resistenza alle avversità, capacità di non lasciarsi distrarre da nulla...»

Per la prima volta, suo malgrado, Tony si sentì nascere in cuore un briciolo di speranza. «Ma non solo questo», aggiunse solennemente George Marks. «Si tratta di un giovane che ha vissuto un lutto gravissimo, una tragedia che avrebbe potuto sconvolgere o rovinare una persona meno dotata...»

Tony trattenne il fiato: la gente si voltava a guardarlo. Sam sembrava affranto.

«Pertanto», concluse George Marks, «il titolo di Atleta dell'Anno va, come in passato a suo fratello Joe, a Sam Robb.»

Tony chiuse gli occhi.

Quando li riaprì, vide che Sam era immobile al suo posto. Poi si alzò di scatto, come una marionetta tirata su con uno spago, con un'espressione dapprima stupita e poi quasi estatica. Sue guardò prima lui e poi Tony. Sam l'abbracciò; per un attimo lei parve stupita, poi a sua volta lo baciò.

Sam scese i gradini a due a due fra gli applausi e andò verso

George Marks, raggiante. La sua era la gioia piena di stupore e d'innocenza di un uomo rinato, pensò Tony.

In circostanze diverse, Tony sarebbe stato felice per lui, perché Sam ispirava generosità. Forse poi avrebbe riflettuto sulla natura effimera di un momento come quello, sull'illusione, destinata a svanire con gli anni, che quel riconoscimento potesse cambiare la vita di una persona. Invece, con sua sorpresa e vergogna, Tony provò soprattutto gelosia. Sperava solo che le emozioni che lo agitavano durassero meno della soddisfazione di Sam Robb.

«Mi dispiace», mormorò Ernie.

«Non importa. Me l'aspettavo.»

Pensò che Sue potesse capire, ma in quel momento stava sorridendo a Sam, sapendo che cosa significava per lui.

Per una volta nell'atteggiamento di Sam non c'era esultanza né ostentazione. Prese il trofeo dalle mani di George Marks e lo ammirò, scuotendo la testa meravigliato. Tony pensò che forse quel premio aveva messo in luce la sua parte migliore: c'era qualcosa di radioso e nello stesso tempo di umile in lui, in quel momento di gloria.

Sam si voltò verso le gradinate. Tony non capì subito che stava andando verso di lui e rimase lì seduto a guardarlo affascinato mentre si avvicinava. La gente si fece da parte, Sam prese il trofeo e lo lanciò a Tony.

«Bel colpo», esclamò.

Tony sollevò gli occhi. Sam salì gli ultimi due scalini, lo fece alzare e lo abbracciò.

I primi applausi furono incerti, poi nella palestra si alzò un boato, come se con quel gesto Sam avesse perdonato Tony Lord a nome di tutti. Tony si rese conto di quanto l'amico fosse emozionato dal modo in cui lo abbracciava.

Quando lo guardò, Sam aveva gli occhi lucidi. Con la voce roca, in mezzo al frastuono gli disse: «Avresti vinto tu...»

«No, toccava a te comunque.»

Sam scosse lentamente la testa. «Piuttosto che perdere la tua amicizia», disse a bassa voce, «preferirei perdere il trofeo.»

Tony si sforzò di sorridere. «Ma noi siamo amici», replicò e restituì il trofeo a Sam. «Congratulazioni.»

Il loro momento era finito.

Pieno di gratitudine, Sam gli diede una pacca sulla spalla, poi si voltò e tornò dall'altra parte della palestra, da Sue. Fra gli applausi, a Tony non restò che contemplare il rovesciamento di ruoli avvenuto tra loro, con l'amaro in bocca per il successo di Sam e la triste consapevolezza del fatto che, nel suo orgoglio, aveva sempre dato per scontato di essere il primo, invidiato da Sam, eterno secondo.

Quando rialzò gli occhi, vide che Sam stava abbracciando Sue.

Tony, che aspettava Sue nel posto in cui avevano fatto l'amore, la vide arrivare tra gli aceri. Giunta a pochi passi da lui, si fermò, poi gli corse incontro e lo baciò.

«Mi sei mancata», le disse Tony.

«Anche tu.» Gli prese le mani. «Mi dispiace, Tony.»

La guardò cercando di capire che cosa intendesse dire e le rispose piano: «In realtà ci tenevo, sai, dopo tutto quello che è successo. Ma forse Sam aveva bisogno di vincere qualcosa».

Lei inclinò la testa e lo scrutò con gli occhi castani. «Io sono forse una cosa che si vince?»

«Perché dici così?» le chiese Tony mortificato. «Due sere fa, eravamo qui insieme. È per questo che non riesco a immaginarti con lui.»

Di colpo le si riempirono gli occhi di lacrime. «Tony, il fatto è che siamo andati a letto insieme una volta e io non riesco più a dormire...»

Tony l'attirò a sé. Appoggiandosi alla sua spalla, Sue mormorò: «Cerca di capirmi».

«Perché me lo dici?»

«Forse mi sto innamorando di te.» Gli fece una carezza sulla guancia. «Siamo sempre stati amici. Parlami come se fossi la tua amica Sue, che è innamorata di un ragazzo, ma non è sicura di far bene e non sa che cosa fare.»

Tony s'inginocchiò sull'erba e la fece sedere accanto a sé. «Oggi, alla premiazione, avrei voluto averti vicino.»

Sue chiuse gli occhi. «Lo so... me ne sono accorta. Ma non è una risposta.» Lo guardò di nuovo, tenendogli le mani sulle spalle. «Anche Sam ha bisogno di me, più di quanto tu non avrai mai bisogno. Capisci?»

A Tony venne un groppo alla gola. «Credo di sì. Ma non c'è solo questo.»

Sue abbassò gli occhi. «Fai presto a dire così. Sai benissimo come ci rimarrebbe, come si sentirebbe se proprio tu...»

La verità di quell'affermazione lo lasciò senza parole. «Ma, e tu?»

«Io?» Sue scosse lentamente la testa. «Mi sembra di precipitare, come in un sogno... Non so dove sono, né come finirà il sogno...»

«Io non sono un sogno.»

«Lo so.» Gli posò di nuovo la testa su una spalla. «Ma forse lo siamo noi, insieme.»

Tony la strinse a sé e la baciò. Sue mormorò: «Non faccio altro che chiedermi quando ho cominciato ad amarti. Com'è possibile che ti desideri tanto, visto che ho Sam e che noi due siamo sempre stati solo amici? Perché, secondo te?»

«Perché non sei innamorata di lui.»

Sue si voltò a guardarlo negli occhi. «Non è vero, anche se forse preferirei non esserlo.» S'interruppe, come per cercare le parole. «So solo che quello che provo per te è così diverso che potrebbe sconvolgermi la vita...»

«Dio mio, Sue, non potrei mai farti del male...»

«Lo faresti senza volere, Tony.» Si allontanò per guardarlo meglio e con un filo di voce gli chiese: «Se ci fosse ancora Alison, avresti fatto l'amore con me? Le avresti fatto quel che io ho fatto a Sam?»

Tony non sapeva che rispondere. «È così importante?»

Lei aveva gli occhi lucidi. «Non vale, Tony. Lo sapevo che non avresti risposto.»

Tony si sentì punto nel vivo. «Sue, l'importante è quello che proviamo adesso l'uno per l'altra...»

«No.» Il tono calmo e fermo di Sue sembrava rivolto soprattutto a lei stessa. «Non proviamo le stesse cose, Tony. Noi siamo diversi.»

Tony allargò le braccia, quasi supplicandola. «Perché no? Spiegami perché.»

«Oh, Tony...» Per un attimo non riuscì a parlare, poi scosse la testa. «Non capisci?»

Le prese le mani e lei lo guardò decisa, come preparandosi a dire quel che andava detto. «Se me lo chiedessi, una parte di me sarebbe pronta a seguirti, a buttare alle ortiche tutto quello che ho costruito finora, a rinunciare a tutte le mie sicurezze. Indipendentemente da quello che provo per Sam, dal male che gli farei, mi darei a te come non credo potrei fare con nessuno. Solo per provare di nuovo quello che ho provato con te due sere fa.» Si fermò, troppo emozionata per continuare, poi ritrovò la calma. «Per questo devi rimanermi amico. Perché so che non è lo stesso per te.»

Tony sospirò. «Come fai a dirlo?»

«Perché siamo amici», rispose lei piano. «E perché so che il mio amico Tony, a cui sono tanto affezionata, è ancora innamorato di Alison Taylor. Che era la persona giusta per lui.»

Tony la guardò con fermezza. «Una parte di te è ancora innamorata di Sam, ma questo non m'impedisce di desiderarti.»

Il sorriso incerto di Sue non arrivò a illuminarle lo sguardo. «Se si trattasse solo di Sam e di Alison...» Si strinse nelle spalle con fare rassegnato. «Ma non è solo questo.»

«Che altro c'è?»

«Ci siamo tu e io», rispose con voce triste e chiara. «Alison era una ragazza posata, raffinata, molto intelligente. Io sono solo io...»

«Solo tu? Non capisci che cosa sei per me?»

Sue scosse la testa. «So che cosa sono per te adesso che hai appena perso la ragazza che amavi e hai mezza città contro, adesso che hai dovuto mettercela tutta semplicemente per arrivare alla fine della scuola. E ce l'hai quasi fatta.» Fece una pausa e di nuovo lo guardò, con affetto. «Tu non sei come me... Tu hai sempre voluto andartene da qui, e adesso ne hai più voglia che mai. L'autunno prossimo andrai a Harvard e conoscerai altre ragazze come Alison. Come posso chiederti di non innamorarti di una di loro? E tu come puoi chiedermi d'illudermi che non succederà?»

A Tony si strinse il cuore. L'attirò a sé, in silenzio le accarezzò i capelli e la baciò. Lei non lo fermò, ma non rispose neppure. «Ti prego», mormorò, «restiamo amici.»

«Sue, non posso perderti...»

Lei gli si avvinghiò quasi con disperazione. «E io non voglio perderti, Tony. Mi sentirei morire.»

Tony aveva gli occhi umidi. Sconsolato, ammise: «Non so che cosa dirti».

Gli nascose il viso sul petto. «Allora è come se l'avessi detto, Tony. Abbracciami solo ancora un po'.»

L'uno fra le braccia dell'altra, piansero in silenzio, poi Sue gli prese la faccia tra le mani. «Ci scriveremo, okay? Voglio che mi racconti tutto di Harvard, quando sarai là.»

Tony cercò di suonare convincente. «Certo che ti scriverò...»

«Più avanti mi potrai scrivere anche delle ragazze che conoscerai...» Accennò un sorriso. «Ci pensavo ieri sera: sarei pronta a scommettere che dopo esserti laureato a Harvard sposerai un'ereditiera o una stella del cinema.»

Tony non riuscì a sorridere. «Dopo di te», sussurrò, «come potrei sposare un'altra?»

Sul viso di Sue scese un'ombra. «Anch'io penso la stessa cosa, ma secondo me invece ti sposerai. Quando ti sarai lasciato alle spalle Lake City, farai strada, conoscerai cose che adesso non immagini nemmeno.»

Guardandola, Tony non riusciva a pensare di poter vivere senza di lei. «E tu che cosa farai?»

Gli rivolse un sorriso, triste e pensieroso, che non le aveva mai visto prima che facessero l'amore. «Credevo di saperlo, ma adesso non sono sicura. Forse ti assomiglio più di quanto pensassi.»

D'un tratto, Tony sentì un groppo alla gola. «Non voglio. Non sono venuto qui per sentirmi dire questo...»

Gli occhi di Sue traboccavano di lacrime. «Lo so, ma è meglio così. Te ne rendi conto anche tu, perché sei mio amico.»

Delicatamente, lo baciò sulle labbra. Fu un bacio lungo, lento e appassionato. «Ti amo», gli disse. Poi si alzò, gli voltò le spalle e corse via.

Tony non andò né alla consegna dei diplomi di maturità né alla festa che si tenne subito dopo. Non si sentiva in dovere di farlo e comunque vedere Sue insieme a Sam sarebbe stato una sofferenza per tutti e due. Il giorno dopo sarebbe partito per passare i tre mesi estivi a bordo di una delle navi da carico che trasportavano il minerale di ferro dalla Mesabi Range sul lago Superiore a Steelton. In tal modo Tony avrebbe guadagnato abbastanza da rimborsare al padre i soldi dell'avvocato. Era contento di quel lavoro, che gli aveva trovato lo zio Joe tramite il sindacato dei metalmeccanici e, quando alcune settimane prima lo zio glielo aveva proposto, il suo primo pensiero, a parte i soldi, era stato che così se ne sarebbe andato da Lake City. Adesso, alla luce di quello che provava per Sue, partire gli sembrava una tortura e al tempo stesso un dono del cielo.

Non riusciva a prendere sonno. Gli venne in mente che quel giorno in California c'erano state le primarie: il vincitore tra Kennedy e McCarthy se la sarebbe vista con Humphrey per la *nomi-*

nation democratica in vista dello scontro finale con Nixon in autunno. All'una del mattino, irrequieto, andò ad accendere il televisore.

Appena sullo schermo comparve Robert Kennedy, sorridente davanti a una folla di sostenitori, Tony capì che aveva vinto.

Stette ad ascoltare per un po'. Non seguiva molto la politica e non avrebbe saputo dire esattamente perché Bob Kennedy gli piaceva, a parte il fatto che era cattolico e, a differenza del fratello maggiore, dava l'impressione di essere uno che lavorava tanto e parlava poco. Quel giorno, però, scherzava con la gente.

«Desidero ringraziare mio cognato Steve Smith, spietato ma efficace...»

Qualcuno rise.

«Voglio esprimere inoltre tutta la mia gratitudine al mio cane, Freckles...» Qualche altro ringraziamento, poi Kennedy si fece serio: «Voglio ringraziare anche i miei amici della comunità nera per il grande impegno profuso in questa campagna...»

Ancora una volta, Tony pensò a Ernie Nixon. Forse il motivo per cui gli piaceva Robert Kennedy andava ricercato negli avvenimenti degli ultimi sette mesi: nella battaglia che aveva dovuto combattere e in quello che gli aveva insegnato sul suo prossimo. Navigando avrebbe avuto tutto il tempo per pensarci e per riflettere su che cosa voleva diventare.

«Quindi vi ringrazio tutti», concluse Robert Kennedy, «e arrivederci a Chicago, per vincere anche là.»

Con lo sguardo assente, Tony vide l'immagine sfumare nei titoli di coda. I suoi ultimi pensieri prima di addormentarsi sul divano furono rivolti ad Alison e a Sue.

Fu svegliato dal suono della voce del giornalista del telegiornale.

«Il senatore Robert Kennedy versa in condizioni critiche dopo essere stato raggiunto alla testa da un proiettile...»

Tony guardò lo schermo senza capire. A poco a poco intuì, dai cauti commenti del cronista, che Kennedy stava morendo. La notizia lo addolorò profondamente: gli sembrava che fosse la fine di qualcosa, per gli altri e forse anche per lui. Rimpianse di non avere Sue accanto.

Non trovava il coraggio di spegnere il televisore. Mezzo intontito, andò di sopra e cominciò a preparare le valigie.

18

Per due mesi e mezzo Tony lavorò come mozzo a bordo della *Robert Milland*. La monotonia dei viaggi sempre uguali dai monti Mesabi a Steelton – otto ore di lavoro e quattro di riposo, ventiquattr'ore su ventiquattro – s'interrompeva solo quando il tempo era brutto e si passavano un paio d'ore in qualche bar del porto.

La *Robert Milland* era una nave da carico tutta in acciaio, costruita all'inizio del secolo per durare finché la caldaia non avesse ceduto o una tempesta non l'avesse mandata a fondo. Tony divideva un'angusta cabina da quattro persone con uno studente universitario, un indiano Mackinaw che era stato licenziato dalla marina militare per aver aggredito un ufficiale e un ex alcolizzato male in arnese che navigava sui Grandi Laghi da vent'anni. Il comandante, uno spaventoso ungherese con un gran brutto carattere, era capace di starsene chiuso a bere nella sua cabina per tre giorni di seguito. Con il passare delle settimane, la vita di Tony si ridusse a evitare il comandante, grattare e verniciare lo scafo, spalare minerale di ferro nella stiva e leggere tutti i paperback e le riviste che trovava. Su una delle riviste gli capitò un articolo su San Francisco e, guardando le foto di quella città dall'aspetto esotico e vagamente mediterraneo, Tony si chiese che effetto facesse abitare in un posto così. Nel vuoto anonimato dei Grandi Laghi, con una vita in sospeso, San Francisco gli parve una possibilità come tante. Gli sembrava di essere un evaso in fuga, assillato dalla paura di trovare un mandato di cattura ad aspettarlo al termine del viaggio.

Quando pensava ad Alison, ricordava soltanto l'istante in cui l'aveva trovata morta e si chiedeva continuamente chi potesse averla uccisa. Adesso che aveva finito la scuola, non aveva nessun altro scopo nella vita che odiare il suo assassino e nessuna compagnia a parte il pensiero che Sam era insieme con Sue. Le lettere che lei gli scriveva non dicevano molto.

Un giorno, verso la metà di agosto, la *Robert Milland*, un'ora dopo la partenza da Steelton, s'imbatté nella coda di una tromba marina. Il cielo era nero e la nave rollava e beccheggiava sotto la pioggia battente; le onde spazzavano il ponte e lo scafo cigolava paurosamente nella tempesta. Tony e altri cinque marinai, assicurati con una cintura, erano sul ponte a cercare di chiudere i boccaporti per evitare che la *Milland* imbarcasse acqua. In balìa degli elementi, l'unica cosa da fare era aggrapparsi con tutta la forza alla *life line*. Tony sentì lo studente che vomitava non lontano.

Non aveva mai avuto paura di morire prima di allora. Sotto la pioggia, sferzato dal vento e dalla furia delle onde, non capiva più nulla. Poi la tempesta cessò di colpo, seguita da una calma assoluta che pareva ancora più strana in confronto alla furia degli elementi di poco prima.

Quando rividero Steelton, erano passate da poco le undici del mattino e il turno di Tony era finito.

Andò nella sua cabina, si tolse la cerata gialla e si buttò sulla cuccetta esausto. Era in preda a una cupa rassegnazione, quasi avesse perso la sensibilità. Poi il terzo ufficiale venne a dirgli che un certo Saul Ravin lo aspettava a terra e Tony si accorse di non aver perso affatto la capacità di tremare.

Anche sullo squallido panorama del porto, con i moli di acciaio, le gru gigantesche e i magazzini di lamiera, aleggiava la stessa calma immobile lasciata dalla tempesta appena passata, con il cielo di un blu elettrico e le travi di acciaio che luccicavano bagnate. Ancora un po' intontito, Tony entrò nel Waterfront Bar e trovò Saul Ravin seduto a un tavolo con due bicchierini di whisky davanti. Fra i due bicchieri c'era la foto segnaletica di un nero.

«Eccolo», disse Saul senza preamboli. «Quest'uomo è la tua liberazione. Donald White, deceduto.»

Tony si sedette. Con un sorrisetto, Saul gli chiese: «Come va, Tony?»

Senza toccare il bicchiere, Tony domandò a sua volta: «Chi è?»

«L'uomo che potrebbe aver ucciso Alison, dicono.»

Tony fissava la foto. Donald White aveva i capelli cortissimi, la faccia magra e un'aria intensamente assorta che poteva significare paura, odio o indifferenza. Tony si accorse di non provare nessuna emozione particolare.

«Chi è, Saul?»

«Uno già condannato per violenza carnale. L'ho trovato tramite Johnny Morelli. Ha scontato sette anni nell'Ohio ed è stato rilasciato nel maggio del 1967.» Saul alzò lo sguardo. «È sospettato anche di due stupri avvenuti nell'autunno scorso: il 4 ottobre a Columbus e il 21 ottobre ad Akron. Tutti e due in un parco, e di notte.»

«Ci sono testimoni?»

«Solo le vittime, due teen-ager che hanno saputo dire soltanto che si trattava di un negro. Ma è accertato che si trovava sul posto il giorno dello stupro, perché sia da Columbus sia da Akron ha fatto una telefonata a carico del destinatario a una sorella che abita a Detroit.» Saul prese fiato. «Il 4 novembre, il giorno in cui è stata uccisa Alison, ha chiamato la sorella da un telefono davanti al tuo bar preferito di Lake City. Le ho parlato: ricorda che White le disse che era nei guai, senza specificare perché, e che stava per tornare a casa. Ho fatto presente a Morelli che secondo me è qualcosa di più di una coincidenza.»

Fissando la foto, Tony si sentì dapprima sollevato e poi nauseato al pensiero di quell'uomo che strangolava Alison. A bassa voce Saul continuò: «Pare che la polizia abbia raccolto la deposizione di una donna che si trovava a Taylor Park con i suoi due figli quella sera, al tramonto. Dice di aver visto da lontano un negro più o meno della taglia di quest'uomo che si aggirava vicino ai cespugli nei pressi della proprietà dei Taylor. Potrebbe trattarsi di Donald White».

Tony non riusciva a staccare gli occhi dalla foto. Donald White lo guardava impassibile, con occhi vuoti, senz'anima. «Le hanno detto che cosa le ha fatto?»

Saul gli posò una mano su un braccio. «Alison è stata violentata, Tony. Non mi hanno detto altro, a parte il fatto che Donald White ha il tuo stesso gruppo sanguigno. Quindi non possono escludere nemmeno lui.» L'avvocato lo guardava dritto negli occhi con aria triste. «Se sapessi che cosa le ha fatto esattamente, te lo direi. Ma non lo so nemmeno io.»

Dopo un po' Tony alzò lo sguardo. «Com'è morto?»

«Ha tentato una rapina a Toledo, nel negozio di una stazione di servizio. Il proprietario gli ha sparato alla testa con un fucile. Una fine squallida dopo una vita rovinata che, se è stato lui a uccidere Alison, ha rovinato anche la tua.»

Tony si appoggiò allo schienale. Nel bar c'era odore di fritto, di birra stantia, di tutta la sporcizia del porto di Steelton; a Tony dispiacque che proprio lì, così lontano dal mondo di Alison Taylor, gli toccasse scoprire la verità sulla sua fine.

«Lei pensa che sia stato lui?» gli chiese.

Saul si strinse nelle spalle. «Chissà. Può darsi. Non è un caso perseguibile ma, visto che è morto, volendo possono dargli la colpa senza tutte le grane del processo. Fa comodo a loro come a noi.»

Tony lo studiava. «Lei però dubita.»

«Non spetta a me dubitare.» Saul finì il suo whisky e con un cenno ne ordinò un altro. «Ma se fossi io il procuratore, mi chiederei perché White avrebbe ucciso Alison, quando era stato molto attento a non fare del male alle altre sue vittime.» Fece una smorfia. «A parte violentarle, naturalmente. Quindi immagino che sia inutile chiederselo, anche perché White non ha mai usato armi e a quanto pare nemmeno l'assassino di Alison l'ha fatto. E poi non credo che la polizia di Lake City sia in vena di cavillare.»

«Ma che cos'hanno intenzione di fare? Di chiedermi scusa?»

Saul accennò un sorriso. «Non credo proprio. Ma, dietro mia richiesta, Johnny Morelli ha indetto una conferenza stampa per oggi pomeriggio, in cui dichiarerà che è possibile che Alison Taylor sia stata uccisa da Donald White.» Si fece serio. «Per loro è una bella scappatoia, Tony. Contro di te non hanno trovato niente di nuovo e secondo me ormai sono convinti che non lo troveranno più. È un buon modo per calmare le acque. Voglio dire, a chi pensi che preferiscano dare la colpa i tuoi concittadini: a Tony Lord, ex studente modello sulla strada di Harvard, o a Donald White, violentatore recidivo e per giunta negro?»

Tony sapeva che Saul aveva ragione. «A Donald White», rispose.

Saul annuì. «A certa gente farà piacere che non sia stato un ragazzo che tutti conoscevano, ma un negro, e molti saranno rassicurati al pensiero che fosse uno di fuori e che sia morto: vuol dire che Lake City è effettivamente quella che credevano e che il pericolo è passato.»

Tony si sarebbe dovuto sentire sollevato, invece più che altro era amareggiato. «È un po' tardi, Saul. Forse non per loro, ma per me sì. Perché dovrei essere contento di essere stato perdonato per una cosa che non ho fatto a una ragazza a cui volevo molto più bene di quanto gliene vorranno mai tutti quei cretini, a parte suo padre e sua madre?»

Saul osservava il suo bicchiere, corrucciato. «Sì, è anche di loro che ti volevo parlare. I Taylor non sono disposti ad accettare questa novità. Soprattutto il padre.»

A Tony passò di colpo la rabbia. «Perché?» chiese con un filo di voce.

«Perché John Taylor continua a credere in quello che pensa di aver visto quella notte. E probabilmente continuerà a crederci tutta la vita.» Saul alzò gli occhi. «Se vuoi un consiglio, lasciali perdere. Lascia che si rassegnino per conto loro.»

Tony scosse la testa. «E io? In che posizione mi trovo?»

Saul intrecciò le dita. «Dipende dal punto di vista», rispose dopo un po'. «In un certo senso, sei entrato in una specie di limbo legale: non t'incrimineranno mai, ma dubito che ti scagioneranno. Per certa gente, rimarrai sempre un assassino che è riuscito a farla franca.» In tono più dolce aggiunse: «Ma sei libero, sei di nuovo padrone della tua vita. E te lo meriti. Per quel che vale», concluse, «voglio dirti che in tutta la mia carriera di avvocato non ho mai provato per nessun cliente il rispetto che provo per te. Qualunque cosa deciderai di fare nella vita, sono certo che farai strada».

Tony guardò quell'uomo ironico, dagli abiti sgualciti, che lo aveva aiutato nel momento più tragico della sua esistenza. Gli vennero le lacrime agli occhi; non era colpa di Saul se a certe cose non si poteva rimediare. «Pensa che ce la farò a diventare avvocato, Saul?»

Saul mise via la foto di Donald White e gli mise in mano il bicchiere di whisky. A bassa voce disse: «Ti offro da bere, Tony, e ne parliamo».

19

Tony trovò Sam Robb disteso sull'amaca nel giardino dietro casa sua ad ascoltare una partita alla radio. Sam lo guardò, con le mani dietro la nuca, e per un po' non disse nulla.

«Allora», fece poi, «domani parti per Harvard.»

«Sì. Ho pensato di venire a dirti addio.»

Sam si tirò su a sedere. «Addio? Suona piuttosto definitivo.»

Tony alzò le spalle. «I miei vanno a stare a Chicago: mio padre ha chiesto il trasferimento. Quindi non avrò più motivo di ritornare.»

Sam, con gli occhi bassi e le mani in tasca, sospirò. «Ti ho deluso», disse alla fine. «Non sono mai riuscito a spiegare quello che sentivo, così ho fatto una cazzata dopo l'altra e ho perso il mio migliore amico.»

Tony scosse la testa. «Non sei stato tu, Sam. È stato tutto il resto.»

L'altro lo guardò negli occhi. «Alla fine però sei stato scagionato. È finita.»

«Non per me.»

Sam osservava il giardino in silenzio, chiuso nei suoi pensieri. Tony seguì il suo sguardo verso i meli che avevano usato come pali della porta il giorno in cui erano diventati amici. «Ti ricordi quando abbiamo ideato quello schema di gioco?» chiese Sam.

«Certo.»

«Non me lo dimenticherò mai. Né quello né il resto.» Si voltò di nuovo verso Tony con l'aria stupita, quasi chiedendosi come avesse fatto a lasciarsi sfuggire quei momenti e quelle sensazioni. «Pensavo che saremmo stati amici per sempre. Magari che avremmo guardato i nostri figli giocare a football insieme.»

Per un attimo l'altro rimase in silenzio. «Non qui», rispose. «Qui non ci voglio tornare.»

In sottofondo la voce del cronista chiamava strike. Sam si mise ad ascoltare. «Hai mai visto questo Nolan Ryan, il lanciatore esordiente dei Mets?» chiese. «Dicono che è un fenomeno.»

Non c'era bisogno di rispondere. Tony sapeva che Sam cercava di tergiversare perché non osava guardare in faccia la realtà, ammettere che fra loro non era più come prima. Con profonda tristezza, si rese conto che non gliene importava più niente.

Vide che Sam aveva gli occhi pieni di lacrime.

Sam si strinse nelle spalle, poi si fece avanti come per abbracciarlo. Invece si fermò e gli strinse la mano. «Buona fortuna», gli augurò sottovoce. «Ti penserò sempre.»

Tony sentì che con quella stretta di mano si chiudeva un'epoca, dolce, tragica e sconcertante, di cui Sam Robb avrebbe continuato a far parte per sempre. «Anch'io», rispose piano, e se ne andò senza dire altro. Solo in quel momento si rese conto che nessuno dei due aveva nominato Sue.

«Lo sa?» chiese Tony.

Erano seduti in cima al molo di Lake City, al tramonto. A ponente gli ultimi raggi di luce gettavano ombre sul lago tingendo l'acqua di un colore grigio-azzurro.

«No», rispose Sue. «Perlomeno io non gliel'ho detto.» Smise di parlare, gli occhi sempre fissi sul lago. «A volte penso che l'abbia intuito, da come mi comporto. Ma parla già di matrimonio.»

Tony si accorse che nemmeno lui osava guardarla. «E tu?»

«Non so. Ho molte cose a cui pensare.»

In silenzio, Tony la prese per mano.

«Mi rendo conto che è giusto che tu parta», disse lei dopo un momento. «Solo che non riesco a immaginarlo. Quella notte ti sentivo così vicino e adesso invece diventerai come un sogno fatto tanto tempo fa.»

Subito non trovò niente da dire. La fece voltare verso di sé. «Ti sentirò sempre vicina, Sue. Di qualunque cosa tu abbia bisogno, ci sarò.»

Lei gli appoggiò il viso sul petto. «Lo so», disse sottovoce, «lo so.»

Quando la lasciò davanti a casa, Tony la vide nello specchietto retrovisore, ferma a guardarlo andar via, un'ombra sempre più piccola, e capì di colpo che era quello il suo vero addio a Lake City.

Tony si buttò a capofitto nella vita di Harvard, cominciò a fare canottaggio, andò a casa del suo compagno di camera per il ponte del Ringraziamento. A Natale i suoi avevano già traslocato. Non tornò mai più a Lake City. Quando Sam e Sue gli telefonarono, si accorse che non sapeva che cosa dire.

L'incubo che lo ossessionava, sempre uguale, non lo aveva mai lasciato.

L'ultimo anno di liceo era stato determinante nel destino di Tony Lord, ma negli anni successivi ne aveva parlato raramente, fino al giorno in cui, pochi mesi prima di sposarla, non raccontò tutto a Stacey Tarrant, cantante e attrice, nonché sua seconda moglie.

PARTE SECONDA

MARCIE CALDER
Il presente

1

Due giorni prima del suo diciassettesimo compleanno, Marcie Calder morì cadendo da una scarpata. O commise suicidio o fu assassinata.

In aereo, in attesa di atterrare a Steelton, Anthony Lord ripensò al poco che sapeva. A giudicare dalle foto pubblicate dai giornali, Marcie sembrava una ragazza graziosa, bruna e minuta. Era la maggiore di tre sorelle, frequentava la Lake City High School con ottimi risultati, era cattolica e apparteneva alla stessa parrocchia di Tony, Saint Raphael. Lo *Steelton Press* la descriveva come una ragazza timida. La sua migliore amica, Janice D'Abruzzi, intervistata dopo il funerale, diceva che non aveva un ragazzo. Gli altri commenti riferiti dal giornale, più che su Marcie Calder, informarono Tony sulla contagiosa atmosfera di tristezza che regnava fra i suoi coetanei e sulla determinazione di tutti a far luce su un evento inspiegabile. Era dai tempi dell'assassinio di Alison Taylor che la città non viveva una simile tragedia, dichiarava il preside Burton. Marcie era la migliore della squadra di atletica e correva con una gioia e un abbandono commoventi. Nel leggere questo commento del preside, Tony si rattristò particolarmente.

Quattro giorni prima di morire, nella sua ultima gara, Marcie aveva fatto un tempo mediocre; le sue compagne ricordavano che era rimasta male e si era chiusa in se stessa. La polizia aveva ritrovato il suo corpo una mattina sulla spiaggia ai piedi di Taylor Park, con la testa e il viso sporchi di sangue. Dallo stato del cadavere, era evidente che era morta durante la notte. Nessuno sapeva come.

Le teorie erano diverse. Dal parco alla spiaggia c'era un volo di quasi trenta metri; dalla presenza di fango sui blue-jeans e dalle tracce lungo la scarpata sembrava che Marcie fosse caduta. Su una pietra rinvenuta sulla spiaggia, però, erano stati ritrovati alcuni capelli e macchie di sangue che appartenevano a Marcie. L'uomo che l'aveva portata nel parco quella sera e che era anche l'ultima persona che ammetteva di averla vista viva non aveva rilasciato commenti. Era il suo allenatore, Sam Robb, vicepreside della Lake City High School.

Tony guardò ancora la fotografia di Marcie Calder, accanto a quella di Alison Taylor. Ogni volta che vedeva una foto di Alison riviveva lo stesso dolore, la stessa nostalgia, come se non fosse passato tanto tempo.

Ripose il giornale nella valigetta di pelle e si chiese come avrebbe trovato la moglie di Sam Robb a distanza di ventotto anni.

L'avrebbe riconosciuta anche su una spiaggia di Capri, pensò.

Fu il primo a scendere dall'aereo e forse la colse impreparata; dopo un attimo accennò un sorriso, l'ombra di quello di un tempo. Quando Tony posò la valigetta e allargò le braccia, gli corse incontro.

Tony l'abbracciò forte, emozionato e stupito di avere di nuovo fra le braccia Sue Cash, con il suo profumo fresco e pulito e con la strana familiarità che li legava. «Oh, Tony», mormorò. «Sei davvero tu?»

«Ho preferito non mandare una controfigura.»

Sue si staccò e lo guardò, con un misto di tristezza, di commozione e di sollievo. Nonostante qualche ruga, aveva la pelle liscia e fresca e gli occhi scuri vivaci come una volta; i capelli mossi e scuri erano più corti, ma ancora belli. Probabilmente era un po' dimagrita.

Tony fece un passo indietro per osservarla meglio. Aveva un groppo alla gola; non se lo aspettava. «Forse non dovrei dirlo», le confidò, «ma non sei cambiata affatto.»

Lei si sforzò di sorridere. «Fa sempre piacere sentirselo dire. Tutto merito di un po' di creme e della palestra. Qualche anno fa mi sono vista allo specchio e mi sono chiesta: chi è quella cicciona?» D'un tratto le si riempirono gli occhi di lacrime. «Mi sorprende che tu mi abbia riconosciuto...»

Tony l'abbracciò di nuovo. Quando Sue rialzò il viso, aveva gli occhi asciutti, ma le tremava ancora la voce. «Trovo bene anche te, Tony. Meglio che mai.»

Non parlarono subito di Marcie Calder.

Sue lo fece salire su una Ford Taurus e si diresse verso Lake City, passando davanti a case e centri commerciali dove Tony, che guardava dal finestrino alla luce intensa del mattino di primavera, ricordava solo prati. Lui non osava chiederle quello che gli stava più a cuore: come stava e com'era stata la sua vita con Sam fino a quel momento. Entrambi sembravano più a loro agio se si tenevano sul vago: i figli, Jennifer e Sam junior, avevano finito il college. Il maschio, che non aveva mai eccelso nello sport come sognava il padre, si stava specializzando in amministrazione aziendale alla Kansas University, mentre Jenny insegnava in una scuola materna in Florida. Sue, che si era laureata in biblioteconomia, lavorava part-time alla biblioteca pubblica di Lake City, nella sezione ragazzi. Parlava in tono normale come se, chiacchierando del più e del meno, riuscisse a tenere nascosta l'umiliazione. Non nominò neppure Sam.

«E Lake City?» s'informò Tony. «È sempre la stessa?»

«A prima vista sì, a parte il fatto che ci sono case dappertutto, adesso. Ma le cose sono cambiate: alle superiori circola la droga, i protestanti non odiano più i cattolici, in una famiglia su due i genitori sono separati o divorziati e la stragrande maggioranza delle madri lavora. I ragazzi non vanno più a pomiciare in macchina: lo fanno tranquillamente a casa, dopo la scuola...» S'interruppe bruscamente e Tony indovinò a che cosa stava pensando. A voce più bassa, aggiunse: «È sempre una città piccola, Tony. E in momenti come questo lo si sente ancora di più».

Per un attimo il presente sfumò e a Tony parve di ritrovarsi nella palestra affollata del liceo.

As-sas-si-no, as-sas-si-no.

«I Taylor sono ancora vivi?» domandò.

«Sì.» Sue guardava la strada. «Non so come te li ricordi tu, ma a me sembrano diventati due vecchi inaciditi, incapaci di rassegnarsi... Katherine Taylor ha confidato a mia madre, non più di quattro o cinque anni fa, che non c'è giorno in cui non pensino ad Alison. Mi viene in mente ogni volta che penso ai genitori di Marcie Calder.»

Tony provò una gran pena per lei. Dopo un momento le chiese: «Come sta Sam?»

Sue parve stringere il volante con più forza. «Ha paura», rispose. «Tu lo sai meglio di me: ci sei passato anche tu.»

Tony in cuor suo rifiutò di accettare quel paragone. «So solo come mi sentivo io.»

«Rischia di essere incriminato per omicidio», disse lei in tono piatto. «Nella migliore delle ipotesi, dovrà cambiare mestiere. A meno che non riesca a spiegare che cosa ci faceva a Taylor Park con una ragazza della squadra di atletica.»

Tony si domandò che cosa le aveva raccontato Sam. «Se accetta il mio consiglio in quanto avvocato», replicò, «a scuola non deve dire assolutamente niente. Almeno finché non sappiamo che cosa farà la procura.»

Le strade erano più strette e, in fondo a un prato, Tony riconobbe la prima costruzione familiare, il campanile bianco della chiesa episcopale di Saint Barnabas, dove si era tenuto il funerale di Alison. Passarono davanti a un cartello di legno, non molto diverso da quello che Tony ricordava: BENVENUTI A LAKE CITY, CITTÀ DEI LAKERS. ABITANTI: 15.537.

Il resto della strada gli fece uno strano effetto: era passato un tempo così lungo che per un attimo gli parve di essere entrato in un luogo visto solo in fotografia. Dapprima provò nostalgia, poi ricordò lo shock, le emozioni prima e dopo la morte di Alison e quindi ebbe l'improvvisa e superstiziosa certezza di aver fatto male a tornare. A bassa voce, disse: «Pensavo che non sarei mai più tornato».

«Lo so.»

Superata una curva, passarono davanti a una scuola elementare e a una fila di case di legno, poi Tony vide un grande cancello di ferro battuto attraverso cui si accedeva a una serie di edifici in mattoni che una volta non c'erano. Il costruttore aveva lasciato aceri sufficienti a giustificare il nome del condominio: MAPLE PARK ESTATES.

Non poté fare a meno di voltarsi e si sentì addosso lo sguardo di Sue.

«Ti ricordi?» gli domandò.

Fu colto da un'ondata di rimpianto e di tenerezza, di sorpresa per l'intensità di quel ricordo, così nitido da sembrargli che tutto fosse accaduto solo il giorno prima. «È uno dei miei ricordi più belli», rispose sottovoce.

Sue sorrise. «Se l'avessi saputo, avrei chiesto il bis.»

Proseguirono in silenzio e Tony, dopo quell'attimo di tregua, si sentì di nuovo a disagio. Più che il fatto di ritrovarsi a Lake City era il pensiero d'incontrare Sam Robb, di vedere com'era diventato, a farlo stare sulle spine. Arrivarono nella piazza principale; riconobbe la stazione di polizia. Allora disse a Sue: «Devo chiederti un favore... in quanto avvocato, suppongo. Prima di vedere Sam...»

«Che cosa?»

Tony si voltò verso di lei. «Mi porteresti a Taylor Park?»

Quando entrarono nel parco, Tony cercò di mantenersi distacca-
to, di vederlo come la scena di un delitto. Per un attimo, però,
rimase interdetto.

«Che cosa volevi vedere?» gli chiese Sue.

«Il punto in cui è caduta la ragazza.»

Vicino allo strapiombo c'erano alcuni paletti di metallo con-
ficcati nel terreno e un nastro giallo a indicare il punto da cui
doveva essere precipitata Marcie. Tony non si avvicinò. Scenden-
do dalla macchina, vide il boschetto in cui aveva nascosto la macchina con Alison.

«Ti spiace?» domandò a Sue.

«No... Ti accompagno?»

«Se vuoi.»

Si avviò verso gli alberi e Sue lo seguì, in silenzio.

C'era il sole e il vento che soffiava dal lago Erie era fresco, ma
sotto gli alberi dove aveva fatto l'amore con Alison c'era ombra
e la terra era umida e coperta di muschio. Tony notò che il parco
era praticamente deserto.

Rimase lì un momento, cercando di assumere nuovamente un
atteggiamento professionale. «Da che gente è frequentato, adesso?» chiese.

Sue, alle sue spalle, rispose: «Da famiglie, bambini. Ci venivamo anche noi con i figli».

«E di sera?»

«Ci vengono i ragazzi, in macchina, come una volta.» S'interruppe e Tony immaginò che stesse pensando al marito, in macchina con una ragazzina più giovane di sua figlia. Con un filo di voce
aggiunse: «Per un po', dopo la faccenda di Alison, hanno cercato
altri posti per imboscarsi, ma poi pian piano la gente ha dimenticato».

«E poi?»

«Stando al giornale ci bazzicano piccoli spacciatori e qualche
senzatetto.» In tono di nuovo piatto aggiunse: «Sam raccomanda-
va sempre a Jenny di non venirci».

Non guardarla sarebbe stato peggio, rifletté Tony. Quando si
voltò, Sue si strinse semplicemente nelle spalle. Aveva lo sguardo
perso nel vuoto, quasi spento, e gli parve più piccola di prima.
Lui non fece domande sul conto di Sam e, insieme, tornarono
alla macchina.

Proprio come aveva fatto ventotto anni prima correndo verso
casa con Alison nell'ultima ora della sua vita, Tony attraversò il

parco. Davanti alle querce che delimitavano il giardino di casa Taylor si fermò, con il batticuore.

La facciata della villa avrebbe avuto bisogno di una mano di vernice, il tetto di legno sembrava malandato e anche le torrette gotiche avevano un'aria un po' squallida. Andò con gli occhi dalla veranda al giardino sul retro. Non solo ricordava la faccia di Alison alla luce della torcia elettrica, da quasi trent'anni se la sognava di notte, in un incubo ricorrente che lo svegliava di soprassalto nel momento esatto in cui il fascio di luce le illuminava il viso.

Alle sue spalle, Sue disse: «Non escono quasi mai».

Tony s'impose di guardare di nuovo la casa. «Non è ancora come la casa degli Usher, ma non è più quella di una volta.»

I cespugli dietro cui Ernie Nixon gli aveva mostrato i nascondigli erano ancora più folti. Non pensò neppure a esaminarli.

«Quella sera c'era qualcuno qui, Sue. Può essere successo anche quattro giorni fa...» Si voltò verso di lei. «Sam dice che Marcie Calder è scesa dalla macchina, no?»

Sue rimase impassibile. «Sì.»

Tony annuì. «Sarà meglio che vada a dare un'occhiata.»

Tony si accorse che la scena del delitto in realtà era formata da due zone distinte. La prima, di circa quattro metri quadrati, era la parte di prato che arrivava fino sul ciglio del precipizio, una scarpata resa molto ripida dall'erosione. Ai piedi del dirupo, di roccia e terra con qualche cespuglio qua e là, largo una ventina di metri c'era la spiaggia, in parte transennata. Il contorno del corpo di Marcie, tracciato con nastro adesivo bianco, pareva il disegno di un bambino.

«Era buio», disse Tony. «Potrebbe benissimo essere caduta.»

«Non pensi che avrebbe sentito il rumore del lago?» domandò lei, voltandosi dall'altra parte. Udendo il frangersi delle onde, Tony si chiese se Sue ritenesse il marito, un uomo che lui non conosceva più, capace di uccidere.

Le si avvicinò e chiese: «Hai parlato con la polizia?»

Sue non si mosse. «Hanno provato a interrogarmi, poco prima che ti chiamassi, quando hanno perquisito la casa e sequestrato la macchina. La mia, quella che aveva preso Sam quella sera.»

«Di chi è stata l'idea di chiamarmi? Tua o sua?»

«All'inizio è venuta a me.» Si guardarono negli occhi. «Sam è molto orgoglioso, Tony: lo è sempre stato e continua a esserlo.

Diceva che ti aveva deluso ai tempi di Alison e non poteva chiederti di aiutarlo adesso. Ma dopo un po' si è accorto che non poteva fare a meno di te... Ti abbiamo visto in TV, quando hai difeso quello che ha sparato al senatore Kilcannon. Sam non credeva che fossi tanto bravo. Io invece non ho mai avuto dubbi.»

Tony la fissò. Era cambiata, forse per via degli anni o delle delusioni, e lui non riusciva più a decifrare l'espressione del suo viso. «Sue, dimmi com'è diventato.»

«Vuoi dire com'era prima di questa storia?» Lo guardò e sorrise. Un sorriso amaro. «Diversamente da te, Sam ha raggiunto i suoi obiettivi troppo in fretta.»

«Che intendi?»

«Non dirmi che non capisci. È rimasto a Lake City, ha sposato me, quasi il suo scopo fosse che tutto rimanesse come quando aveva diciassette anni. Solo che è impossibile.» Smise di sorridere e assunse un'aria corrucciata. «Sam è vicepreside, non preside. Ha bisogno di qualcuno che lo aiuti a prendere le decisioni giuste: se ne rende conto e gli dà fastidio. Si sente un piccolo uomo in una piccola città: il buon vecchio Sam, dalla battuta pronta, vicepreside per la vita. Da qui la sua perenne insoddisfazione.»

«E tu?»

«Io sono diversa. Abbiamo due bravi figli, amici e io ho un lavoro che mi piace. Se Sam fosse felice, potrei esserlo anch'io.» Scosse la testa. «È buffo: ricordo che quando ti ho visto con Stacey, a qualche premiazione, credo, ho sorriso fra me al pensiero che avevi davvero finito per sposare una stella del cinema, una donna bellissima. Ma è stato solo quando mio marito si è voltato a farmi notare con chi eri che ho rimpianto per un attimo di non essere al suo posto. Perché ho visto che Sam era geloso, che non era contento della sua vita.»

«Scusa, ma che c'entro io?»

«Per Sam c'entri, eccome.» Si fermò un istante e continuò, come riflettendo a voce alta: «Ti sembrerà strano, perché te ne sei andato da tanto tempo, ma se fossi rimasto e adesso facessi l'allenatore di basket o roba del genere, forse Sam sarebbe un po' meno insoddisfatto di se stesso».

Tony era certo che Sue era la prima a rendersi conto dell'inutilità di quei discorsi. «Sam e io non avremmo fatto comunque la stessa vita, Sue. Dopo la storia di Alison, il problema era che fine avrei fatto io.»

«Ma tu sei contento di quel che sei diventato?»

«Abbastanza. Ci sono alcune parti di me che vorrei poter cancellare del tutto, probabilmente per via della morte di Alison. Ho sempre l'impressione che stia per succedere qualcosa di brutto a Stacey o a Christopher, o anche a me... Finora mi sono sbagliato. Per il resto, il più delle volte, sono più felice di quanto avrei mai creduto di poter essere.»

Sue non disse niente e, quando gli sfiorò la guancia, fu un gesto di amicizia, per dire che era contenta che il suo amico avesse ottenuto quello che desiderava nella vita. In quel momento Tony si rese conto che, nonostante tutto, stare con lei era ancora meravigliosamente facile e che, anche adesso, per certe cose, Sue lo capiva meglio delle due persone che lui amava di più. Gli venne voglia di abbracciarla.

Forse anche lei ne aveva voglia, pensò. Ma era lì in qualità di avvocato, e doveva mettersi al lavoro. «Spero tanto di potervi dare una mano», dichiarò. «A tutti e due.»

«L'hai già fatto», rispose lei a voce bassa. Ritrasse la mano dalla sua guancia. «Ci conviene andare, Tony. Sam ci sta aspettando. Da quattro giorni a questa parte, non fa altro che aspettare.»

2

Seduto sul divano nel seminterrato, Sam Robb alzò gli occhi.

Dall'occhiata brevissima che lanciò a Sue e dal modo in cui distolse subito lo sguardo Tony capì che si vergognava: il sorriso che gli rivolse era quello di uno sorpreso a barare. *Forse sta ancora cercando di raccapezzarsi*, pensò. Sam non sembrava più pronto a quell'incontro di quanto non fosse lui stesso: il primo pensiero di Tony, antipatico quanto inevitabile, fu che forse aveva davanti un assassino.

«Ciao.»

Sam si alzò goffamente e si abbracciarono. «Tony Lord», mormorò. «Santo cielo!»

«Oh», disse Tony istintivamente. «Non esageriamo.»

Sam fece una risatina, poi indietreggiò di un passo tenendo le mani sulle spalle dell'altro. Aveva gli occhi gonfi e i capelli biondo cenere un po' ingrigiti, ma negli occhi la stessa luce vivace di un tempo: era come vedere Sam diciassettenne che sbirciava da dietro una maschera. «Sue pensa che tu sia straordinariamente in gamba», rispose. Poi si addolcì: «E a me serve un avvocato straordinariamente in gamba».

«Vado di sopra», disse Sue a Tony. «Se avete bisogno di qualcosa, se volete che vi prepari un sandwich...»

«Grazie, tesoro», mormorò Sam.

Sue trasalì e Tony notò che, in presenza del marito, sembrava più provata. Se ne andò senza rispondergli.

Sam sospirò, passandosi una mano fra i capelli. Era in tuta e Tony vide che aveva messo su un po' di pancia, aveva il mento leggermente cascante e qualche ruga. Era appesantito, ma sempre un bell'uomo; faceva pensare a un attore che, a dieci anni dal suo massimo splendore, portasse il segno più degli stravizi che degli anni. Aveva ancora qualcosa d'infantile e, per un attimo, Tony pensò che poteva benissimo essere stato con una ragazzina e provò un moto di repulsione.

Gli si strinse il cuore, come di fronte a una promessa mancata. La stanza era scura, piena di roba, e dalla finestra entrava solo un pallido fascio di luce. Sulla mensola del caminetto Tony vide le coppe del Lake City Country Club, una foto di Sam con un ragazzino magro e bruno che assomigliava a Sue e un trofeo che Tony riconobbe immediatamente. SAM ROBB, diceva la scritta incisa sul bronzo, ATLETA DELL'ANNO 1968. D'un tratto si sentì mancare il fiato.

Si accorse che Sam lo guardava. «Non credevo che saresti venuto», disse piano. «Ma Sue ti ha sempre capito molto meglio di me.»

«Sei nei guai, Sam.»

«Anche tu ci sei passato.» Lo sguardo di Sam era fermo, penetrante. «E non l'hai ancora superato del tutto, vero?»

«Temo che sia impossibile.»

Sam abbassò gli occhi di colpo e sussurrò: «Non sono stato io ad ammazzarla. Per questo sono andato alla polizia».

Tony si sorprese a desiderare con tutte le sue forze che fosse vero. A voce altrettanto bassa, chiese: «Che cosa ti è successo?»

L'altro si voltò verso la finestra e, per un attimo, rimase zitto. «Andavamo d'accordo, Sue e io. Non era il massimo, forse, ma andava bene. Siamo stati bravi genitori: abbiamo fatto tutto il possibile, abbiamo seguito i nostri figli, abbiamo risparmiato per mandarli al college. Erano la nostra ragione di vita. Quando se ne sono andati, mi sono ritrovato qui incastrato, senza prospettive...» S'interruppe e si voltò a guardare Tony. «Per questo non volevo che venissi. Non volevo che mi vedessi.»

Nella sua semplicità, quell'affermazione colpì profondamente Tony: non si aspettava che Sam fosse così consapevole della propria situazione, né che gliene parlasse subito. Quasi con dolcezza, disse: «Parlami di Marcie Calder».

Sam alzò gli occhi verso il soffitto. La presenza di Sue, il delicato equilibrio fra marito e moglie, sembrò di colpo tangibile.

«Andiamo a fare due passi», mormorò.

La casa, la stessa dove Sam abitava anche da ragazzo, era vicina alla scuola. Rimasero zitti quasi tutto il tragitto; ricordando ogni via e le case di quelli che una volta erano i suoi compagni, Tony si rese conto di quanto era rimasto legato a un'epoca, precedente alla morte di Alison, in cui quei luoghi nella loro immutabilità erano il suo mondo e lo riempivano di conforto. Si fermò davanti alla casa bianca, che non era più di legno ma rivestita di alluminio, dove un tempo abitava Mary Jane Kulas.

«Sai che fine ha fatto?» gli chiese Sam. «Fa l'infermiera. Pensa che è già nonna.»

«Dio mio.»

«Ma senti questa: peserà centocinquanta chili...»

Com'è tutto strano, pensò Tony: a sentire quelle storie, gli pareva di essere un fantasma. Immaginava già la gente che diceva: «Potrei giurare di aver visto Tony Lord... Sai, quello che ha ammazzato Alison Taylor? Davvero, in carne e ossa, era con Sam Robb. Si saranno scambiati le loro impressioni...»

Sam si era zittito. «Fa un certo effetto, vero?» chiese poi.

«Sì.»

Si fermarono e rimasero un attimo a guardarsi sul marciapiede, poi Sam sussurrò: «Non esco di casa da lunedì. Non avevo il coraggio di vedere nessuno». S'interruppe, con gli occhi lucidi. «Ti devo delle scuse per tanti anni fa. Solo adesso me ne rendo conto.»

Si sedettero sulle gradinate di legno a guardare lo stadio deserto. In giro non c'era nessuno.

«E Jackson, l'allenatore?» domandò Tony.

«È morto. Gli è scoppiata l'aorta, circa cinque anni dopo che te ne sei andato.» Sam si posò il mento sulle mani, guardando davanti a sé. «Lo sapevi che andava a letto con mia madre, vero? Lo sapevano tutti.»

Tony ritenne che non ci fosse bisogno di rispondere.

«Be'», riprese Sam dopo un po'. «Perlomeno lei il liceo l'aveva finito.»

Quella battuta autolesionista irritò Tony: forse sperava di trovare Sam rattristato, addolorato al pensiero della morte di una povera ragazza. Ma non era la prima volta che gli capitava di assistere a una cosa simile: spesso chi è accusato di omicidio è talmente preso da se stesso e dalla propria paura da dimenticare la vittima. E questo avveniva sia agli innocenti sia ai colpevoli, dovette ammettere.

Sam lo stava di nuovo guardando. «C'è una cosa che mi sono sempre chiesto, però. Riguardo a Sue. Te la sei scopata, vero?»

Sorpreso, Tony cercò di rimanere impassibile, come si confaceva a un avvocato. «Hai troppa stima per me. E troppo poca per Sue.»

Lentamente, Sam annuì. «Già. Perché lei non mi farebbe mai una cosa simile, vero?»

Ancora una volta, Sam faceva dell'autolesionismo. «Devo dedurre che tu ti sei 'scopato' Marcie Calder, allora.»

Sam drizzò la schiena e prese fiato. Non rispose.

«Mettiamo subito in chiaro una cosa», fece Tony in tono neutro. «Sono qui in qualità di tuo avvocato, non di vecchio amico incontrato alla cena di classe dopo tanti anni. Non devi cercare di fare bella figura con me. In quanto avvocato, non devo giudicarti, bensì consigliarti nel migliore dei modi e, se necessario, difenderti. Da questo punto di vista, non m'importa se ci andavi a letto. Non deve importare né a me né a te, indipendentemente dall'amicizia che ci lega. Ma sappi che in un caso come questo, se scopro che il mio cliente mi racconta delle balle, lo pianto in asso. Quel che m'importa, e tanto, è che tu non mi prenda per il culo. Quindi non provarci nemmeno.»

Sam si voltò verso di lui, rosso in volto. «Senti...»

«Se non stai più che attento», replicò Tony sullo stesso tono, «perderai il lavoro e forse anche tutto il resto. Io ti posso aiutare solo se mi dici la verità. Qualunque essa sia.»

«Sta' tranquillo, te la dirò. Come tu l'hai sempre detta a me. Ma non raccontarmi che non t'importa, perché non è vero. La tua ragazza è stata ammazzata quando tu avevi diciassette anni. Quindi se non altro t'importa appurare se il tuo vecchio amico Sam è un assassino oppure no.»

Tony s'innervosì. «E va bene... Vorrei tanto che tu fossi innocente. Non solo per via di Alison, ma per Sue. E anche per te.» Si fermò un istante e cambiò tono. «Se sei colpevole, dimmelo adesso e io ti troverò un altro avvocato. Perché in quel caso non ti sarei di nessun aiuto, posso dirtelo già ora.»

Sam si protese in avanti e lo guardò negli occhi. «Ho fatto un sacco di cose che non ti piacerebbero, lo so, ma non sono un assassino.» S'interruppe, poi concluse, a voce bassa: «Ti prego, ho bisogno che tu mi creda».

Aveva la voce roca di chi cerca di vincere l'emozione, di chi dice la verità. Spinto dalla voglia di credergli, Tony si chiese se era tutto vero o se lo era soltanto l'ultima frase. Dopo un po' rispose: «Allora ti credo».

Sam parve rilassarsi. «Allora che cosa vuoi sapere?»

«Tutto. A cominciare da com'era Marcie.»

Sam lo fissò a lungo prima di rispondere. «Per la verità, mi ricordava Alison.»

Era il modo di fare, spiegò Sam: gentile, un po' superiore, riservata. Marcie non era intelligente come Alison e nemmeno altrettanto ricca, ma teneva alla propria privacy, stava un po' sulle sue. Solo quando correva dava tutta se stessa.

Era alta e snella, di carnagione chiara e aveva i capelli neri e dritti, lunghi. Ma la sua reticenza sembrava più una forma di timidezza che un eccessivo riserbo; se Alison era pratica e realista, Marcie era romantica. Sam, in quanto suo allenatore, riteneva di dover imporre una certa disciplina alle sue doti naturali.

Perché era dotata. Sam ammise che era un piacere guardarla, quando lo stava a sentire con tanta attenzione, bevendosi ogni sua parola. Dopo gli occhi, la cosa più bella di Marcie erano le gambe; era quasi senza seno, ma aveva gambe da ballerina, forti, da scattista, adatte non solo ai cento, ma anche ai duecento metri. Quella di affidare a Sam la squadra di atletica era stata una sorta di ripensamento del preside, dal punto di vista di Sam un insulto, perché l'implicazione era che il suo ruolo in presidenza non fosse importante. Sam si considerava un atleta finito, che guidava ragazzine sui campi in cui un tempo aveva eccelso e che adesso erano diventati la routine di una vita da sfigato. Con Marcie, però, era cambiato tutto: non solo lei lo ammirava, ma lui sentiva anche di poter fare qualcosa d'importante per lei. La prima volta che gli aveva chiesto se poteva trattenersi alla fine dell'allenamento per provare ancora la partenza, Sam si era prestato volentieri. Un'ora dopo, aveva visto che era migliorata e, per la prima volta, osservandola da dietro mentre si chinava ai blocchi, aveva ammirato la curva delle cosce, le natiche sode. C'era qualcosa di sensuale nel modo in cui si preparava a scattare allo start.

Al primo meeting della stagione successiva, Marcie aveva vinto sia i cento sia i duecento.

Non aveva parlato molto neppure in quell'occasione, ma lui le aveva letto negli occhi la gratitudine perché l'aveva aiutata a scoprire qualcosa che andava oltre il piacere della corsa: il fatto che lei, Marcie, era la migliore. Quando gli era corsa incontro per abbracciarlo, con più ardore di quanto Sam si aspettasse, aveva provato una certa eccitazione.

Le ragazze erano andate negli spogliatoi e lui era tornato nel suo ufficio, vicino a quello del preside. Le segretarie erano già uscite e il preside si trovava a un congresso. Si era messo a controllare i registri.

A un certo punto aveva sentito dei passi, leggeri, nell'anticamera. Siccome c'erano stati alcuni furti nella scuola, stava già per alzarsi, quando sulla porta era apparsa Marcie Calder. Non si era ancora cambiata; con il cuore in gola per la sorpresa, Sam le aveva guardato le gambe e poi gli occhi, seri, fissi, le lentiggini sul naso. Prima ancora che lei aprisse bocca, aveva percepito nell'aria il brivido che ogni uomo riconosce, quando una cosa mai detta non ha più bisogno di essere tenuta nascosta.

Si era sforzato di sorridere. «Ciao, Marcie. Che cosa c'è?»

Lei aveva alzato appena le spalle, senza distogliere gli occhi dai suoi. «Volevo ringraziarla.»

«Perché? Sei tu che hai vinto.»

Marcie aveva scosso lentamente la testa. «È stato lei a farmi vincere.» Parlava a voce bassa. «Posso chiudere la porta?»

Sam si era sentito mancare il fiato. Quante volte aveva raccomandato agli insegnanti di non chiudere mai la porta quando ricevevano uno studente, perché i genitori erano sempre più paranoici e il rischio di essere accusati di molestie sessuali incombeva... «Okay», aveva risposto, però. «Se pensi che sia necessario.»

Marcie era andata a chiudere la porta a testa bassa, poi si era voltata dalla sua parte, titubante.

«Io l'amo», gli aveva detto.

Con la testa che gli girava, Sam aveva cercato di buttarla in ridere. «Anche Jennifer, mia figlia, me lo diceva sempre. Poi mi ha conosciuto meglio e ha cambiato idea.»

Le aveva letto negli occhi che non si sarebbe accontentata di quella battuta. Come aveva fatto a capire? A che punto lui si era tradito? si era chiesto. Con calma, Marcie aveva specificato: «Mi sono innamorata di lei, prof».

Sam avrebbe dovuto sorridere. Invece aveva replicato: «Ho capito».

Lei si era avvicinata talmente che le aveva visto il crocifisso appeso alla catenina e le clavicole delicate. «Non sono mai andata a letto con un uomo», gli aveva confessato a bassa voce. «Non credo di essere pronta.»

«Non preoccuparti: quando lo sarai, Marcie, dovrà essere un partner di età idonea, come dicono alle lezioni di educazione sessuale.»

«No», aveva ribattuto lei. «Voglio farlo con lei. Solo non adesso.»

Sam si era reso conto che le tapparelle erano alzate e che qualcuno avrebbe potuto vederli dal cortile. «Allora che cos'è che vuoi?»

Marcie aveva seguito il suo sguardo. Quando aveva abbassato le tapparelle, Sam non l'aveva fermata.

Si era inginocchiata e gli aveva slacciato la cintura.

«Marcie, per l'amor del cielo...»

Lei l'aveva guardato. «So come si fa... Non perché l'abbia mai fatto, ma perché l'ho sentito dire...» Aveva smesso di parlare e chinato la testa.

E Sam aveva smesso di pensare.

Nell'abbassare gli occhi, aveva visto ciò che già sapeva. I capelli scuri di Marcie gli sfioravano le cosce.

Per un po' non si era mosso, né aveva emesso suono.

A Tony sembrava che ci fosse qualcosa che non quadrava nella storia della studentessa che seduce il professore di una certa età.

«Hai appena letto *Lolita*?» gli domandò. «Quella che mi hai descritto è una classica fantasia maschile.»

Sam si strinse nelle spalle e guardò fisso davanti a sé. «Forse per questo è successo.»

Tony rifletté sulla propria incredulità. «Questa sedicenne arrivava da te così, di punto in bianco, senza un invito da parte tua, senza incoraggiamenti, senza nessun preavviso? Come un fulmine a ciel sereno?»

«Mi hai chiesto di dirti la verità, maledizione. Per una cosa come questa, rischio non solo di dover lasciare Lake City ma anche l'interdizione perpetua dall'insegnamento nelle scuole di ogni ordine e grado, sai? Se un insegnante mi venisse a raccontare una storia del genere, io dovrei denunciarlo. Per legge. Non so a San Francisco, ma in questo Stato per un rapporto sessuale con un minore, anche orale, si finisce dentro... In quanto vicepreside, offrirei sicuramente a qualche giudice il destro di dare una punizione esemplare. Guarda che mi hanno già sospeso nell'eventualità che io abbia avuto un rapporto sessuale con lei... La mia 'classica fantasia maschile', perciò, è troppo pericolosa per essere una balla. Senza contare che Sue mi lascerebbe e i miei figli non mi guarderebbero più in faccia.»

Tony osservava il campo di football dove, ventotto anni prima, sotto gli occhi di Sue e di Alison, lui e Sam avevano vissuto insieme il momento magico che entrambi avevano sognato. «Va bene», disse a voce bassa. «Ora raccontami che cos'è successo la sera in cui è morta.»

3

Si erano dati appuntamento al crepuscolo, intorno alle otto e mezzo, nel parcheggio davanti a un distributore di benzina ormai in disuso. Era la seconda volta e, come la prima, Marcie era scesa dalla sua macchina, per salire su quella di Sam. La volta precedente, sei settimane prima, il rischio di essere scoperto l'aveva eccitato, confessò Sam a Tony, come il fatto di essere con una ragazza per cui tutto quello che facevano era una novità. Erano andati a Taylor Park e, dietro un cespuglio, Marcie si era spogliata. Mentre Sam s'infilava il preservativo, lei si era sdraiata sul sacco a pelo con le gambe aperte, in attesa. Era stato attento a non farle male e, penetrandola, aveva sentito che le batteva forte il cuore e che respirava affannosamente. Gli aveva sussurrato: «Ti amo» con una vocina tanto fievole e infantile che si era vergognato del proprio orgasmo.

Spiegò a Tony che la sera in cui Marcie era scomparsa lui aveva intenzione di troncare. In quanto avvocato, Tony trovava incredibile quella storia, ma Sam era bravo a raccontare e lui si era immaginato fin dal principio il silenzio dentro la macchina, il desiderio di Sam di chiudere una storia che rischiava di distruggerlo, le fantasie di una ragazzina che non si rendeva conto dell'abisso che li separava.

Tony si apprestò ad ascoltare, a ripercorrere gli avvenimenti di quella sera come glieli descriveva Sam e persino, a tratti, a credergli.

Era una serata fresca, limpida. Era un giorno feriale e il parcheggio di Taylor Park era vuoto. Quando Sam aveva fermato la macchina, Marcie gli si era avvicinata. A voce bassa gli aveva chiesto: «Che cosa vuoi fare, stasera?»

Sam aveva guardato l'ora, già in preda all'ansia. A Sue aveva detto che si era dimenticato alcune carte e che andava a lavorare a scuola. Perciò aveva più o meno un'ora per lasciare Marcie, facendosi promettere di non dire niente a nessuno.

«Hai detto a qualcuno che venivi qui?» le aveva chiesto.

Lei aveva scosso la testa e baciato sulla guancia. «Adesso come adesso, non capirebbero.»

Sam aveva notato tristemente che quella ragazza, che gli aveva regalato la sua innocenza, non sapeva nemmeno come chiamarlo. Poi l'aveva colpito il fatto che, implicita in quelle parole, c'era l'idea che in un futuro illusorio Lake City potesse capire.

«Parliamo un po'», le aveva proposto.

Con una fiducia commovente, Marcie gli si era seduta in braccio e gli aveva posato la testa sulla spalla. Gli era parsa più leggera che mai e gli aveva fatto tornare in mente una vigilia di Natale in cui Jennifer gli si era accoccolata in braccio con una camicia da notte di cotone a sentire Sue che leggeva una storia.

«Penso che dovremmo sposarci», gli aveva sussurrato al buio.

Sam era rimasto senza parole. Come aveva fatto a scordarsi che era praticamente una bambina, nonostante i suoi sedici anni? Che aveva preso una cotta per lui come fanno le adolescenti per un attore o, ancor peggio, per un sostituto paterno?

Alla fine aveva risposto: «Non credo che sarà mai possibile».

Lei si era staccata un poco da lui e l'aveva guardato. «Perché?»

Sam si era chiesto da dove cominciare. «Sono già sposato», aveva detto semplicemente.

Nell'osservare la sua reazione, si era sentito ridicolo: stava parlando di Sue, sua moglie da ventiquattro anni, con una ragazzina che sognava di prenderne il posto. «Ma non è l'unico problema», aveva continuato. «Pensa ai tuoi genitori, al mio lavoro, a quello che penserebbe la gente di me. A ragione, peraltro, perché sono un uomo di mezz'età che ha tradito la fiducia della famiglia di una sua studentessa, della scuola, l'affetto che lei prova per lui...»

«No!» La voce di Marcie era rotta dal pianto. «Quello che io provo per te è molto, molto di più...»

«Allora sono un uomo fortunato.» Non sapendo a che santo votarsi, aveva cercato di lusingarla. «Fortunato di avere avuto un posto nella tua vita...»

Si era interrotto, perché nello specchietto era balenato il riflesso dei fari di un'automobile. Sam aveva pregato in cuor suo che non fosse la polizia e, voltandosi, aveva visto che la macchina si fermava a una certa distanza e i fari si spegnevano. Quando aveva abbracciato Marcie, con il cuore che batteva forte, gli era parsa tesa, ritrosa.

«Ma io voglio vivere tutta la vita con te.» Lo aveva detto con forza, con una strana decisione. «Ci sposeremo e la gente dovrà accettarlo. Finirò la scuola, andrò al college come vogliono i miei genitori...»

«Marcie», l'aveva interrotta. «Io conosco i tuoi genitori. Te lo immagini tuo padre con un genero più vecchio di lui... il tuo allenatore?» Si era trattenuto dal proseguire, per paura di farla arrabbiare. «Possiamo amarci, ma non vivere tutta la vita insieme. Passeresti dieci anni con un uomo troppo grande per te e ne getteresti via altri venti a prenderti cura di un vecchio.»

Con una voce diversa, più fredda e matura, lei gli aveva detto: «Non vuoi lasciare tua moglie, dunque».

I sottintesi di quella frase l'avevano preoccupato, ma aveva finto di prenderla alla lettera. «No», aveva risposto. «Non potrei.» Teso, era rimasto aggrappato al suo silenzio.

«Va bene, Sam.» Ecco, l'aveva chiamato per nome, per la prima volta, ma con un certo disprezzo. «Non lo dirò a nessuno. È questo che vuoi?»

Lui aveva sospirato. «Sì. Penso che sia la cosa migliore per te. Oltre che per me.»

«Farò qualsiasi cosa per te», aveva detto lei, fredda. Le aveva visto la faccia alla luce della luna: era pallida, con le guance rigate di lacrime. D'un tratto si era alzata e aveva aperto la portiera. «Anzi, comincio subito...»

Sam l'aveva presa per un braccio. «Aspetta...»

Marcie si era liberata dalla sua stretta. «Perché?» gli aveva chiesto, arrabbiata. «Perché tu mi possa regalare altri bei ricordi?»

Si era zittita ed era scesa dalla macchina per correre via.

Sam aveva aperto la portiera, senza pensare. Investito dall'aria fredda, aveva strizzato gli occhi per seguire con lo sguardo l'ombra di Marcie che scappava alla luce della luna sul lago. Le era corso dietro, ma poi si era fermato, memore dell'altra macchina, e Marcie era scomparsa nella notte.

Era rimasto lì, incerto, poi si era reso conto di doversi allontanare dall'orlo di quel baratro per tornare alla sua vita vera, per tornare a essere il Sam Robb che tutti conoscevano. La macchina di Marcie era a meno di quattrocento metri di distanza: si sarebbe calmata, avrebbe trovato la strada di casa e sarebbe rientrata all'ora imposta dai suoi genitori. L'indomani, a scuola, Sam avrebbe intrapreso l'arduo compito di fingere che non fosse mai stata nient'altro che un'allieva per lui.

Si era dato una rapida occhiata alle spalle ed era risalito in macchina. Il sedile accanto al suo pareva troppo vuoto. Si era allungato a chiudere la portiera e aveva acceso la radio per tenersi compagnia. Era ancora scosso e, uscendo dal parco, aveva visto alla luce dei propri fari l'ombra della macchina parcheggiata e una testa, a malapena visibile sopra il cruscotto, che sembrava osservarlo.

Non se l'era sentita di tornare subito a casa. Istintivamente aveva preferito andare a scuola, dove aveva detto a Sue che sarebbe andato a lavorare: le bugie migliori erano le mezze verità, Sam lo sapeva. Aveva bisogno di riflettere.

Aveva acceso la luce e si era lasciato cadere sulla poltrona.

Era confuso e agitato, con la testa piena di pensieri. Doveva cercare di tornare alla sua vita di sempre, passo dopo passo.

Il primo, aveva deciso, era chiamare Sue.

Aveva composto il numero, sperando nel conforto della sua voce. Sentendo invece la propria, nel messaggio della segreteria, si era spaventato, aveva temuto superstiziosamente che Sue l'avesse seguito, che in quella macchina ferma nel parcheggio ci fosse stata lei e che in quello stesso momento stesse parlando con Marcie a Taylor Park.

Aveva aspettato la fine del messaggio e poi il segnale acustico.

«Ciao, amore», aveva detto, sforzandosi di fare una voce normale, magari un po' stanca. «Ci ho messo più del previsto con le valutazioni del personale. Fra pochi minuti sono a casa...»

Riattaccando, aveva provato un momento di pace: quella sarebbe stata la sua ultima bugia. Poi, in preda a un'ansia spaventosa, si era chiesto ancora una volta come mai Sue non aveva risposto.

Nei pochi minuti che gli ci erano voluti per arrivare a casa, il pensiero di Marcie l'aveva tormentato. Si era chiesto se era ancora nel parco e aveva pensato persino di tornare a vedere. Poi aveva deciso che era senz'altro già rientrata e si era immaginato che in quel preciso momento stesse raccontando ai suoi genitori, mossa da un irrefrenabile impulso adolescenziale, tutto quello che Sam Robb le aveva fatto. Aprendo la porta di casa, si era sentito un codardo.

Il pianoterra era buio, silenzioso. Quella calma lo aveva reso ancora più nervoso.

Era salito lentamente al piano di sopra.

Dalla camera da letto venivano alcune voci. Aveva percorso il corridoio senza fare rumore e si era fermato davanti alla porta. Poi, con il cuore in gola, era entrato.

Sue era a letto; si limava le unghie, ascoltando distrattamente il telegiornale delle undici.

«Ti ho chiamato», le aveva detto.

Sue aveva alzato gli occhi, per nulla incuriosita. «Sarò stata sotto la doccia», aveva risposto. Poi, aggrottando la fronte, gli aveva comunicato: «Mi sono rotta un'altra unghia. Ho mani da lavandaia».

Sam era rimasto un momento interdetto. «Hai mani bellissime, tesoro. Con le dita lunghe.»

Sue aveva accennato un sorriso. «Be'», aveva ribattuto, «non quanto quelle di Jenny.»

Chissà perché, a Sam era venuto voglia di baciarla, ma si era trattenuto, temendo che Sue la prendesse per un'ammissione di colpa. Si era svestito e si era infilato sotto le coperte.

«Sono stanco», le aveva detto, contento di dire la verità.

«Dormi, allora», aveva risposto lei, spegnendo il televisore.

Un altro passo avanti: questo era stato il silenzioso commento di Sam. Ripensando a Marcie, all'idea di rivederla l'indomani, era rimasto immobile, al buio, perché Sue non si accorgesse di quanto era agitato.

Il mattino dopo, con tre tazze di caffè nello stomaco, Sam Robb, vicepreside della Lake City High School, aspettava gli elenchi delle presenze nel proprio ufficio.

A un certo punto si era affacciato sulla porta e aveva chiesto a Jane Moore, moglie del suo ex compagno di scuola Charlie e segretaria nella scuola: «Sono arrivati i fogli delle presenze?»

La donna si era voltata. «No», aveva risposto. «Abbiamo appena ricevuto una telefonata dalla signora Calder, la mamma di Marcie...»

«È successo qualcosa?»

«Speriamo di no. Ma non sanno dov'è.»

Sam aveva piegato la testa da una parte; in quel momento terribile, il peggiore della sua vita, si era congratulato con se stesso per il tono professionale che era riuscito a tirare fuori, nonostante si sentisse mancare la terra sotto i piedi. «Quand'è stata l'ultima volta che l'hanno vista?» Preoccupato al punto giusto, ma senza panico.

«Alle otto di ieri sera. Marcie è uscita dicendo che andava da un'amica, ma non è più tornata. La signora Calder ha chiamato la polizia.»

Guardando la segretaria, Sam aveva sentito il peso del proprio silenzio. «Tienimi informato, okay?»

Alle nove e mezzo, di Marcie non si sapeva ancora nulla.

Sam era uscito dall'ufficio ed era andato a sedersi in macchina, da solo. Gli pareva quasi che nel sedile accanto al suo fosse rimasto un leggero avvallamento, una traccia del corpo di Marcie.

Aveva fatto i suoi calcoli. Più tempo passava, più si rendeva conto di essere stato un codardo. Nel tentativo disperato di fare ammenda, incurante delle conseguenze, era andato alla polizia.

Con un certo sollievo, aveva visto Jack Seed e Carl Talley, due ispettori, che bevevano un caffè: i loro figli frequentavano la sua scuola e lo conoscevano. Jack Seed lo aveva guardato con aria interrogativa. «Salve. Che possiamo fare per lei?»

«Sono venuto per Marcie Calder. L'ho vista ieri sera, dopo che è uscita di casa. Sono stato con lei dalle otto e mezzo fin verso le dieci.»

«Le dieci?» aveva domandato Jack Seed, speranzoso. «Dove?»

«A Taylor Park.»

Per la prima volta Sam aveva notato un certo interesse negli occhi di Seed. «A Taylor Park», aveva ripetuto l'ispettore. «Le dispiacerebbe venire con noi?»

Erano andati con la macchina della polizia e Sam si era seduto dietro. Si erano fermati nel parcheggio. Durante la notte era piovuto, l'erba era bagnata e sul lago aleggiava una nebbia fitta.

Sam si era sporto in avanti e aveva indicato dal finestrino. «Ecco», aveva detto. «L'ho vista correre da quella parte.»

Jack Seed si era voltato a guardarlo con un'ombra di curiosità sul viso affilato. «A quell'ora? E perché correva?»

«Avevamo parlato. Era... sconvolta.»

Seed si era morso un labbro. «Oh», aveva detto. Poi si era rivolto a Talley. «Sarà meglio dare un'occhiata.»

Talley era rimasto ancora un momento a osservare Sam, poi

erano scesi dalla macchina e, quando lui li aveva seguiti, non avevano protestato.

Seed si era guardato in giro. «Giornata di merda», aveva commentato.

«Nottata di merda», aveva aggiunto Talley, come se Sam non ci fosse.

A pochi metri dal precipizio Seed si era bloccato e aveva guardato per terra. Si era voltato e aveva sussurrato: «Lei rimanga indietro». Sam si era fermato e aveva visto i due poliziotti che cambiavano leggermente direzione, come per evitare di calpestare qualcosa.

Si erano avvicinati all'orlo del burrone e avevano guardato giù.

Talley si era chinato appena, Seed era rimasto immobile. «Maledizione», aveva sussurrato quest'ultimo.

Sam allora si era avvicinato. Quando si era infilato fra i due e aveva visto Marcie di sotto, nessuno aveva aperto bocca.

Era in fondo alla scarpata, a faccia in su, con la felpa che indossava la sera prima. Nascondeva un segreto, come aveva detto con civetteria a Sam salendo in macchina: niente reggiseno. Da lassù sembrava più piccola, una bambola di pezza.

Sam si era seduto sul ciglio del precipizio, sconcertato. Aveva sentito Seed che diceva: «Sarà meglio chiamare un'ambulanza».

In quel momento Sam si era reso conto che la sua vita, la vita che aveva fatto fino ad allora, era finita.

Tony non disse niente: quel racconto l'aveva riportato al passato, ad Alison. S'immedesimava in Sam, innocente, terrorizzato, in trappola, ma lo commuoveva ancora di più la tragedia di Marcie: ricordava fin troppo bene le emozioni melodrammatiche e imprevedibili di quando si è adolescenti. Ammesso che la sua storia fosse vera, Sam si era comunque comportato male, da egoista, tradendo la sua fiducia.

Si alzò, indolenzito per essere rimasto troppo a lungo sulla dura panca di legno. Sam era ancora seduto con lo sguardo perso nel vuoto. «Era sotto la mia responsabilità», mormorò. «Lo sapevo, ma ormai non potevo più farci niente.»

Tony capì che l'altro non osava guardarlo. «Che cos'hai detto alla polizia?»

Sam cercò di riprendersi. «Ho raccontato una balla», rispose a bassa voce.

«Che genere di balla?»

Lo disse in tono più aspro di quello che avrebbe voluto. Sam s'irrigidì. «Te lo puoi immaginare. Che si era presa una cotta per me e io le avevo detto di no. Che avevo sbagliato a incontrarla da solo, soprattutto lì, ma che lei era talmente sconvolta che avevo avuto paura che fosse in qualche pasticcio, magari di droga. Gli ho detto che volevo aiutarla. Ma in realtà cercavo di pararmi il culo.»

«Come hai potuto pensare che se la bevessero?»

Sam si voltò verso di lui, con una luce di sfida negli occhi che a Tony non parve affatto nuova. «Marcie era morta.»

La sua sfacciataggine, il suo cinismo colpirono Tony: certamente non ne aveva fatto uso solo parlando con la polizia, ma anche con lui. Scombussolato, si chiese quanto di ciò che gli aveva raccontato fosse vero e quanto strumentale. Poi ricordò con straordinaria chiarezza che anche lui aveva mentito alla polizia riguardo ad Alison.

«E Sue?» domandò infine.

L'atteggiamento difensivo di Sam sparì. «Le ho raccontato la stessa cosa.» Si alzò. «Dovevo forse confessare a mia moglie che andavo a letto con Marcie e chiederle di mentire, caso mai qualcuno fosse andato a domandarle qualcosa? L'ho fatto per lei, davvero. Anche se non ha creduto una sola parola.»

Tony rimase impressionato dalla forza del suo istinto di conservazione: sapendo di non correre rischi, Sam gli aveva dato una versione più credibile dei fatti, ammettendo la propria vergogna e giocando sul coinvolgimento emotivo che si aspettava da lui di fronte a un innocente accusato di omicidio. Sam spiegò con calma: «Avrei preferito non doverlo ammettere con nessuno. Quando Sue mi ha detto che voleva chiamarti, ho pensato subito che ti sarei sembrato patetico. Ma solo adesso mi rendo conto di quanto mi pesa parlartene».

L'altro s'infilò le mani in tasca senza dire niente.

«Allora che cosa facciamo con Sue?» chiese Sam.

Quella domanda turbò Tony, soprattutto quando vide che Sam sorrideva, ironico. «Naturalmente tu non glielo puoi dire, visto che sei il mio avvocato. Che effetto ti fa trovarti preso fra il tuo vecchio amico e sua moglie? O, se preferisci, fra la tua vecchia amica e suo marito?»

Per un attimo Tony si sentì preso in giro, come se Sam si stesse prendendo subdolamente la rivincita per la propria umiliazione.

Rispose, calmo: «Lo spiegherò io a Sue, visto che tu hai già tanti problemi».

Sam sbatté le palpebre, di nuovo serio. «Scusa. Mi dispiace. Per questo e per le altre cose che ti ho dovuto dire. Ma ti giuro che non sono capace di uccidere.»

Tornati a casa, Sam se ne andò in camera, lasciandolo solo con Sue. Il sorriso triste di lei ricordò a Tony quello di Sam, solo che era ancora più triste e senza nessuna malizia.

«Devi dirmi qualcosa», esordì lei.

Le si sedette vicino sul divano. «Solo che, in quanto suo avvocato, non posso dirti niente. E lui nemmeno.»

Sue lo guardò negli occhi. «Pensavo che una moglie non potesse testimoniare contro il marito.»

«Non è così semplice. Diciamo che in certi casi spetta a lei decidere.» Le prese la mano, consapevole dell'ambiguità della propria posizione. «Per ora è meglio che tu resti fuori di tutto. In seguito, quando non sarà più un problema legale, ma fra Sam e te, ne parlerete.»

«Oh, Tony», sussurrò lei. «Ci andava a letto, vero?»

Tony esitò a rispondere: in fondo non era da lui che voleva una risposta. «Spero solo che non venga fuori niente di peggio. Dice che non è stato lui. Io penso che gli crederanno.» Dopo un attimo di silenzio, per darle un po' di speranza, disse: «Domani vado a parlare con il pubblico ministero. Chissà che non riusciamo a risolvere qualcosa».

Sue sorrise debolmente. «Che vuoi risolvere? Per certe cose non c'è soluzione. Tu lo sai benissimo.»

D'un tratto a Tony tornò in mente qualcos'altro. Abbassò ulteriormente la voce. «Devo dirti almeno una cosa. Oggi, a un certo punto, mi ha chiesto se tu e io siamo mai andati a letto insieme.»

Non parve sorpresa. Annuì, lentamente. «Me l'aveva già chiesto. Che cosa gli hai detto?»

«Quello che devi avergli detto anche tu.»

Sue rimase zitta un attimo, poi scosse la testa. «Povero Tony», disse. «Tutti questi segreti da mantenere. Compreso il nostro.»

4

Gli anni non avevano cambiato molto l'aspetto di Steelton. Contro gli effetti dello smog e delle intemperie sulle grigie costruzioni di cemento si poteva fare ben poco, come contro l'indifferenza dell'industria pesante nei confronti della campagna un secolo prima: non c'era verde sul lungofiume, non c'erano più alberi e l'architettura era rimasta ferma all'ultimo periodo di vitalità di quella zona industriale del Midwest, gli anni '40 e '50, a parte qualche raro grattacielo di cristallo. Il pennuto più diffuso era certamente il piccione e sull'asfalto della piazza principale ne camminavano frotte che avevano insozzato il piedistallo della statua di ghisa del maresciallo Pilsudski. Tony aveva sempre pensato che l'Europa dell'Est fosse grigia e reazionaria: nella sua testa i polacchi, i cechi, i lituani e gli slovacchi che si erano insediati a Steelton erano per natura predisposti alla tetraggine ampiamente rappresentata dagli industriali calvinisti che vi avevano costruito fabbriche e stabilimenti. Recandosi alla procura, un bunker di cemento stile anni '40 vicino al tribunale, ricordò con un certo disagio che un tempo lì si era deciso il suo destino e si chiese se negli archivi giacesse ancora qualche dossier polveroso con il suo nome o quello di Alison.

Al quarto piano, Tony si presentò a un impiegato alla reception, che lo squadrò da dietro il vetro antiproiettile, e chiese di Stella Marz.

Una porta di legno senza targhe si aprì e comparve una donna energica e scattante, che gli porse la mano guardandolo con interesse e con un sorrisetto, come se la presenza di Anthony Lord nella vita di un sostituto procuratore di contea fosse una piacevole novità e magari una sfida interessante.

«Stella Marz», si presentò e, senza aggiungere altro, lo accompagnò attraverso un labirinto di corridoi con il pavimento di linoleum fino a un ufficio da cui si vedeva il lago Erie oltre il frangiflutti, grigio su grigio. Fece un cenno in direzione della finestra. «Spero che gradisca il panorama», disse. «Fino alla settimana

scorsa avevo un ufficio che dava direttamente sul parcheggio.»
Dal tono si capiva che lei aveva avuto troppo da fare per goderse-
lo e, dietro i modi bruschi e professionali, Tony intuì subito una
profonda rettitudine.

Era sui trentacinque anni. Tony dedusse dal fatto che le era
stato assegnato un caso di presunto omicidio di grande risonanza
e che il loro colloquio avvenne a tu per tu che Stella Marz doveva
essere una donna in carriera, che non aveva bisogno dell'aiuto del
capo della divisione penale. Era di corporatura robusta e aveva un
viso largo e abbastanza grazioso, con la fossetta sul mento e begli
occhi marroni dal taglio vagamente esotico, che potevano essere
il segno di un'ascendenza slava. Aveva i capelli castani e la pelle
chiara. A giudicare dal trucco e dal tailleur grigio di ottima fattura, si curava parecchio. La sacca da ginnastica in un angolo del-
l'ufficio confermò un'altra intuizione di Tony: era una donna atti-
va, che si teneva in forma.

«È venuto da lontano», gli disse.

«Veramente sono nato qui.»

«Lo so. Credo che suo zio Joe abbia aiutato mio padre a entrare nel sindacato dei metalmeccanici.»

Lui sorrise. «Joe Stanicek. Il fratello di mia madre.»

«Proprio così. Quando sono nata io, però, vi eravate già trasferiti.»

Tony aveva indovinato anche un'altra cosa: Stella Marz era una
ragazza di estrazione polacca operaia che aveva fatto la gavetta
prima di emergere. Si chiese se sapeva che cosa gli era successo
dopo che i suoi avevano cambiato casa. «A Lake City», specificò.
«Ecco perché conosco Sam Robb.»

Stella piegò la testa di lato e lo studiò. Lui ebbe la sensazione
che sapesse che erano anni che non tornava e che i suoi rapporti
con i parenti rimasti da quelle parti si limitavano agli auguri a
Natale; ebbe anche l'impressione che quel genere di legame fosse
invece importante per Stella Marz. «Sam Robb è fortunato», disse infine. «Che cosa sa del caso?»

«So quel che Sam ha dichiarato alla polizia. Ma, dal punto di
vista della procura, niente. C'è altro?»

La donna si accigliò. «Non credo nei sotterfugi, avvocato
Lord...»

«Vogliamo darci del tu?»

«Okay. Perché il caso arrivi in tribunale, io devo presentare delle prove e preferirei sapere in anticipo se ci sono problemi.» Incrociò le dita. «È il mio modo di lavorare.»

C'era un che di difensivo nel suo atteggiamento, pensò Tony: voleva mettere in chiaro che non aveva nessuna intenzione di dargliela vinta solo perché era un avvocato famoso e le sue foto con la moglie apparivano sulle riviste più lette. Rispettosamente, rispose: «Anch'io lavoro così. È meglio per tutti».

Stella sorrise appena, con l'aria di dire: «Okay, ora che ci siamo detti quanto siamo corretti tutti e due, veniamo al punto». Ed esordì: «Tanto per cominciare, sono abbastanza sicura che la ragazza sia stata ammazzata».

Una dichiarazione tanto decisa lo impensierì. «Non credi che si possa essere trattato di un incidente? O di suicidio? Non so quasi niente di Marcie, ma Sam mi ha riferito che era sconvolta e a quell'età i ragazzi hanno alti e bassi spaventosi. Sono impreparati di fronte alle delusioni e a volte si sentono sull'orlo di un baratro.»

«Letteralmente», disse Stella con ironia, ma senza sorridere. «O ci vengono spinti.»

«In che senso?»

«La polizia ci sa fare anche a Lake City, di questi tempi, e non ha tralasciato nulla. Anche il coroner è stato molto meticoloso. Primo: sul bordo del precipizio, in corrispondenza della spiaggia dove è stato ritrovato il cadavere, non c'è erba, bensì terra. Non c'erano impronte della misura di Marcie, ma di scarpe da ginnastica taglia quarantacinque.» Stella inarcò le sopracciglia. «Lo stesso numero di Sam Robb.»

Tony sorrise. «Anch'io porto il quarantacinque. Immagino che abbiate cercato un paio di scarpe con la suola corrispondente alle impronte quando vi siete recati a casa di Sam Robb...»

«Infatti, e abbiamo trovato altre scarpe di quel numero. Il che significa che le impronte non erano sue o che Robb si è disfatto delle scarpe che portava quella sera. Quel che è più preoccupante sono i due solchi paralleli alle impronte di scarpe numero quarantacinque, che potrebbero essere stati lasciati dalla punta delle scarpe di una persona trascinata per terra. Il fango sulle scarpe da tennis di Marcie corrisponde a quello in cima al precipizio. Dal che non è azzardato dedurre che la ragazza sia stata trascinata e quindi scaraventata di sotto.»

Immaginando gli ultimi istanti della vita di Marcie Calder, Stella aveva assunto un'espressione grave e Tony si rese conto della passione che doveva averla portata a fare il pubblico ministero. «Questo presupporrebbe che la vittima fosse già morta, oppure priva di sensi», ribatté lui.

«Penso che fosse già morta, essendo stata colpita tre volte alla testa con una pietra grossa come un pallone da football. Così almeno ritiene il coroner.»

«Non potrebbe aver battuto la testa cadendo?»

Stella annuì. «È possibile. Ma sulla spiaggia è stata ritrovata una pietra con tracce di capelli e di sangue del gruppo di Marcie, AB. Era a due metri dal corpo, come se fosse stata gettata di sotto in un secondo tempo. Altrimenti, Marcie dovrebbe aver battuto la testa sulla pietra di lato facendola schizzare come una palla da biliardo, cosa materialmente impossibile. A parte il fatto che la quantità di capelli e di sangue sulla pietra in quel caso sarebbe notevolmente minore.»

Tony faceva quel lavoro da vent'anni, ma in tutti i casi di omicidio c'era sempre un attimo in cui gli pareva di assistere alla morte della vittima. In quel momento, senza volere, si ritrovò a immaginare lo schianto di una pietra contro il cranio di una ragazza bruna.

«Supponendo che tu abbia ragione e che si tratti effettivamente di omicidio...» disse. «Be', insomma, conosco Sam Robb da un sacco di tempo e...»

«... con la polizia non parlerà più, giusto?»

«Giusto. Sono io il suo avvocato.»

«Allora, per favore, chiedigli una cosa da parte mia. Chiedigli come mai abbiamo trovato tracce di sangue sul volante della sua macchina.»

Tony si sforzò di restare impassibile. «Di che gruppo?»

«AB», rispose lei in tono neutro. «Forse il tuo cliente ha una semplice spiegazione di cui vorrà cortesemente metterci a parte...»

Tony rimase più colpito di quanto avrebbe dovuto. D'un tratto si sentì estremamente debole e capì che per lui era *indispensabile* che Sam fosse innocente. Con il tono più tranquillo di questo mondo disse: «Immagino che abbiate fatto fare l'esame del DNA sui campioni ritrovati».

«Certamente. Ma per avere i risultati bisognerà aspettare ancora un po'.»

«E il rapporto del coroner?»

«Non l'abbiamo ancora... Ma te lo darò solo se sarò obbligata a farlo. Vale a dire, in caso di luogo a procedere.»

Tony meditò. «Supponiamo per un attimo che tu abbia ragione, cioè che Marcie sia stata uccisa con una pietrata in testa. Ci sarebbe stato sangue dappertutto, non solo addosso all'assassino, ma sul corpo della ragazza e nel posto in cui è stata uccisa...»

Stella annuì. «Infatti.»

«Avete trovato tracce di sangue a casa di Robb o sui suoi vestiti?»

«No. Ma naturalmente qualunque assassino con un po' di cervello si sarebbe sbarazzato dei vestiti.»

«E nel parco?»

«È piovuto quella notte, ricordi?»

«Non ci sono testimoni, vero?»

«Per ora no.» Per la prima volta Stella parve sul punto di perdere la pazienza. «Se potessi incriminarlo, l'avrei già fatto.»

Tony decise di allentare un po' la tensione. «Lo capisco, Stella. Ma non posso fare a meno di chiedermi quale sarebbe il movente di Robb, secondo te.»

Stella inarcò le sopracciglia. «Non ti sembra sufficiente il fatto di essersi portato a letto una ragazza di sedici anni? Se lei fosse andata a dirlo in giro, per lui sarebbe stata la fine.»

Tony mantenne un tono di voce neutro. «Alla polizia ha dichiarato di non aver avuto rapporti sessuali con la ragazza, se ben ricordo. E comunque in una situazione del genere di solito non si ammazza, si mente. Per arrivare all'omicidio bisogna essere capaci di uccidere e nella vita di Sam Robb non c'è assolutamente nulla che indichi che lui ne sia capace.» Si protese in avanti. «Se avesse avuto tanta paura di esporsi, perché mai sarebbe andato alla polizia? L'unico motivo per cui tu e io siamo qui a parlare e Sam Robb rischia il posto, se non peggio, è che si è presentato spontaneamente alla polizia.»

Stella non parve particolarmente impressionata. «Forse temeva che qualche testimone lo tirasse in ballo: alla polizia ha dichiarato di aver visto un'altra macchina. Non poteva certo chiedere alla moglie di mentire per fornirgli un alibi, non credi?»

Erano arrivati a un'impasse. «A proposito di Sue Robb», disse Tony. «È un brutto periodo, per lei. Puoi chiedere alla polizia di lasciarla in pace?»

«Intende avvalersi della facoltà di non rispondere in quanto coniuge dell'indiziato?»

«Già.»

Stella annuì. Se lo aspettava, glielo si leggeva in faccia, ed era troppo professionale per irritarsi. «Posso fare altro per te?» gli domandò.

«Tenere la mente libera dai pregiudizi... Anche se pensi che si sia trattato veramente di omicidio, quel parco è molto frequentato, la notte.»

Stella non replicò. «So quello che ti è successo», gli disse infine. Quando alzò gli occhi, vedendo che si addolciva un po' Tony capì che doveva aver perso la propria imperturbabilità. «È venuto da me un giornalista, stamattina... Pare ti abbiano visto all'aeroporto con Sue Robb. Forse io sono troppo giovane per ricordare l'omicidio di Alison Taylor, ma da allora a Lake City non ce ne sono stati altri. Questo signore mi ha fatto presente che sei stato indagato per omicidio anche tu.»

Ancora una volta, Tony pensò che aveva fatto male a tornare. «Quindi puoi immaginare che cosa provo.»

Stella lo squadrò, come aspettando che lui si protestasse innocente. Siccome non lo fece, disse: «Il tuo amico Sam non mi piace: io so perché era a Taylor Park con Marcie, e tu anche». Sembrava così sicura di sé che Tony si chiese se non sapesse più di quel che diceva. «Inoltre io credo nel valore della vita umana», proseguì, «dal punto di vista sia etico sia religioso, dall'aborto alla pena di morte. Per questo non vado d'accordo con i colleghi che considerano certi omicidi alla stregua di atti di pubblica utilità e ritengono le esecuzioni volontà divina. L'uccisione di una ragazzina, poi, se di questo si è trattato, m'impressiona particolarmente. Non è giusto che sia morta e che i suoi genitori passino quel che stanno passando.»

«È quel che ho sempre pensato di Alison e dei suoi», mormorò Tony.

«Quello che volevo dirti è che, se riterrò che il tuo amico abbia ammazzato Marcie e mi sembrerà di avere abbastanza prove per processarlo, farò il possibile per inchiodarlo. Ma starò molto attenta, prima di decidere. E non ti negherò mai un colloquio.»

«Non posso chiedere di più.» Tony rimase zitto un momento. «Vai ancora a messa, allora?»

«Tutte le domeniche.» Fece un sorrisetto.

«La Chiesa ha aiutato la Polonia a riconquistare la libertà, dopotutto.»

«La Polonia, sì», non riuscì a trattenersi Tony, «ma le donne no.»

«Ci arriveremo», replicò lei, decisa. «A volte mi chiedo perché gli uomini e i cattolici non praticanti si facciano tanti problemi per me.» S'interruppe. «Soprattutto quelli che tendono a dimenticare le loro origini.»

Lui rifletté, prima di rispondere. «Hai ragione», ammise poi. «È difficile giudicare la fede o la vita degli altri. Per quanto mi riguarda, mi sono staccato dalla Chiesa per motivi complessi, legati a un determinato periodo della mia vita.» Lo disse in tono leggermente tagliente. «Credimi, Stella, non ho dimenticato nulla.»

Nel sorriso che gli fece c'era un'ombra di rimorso. «Scusa, non avrei dovuto. A dire il vero ti ho sempre considerato un po' un eroe, soprattutto sapendo da dove venivi. Quando ero all'università e alla televisione trasmettevano il processo Carson, ti guardavo tutte le volte che potevo. Ero combattuta fra il desiderio di diventare come te o di fare il pubblico ministero e battermi per impedire ad avvocati come te di far assolvere tipi come Harry Carson. Ma ti ammiravo per aver fatto tanta strada. È stato un colloquio interessante.»

Tony sorrise. «Sono contento che tu abbia fatto quest'ultima precisazione.»

Stella si alzò e gli strinse la mano. «Bentornato. Spero che tu sia pronto ad affrontare la stampa.»

«Perché, posso scegliere?»

Stella scosse la testa, senza sorridere. «No», rispose. «Non più.»

5

«GUARDA chi si vede!» esclamò Saul Ravin. «Tony Lord, la star di Hollywood!»

Tony scoppiò a ridere. «Ciao, Saul.»

Si strinsero la mano, poi Saul fece un passo indietro e lo squadrò dalla testa ai piedi. «Che eleganza. Niente male per un povero immigrato polacco.»

«Hai creato un mostro, Saul. Non ci sono dubbi.»

«Con i mostri si può anche convivere, ne ho persino difesi parecchi. Ma un avvocato penalista...» Lasciò la frase a metà, scuotendo la testa. «Ormai è troppo tardi. Su, accomodati.»

Lo studio di Saul non era cambiato molto. Lui invece aveva un'aureola di capelli bianchi e la pancetta di un tempo era diventata un ventre enorme, degno di un lottatore di sumo o di un boss mafioso. Lo sguardo era sempre vivace, ma le guance erano rubizze in maniera preoccupante: erano solo le due e mezzo del pomeriggio, ma sulla scrivania c'era una bottiglia di scotch aperta. Tony aveva già visto quei segni: il penalista che invecchia è ancora in gamba ma talmente impantanato nell'alcol, nel cinismo e nella stanchezza di troppi anni di processi che funziona solo a sprazzi. Si rese conto di aver sempre pensato a Saul come a un salvatore, all'avvocato per antonomasia, e che in fondo al cuore avrebbe voluto mantenere per sempre quel ricordo. Invece si ritrovò a riflettere sul prezzo che si pagava per fare il penalista, per anteporre ai propri sentimenti principi astratti come l'onere della prova e la presunzione d'innocenza...

«Ti posso offrire qualcosa da bere, Tony?»

«No, grazie.»

Saul occhieggiò la bottiglia, si strinse nelle spalle e non la toccò. «Giornata fiacca... Non hai mai l'impressione che questo lavoro sia logorante?»

Dunque avevo visto giusto, pensò Tony. «A volte è stressante», rispose.

«Forse. O forse è l'energia che si spreca per non pensare a quello a cui pensa la gente normale, tipo che cos'ha fatto veramente il cliente o che cosa farà in futuro, mentre si cerca di mandare avanti il sistema onestamente.» Aggrottò la fronte. «L'altro giorno mi è tornato in mente un mio cliente pedofilo che abusava del figlio. Ero riuscito a farlo assolvere perché il ragazzo non aveva avuto il coraggio di andare a testimoniare. Due anni dopo il padre l'ha ammazzato, colpendolo con gli alari del caminetto. Coscientemente erano anni che non ci pensavo, ma lo scrupolo di aver lasciato libero un omicida deve avermi roso tutto il tempo... Sto diventando sentimentale, Tony. Più invecchio, più apprezzo i clienti come te. Sei uno dei pochissimi che sono certo erano innocenti o comunque meritavano di evitare il carcere. E sei riuscito a fare qualcosa nella vita che, grazie a me, hai vissuto da uomo libero. Spero solo che tu non sia sensibile quanto me.»

«Cerco di non esserlo. Per il bene dei miei clienti e per non impazzire. A volte mia moglie pensa che ci riesca fin troppo bene.»

Saul fece un gesto spazientito. «Civili», esclamò, ironico. «Non capiscono la moralità superiore di ciò che facciamo. Immagino che a te basti che sia così brava e così bella.»

«Bisogna accontentarsi», disse Tony sorridendo. «Ma devo ammettere che, a differenza della mia prima moglie, Stacey si sforza di distinguere fra i miei clienti e me.»

L'altro appoggiò la testa su una mano e lo osservò pensieroso. «Allora», disse infine, «eccoci qui, fratelli di toga. E adesso tocca al tuo amico Sam Robb, che dicono abbia ucciso una ragazzina.»

«Stella Marz ne sembra convinta.»

«Quella donna non teme di andare in tribunale.» Socchiuse gli occhi. «Non ti farò da portaborse. Non ho bisogno di soldi.»

L'aveva detto in tono duro e Tony dovette rinunciare all'illusione che quello fosse solo un piacevole incontro fra amici dopo tanti anni; da bravo principe del foro, Saul Ravin aveva una personalità alquanto ingombrante e preferiva certamente dispensare consigli paterni a un ragazzino piuttosto che farsi eclissare in casa propria da un avvocato difensore di grande fama venuto da fuori. Il fatto che probabilmente stesse perdendo colpi e se ne rendesse conto non faceva che peggiorare la situazione.

«Non è questione di soldi, non certo per una difesa come si deve. Come sai, i Robb sono amici e, grazie al successo di Stacey, ogni tanto mi posso permettere di lavorare gratis per qualcuno in cui credo.»

«Un bel lusso», commentò Saul inarcando le sopracciglia. «Gli sei così affezionato?»

«Sento di doverlo fare.» Vedendo il sorriso confuso dell'altro, alzò le spalle. «E va bene, vorrei tanto che Sam non fosse colpevole. Forse è per questo che non credo che lo sia. È il motivo per cui sono venuto da te: per farmi dare qualche consiglio esistenziale. Dietro congruo compenso, s'intende.»

Sempre sorridendo, Saul strinse gli occhi e piegò la testa, come riflettendo. «Prenderò in considerazione la tua proposta», disse. Poi, in tono più pratico, aggiunse: «Allora il tuo amico se la scopava?»

«Temo proprio di sì.»

L'altro scosse la testa di fronte agli abissi dell'umana follia. «Credi che se la sia scopata anche la sera in cui è morta?»

«Dice di no.»

«C'è da sperare che sia la verità, visto che alla polizia ha detto che erano andati nel parco a parlare. O almeno che abbia usato il preservativo.»

«Anche con un preservativo potrebbe aver lasciato peli o tracce di lubrificante. Ma almeno non liquido seminale su cui fare la prova del DNA.»

Saul gli rivolse un sorriso amaro. «Non trovi strano che a dire queste cose siamo proprio noi?»

«Ho smesso di ridere un'ora fa, quando Stella Marz mi ha detto di aver trovato tracce di sangue sul volante della macchina di Sam.»

Il sorriso di Saul svanì. «Ci sono migliaia di possibili spiegazioni, ragazzo mio. Anche supponendo che sia sangue della vittima. Non possono condannarlo solo per questo.»

«Lo so, ma basta a non farmi stare tranquillo.»

Saul prese la bottiglia e si versò due dita di whisky. Lo sorseggiò lentamente, forse un po' troppo, e d'un tratto Tony ricordò di averglielo già visto fare e si rese conto che forse Saul beveva da lunghissimo tempo. «Probabilmente dovresti tornare a casa da tua moglie e da tuo figlio. Sperare che Stella non raccolga altre prove e non smuovere le acque.»

Tony immaginò la lenta agonia quotidiana di Sam e di Sue, il matrimonio in crisi, l'accusa di omicidio che pendeva su di loro come una spada di Damocle, e scosse la testa. «Mi ricordo che cosa si prova: l'attesa ti distrugge a poco a poco. Speravo di dare alla Marz una ragione per non incriminarlo, come facesti tu con me.»

Saul bevve un lungo sorso di scotch. «Supponiamo che Marcie

andasse da uno psichiatra. Lui saprebbe se usciva con qualcun altro o se aveva istinti autolesionisti.»

«O se andava a letto con Sam.»

«È a cose di questo genere che mi riferivo, quando dicevo che è meglio non smuovere le acque.»

Tony si alzò, andò alla finestra e di colpo gli venne in mente che la prima volta che era entrato nello studio di Saul aveva guardato le ciminiere, ormai sparite insieme a tutti i posti di lavoro che simboleggiavano.

«Che posto», borbottò.

«Il rinascimento di Steelton ti pare deludente? Ti riferisci forse alla tua vecchia città natale, la Disneyland della decenza?»

«Ho bisogno di farmi un quadro di Marcie Calder, di come la vedevano i suoi genitori, i suoi amici, la gente. Non voglio abbandonare Sam Robb al suo destino, o alla polizia di Lake City che dir si voglia.»

Tony sentì che Saul si stava versando di nuovo da bere e poi si avvicinava alla finestra, mettendosi accanto a lui con il bicchiere in mano. Ne osservò di profilo il mento cascante, la couperose, la pelle inaridita. In quel viso invecchiato, lo sguardo pareva ancora più triste e dolorosamente lucido.

«Vuoi un consiglio?» sussurrò.

«Sono venuto apposta.»

«Non considerare il tuo caso un archetipo di questo. Tu sapevi di essere innocente, mentre non sai, e non puoi sapere, se anche Sam Robb lo è. E, per quel che vale, l'istinto mi dice di dubitare.» S'interruppe e lo guardò. «Potrebbe benissimo averla uccisa lui», riprese. «Se mai dovrai ammetterlo, non vorrei essere nei tuoi panni. Ma sarebbe ancora peggio se sbagliassi linea di difesa, se perdessi la tua obiettività di avvocato dimenticando di distinguere fra Sam Robb e Tony Lord.» Il tono di Saul si addolcì. «A meno che non siano del tutto amorali, la maggior parte degli avvocati difensori hanno una doppia personalità. È indispensabile. E questa volta rischi di fare del male a tutte e due le parti di te.»

Non c'era risposta a quelle parole. Saul lo osservò e posò il bicchiere sul davanzale. «Va bene», disse. «E la moglie?»

«Sue?»

«Non era in casa, hai detto. O perlomeno non ha risposto al telefono quando Sam l'ha chiamata.»

«Così dice lui.» Tony si rese conto a scoppio ritardato della propria incredulità. «Non dirai sul serio.»

«Perché no?»

«Perché la conosco, Cristo.»

Saul cambiò faccia e, per un attimo, nei suoi occhi brillò una luce spassionata. «Non prendertela tanto solo per darmi ragione», gli sussurrò.

Tony si sentì punto sul vivo. «Senti, Saul, l'ultima cosa di cui hanno bisogno quei due, o la causa di Sam, è che lui si metta a puntare il dito contro Sue. Sam ha bisogno soprattutto di una moglie fedele e di poche parole.»

Saul continuò imperterrito. «Non ho detto che non riuscivi a razionalizzare i tuoi pregiudizi, solo che li avevi.» Sembrava essersi dimenticato del whisky. «Che cosa sa Sue?»

«Molto poco, penso.»

«Bisognerà andarci con i piedi di piombo. Soprattutto se ci sarà un processo.»

«Lo so. Ma tu non conosci Sue.»

«E tu la conosci ancora? Dopo ventotto anni?»

«Credo di sì. O perlomeno mi sembra.»

Saul si voltò lentamente verso la finestra, con le mani in tasca. «Sembri più sicuro di lei che di lui.»

Tony ricapitolò le proprie emozioni: le domande di Saul gli avevano ricordato quanto si era allontanato da quello che si sforzava di essere, un avvocato imparziale e preciso come un chirurgo. «A volte credo di conoscere meglio lei di lui», disse infine. «Forse è sempre stato così, anche se non me ne ero mai accorto. O forse è che per certi versi con lei le cose sono meno complicate che con Sam. Sicuramente meno inquietanti.»

Saul osservò il panorama: i grattacieli di cristallo, le aree dismesse, le fabbriche abbandonate, lo scempio di un'economia in crisi. «Hai ragione», disse. «Certe volte sembra di essere a Beirut, qui... Be', insomma... Volevo solo raccomandarti di stare molto attento. In questo caso ci sono troppe analogie con la tua vita.»

L'altro non aveva più voglia di discutere. «Stella Marz lo sa.»

«Certo che lo sa. Ti sarai anche lasciato tutto alle spalle, ma non sei diventato un'altra persona.» Saul lo fissò. «E rischi anche una pubblicità che non sarà molto utile al tuo cliente, né piacevole per te: 'L'assassino che difende l'assassino'.»

«Forse. Ma sono abbastanza maturo per affrontarla e Sue e Sam hanno bisogno di me. E poi il prezzo è giusto.»

Saul prese il bicchiere. «Per loro, forse», decretò.

6

C'ERANO fiori freschi sulla tomba.

Erano passati quasi trent'anni e l'angolo del cimitero di Lake City riservato alla famiglia Taylor era circondato da tante tombe nuove. Da lontano, solo lo spazio vuoto intorno alla lapide di granito di Alison indicava che era morta troppo giovane.

ALISON WOOD TAYLOR
4 MAGGIO 1950
4 NOVEMBRE 1967

Strano, aver dimenticato il secondo nome.

I fiori, testimonianza della presenza dei Taylor, del loro dolore inconsolabile, lo turbavano. Anche se non del tutto, Tony era riuscito a lasciarla là. I suoi genitori, invece, le sarebbero rimasti vicini per sempre.

Rimase lì, sotto una quercia, a guardare le ombre che s'intrecciavano alla luce del pomeriggio di primavera.

I giornalisti l'avevano trovato: all'Arbor Motel, l'unico albergo di Lake City, gli avevano lasciato due messaggi, chiedendogli un'intervista. Probabilmente i primi articoli sarebbero usciti il giorno dopo.

Per questo non gli restava che una cosa da fare.

Sul portone di casa Taylor, si ritrovò a sperare che non rispondesse nessuno.

Invece la porta si socchiuse e un'anziana signora lo guardò e impallidì, rimanendo a bocca aperta nel riconoscerlo. Era la madre di Alison.

«Mi scusi se la disturbo», le disse. «Ma sentivo di dover venire.»

Il silenzio della donna lo mise a disagio. Sembrava che stentasse a pensare e a parlare, come se avesse avuto un ictus. L'unica traccia di vivacità le era rimasta negli occhi.

«Posso parlarle un momento?» le chiese.

«Fallo entrare», ordinò una voce dura. La porta si aprì del tutto e, alle spalle di Katherine Taylor, Tony vide la propria nemesi.

John Taylor aveva la faccia scavata, rinsecchita, segnata da rughe profonde, lo sguardo fisso e inespressivo come quello di un uccello. La stanza non era cambiata molto: i mobili antichi erano gli stessi e vi aleggiava la medesima aria da museo. Sulla mensola del caminetto c'erano alcune foto a colori della sorella di Alison, prima in abito da sposa e poi madre, e in mezzo, ferma per sempre al 1967, Alison. Tony rabbrividì nel vedere quel contrasto.

John Taylor rimase immobile come la foto di Alison. La moglie gli si avvicinò in silenzio.

«Sono venuto per assistere Sam Robb», li informò a voce bassa. «E temo che i giornali tireranno fuori quello che è successo tanti anni fa.»

«Ci hanno già telefonato.» Le labbra di John si mossero appena. «Ci è parsa una beffa.»

«Me ne rendo conto.» Tony s'interruppe, poi si sforzò di continuare. «Ma io ero innocente e credo che anche Sam lo sia...»

«*Innocente.*» John aveva alzato la voce. «Sa chi mi sembra? O.J. Simpson, che ha offerto una ricompensa a chi gli avesse trovato l'assassino della moglie. Forse, come per Alison, ne troveranno uno che non può più parlare.»

«John!» Era la prima parola che diceva la signora Taylor, e fu poco più di un sussurro. Ma il marito trasalì.

Tony si sentì stringere il cuore: forse non sarebbe mai riuscito a guardare quei due senza sentirsi come si era sentito a diciassette anni, spaventato tanto dalle loro parole quanto dai loro silenzi. «L'amavo», disse poi. «Più di quanto immaginiate. Ma non ho capito il vostro strazio, l'orrore di quello che avete passato, finché non ho avuto un figlio anch'io.»

John annuì, ma la durezza del suo sguardo non si placò. «Allora sa che cosa proviamo. E che cosa continueremo sempre a provare nei suoi confronti, signor Lord.» Il tono era d'ira malcelata. «In un modo o nell'altro, è stato lei la causa della morte di nostra figlia.»

Tony rimase zitto, chiedendosi come si sarebbe comportato lui, se Christopher fosse morto. Ma non riusciva a immaginarlo: la sua unica certezza era che, se Alison avesse potuto vederli, le sarebbe dispiaciuto constatare come li aveva ridotti la sua morte. Ma non stava a lui dirlo.

«Scusate il disturbo», disse, e se ne andò.

7

I Calder vivevano in una casa di mattoni non molto diversa da quella in cui Tony aveva abitato da ragazzo: un villino a un solo piano con un giardinetto minuscolo, in mezzo a tante altre case talmente uguali che era facile confonderle. Tony, reduce da casa Taylor, non riusciva a decidersi a scendere dalla macchina che aveva preso a noleggio nel timore di disturbare un'altra famiglia, il cui dolore era così recente. Ma Nancy Calder aveva acconsentito a vederlo e sarebbe stato sciocco aspettare l'indomani e gli inevitabili titoli sui giornali. Perciò, poco dopo le otto, si risolse a suonare il campanello.

Nei primi momenti ci fu una snervante parvenza di normalità. Nancy andò ad aprirgli e, a parte gli occhi cerchiati e l'espressione stanca, lo accolse con la stessa tolleranza verso le cose della vita con cui avrebbe potuto accogliere un assicuratore. Gli offrì un caffè e si sedette sul divano nel salotto, tenendo stretta la propria tazza. La stanza era piccola ma ordinata, come lei: in pantaloni e maglioncino, sembrava una versione quarantenne della bella ragazza bruna delle fotografie. Quando il marito entrò silenziosamente nella stanza, senza nemmeno guardarlo lei scoppiò in lacrime.

Tony si alzò. Frank Calder aveva un che di severo e scostante, con i capelli castani tagliati cortissimi, gli occhi azzurri, piccoli, la faccia dura da irlandese, le labbra sottili, gli zigomi alti e le guance scarne. Ma era più per lei che per lui, rifletté Tony, che gli dispiaceva dover essere lì.

«Nancy ha voluto farla venire», disse brusco Frank. «Io non ero d'accordo. Perché dovremmo parlare al suo avvocato?»

«Sto solo cercando di capire», rispose lui. «Sam Robb è un mio vecchio amico e sembra sconvolto da quello che è successo. Se scoprissi che ha fatto del male a vostra figlia, tornerei immediatamente a San Francisco.» Era la verità. Aveva difeso vari colpevoli prima di allora, ma non avrebbe difeso il suo amico, se avesse ucciso una ragazzina. I pochi minuti passati a casa dei Taylor e davanti alla tomba di Alison gli avevano tolto qualsiasi incertezza.

197

«'Fatto del male'», ripeté Frank. «Non le sembra un po'
poco?»

Tony ebbe l'impressione che si fosse dimenticato della moglie
e che l'ostilità fosse un suo tratto distintivo, indipendentemente
dal dolore per la morte della figlia. La donna teneva in mano un
crocifisso, quasi davanti alla rabbia del marito cercasse d'isolarsi.
Tony la guardò e disse: «Se preferisce che torni in un altro momento...»

Nancy scosse lentamente la testa. «Adesso o un'altra volta è
uguale», rispose. Aveva smesso di piangere.

Senza guardare Frank, Tony si risedette e le disse, sottovoce:
«Purtroppo io non conoscevo sua figlia, signora Calder».

Nancy fece una smorfia. «Ho lavorato in questi ultimi due
anni, signor Lord, perciò forse non la conoscevo più neanch'io...
Quando tornava da scuola, io non c'ero. È allora che hanno voglia
di parlare, di raccontare...»

«Vede, stavamo mettendo da parte i soldi per mandarla al
college», intervenne brusco Frank. «Lei sa quanto costa, di questi tempi.»

Tony percepì nuovamente uno strano atteggiamento difensivo
in lui e immaginò che si vergognasse di non essere in grado di
mantenere da solo la famiglia. Aveva letto sul giornale che lavorava nell'ufficio contabilità di una grossa ditta di autotrasporti e
ripensò a suo padre: sebbene Stanley Lord fosse un uomo molto
più dolce, Tony ricordava in lui la medesima frustrazione nel sentirsi prigioniero di un ingranaggio, come una cavia in un laboratorio.

«Be'», disse Frank alla moglie, «adesso non abbiamo più bisogno di risparmiare.»

Poteva sembrare un commento cinico, ma venne formulato
con un tale sconforto che Tony ebbe l'impressione che quello
fosse il primo momento in cui marito e moglie condividevano la
loro tragedia. Frank aveva gli occhi gonfi e rossi.

«C'era qualcosa in Marcie che vi preoccupava?» chiese Tony.
«Negli ultimi tempi, intendo.»

Frank guardò la moglie, senza parlare. «Sembrava più distante», rispose lei, dopo un po'. «Come se fosse altrove.»

«Niente di più preciso?»

Nancy scosse la testa. «A scuola andava meno bene, ma in
chiesa continuava a venire, non era ribelle nei confronti di padre
Carney, il nostro parroco, come tanti altri suoi coetanei. Con le

sorelle andava d'accordo...» Lasciò a metà la frase. Poi la finì, ma in tono diverso, con un'ombra di collera repressa. «E correre le piaceva sempre, naturalmente. L'ultima volta che vidi Sam Robb, mi disse che Marcie s'impegnava molto.»

Tony percepì l'ambiguità morale della propria posizione: sapeva che Sam andava a letto con Marcie o, secondo la sua versione, che questa aveva cercato di sedurlo. Con prudenza, azzardò: «Vi diede l'impressione di avere un debole per Sam Robb?»

Gli occhi di Nancy si velarono di amarezza. «Stando a quel che lui ha detto alla polizia, Marcie avrebbe preso una cotta per lui», rispose. «Io però non me n'ero accorta.» Si voltò verso il marito. «Parlava più di Robb che di Nixon, secondo te?»

Frank pareva assorto nella contemplazione del pavimento. «No», replicò.

Nancy annuì. «Avrà pure cercato un sostituto paterno o materno», disse, «ma di sicuro non cercava una storia d'amore.»

Il marito non la guardava. Tony capì che era a lui che si riferiva, più che a se stessa, e che forse i Calder erano una coppia meno unita di quello che stavano cercando di fargli credere. «Avevate qualche problema?» domandò. «C'erano screzi tra voi?»

Nancy guardò il marito negli occhi. «Vede», disse lui, «io avrei preferito che andasse in una scuola cattolica, femminile. Oggigiorno con la faccenda della droga e tutta questa libertà sessuale... Marcie però si rifiutò e Nancy non glielo volle imporre. Quindi, è stata colpa mia, penso.»

Quelle parole spiegavano molte cose: Frank Calder era un uomo rigido, più bravo a comandare che ad ascoltare. In tono pacato, la moglie disse: «Non glielo avresti imposto neanche tu, Frank. E Marcie lo sapeva».

La tristezza di quella situazione colpì Tony: Frank era un uomo limitato, che doveva essersi pentito di cose dette a una figlia cui ormai non poteva più parlare; e la moglie gli offriva un conforto in cui forse non credeva neppure lei. «Aveva problemi psicologici?» chiese.

«No.» Frank lo fissò. «Assolutamente no. Nostra figlia non aveva bisogno di uno psichiatra.»

Nancy strinse le labbra. «Non è stato un suicidio, se è questo che sta cercando di dirci. Marcie era una ragazza equilibrata, un po' riservata, tutto qui. Ed era cattolica osservante, troppo credente per pensare di togliersi la vita... Né per il suo allenatore né per chiunque altro.»

Tony decise di cambiare argomento. «Avete parlato di un certo Nixon.»

«Ernie Nixon», precisò Nancy. «È il direttore del centro ricreativo. È di colore.»

Tony cercò di mascherare la propria sorpresa. «Sì, lo conosco. O perlomeno lo conoscevo.»

«È stato lui a indirizzare Marcie verso l'atletica. Prima che divorziasse, Marcie ogni tanto gli teneva i bambini.» Le vennero gli occhi lucidi. «Marcie adorava i bambini e i bambini adoravano lei. A cominciare dalle sue sorelle...»

D'un tratto Tony si rese conto che dietro quel colloquio c'era qualcosa che gli sfuggiva, a parte il dolore. Sottovoce, le chiese: «Secondo lei come sono andate le cose?»

Nancy alzò la testa. «L'ha uccisa Sam Robb», rispose, con calma. «Per non farsi scoprire. Prima o poi se ne renderà conto anche lei.»

Di colpo Tony ebbe la netta sensazione che i Calder sapessero che la figlia andava a letto con Sam. Ma non era il caso di chiederglielo. «Potrebbe essersi trattato di un incidente, signora. Oppure la colpa è qualcun altro.»

Nancy arrossì. «Non c'era nessun altro», intervenne il marito. «Marcie non era una puttanella...»

«Mi scusi, ma non volevo assolutamente dire questo. Il 'qualcun altro' cui alludevo potrebbe essere uno sconosciuto.»

Si zittirono entrambi, leggermente confortati non dall'ipotesi che fosse stato uno sconosciuto, ma dalle sue scuse. Tony continuava ad avere l'impressione che rimanessero troppe cose non dette. «Con chi si confidava Marcie?» domandò.

Nancy sgranò gli occhi, come se quella domanda fosse una critica rivolta a lei. Poi rispose: «Con Janice D'Abruzzi, la sua migliore amica».

Lo disse come se fosse un insulto. Frank si alzò di scatto. «Se ne vada», disse a Tony. «Ci lasci soli con il nostro dolore e qualche speranza che venga fatta giustizia. Per lui, se non per Marcie.» E uscì dal salotto.

Nancy lo seguì con lo sguardo. «Siamo molto stanchi», spiegò, e Tony capì che era venuto il momento di congedarsi.

La donna lo accompagnò alla porta, di nuovo calma. Lo guardò negli occhi. «Per favore», gli disse a voce bassa, ma con passione, «non difenda Sam Robb. Se è una persona per bene, non lo faccia...»

8

L'ARTICOLO era in terza pagina. Accanto a una fotografia di Tony e Stacey, lo *Steelton Press* titolava: UN OMICIDIO NEL PASSATO DELL'AVVOCATO DI ROBB. Nella foto, Tony sorrideva.

«Bella foto», osservò Sam. «Hai uno sguardo assassino.»

Tony, dall'altra parte del tavolo apparecchiato per la prima colazione, gli lanciò un'occhiataccia, irritato dalla leggerezza dell'amico, oppresso da Stella Marz, dai Taylor, dai genitori di Marcie. «Se fossi in te», gli disse, «non avrei tanta voglia di scherzare.»

«Non ne ho affatto, Tony. So benissimo che avresti preferito dimenticare tutto.» S'interruppe e gli mise una mano sul braccio. «Sto cercando di dirti che ti sono grato per l'aiuto che mi dai, che mi fa piacere essere ancora tuo amico e che mi rincresce di queste stronzate perché so che ti feriscono. Vedrai che piano piano imparerò a spiegarmi meglio.»

L'altro rimase sorpreso e commosso. «Non è per i giornali. È che sento riemergere continuamente le emozioni legate a Alison. Un avvocato dovrebbe cercare di rimanere... neutrale.»

Sam annuì. «Andare dai Calder non dev'essere stato facile.»

«Infatti. Per non parlare dei Taylor.»

«Sei stato anche da loro?»

«Mi sentivo in dovere di farlo.»

«Dio mio... Senti, sono io la causa di tutto: ho commesso un errore di giudizio. Non te lo meritavi... Né allora né adesso.»

«La vita è piena d'ingiustizie, come mi disse una volta Saul.»

Sam si alzò di scatto. Senza chiederglielo, gli versò dell'altro caffè e si riempì la tazza. «Non dovevo chiamarti, Tony.»

Quell'osservazione lo turbò. «In che senso?»

«Sono stato egoista.» Si sedette e lo guardò, bevendo un sorso di caffè. «Se rimani, chissà quanti altri articoli come questo usciranno. Finirai anche sulla copertina di *Vanity Fair*, vedrai. Perché arriva anche a Lake City, lo sapevi?» Si voltò a guardare fuori della finestra. «Tutta la città probabilmente pensa che l'abbia uccisa io. Anche se è passata solo una settimana ho già capito che la mia vita non sarà mai più la stessa, a meno che non dimostri che sono innocente. Tu sei famoso, la morte di Alison ti seguirà ovunque. E, a giudicare dalla faccia che hai, te la porterai dietro comunque.» Abbassò la voce. «Tornatene a San Francisco, Tony. Non l'ho uccisa io, quindi perlomeno non potranno provare che l'ho fatto. E per non perdere il posto non posso fare niente, a parte mentire.»

Da due giorni a quella parte, Sam pareva più calmo. «Hai trovato la fede?» s'informò sarcastico Tony.

Sam accennò un sorriso. «Per la verità, pensavo a quando avevamo diciassette anni. Tu sei riuscito ad andare avanti perché avevi una certezza: che l'assassino che tutti odiavano non eri tu.» Smise di sorridere. «Be', non lo sono neanch'io. Non lo sono e basta.»

Tony aspettò un momento, combattuto fra il ruolo di avvocato e quello di amico, poi disse: «Sue non è in casa, immagino».

«È in palestra... Perché? C'è qualcosa che non va?»

«La scientifica ha trovato tracce di sangue sul volante della Volvo. Tu non sei del gruppo AB, vero?»

Sam si risedette. «No», rispose. «Sue è AB.»

«Anche Marcie Calder.»

Sam appoggiò la schiena alla spalliera della sedia, apparentemente sorpreso, poi socchiuse gli occhi. «Riescono a capire di chi è con la prova del DNA, vero?»

Tony annuì. «C'è un motivo per cui ci dovrebbe essere del sangue di Marcie nella tua auto, ammesso che sia suo? Un motivo che io possa riferire a Stella Marz?»

Sam scosse la testa. «Non me ne viene in mente nessuno. A meno che non ce l'abbia messo qualcun altro», aggiunse poi.

Tony abbassò la voce: «Chi? Il vero assassino o la polizia, come per O.J. Simpson?»

Sam era impallidito. «Ci devo pensare... Ci devo pensare su.»

Tony lo squadrò. «Già che ci sei, vedi se ti viene in mente anche come mai i genitori di Marcie sembrano tanto sicuri che tu e Marcie avevate rapporti intimi. E guarda che non è che ne abbiano il sospetto, ne sembrano proprio sicuri.»

Sam si morse un labbro. «Se non gliel'ha spifferato qualcuno...» disse infine. «Perché, che cosa ti hanno detto?»

«Niente di particolare, ma me ne sono accorto.»

«Mi odiano, immagino.»

«Non è questo: sono convinti che l'abbia uccisa tu. Per coprire il fatto che avevi sedotto una ragazza molto timida che, al massimo, cercava un sostituto paterno.»

Sam gli lanciò un'occhiata penetrante. «Dove vuoi arrivare?»

«Vorrei sapere se i Calder sanno qualcosa che io non so. Che ti dovrebbe venire in mente senza bisogno di pensarci tanto su.»

Sam incrociò le braccia. «Tornatene a casa, amico. Sto già abbastanza male senza doverti vedere tormentato dai dubbi.»

«Non menare il can per l'aia e rispondimi, maledizione.»

Sam aspettò un momento, per dimostrare che non si lasciava dare ordini da nessuno. «Non sono più colpevole di quanto lo fossi tu, Tony. E spero che tu riesca a credermi più di quanto non abbia fatto io allora. Non ti dico altro.»

Le *cheerleaders* erano sulla linea delle cinquanta iarde a provare i loro passi e gli slogan per la prossima partita. Tony si chiese quale fosse Janice D'Abruzzi e dopo un po' decise che era la capofila, la ragazza bruna dal fisico atletico che gli ricordava un po' Sue. Quando smisero di provare e la ragazza uscì per prima dal campo, Tony si buttò.

«Janice?»

La ragazza si fermò, guardandolo con sospetto. Era carina e Tony pensò che aveva un che d'italiano nella carnagione olivastra, nella corporatura piena e nel dinamismo che s'intuiva in lei anche quando stava ferma. Con un certo sgomento ricordò quanto potevano essere belle le ragazze a diciassette anni.

«Sei la figlia di Johnny?» le domandò.

La ragazza annuì, senza parlare.

«Non sono un giornalista», le spiegò. «Tuo padre e io giocavamo a football insieme, un millennio fa. Adesso faccio l'avvocato. Mi chiamo Tony Lord.»

Janice si strinse nel giubbotto. «Sì, so chi è lei.»

Aveva una voce bassa, roca, piuttosto sensuale, da donna. «Come sta tuo padre?» le chiese Tony.

Janice esitò un attimo prima di rispondere. «È morto sei mesi fa. D'infarto.»

Tony ci rimase male. Probabilmente era la prima di una serie d'inevitabili brutte sorprese, le tragedie che colpiscono la mezz'età. «Santo cielo», esclamò. «Mi dispiace.»

La ragazza inclinò leggermente la testa. Poi chiese a bassa voce: «Che cosa vuole?»

«Speravo di poterti parlare di Marcie. So che eri la sua migliore amica.»

Janice non batté ciglio. «Chi gliel'ha detto?»

Tony esitò prima di dirle: «Sua madre».

La ragazza arrossì, poi abbassò gli occhi. A Tony vennero in mente Christopher e i suoi amici. Spesso era meglio parlargli come se fossero stati veramente gli adulti che avrebbero voluto essere, come aveva fatto Saul Ravin con lui tanti anni prima. «Janice, ho capito che fra te e i genitori di Marcie c'è qualche problema, ma non so quale. Non voglio renderti le cose più difficili di quanto già non siano.»

Lei lo osservò. «Che cosa vuole da me?»

Il tremito nella sua voce lo sorprese. «Voglio capire che cos'è successo a Marcie. E perché.»

La ragazza si guardò rapidamente alle spalle, in direzione delle compagne che entravano negli spogliatoi, poi si voltò di nuovo dalla sua parte. «È stato terribile, okay? Ne ho già parlato con la polizia.»

«Di che cosa?»

«Di Marcie», rispose. «Perché è anche colpa mia se è finita così.»

Tony la guardò, interessato. «In che senso?»

Nei suoi occhi brillò una luce nuova, intensa, commossa. «La madre di Marcie mi telefonò, quella sera. Voleva sapere dov'era. Le dissi che stavamo facendo una ricerca e che Marcie era andata in biblioteca.» Con voce più roca aggiunse: «Sa, a controllare una cosa».

Tony ricordava quei piccoli gesti di ribellione, spesso avventati, con cui Sam e lui affermavano la propria indipendenza dai genitori. Poi, a scoppio ritardato, gli tornò in mente che la sera della sua morte Alison e lui si erano messi d'accordo per rivedersi di nascosto dai genitori. «Immagino che tu l'abbia fatto perché te l'aveva chiesto Marcie.»

«Sì.» Il tono era amaro, adesso. «Ero la sua migliore amica, no?»

«Ti disse perché voleva che tu la coprissi?»

Janice lo squadrò, come per decidere se andare avanti. Poi si appoggiò contro la recinzione del campo sportivo, e rivolse la faccia al sole. «In parte», rispose, dopo un po'. «Aveva uno. Ma non mi volle dire chi era.»

Tony si sforzò di trattenersi, chiedendo solo quel tanto che bastava per spingerla a riflettere ad alta voce. «E perché non te lo voleva dire?»

«Glielo aveva fatto promettere lui. Diceva che altrimenti poteva finire nei guai.»

Lo disse con la drammaticità di un'adolescente che s'immedesima nella tragedia di una coetanea, ma lui si rese conto che in un processo per omicidio una frase del genere sarebbe suonata fatale. «Ti spiegò come mai doveva proteggerlo?»

Janice lo guardò negli occhi. «Mi disse solo che era più vecchio di lei. E che era sposato.»

Tony non distolse lo sguardo e le chiese: «Perché Marcie ci stava insieme, allora?»

Janice aggrottò la fronte. «Marcie era una grande amica, tanto cara e intelligente, una con cui si poteva parlare. Ma con i ragazzi era la più ingenua di Lake City, soprattutto per quanto riguarda il sesso. Sono sicura che quello era il primo.» Incrociò le braccia. «Suo padre la sgridava sempre, neanche volesse una figlia suora. Lei diceva che questo tipo le dava fiducia. Sì, me la immaginavo a uscire con uno più grande che non la sgridava.»

Tanta maturità di giudizio, combinata con una tale capacità d'immedesimazione con Marcie, colpì Tony: Janice D'Abruzzi non era né stupida né ingenua. «Non ti dispiaceva un po' che Marcie non si confidasse con te?» le chiese.

«Lei non la conosceva... Marcie glielo aveva promesso ed era una che le promesse le manteneva. Cioè, se le avessi chiesto di tenere un segreto, sono sicura che l'avrebbe fatto a tutti i costi.» Si fermò, con gli occhi lucidi. «È bello sapere che ti puoi fidare della tua migliore amica. È questo che pensai quando raccontai una bugia a sua madre.»

Si era chinata in avanti e cercava di smettere di piangere. D'un tratto lui provò simpatia e pena per quella ragazza che somigliava tanto al giovane espansivo che era stato suo padre. Alla fine azzardò: «Devi esserti chiesta chi era quest'uomo, però».

Janice alzò le spalle. «Sì, infatti.»

«E pensavi che fosse Sam Robb?»

Gli lanciò un'occhiata in tralice. «No, veramente non l'ho mai pensato.»

«Credevi che fosse Ernie Nixon, vero? L'amico di tuo padre.»

Lei lo fissò. Non aveva intenzione né di ammettere né di negare.

«Non devi rispondermi per forza», le disse. «So che Marcie gli era affezionata.»

L'espressione di Janice si addolcì. «Marcie era un'idealista», disse semplicemente.

A Tony quella frase parve rivelare più cose di quanto forse avesse inteso Janice, riguardo a se stessa, a Marcie e alla loro amicizia. «Marcie usciva con qualche ragazzo?» le chiese. «Voglio dire, ragazzi della vostra età?»

Janice scosse la testa. «Non proprio. A volte facevamo qualcosa insieme, maschi e femmine, ma credo che suo padre non lo sapesse. Il ragazzo con cui Marcie andava di solito alle feste, Greg Marsh, è gay.» Esitò. «Non lo sa quasi nessuno, tantomeno i Taylor, che sono i suoi nonni. Ma a Marcie era simpatico e gli faceva volentieri da copertura. Lei era timida con i ragazzi, quindi era una soluzione vantaggiosa per tutti e due.» Sorrise. «Ma si faceva sempre dare il bacio della buonanotte, mi raccontava, caso mai Greg si fosse dovuto sposare.»

Era la prima volta che in una descrizione di Marcie trapelava un certo senso dell'umorismo e questo aiutò Tony a farsi un quadro più completo della sua personalità, gentile e dai ferrei principi, per quanto possano essere ferrei i principi a quell'età. Non stentava a immaginare che il nipote di Alison conducesse una vita dura. Poi rifletté che Janice D'Abruzzi sembrava troppo realista per essere la migliore amica di una Marcie sognatrice e tanto distaccata dalla realtà.

«Marcie doveva proprio essere una brava persona», disse infine.

Janice guardava nel vuoto. «Era una persona straordinaria», decretò.

Tony si mise le mani in tasca e le lasciò il tempo di pensare. «Credi che volesse sposarlo?»

Nel sentire quella domanda, Janice cambiò espressione. Sembrò prima turbata, poi sorpresa. «L'uomo con cui usciva? No, assolutamente.»

«Perché?»

«Perché era innamorata, questo sì, ma non era matta e non voleva rovinargli la vita. Avevano il loro mondo, diceva, e tutto doveva rimanere com'era.» Scosse la testa. «Ricordo che una volta mi disse che suo padre doveva assolutamente continuare a credere in santa Marcie vergine e martire. Non voleva togliergli quell'illusione.»

Quel raggiro, così tipico dell'adolescenza, impensierì Tony: era troppo in contrasto con il quadro che gli aveva fornito Sam di una ragazza che sognava il matrimonio. «Quella sera, quando ti chiese di aiutarla, che cosa ti disse?»

Janice si appoggiò di nuovo alla recinzione e guardò il cielo. Per un attimo Tony temette che non gli rispondesse, invece a un certo punto si mise a parlare.

Marcie le era parsa spaventata.

Erano quasi le cinque e mezzo e le prime ombre della sera si allungavano nella camera da letto di Janice. Erano sedute sulla trapunta rosa. Marcie era pallida e stranamente non riusciva a guardare negli occhi l'amica.

«Devo vederlo», le aveva confidato. «Devo assolutamente vederlo.»

«Perché proprio stasera?»

«Gli devo parlare.» Si era schiarita la voce. «Appena posso, ti racconto tutto. Ma per ora non posso spiegarti niente.»

Janice l'aveva guardata. Si conoscevano da tanto tempo, si frequentavano da anni con tanta assiduità che Janice non ricordava più com'era Marcie a dieci, dodici o quattordici anni. Quella sera, però, le era sembrata così giovane e indifesa che si era preoccupata per lei: era silenziosa, sperduta, sconvolta.

«Sei nei pasticci?» le aveva chiesto.

Marcie, scrollando la testa, aveva risposto: «No». Poi aveva alzato gli occhi. «Ti prego, fammi questo favore.»

La disperazione nella sua voce faceva quasi paura. Janice aveva osservato quegli occhi scuri, le lentiggini che la facevano sembrare ancora più piccola. «Se chiama quando tu non ci sei, che cosa le dico?» le aveva chiesto.

«Non so. Inventati qualcosa. Spiega che facevamo una ricerca e che sono andata in biblioteca a controllare una cosa. Così mio padre è contento: dice sempre che non studio abbastanza...»

Janice era titubante: le sue obiezioni erano pratiche, non morali. Non voleva che scoprissero che era una bugia.

«Te lo chiedo *per favore*», l'aveva supplicata Marcie.

Suo malgrado, Janice aveva acconsentito.

Marcie, con gli occhi lucidi, l'aveva abbracciata. Tony si accorse che, mentre glielo raccontava, anche Janice era sul punto di piangere.

«Al funerale non avevo il coraggio di guardare in faccia sua madre», gli confidò. «E neanche il padre. Non potrò più guardarli in faccia.»

Tony vide che piangeva e ricordò le proprie lacrime, quando aveva trovato Alison. «Ti sei comportata da amica.»

Janice, senza parlare, si voltò e se ne andò.

9

Il centro ricreativo di Lake City occupava l'ex biblioteca Taylor, un vecchio palazzo ottocentesco su una collinetta erbosa che dava su Taylor Park. Nel prato c'erano una giostra e un palco per la banda; a Tony ricordò il set di un film di Frank Capra, quasi che i simboli di un'epoca sana e incorrotta bastassero a ricrearla. In un campo di terra battuta lì vicino, Ernie Nixon insegnava a giocare a softball a un gruppo di bambini sui sette anni.

Tony rimase a osservare per un po'. Era troppo lontano per sentire che cosa diceva Ernie: era come assistere a un film muto su un allenatore paziente, che si fermava per dare spiegazioni e concedeva qualche lancio in più perché il battitore riuscisse a colpire la palla. Alla fine un paio di bambini gli corsero incontro, come se fossero dispiaciuti che tutto si chiudesse lì. Ernie mise il proprio berretto in testa a uno, con la visiera sugli occhi. Poi raccolse le palle e le mazze, le ripose in una sacca di tela e i bambini se ne andarono insieme a chi li era venuti a prendere.

Tony attraversò il campo. Vedendolo, Ernie posò la sacca. Dal suo modo di fare, per nulla sorpreso e un po' rassegnato, Tony capì che si aspettava una sua visita.

«Ciao, Tony.»

«Ciao, Ernie.» Si strinsero la mano, quasi con formalità. «Quanto tempo è passato...»

«Be'», disse Ernie, «non sei cambiato. In un confronto all'americana ti avrei riconosciuto, anche se è un paragone un po' fuori luogo.»

L'altro sorrise. «A giudicare dal giornale di stamattina, non direi. Ti trovo bene. Sei sempre in forma.»

«Sì, ma ho meno capelli.» Si passò la mano sulla fronte stempiata e sui capelli sale e pepe tagliati cortissimi. «È la mezz'età, che ci vuoi fare? Però tu ti difendi bene, direi.»

«Faccio il possibile. Allora, come va la vita?»

Ernie si strinse nelle spalle. «Ho due figli: una bambina di nove e un maschietto di sette. Mi mancano moltissimo. La madre è tornata a Chicago e se li è portati via.» Si voltò verso Taylor Park e abbassò la voce. «A parte questo, la settimana scorsa qui hanno ammazzato una ragazza molto simpatica. Ma penso che tu abbia presente l'atmosfera.»

Tony capì subito che, con quelle parole, Ernie non voleva soltanto dire che si era trattato di omicidio, ma anche accusare implicitamente il sistema giudiziario, Sam Robb, o forse Tony che lo aiutava. Tony comunque fece finta di prenderle alla lettera.

«Perché dici che è stata ammazzata?»

«Perché la conoscevo.» La sua espressione s'indurì. «È per via di Marcie che sei venuto a parlarmi, no? Per sentire se magari poteva essere scivolata, o essersi buttata giù?»

«Quando eravamo giovani, tu mi concedesti il beneficio del dubbio, no?»

Ernie si posò le mani sui fianchi. «Erano altri tempi, amico, e si trattava di te. Eri un ragazzo in gamba, ti comportavi da uomo e io sapevo che cosa stavi passando dopo la storia di Alison. Alla fine ti è andata bene: sei ricco, hai sposato Stacey Tarrant: insomma, hai tutto.» Poi, a voce più bassa, proseguì: «Adesso difendi un'altra persona, cerchi di far assolvere un altro. Sam Robb, per la precisione».

L'esperienza aveva insegnato a Tony a mantenere sempre il controllo. «Che cos'hai contro Sam?»

Ernie s'incupì. «Voi due stavate sempre insieme, eravate i migliori, vi sentivate superiori a tutti gli altri. Sono sicuro che era colpa più sua che tua, ma non ho nessuna intenzione di aiutarti a far passare Marcie per una persona diversa da quella che era per salvare il culo a quel presuntuoso.»

Tony rifletté velocemente sull'idea che Ernie si era fatto della sua amicizia con Sam, notando che era volutamente passato all'attacco per non rispondere alla sua domanda. Come i Calder, inoltre, sembrava avere un'opinione ben precisa su Sam e prendeva le parti della ragazza. Decise di affrontare solo quest'ultimo punto, e indirettamente. «Che tipo era Marcie?» gli domandò.

Ernie aspettò parecchio prima di rispondere. Poi, guardandolo con quei suoi occhi sorprendentemente verdi, disse: «Una giovane innocente. Del tutto innocente».

«Le eri affezionato, vedo.»

«Molto.» Fece un cenno in direzione del centro ricreativo. «A volte questo lavoro ti permette d'influire sulla vita dei ragazzi. Ma non sai mai quanto, o per quanto tempo. Con Marcie avevo l'impressione di essere veramente d'aiuto. Era una ragazza dolcissima e aperta. Purché un adulto avesse voglia di starla a sentire,

naturalmente, e non solo di parlarle.» Assunse un tono più freddo. «Se ne dev'essere accorto anche Sam Robb, a modo suo.»

«Perché dici così?»

Ernie gli voltò le spalle. «Hai conosciuto i genitori?» chiese.

Ancora una volta Tony ebbe la sensazione che l'altro avesse
cambiato deliberatamente discorso per mantenere la conversazione nei binari che voleva lui. «Sì, li ho conosciuti.»

«Be', Marcie aveva bisogno di qualcuno che la stesse a sentire
e suo padre non ascolta mai nessuno. È anche un discreto maschi-
lista, peraltro. Se lo frequenti un po' ti rendi conto che è uno che
pensa che le donne non devono lavorare perché appena trovano
un posto si fanno mettere incinte e si fanno pagare per starsene
a casa.» Sorrise, ironico. «Non so se hai presente, le donne vogliono i 'privilegi', e non sono le sole... Il padre di Marcie avrebbe
voluto che facesse un lavoro adatto a una donna, l'insegnante o
l'assistente sociale, uno di quei lavori 'poco impegnativi' cui ricorrere caso mai ti muoia il marito, ma che ti permettano di passare
comunque l'estate insieme coi figli. È un pavido e aveva paura
persino dell'idea che la figlia avesse qualche idea. Così alzava la
voce per non sentirle. E funzionava, sai? Perché così non sentiva
proprio niente.»

Tony gli era a fianco e guardava verso Taylor Park. Dal punto
in cui erano si vedevano il limitare del parco, il lago e il cielo.

«E lei si sfogava con te?» gli domandò Tony.

Ernie annuì. «A volte veniva in ufficio. Faceva anche da baby-
sitter ai nostri figli e, se quando tornavamo a casa Dee andava
subito a letto, io magari mi fermavo a chiacchierare un po' con
lei.»

«Di che cosa parlavate?»

«Di quello che voleva lei. Certe volte mi diceva che le sarebbe
piaciuto scrivere dei racconti per ragazzi e magari illustrarli, perché disegnava molto bene. Una volta mi fece persino un ritratto.
Mi parlava dell'università, diceva che voleva andare in un college
grande, lontano da qui e laico. Le sarebbe piaciuto andare in una
grande città.» Assunse un tono sardonico. «Suo padre diceva che
era chiusa, ma con me parlava per ore. Bastava starla a sentire,
questo sì, magari farle qualche domanda. Penso che Sam Robb si
fosse accorto anche di questo.»

Per la prima volta Tony percepì qualcosa di più della collera.
«Ti parlò mai di lui?»

«Non direttamente.» Dopo un attimo ammise, quasi controvoglia: «Negli ultimi tempi mi aveva confidato di aver 'fatto amicizia' con qualcuno. Sapevo che cosa voleva dire con questo».

«Che ci andava a letto?»

«Infatti.»

«Te ne parlò?»

Ernie accennò un sorriso. «Tu hai figli, Tony?»

«Uno. Ha diciassette anni.»

«Be', se conosci un po' i ragazzi come li conosco io, saprai che parlano di qualsiasi cosa, purché non ci siano in giro i genitori.» Scosse la testa. «A volte penso che tanta educazione sessuale sia un po' come dare ai ragazzi le chiavi della spider e invitarli a provarla. A parte il fatto che *Beverly Hills 90210* non parla d'altro.»

Tony stava per perdere la pazienza. «Non capisco», disse. «Che cosa c'entra tutto questo con Sam?»

Ernie si voltò verso di lui. «Marcie venne a trovarmi circa un mese prima di morire. Entrò nel mio ufficio, chiuse la porta e mi disse che aveva bisogno di parlarmi.»

Tony non poté fare a meno di notare che Sam aveva usato praticamente le stesse parole. «E poi?» chiese.

Si era chiusa delicatamente la porta alle spalle. La prima cosa che era venuta in mente a Ernie era che qualcuno avrebbe potuto pensare male. Poi Marcie aveva detto: «Ho bisogno di aiuto», e, dal tono, lui aveva capito che non era per se stesso che doveva preoccuparsi.

«Che cosa c'è?» le aveva domandato.

Lei si era seduta e gli aveva rivolto uno sguardo penetrante, sicura di poter parlare di qualunque cosa con il suo amico Ernie Nixon.

«Ho avuto il mio primo rapporto sessuale», gli aveva confidato con voce bassa ma decisa. Ernie, tuttavia, aveva colto un che di straziante in quelle parole, al pensiero dell'innocenza perduta e anche dell'immensa solitudine di Marcie, se aveva sentito il bisogno di parlarne con lui. Non aveva potuto fare a meno di chiedere: «Sei sicura che sia stata una buona idea?»

Lei aveva annuito. «Gli voglio bene. Ho voluto darmi a lui completamente.»

Per un attimo, Ernie si era augurato che non gli raccontasse altro. «È un tuo compagno di scuola, immagino.»

«No, è più grande.» Si era fermata un attimo a osservare la sua reazione, poi aveva proseguito in fretta: «Meglio così, del resto. Io non so niente e lui mi può insegnare».

Quella frase lo aveva allarmato. «Potevi aspettare ancora un po'. È un'esperienza importante, piena di belle emozioni, ma anche di confusione. Bisogna essere pronti.»

Lungi dall'offendersi, Marcie lo aveva sorpreso, ammettendo: «Io non ero sicura di essere pronta. Poi lui mi ha detto che mi desiderava e ho capito che era arrivato il momento».

L'aveva guardata e si era sentito sconfitto. Non gli restava che ascoltare. «Che posso fare per aiutarti?»

«Parlarmi», gli aveva risposto, abbassando gli occhi. «Tu sai che effetto fa essere dall'altra parte.»

Per Ernie quelle parole erano state come uno schiaffo. «Se fossi in lui, troncherei subito», aveva risposto con dolcezza.

Marcie aveva sgranato gli occhi ed Ernie si era accorto che stava per mettersi a piangere. «Si è rotto il preservativo», gli aveva annunciato.

«Che cosa?»

«Gli si è rotto il preservativo.» Ernie aveva visto che Marcie si faceva forza per continuare. «Vorrei sapere che cos'è meglio fare adesso, sia per lui sia per me.»

Lui aveva preso fiato. «Mi metti in una posizione difficile, Marcie. Immagino che i tuoi non sappiano niente.»

«Infatti.» Sembrava allarmata. «Non devono saperlo. Mai.»

«Dovresti parlarne con il tuo medico», le aveva consigliato. «Sai che gente frequenta questo tizio? Con chi sta?»

Lei era arrossita. «Da quel punto di vista non c'è pericolo, sono sicura.»

«Non m'interessa molto che cosa sia meglio per lui. Ma so che cos'è meglio per te. Non prendere malattie. Non rimanere incinta. Chiudere questa storia.»

Le si erano riempiti gli occhi di lacrime. «Non posso.»

Ernie l'aveva osservata per un po'. Distrattamente Marcie si era scostata i capelli dal viso, cercando di trattenere le lacrime. «E poi devi parlare con il tuo dottore», aveva proseguito lui con calma. «Ma promettimi una cosa, per il tuo bene e anche per la mia tranquillità. Promettimi che gli farai usare sempre il preservativo.»

L'aveva guardato con gli occhi lucidi pieni di gratitudine: con lui poteva parlare, sicura di poter contare sul suo aiuto. Quello sguardo lo aveva commosso oltre ogni dire.

Forse Marcie se n'era accorta, perché d'un tratto si era alzata, gli era andata vicino e gli aveva dato un bacio in fronte.

«Ti voglio bene», gli aveva detto, e se n'era andata.

Tony rimase zitto per un po'. «Ai suoi genitori non lo dicesti, vero?»

«Magari l'avessi fatto.» Ernie guardò verso il parco. «Ma avrei tradito la sua fiducia e, se devo dire tutta la verità, avevo anche paura che a loro sembrasse strano che la figlia parlasse di certe cose con me. Come peraltro sarebbe sembrato alla maggioranza dei genitori.»

«Pensi che si fosse presa una cotta per te?»

«Mah.» Il tono era amaro. «Forse, da un certo punto di vista, il primo sono stato io. Però non ne ho approfittato... Era tanto cara. Era una di quelle che ti fanno venir voglia di tornare indietro e di rivedere le cose come le vedevi a sedici anni. Ma, se hai la testa sul collo, ti rendi conto che non hai più sedici anni. È inutile, sono fatto così.» Lo disse con un'ombra di rassegnazione.

«Perché sei tornato qui?» gli chiese Tony.

Ernie sorrise appena. «Perché la gente sceglie di vivere in una città come questa? Perché non ci sono pericoli, le scuole sono buone, circola meno droga che in altri posti e i bambini possono andare in giro in bicicletta senza rischiare di farsi investire o rapire al primo angolo di strada.» S'interruppe e alzò le spalle. «Johnny D'Abruzzi mi ha telefonato... Saranno stati cinque anni fa. Io ero a Chicago, facevo un lavoro che non mi piaceva, abitavo in un quartiere che non mi piaceva e non guadagnavo abbastanza. Ci eravamo tenuti in contatto. Un giorno mi dice che ha convinto Doug Barker, il sindaco, che non sono una minaccia per la cittadinanza e mi convoca per un colloquio...»

«Doug Barker? Quello stronzo che non voleva ammetterti nei Lancers?»

«Proprio lui. Adesso è il presidente del consiglio scolastico. Finalmente è diventato quello per cui si è preparato tutta la vita, cioè un borioso signore di mezz'età incapace di pensare con la propria testa. In questo caso l'idea era stata di Johnny.» Scosse il capo. «Pensavo che le cose fossero cambiate, che qui i nostri figli si sarebbero trovati meglio. E in un certo senso è stato così, anche se di problemi ce ne sono ancora. Non è il posto in cui tirar su bambini neri, mi diceva Dee, soprattutto se il loro padre non si rende conto di essere nero mentre tutti gli altri non riescono nemmeno a parlare normalmente con un nero.» In tono amaro, continuò: «Così è tornata a Chicago, nel quartiere dove stavamo prima. Le scuole fanno schifo, ma è pieno di neri. Matematicamente aveva ragione, peraltro: ora che loro se ne sono andati, sono di nuovo l'unico nero della città».

Tony annuì. Ricordava l'impressione di solitudine che gli aveva sempre comunicato Ernie Nixon, e che gli comunicava ancora. Si domandò se la storia della fine del suo matrimonio fosse davvero così semplice e lineare e poi gli venne in mente un'altra cosa: Marcie Calder, nella sua estroversione, poteva essere stata un'amica un po' troppo cara per i gusti dei genitori di Marcie o della moglie di Ernie.

«Mi dispiace per Marcie», mormorò.

Ernie lo guardò di nuovo. «Tony», disse, «ti sei dimenticato di che cosa sia il dispiacere. Se vuoi che parliamo dei tempi andati, vienimi pure a trovare. Ma sappi che non ti dirò più niente di Marcie.»

Quando alzò il telefono nella sua stanza di albergo, Tony si rese conto che erano le sei passate.

«Stella Marz», rispose brusca.

«Sono Tony Lord. Ancora in ufficio?»

«Ci sono sempre, a quest'ora.» Aveva il tono sbrigativo di chi non ha neppure un minuto da perdere. «Che volevi dirmi?»

«Mi chiedevo se hai ricevuto il referto dell'anatomo-patologo.»

Un lungo silenzio. Poi: «Lo stavo leggendo in questo momento».

Tony s'innervosì: Stella aveva una voce vagamente ostile. «Novità?» le domandò.

«Almeno una. Marcie ebbe rapporti sessuali, quella sera.»

Tony rimase sorpreso: o Sam gli aveva mentito, oppure c'era stato qualcun altro. «Avrete fatto l'esame del DNA sul liquido seminale, suppongo.»

«Non c'è liquido seminale. Il coroner ha trovato tracce di un lubrificante normalmente usato su una diffusa marca di profilattici.» Lo disse in tono piatto. «Si chiamano Adam's Rib e hanno delle nervature.»

Tony rimase un attimo zitto. «Mai sentiti.»

«Io non me ne intendo», ribatté Stella. Dopo un attimo aggiunse: «Nell'ano, Tony».

Tony si appoggiò allo schienale della sedia. «Sodomia», commentò.

«Già.»

«Segni di violenza?»

Stella non rispose subito. «C'erano alcune abrasioni», riferì in tono freddo. «Ma può darsi che fosse la prima volta. Prova a chiederlo al tuo amico Robb.»

Tony capì che non si trattava di ostilità, ma di sdegno. «Può essere stato chiunque, Stella, Può essere stato uno stupro. Senza sperma, non si potrà mai accertare. A meno che non siano stati trovati peli.»

Stella non rispose e Tony capì che non ne erano stati trovati. Da questo punto di vista, chiunque avesse avuto un rapporto anale con Marcie era stato fortunato. Soprattutto se si trattava di Sam.

Tony ruppe il silenzio, cauto. «C'è altro?»

«Finché non avremo i risultati della prova sul DNA, no. Hai qualche spiegazione per il sangue sul volante, a proposito?»

«Non ancora.»

«Peccato», rispose Stella, e riattaccò.

10

«Sᴀᴍ è andato a correre», lo informò Sue al telefono. «Dopo aver visto te ha deciso che era fuori forma.»

Lo disse con voce tesa e a Tony dispiacque non vederla in viso. «Gli devo parlare.»

Ci fu un attimo di silenzio e lui intuì che era preoccupata. «Ti faccio chiamare appena torna», rispose Sue. «Oppure vieni qui ad aspettarlo.»

«Va bene, vengo.»

Quando parcheggiò davanti alla casa, stava imbrunendo. In fondo alla strada, fra gli alberi, c'era uno che faceva jogging e, a quasi trent'anni di distanza, nonostante la figura appesantita e invecchiata, Tony riconobbe la grazia e la flessuosità del ragazzo con cui un tempo giocava a football. Quando l'ombra arrivò sotto un lampione, vide che si trattava proprio di Sam: rosso, sudato e con il fiatone.

«Così ti verrà un infarto», gli disse. «A proposito, ho saputo di Johnny D'Abruzzi.»

Sam socchiuse gli occhi. «Johnny era ingrassato come un maiale ed è schiattato. Visto che ho tutto questo tempo, tanto vale approfittarne.» Si fermò, asciugandosi il sudore. «Tu che cosa fai per tenerti in forma?»

«Cardiofitness, soprattutto. E un po' di pesi.»

Sam lo squadrò da capo a piedi. «Non sei ingrassato molto, eh? Fai qualche sport?»

Tony cercò di non perdere la pazienza e, con un'alzata di spalle, rispose: «Ogni tanto gioco a basket...»

«Allora possiamo giocare un po' insieme. Già che sei qui, potremmo allenarci insieme. Alle sei e mezzo, in palestra? Ti passo a prendere io.»

Tu lanci ancora con il peso indietro, gli aveva detto Sam una volta. «Ci penserò. Adesso però, dobbiamo parlare.»

Sam, con le mani sulle ginocchia, faceva respiri lenti e profondi. «Andiamoci a sedere da qualche parte», propose Tony.

Si diressero verso il retro della casa. L'amaca era ancora lì dove, tanti anni prima, Sue e Tony l'avevano messo a dormire.

Sedendosi, Tony rifletté che non l'aveva ancora visto bere. «Sei diventato astemio?»

«No. Ma da quand'è morta Marcie, non ne ho più avuto voglia. Del resto, mi è passato anche l'appetito. E pure il sonno... Capitò anche a te? Anche tu avevi l'impressione che la tua vita prima della morte di Alison appartenesse a un'altra persona?»

«Sì, più o meno.»

«Povera Sue», disse Sam. «Nel giro di una settimana è venuta a sapere di Marcie, abbastanza da capire che cosa c'era fra noi, e si è ritrovata con un marito che o le racconta storie o non c'è proprio.» In tono più secco, aggiunse: «E anche tu, è come se non ci fossi per lei, vero?»

Tony cercò d'interpretare quelle parole. «Sono il tuo avvocato, come mi hai già fatto notare. E comunque ho l'impressione che Sue fosse abituata alle tue assenze. Non è questo che succede quando si ha un'amante? O riuscivi a tenere separate Marcie e Sue e a vivere con tutte e due come se non ci fosse niente di strano?»

Sam lo fissò. Stava calando la notte e Tony non riusciva a leggergli in faccia quel che aveva in mente, ma capì che rifletteva profondamente. «Devi provarci», rispose, freddo, alla fine. «Altrimenti ne esci pazzo. Poi, a un certo punto, ti rendi conto che la situazione ti è sfuggita di mano, come è successo a me.» Si sdraiò sull'amaca, con le braccia incrociate dietro la nuca, con aria vagamente annoiata. «Allora, che cos'è che mi volevi dire? Che Johnny ha avuto un infarto lo sapevo già. Immagino che volessi parlare di qualcos'altro.»

«Infatti», rispose Tony. «La sera in cui è morta, Marcie Calder è stata sodomizzata.»

Sam alzò lievemente la testa. «Ovvero...?»

«Qualcuno gliel'ha messo nel culo, per dirla volgarmente. Non si sa se lei fosse d'accordo o se sia stata violentata. Né se è successo mentre era con te o dopo.»

Sam rimase immobile. «Che cosa pensa la tua amica della procura?»

«Non esclude niente. L'uomo ha usato un preservativo marca Adam's Rib, quindi non hanno trovato liquido seminale e non si può fare l'esame del DNA.»

«Come fanno a sapere del preservativo?»

«Perché me lo chiedi?» domandò Tony a bassa voce. «Hanno sbagliato marca?»

Sam si tirò su a sedere e si prese la testa fra le mani, con lo sguardo fisso nel vuoto, come se l'altro non ci fosse. In cucina si accese la luce e alla finestra comparve il volto di Sue, china sul lavandino a sciacquare i piatti. Ogni tanto alzava lo sguardo verso di loro.

Tony cercò di riordinare le idee. «Ti conviene dirmi la verità», lo avvertì. «A meno che tu non abbia comprato i preservativi in un altro Stato.»

«Lei lo fa?» gli aveva chiesto Marcie.

Sam si era sentito a disagio. «No.»

Marcie era sdraiata a pancia in giù, nuda, sul sedile posteriore della macchina di Sam. «D'accordo», gli aveva sussurrato. «Voglio fare tutto, con te.»

Non avrebbe dovuto, Sam se ne rendeva conto benissimo. Avrebbe dovuto farle il discorso che si era preparato.

Alla luce della luna, sembrava scolpita nel marmo. Con il batticuore, aveva pensato che non avrebbe avuto un'altra chance come quella in tutta la vita.

Lentamente si era protesa verso di lui e, per un attimo, a Sam era venuto in mente che la prima volta che l'aveva desiderata era stato proprio vedendola ai blocchi di partenza, da dietro...

I momenti successivi erano vividi, sfuggenti. Lui aveva fatto piano e lei aveva emesso solo un gemito. Poi, era stata l'estasi. Lei aveva continuato a rassicurarlo con voce roca che andava tutto bene.

Dopo, era rimasta sotto di lui, mentre Sam rabbrividiva, solo e pieno di vergogna.

«Voglio che ci sposiamo», gli aveva detto.

Ascoltandolo, Tony guardava Sue dietro la finestra. Questo rese ancora più dolorosa quella storia.

«Non potevo dirtelo», ammise Sam.

«Perché?»

«Mi vergognavo troppo, non capisci?» Si alzò, senza guardarlo. «Ero andato per piantarla e lei mi offriva di fare una cosa che non avevo mai fatto prima.»

«Dalle descrizioni di Marcie che avevo sentito finora, non me l'aspettavo tanto disinibita.»

«Ne avevamo già parlato. Mi aveva chiesto che cosa mi sarebbe piaciuto...» S'interruppe, vedendo Sue. Concluse, a voce più bassa: «Visto che ho usato il preservativo, come possono risalire a me?»

«Be', la scientifica oggigiorno fa miracoli, anche qui. E il coroner non scherza. Il progresso della scienza e della tecnica...»

«Pensai che gliel'avrei detto la volta dopo», mormorò Sam. «Poi lei cominciò a parlare di matrimonio e la cosa precipitò... Il resto è andato come ti avevo detto, Tony. Non l'ho ammazzata io e non credevo che questa cosa fosse così importante. Per te. Credevo che contasse solo per me e per il consiglio scolastico.»

Tony si alzò. «Secondo Janice D'Abruzzi, Marcie le aveva chiesto di coprirla con i suoi genitori perché doveva assolutamente parlarti.»

Sam scosse la testa. «Del matrimonio, probabilmente. Non mi viene in mente altro.» Cambiò tono. «Oppure voleva farmi questa sorpresa...»

Sue spense la luce in cucina.

Tony abbassò di nuovo la voce. «Ti ho chiesto di non mentirmi. Forse non hai sentito bene, ma questa è l'ultima volta che te lo chiedo.»

Sam incrociò le braccia. «Non l'ho ammazzata io, Tony. È l'ultima volta che te lo dico.»

Tony rimase zitto. Siccome era suo amico, la delusione e la collera di Tony erano molto maggiori che se si fosse trattato di un cliente qualsiasi, ma questo non voleva dire che Sam Robb fosse un assassino. «È possibile che Marcie avesse qualcun altro?» gli chiese dopo un po'.

Sam lo guardò in modo strano. «Un altro?»

«Ernie Nixon, per esempio. Pare che gli fosse molto affezionata.»

«No, Tony. Escluso.»

«Perché?»

Sam si mise di nuovo dritto. «Perché non era il tipo. Nel bene e nel male, era con me che Marcie voleva stare.»

Tony lo osservò e, sottovoce, ribatté: «Per l'amor del cielo, Sam!»

Alle nove e mezzo Tony era sdraiato sul letto in blue-jeans, a torso nudo, e guardava il soffitto.

Sentì bussare alla porta. Alzandosi per andare ad aprire, si chiese chi potesse essere. Un giornalista, forse, oppure Sam, o magari addirittura Ernie Nixon. Quando se la ritrovò davanti, però, non rimase sorpreso.

Sue aveva un paio di jeans, un maglione e un giubbotto di jeans. Alla luce bassa davanti alla porta del motel sembrava più piccola e più giovane. Improvvisamente rivide la ragazza che aveva amato e per un istante rimase senza parole.

«Scusa», gli disse. «Se preferisci, torno in un altro momento.»

«No», rispose. «È solo che non me l'aspettavo. Vieni, mi vesto subito.»

Mentre lui si abbottonava la camicia, Sue andò a sedersi in un angolo e si guardò in giro. «Non è un gran che, vero?»

Tony sorrise. «Un po' spoglia, come la camera di quando ero piccolo.»

Sue lo guardò negli occhi. «Be', adesso va molto meglio. Almeno per te.»

«Negli ultimi tempi, sì. Per tanti versi sono stato fortunato.»

Sue si alzò, con le mani nelle tasche del giubbotto. «Dopo quella volta», gli disse, «dopo che siamo stati insieme, tu e io, Sam ce l'ha messa tutta. Ha cominciato a bere di meno e nei miei confronti è stato più premuroso. È stato un po' come se al pensiero di noi due insieme si fosse reso conto di quanto si era comportato male. Quando ci siamo sposati...» Lasciò un attimo la frase in sospeso, poi continuò: «Be', dopo un po' si è rimesso a bere. Soprattutto a casa, per non farsi vedere da nessuno. Ma ai bambini non piaceva, perché da ubriaco perde la testa. Immagino che lo facesse perché era insoddisfatto.»

Tony la osservava. Era come se, nella sua solitudine, Sue avesse ripreso una conversazione con un vecchio amico interrotta soltanto il giorno prima. «Mi ha detto che dalla settimana scorsa non ha più bevuto un goccio.»

«Quando si prende uno spavento, smette. Chissà che questa non sia la volta buona.» Lo guardò negli occhi. «Ti ha detto che quella sera aveva bevuto?»

Sorpreso, Tony piegò la testa da una parte. «Tanto?»

«Abbastanza da avere quella strana luce negli occhi... Hai presente?»

«Sì.»

«Non faccio che ripensare a quella sera. Forse, sotto sotto, me lo sentivo. Mi chiedo se avrei potuto fermarlo. Se penso allo stato in cui era quand'è tornato a casa...»

Tony stava sulle spine. «Com'era? Descrivimelo.»

Sue distolse lo sguardo. «Contrito, attento. Come se gli fosse passata la sbornia per la paura. Era completamente diverso da quando era uscito di casa.»

Non aveva voglia di guardarlo, Tony se ne accorse benissimo. Come lui non aveva voglia di chiederle altro. A un certo punto, però, Sue alzò la testa. «Come andrà a finire, Tony? Sam non me lo vuole dire.»

«Perché non lo sa nemmeno lui. Non lo sa nessuno.» Con voce più dolce, aggiunse: «Mi dispiace da morire, per me che sono tuo amico e soprattutto per te. Vorrei poterti aiutare in un altro modo, invece che come avvocato».

«Te l'ho chiesto io, Tony. Perché è di un avvocato che ha bisogno Sam. Quanto a me, non mi puoi aiutare che aiutando lui. Sam è pur sempre il padre dei miei figli, l'uomo che ho sposato. Vorrei solo vedere la fine di quest'incubo.» S'interruppe e gli posò la mano su un braccio. «E vorrei poter fare qualcosa per te, invece di darti tante preoccupazioni.»

«Non è colpa tua: è un problema mio. Per difendere un cliente, un avvocato deve saper mettere da parte i propri sentimenti personali.» Abbassò la voce. «Invece io non ci riesco, per via di Alison, di Sam e, soprattutto, per te. Certe volte mi sembra come tanti anni fa: Tony e Sue che cercano di salvare la faccia a Sam. Solo che questa volta non passeremo la notte insieme e io non riesco nemmeno a esserti amico.» Cercò di sorridere. «Il che significa che anch'io ho bisogno della tua comprensione.»

«Comprensione?» Sue accennò un sorriso. «Ma certo, sono bravissima, io, a capire gli altri. E comunque capire te non mi è mai stato difficile.»

Gli diede un bacio sulla guancia e lo salutò.

Quando se ne fu andata, Tony si chiese come mai si sentiva tanto triste e per chi.

11

«Chissà perché, ma ho la sensazione che tu sappia qualcosa che io non so», disse Tony.

«Forse perché è proprio così», rispose Stella Marz, prima di dare un morso al suo hot-dog.

Si trovavano nella piazza principale di Steelton, vicino alla statua del maresciallo Pilsudski. Era una bella giornata di primavera e intorno a loro c'erano impiegati appena usciti dai loro loculi con l'aria condizionata che si compravano hot-dog o pretzel e gettavano le briciole ai piccioni. Stella, appena uscita dal tribunale, aveva solo un'ora e, fra un boccone e l'altro, aveva concesso dieci minuti a Tony. «Devo tirare a indovinare?» domandò lui.

«Senti, Tony: non sono tenuta a dirti tutto quello di cui sono al corrente o che sospetto sul conto di Sam Robb. Come non sono obbligata a incriminarlo solo per far piacere alla polizia di Lake City e alla stampa.» S'interruppe. «Non sono neanche obbligata a dare allo *Steelton Press* una copia del referto del coroner su Alison Taylor.»

«Perché, te l'hanno chiesto?»

«Già. Gli ho risposto che il caso era ancora aperto, per cui era escluso.»

Tony s'infilò le mani in tasca. «Grazie.»

Stella si strinse nelle spalle. «Anche per rispetto ai Taylor.»

«A proposito di Sam... Non posso parlare di cose che non so.»

«Anche in questo caso ci sono persone di cui vanno rispettati i sentimenti, oltre a me e a te.»

«Vuoi dire i genitori di Marcie?»

Stella si pulì la bocca con un tovagliolino. «Il mio telefono suona in continuazione: hai parlato con i Calder, con Ernie Nixon, con Janice, l'amica di Marcie, e persino con i genitori di Alison Taylor. Vuol dire che stai cominciando a renderti conto anche tu che Marcie non aveva istinti suicidi, che andava a letto con un uomo molto più vecchio di lei, che aveva bisogno di parlargli la sera in cui è morta e che prima, durante o dopo la morte è stata sodomizzata. Inoltre, visto che adesso ne ho la certezza, ti dirò una cosa. Il sangue sul volante di Sam Robb era di Marcie.»

Sebbene se lo aspettasse, Tony rimase scosso. «Ti sono arrivati i risultati dell'esame del DNA.»

«Quelli sul sangue, sì.»

Lui si allentò il nodo della cravatta. «Ho l'impressione che i genitori di Marcie sappiano per certo che la figlia andava a letto con Sam Robb. È per via del rapporto anale? Perché non mi sembrano i tipi da accettare facilmente che la figlia sedicenne andasse con un uomo sposato. A meno che non si siano dovuti arrendere di fronte all'evidenza.»

Stella lo fissò. «Dovresti avere compassione per loro. La settimana scorsa avevano una figlia viva e innocente.»

Se c'era dell'altro, Stella non aveva intenzione di dirglielo, era chiaro. Forse perché non ne era ancora sicura.

«Lo rinvierai a giudizio?» le domandò senza mezzi termini.

«Per ora no», rispose lei imperturbabile. «Ti avvertirò prima. E ti spiegherò il perché.»

Evidentemente le mancava ancora qualcosa. Come tanti anni prima, anche questa volta la procura aspettava di avere qualche altra prova in mano, prima di procedere. Si chiese quanto del disagio che provava fosse per Sam e quanto un retaggio del suo passato.

«Quanto tempo ci vorrà, Stella?»

La donna si voltò a guardare i piccioni. «Se pensi di poter fare qualcosa per aiutarlo», rispose, «ti conviene sbrigarti.»

La donna alzò gli occhi dal taccuino e si aggiustò gli occhiali con la montatura di metallo sul naso. «Non le è parso strano tornare a Lake City per un caso tanto simile al suo?» gli chiese.

Tony rimase impassibile: non si mostrò né risentito né sorpreso, né smise di scrutarla. «Alison Taylor era stata strangolata. Lo so perché fui io a ritrovare il corpo. In questo caso, invece, ci sono notevoli probabilità che Marcie sia caduta accidentalmente.»

Quel commento parve irritare la giornalista, che si appoggiò allo schienale e osservò distrattamente il bar. «D'accordo. Ma sia Alison Taylor sia Marcie sono morte in circostanze sospette e lei era presente sul luogo del delitto, come Sam Robb adesso.»

«Con la differenza che io vi fui sorpreso, mentre Sam Robb è andato spontaneamente alla polizia.» Tony mantenne lo stesso tono di voce. «Prima di scrivere un articolo in cui paragona Sam e me a un serial killer, ci pensi. Per il tipo di pezzo che ha in mente lei, sono un bersaglio migliore di Sam Robb. Perché ero un indiziato migliore.»

La donna arrossì e Tony si rese conto che si stava chiedendo se la persona che aveva davanti fosse un assassino. Non aveva nessuna intenzione di facilitarle le cose.

«Lei gli crede?» domandò la giornalista.

Tony sgranò deliberatamente gli occhi. «Ventotto anni fa il padre di Alison Taylor mi trovò accanto al cadavere di sua figlia», rispose. «I suoi colleghi di allora, che avevano una mentalità simile alla sua, scrissero che i rapporti fra Alison e me erano burrascosi e che forse l'avevo uccisa io, cercando di violentarla. Quasi mi rovinarono la vita, senza farsi il minimo scrupolo, solo per uno scoop.» In tono più pacato, aggiunse: «Se le dico che ero innocente e che non ho mai superato del tutto il trauma che i suoi colleghi mi provocarono, lei mi crede? Perché mi sembra che lei voglia riservare lo stesso trattamento a Sam Robb».

La giornalista giocherellava con una ciocca di capelli. «Sta dicendo che Sam Robb è innocente, come lo era lei.»

«Sto dicendo una cosa ancora più importante, e cioè che Sam Robb è innocente agli occhi della legge. Mi diffami pure, ormai ci ho fatto il callo. Ma non cerchi di sacrificare la reputazione di Sam Robb in nome della libertà di stampa.» Per la prima volta, Tony si concesse un sorrisetto. «La prego di dirmi se le devo delle scuse. Forse confondo la mia esperienza con quello che stanno vivendo Sam Robb e la sua famiglia. Ma guardi che Sam Robb non è stato incriminato di nessun delitto, come non lo fui io.»

La giornalista si rilassò, sollevata che Tony avesse allentato un po' la tensione. «Capisco», replicò. «Mi creda, voglio essere imparziale.»

«È tutto quel che le chiedo. Se Donald White non fosse mai venuto a Lake City, forse Alison sarebbe ancora viva. E se Saul Ravin non l'avesse scoperto, forse io non sarei qui a rivendicare l'innocenza di qualcun altro.»

Quando la donna cominciò a prendere appunti, Tony capì di averle appena dettato la conclusione dell'articolo e che la sua freddezza, seguita da un lieve disgelo, aveva funzionato. Per fortuna quella donna non sapeva che solo la freddezza era autentica e che, per quanto si sforzasse, Tony Lord non riusciva affatto a distinguere fra lei e quel che altri giornalisti gli avevano fatto prima ancora che lei nascesse.

Saul, lanciando un'occhiata ironica intorno, disse: «A Donald». E bevve un sorso di whisky.

Erano nello stesso bar sul lago in cui, ventotto anni prima, Saul aveva annunciato a Tony che era libero di vivere la sua vita. Con una certa sorpresa, Tony si rese conto di ricordarlo molto bene e vide che non era cambiato, a parte qualche cartellone che pubblicizzava birre analcoliche che allora non esistevano e qualche videogame. L'odore di cibo, la penombra, il banco e i tavoli lucidi erano gli stessi.

«Cosa non avrei dato per guardare Donald White negli occhi», disse Tony a bassa voce. «Per sapere che cosa le aveva fatto e se lei aveva sofferto.»

«È finita, Tony. A parte la stampa, è finita.»

«Per alcuni, mi dicesti una volta, certe cose non finiscono mai. Il problema è che io sono uno di quelli.» Bevve un sorso di whisky. «È come tornare indietro nel tempo: Alison, Sue, Sam... Ancora adesso si mette continuamente in competizione con me: gli viene istintivo.»

«Probabilmente il fatto che tu sia andato a letto con sua moglie e poi abbia sposato Stacey Tarrant non aiuta. È come ricordargli che lui è rimasto nella polvere.»

Tony alzò gli occhi. «Non lo sa, Saul. E neanche tu dovresti saperlo.»

«Sì, che lo sa.» Saul fece un sorrisetto. «A quanto ho capito, Sam lo penserebbe anche se non fosse vero. A proposito, e tu che cosa pensi del tuo vecchio amico, adesso?»

Tony passò il dito sul bordo del bicchiere, assorto. «Non sono sicuro», rispose. «Certe volte Sam sembra sensibile e coraggioso: in fondo è stato lui ad andare alla polizia. Altre invece mi pare freddo, egocentrico al limite del narcisismo: la Marcie Calder che mi descrive, amante compiacente e spregiudicata, non coincide con la descrizione che ne fanno gli altri. Non so se siano bugie, scuse o una sua visione distorta della realtà, ma potrebbe anche essere che non riesco a credergli, pur volendo disperatamente farlo. Per quanto la sua storia con Marcie mi turbi, capisco anche che sia potuto succedere e mi rendo conto che Sam se ne vergogna. Poi ripenso a quando andavo a confessarmi e pregavo per espiare i miei peccati e non so se la mia compassione, sempre che di compassione si tratti, sia rivolta a Sam o a me stesso. Adesso che è con le spalle al muro e la situazione comincia a precipitare, il mio istinto è difenderlo.»

«Anche se l'avesse uccisa.»

«No, se fosse colpevole non lo farei. Ma non sono sicuro che lo sia.»

«Però il sospetto ce l'hai.»

Tony intrecciò le dita. «Sue mi ha detto che quella sera aveva bevuto. Forse questo l'ha reso più impulsivo, gli ha fatto perdere il controllo.»

«Al punto di commettere un omicidio?»

Tony cercò d'immaginarsi l'amico con una pietra in mano, mentre colpiva la ragazza che sorrideva nelle foto di casa Calder. Alla fine scosse la testa. «Ricordo com'era Sam da ragazzo. Non posso sapere che cosa gli è successo nel frattempo.»

«L'ubriachezza potrebbe essere una linea di difesa.»

«Solo se Sam ammette di averla uccisa. Ma non l'ha ammesso e non credo che lo farà.»

Saul si guardò intorno. A parte gli uomini dell'equipaggio di una nave che bevevano birra e giocavano ai videogame, il bar era silenzioso. Alla fine domandò: «Hai idea di che cosa stia aspettando Stella?»

«Non so. Il coroner ha già dichiarato che secondo lui le fratture al cranio non sono state causate da una caduta accidentale. Può darsi che aspetti i risultati di qualche analisi; magari hanno qualche nuovo sistema per rilevare le impronte digitali dalla pietra. Se ci trovassero quelle di Sam, per noi sarebbe un guaio.»

Saul si strinse nelle spalle. «Puoi sempre presentare una controperizia. Ci sono mille modi per contestare la loro.»

Tony finì il suo whisky e ne ordinò un altro. «Mi ci vorrebbe un altro Donald White», disse poi.

Saul gli sorrise, scettico. «Non crescono sugli alberi, per fortuna.» D'un tratto lo guardò negli occhi.

Tony capì. «Una possibilità è Ernie, Saul. Quanti uomini trascorrono ore in compagnia di una ragazzina senza desiderarla almeno un po'? Se Sam ha esagerato, forse l'ha fatto anche Ernie. Voglio dire, pensa a quanti professori universitari perdono la testa per le loro studentesse...»

«Sì, ma se le scopano soltanto, Tony. Non le ammazzano mica.

Per quanto ne sappiamo, quella sera Ernie era fuori con gli amici.»

«Per quel che ne sappiamo, era sulla macchina che Sam ha visto nel parco.»

«Ti rendi conto di quello che stai dicendo, vero?»

Tony si sentì punto sul vivo. Nel caso di Ernie Nixon la corazza che ogni avvocato difensore deve avere non gli bastava. «Certo che lo so. Ma è strano sentirmelo dire da te.»

Saul posò il bicchiere, lentamente. «Ormai ho superato anche il cinismo. Non mi serve più.»

«Preferisci bere?»

Saul lo guardò con durezza. «Ci sono migliaia di ragioni per cui bevo. Non mi conoscerai mai abbastanza per saperle tutte.»

«Scusa.»

«Figurati. So come ci si sente. E questo è solo l'inizio...»

«Maledizione, sai quanto me che cosa devo fare e che non posso lasciarmi distrarre dai miei sentimenti. Se sono l'avvocato di Sam Robb, devo rispondere a lui e solo a lui. Se non valutassi tutte le linee di difesa, sarei incompetente.»

Saul fece un mezzo sorriso. «Un nero a Lake City, l'unico nero della città. Gran bella trovata, complimenti.»

Tony aveva mal di testa. «Lo so», sussurrò. «Trovami un detective, okay?»

Saul lo guardò con severità, scosse la testa e lanciò un'occhiata in direzione del telefono. «Hai qualche spicciolo? Magari riusciamo a rovinare Ernie prima che io sia troppo sbronzo per oppormi.»

12

SAM aveva un'espressione arcigna, anche di profilo. «Ieri sera tardi mi ha chiamato Jack Burton, il preside.»

Erano in macchina e stavano andando in palestra. Erano più o meno le sei e mezzo del mattino, il cielo era nuvoloso e il grigiore generale si tingeva di un bagliore giallastro. Taylor Park, alla loro destra, si distingueva appena nel buio. Non vi fecero cenno.

«Me lo ricordo», rispose Tony. «Non volle scrivermi una lettera di referenze per Harvard. Ho sempre pensato che ci fosse lo zampino di John Taylor.»

«Be', probabilmente c'è anche adesso.»

«In che senso?»

«I Calder e i Taylor hanno presentato una petizione alla scuola chiedendo il mio licenziamento.»

Tony lo guardò, sorpreso. «I Taylor? Credevo che facessero vita ritirata.»

«Evidentemente non del tutto.» La voce di Sam era cambiata. «Per un caso come questo escono dal loro guscio.»

«Burton ti ha comunicato che posizione intende prendere?»

«Non vuole sostenermi, Tony. 'A volte l'apparenza non inganna', mi ha detto.»

Guardando fuori del finestrino, Tony ricordò una mattina di primavera in cui aveva visto Lake City a quell'ora, quando aveva riaccompagnato Sue a casa tenendola per mano e avevano trovato Sam che l'aspettava sulla porta. «Che cosa vuoi fare?»

«Abbiamo bisogno dello stipendio.» Tony notò che non lo guardava e che dalla sua voce traspariva il disgusto di se stesso. «I miei mi hanno lasciato la casa e poco altro; per mandare i figli al college l'abbiamo dovuta ipotecare. Sai, sono andati a Denison, che costa un sacco di quattrini. Sue e io non ce la faremmo, senza il mio stipendio.»

Tony cercò d'immaginare come doveva sentirsi Sam, travolto dalle conseguenze delle proprie azioni. «Prima o poi quello del lavoro è un problema che dovrai affrontare.»

«Non potremmo almeno prendere tempo? Se possibile vorrei

risparmiare a Sue questo dispiacere, in questo momento. Mi dirai che potevo pensarci prima, ma...»

Non dovette finire la frase: Tony capì la sua vergogna e la sua disperazione. Osservando il panorama, notò che la maggior parte delle vecchie case sul lago, quelle di legno o le seconde case costruite un tempo dai ricchi di Steelton, erano state abbattute e al loro posto si ergevano costruzioni più grandi, in finto stile Tudor o coloniale, evidentemente considerati sinonimo di lusso ed eleganza. Chissà perché, gli venne in mente quanto tempo era passato dalla finale contro il Riverwood.

«Non me ne intendo, Sam», disse. «Ma non credo che ti possano licenziare senza prima convocarti davanti alla commissione disciplinare.»

Sam si morse un labbro. «Sì, ma se mi convocano a proposito di Marcie non posso testimoniare.»

«Posso cercare di rimandare la cosa. Magari con il tempo riusciremo a ottenere un accordo e a convincerli ad accettare le tue dimissioni, ad accordarti l'indennità di licenziamento, a continuare a pagarti i contributi.» Dopo un attimo di silenzio, Tony aggiunse: «Come mi hai fatto notare tu stesso, Marcie è morta. A meno che tu non confessi, non possono accertare che avevate rapporti sessuali».

«La gente ti dice le cose peggiori e tu cerchi di aiutarla», commentò Sam. «Ti senti un dio o una merda?»

Quella domanda gettava una luce spietata su alcune verità del mestiere di avvocato: l'impotenza del cliente e il senso di potere del difensore, il difficile equilibrio fra comprensione e disprezzo, il dovere di difendere l'imputato passando sopra a ogni scrupolo di coscienza. «A volte mi sento un dio», rispose Tony. «E a volte un mascalzone. Altre non mi sento né l'uno né l'altro. Quando mi vengono dei dubbi, ripenso a quello che mi è successo. Per non parlare di quello che è successo a tanti altri che, per un verso o per l'altro, non si meritano di trovarsi nei guai.»

«E adesso che difendi me?»

«Con te non riesco a mantenere il distacco professionale che dovrei, purtroppo. Ma, se ti può consolare, non credo che tu debba pagare per l'omicidio di una sedicenne solo perché ti ci eri messo insieme, per quanto questo fosse sbagliato. Sarebbe un pregiudizio gravissimo per qualunque avvocato e soprattutto per uno che ha rimpianti suoi.» Tony cercò di alleggerire il tono della conversazione. «Sono ventotto anni che non mi confesso. È come la mora quando non restituisci in tempo un libro della biblioteca. Dopo un po', non vuoi più nemmeno sapere quanto devi pagare.»

Sam lo guardò. «Che rimpianti hai, Tony?»

«Oltre ad aver voluto che Alison uscisse di nascosto quella sera?» Tony valutò se trattare Sam come l'amico di un tempo e decise di farlo, per gentilezza. «Ho tradito la mia prima moglie, per esempio. Avevo le solite attenuanti: eravamo in crisi, mi stavo occupando del caso Carson e avevo continuamente a che fare con questa donna. Ma la scelta è stata mia e mi è costata il matrimonio e, per qualche tempo, Christopher. Adesso sono passati dodici anni e mi vengono ancora i brividi al solo pensiero. I rimorsi di coscienza a posteriori, però, non rimediano al male che si è compiuto. Al massimo servono di lezione per il futuro.»

«È proprio un discorso da te», disse Sam, in tono stranamente affettuoso. «Soprattutto la parte sulla coscienza.»

Per un attimo Tony si chiese se stesse pensando anche a Sue. Arrivarono alla palestra, una costruzione moderna con un tetto di lamiera ondulata che ricordava un hangar, dove una volta c'era una fattoria. Sam non accennava a scendere.

«Tony, te la senti di accompagnarmi alla riunione del consiglio scolastico?»

«Ci posso provare. Ma Jack Burton potrebbe trovare da ridire... A proposito, hai avuto altri problemi a cui Burton si può attaccare? Cose che possano rientrare nella categoria di molestie sessuali, maltrattamento o intimidazione di minore?»

Sam si raggelò. «Assolutamente no. Te lo assicuro senza bisogno di pensarci.»

«Allora dimmi chi c'è nel consiglio.»

Nello sguardo di Sam apparve una luce divertita. «Per cominciare, il presidente è il tuo vecchio amico Doug Barker. Ti ricordi quella volta che gli hai detto che era un grandissimo coglione?»

Era la sera in cui lui e Sam avevano litigato. «Poco prima che tu mi chiedessi se avevo ammazzato Alison», replicò Tony.

«Non mi rendevo conto dello stato in cui eri. Adesso invece sì. Comunque Doug Barker rimane un grandissimo coglione.»

Tony sorrise. «Perché credi che me ne sia andato da questa città?»

In silenzio, si avviarono verso la palestra.

Alle due in punto, Tony si presentò alla Lake City High School senza farsi annunciare. Per qualche minuto vagò per i corridoi, sentendosi una specie di fantasma. Passò accanto al suo vecchio armadietto e si fermò davanti a quello di Alison. La scuola con il tempo non era migliorata e in ventotto anni – due file di nomi dopo quello di Sam Robb nell'albo d'oro della palestra – l'avevano resa ancor più tetra. Ma non era per questo che lui si sentiva prigioniero del passato e desiderava con tutte le sue forze concludere al più presto quella faccenda.

Dalla sua scrivania nell'anticamera della presidenza, Jane Moore lo guardò, sorpresa.

«Tony Lord», balbettò.

«Salve, Jane.» Passò oltre e aprì la porta dell'ufficio di Jack Burton.

Il preside trasalì. Tony si accorse che l'aveva riconosciuto da come sgranò gli occhi e poi rimase fermo. Aveva i capelli bianchi e radi e il viso più scavato, ma nei suoi occhi castani c'era la stessa falsa prudenza che Tony ricordava di avervi sempre visto.

«Che posso fare per te, Tony?»

«Speravo che mi avesse riempito quel modulo per Harvard.»

Jack Burton sbatté le palpebre. «Erano momenti difficili. Me ne sono sempre rammaricato.»

«Allora veda di comportarsi meglio questa volta.» Tony si guardò intorno. «Sa, l'ultima volta che misi piede in questo ufficio fu quando George Marks cercò di farmi espellere dalla scuola.»

«Sei venuto per Sam Robb, vero?»

«Sì.»

«Sam ha ammesso di essere stato in compagnia di una studentessa, di sera, in circostanze che l'hanno portata alla morte...»

«E 'talvolta l'apparenza non inganna', vero?»

Jack Burton s'irrigidì. «Precisamente. Soprattutto se si tratta di un adulto, di un insegnante con incarichi di responsabilità all'interno della scuola, che sa benissimo che non ci si deve comportare a quel modo.»

In quanto genitore, Tony gli dava perfettamente ragione. Replicò in tono piatto: «Ma vedere una studentessa a tu per tu non implica automaticamente la sospensione dall'incarico, se non erro».

«Sai benissimo che non ci sarebbe dovuto andare...»

«Ma lei non sa per certo che cos'è successo. Come non lo sapeva nel mio caso.»

Dal suo sguardo, capì che Jack Burton si sentiva con le spalle al muro. «Che cosa vuoi, Tony?»

«Che lei mi dica quello che sa per certo. Sam è vicepreside da nove anni, giusto?»

«Più o meno.»

«Ci sono mai state lamentele sul suo conto da parte degli studenti?»

«Finora no, ma qui parliamo di un fatto gravissimo per un vicepreside, che da solo basta e avanza.»

«Non sa se Sam l'ha commesso per davvero. Mi dica, ha mai dato una valutazione di Sam Robb in tutti questi anni?»

«Sì.»

«E che cos'ha scritto?»

Per la prima volta Jack Burton arrossì leggermente. «Sam Robb è stato un discreto vicepreside. A volte intimorisce gli studenti, a volte li affascina: in genere, comunque, sa mantenere la disciplina. Però ogni tanto beve troppo ed è un po' collerico.»

«L'ha mai scritto nelle sue valutazioni?»

«No.»

«Come ha fatto Sam a diventare vicepreside? Lei era favorevole?»

«Non mi sono mai opposto, ma non ho neanche appoggiato la sua candidatura. Ha amici nel consiglio.»

Tony sorrise. «E come aveva fatto lei a diventare vicepreside?»

Jack Burton si voltò a guardare fuori della finestra. «Avevano istituito una commissione che selezionasse candidati sia dentro il distretto scolastico sia fuori di esso. Mi raccomandarono al consiglio della Lake City High School, che mi diede l'incarico.»

Tony aspettò un attimo prima di chiedere: «Chi dei Taylor faceva parte della commissione, John o Katherine?»

L'altro si girò, guardandolo negli occhi. «Katherine, credo. Ma sono passati vent'anni e non ricordo bene...»

«Quindi la promossero otto anni dopo che aveva fatto di tutto per stroncarmi. Sono sicuro che i Taylor se lo ricordavano.» Assunse un tono gelido. «Non mi dica che allora non ne parlaste o che adesso non avete parlato di Sam Robb.»

Con un certo distacco, Tony vide che Jack Burton si stava spaventando. Era quello che voleva: conosceva i punti deboli di quell'uomo e lo detestava abbastanza da approfittarne con un certo gusto. «Se è stato messo a verbale, Sam potrebbe denunciarla per concorso in violazione dei suoi diritti di lavoratore, insieme con i Taylor e il consiglio. Ho letto la sua polizza assicurativa e ho visto che se un illecito è considerato deliberato non viene coperto. Questo significa che Sam potrebbe farle perdere la casa, i risparmi, la pensione: quello che perderebbero lui e la moglie se lei lo licenziasse. Direi che come soluzione sarebbe equa.»

L'altro allargò le braccia, incerto, quasi implorante. «Che cosa vuoi che faccia?»

«Voglio che lei ripeta in pubblico quello che mi ha appena detto, e cioè che Sam Robb aveva sempre ricevuto ottime valutazioni sia come insegnante sia come vicepreside, che in tutti questi anni non ci sono mai state proteste o lamentele nei suoi confronti e che non vi sono prove che i suoi rapporti con Marcie Calder fossero di natura discutibile. Nonostante l'apparenza. Aggiungerà anche che a suo parere Sam Robb dovrebbe essere sospeso dal servizio, ma non dallo stipendio, in attesa che la giustizia faccia il suo corso.»

«E se invece fossi sinceramente convinto che questa non sia la cosa da fare?»

«In tal caso mi troverei costretto a far valere i diritti del mio assistito con tutti i mezzi consentiti dalla legge. Le ricordo che una volta ha calpestato i miei, per fare carriera.» In tono ironico, a bassa voce, aggiunse: «Qualunque sia la motivazione, signor Burton, non è mai troppo tardi per imparare a essere leali».

«Ci sono persone più accanite di me.»

Tony sorrise di nuovo. «Adesso stiamo parlando di lei. Quando chiama il consulente legale della scuola, si faccia dire che cosa le conviene fare.»

«Ci puoi scommettere.»

«Bene.» Tony si alzò. «Perché, se manda via Sam Robb, io cercherò di mandare via lei. Così avrò la sensazione che giustizia sia stata fatta, almeno in parte.»

Non era vero, pensò, uscendo dalla presidenza. A parte risparmiare un ulteriore problema a Sue, Tony non provava grande soddisfazione a far paura a quel bigotto interessato per proteggere Sam. Soprattutto sapendo che, a prescindere dalle sue motivazioni e dall'arbitrarietà del suo operato, Jack Burton aveva perfettamente ragione.

13

NONOSTANTE la voce stridula, le parole di John Taylor risuonarono in tutta la sala. «Quasi trent'anni fa, in questa stessa stanza, parlai dell'omicidio di mia figlia Alison. Ora, con sommo rammarico, mi trovo a dover parlare della morte di un'altra ragazza.»

I membri del consiglio della Lake City High School, tre uomini e due donne, erano sul palco, davanti a una sala gremita da cittadini, giornalisti, fotografi e cameramen. Molta gente era rimasta fuori a sbandierare foto di Marcie e manifesti con lo slogan RICORDATEVI DEI NOSTRI FIGLI. Per Tony l'atmosfera era surreale come doveva esserla per John Taylor.

Ma la città era cambiata e così pure gli equilibri politici. Sam gli aveva detto che nel novembre successivo sarebbe scaduto il mandato dei tre membri che appoggiavano un sovrintendente scolastico convinto che le scuole di Lake City, e Lake City stessa, andassero bene com'erano. Gli altri due membri del consiglio si erano trasferiti in città nel corso degli ultimi dieci anni, quando Lake City si era trasformata in una sorta di quartiere dormitorio di Steelton, e sostenevano che le sue scuole si erano fossilizzate e riposavano sugli allori. Tony notò che i leader delle due fazioni erano agli antipodi fisicamente, oltre che dal punto di vista politico: Doug Barker, con la sua pappagorgia, gli occhiali di tartaruga e il distintivo della Kiwanis, aveva un sussiego da notabile di provincia, mentre la leader della fazione opposta, Kay Marston, era una bionda ossigenata con orecchini d'oro pendenti e un'espressione vivace: dover sentire le ciance ipocrite che uscivano dalla bocca, se non dal cervello, di Doug Barker era evidentemente per lei una croce da portare in nome del progresso. Quella sera entrambi gli schieramenti avevano in comune la paura che, se Sam Robb non fosse stato licenziato, la loro carriera politica potesse subire ripercussioni negative. Il compito di Tony era mettere loro ancora più paura.

Si sedette in prima fila vicino a Sam, Sue ed alcuni amici intervenuti per affetto nei loro confronti, ma un po' confusi. Sam aveva un completo grigio molto sobrio e un'aria profondamente imbarazzata. Osservando Sue nel ruolo di moglie fedele e mortificata, Tony si augurò caldamente che le fosse risparmiato un processo per omicidio.

Dal podio al centro della sala, John Taylor si rivolgeva al consiglio: «Questa volta è diverso, lo riconosco. È vero che Sam Robb era solo con una minorenne, di notte. Ma lui non è un minorenne. È un uomo di quarantasei anni, il cui compito istituzionale è garantire la sicurezza e il benessere degli studenti della Lake City High School e che invece ha portato una sua studentessa nel parco, di notte, da sola».

Troppo imbarazzato per distogliere lo sguardo, Sam fissava il padre di Alison. Tony vide che Sue aveva chiuso gli occhi.

«Mi direte che non è dimostrato che Marcie Calder sia stata assassinata né che Sam Robb sia colpevole al di là di ogni ragionevole dubbio. È un argomento che conosco fin troppo bene, e purtroppo da molto tempo. E che non ha niente a che fare con l'ordine del giorno di questa riunione. Perché Sam Robb si è condannato da solo.»

Mentre John si voltava verso Sam, Tony si rese conto di come l'avevano ridotto anni di odio e di rancore. Alzò un dito, tremante. «Perché non ci dà una spiegazione? Perché sta lì seduto e si nasconde dietro il suo avvocato?» Il tono era di profondo disprezzo quando aggiunse: «Anthony Lord».

Sam divenne paonazzo, ma Tony, guardando John negli occhi, cercò di controllare la propria collera. In quel momento delicato i membri del consiglio rimasero in silenzio, ma attentissimi.

Poi John riprese: «Date la parola a Sam Robb, qui, stasera. Se non ha il coraggio di parlare, non merita né i nostri soldi né la nostra fiducia».

Senza aggiungere altro, si voltò e si andò a sedere vicino ai Calder. Frank gli posò una mano sulla spalla, con un gesto un po' goffo, e Tony pensò che erano strani alleati: l'impiegato frustrato e il ricco che una volta odiava i cattolici, uniti dalla tragedia e dal dolore, rosi da un rancore contro cui, se solo avesse avuto più compassione, John Taylor avrebbe potuto mettere in guardia il più giovane compagno di sventura.

Doug Barker strizzava gli occhi dietro le lenti, come se avesse avuto mal di testa. «Il consiglio apprezza l'intervento disinteressato del signor Taylor e ne terrà conto.»

«Aspetta», sussurrò Tony a Sam. «È meglio se intervengo per ultimo.»

Dopo aver consultato il regolamento, Doug invitò a salire sul podio una donna emaciata, con il naso adunco: era Jane Whitman, ex coordinatrice dell'associazione genitori e insegnanti, che parlava a nome di un comitato di cittadini comprendente la Alison Foundation.

«La gente ha paura», esordì pacata la donna. «Come possiamo darle torto? Il vicepreside della nostra scuola è l'unico indagato per la morte di Marcie. Non so perché Sam Robb non sia ancora stato incriminato. Forse la polizia e la procura vogliono raccogliere tutti gli indizi e le prove possibili su una morte contro cui ormai non si può più fare niente. Ma non ci sono scuse per mantenere in servizio un vicepreside che, se avesse un po' di decenza, si sarebbe già dimesso per la vergogna. Siamo noi a vergognarci di averlo ancora nella scuola.» Si voltò di scatto verso Sam e Sue. «Non possiamo mandarlo via da Lake City, ma possiamo impedirgli di occuparsi delle nostre figlie. Definitivamente.»

D'istinto Sue prese la mano di Sam. Quasi scandalizzata, Jane Whitman si voltò verso i Calder e vide che la signora aveva il viso rigato di lacrime. «Ci dispiace, signora Calder.» Assunse un tono di voce più dolce, da maestra, com'era stata. «Ci perdoni, signora. Se solo l'avessimo saputo...» Poi, voltandosi di nuovo verso il consiglio, rivolse a ciascuno dei membri un'occhiata accusatrice. «Che cos'è più importante: i presunti diritti di quest'uomo o la sicurezza dei nostri figli? Mettetevi nei panni di Frank e Nancy Calder e saprete la risposta. Qui non si tratta di concedere il beneficio del dubbio a Sam Robb, bensì di valutare la moralità dei nostri insegnanti e amministratori. E da questo punto di vista, al di là di ogni ragionevole dubbio, Sam Robb non è una guida adatta per i nostri figli... Né nel parco di notte né altrove.»

Quando Jane Whitman tornò al suo posto, la sala proruppe in un applauso. Coloro che presero la parola dopo di lei – un farmacista, un benzinaio e il presidente del Rotary – chiesero tutti che Sam venisse licenziato. Poi si alzò Frank Calder; si asciugò la fronte con un fazzoletto e parlò in tono pacato, con un lieve accento del Midwest che parve aggiungere una certa dignità alle sue parole semplici.

«Sono Frank Calder», si presentò. «Il padre di Marcie.»

Doug Barker parve sinceramente commosso. «Lo sappiamo, signor Calder. Colgo l'occasione per porgerle le più sentite condoglianze da parte di tutti noi.»

Frank chinò la testa. «Ci siamo trasferiti qui per la scuola, sapete, perché le nostre tre figlie potessero frequentare una scuola

tranquilla e ricevere una buona istruzione. Era quello che volevamo, mia moglie e io.»

«Dio mio», borbottò Sam e Tony pensò che aveva tutte le
ragioni di preoccuparsi: qualunque cosa avesse detto e comunque
l'avesse detta, Frank rappresentava le speranze e le paure di tutta
la città. Era una sofferenza rivivere quell'incubo.

«Non avremmo mai pensato che nostra figlia ci mentisse»,
continuò Frank, «per incontrarsi con Sam Robb nel parco. Lui
dice che Marcie voleva parlargli. Perché non le ha dato appuntamento nel suo ufficio, allora? Perché le ha dato appuntamento a
Taylor Park, di notte?» Deglutì. «Possiamo immaginarlo tutti, il
perché. Possiamo immaginare tutti che cos'è successo a Marcie.
Questo è proprio il genere di cosa che vorremmo che la scuola
impedisse. Noi ci siamo fidati di lui...» Non riuscì a finire la frase.
Con voce rotta, si fece coraggio e continuò. «Ci siamo fidati di
lui e di voi. E guardate che cos'è successo. Be', adesso lo sappiamo, lo sanno tutti. Nancy e io siamo d'accordo con il signor Taylor. Vogliamo che Robb parli, che spieghi. Altrimenti, che venga
cacciato, in nome della decenza...»

Gli tremavano le mani. Aprì la bocca, come per aggiungere
qualcosa, ma non ci riuscì. Fece per tornare al suo posto, gli
occhi fissi sul consiglio. Quando Nancy Calder si alzò e lo prese
sottobraccio, nella sala calò improvvisamente un silenzio di
tomba.

Doug lanciò un'occhiata a Sam. «Qualcuno desidera parlare a
nome di Sam Robb?»

Tony aveva avvertito Sam che avrebbero fatto di tutto per sver-
gognarlo, in maniera da costringerlo a rassegnare le dimissioni o,
perlomeno, a parlare. Vedendolo così inquieto, Tony sentì tutto
il peso della responsabilità di parlare per lui e, quando salì sul
podio con una busta in mano, si accorse di avere le mani sudate.

«Salve, Doug», disse tranquillamente.

Doug Barker parve sorpreso. «Salve.»

Posando la busta, si accorse che Kay Marston lo guardava incuriosita. «Per chi non mi conosce, sono Anthony Lord, avvocato
e amico di Sam Robb. Un tempo vivevo anch'io a Lake City e,
per molti motivi, sono addolorato per la tragedia che mi ha spinto
a ritornare.»

Come Tony immaginava, quelle parole sottotono, aggiunte a
quel che tutti sapevano di lui, attrassero l'attenzione della sala,
che piombò di nuovo nel silenzio.

«Ventotto anni fa», proseguì, «in quello stesso parco fu uccisa Alison Taylor. Lei e io ci eravamo messi d'accordo perché uscisse di casa di nascosto, come spesso si faceva da ragazzi e senza dubbio si continua a fare. Io l'aspettavo e, non vedendola, andai a cercarla. Ma non c'ero soltanto io nel parco, quella sera. Sentii alcuni passi provenienti dal giardino dietro la casa dei Taylor e trovai Alison a terra un attimo prima che il signor Taylor aprisse la porta.» Tony si fermò a osservare le facce attonite dei membri del consiglio. «Quel momento fu fatale, per me, e mi perseguita da allora. Non solo per via di Alison, a cui volevo bene, ma perché molti in questa città mi giudicarono colpevole, pur non avendo prove contro di me. Il primo fu John Taylor, per motivi che capisco benissimo. Ma il signor Taylor e io abbiamo un altro ricordo in comune, cui ha alluso poco fa: ventotto anni fa il signor Taylor chiese a questa stessa scuola di espellermi. A parlare per me venne il mio avvocato, proprio come stasera per Sam Robb sono venuto io. Per un solo voto, riuscii a finire gli studi e a diplomarmi. Così potei andare a Harvard e laurearmi in legge. Così ebbi la possibilità di vivere una vita felice e ricca di soddisfazioni, in cui nessuno, eccetto forse qualcuno dei miei ex concittadini, mi crederebbe mai capace di uccidere. Adesso, a distanza di tanto tempo, sono venuto a chiedere a questo consiglio di usare la stessa cautela di allora. E di ricordare quanto ha dato Sam Robb a questa scuola in tutti questi anni. E per questo basta una lettera. L'ha scritta Jack Burton, il preside della Lake City High School.» Tony porse la busta a Doug. «Ne ho una copia per ciascuno di voi. Contiene affermazioni incontestabili: che Sam Robb ha prestato servizio in questa scuola per vent'anni senza che uno studente si sia mai lamentato di lui e senza aver mai dato l'impressione di comportarsi in maniera sconveniente con i ragazzi. Per molti versi, lo trovo un documento eloquente.»

Certo che lo è, pensò Tony, avendola scritta lui stesso perché non si fidava a lasciar parlare in pubblico Jack Burton e nemmeno a fargliela scrivere di suo pugno. E l'espressione con cui Jack l'aveva firmata era confusa quanto le emozioni contraddittorie che animavano Tony in quel momento.

«Purtroppo il signor Burton stasera è indisposto. Ma in questa sua lettera afferma che Sam Robb ha un passato ineccepibile e raccomanda di limitarsi a sospenderlo temporaneamente dal servizio, in attesa che la giustizia faccia il suo corso. Una soluzione semplice nella sua equità.»

Tony si fermò e aspettò che Doug Barker finisse di leggere. «Coloro i quali vorrebbero che Sam Robb venisse licenziato ritengono che, nonostante il suo passato integerrimo, sia un uomo pericoloso, forse addirittura un assassino, per via di ciò che è capitato a Marcie. Ma leggete la lettera del preside, chiedete agli amici, ai colleghi o agli studenti di Sam Robb: non pensano affatto che sia un uomo pericoloso.» Guardò i genitori di Marcie e aggiunse, sottovoce: «E sono certo che non lo pensano neanche i signori Calder. Stanno cercando una spiegazione alla tragedia che li ha colpiti ma, con il più profondo rispetto per il loro dolore, io non credo che la risposta sia qui». Tony si rivolse a Doug. «Questo consiglio non è in grado di stabilire come sia morta la povera Marcie o chi ne sia stato la causa. Sappiamo che, appena è stata denunciata la sua scomparsa, Sam Robb ha agito responsabilmente. Tuttavia non possiamo sapere altro, né sta a noi decidere cose su cui il sistema giudiziario non si è ancora pronunciato. Per correttezza verso Sam Robb e per garantire una gestione corretta delle scuole di Lake City dal punto di vista etico, legale ed economico, non dobbiamo nemmeno provarci.»

La velata minaccia fece trasalire Kay Marston e Tony se ne accorse. «Questo consiglio», proseguì, «ha già denunciato alle autorità competenti un presunto comportamento improprio, come prescritto dalla legge. Finché la giustizia non avrà fatto il suo corso, lo spettro di uomo pericoloso, così diverso dal Sam Robb che tutti noi conosciamo, non deve diventare un pretesto per una nuova caccia alle streghe. Quanto a una presunta relazione illecita fra Marcie Calder e Sam Robb, la mia risposta è semplice: aspettate. Abbiamo abolito i roghi e, benché forse qualcuno dei presenti la rimpianga, la messa al bando.» Ancora una volta abbassò la voce. «L'obbligo che avete nei confronti dei signori Calder è di onorare la memoria di Marcie. Non pensate di poterli consolare rovinando la vita di un'altra persona: questo non può fare nulla per sanare la loro tragica perdita e, con il passare del tempo, potrebbe rivelarsi un sacrificio inutile di cui potreste pentirvi tutti quanti.»

Si sedette, senza aggiungere altro. Sam, con l'aria esausta, gli posò una mano sulla spalla. Anche Tony improvvisamente si sentì stanchissimo.

Il consiglio pareva indeciso, teso. Quando Doug Barker si voltò verso gli altri, Tony gli lesse negli occhi l'incertezza. «Prima di passare alle mozioni, qualcuno desidera fare altre dichiarazioni da mettere a verbale?»

Un momento dopo uno degli alleati di Doug Barker, Allan Proctor, titolare dell'istituto Dale Carnegie della città, chiese la parola. «Nel mio lavoro sento molta retorica», dichiarò. «Penso che il discorso che abbiamo appena ascoltato, per quanto abile, non sia che inutile retorica e vuote minacce. L'avvocato Lord ci raccomanda di aspettare, di rimandare tutto a dopo che la giustizia avrà fatto il suo corso.» Voltandosi, lanciò un'occhiata sprezzante a Sam. «Ma io non credo che Sam Robb potrà mai prendere la parola davanti alla commissione disciplinare per discolparsi, perché dovrebbe dire che cosa faceva con Marcie, o rifiutarsi di dirlo, che equivarrebbe comunque ad ammettere la sua colpa. Non credo pertanto che corriamo alcun pericolo a licenziarlo adesso.»

Era una mossa astuta, Tony lo sapeva: anche se avessero rimandato l'udienza, Sam sarebbe stato costretto a invocare il quinto emendamento e ad avvalersi della facoltà di non rispondere per non autoincriminarsi. Ma l'occhiata che Kay Marston lanciò ad Allan Proctor era indicativa del suo scetticismo. «Ne ha parlato con l'avvocato Lord? O con i nostri legali?»

Proctor si morse un labbro. «No.»

«Intende farlo?» sbottò Kay Marston. «Prima di licenziarlo, intendo.»

«Basta un briciolo di buonsenso...»

«Dunque lei ritiene che, se lo licenziassimo, invece di fare causa alla scuola, Sam Robb sarebbe grato al consiglio per avergli risparmiato la commissione disciplinare?» Kay si voltò verso Tony. «Lei che dice, avvocato?»

Tony si alzò. «Due cose. Primo, come il vostro legale vi potrà confermare, Sam Robb ha diritto a un'udienza formale. Secondo, il licenziamento gli rovinerebbe la reputazione senza giusta causa e quindi potrebbe dare adito a una denuncia per diffamazione.»

Kay Marston assentì, brusca. «Come vede», disse ad Allan Proctor, «non ci verrebbe certo a ringraziare.»

Per un attimo la tensione fu tale che nessuno parlò. Poi Proctor si rivolse a Sam: «Perché non se ne va *sua sponte*? In nome del cielo, come ha potuto portare quella povera ragazza nel parco e mettere i suoi genitori e tutti noi in una situazione tanto delicata?»

Sam fece per alzarsi. Tony si girò dalla sua parte, lo fermò con una mano e gli bisbigliò: «No». Sam arrossì e si risedette.

Con un certo ritardo Doug Barker riprese il suo ruolo di moderatore, nel tentativo di mantenere almeno un'apparenza di ordine nella sala. «Ci sono mozioni riguardo al modo in cui procedere?» domandò.

Sia Kay Marston sia Allan Proctor alzarono la mano. Con l'astuzia del politico di provincia, Doug diede prima la parola alla sua nemica. «Prego, Kay.»

Tony la guardò, un po' agitato. «Credetemi», esordì la donna, «condivido il dolore e la preoccupazione che molti di voi hanno espresso questa sera. Sapete che sono molto sensibile al problema delle molestie e della violenza nei confronti delle donne, tanto più se a farne le spese sono le ragazze della nostra scuola. Ma per legge, senza un'udienza, non abbiamo il diritto di licenziare nessuno.» Guardò il pubblico in sala. «I nostri legali suggeriscono di aspettare.»

«In altre parole», intervenne Allan Proctor, «di non prendere provvedimento alcuno.»

Tony seguiva il battibecco ben sapendo che il futuro di Sam e Sue dipendeva dal suo esito. «No», ribatté Kay Marston. «Di non fare sciocchezze. Ci riuniremo di nuovo se Robb verrà incriminato e convocheremo la commissione disciplinare. Per ora, licenziarlo equivarrebbe a impelagarsi in una causa legale che non avremmo nessuna possibilità di vincere, ma che permetterebbe al consiglio di passare la patata bollente a qualche giudice di Steelton, che a sua volta la passerebbe a Sam Robb e al suo avvocato. Io non credo sia giusto nascondere la verità agli elettori.»

Allan Proctor s'irrigidì, risentito. Doug Barker guardò gli altri con aria infelice. «Passiamo ai voti?»

Tony vide che John Taylor dava segni di nervosismo e i Calder si stringevano la mano. «Chi è a favore della mozione della signora Marston alzi la mano», annunciò Doug.

Kay Marston alzò il braccio per prima, seguita con una certa riluttanza dal suo alleato, un ingegnere chimico che faceva il pendolare fra Lake City e Steelton.

«Due a favore», disse Doug a voce bassa. «Chi è contrario?»

Allan Proctor alzò la mano per primo, seguito dal secondo alleato di Barker, un insegnante in pensione dai capelli grigi e ricci. Rassegnato, Tony aspettò che Doug si esprimesse.

«Due», annunciò grave il presidente della seduta. Tony vide

che Sam si aggrappava ai braccioli della sedia, mentre Sue chiudeva di nuovo gli occhi.

Doug Barker si grattò il naso. «Questa sera, preferirei non far parte del consiglio», spiegò. «Sono desolato oltre ogni dire per la tragica morte di Marcie Calder, ma devo dare ragione a Tony Lord: conosciamo Sam Robb da troppo tempo per esprimere un giudizio frettoloso sul suo conto e la prudenza ci impone di lasciare che la giustizia segua il suo corso.» Guardò Sam, prima di concludere: «Mi auguro di non dover mai rimpiangere questa decisione, Sam. La mozione di Kay Marston è approvata per tre voti a due...»

Si sentì un sospiro. Doug Barker alzò gli occhi, come attonito per quel che aveva appena fatto, e borbottò: «La seduta è tolta».

La gente cominciò ad alzarsi, perplessa, delusa. Sollevato ma nel contempo turbato per loro, Tony vide i Calder che fissavano il palco vuoto.

Sam Robb si prese la testa fra le mani e pianse.

14

Tony rimase tanto sorpreso nel vedere Sam sullo schermo, con la faccia nascosta tra le mani, combattuto fra il sollievo e la vergogna, che dimenticò quello che stava facendo.

«Aspetta un attimo, amore», disse a Stacey, e posò il telefono.

Andò ad alzare il volume del televisore mentre al posto di Sam appariva una ragazza magra sui vent'anni, seduta su un divano. «Quando ho visto il servizio su Sam Robb al telegiornale», diceva alle telecamere, «ho sentito il dovere di farmi avanti. Per quanto mi fosse difficile.»

Dal volto sullo schermo, senza trucco e con i lineamenti marcati, traspariva grande sincerità e s'intuiva che la decisione era stata sofferta. «Non so se ce ne siano state altre, ma certamente Marcie non è stata la prima.» Con voce rotta precisò: «Forse lo sono stata io...»

Tony, sbigottito, mormorò: «Maledizione...»

Una voce femminile fuori campo chiese: «Ci vuole raccontare la sua storia, Jenny?»

La ragazza si fece coraggio e annuì. «Avevo diciassette anni e facevo atletica, proprio come Marcie. Lui mi diceva che ero speciale...»

«Avete avuto rapporti sessuali?»

«Sì.» Dopo un attimo di silenzio, specificò: «Una volta nel suo ufficio e un'altra in un motel».

«Perché ha deciso di farsi avanti soltanto adesso, dopo sei anni?»

La ragazza si sforzò di mantenere il controllo. «Se avessi avuto il coraggio di denunciarlo prima, magari Marcie sarebbe ancora viva. Bisogna impedire a Sam Robb di fare del male ad altre ragazze...»

La telecamera zoomò sulla ragazza che si mordeva un labbro, sforzandosi di rimanere calma. Tony si preparò al peggio.

«Tamara Lee, Headline News», concluse la giornalista.

Tony tornò al telefono, esterrefatto. «Scusa, Stacey, ma devo parlare con Sam. Immediatamente.»

244

Guardando il lago Erie dal molo, Sam disse con voce angosciata: «Sono tutte balle, Tony. Quella mi vuole rovinare».

Se dovessi contare le volte che l'ho sentito dire dai miei clienti... pensò Tony. «Adesso le ragazze sono due», ribatté. «Che motivo avrebbe questa di mentire?»

Sam prese fiato. Sembrava curvo sotto un peso insostenibile, quasi quell'ultima pubblica umiliazione lo avesse privato dei pochi brandelli di umanità che gli restavano, lasciandogli solo una specie d'istinto di sopravvivenza animalesco. «Sei anni fa la cacciai dalla squadra di atletica perché le avevo trovato un po' di marijuana nell'armadietto», rispose stancamente.

Tony rifletté, osservando gli ultimi riflessi del sole che calava sull'acqua grigio-azzurra del lago. «Allora ci sarà qualcun altro che ne è al corrente, no?»

Sam scosse la testa. «Feci in modo che sembrasse una decisione sua. Una cosa era non volerla nella squadra perché fumava erba, un'altra rovinarle la vita facendola espellere.» Fece un sorriso amaro. «Non avrei dovuto. Ma pensai che anch'io, a quell'età, nascondevo le bottiglie di whisky.»

Quella risposta lo fece pensare: o Sam si era inventato una bugia molto credibile nel giro di un'ora o era stato più comprensivo di quanto non lo fosse stato Jack Burton nei confronti di Tony ventotto anni prima. «Questa storia potrebbe essere la tua rovina», gli disse dopo un po'. «Un'accusa del genere significa che il consiglio ha in mano due esempi di tua 'irresponsabilità morale', se non addirittura motivo di dire che hai problemi relazionali con le tue allieve. E Stella Marz potrebbe servirsi di Jenny per dimostrare che hai mentito alla polizia e che hai la fissazione delle ragazzine. Quel che non capisco è perché, a sei anni di distanza, ce l'abbia ancora tanto con te da inventarsi tutto.»

«Jenny Travis non è una ragazza equilibrata. È una che sotto pressione crolla.»

Quel cambiamento colpì Tony: Sam aveva una luce rabbiosa negli occhi e il suo tono era pratico e spietato. «Non ti ho chiesto se potevo farla crollare, maledizione. Ti ho chiesto perché dovrebbe mentire...»

«Senti, Jenny aveva fama di essere una che andava a letto con tutti. A un certo punto girava addirittura voce che se la facesse con un'altra ragazza della squadra.» Sam strinse le labbra. «Quando una non sa nemmeno da che parte girarsi, va' a sapere perché fa le cose.»

Vedendo la disperazione nello sguardo dell'altro, Tony pensò a Sue e a come aveva sopportato stoicamente la riunione del consiglio. «Come l'ha presa Sue?» gli domandò.

«Secondo te?» L'accenno alla moglie lo fece piombare in una disperazione ancora più cupa. «Le ho detto quello che sto dicendo a te, che Jenny Travis è una bugiarda. Se non riesco a farmi credere da Sue, è finita.» Scosse la testa. «Non riesco a immaginare di vivere senza di lei. Non riesco a immaginarlo...»

«Va bene», disse Tony con riluttanza. «Proverò a parlare con Jenny Travis. Ma devi capire che è un rischio. Se la prende male, andrà a dire in tribunale che ho cercato d'intimidirla per salvare il mio cliente colpevole. Corro il rischio di peggiorare la situazione.»

L'investigatore privato trovato da Saul, Sal Russo, era efficiente. Nel giro di ventiquattr'ore Tony venne a sapere che Jenny Travis insegnava aerobica in una palestra di Riverwood e che da due anni divideva un appartamento con una certa Ellen Fox; non aveva precedenti penali né era stata coinvolta in cause civili da quando si era diplomata alla Lake City High School; aveva ventitré anni, era nubile e non aveva debiti. A Sal non risultava che né lei né Ellen Fox, che lavorava in un asilo nido, avessero un ragazzo.

Seduto in un piccolo ufficio ad aspettare Jenny Travis, Tony guardò gli ultimi cinque minuti della lezione di aerobica. La ragazza gridava come un sergente, a ritmo di musica rap, con piglio deciso, mentre le sue reclute sudaticce e volonterose, più o meno brave e più o meno grasse, imitavano i suoi movimenti con risultati a volte discreti, altre volte al limite del ridicolo. Se fosse stato di umore migliore, Tony avrebbe potuto riflettere sul proprio declino sportivo – da star del liceo ad avvocato di mezz'età battuto a basket da colleghi più giovani, pallidi per il troppo lavoro e competitivi quanto lui – e sorridere delle vicissitudini della vita. Ma erano pensieri troppo benevoli, rispetto a quello che si accingeva a fare nell'interesse di Sam.

Terminata la lezione, i partecipanti si misero a chiacchierare fra loro come ragazzini appena usciti da scuola. Jenny rivolse una parola a quasi tutti, con pacche sulle spalle e commenti incoraggianti; sembrava fin troppo presa dal proprio compito, quasi stesse preparando le truppe a qualche attacco contro le difficoltà della vita. Vedendo che alcuni l'abbracciavano, Tony si chiese se la stessero confortando per l'improvvisa notorietà. Quando entrò nell'ufficio asciugandosi il sudore dalla fronte e lo vide, assunse un'aria allarmata.

«Lei dev'essere Tony Lord», disse. «L'ho vista in tv.»

Aveva una voce secca, un po' tesa, e non provò nemmeno a fingere di essere bendisposta. Del resto Jenny non era il tipo di persona che cerca di piacere: aveva capelli corti, alla paggetto, occhi azzurri e nemmeno un filo di trucco su una pelle tanto bianca che, insieme ai capelli di un castano spento, la faceva sembrare slavata. Era fin troppo magra e, dietro i gesti decisi e lo sguardo provocatorio, Tony intuì un atteggiamento di difesa.

La guardò negli occhi. «Ho pensato di venire a parlarle per capire dove vuole arrivare, prima che sia troppo tardi.»

Lo disse in tono più minaccioso di quello che avrebbe voluto, con meno riluttanza di quella che provava. «Marcie Calder è morta», replicò Jenny. «Per lei è comunque troppo tardi.»

«Vero. Ma ormai i media si sono scatenati e gira voce che la scuola convocherà di nuovo Sam Robb.»

Nell'occhiata in tralice della ragazza c'era un misto di preoccupazione, disgusto per il ruolo di Tony e disprezzo per la sua scarsa trasparenza morale. «Lei sa che aveva già avuto rapporti sessuali con una studentessa. Magari lo sapeva anche prima della riunione.»

Lo disse come se la propria sincerità dovesse essere chiara a Tony quanto lo era a lei stessa. «So solo quello che lei ha dichiarato a Channel Seven», rispose lui. «E non mi sembrava molto...»

«Perché, lui che cosa dice?»

«Che non è vero. E che è disposto a un confronto.»

Jenny fece una smorfia. «Che bugiardo! Bugiardo e assassino.» Si avvicinò leggermente a Tony. «Sa come faccio a sapere che Sam Robb ha ucciso Marcie Calder?»

Tony rimase sorpreso. «No.»

«Perché mi ha ricattato per venire a letto con me. Uno che costringe una donna ad avere rapporti sessuali è capace anche di peggio.»

Tony cercò di controllarsi: spaventarla poteva essere fatale. A voce bassa e in tono gentile le chiese: «Mi vuole raccontare come andarono esattamente le cose?»

La ragazza gli lanciò un'occhiata dubbiosa, poi alzò le spalle. «Visto che dovrò ripeterlo un sacco di volte, una volta in più o in meno non fa differenza. Dopotutto sono sei anni che mi porto dietro questa storia.»

All'epoca Sam era sulla quarantina, pensò Tony, *e sua figlia doveva avere più o meno la stessa età di Jenny Travis*. «Jenny Robb era a scuola con lei?»

«Eravamo in classe insieme.»

«La conosceva bene?»

«Come tutti: era la prima della classe. Ma frequentavamo compagnie diverse.»

Tony intuì che le era antipatica, forse addirittura ostile, ma per saperlo avrebbe dovuto parlarne con Jenny Robb. Non riusciva a immaginare che un vicepreside corresse il rischio di avere una relazione con una compagna di classe della figlia.

«Quando dice che Sam l'ha costretta...»

Jenny accavallò le gambe. Alle sue spalle si stava raccogliendo un gruppetto di persone per la lezione successiva. Tony si rese conto d'un tratto del silenzio che lo circondava: il silenzio della gente di là dal vetro e quello della ragazza che aveva di fronte.

«Mi aveva trovato dell'erba nell'armadietto», disse infine.

Jenny Travis si era chiusa la porta alle spalle.

Il suo allenatore, Sam Robb, era seduto alla scrivania e la guardava con gli occhi socchiusi. A un certo punto aveva tirato fuori del cassetto due spinelli e li aveva posati sulla scrivania.

A Jenny era venuto il batticuore.

«Dovrei denunciarti al preside», le aveva detto lui. «Il quale potrebbe farti espellere.»

Jenny era rimasta in silenzio.

Con una smorfia, come se non gli piacesse quel che stava per fare, Sam le aveva ordinato sottovoce: «Siediti».

Lei aveva ubbidito, sconsolata, gli occhi fissi sugli spinelli.

Sam Robb si era appoggiato con i gomiti sulla scrivania e l'aveva guardata con quei suoi occhi azzurri da bambino in una faccia da uomo maturo. «Hai molte potenzialità... sia come atleta sia come persona. Perché ti butti via così?»

Jenny si era stretta nelle spalle non sapendo che cosa dire, ansiosa di capire se poteva ancora cavarsela. Riuscì soltanto a mormorare: «Non lo so».

«Be', pensaci.» Era rimasto zitto e aveva incrociato le braccia. «Hai una media discreta, ma potresti fare di più. Corri bene, però non stai dando il massimo. Adesso poi questa storia...» Aveva lasciato la frase a metà, abbassando gli occhi sugli spinelli. «Forse dovrei parlare con i tuoi genitori. Se si trattasse di mia figlia, vorrei che m'informassero.»

Jenny aveva intuito che forse non l'avrebbe fatta espellere dalla scuola. Ma l'idea che convocasse i suoi genitori l'atterriva: le pareva già di vedere la madre con le labbra strette e il padre su tutte le furie. Si faceva le canne apposta per sfuggire a tutto quello, per rifugiarsi nel mondo fantastico e pieno di musica nascosto nella sua testa. «Per favore, non glielo dica», l'aveva pregato. «Mi sgriderebbero e basta. Non capirebbero.»

Sam l'aveva guardata. «Non capisco neanch'io.»

Jenny aveva percepito che la trattava con maggiore intimità, come un'adulta. L'aveva sempre trovato un uomo interessante ma, a parte le battute e l'atteggiamento sicuro di sé di uno che ai suoi tempi era stato un campione, un po' distante. Non poteva dire di conoscerlo, mentre in quel momento aveva un disperato bisogno di capire le sue intenzioni. «A volte vorrei scappare», gli aveva confidato. «Mi sento fuori posto e non capisco perché.»

Sam aveva riflettuto su quelle parole, apparentemente assorto nella contemplazione del piano della scrivania. Da una parte Jenny gli era grata, dall'altra si sorprese a pensare che l'interesse che le dimostrava era fasullo e che sotto sotto non la rispettava affatto. A un certo punto le aveva puntato addosso quegli occhi azzurri e penetranti come cercando di trapassarla con lo sguardo. «Potresti essere una ragazza meravigliosa. Ma le persone meravigliose non fumano erba.»

Jenny aveva pensato che, finché non la congedava, c'era speranza. Le erano venute le lacrime agli occhi per la paura, la speranza, la confusione... «La prego», l'aveva implorato, «lei non sa come reagirebbero i miei...»

Lui aveva alzato le spalle, come a dire che non erano affari suoi, poi, quasi di malavoglia, aveva detto: «Forse potrei vedere di fare qualcosa». Si era messo una mano davanti agli occhi. «Ci devo pensare su...»

Lei era rimasta immobile, zitta, temendo di fare un passo falso e in ansia al pensiero che entrasse qualcuno e vedesse gli spinelli sulla scrivania, per quanto fossero già le sei. Sam sembrava indeciso. «Non dovrei dirlo», aveva ammesso a un certo punto, «ma il fatto che si tratti di te mi rende più difficile la cosa. Non voglio che la gente pensi che faccio favoritismi, ma tu sei sempre stata una delle mie allieve preferite.»

Jenny si era accorta che qualcosa era improvvisamente cambiato fra loro e si era sentita a disagio. «Non puoi continuare a scappare», le aveva detto. «Con i ragazzi, con l'erba e tutto il resto. Te ne rendi conto?»

Lei aveva annuito. Avrebbe detto di sì a qualsiasi cosa.

Sam aveva rimesso i due spinelli nel cassetto. «Va bene», aveva detto lentamente. «Ti aiuterò.»

Jenny aveva sorriso. «Grazie...»

Quando si era alzata, si era alzato anche lui.

Si erano guardati, Jenny confusa, e lui aveva allargato le braccia. Esitante, gli si era avvicinata.

L'aveva abbracciata: era forte, più forte dei ragazzi con cui era stata e con cui non aveva provato niente. «Va tutto bene», le aveva detto, stringendola. «Vedrai che si aggiusterà tutto...»

Quando lei si era staccata e l'aveva guardato con gratitudine, lui aveva scosso la testa, con un mezzo sorriso. «Ah, Jenny...»

Il tono era inequivocabile. Lei si era sentita morire. A quel punto l'aveva baciata.

Non aveva opposto resistenza né l'aveva assecondato, quasi il suo corpo non le appartenesse, dibattendosi fra incredulità, paura e stupore. Poi aveva sentito il tocco della sua lingua.

L'aveva lasciato fare, immaginandosi la faccia che avrebbero fatto i suoi genitori; non aveva il coraggio di respingerlo al pensiero dei due spinelli nel cassetto. A un certo punto lui le aveva appoggiato la fronte contro la sua. «Non ti dispiace?» le aveva chiesto.

Jenny non aveva risposto. Sam l'aveva baciata sulla fronte ed era andato alla porta; in quel momento lei si era resa conto che doveva averle chiesto apposta di presentarsi nel suo ufficio dopo l'allenamento, quando in giro non c'era nessuno.

Aveva sentito lo scatto della serratura che si chiudeva alle sue spalle.

Quando lui le si era avvicinato da dietro e le aveva posato le mani sui fianchi, Jenny aveva capito che subito dopo le avrebbe toccato il seno.

Aveva chiuso gli occhi, aveva sentito che le sfiorava i capezzoli attraverso la maglietta sottile ed era rabbrividita avvertendo il suo respiro sul collo.

Anche il resto era stato prevedibile, secondo un rituale che già conosceva, ma che l'aveva lasciata stranamente indifferente. Le mani sicure le avevano abbassato i jeans, le dita si erano insinuate nelle mutandine, senza fretta; avrebbe potuto fermarlo, ma non l'aveva fatto, neppure quando lui l'aveva fatta chinare sulla scrivania. L'aveva presa da dietro e i capelli le erano caduti sul viso sino a sfiorare la scrivania. L'aveva sentito muoversi dentro di sé e raggiungere l'orgasmo e si era domandata se il rischio contribuisse a eccitarlo.

A voce bassa, con calma, le aveva detto: «Non sarà l'ultima volta, Jenny», e lei aveva capito di essere in suo potere.

Chiedendosi se fosse vera, Tony rimase scosso dalla somiglianza tra quella storia e quella che gli aveva raccontato Sam della «seduzione» di Marcie, perlomeno in certi particolari. Passò un momento prima che chiedesse: «A quei tempi ne parlò con qualcuno?»

Jenny incrociò le braccia. «No.»

Lui esitava. Anche se avesse cercato di scoraggiare quella ragazza, Stella Marz avrebbe potuto chiamarla a deporre obbligatoriamente in tribunale. Ma doveva provarci, perché la sua testimonianza rischiava di essere fatale. A parte il fatto che Tony aveva bisogno di sapere. «E successe altre volte?» le chiese.

«Sì. Al Motel 6, a due chilometri da qui.»

Perlomeno non in macchina, rifletté Tony con cupa ironia. «Che cosa successe?»

«Mi chiese di prenderlo in bocca e mi tenne la testa finché non ebbe finito.»

Era tesa e dal suo tono piatto traspariva un odio a stento controllato. «Mi sta dicendo cose piuttosto spiacevoli», le disse lui. «Ma approfittare di una studentessa, abusare di una donna, non equivale a uccidere.»

Per la prima volta, Jenny arrossì. «Io gli ho dato quello che chiedeva. E se non l'avessi fatto?»

«Non so.»

Jenny si alzò e si voltò verso il vetro, guardando le ragazze nella palestra. Poi si rivolse di nuovo a Tony. «Non ci fu solo il rapporto orale», disse. «Mi fece stendere prona sul letto e, quando gli dissi che non volevo, lui lo fece lo stesso. Sentii male.» Lo disse in tono di disprezzo. «Poi, alla fine, si scusò. 'Non sono così', ricordo che mi disse.»

Guardò Tony negli occhi, chiedendosi con che coraggio lo difendeva. «Fece lo stesso che cosa, Jenny?» chiese lui.

Lei gli lanciò un'occhiata interrogativa, poi scosse la testa. «No, non quello», rispose. «Ma mi fece sentire sporca, sfruttata, come un oggetto. Forse per lei questo non vuol dire niente.»

Tony si rendeva conto delle emozioni contraddittorie che provava: aveva paura di scoprire chi era veramente Sam, si chiedeva che cosa doveva essere stata la vita matrimoniale per Sue, intuiva che la riluttanza di Jenny a distinguere fra Tony e il suo cliente era qualcosa di più di rancore nei confronti di Sam o di generica antipatia per gli avvocati. C'era qualcosa di non detto, che in quel momento credette di capire: provò compassione per Jenny e rabbia al pensiero di dover essere lui, l'avvocato di Sam Robb, a dirle quel che Stella le aveva taciuto e cioè che, una volta avviato, il processo le sarebbe sfuggito di mano.

«Non è vero», rispose Tony. «Comunque quel che penso non c'entra. A nome del cliente che rappresento, desidero farle presente che sia la sua testimonianza sia il fatto che lei lo creda capace di uccidere possono essere estremamente dannosi. Anche se c'è stato un abuso sessuale.» Lo disse a voce bassa, sperando di riuscire a convincerla che la sua denuncia non sarebbe servita granché. «Sono quasi certo che la sua testimonianza in un processo per omicidio non sarebbe ammissibile in quanto pregiudizievole per l'imputato, ma priva di valore probatorio. Rimangono le sanzioni disciplinari, ma Sam è già stato sospeso e, se la cosa la può confortare, le assicuro che non tornerà più alla Lake City High School.»

Jenny Travis scosse il capo, ostinata. «Lei parla da avvocato, ma la vittima sono io. E anche Marcie. Sono stata zitta per sei lunghi anni e mi è servito solo a soffrire. Se mi sono decisa a parlare, è per Marcie e le ragazze come lei, ma anche per me stessa.»

Non c'era modo di fermarla, Tony lo sapeva, senza spiegarle il resto. Vinse la propria riluttanza e si buttò: «Le devo chiedere quello che le chiederebbe qualsiasi avvocato. Lei lasciò la squadra di atletica, vero?»

«Dopo il motel, sì. Non potevo nemmeno guardarlo in faccia.»

«Non ci sono testimoni che avallino la sua storia o possano convincere me, in qualità di avvocato di Sam Robb, che le cose siano andate veramente così. E oltre a non esserci nessuno in grado di confermare quel che secondo lei il mio cliente le ha fatto, Jenny, non c'è nemmeno nessuno che possa smentire quel che dice Sam, e cioè che le permise di ritirarsi dalla squadra di atletica per buon cuore, invece di farla espellere per detenzione di sostanze stupefacenti. Né nessuno che possa confermare nulla di quel che mi ha raccontato oggi. È la classica situazione in cui la parola di uno vale quanto quella dell'altro. Non sono casi facili da risolvere.»

Jenny lo fissava. «Me ne rendevo conto anche sei anni fa. Ecco perché tenni la bocca chiusa e lasciai che Marcie finisse nella stessa trappola in cui ero caduta io. Adesso sono pronta a mettere la mia parola contro quella di Sam Robb.»

Una parte di Tony avrebbe voluto, per lei, che la cosa fosse semplice come credeva. Ma purtroppo non era così. «È una questione di credibilità...»

«Ah, perché secondo lei Sam Robb è credibile? Dopo quello che ha fatto?»

Era il nocciolo del problema e Tony se ne rendeva conto. «È una vicenda complessa», ammise. «Alla fine in quanto avvocato di Sam sarei costretto ad attaccare lei, a cercare d'insinuare che, data la vita che fa, le sue parole non sono credibili, Jenny.»

La ragazza serrò le mascelle e, per la prima volta, Tony ebbe la certezza che era sempre sulla difensiva, che si trattava di una sua caratteristica profonda e viscerale. «Data la vita che faccio?» domandò.

«Basta poco per minare la sincerità o l'obiettività di un testimone.» La guardò e cercò di spiegarsi nel modo più gentile possibile. «Non soltanto l'uso di droghe o il fatto di aver avuto molti amanti. Tutto di lei.» Si fermò e le lesse il terrore negli occhi. A voce più bassa chiese: «I genitori di Ellen lo sanno?»

Jenny sbiancò. A voce altrettanto bassa sibilò: «Bastardo».

«Allora non testimonia più?» chiese Saul.

«Non credo», rispose Tony. «Sempre che Stella non la obblighi. Evidentemente vuol bene a questa Ellen e non si era resa conto delle conseguenze di una sua testimonianza.»

All'altro capo del filo, Saul rimase un attimo zitto. «Pensi che ti abbia detto la verità?»

«È possibile. Avresti dovuto vedere con quanto odio ne parla. Ma nella sua ostinazione c'è qualcosa che non ha a che fare tanto con l'ingiustizia che ha subìto, quanto con il suo carattere. O almeno questa è l'impressione che mi ha fatto.» S'interruppe e prese il bicchiere di martini cocktail sul comodino. «Francamente, Saul, mi pare di essere un appestato. Solo la decenza mi ha impedito di dirle che io e Stacey abbiamo un sacco di amici e amiche gay a San Francisco, dove c'è più libertà di vedute.»

L'altro sbuffò. «Le hai detto la verità. E dirgliela in privato è stato molto meglio che in un'aula di tribunale. O aspettare che gliela dicesse qualcun altro.»

Era vero, Tony lo sapeva. «Forse la cosa che mi dà più fastidio è non sapere che razza di uomo è diventato Sam.» Dopo un attimo di silenzio, aggiunse: «O è vittima della sfortuna, del pregiudizio e di un'etica che lascia quanto mai a desiderare, o è talmente pazzo che può anche aver ucciso Marcie».

«Date le circostanze», disse Saul dopo un po', «non so se questa notizia ti rallegrerà, ma l'idea che hai avuto a proposito del tuo amico Ernie Nixon è sostenibile, o almeno è sufficiente a metterlo in cattiva luce.»

La notizia non lo rallegrò affatto. «Tony Lord», decretò, «il castigo dei neri e delle lesbiche. Per anni è stata la mia massima aspirazione.» Finì il drink e disse: «Va bene, parlami di Ernie».

15

Dalla finestra di Sarah Croff si vedeva abbastanza bene la casa di Ernie Nixon, una modesta villetta di legno, bianca, degli anni '20, con il portico davanti all'ingresso e qualche albero nel giardino trascurato. Seguendo lo sguardo di Tony, la donna disse: «Sta lasciando andare tutto in malora».

È il divorzio, pensò Tony. Anche nella luce benevola del mattino la casa di Ernie aveva un'aria desolata. «Lei vede tutti quelli che entrano ed escono, vero?»

«Sì, sì. Come ho detto al signor Russo.»

C'era una nota di querula superiorità nel suo tono di voce, come se Tony fosse un rompiscatole e per giunta un po' ottuso. Lui immaginò che non fosse diventata così con l'età, ma che lo fosse sempre stata: sotto i radi capelli bianchi aveva una faccia arcigna, dalle guance incavate, con la bocca piegata all'ingiù e uno sguardo duro che non si riusciva a immaginare sorridente. Osservandola meglio, si chiese come mai quella settantenne gli paresse tanto familiare.

Saul Ravin, seduto sul divano, gli fece una specie di smorfia da dietro le spalle della donna, come a dire: «È tutta tua, cocco. Io sono solo uno spettatore».

Tony le disse in tono pacato: «Quello che lei ha riferito a Sal potrebbe essere molto importante. Ecco perché ho pensato di venirle a parlare di persona».

Un po' rabbonita, Sarah gli indicò il divano, facendogli intendere che doveva sedersi vicino a Saul. «Ho sempre pensato che Sam Robb fosse un brav'uomo. Ricordo che, quando aveva sedici anni o giù di lì, una volta tenne un bellissimo sermone nella nostra chiesa. Mio marito e io rimanemmo molto impressionati.»

Anche Tony ricordava quel sermone e fu soltanto il fatto che il suo cliente aveva bisogno di quella donna a impedirgli di scoppiare a ridere: Sarah Croff doveva essere la megera che l'aveva guardato male quando aveva trascinato via Sam, annunciando che era ora di andare a messa. Ebbe l'impressione che quella donna avesse guardato male una tale quantità di persone da aver dimenticato quell'episodio, ma dalla sua espressione era chiaro che ricordava benissimo la storia di Alison Taylor.

«Conosco bene Sam», le disse. «Ai tempi del liceo era il mio migliore amico.»

«E lei fu sospettato dell'omicidio di quella bella ragazza. Finché non trovarono il negro che l'aveva uccisa.»

Lo disse in tono disgustato e Tony capì subito dove voleva arrivare: per lei il fatto che a scagionarlo fosse stato un nero poteva valere anche nella vicenda di Sam. «Fui fortunato», disse.

«Molto fortunato. Certo che la stampa dà sempre troppo spazio a queste cose. Sapesse quanto mi dispiace per Sam e la sua famiglia...»

Senz'altro più di quanto le fosse mai dispiaciuto per Tony Lord e i suoi genitori cattolici provenienti da un quartiere polacco di Steelton. Tony si sedette accanto a Saul e si guardò intorno. Il salotto era piccolo e pieno di stampe in stile ottocentesco raffiguranti quello che nella mentalità di Sarah Croff doveva essere l'ordine naturale delle cose: scene pastorali, battute di caccia a cavallo, navi a vela in mezzo al mare. *Un Walhalla per bianchi*, pensò Tony, caustico: quella donna, discendente da generazioni e generazioni di metodisti e presbiteriani, viveva nella certezza che nel proprio albero genealogico non c'era nessuna vergogna etnica. Si stupì dell'antipatia che provava per lei: evidentemente le piccinerie di Lake City lo ferivano ancora.

«Può parlarmi di Ernie Nixon?» le chiese.

L'anziana donna si sedette su una sedia di paglia, di fronte al divano. «Quello che mi colpì fu quella povera ragazza, Marcie Calder. Veramente il nome lo seppi dopo, quando vidi la foto sullo *Steelton Press*. Quando la signora Nixon se ne andò, incominciò a venire a trovarlo di frequente.» Fece una smorfia di disapprovazione. «All'inizio stavano seduti sotto il portico a parlare. A un certo punto incominciarono a entrare in casa.»

Lo disse con un tono che lasciava capire che, pur preferendo non pensare alle implicazioni di questo avvenimento, non aveva potuto fare a meno di notarlo. «Veniva spesso?» s'informò Tony.

«L'avrò vista quattro o cinque volte, di solito al fine settimana. Spesso però vedevo la macchina, un'utilitaria rossa.» Incrociò le braccia e, sulla difensiva, precisò: «Non sono un'impicciona, signor Lord, ma che una ragazza tanto carina e tanto giovane venisse a trovare un uomo appena separato mi pareva strano. Non potei fare a meno di chiedermi che cosa ci fosse sotto».

Non stento a crederci, pensò Tony. Come leggendogli nel pensiero, Sarah aggiunse: «Ma non erano affari miei, dopotutto».

Non era scema. «Capisco», disse lui, cauto. «A nessuno fa piacere pensare male dei propri vicini. Se non è proprio inevitabile...»

La donna assunse un'aria addolorata. «Infatti», riprese. «Ma dopo quella sera non fu più possibile.»

Accortosi che Saul era interessato, Tony aspettò un momento, prima d'invitarla a continuare. «Mi dica.»

Ascoltando la voce secca della donna, Tony immaginò la scena.

Era il crepuscolo e, tirando le tende nel salotto, Sarah aveva visto la macchina di Marcie nel giardino del vicino.

La cosa l'aveva colpita: era la prima volta che la vedeva a quell'ora. «Dove saranno i suoi genitori?» si era domandata. In quel momento il portone si era aperto ed era spuntata Marcie.

Andava di fretta, i capelli al vento, e non si era voltata neppure accorgendosi che Ernie Nixon la seguiva. Lui l'aveva raggiunta nel vialetto, prima che salisse in macchina.

Trovandoselo davanti, Marcie si era fermata di colpo. Sarah non aveva sentito quello che dicevano, ma le erano parsi due personaggi che battibeccano in una pantomima. Lui pareva addolorato, lei indecisa, sconvolta, sul punto di scoppiare a piangere.

A un certo punto si era voltata, accennando a salire in macchina.

Ma Ernie l'aveva bloccata, afferrandole il polso. Sarah era trasalita.

Marcie allora aveva abbassato gli occhi sulla mano che le stringeva il braccio, poi aveva guardato Ernie e gli aveva detto qualcosa che evidentemente l'aveva convinto a lasciarla andare.

Gli aveva sfiorato una spalla ed era salita in macchina.

Ernie era rimasto lì, sconfitto, a guardarla mentre faceva manovra e si allontanava.

Quando la macchina rossa era scomparsa, lui doveva aver cambiato improvvisamente idea perché era corso ad aprire la porta del garage ed era salito sulla sua station wagon. L'ultima cosa che Sarah aveva visto erano i fanalini di coda dell'auto che inseguiva Marcie.

«A quel punto tirai le tende», disse Sarah. «Non mi piace che la gente mi veda in casa. Ma ero rimasta scossa. Confesso che mi venne in mente quello che era successo alla signora Simpson.»

Aveva una luce spaventata negli occhi, come se, con il senno di poi, si fosse resa conto di aver assistito al preludio di una tragedia. Anche a Tony vennero i brividi.

«Era la sera in cui Marcie morì?» domandò.

«Sì.» Sarah chiuse gli occhi. «Il giorno dopo vidi la foto sui giornali.»

Saul si protese in avanti. «Perché non chiamò la polizia, signora Croff?»

La donna s'irrigidì. «Non volevo essere intrigante», rispose, piccata. «Ero certa che la polizia sapesse che fare.»

Dunque, pur essendolo, non voleva fare la figura della razzista e non voleva che si sapesse in giro che passava il suo tempo a spiare il vicino di colore. La paura l'aveva fatta venir meno al suo senso del dovere e, per un po', Ernie ne aveva beneficiato. Ora però non più.

Intimorita, guardò prima Saul e poi Tony. «Dovrò andare a testimoniare?» s'informò.

Per un attimo Tony provò quasi compassione per lei. Cortesemente rispose: «Spero di no».

Fuori, Tony aspettò che il sole caldo disperdesse l'odore di stantio del salotto di Sarah Croff prima di salire in macchina. «Oh, Marcie», esclamò, «quanti segreti nascondevi!»

«Secondo te che cosa vuol dire questa storia?» domandò Saul.

«A parte il fatto che la vecchia è fissata con il dramma della gelosia?» replicò. «Che Ernie se la vedrà brutta. Ci sarà pure una spiegazione innocente, ma di certo non coincide con quella che ha dato a me.»

Saul guardò la casa. «Se quella va a testimoniare, verrà fuori che litigavano come due amanti. Se Ernie non ha un alibi per quella sera, Sarah Croff è un dono del cielo.»

Tony annuì. «Adesso vado a parlargli. È il minimo che io possa fare.»

«Molto corretto da parte tua», ribatté Saul, un po' sfottente. «Immagino che vorrai che Sal Russo rintracci la ex moglie, vero?»

Tony tirò fuori le chiavi della macchina. «Temo proprio di sì», rispose e partì.

16

Tony trovò Ernie seduto su una panca vicino al campo di baseball. Stava mangiando un panino. Sedendoglisi accanto, ricordò il pomeriggio della partita contro lo Stratford, quando era stato Ernie a sederglisi vicino. Ma Ernie quel giorno era andato a consolarlo e questo non faceva che acuire il conflitto che Tony sentiva fra i propri doveri nei confronti di Sam e ciò che questi doveri comportavano.

Ernie si voltò e lo guardò impassibile, in silenzio, quasi si aspettasse quella visita non particolarmente gradita. «Ricominciamo daccapo?» propose Tony.

La faccia espressiva di Ernie assunse quella freddezza che l'altro ricordava da tanti anni prima. «In che senso?»

Il fatto che Tony difendesse Sam li aveva resi nemici fin dal principio, solo che la prima volta Ernie non era stato sincero e ora voleva cercare di capire che cosa sapeva esattamente l'avvocato. Invece di rispondergli, gli chiese semplicemente: «L'hai uccisa tu, Ernie?»

Questi fece una smorfia e lo guardò attonito, lasciando trasparire per un istante una paura atavica. Poi si alzò, allontanandosi con l'espressione stranita di chi ha guardato il sole troppo a lungo. Andò verso la pedana del lanciatore e abbassò gli occhi, con le braccia conserte.

«Dovrò informare la procura», lo avvertì Tony. «Lo sai, vero?»

Ernie alzò lentamente gli occhi, amareggiato. «Sei convinto che non gliel'abbia detto, come non l'ho detto a te, perché ho qualcosa da nascondere. E ne approfitterai al processo, vero? Se ha funzionato con Alison, perché non dovrebbe funzionare anche per Sam?»

«Smettila di fare il martire», sbottò Tony. «Mi hai mentito sul conto di Marcie e io l'ho scoperto.»

«Ti ho mentito? Ma chi ti credi di essere per pensare che io debba dirti la verità e poi farmi fregare? Ma che verità vuoi da me? Perché se Sam ti ha detto la verità e tu sei ancora qui, vuol dire che sei caduto veramente in basso.»

Tony lo guardò negli occhi. A bassa voce, disse: «Sono qui da due minuti e mi hai già accusato di essere un razzista e uno stronzo deciso a lasciare libero l'assassino di una ragazzina. Se mi fossi aspettato una reazione così patetica, sarei andato direttamente da Stella Marz».

Ernie fece una smorfia di rabbia e di derisione. «E perché? Per accusarmi di essere andato a letto con una sedicenne bianca a cui ero affezionato? Solo perché una vecchia strega mi spiava dalle finestre di casa sua tanto che non potevamo nemmeno più sederci davanti a casa, con lei che sbirciava continuamente? È questo che hai in mano, e non hai altro perché non c'è altro. Vai pure a parlare con il pubblico ministero, non fermarti davanti a niente.»

Roso dal dubbio, Tony esitò. «Non c'è solo questo», ribatté. «Per esempio, dov'eri la sera in cui Marcie è morta?»

Ernie smise di sorridere. «A casa, a letto. Non ho manco l'ombra di un alibi.» Piegò la testa di lato e, a voce bassa, domandò: «Così mi spiò anche quella sera, eh?»

«È inutile che tu te la prenda con lei. E neanche con me. Hai visto Marcie la sera in cui è morta e me l'hai tenuto nascosto. Quando io seguirò la linea di difesa che riterrò più opportuna, ricordati che prima di tutto sono venuto a parlare con te.»

La collera negli occhi di Ernie si placò. «Auguri», disse Tony. E si voltò.

«Okay. Vuoi sapere come andò veramente?»

Tony si girò di nuovo, con le mani in tasca, senza parlare. Ernie sbatteva gli occhi al sole.

«Capii che era successo qualcosa appena la vidi arrivare.»

Era andato ad aprire e l'aveva vista pallida, persa. Sembrava una bambina abbandonata, confusa, priva di forze, smagrita: una differenza che saltava agli occhi.

«Posso entrare?» gli aveva chiesto.

Persino quella domanda gli era parsa strana, quasi che Marcie si portasse appresso un fardello di sventure. Forse per questo aveva esitato prima di risponderle di sì. Ma la sua fretta di entrare in casa e di parlargli l'aveva commosso: teneva molto a lei e, dopotutto, la sua compagnia gli era stata di conforto, quando sua moglie se n'era andata portandosi via i figli. Marcie si era seduta sul divano di fronte a lui, come faceva sempre, mentre Ernie cercava di vincere l'ansia indefinibile che l'aveva colto.

«Che è successo?» le aveva chiesto.

Lei si era scostata i capelli dal viso con un gesto nervoso e si era sforzata di guardarlo negli occhi. Sottovoce gli aveva confidato: «Sono incinta».

Ernie si era sentito mancare. Seduto in quel salotto spoglio, fra i pochi mobili che Dee gli aveva lasciato – un divano, una sedia, una foto dei bambini –, improvvisamente aveva avuto l'impressione che Marcie e lui fossero gli ultimi sopravvissuti su questa terra. Un momento dopo si era alzato; lei gli era andata incontro e gli aveva appoggiato la testa su una spalla.

L'aveva abbracciata, senza dire niente, sentendo i capelli morbidi che gli sfioravano il viso. Il silenzio era rotto soltanto dai singhiozzi soffocati della ragazza. Le aveva accarezzato la testa, come se fosse stata una figlia che gli chiedeva conforto.

«I tuoi lo sanno?» le aveva chiesto.

«Non lo sa nessuno, tranne la mia dottoressa. Non lo sa neppure Janice. E neanche lui.»

Ernie era stato colto da una profonda tristezza. «Che cos'hai intenzione di fare?»

«Non so.» Si era staccata da lui, con gli occhi ancora lucidi. «Stasera glielo dico.»

«E ai tuoi?»

«Per ora no. L'ho saputo con sicurezza solo oggi pomeriggio.» Aveva deglutito. «Per lui sarebbe una rovina e ho paura di quello che farebbero i miei genitori se venissero a sapere chi è...»

«Marcie», l'aveva interrotta con dolcezza. «Devi pensare prima di tutto a te stessa. Parliamone un attimo con calma.»

L'aveva fatta sedere di nuovo sul divano e le aveva tenuto la mano con una tenerezza mai provata prima. Lei guardava il pavimento. «Puoi scegliere, lo sai?» le aveva detto. «Non sei obbligata ad avere il bambino.»

Marcie si era voltata verso di lui con gli occhi sbarrati. «Che vuoi dire?»

«Quello che ti avrà già detto la dottoressa, suppongo.»

Lei si era morsa un labbro per non piangere. «Non posso», aveva detto. «È una vita umana.»

«Pensa anche alla tua vita, Marcie. Perché pagare un prezzo tanto alto per un errore che sono sicuro non commetterai mai più?»

L'aveva guardato negli occhi con tanta sincerità che Ernie si era commosso. «Ma è un bambino... È il mio bambino. Come posso sopprimerlo per un mio errore?»

Disperato, lui non sapeva più che cosa dirle: «Non è così semplice. Per esempio, chi se ne occuperà?»

«Io.»

Ma se sei una bambina pure tu, avrebbe voluto dirle. Non sarebbe servito a niente, però, perché Marcie aveva assunto la pseudomaturità della donna fisiologicamente pronta a diventare madre, anche se priva di esperienza. «Dovresti continuare a vivere con i tuoi. E saresti costretta a smettere di studiare oppure a lasciarlo sempre a tua madre, che brontolerebbe in continuazione per il tempo che le prende, i soldi che le costa, la vergogna che le provoca.» Prospettandole quella vita di frustrazioni, si era sentito triste per lei. «Credi davvero che sia la soluzione migliore? Che il bambino sarà contento?»

Marcie aveva abbassato gli occhi. «Ti prego, qualsiasi cosa succeda, restami vicino.»

Sconfitto, Ernie le aveva domandato: «E il padre del bambino non ti può aiutare?»

Di nuovo le si erano riempiti gli occhi di lacrime. «No. Non credo proprio.»

Forse avrebbe dovuto insistere su quel tasto. «Vedi che forse ti conviene ripensare a tutte le soluzioni possibili, se non altro per lui.»

Ma lei aveva alzato la testa e, con voce determinata e chiara, aveva dichiarato: «Non gli chiederei mai di farsi avanti. Se lui non vuole, non dirò chi è».

A quell'idea era sembrata oppressa e, d'un tratto, aveva perso ogni vitalità e assunto l'aria sperduta e confusa di prima. Sentendosi impotente, Ernie le aveva chiesto: «Da quanto tempo è che non mangi?»

Marcie aveva abbassato di nuovo gli occhi. «Da ieri sera. Stamattina avevo nausea.»

«Dovresti sforzarti di mandar giù qualcosa», le aveva consigliato e, vedendo che non faceva obiezioni, era andato in cucina.

Nel lavandino c'era ancora la tazza della colazione, simbolo del disordine in cui viveva da quando la famiglia l'aveva lasciato. Il frigorifero era vuoto, tranne un hot-dog, un po' di latte, una birra e il necessario per preparare un tramezzino con il tonno. Di colpo gli era sembrato che la sua vita fosse vuota come quel frigo e si era ripromesso di fare di tutto perché quella di Marcie non finisse nello stesso modo.

Meditabondo, aveva messo il tramezzino su un piatto. «Ecco», le aveva detto. «Mangia almeno questo.»

Marcie si era sforzata di sorridere. «Va bene. Dopotutto adesso devo mangiare per due, no?»

Quella battuta poco convinta, detta da una ragazzina così giovane e a cui teneva tanto, gli aveva suscitato un'improvvisa rabbia nei confronti del destino, dei genitori di Marcie e, soprattutto, del padre del bambino. Non era giusto che alla sua età dovesse sforzarsi di essere adulta e imbarcarsi in una vita che poteva solo vagamente immaginare: a Ernie, che era lui stesso un padre assente, l'idea che Marcie rimanesse sola nella sua sofferenza risultava intollerabile.

Era stato a guardarla in silenzio, poi si era buttato: «Forse dovremmo riparlarne».

Trasalendo, Marcie aveva posato il tramezzino e guardato l'ora. «Oddio», aveva detto. «Ora devo andare... Devo parlargli.»

Un attimo dopo era già fuori che correva a capofitto verso una vita infelice. «Non sei costretta», aveva ribattuto Ernie. «Puoi parlargli in un secondo tempo. Prima di decidere, lascia che ti accompagni al consultorio. Parla con qualcuno, prima di prendere qualsiasi decisione.»

Si era alzata. «Mi sei sempre stato a sentire, ecco perché sono venuta da te. Ma il bambino è suo e devo parlarne con lui.» Si era rimessa a piangere. «Io lo amo, Ernie. E amerò anche il nostro bambino.»

Lui l'aveva guardata, in preda alla frustrazione e a una gelosia che preferiva fingere di non provare. Marcie gli aveva dato un bacio sulla fronte e gli aveva detto: «Grazie, tu sì che sei un amico...»

Tu sì che sei un amico... Gli era sembrata una frase insulsa come la dedica su un libro per qualcuno che probabilmente non si rivedrà mai più. Quando era ormai sulla soglia, Ernie aveva ribattuto: «Non sono solo un amico, Marcie...»

Ma lei aveva chiuso la porta.

Ernie le era corso dietro.

L'aveva raggiunta prima che salisse in macchina e l'aveva bloccata afferrandole il polso. «Sono più di un amico», aveva ripetuto. «Sono un adulto e sono preoccupato per te.»

Lei gli aveva guardato la mano, poi aveva alzato gli occhi e, fissandolo, aveva risposto a voce bassa: «Lo so, perché anch'io mi preoccupo per te. Ma non sei tu il padre. Devo parlarne con lui».

L'aveva lasciata andare. «Non voglio che tu butti via la tua vita.»

Lei gli aveva sfiorato la spalla. «Non la sto buttando via», gli aveva detto. «Ne sto iniziando una nuova.»

Quelle parole tanto semplici, tanto commoventi nella loro ingenuità, l'avevano disarmato. Era rimasto lì impalato a guardarla andare via.

Chi può essere il padre? si era chiesto.

D'un tratto gli era venuta un'idea e, senza pensare, aveva aperto il garage ed era salito in macchina.

Marcie aveva svoltato, forse in direzione di Taylor Park.

Seguendola aveva guardato nello specchietto retrovisore, quasi temesse di essere seguito a sua volta dalla polizia, e aveva visto un nero di mezz'età che seguiva una ragazzina che non era né sua figlia né la sua amante e che non voleva ammettere di aver bisogno di lui.

Così si era fermato ed era rimasto a guardare i fanalini di coda della macchina di Marcie che scomparivano nell'oscurità.

«Tornai a casa», concluse Ernie. «E passai la notte da solo, come al solito.» Con amarezza, aggiunse: «Ma mi sbagliavo: Marcie non ha buttato via la sua vita. Ci ha pensato il tuo amico Sam a farlo per lei».

Tony era rimasto troppo scosso da quel racconto per ribattere e rimase a riflettere su come fosse diversa la ragazza introversa e sognatrice che gli aveva descritto Sam dalla giovane donna decisa e generosa che gli aveva dipinto Ernie. Se quella storia non era vera, suonava comunque molto credibile. E se invece lo era...

«Te lo leggo in quegli occhi da quarterback», gli disse Ernie sottovoce. «Ti stai chiedendo se puoi incastrarmi lo stesso. Ma non ce la farai, perché quel bambino non è il mio.» Gli fece un sorriso amaro. «Come ho già detto sia alla polizia sia a Stella Marz, il giorno dopo il ritrovamento del cadavere, quando ho capito chi era il padre.»

«Dio mio», esclamò Saul, e bevve un altro sorso di whisky.

Per un attimo Tony guardò dalla finestra Steelton che spariva inghiottita dalla notte. «Ecco che cosa non mi volevano dire né i Calder né il pubblico ministero. Giocavamo al gatto con il topo, e il gatto era Stella Marz. Sapeva fin dall'inizio che Marcie era incinta, perché gliel'aveva detto Ernie e l'autopsia l'aveva confermato. Ma la prova del DNA sul feto per risalire all'identità del padre richiede tempo. È questo che sta aspettando. Sta aspettando cioè di avere un movente. Un padre che teme di venire scoperto, sempre che si tratti di Sam.»

Tony non riusciva a fare chiarezza nei propri sentimenti, lacerato fra il buonsenso di avvocato e il desiderio irrazionale che Sam fosse innocente. Non se la sentiva ancora di parlare con Sam di quello che gli aveva detto Ernie. «Sempre che Ernie abbia detto la verità», rispose, infine. «Se Sam ha detto la verità, Marcie non gliene ha parlato perché sapeva che il padre non era lui, ma Ernie. Non c'è modo di far passare il figlio di Ernie per quello di Sam, o viceversa.»

«Immagino che Stella Marz ti dirà qualcosa entro breve. Se decide d'incriminarlo.» Saul spinse da parte un fascio di carte. «Nel frattempo Sal Russo ha scoperto perché la moglie di Ernie ha chiesto il divorzio. Come sospettavi, non è stato solo perché Ernie voleva vivere in una città di bianchi.»

«E cioè?»

«Una brutta faccenda, tranne che per noi. Ma il problema non riguarda Marcie.» Finì il bicchiere e rivolse a Tony un sorriso sinistro. «Dall'istanza di divorzio della signora Nixon risulta che Ernie la picchiava.»

17

«Lei dev'essere l'avvocato Lord», disse Dee Nixon.

Tony, sulla porta, cercò di mascherare la propria sorpresa e la osservò. Sembrava una donna intelligente, con un'aria di severa superiorità che le derivava forse dai capelli corti e scuri, dalla fronte alta, dagli occhi seri dietro gli occhiali di metallo. Aveva il viso magro, altero, il fisico asciutto, fasciato in un paio di blue-jeans, e un atteggiamento sicuro di sé. A Tony diede l'impressione di essere una donna che inquadrava rapidamente le persone e difficilmente cambiava idea sul loro conto.

«Be'», gli disse. «Ha fatto tanta strada per poco o niente.»

Tony si guardò intorno: una fila di case a schiera in un quartiere abitato da famiglie di media o bassa borghesia, con un negozietto squallido e pochi giardini mal tenuti qua e là che risaltavano come denti marci. «Potrei dire lo stesso di lei», replicò.

Fu sollevato nel vedere che aveva capito la battuta: forse Dee Nixon apprezzava la sincerità più di ogni altra cosa. «Alla fine dell'anno scolastico ci trasferiamo», rispose. «Comunque, l'importante per me è che non sia a Lake City, Ohio.»

Pronunciò Ohio staccando bene le sillabe, con una certa ironia. Non sembrava una donna molto indulgente o accomodante: forse non era un caso che non l'avesse ancora invitato a entrare, rifletté Tony. Senza dire una parola inarcò le sopracciglia e lanciò un'occhiata al salotto.

«Mi scusi», disse lei con una punta d'ironia. «A momenti mi scordavo. Prego, si accomodi.» Si fece da parte per lasciarlo passare e chiuse la porta.

Il salotto era piccolo e poco luminoso, rallegrato solo da un paio di foto di due bambine e un bambino, probabilmente della sorella che l'aveva accolta in casa sua. Dee gli si sedette di fronte con le gambe accavallate e le braccia conserte. Si muoveva con gesti precisi, quasi con eleganza, e lui pensò che si addiceva al suo mestiere di professoressa di matematica.

«Le eviterò il disturbo di perdersi in supposizioni e ipotesi», esordì. «Appena lei mi ha chiamato, ho telefonato a Ernie. Glielo dico per mettere subito in chiaro che non ce l'ho con lui. So già che cosa sta cercando di fare: vuole scoprire se il padre dei miei figli è un assassino o se comunque può farlo passare per tale in modo da scagionare Sam Robb. Per questo è andato a leggere la mia istanza di divorzio e ha deciso di venirmi a parlare.»

Tony non poté fare a meno di sorridere. «Bene, mi sono risparmiato almeno mezz'ora di fatica», disse.

«Se l'è risparmiata tutta», precisò la donna senza sorridere. «Perché non ho niente altro da dire. Ma se vuole farmi delle domande, faccia pure. Ernie sa che io non dico bugie.»

Lo disse con un pizzico d'ironia, ma Tony non riuscì a capire se fosse rivolta a Ernie o a se stessa. «Suppongo che non ne abbia dette nemmeno nell'istanza di divorzio, allora.»

Lei abbassò appena la testa. «No», rispose. «Ma la verità non è mai una sola e ce ne sono alcune che rimpiango di aver tirato fuori. Con Ernie, oltre che quella a cui si riferisce lei.»

Tony vide che, per la prima volta da quando l'aveva accolto, sembrava triste. «Nei casi di violenza fra le mura domestiche», le disse, «fingere non serve a niente. L'ultimo caso di cui mi sono occupato riguardava una moglie che è stata picchiata dal marito finché non ha smesso di fingere e l'ha ammazzata.»

Dee rimase un attimo zitta. «Perché non mi sta a sentire, avvocato Lord? Poi giudicherà da solo.»

Erano andati a cena e poi al cinema con Johnny e Lynn D'Abruzzi, poco prima che a Johnny venisse l'infarto che gli era stato fatale. Marcie aveva tenuto i bambini e quando Ernie si era offerto di riaccompagnarla a casa in macchina, come al solito, Dee era andata a letto, continuando a riflettere su quanto era stufa e arcistufa di vivere a Lake City. Così, quando Ernie era entrato in camera, gli aveva detto: «Non ce la faccio più».

Ernie, ai piedi del letto, aveva capito subito a che cosa si riferiva: a una città piena di bianchi che la trattavano educatamente, con benevolenza, ma non avevano assolutamente niente in comune con lei. Le aveva risposto con dolcezza: «Mi era sembrata una bella serata».

«È stata com'è stata», aveva ribattuto lei stancamente. «E i D'Abruzzi sono quelli che sono. Johnny è una brava persona e so che siete amici da una vita, ma non pensa ad altro che allo sport e siete amici solo perché tu fai finta di non essere afroamericano e diverso da lui. Io non ci riesco, e non voglio che i nostri figli crescano facendo finta di non essere neri.» Aveva alzato la voce, esasperata. «Santo cielo, Ernie, hai sentito quando Lynn diceva che Pat Buchanan ha idee 'giuste'? E quali sarebbero? avrei voluto chiederle...»

«Quelle sull'aborto, penso. Sono cattolici.»

«Sono ipocriti, ecco che cosa sono. Vorresti che i nostri figli diventassero come loro? Certe volte penso che il razzismo in fondo sia una fortuna, perché ti costringe a guardare in faccia la realtà.» Dee aveva abbassato la voce. «Non voglio che Drew e Tonya siano 'gli amici negri' di questo o quell'altro. Non voglio che si sentano 'tollerati' come siamo noi, da gente che nella migliore delle ipotesi li considera 'eccezioni' rispetto a una maggioranza di neri che non conosce e a cui non vuole nemmeno pensare, tanto più che vivendo in un posto come questo può benissimo farne a meno.»

Ernie aveva sospirato. «La gente vuole le stesse cose che vogliamo noi, Dee: un posto sicuro con buone scuole in cui tirar su tranquillamente i figli.» Si era appoggiato al letto. «So benissimo come può essere questa città, ma per noi non esiste un paradiso in terra e non ci sarà nemmeno per Drew e Tonya. Se noi ci sentiamo in diritto di vivere qui, se lo sentiranno anche loro.»

Dee si era tirata su a sedere. «Sai qual è la vera differenza fra noi due? Che io sono cresciuta in mezzo ai neri e tu in mezzo ai bianchi. È un po' come avere un padre che ti picchia: da una parte lo odi, ma è l'unico padre che hai e quindi dall'altra odi te stesso e vorresti diventare come lui. E per tutta la vita questa parte di te non farà altro che cercare la sua approvazione. E non la otterrà mai.»

Ernie si era seduto sul letto: cercava di vincere la propria rabbia con tanto impegno che per Dee era una sofferenza guardarlo. Le aveva detto: «Nessuno dei bianchi di questa città mi tratta dall'alto in basso quanto te. Sei talmente presa a dimostrarmi gli effetti della mia infanzia che non ti rendi conto che anche tu sei prigioniera della tua. Per te tutto, ma proprio tutto, si riconduce al fatto che sei nera. Ti porti dietro il ghetto ovunque vai e adesso vorresti chiuderci dentro anche i nostri figli».

Quelle parole l'avevano punta sul vivo. «Come ho fatto a sposarti?» aveva detto amaramente. «Come ho fatto a non accorgermene prima che ci trascinassi qui?»

«Ad accorgerti di che cosa?»

«Che per te ero un premio di consolazione, Ernie. Perché

quello che avresti voluto veramente era sposare la reginetta della scuola di Lake City ed entrare nella società segreta degli studenti bianchi. Per te la vita si è fermata al liceo, vero? Vorresti ancora entrare nei Lancers...»

«Stai dicendo un sacco di stronzate.»

«Ah, sì?» Frustrata e furiosa, gli aveva sorriso in quel modo sprezzante e superiore che lo faceva imbestialire. «Non è Marcie la tua reginetta, Ernie? Non è per questo che passi tanto tempo con lei? Sicuramente non è per la sua testolina...» Si era alzata di scatto. «Oh, sì, lo so, ti preoccupi tanto per lei...»

Si era alzato anche lui: «Maledetta...»

Lei l'aveva guardato in cagnesco. «È patetico, Ernie. Lei ha bisogno di un padre e senza volere asseconda le tue fantasie di conquista. Così lei finalmente ha qualcuno che la sta ad ascoltare e tu puoi continuare a sognare di portarti a letto una bianca...»

Gliel'aveva letto negli occhi ancora prima di sentire lo schiaffo sulla guancia. Poi aveva visto tutto nero e aveva battuto la testa contro il muro. Mentre ricacciava indietro le lacrime, si era resa conto di essersela cercata.

Ernie era crollato sul letto, scosso e imbarazzato. «Mi dispiace, Dee. Scusami, scusami tanto...»

Dee scosse la testa. «Non l'ho lasciato perché avevo paura che mi picchiasse di nuovo. L'ho lasciato perché una parte di me voleva che mi schiaffeggiasse, come mio padre schiaffeggiava mia madre.» Lo disse con rimpianto e disapprovazione. «È stata la mia reazione a spaventarmi, tanto che sono andata da uno psicologo. Quando il mio avvocato l'ha messo nell'istanza di divorzio, mi sono rivolta a un altro. Adesso è arrivato lei.»

Tony piegò la testa di lato. «La pensava davvero così sul conto di Marcie Calder?»

Dee si tolse gli occhiali e pulì le lenti, riflettendo. «Se era questo che Ernie provava, non lo faceva consapevolmente. Non credo che se la sia portata a letto e sono sicurissima che non le abbia fatto del male. Se non altro, perché non si lascia mai andare.»

«Al liceo», disse Tony, «Ernie si dimostrò molto buono con me, una volta. Non ho mai pensato che l'avesse fatto perché voleva essere uguale a me, ma solo perché gli facevo pena.»

Dee si rimise gli occhiali. «Mi ha detto che eravate amici. Ma a me non sembra che Ernie abbia mai avuto veri amici. Forse intendeva soltanto dire che lei lo trattava bene.» S'interruppe e si piegò in avanti. «E adesso lei sta cercando di far leva sui peggiori pregiudizi razziali e farlo passare per il negro violento del dopo O.J. Simpson. Razionalmente non voglio difendere nessun uomo che abbia alzato le mani contro una donna, per nessun motivo. Ma in questo caso c'ero e so com'è fatto mio marito: il nostro fu un litigio privato, tra due persone che non ne potevano più. Può darsi che il nostro matrimonio sia finito male per motivi razziali, ma non voglio che Ernie finisca ancora peggio. Perciò non si aspetti alcun aiuto da me, avvocato. Perché qualsiasi cosa abbia fatto Ernie quella sera, non merita quello che gli sta facendo passare lei adesso.»

Sull'aereo che da Chicago lo riportava a Steelton, Tony lottò con la propria coscienza.

L'istinto gli diceva che Dee aveva ragione e che, pur essendo capace di violenza, Ernie Nixon non era per natura un uomo violento; dipingerlo in questa luce, in ultima analisi, significava far leva sui pregiudizi razziali più o meno consci della gente. Ma anche Dee aveva la sua parte di colpa e di vergogna, le sue ragioni per mantenere buoni rapporti con il marito da cui era separata, cioè i due figli. Inoltre attribuiva grande importanza a valori come la razza, che potevano spingerla a far passare in secondo piano Marcie o Sam.

«Sam Robb...» aveva detto a Tony quando stava per congedarsi. «Ho lavorato con lui. Un uomo cordiale e affascinante, molto disinvolto. Ma a un certo punto mi sono accorta di quanto era insicuro. Mi ricordava Ernie, per certi versi: è difficile immaginare che un uomo che ha così bisogno di approvazione sia capace di uccidere.» Ma Tony aveva avuto la netta impressione che non le importasse particolarmente di lui.

Era un suo problema, in fondo, a meno che non decidesse di lasciare che qualcun altro lo difendesse al posto suo.

18

«Forse penserai che sia stata scorretta», esordì Stella Marz, senza tanti preamboli. «Ma anche tu con Jenny Travis non hai scherzato.»

«È vero, lo penso», dichiarò Tony sedendosi. «Ma per quanto riguarda la Travis, l'ho voluta semplicemente preparare a un eventuale controinterrogatorio. Qualcun altro avrebbe dovuto avvertirla che, sporgendo denuncia, rischiava di andare più in là di quel che voleva, ma che sicuramente non avrebbe testimoniato in nessun processo per omicidio perché, che sia vera o no, la sua storia non dimostra assolutamente che il mio cliente abbia ucciso.»

Stella lo squadrò con aria pensosa. «Riesci sempre a trovare una scusa, qualsiasi cosa tu faccia. Mi chiedo se certe volte ti vergogni.»

«E tu?»

«No. E non prendertela neanche con i Calder. È comprensibile che non volessero che dicessi che la figlia era incinta né a te né a nessun altro... A meno che non fosse indispensabile per l'azione penale.»

Tony si appoggiò allo schienale, nervoso. «È per questo che mi hai mandato a chiamare?»

«Già.» Intrecciò le dita. «Stiamo per formalizzare l'accusa, Tony. Il padre è Sam Robb.»

Lo disse in tono piatto, come se niente fosse, e l'effetto risultò ancora più devastante. Forse perché era chiaro che se lo aspettava.

«Così avete trovato il movente.»

Stella annuì. «Marcie gli aveva detto che era incinta. Il tuo amico mente: aveva una relazione con una sedicenne che aspettava un figlio da lui.» Lo disse in tono pacato, ma con un'ombra di disprezzo. «Marcie era contraria all'aborto, quindi lui non aveva scampo: rischiava la carriera e forse anche il matrimonio. Perciò ha tolto di mezzo sia lei sia il bambino.»

Non c'era niente da dire, Tony lo sapeva. Fu solo un riflesso condizionato che lo spinse a chiedere: «Perché allora sarebbe andato alla polizia quando i Calder denunciarono la scomparsa di Marcie?»

«Per paura, forse, o perché si sentiva in colpa. Si sarà lasciato prendere dal panico. Ma sono certa che non sapeva che si può risalire alla paternità di un feto di sei settimane e temeva di essere stato visto.»

Tony si alzò e mise le mani in tasca. Per una volta non gli importava farsi vedere confuso. «Sapendo di essere colpevole, sarebbe stato meno rischioso aspettare che la trovassero da soli. O forse si era dimenticato che era morta.»

Stella non si scompose. «Farai leva su questo, ho capito. Può darsi anche che la giuria ti creda e lo assolva. Speraci, perché andremo in tribunale, a meno che tu non chieda il patteggiamento.»

Tony non poteva fare a meno di pensare alla faccia che avrebbe fatto Sam o a come sarebbe rimasta male Sue... Forse sarebbe stato meglio per tutti se avesse prestato loro i soldi per pagare un avvocato meno coinvolto personalmente, più lucido e obiettivo. Dopo un po' domandò: «Che cosa saresti disposta a patteggiare?»

«Omicidio di secondo grado.»

Tony rimase talmente sorpreso che fece una smorfia. «Che razza di offerta è, Stella? Non puoi certo ottenere di più. Se anche riuscissi a convincere dodici giudici popolari che è stato Sam ad ammazzare Marcie, non riuscirai mai a provare la premeditazione.»

«Tu dimostrami che si è trattato di omicidio preterintenzionale, dimostrami che non voleva ammazzarla, e io ci penserò su. Anche se, tenuto conto delle lesioni multiple alla testa, mi pare poco plausibile.» Gli rivolse uno sguardo penetrante. «Potresti tirare in ballo lo stato di ebbrezza, magari. Tuttavia il tuo cliente dovrebbe spiegare per filo e per segno tutto quello che è successo. In un caso come questo voglio chiarire ogni dubbio. Immagino che tu lo capisca meglio di chiunque altro.»

Tony prese fiato. Ormai il problema se accennare a Ernie Nixon non sussisteva più: caso mai, l'avrebbe tirato fuori in tribunale. A voce bassa disse: «Credo di poter vincere, Stella. Non penso che tu abbia abbastanza prove».

Lei lo squadrò. «Mi dispiace», disse dopo un po'. «So che per te è difficile, ma io devo portare in tribunale i casi che ritengo opportuno perseguire, anche a costo di perdere.» Alzò le spalle, con aria fatalista. «Sono sicura che, se arriveremo al processo, imparerò qualcosa.»

Tony riuscì a sorridere. «Forse sarò io a imparare.»

Anche lei sorrise, guardandolo negli occhi. «Non fare il modesto», gli consigliò. «Non sempre ti si addice. Al massimo potrai imparare qualcosa sul conto di Sam Robb. Sempre che tu non sappia già tutto.»

19

Quel giorno, che gli era già parso spaventosamente lungo, Tony trovò Sam al campo di baseball di Lake City alle quattro e mezzo.

Era seduto da solo nello spiazzo erboso sulla destra, lontano dagli spalti dove la sua presenza avrebbe senza dubbio suscitato commenti e preoccupazione, a guardare la squadra locale che giocava contro il Riverwood. Avvicinandosi, Tony provò pena per il suo isolamento, per quel che aveva già perso e stava per perdere. Di umore nostalgico, immaginò che Sam vedesse la propria giovinezza da lontano, senza udire più le grida dei giocatori, il rumore della mazza, l'urto della palla sul guantone di pelle. Ma forse leggeva troppe cose nello sguardo fatalista che Sam gli rivolse vedendolo arrivare.

«Novità?» gli domandò.

Tony annuì lentamente. «Marcie Calder era incinta.»

Se per lui non era una novità, pensò Tony, allora doveva avere la capacità di sbiancare a comando. Chiuse gli occhi. «E credono che il bambino fosse mio?» domandò.

«Ne sono sicuri.» Quando Sam sgranò gli occhi, Tony spiegò: «Con la prova del DNA si può fare questo e altro, non lo sapevi?»

Sam rimase immobile, non come uno che pensa, ma come chi resta paralizzato nel ricevere una notizia inconcepibile, come la morte improvvisa di un genitore, l'assassinio di un figlio, il tradimento di un amante, la rovina di una vita. Poi mosse solo le labbra. «Per me è la fine...»

«Temo proprio di sì.»

«Sue...»

In quel nome, pronunciato con tanta angoscia, c'era più di quanto Sam fosse in grado di esprimere. A Tony si strinse il cuore. «Glielo dovrai dire. Prima che lo venga a sapere dai giornali.»

Sam si voltò verso di lui, gli occhi azzurri chiari e fissi. A bassa voce, Tony lo avvertì: «Ti incriminano domani. Omicidio di primo grado, a meno che tu non chieda il patteggiamento. Hai ventiquattr'ore di tempo per decidere».

Sam incrociò le braccia e abbassò gli occhi. «Sue», ripeté, in un sussurro.

«Mi dispiace», mormorò. «Per tutti e due.»

Sam parve non sentirlo né vederlo. «Avresti dovuto portarla via con te. Tanti anni fa, dopo la morte di Alison.»

Tony, sorpreso, si chiese che cosa sapesse o sospettasse. A bassa voce, rispose: «Non dipendeva da me».

«Peccato per lei. Ora non le resta che ripensare alla nostra vita insieme e alla fine che abbiamo fatto.» Scosse la testa, come scioccato di fronte alla devastazione che aveva provocato con le sue stesse mani. «Un preservativo rotto...»

«Non lo sapevi?»

«Non mi aveva detto niente...» Aveva gli occhi angosciati, distanti, incerti. «Adesso capisco perché diceva che voleva sposarmi e darmi dei figli. Se l'avessi saputo, mi sarei comportato in maniera diversa. Non so come, a dire la verità. Ma non l'avrei lasciata andare via da sola nel parco.» Quei pensieri sembravano colpirlo uno dopo l'altro, incastrandosi come tessere di un mosaico. «Ora capisco perché era così sconvolta...»

Gli si erano riempiti gli occhi di lacrime. Tony l'avvocato aveva una capacità di riconoscere istintivamente le bugie e le omissioni dei clienti che Tony l'amico di Sam sembrava aver perduto. Vedeva solo un uomo sotto shock, che si trovava di fronte a un terribile scherzo del destino, oppure un bugiardo tanto abile e al tempo stesso tanto turbato da riuscire ad autoconvincersi. Ma in quest'ultima ipotesi la dote maggiore di Sam era preoccuparsi prima di tutto per la moglie e per una ragazzina di sedici anni che aveva visto viva per ultimo e quindi immaginava ancora di poter salvare. Nella sua tristezza e confusione, Tony ritenne che la cosa migliore fosse restargli vicino senza dire niente.

In lontananza si alzò un boato dalla folla mentre un giocatore del Lake City, a braccia levate, girava intorno alla prima base e l'esterno sinistro correva verso la recinzione inseguendo una palla invisibile. Tony e Sam erano in un altro mondo, un mondo tutto loro.

«So quanto ti dispiace», disse Sam infine. «Ma penso che tu non potessi fare niente di più di quello che hai fatto.»

In quelle parole c'erano comprensione e un certo distacco, quasi Sam lo stesse consolando della morte imminente di una terza persona. «Non è ancora finita», rispose Tony. «Forse a Lake City, ma non in tribunale. Non hanno abbastanza prove.»

«Non le avranno mai», disse Sam semplicemente. «Perché non l'ho uccisa io. Per quello che vale la mia parola, ormai.»

Tony non rispose. Sam gli sussurrò: «Hai già fatto abbastanza. Sei tornato qui, che tu l'abbia fatto per Sue o per tutti e due. Hai rivissuto l'incubo di Alison, mi hai evitato il licenziamento, almeno per un po', e per salvarmi il culo hai fatto cose che avresti di sicuro preferito non fare». Si voltò e gli posò una mano sulla spalla. «Non posso chiedere di più a un amico e, in quanto amico, ti devo lasciar tornare da Stacey e da Christopher. Non posso chiederti di trattenerti oltre.»

Tony riconobbe le emozioni contrastanti che aveva sentito già trent'anni prima nei confronti di Sam, ogni volta che era giunto alla conclusione che era egoista e insensibile e subito dopo lui l'aveva sorpreso con un atto di grande generosità. Si commosse ancor di più perché era così che il bambino che ancora viveva dentro di lui, l'ottimista cattolico che credeva nella redenzione, aveva sempre sperato che Sam fosse veramente.

«Che cosa farai?» domandò Tony.

«Mi cercherò un avvocato. Chiederò un prestito come fanno tutti.»

Era vero, Tony lo sapeva per esperienza: era la prima lezione che aveva imparato da Saul. E non c'erano dubbi che per lui – a parte i sensi di colpa, il passato e una ragionevole fiducia nella propria competenza e obiettività di avvocato – la cosa migliore sarebbe stata fuggire il più lontano possibile da quella triste vicenda. Come leggendogli nel pensiero, Sam disse: «Oltretutto, non sei ancora convinto che non sia stato io, vero? Anzi, forse adesso lo sei meno che mai».

Era inutile fingere. «Hai ragione», rispose Tony. «Ma nessun avvocato lo sarebbe. Cercherebbe solo di non pensarci.»

Per la prima volta Sam alzò la voce. «Tu non sei un avvocato qualsiasi. Preferisco non vederti in tribunale, se hai il dubbio che io sia capace di uccidere...»

«È proprio vero», ribatté secco Tony, «non sono un avvocato qualsiasi. Sono migliore della media. E a te serve un avvocato molto, molto in gamba, credimi.»

Sam sgranò gli occhi, poi sorrise, forse sorpreso da quello scatto di arroganza e megalomania che aveva stupito lo stesso Tony. «Sei sempre competitivo, eh?» borbottò.

«Non sono cambiato. E neanche tu.»

Il sorriso di Sam svanì. «È quello che stavo cercando di dirti. Mi piacerebbe solo che te ne convincessi, prima di ripartire.»

Tony fece un sospiro. «C'è un'altra cosa che ti devo dire», continuò. «Stella Marz mi ha fatto una proposta.»

Sam socchiuse gli occhi, insospettito. «Ovvero?»

«Sarebbe disposta a patteggiare: omicidio preterintenzionale. Ma solo se riesci a convincerla di aver agito d'impulso e senza l'intenzione di uccidere Marcie. E questo comporta una confessione pubblica, in tribunale.»

«Vuoi dire che dovrei mentire.» Sam si alzò di scatto e dichiarò con voce tesa: «Non voglio patteggiare, cazzo. Sto per perdere la casa, il lavoro, il rispetto dei miei figli e probabilmente anche di mia moglie. Mi resta soltanto la mia innocenza e non ho nessuna intenzione di barattarla con uno sconto di pena. Non voglio mentire per questo». Strinse i denti. «Voglio battermi e vincere. E poi cercherò di dare a Sue il meglio che posso, di rimediare ai danni che ho fatto. Forse, quando sarò stato assolto, Sue si convincerà che vale ancora la pena di ritentare.»

Seduto sull'erba, Tony alzò gli occhi verso di lui. «Rischi l'ergastolo, Sam.»

«Se accettassi la tua proposta, rischierei ben di più.» Parlava con voce dura. «Non siamo poi così diversi. Tu hai ancora bisogno di vincere e io della mia dignità. Ma questa volta non tocca a te decidere.»

Tony si alzò e lo guardò negli occhi. «Okay. Se toccasse a me decidere, probabilmente non accetterei nemmeno io. Ma, per quanto tu sia in una brutta posizione, una probabilità che la giuria decida che è stato qualcun altro a uccidere Marcie o che non si è trattato di omicidio c'è. Nei casi come questi la difesa è tutto e Saul Ravin seppe difendermi. È questo che ho detto a Stella Marz.»

Sam lo guardò in silenzio. Aveva le lacrime agli occhi e Tony capì che aveva un disperato bisogno di sentirsi dire che lui credeva nella sua innocenza, ma non sapeva che cosa dire o che cosa fare.

Sam gli tese la mano, sempre tacendo. Era un gesto stranamente formale, forse un addio, e andò a risvegliare sentimenti nascosti nel più profondo dell'animo di Tony. Gli venne in mente che quando avevano diciotto anni si erano salutati con una stretta di mano.

Questa volta, invece, Tony lo abbracciò.

Sam rispose gettandogli le braccia al collo e gli disse: «Forse riusciremo a metterci una pezza. Chissà».

ALLA luce della veranda, Alison Taylor si fermava di scatto, con i capelli neri sul viso. Aveva gli occhi sgranati per la sorpresa. A un certo punto le cadeva di mano la borsa.

«Perché?» domandava.

In quello che doveva essere l'ultimo istante della sua vita aveva un'espressione così vulnerabile che faceva male al cuore. Aveva gli occhi pieni di lacrime e sembrava non riuscisse più a muovere le gambe nude.

«Ti prego...» Aveva la voce rotta, perché sapeva che lui l'aveva tradita. «Ti prego, non farmici passare un'altra volta...»

Tony si svegliò di soprassalto. Si guardò intorno, con il batticuore, e a poco a poco ricordò chi era e dove si trovava: aveva quarantasei anni, era avvocato, marito di Stacey e padre di Christopher, solo in una stanza d'albergo nella città in cui era cresciuto, dov'era tornato per difendere Sam Robb dall'accusa di aver ucciso una ragazza che, in fotografia, assomigliava vagamente a Alison Taylor. Dopo aver detto a Sam che Marcie aspettava un figlio da lui, Tony era tornato nella sua stanza e si era addormentato, esausto. Dalla luce che filtrava dietro le tende intuì che non era passato molto tempo. L'orologio segnava le sette e mezzo.

Alison Taylor era morta da ventotto anni.

Si passò una mano sulla faccia e si rese conto che stava tremando.

Erano ventotto anni che, quando sognava Alison, la rivedeva come l'aveva trovata, morta, con il volto sfigurato dal dolore e dalla paura. Invece questa volta era viva e lo accusava. Eppure Tony, a differenza degli altri incubi, non aveva l'impressione di essere presente, se non perché assisteva alla scena. A mano a mano che il sogno andava avanti, Alison si avvicinava sempre più e nell'ultimo istante la sua faccia pallida, dagli zigomi alti, con gli occhi pieni di terrore, gli era parsa tanto vicina da poterla toccare.

Rabbrividì.

A diciassette anni Tony aveva imparato a mettere da parte i propri sentimenti per concentrarsi su quel che doveva fare: era stato l'unico modo per sopravvivere. Poi aveva dovuto fare la stessa cosa per resistere come avvocato. Ma senza dubbio questo gli aveva lasciato un segno nell'inconscio, ai margini della coscienza, dove si nascondevano sentimenti talmente sgradevoli che sua moglie, la sua migliore amica a cui confidava tutto, aveva impiegato anni per scoprirne l'esistenza. A volte tutto questo riemergeva sotto forma d'incubo.

Era troppo sincero con se stesso per fingere che quel sogno diverso dal solito non avesse alcun significato. Ma la morte di Marcie ricordava spaventosamente quella di Alison, in maniera tanto evidente che non c'era bisogno di un incubo per far emergere in lui sentimenti contrastanti e una profonda ambivalenza nei confronti di Sam. Si era svegliato già da parecchi minuti, ma era ancora profondamente turbato.

Si alzò e andò nel bagno a lavarsi la faccia. Decise di aspettare di essersi calmato e chiamare casa. La partita di baseball di Christopher ormai doveva essere finita e chiacchierare con il figlio, farsi raccontare com'era andata, l'avrebbe aiutato a tornare alla realtà. Si sarebbe consigliato con Stacey su che cosa fare con Sam e, se se la fosse sentita, le avrebbe raccontato il sogno. Si chiese perché una parte di lui avesse paura anche solo a verbalizzarlo...

Squillò il telefono.

Forse è lei, pensò, sperando vivamente che fosse così.

«Pronto.»

«Tony?» La voce di Sue era stanca, spenta. «Mi ha raccontato tutto. Ho bisogno di parlarti.» Aspettò un momento e poi continuò con voce incerta, come se avesse perso ogni sicurezza. «Ti dispiace?»

Doveva sentirsi sola e confusa come lui; soltanto che lei aveva molti più motivi per esserlo. «Figurati», rispose. «Per te questo e altro.»

Andando all'appuntamento con Sue, Tony si ricompose abbastanza da chiedersi perché voleva vederlo, se sapeva o aveva scoperto qualcosa di troppo compromettente per poter continuare a tacere.

Gli aveva proposto di andare a cena fuori: non ne poteva più di restare a casa e, se adesso la vergogna lo rendeva difficile, il giorno dopo l'infamia le avrebbe addirittura impedito di uscire, marchiandola definitivamente come moglie cornuta di un vicepreside che aveva prima messo incinta e poi probabilmente ammazzato una ragazzina che si era fidata di lui. In un certo senso a Tony ricordò la sera del ballo, quando Sam si era ubriacato e a Sue non era rimasto che affidarsi a lui e amarlo più di ogni altro al mondo, almeno per un momento. Quando entrò nel parcheggio del Lake City Country Club, gli echi di quella notte divennero più intensi.

Sam doveva averglielo detto più o meno tre ore prima. Tony non riusciva a immaginare come si potesse sentire.

Porse le chiavi della macchina al posteggiatore e per un attimo rimase a guardare il club: se una parte di lui era preoccupata per quell'incontro, un'altra ricordava che ventotto anni prima, per una sera, gli era sembrato possibile tornare in quel club in coppia con Sue Cash.

Era strano rivedere il passato attraverso il prisma della morte di Marcie Calder. Ma il club aveva la stessa facciata placida di una volta: era una vecchia costruzione bianca in legno degli anni '20 e la diciottesima buca s'intravedeva appena nel crepuscolo. L'illusione di sicurezza e continuità era una delle attrattive di Lake City per i ricchi, cui offriva un dorato e rassicurante isolamento. Sebbene da molti anni ormai Tony avesse smesso di aspirare a viverci e d'invidiare chi ci abitava, fu colto da un senso di esclusione così intenso che ne fu sorpreso. Forse Dee Nixon aveva ragione, e in qualche angolo dell'animo rimaniamo tutti com'eravamo a diciassette anni. Pensare a lei e a Ernie, poi, lo mise ulteriormente in agitazione.

Dopo essersi dato un'ultima occhiata intorno, Tony Lord entrò.

Una cameriera, una bionda grassottella e cordiale con una calza smagliata, lo accompagnò nella sala, la stessa dove aveva ballato con Sue tanti anni prima. Entrando, Tony scoprì con un certo disagio che lo stesso fato maligno che doveva aver ordito gli eventi di quella giornata aveva portato anche John e Katherine Taylor a cena al club.

Pulendosi la bocca con il tovagliolo candido, John vide la cameriera con Tony e si bloccò come si era bloccata sua figlia nell'incubo. I suoi occhi, offesi e risentiti, esprimevano tutta l'indignazione che provava nel constatare che ormai quello sfrontato di Lord lo perseguitava ovunque. Con il batticuore, Tony lo salutò con un cenno del capo, ostentando l'indifferenza di uno che ha un appuntamento con un amico e augurandosi che la madre di Alison non lo vedesse.

«Da questa parte», gli disse la cameriera. «La signora Robb la sta aspettando.»

Sue aveva scelto un tavolo in un angolo e aveva già ordinato un doppio whisky. Gli anni le avevano lasciato il segno soprattutto negli occhi, tristi e stanchi come se li avesse tenuti aperti troppo a lungo controsole. Il trucco non bastava a nascondere le tracce del pianto, ma Tony non poté fare a meno di notare che il dolore la rendeva ancora più bella. Le sfiorò un braccio, senza dire niente.

Lei abbassò gli occhi verso la sua mano. «Be'», disse, «eccoci qua.»

Non c'era bisogno di dirle quanto gli dispiacesse, non c'era bisogno di dire niente.

«Che cosa intendi fare?» gli domandò.

«Non lo so.» La guardò. «E tu?»

Scosse la testa. «È troppo presto per dirlo. Anche se dopo che è morta me li immaginavo insieme, adesso è come se li vedessi.» Alzò lo sguardo verso di lui. «Dio mio, aspettava un bambino...»

Aveva gli occhi pieni di lacrime. Lui capì che non era venuta per fargli nessuna rivelazione incriminante: nella sua incredulità, Sue aveva semplicemente preferito stare con Tony che da sola. In fondo c'era anche lui quando, tanti anni prima, le loro tre vite avevano preso una svolta decisiva.

«Speravo che cambiasse», bisbigliò. «Mi sono sempre illusa che una volta sposati sarebbe stato più sereno. È la speranza più antica del mondo e sono sempre le donne a cascarci.» Lo guardò con tristezza e candore. «Quando ci sposammo, ero ancora un po' innamorata di te, Tony. Forse non mi è mai passata. E forse lui l'ha sempre saputo.»

Ricordò che Sam gli aveva detto: «Avresti dovuto portarla via con te. Tanti anni fa, dopo la morte di Alison». Le chiese a bassa voce: «Perché lo sposasti?»

«Gli volevo bene, anche se in un altro modo. Sapevo di non essere la persona giusta per te, che tu avevi bisogno di una donna diversa. Ed ero altrettanto sicura che Sam aveva bisogno di me.» Gli fece un sorriso malinconico. «Avevo ragione, almeno in parte, non credi? Tu hai trovato la donna giusta. E lui si è trovato delle ragazzine.»

Tony le strinse la mano. «Sue, non si cambiano le persone, ma se c'è una che può farlo, sei tu.»

Lei abbassò gli occhi. «Quando penso a quella poveretta, a che idea si sarà fatta di Sam... Poi mi viene in mente che è morta e non riesco nemmeno a prendermela con lei. Ma non è solo questo. Perché non sono nemmeno sicura che lui...» Chiuse gli occhi. «E come faccio a essere sicura? Fino a poco tempo fa ero abbastanza sicura del nostro matrimonio, con tutti i suoi difetti, di lui... E invece non avevo capito niente, pur non essendo scema del tutto. Mi ha mentito troppo bene.»

Era lo stesso dubbio che tormentava Tony, ma sentirlo esprimere da Sue era molto peggio: se Sam era riuscito a ingannare lei, era capace d'ingannare chiunque, compresi Tony e la giuria. E il male che Sam aveva fatto a Sue era più terribile di tutto quel che poteva fare a lui. Tony poteva soltanto starle vicino.

Arrivò il cameriere, premuroso e rispettoso del loro silenzio. Non c'erano segreti a Lake City e peggio di così per Sue non poteva andare. Tony ordinò un martini, senza curarsi di lasciarle la mano. Quando si guardò in giro, vide che i Taylor se n'erano andati.

Sue seguì il suo sguardo. «C'erano i genitori di Alison», lo informò. «Gli hai parlato?»

«Figurati. Gli ho fatto un cenno di saluto, come se niente fosse, rimpiangendo per la millesima volta in questa settimana di non essere rimasto con te e Sam, quella sera. Se non ci fossimo separati...»

Con sua sorpresa, Sue ricominciò a piangere. «Sapessi quanto lo rimpiango anch'io, Tony... Non solo per Alison. A volte penso che la vita sarebbe stata diversa per tutti noi.»

Sempre tenendole la mano, lui disse: «Ma in tal caso non sarei diventato avvocato, no?»

Sue alzò lo sguardo. Con la stessa tranquillità gli chiese: «Credi che sia stato Sam a uccidere Marcie Calder?»

Si guardarono negli occhi ancora una volta. «Più di tanto non posso dirti, Sue. Ma ti assicuro che, se avessi scoperto che Sam ha commesso un omicidio, sarei già tornato a San Francisco, il più lontano possibile da Lake City. Se questo ti può confortare, sono ancora qui.»

Sue abbassò gli occhi sul bicchiere. Non l'aveva quasi toccato. «Ci sarà un processo.»

«Sì.»

Dopo un attimo di esitazione gli domandò: «Dovrò testimoniare?»

Tony scosse la testa. «È come ti ho detto, Sue: Stella Marz non può convocarti e comunque tu ti puoi rifiutare. L'avvocato di Sam, chiunque sarà, preferirà non coinvolgerti. Proprio per il motivo che hai appena sottolineato, e cioè che Sam ti ha mentito troppo bene. Nessun difensore con la testa sul collo si sognerebbe di ricordarlo alla giuria.»

Assorta, Sue bevve un sorso. «Ma come farò a tirare avanti? Come si fa a vivere con un dubbio del genere?»

«Non lo so.» Intrecciò le dita con le sue. «Però dovrai farti forza, perché chiunque difenderà Sam ti vorrà in aula, a fare la moglie che sostiene e perdona il marito. E anche Sam ti vorrà vicino. Qualunque cosa tu decida di fare, le conseguenze non saranno piacevoli.»

«E se decidessi di andarmene?»

«Sarebbe meglio per te. Molto peggio per lui.»

«Non si tratta solo di noi due», mormorò Sue. «Ci sono anche i ragazzi. Vorranno esserci anche loro.» Come facendosi forza, finì il suo whisky. «C'è una cosa che posso dire in tutta onestà: Sam non è stato un padre perfetto, ma ha sempre voluto bene ai figli e loro vogliono bene a lui. È strano: mi sono sempre occupata di tutto io, ma loro si ricordano di quando giocavano con il papà.»

Tony intuì che in quella frase era racchiusa tutta la sua vita con Sam e questo lo rattristò ulteriormente. «Sono fortunati ad avere te. Tutti, compreso Sam. Pensi davvero che sarebbe stato un uomo migliore senza di te?»

A Tony parve che lo sguardo di Sue fosse cupo come i pensieri che angustiavano lui. «Credevo che potesse essere un marito migliore, Tony.» Abbassò gli occhi. «A volte la sera a letto, quando ha bevuto, mi chiedo che cosa sarebbe successo se fossi stata abbastanza coraggiosa e abbastanza egoista da mettermi con te.»

Tony ebbe una stretta al cuore. Le chiese: «Che cosa posso fare, adesso?»

Sue rimase a lungo in silenzio a fissare il tavolo. Quando alzò gli occhi, Tony vide che erano pieni di lacrime. «Fallo assolvere, Tony. Forse sono egoista quanto lui, e altrettanto stupida, ma in questo momento non saprei che cos'altro chiedere.» S'interruppe, con la voce rotta, poi riprese: «Fallo passare per un uomo debole, egoista, stupido, ma innocente. Perché è l'unica cosa che mi rimane».

È l'unica cosa che ti posso dare, pensò Tony: un uomo innocente in tribunale, non nella vita, e chissà quanto ci costerà. Pensò a tutti quelli su cui avrebbe influito quella decisione: i Calder, Stacey e Christopher, Sam Robb ed Ernie Nixon. Ma in quel momento, la più vivida di tutte era l'immagine della donna che aveva davanti, innocente in tutto, tranne che negli errori del marito.

«Va bene», disse lui. «Ci proverò.»

PARTE TERZA

SAM ROBB
Il presente

1

Due mesi e mezzo dopo, in un'afosa giornata d'agosto, cominciò il processo per omicidio a carico di Sam Robb.

Il tribunale della contea di Erie era un edificio barocco degli anni '20. L'architettura di quei tempi, pensò Tony Lord, rifletteva la sacralità e l'atmosfera elitaria che allora caratterizzavano il mondo della giustizia, con scale di marmo, rivestimenti in legno e scranni lucidi che incutevano ancora un certo rispetto. La fiducia nelle istituzioni con il tempo era diminuita, scossa dalla crisi del '29 e, soprattutto in quella zona del Paese, dal declino dell'industria pesante. Il deficit delle finanze pubbliche traspariva innegabilmente dallo stato di abbandono dell'edificio e il declino di Steelton dal livello culturale ed economico delle persone convocate a far parte della giuria popolare: dopo l'esodo dei ricchi dalla città, la percentuale di neri indigenti e minoranze etniche bianche era diventata molto alta. Senza l'aiuto di Saul Ravin, Tony, abituato a San Francisco, sarebbe stato ancora più in difficoltà nella scelta dei giurati.

Naturalmente c'erano alcuni criteri di selezione universali: con tutta la discrezione possibile, Stella Marz eliminò i disoccupati neri di sesso maschile nella convinzione che nutrissero poca simpatia per poliziotti e tutori dell'ordine; Tony, che si riservava di giocare la carta di Ernie Nixon, preferì assecondarla, con il risultato che alla fine la giuria sembrava più favorevole all'accusa che alla difesa.

Saul aveva fatto presente a Tony che la maggioranza dei giurati, da buoni borghesi del Midwest, avrebbe tendenzialmente dato credito alle autorità. Nonostante gli sforzi di Tony, Stella riuscì ad ammettere tre polacchi di Steelton – un'estetista, un ragioniere e il proprietario di un negozio di alimentari – oltre a due operai cattolici irlandesi e una casalinga di origine italiana. Tutti, a modo loro, erano personaggi inquadrati: Tony pensò che erano come i suoi genitori e che, come loro, probabilmente avrebbero mostrato poca comprensione per un vicepreside che andava a letto con una ragazzina.

Tony ricusò tre donne sposate, madri devote di figlie adole-

scenti, e corse un rischio ammettendone una quarta, una dietologa, forse più incline alla compassione a causa del mestiere che
faceva. Ma né costei né il giurato preferito di Tony, uno scrupolo-
so professore d'inglese della Steelton State University piuttosto
versato nel pensiero critico, sembravano avere molte possibilità
di diventare portavoce della giuria. Il massimo che poteva sperare
Sam Robb, ammise pessimisticamente Tony commentando la situazione con Saul, era che Stella avesse creato un mostro troppo
favorevole all'accusa che, se loro avessero giocato bene la carta
Ernie Nixon, potesse finire invece per rifiutare di condannare
l'imputato in base a semplici indizi.

La sera prima delle perorazioni iniziali, chiacchierando con
Tony davanti a un bicchiere di whisky, Saul aveva osservato:
«Noi non manipoliamo una giustizia perfetta. Tanta gente ce l'ha
con gli avvocati difensori perché pensa che rimestino in un mondo peggiore di quello in cui la gente vive e lavora di solito. Come
se non fossero sporchi pure loro. L'unica consolazione che ci
resta è che anche la pubblica accusa gioca sporco facendo sotterfugi di ogni genere, patteggiando con carogne ancora peggiori di
quelle che porta alla sbarra dando prova di razzismo come ha
fatto anche Stella ricusando i neri». Saul aveva bevuto un sorso
di whisky. «Se questa scelta le si ritorcerà contro, non sarà un'ingiustizia, ma solo ironia della sorte, cazzo. Anche se Ernie Nixon,
che non è nostro cliente, non la troverà molto divertente.»

Nonostante i suoi dubbi, Tony aveva sorriso nel sentirgli dire
«nostro» cliente. «Come ho fatto a coinvolgerti fino a questo punto? Devo essere più furbo di quel che credo.»

«Non t'illudere! È solo che non si può abbandonare a se stesso un avvocato tanto scemo da affrontare un caso come questo
gratis. Sono state due le cose che mi hanno convinto. Primo: non
ho molte occasioni di divertirmi e dicono che sei bravo; volevo
vederti all'opera. Secondo: sei troppo coinvolto in questa vicenda,
motivo per cui hai accettato di difendere Sam quando invece
avresti dovuto guardartene bene. Credo che tu lo stia facendo più
per lei che per lui.» Saul si era interrotto, quindi a bassa voce
aveva concluso: «Sono qui per darti una mano. L'ultima volta che
l'ho fatto, sei diventato avvocato. Per cui mi sento in debito...»

Quella mattina, seduto tra Saul e Sam, dopo l'ennesima notte
insonne, Tony aspettava la perorazione iniziale di Stella e pensava
ancora una volta a Sue.

«Lo stai facendo per lei», gli aveva detto Saul.

E forse era vero. In quegli ultimi tre mesi, nel difendere gli interessi di Sam, Tony aveva risparmiato a Sue le conseguenze immediate delle azioni di suo marito in più di un'occasione. Ottenendo per Sam un'indennità di licenziamento in cambio delle dimissioni volontarie, le aveva risparmiato un'udienza in cui c'era il rischio che si presentasse a testimoniare Jenny Travis. Con l'aiuto di Stacey, si era fatto garante della cauzione per la libertà provvisoria di Sam, dell'importo proibitivo di un milione di dollari: in tal modo aveva messo a rischio le loro finanze in caso Sam si fosse dato alla fuga, ma aveva evitato che Sue e i figli dovessero andarlo a trovare in prigione. Solo pochi giorni prima, quando aveva deciso di non chiamare nessuno ad attestare in aula la reputazione di Sam, lo aveva fatto per evitare che Jenny Travis li smentisse e in tal modo aveva risparmiato a Sue ulteriori umiliazioni.

Quella mattina Sue si presentò in aula, come le aveva raccomandato Tony, con un contegno che doveva essere di esempio ai suoi figli. In altre circostanze, Sue e Sam Robb sarebbero potuti sembrare la coppia ideale, con ventiquattro anni di matrimonio alle spalle, la prospettiva di un futuro sereno e due figli in gamba, maschio e femmina, laureati e avviati a una vita indipendente. Sam junior assomigliava a Sue e aveva l'aspetto serio del bravo ragazzo che sta per prendere un master in amministrazione aziendale; Jenny aveva i capelli biondi e l'aria sportiva del padre, ma il carattere affettuoso e tranquillo che aveva sempre reso Sue, agli occhi di Tony, una madre di famiglia nata. Nel vedere Jenny e Sam junior, lui pensò al duro compito che quel ruolo adesso comportava per Sue: si trovava a dover convincere i figli ormai adulti che non credeva che il loro padre avesse assassinato la ragazzina con cui andava a letto.

Seguendo i consigli di Tony, Sam si era messo una camicia bianca, un sobrio vestito grigio che non gli piaceva e un'altrettanto sobria cravatta compratagli appositamente da Sue. Grazie a tre mesi d'intenso allenamento fisico e di astinenza dall'alcol, sembrava ringiovanito, in forma e lucido come l'atleta di una volta: Tony rifletté che era molto migliorato e che, stranamente, quella difficile prova pareva aver risvegliato in lui l'istinto competitivo. Ma era proprio così: insistendo che Tony e lui dovevano giocare di squadra, Sam si era fatto raccontare tutti i dettagli della tattica processuale e Tony si accorse che persino in quel momento stava cercando d'indovinare l'atteggiamento del giudice. Leo F. Karoly, con il viso rugoso, i capelli brizzolati pettinati all'indietro e gli

occhi chiari e poco curiosi, sembrava proprio quel che Saul aveva
detto che era: un funzionario di vecchia fede democratica, un
uomo prudente e un po' limitato. Insomma, un giudice migliore
per Stella che per la difesa.

«Karoly sembra un tipo abbastanza malleabile», mormorò
Sam.

Tony notò che cercava di non guardare verso i Calder. Come
i genitori di Alison, sembravano ammutoliti dal dolore: Frank più
che adirato pareva avvilito e Nancy era alquanto dimagrita, pallida e disfatta. Forse a tormentarli era anche il pensiero di aver
perso la figlia prima ancora che morisse.

Qualunque cosa pensassero, era chiaro che comunque facevano
no affidamento sull'appoggio di Stella. Nelle pause durante la
selezione della giuria, lei aveva parlato spesso con loro, prenden-
doli per mano o sottobraccio: Tony immaginò che da una parte
lo facesse per scena, ma dall'altra anche per sincero interessamento nei confronti di una coppia che considerava anch'essa vittima
della spietatezza di Sam.

Quando Stella Marz si alzò per pronunciare la sua perorazione
iniziale, i Calder la guardarono imploranti e Tony posò la mano
sul braccio di Sam, sperando che i giurati notassero quel gesto.

Il pubblico ministero indossava un tailleur blu, orecchini d'oro
e un trucco adatto a evitare di alienarsi la giuria con un look
eccessivamente severo e femminista. Esordì con la voce roca, ma
con un tono diretto e abbastanza deciso da non sconfinare nel
sentimentalismo, pur facendo appello alle emozioni dei presenti.

«Quel che la pubblica accusa intende illustrarvi», esordì Stella
Marz, «sono le ultime quattro ore di vita di una sedicenne.»

2

Nell'aula scese il silenzio.

«Immaginate Marcie Calder», disse Stella. «È sola e spaventata: la sua dottoressa le ha appena detto che è incinta. Scoppia a piangere, non sa che cosa fare. La dottoressa Nora Cox, che la conosce da quando aveva quattro anni, le consiglia di parlarne con i suoi. Ma Marcie è talmente sconvolta che non riesce nemmeno a rispondere e si limita a scuotere la testa. Come ultima spiaggia, la dottoressa le accenna alla possibilità d'interrompere la gravidanza e per la prima volta Marcie, poco più di una bambina, trova la voce. 'No', risponde. 'Sono contraria all'aborto.'»

Stella pronunciò quella frase con pacata sicurezza, come immedesimandosi nella parte di Marcie. Tony lanciò un'occhiata a Saul, che aveva sulle labbra un lieve sorriso di approvazione. Anche Tony ammirava l'abilità con cui aveva scelto di usare il presente per dare immediatezza al racconto dei passi fatali che avevano portato Marcie alla morte. I giurati la osservavano rapiti.

«Marcie è irremovibile», continuò il pubblico ministero. «E dal momento che intende proteggere la vita che porta in grembo, sa di dover proteggere anche un'altra persona: il padre di suo figlio... Marcie Calder è l'unica a sapere chi sia. Ha bisogno del suo conforto, di un suo parere. Ma soprattutto lo vuole avvertire.» Fece una pausa per dar modo agli ascoltatori di assimilare quell'informazione. Sam mormorò, rabbioso: «Non c'è niente che lo dimostri...»

Tony lo prese per un braccio e sussurrò: «Calma».

Stella alzò la testa. «Così Marcie va da Janice D'Abruzzi, la sua migliore amica. Janice sa che Marcie ha una relazione con un uomo più vecchio di lei, ma non sa chi sia né perché nessuno debba venirlo a sapere. Marcie la implora di coprirla, perché ha assolutamente bisogno di parlare con quest'uomo di nascosto dai suoi. Quando si mette addirittura a piangere, l'amica le promette di aiutarla. Quella sera, a tavola per quella che sarà l'ultima volta con Frank e Nancy Calder, Marcie li informa che dopo cena andrà a studiare da Janice D'Abruzzi. Nelle ultime settimane i suoi genitori hanno notato che sembra in pensiero, ma è sempre stata affettuosa con loro e premurosa con le sorelle, oltre che brava a scuola. E, soprattutto, è una che non racconta mai bugie. Quando esce, salutando appena, non sa che non rivedrà mai più suo padre e sua madre. Prima di recarsi all'appuntamento, tuttavia, Marcie fa un'ultima visita. A parte i genitori, l'adulto cui Marcie sembra essere più legata è Ernie Nixon, il suo primo allenatore d'atletica, che ogni tanto le chiedeva di fare da baby-sitter ai suoi figli e con il quale spesso si confida. Sono ormai sei settimane che costui lotta con la propria coscienza, da quando cioè Marcie gli ha confidato che va a letto con un uomo. Un uomo più vecchio di lei, cui si è rotto il preservativo la prima volta che hanno fatto l'amore.»

Tony vide che Saul inarcava le sopracciglia sentendo il nome di Ernie Nixon, ma fu l'unico a interpretare quell'espressione come il freddo divertimento di un avvocato che vede un collega compiere il suo primo passo falso: la giuria non staccava gli occhi di dosso a Stella Marz.

«I timori di Ernie sono giustificati», continuò il pubblico ministero, «perché Marcie si siede sul divano e, con voce sommessa ma chiara, gli confida di essere incinta. Ernie rimane di stucco. La supplica di parlarne con i genitori o almeno di andare con lui al consultorio. Ancora una volta, lei rifiuta, convinta che il suo bambino sia una vita umana da proteggere... È pallida, smarrita, oppressa. L'unica cosa che accetta da Ernie è un tramezzino al tonno. Perché deve andare a parlare con il padre del bambino che porta in grembo, con cui ha appuntamento poco più tardi e di cui ha deciso di fidarsi. Tra le sue paure non c'è certo quella di morire. Accetta il tramezzino, dice, perché adesso deve mangiare per due. Due ore più tardi», aggiunse a voce bassa, «morirà.»

«Come fa a saperlo?» sussurrò Sam.

A voce altrettanto bassa, Tony Lord gli ingiunse di stare calmo.

«Mentre va in macchina all'appuntamento», continuò Stella, «Marcie Calder non ha paura. Sa soltanto che il suo uomo ha acconsentito a vederla. Parcheggia in una stazione di servizio abbandonata, dove l'aspetta una Volvo grigia. Marcie scende dalla sua auto e l'uomo al volante della Volvo le apre la portiera. Emozionata, si siede accanto a lui, accanto all'uomo che ama.» Tacque e si girò verso Sam. «Sam Robb. Il vicepreside della Lake City High School. Allenatore di Marcie e padre del suo bambino.»

Nel silenzio che seguì, Sam ricambiò lo sguardo di Stella con un'espressione così ferita e imbarazzata che Tony non avrebbe potuto chiedere di meglio: se non era sincero, doveva avere una capacità di fingere molto superiore a quanto immaginava il suo avvocato. Per un attimo lei lo studiò freddamente, con aperta disapprovazione, poi tornò a rivolgersi alla giuria.

«La vita di Marcie adesso è nelle sue mani. Nessuno sa dove si trovi: né i suoi genitori né Janice né Ernie Nixon. A parte Sam Robb, Marcie è completamente sola. Ormai è buio. Sam Robb la porta a Taylor Park. Marcie si spoglia per lui. E nella Volvo grigia di sua moglie, Sam Robb la sodomizza.»

Con la coda dell'occhio, Tony vide Sue sbiancare e stringere la mano della figlia.

In tono gelido e disgustato, Stella passò di colpo al passato remoto: «E con questo atto di cosiddetto amore, Sam Robb usò Marcie per l'ultima volta. Non so dirvi che cosa pensò Marcie negli ultimi momenti della sua vita, mentre giaceva tramortita e moribonda tra le braccia del suo amante, di quest'uomo che ammirava, da cui aspettava un figlio. Pensava al suo bambino, lei che era a sua volta poco più di una bambina? Non lo sapremo mai. Sappiamo solo quello che ci spiegherà il medico legale, e cioè che Sam Robb, per impedirle di parlare, la portò dalla Volvo di sua moglie a un prato sovrastante il lago Erie. Che prese una grossa pietra. Che colpì Marcie tre volte, con forza, spaccandole il cranio. Che la scaraventò sulla spiaggia e la guardò precipitare per trenta metri, dopo averla tradita e abbandonata».

Tony vide che Nancy Calder aveva il viso rigato di lacrime, mentre il marito si fissava i piedi impassibile. Dall'altra parte dell'aula, Sue Robb aveva chiuso gli occhi; i suoi figli erano immobili, interdetti. Sam rabbrividì.

Stella proseguì, implacabile. «Anthony Lord è un avvocato di grande talento e cercherà d'instillarvi vari dubbi, ma non potrà cambiare quel che, a mio parere, i fatti dimostrano. Primo: Sam Robb dichiarò alla polizia che Marcie Calder e lui erano solo amici e che erano andati a Taylor Park di sera per parlare della cotta innocente che la ragazzina si era presa per lui. Secondo: Sam Robb rischiava di perdere la moglie, la famiglia, la reputazione e il lavoro, se Marcie avesse parlato. Terzo: sul volante della macchina di Sue Robb è stato trovato del sangue che apparteneva a Marcie. Quarto: Sam Robb è il padre del bambino di Marcie Calder. Su questi fatti non ci sono dubbi. Come non c'è dubbio che Sam Robb abbia mentito. E, quando saranno state presentate

294

tutte le prove e le argomentazioni del caso, confido che non avrete alcun ragionevole dubbio sul fatto che Sam Robb assassinò questa sedicenne affidata alla sua guida e la creatura innocente che portava in grembo.»

Stella tacque e guardò i giurati a uno a uno. «Grazie», disse poi semplicemente e tornò a sedersi.

Pallidissimo, Sam rivolse a Tony un'occhiata piena di speranza e disperazione al tempo stesso.

«Avvocato Lord?» disse il giudice Karoly.

Tony si alzò, pensieroso. «Non ho nulla da dire per il momento, vostro onore. La difesa si riserva di parlare dopo che l'accusa avrà presentato le sue prove. Cosa che, con tutto il rispetto per il pubblico ministero, non si fa in sede di perorazione iniziale.»

Leo Karoly, sul suo scranno, parve sorpreso. «Benissimo», disse. «La seduta è sospesa.»

Mentre la gente cominciava ad alzarsi, Sam gli lanciò un'occhiata piena di collera e stupore. «Che cazzo fai?»

Tony gli mise una mano sulla spalla. «Non qui.»

Saul, Tony e Sam si sedettero sulle sedie dure dell'angusta saletta dei testimoni, intorno a un tavolo di legno. Ma era meglio che restare nel corridoio insieme a Sue, pensò Tony. Saul, accanto a lui, era appoggiato allo schienale con l'aria da spettatore.

«Quella stronza ci ha rovinato», sbottò Sam. «Non sono un idiota, è un po' che m'interesso di tattica processuale: il sessanta per cento dei giurati decide sulla base delle perorazioni iniziali. Rinunciando a parlare, praticamente mi hai già condannato. È la mia pelle che ci stiamo giocando.»

«È vero. Ed è per questo che sono stato zitto.» Comprendendo l'ansia di Sam, Tony mantenne la calma. «Secondo me Stella ha esagerato. Adesso tuttavia non posso dirlo alla giuria, come non posso essere sicuro di quale sia la linea difensiva migliore finché lei non presenta le sue prove. Per esempio, se avesse trovato un alibi per Ernie? E nel caso non lo abbia trovato, perché dovrei lasciarle capire che intenzioni ho?»

«A che serve, se quelli ormai sono convinti che sono colpevole?» Sam era tesissimo. «Maledizione, avresti anche potuto dire qualcosa.»

Tony sorseggiava un caffè, cercando di non perdere le staffe. Nervoso com'era, l'ultima cosa di cui aveva bisogno erano le critiche di un cliente che voleva insegnargli il mestiere. «Quel 'qual-cosa' sarebbe stato ciò che Stella aveva già fatto sembrare così patetico: il ragionevole dubbio...»

«Be', non so», disse Saul con aria innocente, rivolgendosi a Sam. «Magari avrebbe potuto dire qualcosa tipo: 'se l'è inchiap-pettata, ma non l'ha ammazzata'. Avrebbe fatto il suo effetto, no?»

«Sta' tranquillo: posso fare di meglio», intervenne Tony. «E lo farò. Con un po' di fortuna, riuscirò a smontare tutto quello che ha detto Stella.» Allungò una mano e strinse quella di Sam. «Tu adesso devi mostrarti molto calmo e molto triste. Hai davanti almeno due settimane di udienze spiacevoli.» Dopo una pausa, Tony concluse sottovoce: «È come la partita contro il Riverwood. Nervi saldi, e fidati di me».

Guardando Sam negli occhi, Tony vi lesse apprensione, affet-to, incertezza e, da ultimo, lo stesso risentimento che ricordava di avervi visto trent'anni prima nei momenti in cui si era trovato a dover dipendere da Tony. Dopo un po', Sam annuì bruscamen-te. «Va bene. Spero solo che non si risolva proprio all'ultimo minuto come quella volta.»

3

QUANDO Stella Marz chiamò come prima testimone Nora Cox, la
dottoressa di Marcie Calder, Tony capì che intendeva seguire la
traccia della perorazione iniziale, ricostruendo le ultime ore della
vittima e convocando per ultimi la polizia e il medico legale per
collegare Sam alla sua morte. Alla giuria avrebbe presentato così
una tragedia con tutti gli ingredienti di un giallo.

«Furba», commentò Tony sottovoce con Saul, prima di rivol-
gere la sua attenzione alla dottoressa.

Nora Cox aveva più o meno l'età di Tony, labbra carnose,
occhi verde-azzurri e una gran testa di capelli castani. A Tony
parve una donna sana, amante della vita all'aria aperta e, dietro i
modi un po' sbrigativi, intuì in lei una buona dose di calore umano e sollecitudine per il prossimo. Stella si tenne in disparte, perché l'attenzione di tutti andasse alla testimone e non a lei. «Da
quanto tempo lei era il medico curante di Marcie Calder?» le
chiese.

«Da dodici anni. Da quando ho aperto lo studio.» Dopo un
attimo di silenzio a bassa voce aggiunse: «Da quando Marcie
aveva quattro anni».

«Ogni quanto la vedeva?»

«Per strada la incontravo abbastanza spesso: Lake City non è
grande. Come paziente all'incirca ogni sei mesi, quando la madre
la portava a farsi controllare.» Cambiò tono di voce. «A parte le
ultime settimane, voglio dire.»

Stella piegò la testa da una parte. «Ultimamente venne più
spesso?»

Il medico annuì. «Due volte, di sua iniziativa.»

Tony sentì che Sam si agitava sulla sedia accanto a lui. «Perché?» chiese il pubblico ministero.

Nora lanciò un'occhiata in direzione dei genitori di Marcie.
«La prima volta voleva consigli sulla contraccezione.»

Nancy Calder osservava la scena con aria addolorata, mentre il
marito aveva lo sguardo perso nel vuoto. «Le spiegò il motivo?»
domandò Stella.

«Aveva cominciato ad avere rapporti sessuali.»

«Le disse quando, dottoressa Cox?»

«Obiezione», intervenne Tony senza alzarsi. «La dottoressa può riferire quello che ha sentito dire, ma non può sapere quando Marcie ebbe il suo primo rapporto.»

Il giudice Karoly rivolse a Stella uno sguardo interrogativo. Imperterrita, lei ribatté: «Formulerò diversamente la domanda.

«In quell'occasione, dottoressa Cox, lei visitò Marcie Calder?»

«Sì. Per la precisione, la sottoposi a un esame ginecologico.»

«E che cosa ne dedusse?»

L'occhiata che Nora istintivamente lanciò a Sam Robb era colma di disapprovazione e di ribrezzo. «L'imene di Marcie presentava segni di lacerazione e sulle labbra e la parete vaginale si notavano leggere abrasioni. In base alla mia esperienza, questo di solito è indice di un primo rapporto sessuale avvenuto piuttosto di recente. Come mi confermò Marcie quando glielo chiesi.»

Il danno era fatto. Tony se ne rese conto immediatamente. Come Stella, anche Nora era una donna intelligente: l'unica mossa che gli restava – chiedere che l'ultima frase non venisse messa a verbale – sarebbe servita solo a sottolineare il fatto. Stella si affrettò a chiedere: «E che cosa le disse Marcie?»

«Che aveva perso la verginità il giorno precedente.» La voce della donna si fece più sommessa. «Il profilattico del suo partner si era rotto e Marcie era piuttosto preoccupata. Aveva avuto le ultime mestruazioni circa due settimane prima.»

Con una certa riluttanza, Tony si alzò. «Con il dovuto rispetto, vostro onore, tutto questo non mi sembra pertinente. Per risparmiare a tutti tempo e forse imbarazzo, la difesa è disposta a convenire che Marcie Calder era incinta quando morì.»

Stella gli rivolse una breve occhiata sardonica, poi si girò verso Karoly con aria indifferente. «Apprezziamo la proposta dell'avvocato Lord, ma riteniamo che l'esperienza, o piuttosto la mancanza di esperienza, sessuale di Marcie Calder sia pertinente alle argomentazioni dell'accusa.»

Ha capito, pensò Tony. «Concederò all'accusa una certa libertà», dichiarò il giudice. «Proceda pure.»

Mentre si sedeva, Tony intravide un lampo di divertimento sulla faccia di Saul. «Che cosa sta succedendo?» chiese Sam.

Tony si chinò per sussurrargli: «Ernie. Ha capito...»

«Quando Marcie le disse che aveva avuto il suo primo rapporto sessuale», chiedeva intanto Stella a Nora Cox, «lei come reagì?»

Ancora una volta il medico lanciò un'occhiata ai genitori di Marcie, prima di rispondere: «Chiesi a Marcie se ne aveva parlato con la madre».

«E Marcie che cosa rispose?»

«Che non l'aveva fatto.» La Cox incrociò le braccia e abbassò gli occhi con aria triste e un po' imbarazzata. «È uno dei dilemmi che noi medici ci troviamo ad affrontare: veniamo a sapere cose sui minorenni che riteniamo anche altri dovrebbero sapere. In questo caso, i genitori.»

«C'è un motivo particolare per cui ebbe questa sensazione nel caso di Marcie?»

«In generale, ritengo che le adolescenti non dovrebbero affrontare da sole il problema della sessualità. E ho sempre pensato che la signora Calder fosse una madre attenta e coscienziosa.» Dopo una breve pausa, continuò in tono più secco: «Ma c'era di più. Quando le chiesi chi era il suo ragazzo, Marcie mi lasciò sconcertata rivelandomi che non era un ragazzo».

Stella tacque, lasciando che l'eco di quelle parole aleggiasse nell'aria e invitando implicitamente la giuria a condividere la sua disapprovazione per Sam. «Non abbassare gli occhi», sussurrò Tony a Sam. «La giuria ti sta guardando.»

Il pubblico ministero si rivolse di nuovo alla dottoressa. «Consigliò a Marcie di confidarsi con la madre?»

«Sì.»

«E quale fu la sua reazione?»

«Disse che non poteva.»

«Gliene spiegò il motivo?»

Quasi a scusarsi tacitamente, Nora Cox guardò prima Nancy Calder e poi il marito. Quindi, rivolgendosi di nuovo al pubblico ministero, rispose: «Marcie disse che suo padre era autoritario e sarebbe riuscito a farselo dire dalla madre e che sarebbe andato su tutte le furie se avesse scoperto che non era più vergine».

I Calder non si guardavano. Per la prima volta Tony si chiese se sarebbero riusciti a superare quella vicenda: aveva visto troppi matrimoni distrutti dalla morte di un figlio, anche quando non era colpa di nessuno. Dall'espressione di Nora si capiva che anche lei era preoccupata.

«C'era anche un altro motivo», aggiunse la Cox. «Marcie aveva promesso a quest'uomo che non avrebbe mai rivelato a nessuno la sua identità. O almeno così mi disse.»

«Questa sì che merita un'obiezione», mormorò Sam con un filo di voce.

Impassibile, senza staccare gli occhi di dosso alle due donne, Tony lo rimbeccò a denti stretti, in modo che nessuno lo sentisse: «Taci».

«Marcie le spiegò perché era così indispensabile mantenere il segreto, dottoressa Cox?»

La donna prese fiato prima di rispondere in tono composto: «Perché lui era sposato».

La giuria assimilava ogni nuova informazione fornita dalla Cox: il commerciante era scuro in viso e l'estetista, una bionda estroversa che durante la selezione aveva subito fatto amicizia con vari giurati, guardava i Calder con evidente comprensione. Sue, dall'altra parte dell'aula, aveva lo sguardo vitreo.

«Allora che cosa fece, dottoressa Cox?» chiese il pubblico ministero.

La donna inspirò profondamente. «Le consigliai di usare il diaframma e ripetei che speravo che ne parlasse con la madre.»

«E Marcie come reagì?»

Nora Cox si osservava le mani. «Mi chiese, anzi mi supplicò, di non dire niente ai suoi.»

«E lei...»

«Le promisi di mantenere il segreto professionale. Poi, dal momento che mi sembrava così spaventata, le chiesi che cosa avrebbe detto ai suoi quando fosse arrivata a casa la fattura di quella visita.» Abbassò di nuovo la voce. «Marcie cadde dalle nuvole... Era così ingenua, così spaurita.»

Come mossa a compassione, Stella aspettò un momento prima di chiedere: «E lei che cosa fece?»

«Pensai che avrei semplicemente spedito la fattura lasciando che i suoi genitori ci arrivassero da soli. Mi pareva chiaro che Marcie era nei guai fino al collo e aveva bisogno dell'aiuto di un adulto che non fosse quello che le aveva tolto la verginità.»

Stella le si avvicinò e, quasi in un sussurro, domandò: «Le chiese se aveva qualcuno con cui parlare?» Il pubblico ministero doveva aver deciso di giocare d'anticipo.

«Sì.» La guardò dritto negli occhi. «Marcie mi disse che aveva una persona con cui confidarsi. Un altro adulto.»

«Le disse di chi si trattava?»

Nora scosse la testa. «Mi disse solo che era un uomo che conosceva da molto tempo e che le dava spesso buoni consigli. Le feci promettere che gliene avrebbe parlato.»

«Le disse altro?»

Per un attimo, guardando i Calder, Nora non rispose. Poi distolse lo sguardo e si passò una mano sugli occhi. «Le dissi che, se mi prometteva di parlare con questa persona, non avrei mandato la fattura ai suoi.»

L'estetista rimase a bocca aperta. Senza staccare gli occhi di dosso alla teste, Stella Marz chiese a Karoly dieci minuti di sospensione.

Sue e i due figli, in fondo al corridoio, sembravano smarriti: stavano vicini, isolati, e parlavano poco. Anche Sam, insieme a Tony e Saul, sembrava laconico. A un certo punto disse a Tony: «Mi rendo conto che non puoi sollevare continuamente obiezioni. Servirebbe solo a peggiorare le cose».

Per la prima volta nello sguardo di Saul comparve qualcosa di simile alla tolleranza. «Il problema è un altro: Marcie non se la faceva con Ernie, stava semplicemente mantenendo la promessa fatta al suo medico, da brava ragazza qual era.» Poi si rivolse a Tony: «Stella ci ha prevenuti».

Tony si strinse nelle spalle. «Non tutto il male viene per nuocere», disse per incoraggiare Sam. Ma avrebbe dato chissà cosa pur di essere a mille miglia da lì, a San Francisco, o di poter credere nell'innocenza del suo cliente e amico.

Quando Nora Cox tornò sul banco dei testimoni, l'umore di Tony non era cambiato.

La Cox aveva ritrovato la padronanza di sé. Sotto la guida di Stella, si accinse a ricostruire l'ultima visita della ragazza, il giorno della sua morte. Tony immaginò Marcie Calder, magra, con i capelli scuri, sola e spaventata, seduta sul lettino dello studio ad ascoltare la dottoressa con le guance rigate di lacrime.

«È vero che è solo un test di gravidanza fatto in casa», le aveva detto gentilmente Nora. «Ma quando il risultato è positivo, quasi nel cento per cento dei casi viene confermato dalle analisi di laboratorio.»

La vocina di Marcie era più da bambina che da donna. «Quindi lei pensa che io sia incinta.»

Nora le si era seduta accanto. «Sono tre mattine che vomiti, cara... E il test è piuttosto affidabile.» Le aveva preso la mano. «Hai un ritardo di due settimane. Inoltre i tempi quadrano con la rottura del preservativo.»

Marcie aveva incrociato le braccia, come se sentisse freddo.

«Pensiamoci bene», le aveva detto Nora dolcemente. «In caso tu sia incinta.»

Marcie aveva ricacciato indietro le lacrime. «Non c'è niente da pensare», aveva detto. «Sarò madre, ecco tutto.»

Il suo tono era così definitivo e patetico che Nora aveva scosso la testa. «Una gravidanza alla tua età è difficile. Ti può sembrare l'inizio di una nuova vita, ma potrebbe anche essere la fine della tua. Sei ancora in tempo...»

«No.» Marcie aveva assunto un tono irremovibile. «Non posso abortire.»

«Sì che puoi.» Disperata per quella ragazzina che era stata una delle sue prime pazienti, Nora aveva dimenticato il suo ruolo di medico. «Ascoltami. Quando ero all'università, rimasi incinta. Era una storia impossibile... Il padre era un professore che ammiravo molto, un chirurgo. Era sposato. La nascita di quel bambino avrebbe danneggiato la sua carriera e probabilmente messo fine alla mia, oltre a rovinare il suo matrimonio. La tua situazione è ancora peggiore.»

Con gli occhi asciutti, Marcie aveva scosso la testa. «Sono cattolica, dottoressa Cox.»

«Anch'io lo ero.»

Chissà perché, Marcie le aveva stretto più forte la mano. «Le capita mai di ripensarci?»

La donna aveva capito che cosa sottintendeva quella domanda: aveva sposato un uomo più anziano di lei con figli già grandi e non aveva mai avuto bambini suoi. «Sì», aveva risposto infine. «Ma non ho mai avuto rimpianti.»

Marcie l'aveva guardata negli occhi con una saggezza e una maturità che l'avevano colta alla sprovvista, nello stato d'animo in cui era. «Mi dispiace», aveva ribattuto. «Però non la penso così.»

Nora Cox le aveva lasciato delicatamente la mano e si era allontanata un po'. Per indurla ad affrontare la realtà le aveva detto, nel tono più asettico possibile: «Volendo, c'è sempre l'adozione».

Marcie aveva sbattuto le palpebre. Vedendo che le tremavano

le labbra, il medico si era reso conto di quanto fosse impreparata. Sottovoce le aveva chiesto: «Lui sa che sei preoccupata?»

Marcie aveva scosso la testa, incapace di parlare.

«Allora forse è meglio che tu ne parli con i tuoi. A volte le famiglie reagiscono in modo inaspettatamente positivo proprio nelle situazioni peggiori. Conosco tua madre e so quanto ti vuole bene.»

Marcie aveva abbassato gli occhi, angosciata. «Non posso dirlo a mio padre. Non posso proprio.»

Nora aveva riflettuto un momento. «Allora non ti rimane che una soluzione, non credi?» Le aveva preso di nuovo la mano. «Se cambi idea, dimmelo e io ti aiuterò. E ti troverò qualcuno che ti dia una mano dal punto di vista psicologico.»

«Non posso», aveva ripetuto la ragazza.

«Ma allora che cosa farai?»

«Non lo so. So soltanto che devo dirglielo subito.»

«Al padre del bambino?»

«Sì.»

«E pensi che lui ti possa aiutare?»

«No.» Di colpo la voce di Marcie era diventata fredda. «Ma devo avvertirlo.»

«Perché? È sposato?»

A Marcie si erano riempiti gli occhi di lacrime. «Non è solo questo», aveva sussurrato. «È molto peggio...»

Nora le aveva messo un braccio sulle spalle. «Che cosa ci può essere di peggio?»

Marcie non aveva risposto. Si era delicatamente liberata dall'abbraccio e aveva preso i jeans dall'attaccapanni.

Guardandola mentre si rivestiva, la dottoressa aveva avuto l'impressione di vedere un primo accenno di pancia.

Nuda, Marcie si era guardata. «La prego... non lo dica ai miei.»

Nora aveva già quasi deciso di non farlo, ma si era limitata a rispondere: «Ci vorrà qualche giorno per avere i risultati delle analisi».

Quando Marcie aveva rialzato la testa, a Nora erano venute le lacrime agli occhi.

«Stasera gli parlo», aveva detto Marcie.

4

Dopo la pausa per il pranzo, Tony cominciò il controinterrogatorio.

Doveva stare molto attento perché la Cox era una teste ben disposta, ma la giuria a quel punto non lo era affatto nei confronti di Sam e Tony doveva evitare di renderlo ancora più antipatico.

Esordì con aria disinvolta, con le mani in tasca, in tono garbato. «Se ben ricordo, dottoressa Cox, lei conosceva Marcie da circa dodici anni. Come la descriverebbe?»

La donna esitò. «Educata, silenziosa. Riflessiva, direi.»

Tony annuì e aspettò un momento prima di porle la domanda successiva. Il trucco era fare in modo che ogni quesito sembrasse spontaneo, per dare l'impressione che la giuria e lui stessero scoprendo le stesse cose insieme. «Marcie le pareva una ragazza chiusa, che si tiene tutto dentro?»

«Forse, ma solo a prima vista...»

«Ma per quanto lei potesse vedere...»

Nora lo studiò, pensosa. «Be'», rispose, «riguardo a questa esperienza sessuale fu certamente molto discreta.»

Tony si mise un dito davanti alla bocca. «La gravidanza la spaventava molto, vero?»

«Sì.»

«E si sentiva sola?»

Con riluttanza, Nora annuì. «Sì, direi di sì.» Per la prima volta sembrò sulla difensiva. «Fu proprio per questo che le parlai della mia esperienza.»

Ma non è per questo che lo hai riferito alla giuria, pensò Tony. Essendo stato anche lui cattolico, l'aveva interpretato come una sorta di atto di pubblica contrizione da parte di una donna che, sentendosi profondamente in colpa per il proprio passato e per la vicenda di Marcie, in tal modo sperava di farsi perdonare dai Calder. Questo complicava notevolmente il compito di Tony.

«Ma Marcie rifiutò l'idea dell'aborto, giusto?»

Lei lo guardò stupita per un attimo, come se fosse certa che la sua risposta avrebbe danneggiato Sam. «Già.»

«E le disse anche che non poteva assolutamente dirlo a suo padre. Sembrava che avesse paura di lui.»

La dottoressa guardò i Calder come per scusarsi. «Di dirgli che era rimasta incinta, sì. Ma è più che normale.»

Doveva essere in preda ad atroci rimorsi, osservò Tony tra sé, ma ancora qualche domanda e avrebbe senz'altro capito dove voleva andare a parare. «Come descriverebbe la reazione di Marcie quando lei accennò all'adozione?» chiese.

«Come ho già detto, mi parve completamente impreparata ad avere un bambino. Non aveva ancora avuto il tempo di rendersi conto della realtà.»

«Quindi anche la prospettiva di portare a termine la gravidanza la spaventava?»

«Sì.»

Con la coda dell'occhio, Tony vide che Stella era più attenta di prima. A bassa voce disse: «Ricapitoliamo per cercare di ricostruire lo stato d'animo in cui si trovava Marcie: non voleva abortire, aveva paura di dirlo a suo padre, non era preparata a diventare madre e non aveva nessuno che potesse aiutarla. È giusto?»

Lo sguardo di Nora si era raggelato. «Sì, fondamentalmente sì.»

«Marcie le disse che cosa pensava di fare?»

«No.» Il tono di voce era più duro. «A parte che aveva intenzione di avvertire il suo uomo.»

Tony piegò la testa. «Non parlò di matrimonio?»

Nora lanciò un'occhiata a Sam. «Era già sposato, avvocato Lord.»

«Marcie le fece capire, in un modo o nell'altro, se sperava di sposarlo?»

La donna sgranò gli occhi. «Mi disse che il fatto che lei fosse rimasta incinta poteva rovinarlo...»

«Ma escludeva, in maniera esplicita o implicita, l'idea che quest'uomo, o qualcun altro, potesse sposarla?»

«Obiezione», intervenne il pubblico ministero. «La domanda è priva di fondamento. Come può la teste sapere che cosa pensava Marcie di un argomento che non sollevò neppure?»

«È proprio questo il punto», rispose Tony a Karoly. «Si tratta di una questione aperta.»

Il giudice increspò le labbra. Tony aveva già notato che faceva sembrare il suo compito molto più difficile di quel che fosse e che non pareva dominare la situazione. Rivolgendosi alla teste, finalmente concesse: «Può rispondere».

Nora Cox alzò le spalle, irritata. «Non so che cosa pensasse Marcie del matrimonio, ammesso che avesse un'opinione al riguardo.»

«Né sa come avrebbe potuto reagire qualora in seguito si fosse vista preclusa quella possibilità?»

«Non ho motivo di ritenere che Marcie considerasse il matrimonio una soluzione.»

«Ma era spaventata.»

«Sì.»

Tony si avvicinò e, a voce più bassa, chiese: «E smarrita?»

La giuria era attentissima. Stella si alzò con grande prontezza. «La domanda è eccessivamente vaga, vostro onore. Che cosa vuol dire 'smarrita'?»

«Oh, sono certo che la dottoressa Cox ha capito», disse Tony. Ma posso formulare la domanda altrimenti, se preferisce.» E, rivolto alla teste, chiese: «Ci sono mai stati casi di suicidio tra i suoi pazienti?»

Di nuovo il pubblico ministero si alzò di scatto. «Obiezione. È irrilevante.»

«Non mi pare», ribatté Tony rivolto al giudice. «Questa domanda riguarda un punto cruciale della nostra difesa.»

Lentamente, Karoly annuì. «Può rispondere», disse alla Cox.

L'espressione della dottoressa si era indurita. «Se sta cercando d'insinuare...»

«Si limiti a rispondere, per favore», la interruppe Tony.

Era evidente che Nora si sentiva in trappola. «Sì, ce ne sono stati. Come lei senz'altro saprà già.»

Tony annuì. «A beneficio della giuria, le dispiace specificare quanti?»

«Due.»

«Due ragazze, per la precisione. Una di quindici e una di sedici anni.»

Con una smorfia, la donna confermò: «Sì».

«Ha idea del motivo per cui si suicidarono?»

«So solo quel che lessi sul giornale, purtroppo.»

Tony piegò la testa. «È vero che visitò una delle due ragazze, Beverly Snowden, circa tre settimane prima che morisse?»

«Sì», rispose Nora, sforzandosi di usare un tono normale.

«Ma non ebbi il minimo sospetto. Anzi, la ragazza mi parve normalissima.»

«Più normale di Marcie Calder?»

«Obiezione», intervenne Stella. «È una domanda che richiede un'ipotesi da parte della teste.»

«È vero», riprese Tony, «che Marcie Calder era in uno stato di fragilità psichica il pomeriggio del giorno in cui morì?»

«È vero», rispose Nora, guardandolo dritto negli occhi. «Ma secondo la Chiesa cattolica il suicidio è peccato mortale. Come l'aborto.»

Tony lasciò che l'eco di quelle parole si spegnesse prima di osservare a bassa voce: «Però anche lei era cattolica, se ben ricordo la sua testimonianza di stamani».

Negli occhi di Nora comparve di nuovo un lampo d'irritazione. «Sì, ero cattolica.»

«E il motivo per cui parlò della sua esperienza personale a Marcie è che era preoccupata per la sua sorte, giusto?»

«Sì. Ma temevo che la gravidanza fosse la fine della sua vita in senso figurato, e non letterale: se Marcie non voleva sopprimere la vita umana che portava in grembo, come avrebbe potuto suicidarsi?»

«Ottima domanda. Dottoressa Cox, lei conosce l'incidenza del suicidio tra gli adolescenti e rispetto alla popolazione generale?»

«So solo che è piuttosto elevata.»

«E la decisione di suicidarsi talvolta è improvvisa, vero? Come nel caso di Beverly Snowden.»

«Sì.»

«E spesso è conseguenza di un trauma che l'adolescente non ha la capacità di affrontare o relativizzare.»

«Così suggerisce la letteratura in materia.»

«E le adolescenti a volte sono molto sole, vero? Si chiudono nel loro dolore.»

«Le ripeto che non sono esperta in materia, ma così afferma la letteratura.»

«Lei suggerì a Marcie di ricorrere a qualche forma di psicoterapia?»

Nora parve punta sul vivo. «No.»

Tony fece una breve pausa perché la giuria digerisse quella risposta. «Non le parve che Marcie avesse bisogno dell'aiuto di uno psicologo, oltre che di un'interruzione di gravidanza?»

La donna, incerta tra mettere in discussione la propria competenza e mostrare apertamente tutta la sua ostilità, fissò Tony.

«Obiezione», intervenne Stella avvicinandosi a passo svelto. «La dottoressa Cox è pediatra. Non ha una preparazione specifica in psicologia infantile. Il fatto che l'avvocato Lord tenti di scaricare su altri la colpa di questa tragica morte è oltraggioso.»

Tony mantenne un tono di voce pacato. «Tanto quanto il tentativo di attribuire soltanto a Sam Robb la colpa di quella che potrebbe essere la tragica conseguenza di una serie di delusioni date a Marcie da vari adulti, più o meno in buona fede. La giuria ha il diritto di riflettere su...»

«Ora basta», interloquì Karoly con un certo ritardo. «Tutti e due.» Rivolgendosi a Tony con l'improvvisa cocciutaggine tipica dei deboli, disse: «La dottoressa Cox non è psicologa. La sua domanda esula dalle competenze della testimone, avvocato Lord».

Lo so benissimo, ribatté Tony in cuor suo. Ad alta voce, rispettosamente, si limitò a dire: «Grazie, vostro onore». Ed era vero che gli era grato: in forma quanto mai sintetica, Tony aveva appena pronunciato la sua perorazione iniziale e insinuato ai giurati, molti dei quali erano cattolici, l'idea che la dottoressa Cox avesse offerto a una povera ragazzina vulnerabile l'aiuto sbagliato. Anche se si era sbagliato riguardo ai motivi, Sam aveva ragione: Leo Karoly era malleabile.

Tony si rivolse nuovamente alla teste. «Come ci ha appena ricordato il giudice Karoly, forse non è bello insistere su un'esperienza che, ne sono certo, dev'essere stata molto triste. Tuttavia, alla luce dell'obiezione del pubblico ministero, è corretto affermare che lei non può sapere, professionalmente intendo dire, se la disperazione che notò in Marcie Calder possa averla spinta al suicidio?»

Tony percepì l'esitazione di Stella al suo fianco. La domanda era formulata in modo che, se Nora avesse abboccato, avrebbe finito per suggerire che la sua convinzione del fatto che Marcie non intendesse suicidarsi era del tutto infondata. Stella fece quel che Tony avrebbe fatto al suo posto: si fidò della testimone, la quale nel frattempo si era ricomposta.

«L'unica cosa che posso dirle, da non addetta ai lavori, è che non pensai alla possibilità che Marcie si togliesse la vita. Per tutti i motivi che ho fatto presenti.»

Tony annuì con fare comprensivo. «Come non ci aveva pensato nel caso di Beverly Snowden.»

«Infatti.» Dopo una pausa, Nora si difese: «Ma, nel caso specifico, Marcie mi assicurò di avere un adulto a cui chiedere consiglio».

Era esattamente la risposta che Tony sperava di ottenere prima o poi. «Le chiese chi era?»

«Sì.»

«E che cosa le rispose Marcie?»

«Non mi rispose.»

«Eluse la sua domanda, in altre parole.»

Nora aggrottò la fronte. «Non so. Avevamo tante cose a cui pensare.»

«Capisco. Mi dica, dottoressa, Marcie le disse che tipo di rapporto la legava a quest'uomo?»

Lo sguardo della donna era calmo, riflessivo, con una sfumatura di disapprovazione. «No.»

Tony capì che era pronta a qualche insinuazione da parte sua ma, per non urtare la sensibilità della giuria, cortesemente disse: «Grazie, dottoressa Cox. Non ho altro da chiederle».

Mentre tornava a sedersi, vide che l'estetista lo seguiva con lo sguardo, non ostile ma molto perplessa, interessata, ed ebbe la certezza di essersi fermato al momento giusto. Gli rimase impressa Nancy Calder, tuttavia, con uno sguardo così addolorato e rabbioso che Tony avrebbe voluto sprofondare.

Nel corridoio Sam lo afferrò per un braccio. «Sei stato grande, cazzo», disse. «Le hai fregate tutte e due.»

Saul, al suo fianco, taceva, consapevole che Tony non avrebbe gradito il complimento. Infatti rispose: «L'ho fatto per il tuo bene, amico. Ma devi capire una cosa, così da non prenderla in modo troppo personale. Ho appena umiliato davanti a tutti una professionista seria e ho dato quel che forse è il colpo di grazia al matrimonio dei Calder. Probabilmente prima della fine del processo dovrò fare anche di peggio, rischiando di farmi odiare dalla giuria. E se la giuria prende in odio me, tu sei spacciato. È un pensiero che mi turba. E non è l'unico. Lo faccio per te come cliente e come amico, e forse questo mi giustifica. Ma non posso dire che mi piaccia». Fece una pausa e gli posò una mano sulla spalla. «Te lo dico perché tu lo sappia, chiaro?»

Sam lo guardò imbarazzato, comprensivo e quasi impietosito. «Capisco. Se non avessi così paura, dispiacerebbe anche a me. Ma quando la tua vita è appesa a un filo...»

Lasciò la frase a metà. In fondo al corridoio, Tony vide che Sue li osservava. Anche lei pareva turbata. «Vai a parlare con Sue e i ragazzi», disse Tony. «Anche se ti costa. La giuria fa caso a queste cose.»

5

A DISAGIO nel tailleur blu, Janice D'Abruzzi salì nervosamente sul banco dei testimoni. Non osava guardare i Calder.

Stella le chiese di raccontare quel che Marcie le aveva detto, sia a proposito della relazione che aveva con un uomo sposato di cui aveva promesso di non rivelare l'identità, sia quando l'aveva supplicata di mentire per lei la sera della sua morte. Le risposte di Janice, timide ed esitanti, parvero commuovere la giuria e spazzare via i dubbi insinuati da Tony durante l'interrogatorio di Nora Cox. Poi Stella cominciò ad attaccare la linea della difesa.

Con modi fermi ma gentili, come una sorella maggiore, chiese alla teste: «Marcie le fece mai capire di essere legata, sentimentalmente o sessualmente, a un altro uomo oltre a questo?»

Janice parve sorpresa. «No», rispose decisa. «Non era il tipo.»

«Che lei sappia, aveva già avuto rapporti sessuali?»

C'era di che sollevare un'obiezione, se non due o tre, e Tony ne era perfettamente consapevole. Janice guardò di sottecchi i Calder. «Marcie mi disse che era il primo. In passato non aveva mai parlato di sesso e non ne sapeva quasi niente.»

«Perché dice così?»

La ragazza abbassò gli occhi. «Mi aveva chiesto varie cose... cioè... che cosa si fa di solito.»

«Le disse perché voleva saperlo?»

«Sì.» Con una collera improvvisa e sorprendente, Janice squadrò Sam. «Marcie voleva accontentare il suo uomo. Mi raccontò che lui sapeva un sacco di cose e che lei lo amava e non voleva che perdesse interesse a lei.»

Tony vide con grande sollievo che Sam ricambiava lo sguardo di Janice senza tentennamenti, ma capì che era irritato perché lui non aveva obiettato e aveva lasciato che Stella usasse la teste per suffragare la versione di Nora Cox secondo cui Marcie, ingenua e monogama, era stata sedotta da un adulto che al primo rapporto sessuale l'aveva messa incinta e poi l'aveva ammazzata. Tony scribacchiò sul taccuino: «Il bambino era tuo, no? Che bisogno c'è di ricordarlo a tutti?»

Sam lesse e annuì lentamente.

«Marcie le disse mai di volerlo sposare?» chiese il pubblico ministero a Janice.

«Assolutamente no.» La ragazza sembrava essersi ripresa. «Disse che vivevano in un mondo tutto loro e che le cose dovevano rimanere così.»

Stella la osservò con aria pensosa. «Perché, secondo lei, Marcie doveva assolutamente vedere quest'uomo la sera in cui morì?»

Questa volta Tony non aveva scelta. «Obiezione», disse al giudice Karoly. «Ho già permesso all'accusa di chiedere alla teste di formulare ipotesi o riferire informazioni apprese per sentito dire riguardo all'esperienza sessuale di Marcie Calder, ai suoi rapporti con un uomo di cui la signorina D'Abruzzi non conosceva neppure il nome, a quel che i due facevano o pensavano quando erano soli. Ma quest'ultima domanda presuppone che la teste abbia letto nel pensiero di Marcie Calder e adesso possa dire alla giuria, senza alcun fondamento concreto, perché Marcie fece quel che fece, mentre lei mentiva ai suoi genitori. Sinceramente, vostro onore, mi sembra troppo.»

Imperturbabile, Stella ribatté pacatamente: «Vostro onore, la prego d'invitare l'avvocato Lord a non usare le obiezioni come pretesti per tenere simili concioni alla giuria. Il suo discorso si può riassumere in non più di quattro parole: 'Obiezione: privo di fondamento'. Quanto all'oggetto della mia domanda, la signorina D'Abruzzi ha riferito di varie conversazioni sull'argomento: sul timore di Marcie Calder che la loro relazione rovinasse la vita al suo amante, sul suo desiderio di proteggerlo...»

«A proposito di concioni», intervenne Tony.

«Sì, adesso basta, tutti e due», sentenziò Karoly, come sempre troppo tardi. Poi aggiunse: «Nel caso specifico, ritengo che il pubblico ministero abbia il diritto di chiedere l'opinione della signorina D'Abruzzi».

Sedendosi, Tony mormorò a Saul: «Questa è da corte di appello». Ma quel pensiero non gli fu di nessun conforto e la sua preoccupazione crebbe ulteriormente quando Stella, con grazia da vera professionista, approfittò dell'occasione per chiedere allo stenografo: «Può rileggere la mia ultima domanda, per favore? Subito prima dell'obiezione dell'avvocato Lord».

Lo stenografo, un uomo corpulento di una certa età, con pochi capelli castani, scorse il rotolo di carta che pendeva dalla macchina strizzando gli occhi per decifrare i simboli stenografici. «Ecco», disse a un certo punto e, con un tono monocorde che chissà perché fece sembrare ancora più grave la domanda, lesse: «Perché, secondo lei, Marcie doveva assolutamente vedere quest'uomo la sera in cui morì?»

Tutti i giurati si voltarono verso Janice. «Per avvertirlo», rispose lei. «Per dirgli che erano nei guai.» Per la prima volta le si spezzò la voce. «Marcie era così buona. Voleva proteggerlo...»

Il silenzio nell'aula era totale. «Grazie», disse Stella a bassa voce. Poi si rivolse a Tony: «A lei, avvocato».

Tony rimase vicino al suo tavolo. Non voleva dare ai giurati l'impressione di tartassare una ragazzina, perché questo avrebbe potuto avere ripercussioni negative sul suo assistito.

«Solo per chiarezza», esordì pacatamente, «ho capito male oppure Marcie non le disse perché voleva incontrarsi con quest'uomo? E quindi la sua ultima risposta è solo una supposizione?»

Lei lo studiò con circospezione. «È quello che pensai», rispose. «Non quello che Marcie mi disse.»

«In effetti non le disse nemmeno che era incinta.»

«No.»

«Ma se ricordo bene, in una conversazione precedente, lei disse di aver chiesto a Marcie se era 'nei pasticci'.»

Il viso di Janice si velò di diffidenza. «Sì.»

«E che cosa intendeva con quelle parole?»

«Temevo che fosse incinta.»

«E lei pensa che Marcie avesse capito?»

«Obiezione», intervenne prontamente il pubblico ministero. «Come fa la teste a sapere che cosa capì Marcie?»

Tony mantenne un tono calmo, da amico che ragiona con un amico. «Il problema è proprio questo, no?» Poi si rivolse a Leo Karoly. «Abbiamo imboccato questa strada, vostro onore, quando l'accusa ha chiesto alla signorina D'Abruzzi perché Marcie Calder voleva vedere quest'uomo. Con il suo permesso, vorrei chiarire i fondamenti delle mie domande.»

Il giudice esitò. «Proceda pure, avvocato Lord.»

Tony notò l'espressione indispettita di Stella: con una battuta, l'aveva abbassata da pubblico ministero a semplice collega che sbaglia, tentando, come lui, di arrivare alla verità. Rivolto alla teste, chiese: «Lei e Marcie attribuivate lo stesso significato all'espressione 'nei pasticci' quando si trattava di ragazzi?»

Anche la giuria sapeva che cosa voleva dire, Tony ne era certo. Janice, titubante, si morse un labbro.

«'Nei pasticci' vuol dire incinta», rispose poi. «Era capitato a un paio di ragazze a scuola.»

Tony annuì. «Ripensandoci», disse gentilmente, «non le disse la verità, giusto?»

Lei gli lanciò un'occhiata risentita. «Marcie non era una bugiarda», ribatté. «Forse non era sicura.»

«Ma se fosse stata preoccupata, non si sarebbe confidata con lei?»

In trappola tra due risposte altrettanto sgradevoli, Janice abbassò gli occhi. «Non lo so.»

«In realtà, a parte quel che Marcie decise di confidarle, lei non sa niente di questa sua relazione.»

Janice tenne la bocca chiusa con fare ostinato. Poi dichiarò: «Conoscevo lei, ecco tutto».

«Veramente?» ribatté Tony con garbo. «A parte il fatto che cercava di proteggere quest'uomo, chiunque fosse, Marcie citò altri motivi per cui voleva tenere segreta la sua storia?»

Con voce tesa, Janice disse: «Non voleva che suo padre sapesse che aveva rapporti sessuali».

«E non fu in parte per questo che lei accettò di mentire per coprirla?»

Sentendosi accusata, Janice incurvò leggermente le spalle. «Sì.»

«E la ragazza non le disse che suo padre doveva assolutamente continuare a credere in santa Marcie vergine e martire?»

Era una domanda a doppio taglio, Tony lo sapeva: anche se era certamente stata una battuta fra amiche, in tribunale dietro quella frase appariva una Marcie Calder diversa. Ma Janice, come suo padre, era una persona onesta e non voleva mentire. Con un filo di voce rispose: «Marcie aveva paura di lui».

«Le parve che avesse paura anche quella sera? Che fosse addirittura disperata?»

Janice deglutì ripensando a quei momenti drammatici. «Sì. Si mise a piangere...»

Tony assunse un tono perplesso. «Aveva mai visto Marcie comportarsi così prima di allora? L'aveva mai vista disperata e spaventata?»

La ragazza scosse la testa in silenzio, poi ricordò che doveva rispondere a voce alta. «No, così mai.»

«Quando poco fa ha detto al pubblico ministero che non pensava che Marcie volesse sposarsi, si basava su quello che Marcie le aveva detto prima di quella sera, giusto?»

«Sì.»

Tony piegò la testa da una parte e sottovoce domandò: «Pensa che il fatto di essere rimasta incinta potesse averle fatto cambiare idea sul matrimonio?»

Ancora una volta, Stella si alzò di scatto. «Obiezione. La teste non può che fare ipotesi al riguardo.»

Tony le diede una lunga occhiata stupita e mormorò: «Stella...» Quindi si rivolse al giudice: «È stata l'accusa a incominciare, vostro onore. La mia domanda è in linea con quelle che la corte ha già permesso al pubblico ministero».

Non era corretto e Tony lo sapeva benissimo, ma contro le decisioni del giudice poteva ricorrere in corte di appello solo la difesa e, a detta di Saul, Leo Karoly temeva ancora più di molti altri giudici pusillanimi un'eventualità così imbarazzante. Con insolita prontezza infatti disse: «Obiezione respinta».

Anche Tony chiese allo stenografo di rileggere la domanda, come aveva fatto prima Stella. «'Pensa che il fatto di essere rimasta incinta potesse averle fatto cambiare idea sul matrimonio?'» lesse l'uomo.

Janice lanciò un'occhiata ai Calder, indirettamente coinvolti nella sua risposta, e dopo un po' ammise: «È possibile».

Tony si fece avanti fermandosi a pochi passi da Janice, che lo guardò, senza paura ma vulnerabile. «Si sente in colpa, vero? Per aver tratto in inganno la madre di Marcie», le domandò in tono pacato.

Per la prima volta a Janice si riempirono gli occhi di lacrime. Con voce tremante disse: «Marcie era la mia migliore amica...»

La compassione che Tony provò non era simulata, ma veniva dal ricordo straziante di Alison Taylor. «E in un certo senso si sente responsabile della sua morte.»

Janice sbatté le palpebre. «Sì.»

Tony non ebbe più esitazioni. «Così adesso vorrebbe far sì che la persona che lei ritiene direttamente responsabile venisse punita.»

Janice si voltò dall'altra parte e a voce bassa riconobbe: «Sì».

«E, dal momento che la procura ha incriminato Sam Robb, lei pensa che sia stato lui.»

«Sì.»

«Prima che Sam Robb venisse incriminato, lei non aveva mai pensato che fosse lui l'amante di Marcie, vero?»

Lentamente Janice alzò lo sguardo fino a incontrare quello di Tony. «No.»

Lui si avvicinò ancora e disse piano: «Lei pensava che si trattasse di qualcun altro».

Janice sbarrò gli occhi. Affascinato, Tony la osservò dibattersi fra gli scrupoli di coscienza: ma Janice D'Abruzzi era una ragazza onesta.

«Sì», ammise. «Pensavo che fosse un'altra persona.»

«Non ho altre domande», concluse Tony a bassa voce e cercò di consolarsi con l'espressione sollevata di Janice.

Quando la seduta fu aggiornata all'indomani, dopo che Sam lo ebbe ringraziato e se ne fu andato con i suoi, Tony raccolse le carte sul tavolo della difesa. Stella, uscendo, si fermò a parlargli.

«Ho capito, Tony», sussurrò. «Ho capito. E ti prego di non chiamarmi più Stella davanti a tutti.»

Tony si guardò intorno. «Okay», disse. «A proposito, pensi di poter limitare un po' le ipotesi e illazioni varie? È chiaro che il tuo amico Karoly non ci fa caso, e il fatto di dover obiettare continuamente mi stanca.»

Gli occhi allungati di Stella si strinsero in un accenno di sorriso. «Ci penserò su», disse, e se ne andò.

Quella sera Tony cenò con Saul in un ristorante ricavato in un ex magazzino sul lungofiume, con vista sulle luci tremolanti di Steelton sull'altra riva.

Anche se abitualmente durante i processi non beveva, Tony ordinò un martini. «È solo il primo giorno e sono già stanco», disse.

Saul aveva preso una bottiglia di vino rosso e la costata più grossa che Tony avesse mai visto. «È il cliente criticone che ti stressa o il reato troppo odioso?» gli domandò.

Tony bevve un sorso, osservando pigramente una mezza lattuga ricoperta di maionese di un inquietante color arancione. «Mi pare che difendere un vecchio amico da un'accusa di omicidio sia un motivo più che valido.»

«Prepari il terreno per la testimonianza di Sam? Perché è questa l'impressione che dai.»

Tony rimase un momento zitto a guardare fuori. «Preparo il terreno per qualche alternativa. Abbiamo il vantaggio che Stella non ha la minima idea della versione di Sam. Che peraltro non penso di far testimoniare, a meno di non esservi costretto.»

Saul lo studiò a lungo, poi annuì lentamente. «Se fossi in te starei attento, Tony. Il tuo vecchio amico si sopravvaluta.»

6

Un grigio venerdì mattina, Stella Marz chiamò la terza testimone, Nancy Calder.

Indossava un tailleur nero che ne sottolineava il pallore, la faccia stravolta, le occhiaie profonde. A Tony parve invecchiata di dieci anni rispetto a quando l'aveva conosciuta, una settimana dopo la morte della figlia. Parlava con voce stanca, inespressiva.

Per la prima mezz'ora, Stella le fece ricostruire la vita di Marcie. Con singolare orgoglio, interrompendosi a tratti per piangere, la signora Calder elencò le doti della figlia: dolce, sincera, devota, brava a scuola. Evitò di guardare nella direzione di Sam persino quando parlò della passione di Marcie per l'atletica leggera.

Sam, dal canto suo, la osservava con pena. Sul viso di Sue, seduta dietro di lui, si leggevano la compassione e l'angoscia di una madre di fronte alla paura più grande di qualsiasi genitore: la morte di un figlio. Ma a Tony la santarellina presentata da Nancy Calder parve molto meno convincente della ragazza in crisi e spaventata descritta da Nora Cox e Janice D'Abruzzi.

Stella lo intuì. «Ci fu un momento particolare», chiese, «in cui Marcie cominciò a comportarsi in modo diverso?»

Nancy lanciò una rapida occhiata al marito. Curvo, con le braccia conserte, Frank guardava fisso nel vuoto con un'espressione che poteva indicare sia vergogna sia dispiacere o collera. Nella mente di Tony si rafforzò l'impressione che da qualche parte ci fosse una frattura, nel suo intimo o nel rapporto con la moglie.

«Sì, era cambiata», ammise Nancy sconsolata. «Circa due mesi prima... prima di morire.»

«In che senso era cambiata?»

La donna rifletteva, come se riesaminasse la vita della figlia in cerca d'indizi. «Sembrava preoccupata, distratta, sempre con la testa fra le nuvole. Magari a tavola le dicevamo qualcosa e lei non sentiva nemmeno. Mangiava pochissimo... Era come se fosse distaccata, lontana da noi e dalla nostra vita. Si chiudeva in camera a studiare, diceva, ma i voti che prendeva erano sempre più bassi. Era come se non ci fossimo... non solo Frank e io, ma anche le sue sorelle, Meg e Mary. Si era sempre interessata molto di loro, e poi di colpo... Loro ci pativano.»

Sam, accanto a Tony, inspirò profondamente. I giurati erano attentissimi, affascinati dal mistero della trasformazione di Marcie Calder. Con voce sommessa, Stella chiese: «Questo coincise con qualche cambiamento nelle abitudini di Marcie?»

«Sì.» Nella voce di Nancy c'era un'amarezza nuova. «Successe più o meno quando il signor Robb le chiese di fermarsi al campo sportivo anche dopo gli allenamenti. Marcie ci disse che era per fare pratica.»

Alzò la testa, evidentemente decisa a non guardare nella direzione di Sam. «Conosceva Sam Robb?» chiese il pubblico ministero.

«Sì. Lo conobbi quando Marcie cominciò a correre.» Il tono della voce tornò piatto. «Sembrava una bravissima persona. L'ultima volta che lo vidi fu due settimane prima della morte di mia figlia. Venne apposta da me a dirmi che Marcie s'impegnava tanto negli allenamenti extra e che i risultati si vedevano. Mi disse che allenarla era un piacere, un vero piacere...» Improvvisamente le vennero gli occhi lucidi e le tremò la voce. «Io avrei voluto che lasciasse perdere l'atletica, temevo fosse per quello che andava male a scuola, o che non mangiava, eccetera. Ma quando il signor Robb mi disse così, decisi di non toglierle quella soddisfazione. È la cosa che fa meglio, pensai, la cosa di cui è più fiera...» Non ce la fece più ad andare avanti, si nascose la faccia tra le mani e pianse in silenzio.

Chiedi una sospensione, pensò Tony. Ma quando Karoly guardò Stella con aria interrogativa, lei scosse il capo. Dopo un attimo Nancy, tesa ma composta, rialzò la testa. Stella le chiese affabilmente: «Ci parli della sera della scomparsa di Marcie».

Mentre la donna parlava, sforzandosi di non piangere, a Tony parve di rivivere quella tragica serata.

Marcie, il padre, la madre e le due sorelle erano seduti intorno al tavolo della cucina. La luce era accesa.

Marcie non mangiava: piluccava distratta, mentre Meg e Mary, che l'adoravano, la guardavano stranite. Il vuoto creato dal suo cambiamento e i silenzi che ne derivavano stavano diventando le caratteristiche dominanti delle cene in famiglia.

Per rompere il silenzio, Nancy aveva chiesto a Meg: «Com'è

andata la lezione di danza? Hai ballato con qualche ragazzo simpatico?»

La figlia dodicenne, che detestava quei discorsi imbarazzanti, aveva arricciato il naso: «I maschi sono così strani. Jesse mi ha mandato a dire da un suo amico che gli piaccio. Ti pare il modo?» Il tono era scandalizzato. «E il suo amico aveva i calzini bianchi sotto il vestito elegante.»

Marcie aveva alzato appena gli occhi dal piatto e guardato Meg con vago interesse. Nancy aveva pensato che fino a poco tempo prima avrebbe riso, coinvolgendo Meg anziché farla sentire ridicola. Quella sera invece taceva.

«Che cosa c'è che non va?» aveva chiesto brusco Frank.

Nancy aveva visto Meg trasalire, prima di accorgersi che il padre stava guardando sua sorella. Marcie a sua volta lo aveva guardato indifferente. «Non ho fame», aveva detto.

Era una risposta tipica di quegli ultimi tempi, incurante e fatta apposta per irritare il padre. Quasi volesse metterlo definitivamente a tacere, Marcie aveva preso la forchetta e con sforzo evidente aveva mandato giù un po' di asparagi. Mentre implorava con gli occhi il marito di lasciar perdere, Nancy si era accorta che Meg e Mary guardavano ora lei ora il padre.

A voce bassa, Frank aveva detto a Marcie: «Non è questo che intendevo».

La ragazza aveva alzato di nuovo gli occhi. «Devo consegnare una ricerca sulle donne che hanno contribuito a cambiare l'America», aveva spiegato, «e sono indietro.» Lo aveva detto con un'ombra di sarcasmo nella voce, alludendo ai dissidi con il padre sullo studio. Come temendo di averlo fatto arrabbiare, poi, si era rivolta alla madre. «Vado a finire la ricerca da Janice. La signorina Bates ha detto che possiamo prepararla insieme...»

«Sai quali sono le regole», era intervenuto Frank. «Durante la settimana la sera non si esce, se non in casi eccezionali. E poi, signorina, ultimamente hai preso brutti voti...»

«Ti prego», aveva detto Marcie alla madre con un'emozione negli occhi che l'aveva lasciata sconcertata. «È importante...»

Aveva intuito che c'era qualcosa che non andava, ma aveva pensato che fosse meglio parlarne con Marcie da sola, una volta che fosse tornata a casa. Senza guardare il marito, aveva detto: «Va bene, Marcie. Ma alle nove e mezzo devi essere a casa».

«Facciamo le dieci, va bene?» aveva detto la figlia, con l'ingenuità di una bambina. «Ti prego...»

Forse non era niente, aveva pensato Nancy, si trattava solo dell'eterna lotta contro regole e orari. «D'accordo», aveva concesso; poi, pensando al marito, aveva aggiunto: «Ma che siano le dieci, non un minuto di più».

Frank si era alzato in silenzio, aveva posato il piatto nel lavandino ed era uscito.

Lanciandogli un'occhiata, Marcie aveva detto: «Grazie, mamma», ed era corsa a prendere il giubbotto prima che il padre tornasse. Nancy era rimasta sola con le due figlie minori. «I calzini bianchi», aveva detto a Meg, «non sono la cosa peggiore che ci sia.»

Dal salotto Marcie aveva gridato: «'Notte, mamma».

Senza sapere nemmeno lei perché, Nancy si era alzata di scatto e aveva esclamato: «Aspetta!»

Marcie si era bloccata sulla porta, esile sotto il giubbotto, i jeans e la felpa larghissima dei Lake City Lakers. «Non ti servono i libri? O almeno un quaderno?»

Marcie era rimasta sorpresa, come se fosse una domanda assurda, poi aveva risposto: «Oh, non importa. Ha tutto Janice».

Nancy l'aveva guardata di nuovo chiedendosi come fare per ritrovare la confidenza perduta. In quel momento Marcie l'aveva sorpresa facendo due passi e baciandola in fronte. «Ci vediamo», le aveva detto. E se n'era andata chiudendosi la porta alle spalle senza lasciarle il tempo di rispondere.

«Se l'avessi saputo...» concluse Nancy con la voce rotta. «L'avremmo aiutata. Avremmo tirato su noi il bambino...» S'interruppe, con la testa china.

Tony vide che l'estetista aveva le lacrime agli occhi, come del resto la dietologa, madre di due figlie. Gentilmente, Stella disse: «Se se la sente, signora Calder, ci vuole raccontare che cosa successe poi?»

Nancy si ricompose. «Non riuscii ad aspettare le dieci. Cominciai a preoccuparmi, a guardare l'orologio...» La voce era di nuovo atona. «Alla fine telefonai a Janice D'Abruzzi. Quando mi disse che avevano studiato insieme per un po' e poi Marcie era andata in biblioteca, mi calmai... Poi, alle undici, quando Janice ammise di avermi detto una bugia, Frank chiamò la polizia.»

C'era una semplicità raccapricciante in quell'ultima frase: la madre perplessa che si rimproverava di essere stata troppo indulgente e il padre che prendeva in mano la situazione. «Aspettammo tutta la notte», continuò a bassa voce. «La mattina dopo, verso le undici e mezzo, suonarono alla porta. Era la polizia. Marcie era morta da ore, sola, al freddo, sotto la pioggia...»

Questa volta Stella chiese una sospensione dell'udienza.

Dopo pranzo, Tony cominciò il controinterrogatorio.

Non poteva che mostrarsi gentile con Nancy: sarebbe stato fuori luogo, se non addirittura provocatorio, esprimere il rammarico di Sam Robb o scusarsi per quello che stava per fare.

«Lei dice che Marcie era cambiata», esordì. «Aveva provato a parlargliene?»

«Sì.» Nancy chiuse un attimo gli occhi. «Secondo lei, m'immaginavo tutto.»

«Era vero?»

«No.»

«Lei a che cosa pensava fosse dovuto questo cambiamento?»

La donna esitò a lungo. «Non lo so.»

Anche Tony fece una breve pausa. «Pensò che si trattasse di un uomo, signora Calder?»

Nancy lo guardò in silenzio, con un fare un po' severo. «Non aveva nessun ragazzo, avvocato Lord. Non avevo motivo di pensare che si trattasse di un 'uomo', come lo chiama lei.»

Non intendevo questo, pensò Tony. «Ma doveva essere piuttosto preoccupata. A quanto dice, il cambiamento si era manifestato con distrazione, dimagrimento, calo dell'appetito, minor rendimento scolastico e disinteresse per la famiglia.»

Nancy si appoggiò allo schienale, quasi si vergognasse nel sentirselo rammentare. «Come ho già detto, ero molto preoccupata.»

Lui si rese conto che, se avesse insistito troppo, avrebbe ottenuto il contrario di quello che desiderava. S'infilò le mani in tasca. «Lei conosce i sintomi della depressione?»

Nancy sgranò gli occhi. «Non sono una psicologa, avvocato Lord.»

«Non pensò mai di portare Marcie da uno psicologo?»

La donna posò una mano sul cuore, lanciando un'occhiata timida al marito. «Sì, ci pensai.»

Tony si avvicinò e domandò a bassa voce: «Ne parlò con suo marito?»

«Obiezione.» Stella si fece avanti velocemente. «La domanda non è rilevante. Non vedo che cos'abbia a che fare questa intrusione nella privacy dei coniugi Calder con il fatto che l'imputato abbia assassinato la loro figlia.»

Era vero, ma Tony sperava che il giudice gli permettesse di continuare, come aveva fatto prima. «La domanda riguarda lo stato d'animo di Marcie Calder», spiegò a Karoly. «La difesa intende dimostrare che è possibile che Marcie si sia suicidata. In questa ottica i rapporti con la famiglia, il comportamento e l'eventuale sostegno di uno psicoterapeuta sono direttamente, e forse tragicamente, pertinenti al merito della vicenda.»

Con aria afflitta il giudice dovette approvare: «Obiezione respinta».

«Grazie, vostro onore. Ripeterò la domanda.» Rivolgendosi a Nancy, Tony vide che Stella, pur essendo tornata al tavolo dell'accusa, era rimasta in piedi. «Quando lei parlò a suo marito dell'eventualità di ricorrere a uno psicologo per Marcie, lui fu contrario?»

«Frank pensa che i problemi si debbano risolvere in famiglia e che andare dallo psicologo sia come buttare i soldi dalla finestra. La nostra assicurazione sanitaria non copre le consulenze psichiatriche.» Con la coda dell'occhio, Tony vide che la dietologa e uno dei giurati più anziani, il magazziniere irlandese, fissavano Frank Calder. Ma la moglie adesso guardava Tony negli occhi, come se l'eco delle sue stesse parole l'avesse riscossa dalla sua rassegnazione. «Ma se sta cercando d'insinuare che mio marito, o chiunque altro, abbia spinto nostra figlia al suicidio, lei insulta la memoria di Marcie, la sua fede e la sua forza di carattere.»

Tony fece una pausa, per rispetto alla sua indignazione. «Ma possiamo affermare che Marcie e il padre avevano un rapporto difficile?»

Nancy aggrottò la fronte. «Avevano divergenze di opinione, sì.»

«Sua figlia considerava il padre molto rigido, vero?»

«A volte sì. Credo che sia inevitabile.»

«Ma lei ne parlò mai con Marcie? Non in presenza di suo marito, intendo dire.»

D'un tratto Nancy parve fragile e stanca. «Ci provai», disse infine. «Le spiegai che potevamo discuterne insieme, che l'avrei aiutata...»

«E Marcie le disse o le fece capire che non si fidava a farle confidenze?»

Di nuovo gli occhi di Nancy si riempirono di lacrime. Tony, che in cuor suo la compiangeva, riconobbe il momento in cui il testimone smette di opporre resistenza. «Sì», rispose la donna con un filo di voce.

«Le divergenze tra padre e figlia riguardavano tra l'altro i rapporti prematrimoniali, vero?»

«Sì.»

«E qual era l'atteggiamento di suo marito?»

«Pensava che Marcie dovesse rimanere vergine.» Alzò la testa. «Lo pensavamo tutti e due, avvocato Lord.»

«Ma era suo marito, non lei, che voleva mandare Marcie in un college femminile.»

Tony osservò Nancy che lottava con la propria coscienza. «Sì», disse alla fine.

«Lei disse mai, o fece capire, a suo marito che così facendo stava allontanando vostra figlia?»

Adesso il viso di Nancy era teso. «Sì.»

«Ed era preoccupata del fatto che, lavorando, anche lei stava perdendo Marcie?»

Negli occhi di Nancy si leggeva chiaro che si sentiva tradita da Tony e che rimpiangeva di averlo accolto in casa propria. Lui dovette farsi forza per andare avanti. «Sì», disse infine la donna. «Né io né mio marito pensavamo che per le figlie fosse un bene che io lavorassi.» Aveva di nuovo gli occhi lucidi. «Ma ne avevamo tre da mandare all'università...»

Era una risposta commovente, Tony lo sapeva. «Capisco», disse. «Così lei pensava che uno psicologo potesse comunicare con sua figlia, visto che lei non ci riusciva?»

«Forse. Non ero sicura.»

«Quali che fossero i motivi per cui era preoccupata, non comprendevano tra l'altro il timore che Marcie avesse una relazione con Sam Robb, vero?»

«No.» Il tono era duro. «Era il suo allenatore, sempre allegro e incoraggiante. Non avremmo mai immaginato che se la portasse a letto.»

Nancy abbassò gli occhi, intuendo che quella risposta, benché incriminante per Sam, la faceva sembrare troppo sprovveduta. In tono comprensivo, Tony disse: «Ne deduco che Marcie non parlasse di Sam Robb a casa, se non come allenatore».

Per un attimo Nancy gli parve quasi grata. «No, infatti.»

Tony prese tempo, attirando nuovamente su di sé l'attenzione della giuria. «Marcie era affezionata a qualche uomo, a parte il padre?»

I giurati erano immobili. Nancy tacque per un po', prima di rispondere, fredda, guardando Tony dal basso verso l'alto: «A Ernie Nixon, il direttore del centro ricreativo, che era stato il suo primo allenatore di atletica».

Stella l'aveva preparata, era chiaro. Con aria stupita, Tony chiese: «Perché le viene in mente proprio Ernie Nixon?»

L'espressione di Nancy s'indurì. «Non so che cosa sta cercando d'insinuare, avvocato Lord. Ernie Nixon le aveva dato fiducia in se stessa e lei gliene era grata. Anch'io, se è per questo.»

«Sapeva che sua figlia lo andava a trovare?»

La donna s'irrigidì. «Certo. Lo fanno in tanti.»

Tony la guardò un momento, poi a voce bassa disse: «Intendevo dire a casa. Da sola».

«Obiezione», disse il pubblico ministero. «Questa affermazione è priva di fondamento. Non c'è stata nessuna testimonianza in merito.»

È il primo errore che commetti, Stella, pensò Tony. «Gradirei una risposta», disse a Karoly; poi aggiunse con voluta indifferenza: «Riservandomi di produrre le prove, naturalmente. Ma credo che l'accusa abbia già intenzione di ascoltare il signor Nixon».

Il giudice esitava, indeciso. «Obiezione respinta», disse a Stella, quasi scusandosi. «Ma se risulterà priva di fondamento, chiederò alla giuria di non tenerne conto.»

Tony si girò verso Nancy. Tormentata dal senso di colpa e dal dispiacere, lo fissava con un'ira feroce negli occhi. «Sapeva», ripeté Tony, «che Marcie andava a trovare Ernie Nixon a casa sua, da sola, quando non c'era nessun altro? Che lo fece non una o due, ma più volte?»

Nancy incrociò le braccia. «No», rispose con voce chiara. «Ammesso che sia vero. E comunque non è stato Ernie a uccidere Marcie.»

Era un'ottima risposta per la difesa, ma non per Tony Lord, che una volta era stato amico di Ernie. A bassa voce disse: «Grazie», e lasciò Nancy Calder seduta al banco dei testimoni, lontana dal marito, in lutto per la figlia, sola con l'eco delle sue ultime parole che ancora aleggiava nell'aula.

Quella volta Sam ebbe il buongusto di non ringraziarlo.

7

Sam Robb era tutto sudato.

Tony gli palleggiava di fronte con gli occhi fissi sul canestro. Di colpo lo superò e, con un ultimo slancio, corse sotto canestro e lanciò la palla sopra la propria testa, in rete.

Crollando sul campo di cemento, Sam scoppiò in un'allegra risata. «Sei sempre in gamba», esclamò. «Avrei dovuto cercarmi un avvocato più grasso e più lento.»

Tony gli si sedette vicino, con il fiatone. «Inutile: avrebbe avuto certamente la furbizia di non mettersi a giocare con te.» Prese fiato e continuò: «È una vera stronzata, lo sai. Che razza di regola vogliamo seguire? Il primo che ha un infarto vince?»

Sam fece un gran sorriso. «Mi pare già di vedere i titoli: 'Gancio fatale per un avvocato di San Francisco. Robb costretto a difendersi da solo'.» Lo guardò da sotto in su e chiese: «Che cosa ci giochiamo?»

Tony si asciugò il sudore dalla fronte. «Il tuo trofeo di Atleta dell'Anno. Lo voglio ancora.»

«Troppo tardi. Ma c'eri andato vicino, lo devo ammettere.» Alzando il viso verso il sole, Sam fece un respiro profondo, apparentemente soddisfatto. «Ci ripensi mai, a quei tempi? Sai, prima che Alison morisse, quando ci divertivamo ancora.»

A quasi trent'anni di distanza, Tony si accorse che quel pensiero lo rattristava sempre. «A volte», rispose dopo un po'. «Ma dal momento in cui la ritrovai morta, cominciai a vedere tutto quel che era successo prima come attraverso un cannocchiale rovesciato: troppo lontano per poterlo toccare.»

In silenzio osservarono i prati, Erie Road, Taylor Park e infine il lago, azzurro sotto il sole.

Che cosa giochiamo a fare? si chiese Tony. *Due uomini di mezz'età impegnati in una partita di basket con tutto l'accanimento, se non la bravura, di quando erano giovani.* Quando Sam gli aveva telefonato per proporglielo, interrompendolo nella preparazione dell'interrogatorio di Ernie Nixon, e a Tony era sembrata un'idea malsana: una sfida tra due vecchi amici e rivali che, se avessero seguito l'istinto competitivo di Sam, avrebbero finito i loro giorni giocando a scacchi per soldi in una casa di riposo. Ma quando glielo aveva fatto notare, Sam era scoppiato a ridere.

«Non ho obiettivi tanto a lungo termine», aveva ribattuto e Tony aveva capito che gli ci voleva un po' di respiro, dopo la cupa vicenda di Marcie Calder e l'atmosfera soffocante del processo. E così si erano ritrovati lì, su un campo asfaltato nei pressi del centro ricreativo, a giocare come un tempo. Forse l'invito di Sam voleva essere un gesto gentile: la concentrazione sul gioco e i momenti di esultanza e di rilassamento sembravano liberare altri ricordi e ricreare un'eco della loro amicizia. Lo sentiva Tony, ma pareva sentirlo anche Sam.

«Ricordi la predica al sorgere del sole?» chiese.

L'amico annuì. «Terrificante. Eri completamente fuori di testa.»

L'altro gli lanciò un'occhiata in tralice. «Ma tu mi tirasti fuori dei guai», osservò a bassa voce. «Proprio come stai facendo adesso.»

Tony fece girare la palla sulla punta di un dito. «Io ricordo solo di averti scritto una predica, di cui tu non usasti una sola riga. E, se non erro, ti prendesti gioco, fra gli applausi generali, della mia scarsa vita sessuale, concludendo con un: 'Li ho fregati, cazzo'.»

Sam, pensieroso, accennò un sorriso. «A volte bisogna rischiare... Ma ti sono ancora grato e sempre lo sarò.» Si alzò e gli porse la mano per aiutarlo a tirarsi su. «Siamo nove pari e tocca a me tirare.»

Un po' rigido, Tony si alzò sapendo che Sam intendeva arrivare sino in fondo.

Sam era cambiato negli ultimi tre mesi; era dimagrito e pareva ringiovanito. Era strano: non aveva lavoro, forse non aveva nemmeno più una famiglia e c'erano buone probabilità che dovesse passare il resto dei suoi giorni a marcire nell'inferno del penitenziario statale dell'Ohio. Eppure le avversità, e forse anche il ritorno di Tony, sembravano avergli dato uno scopo nella vita, come se in qualche modo gli avessero fatto bene. Il Sam che aspettava Tony a metà campo era un uomo diverso dal depravato pieno di vergogna che, la prima volta che si erano visti, aveva riempito Tony di tristezza e rimpianti.

«Non c'è via di uscita», annunciò Sam partendo alla carica verso il canestro.

Con uno scatto all'indietro, Tony gli bloccò il passo. Di colpo

Sam girò verso destra dandogli una spallata e andò a canestro lasciandoselo dolorante alle spalle.

«Allora è così», disse Tony.

Da sotto il canestro, Sam gli scoccò un'occhiata furbesca e gli lanciò la palla.

Tony la portò verso metà campo, ricordando il trucco che con Christopher aveva usato tanto che alla fine l'aveva imparato anche lui. Poteva darsi che l'altro non lo ricordasse.

Preparò il terreno tirando due volte da lontano: una volta andò a segno e l'altra mancò per un pelo. Sam andò di nuovo a canestro portandosi in vantaggio; giocavano in silenzio, concentrati, guardandosi. Tony, a metà campo, fece una finta verso destra, si bloccò come per tentare un tiro da lontano, ma buttò la palla dietro la schiena di Sam, che rimase lì impalato ad aspettare il tiro, mentre lui raccoglieva la palla e andava a canestro.

«Finezza e pazienza», commentò Tony laconico.

A Sam brillavano gli occhi. «Non me l'ero dimenticato. La prima volta che me l'hai fatto, avevo quindici anni. Vinse la tua squadra.» Prese la palla, andò nel punto in cui l'altro aveva fatto finta di tirare e fece canestro. Dopo qualche minuto, quando Sam cercò di rendergli pan per focaccia, Tony scoppiò a ridere.

«Quindici pari», gridò Sam. «Il gioco si fa serio.»

Ormai avevano il fiatone tutti e due. «Ancora cinque punti per arrivare a venti», rispose Tony. «Fermiamoci un po'.»

«Ne hai bisogno?» ribatté Sam con aria di sfida.

«No, solo che vorrei che questa splendida partita non finisse mai.»

Nel momento stesso in cui lo diceva, Tony dovette ammettere che stava cercando di buttare in ridere la competitività tra loro e di privare Sam dell'adrenalina che avrebbe potuto farlo vincere. Sam gli fece un sorriso acido: aveva capito. «Come vuoi», disse sedendosi di nuovo per terra.

Rimasero in silenzio per un po'. Sam non sapeva che cosa dire e Tony neanche: il bisogno istintivo di vincere dimostrato da Sam lo impensieriva quasi quanto la propria reazione.

«Come stanno i tuoi genitori?» chiese Sam alla fine.

«Bene, grazie.» Tony si rese conto che, da quando era tornato, non ne avevano mai parlato, a parte un breve accenno di Sam alla madre. «Stacey e io li abbiamo aiutati a comprare una casa in Florida. Non è stata un'idea mia, è papà che ha scoperto il golf. Per usare l'espressione inimitabile di mia madre: almeno così non perde la ciribicoccola.» Sorrise. «Sono cinquant'anni che bi- sticciano, ma sono inseparabili. Quando uno dei due morirà, per l'altro sarà terribile. Dovesse andarsene per primo mio padre, la mamma si troverebbe costretta a brontolare con le fotografie del matrimonio... C'è una generazione di coppie che non capisco pro- prio. Forse, se fossi rimasto con Marcia, ci sarei arrivato anch'io.»

«Allora perché rimpiangi di aver divorziato?»

«Oh, non lo rimpiango affatto. Ho solo detto che mi ha creato sensi di colpa. È il metodo cattolico per ottenere quello che si desidera.» Il sorriso gli si spense subito sulle labbra. «No, a volte mi sveglio e guardo Stacey che dorme vicino a me e sorride nel sonno. E mi rendo conto che, nonostante tutto...»

Non ebbe bisogno di finire la frase. Sam lo osservò esitante per un momento, poi gli chiese: «Pensi che avresti sposato Alison?»

«Non ne ho idea. È strano pensarci adesso... Ma se me lo avessi chiesto un minuto prima che la trovassi morta, ti avrei risposto di sì.»

Sam guardava il lago in lontananza. «Magari avrebbe cono- sciuto qualcun altro. O tu avresti trovato un'altra.»

Era un'osservazione strampalata, pensò Tony: era vero, ma non aveva senso dopo quello che era successo. «Se fosse sposata con un altro e felice, per me sarebbe più che sufficiente.»

Quando Sam si girò a guardarlo con l'aria di riflettere su quelle parole, Tony si chiese improvvisamente se il suo amico le avesse riferite anche a Sue, un'altra donna amata da Tony. «Te la sei mai scopata?» domandò Sam.

Chi? si chiese Tony. Ma se voleva dirgli la verità, l'unica rispo- sta che poteva dargli era quella che ormai non aveva più impor- tanza. «Proprio la sera in cui morì, per la prima volta. Fu per quello che uscì di nuovo.»

Sam sgranò gli occhi, poi li socchiuse e trasalì. «Mi dispiace... Non lo sapevo.»

Tony non capì bene se si scusava per la domanda indiscreta o perché si era reso conto solo allora di quanto lui aveva sofferto, ma pensò che non aveva grande importanza.

«Non l'ho mai superata», disse infine. «Ho incubi ancora oggi.»

Sam si voltò. «Che genere di incubi?»

Per un attimo Tony rimpianse di non aver parlato così con Sam quando avevano diciassette anni, ma preferì non fare cenno all'ultimo sogno. «In realtà è sempre lo stesso. Sogno il momento in cui la trovai. In modo molto realistico, se così si può dire, e poi mi sveglio.»

Sam lo fissò, poi scosse la testa. «Io non ricordo mai quello che sogno», mormorò. «Forse è meglio così.»

Che razza di sogni reprimi, Sam? si chiese Tony. «Dipende dai sogni, credo.»

Sam appoggiò il mento sulla punta delle dita, a mani giunte, e tacque a lungo. «Ripenso sempre a quella sera sulla spiaggia», disse poi. «Alison e tu, Sue e io, e tutte le cose che non sapevamo. Non ti viene mai voglia di premere il tasto 'riavvolgi'?»

«Prima, forse. Adesso mi accontenterei di poter cancellare una notte.»

Si accorse che era una risposta indelicata. Ma Sam non pareva averla presa male. Gli posò una mano sulla spalla. «Ti offro una birra», disse. «La partita la finiamo un'altra volta.»

Quando Tony tornò nel suo nuovo albergo, il Palace Hotel di Steelton, squallido ma comodo, ritrovò sparsi sul letto gli appunti su Ernie Nixon. Gli fecero venire in mente ancora una volta che la vita è piena di paradossi, di scelte, di azioni le cui conseguenze, più o meno involontarie, sono nostra responsabilità.

Il giorno dopo Ernie Nixon avrebbe testimoniato e l'avvocato Tony Lord sarebbe stato responsabile delle proprie azioni. Mise da parte quel pensiero, immaginando il controinterrogatorio.

Quella notte dormì male. Alle prime luci dell'alba si svegliò in un bagno di sudore: aveva di nuovo avuto l'incubo in cui lui era al posto di una telecamera invisibile e Alison gli faceva quella domanda sibillina...

Agitato, si alzò e ordinò la colazione in camera. Mangiò pane tostato e caffè nero e passò un'ora nella palestra dell'albergo a esorcizzare sulla cyclette i suoi sensi di colpa. Poi fece la doccia, si vestì e si presentò nell'aula del giudice Leo F. Karoly, come qualsiasi avvocato con un cliente da difendere.

8

Ernie Nixon prese posto al banco dei testimoni con un gessato grigio, una cravatta gialla con un motivo geometrico, un'impeccabile camicia bianca e uno sguardo calmo e composto che rivolse brevemente a Tony Lord. Saul Ravin, seduto accanto a Tony, lo studiava con interesse e una certa diffidenza. «Non è certo un Donald White», commentò.

Quella battuta sardonica colpì Tony. «Non lo è mai stato.»

Stella lanciò una rapida occhiata a Tony. Quel giorno fra accusa e difesa c'era più tensione del solito e persino i giurati sembravano essersene accorti: aspettavano diligentemente in silenzio, senza i sorrisetti o i bisbigli inevitabili tra dodici persone che cominciano a familiarizzare tra loro.

Con una rigidità un po' inconsueta per lei, Stella ricapitolò i primi diciotto anni di Ernie a Lake City, il periodo dell'università, la decisione di tornare e i cinque anni di lavoro come direttore del centro ricreativo. Ernie rispose con precisione, a voce bassa, senza lasciar trapelare l'emozione; ascoltandolo, Tony paragonò mentalmente il ritorno di Ernie all'atmosfera nostalgica del film di Frank Capra in cui un uomo di buon cuore torna a casa per ritrovare il calore del posto che ha sempre amato. *Ci manca solo la ragazza*, pensò, ironico.

«Già», sibilò Sam sarcastico. «Tutto perfetto, eh?»

«Ci sa dire», chiedeva intanto Stella, «quanti anni aveva Marcie Calder quando la conobbe?»

«Tredici, mi pare. Allenavo la squadra di atletica delle ragazze dagli undici ai quattordici anni... Marcie era molto amica di Janice D'Abruzzi, che era figlia del mio migliore amico. Credo sia stata lei a introdurla nella squadra.»

«Com'era Marcie allora? Come la descriverebbe?»

«Timida. Non dava nessun problema. Ma si vedeva che era sensibile e che pensava molto. Sì, era una ragazzina molto riflessiva e piuttosto timida. Come se le ci volesse un po' per prendere confidenza con le persone.» Ernie s'interruppe, prima di concludere a bassa voce: «Da questo punto di vista non credo sia mai cambiata».

Ci siamo, pensò Tony: Stella insisteva a tratteggiare il ritratto di una ragazza timida e introversa, che aveva commesso un errore dalle terribili conseguenze fidandosi dell'adulto sbagliato. «Con il tempo», chiese il pubblico ministero, «ebbe modo di conoscerla meglio?»

«A poco a poco, sì», rispose Ernie con un lieve sorriso. «Circa un anno dopo che era entrata nella squadra, Marcie crebbe tutto d'un tratto. Spesso chi cresce tanto in fretta diventa goffo; Marcie, invece, migliorò moltissimo e di colpo divenne la più forte della squadra.»

«E come reagì?»

«Era entusiasta. Non si stancava mai di correre, e di vincere. Divenne anche molto più loquace: era come se per lei fossi diventato un eroe per il semplice fatto che le avevo dato la possibilità di vincere. Invece il talento era tutto suo, glielo ripetevo sempre.» D'un tratto abbassò la voce e, per la prima volta, guardò Sam Robb. «Marcie aveva bisogno di comprensione, si vedeva. Penso che si sarebbe affezionata a qualsiasi adulto che la fosse stato a sentire, che l'avesse fatta sentire importante.»

Ci stiamo avvicinando, pensò Tony, ma non sollevò obiezioni.

«Quando Marcie compì quindici anni e cambiò categoria, lei che cosa fece?» s'informò Stella.

Ernie giunse le mani. «La incoraggiai a entrare nella squadra di atletica del liceo. E per essere sicuro che ci andasse davvero, telefonai all'allenatore delle ragazze, Sam Robb.»

Dietro il tono pacato, Tony intuì l'amarezza di chi, pur avendo agito in perfetta buona fede, si rende conto di aver causato una tragedia. Al primo accenno a Sam, i giurati drizzarono le orecchie.

«E che cosa disse il signor Robb?»

«Che l'avrebbe 'tenuta d'occhio'.» Ernie s'interruppe e guardò Sam. «Sì, credo che abbia detto proprio 'la terrò d'occhio'.»

Sam ricambiò lo sguardo di Ernie apparentemente impassibile, senza tradire né emozioni né opinioni. Stella indugiò un momento per assicurarsi l'attenzione dei presenti.

«Dopo che ebbe lasciato la sua squadra per entrare in quella del signor Robb», chiese, «Marcie si tenne in contatto con lei, signor Nixon?»

Sul viso di Ernie, che continuava a studiare Sam, comparve un'aria disgustata e vagamente altezzosa che a Tony fece venire in mente la moglie di lui, Dee. Poi Ernie si voltò verso Stella e, con una disinvoltura che sembrava studiata, rispose: «Sì. A volte faceva un salto nel mio ufficio a salutarmi, a volte mia moglie e io le chiedevamo di tenerci i bambini quando uscivamo. Così, in un modo o nell'altro, continuai a vederla due o tre volte al mese».

«E Marcie le parlava di quello che faceva?»

«Sì. Quando passava a trovarmi o mentre la riaccompagnavo a casa dopo che ci aveva fatto da baby-sitter... Una volta ogni tanto veniva a casa mia apposta per parlare.»

«Le diede mai l'impressione di cercare la sua compagnia per qualcosa di più, a parte parlare?» Stella aspettò un attimo prima di aggiungere, in tono piatto: «Ha mai pensato, cioè, che potesse aver preso una cotta per lei?»

«Assolutamente no.» Ernie rispose con lo stesso tono di Stella, colmo di disprezzo per chiunque cercasse di denigrare quella ragazzina, o lui stesso, per risparmiare al colpevole il castigo che si meritava. «Quel che cercava era una persona adulta che non fosse un genitore, ma un amico. È abbastanza comune a quell'età; è una forma di attaccamento normale, sana, che fa parte della crescita. Ricordo che, da ragazzo, avrei avuto bisogno anch'io di un adulto con cui poter parlare.»

Per la prima volta Tony guardò i Calder: Frank aveva alzato gli occhi e la moglie approvava energicamente con la testa. Ma lesse anche in quella risposta sfumature assai più nascoste, una specie di dichiarazione di quel che Ernie avrebbe voluto essere, e gli tornò in mente che l'allenatore Jackson, che Tony tanto ammirava, si disinteressava di Ernie in quanto persona. Intuì che tra i Calder ed Ernie c'era un abisso incolmabile, dovuto al fatto che lui aveva occupato nella vita di Marcie uno spazio che sarebbe spettato a loro, calandosi nel ruolo dell'adulto affettuoso che in gioventù gli era mancato.

«Di che cosa le parlava Marcie?»

Ernie si strinse nelle spalle. «Di tutto e di niente: voti, scuola, sport, ragazzi.» Lanciò un'occhiata alla giuria. «Gli adolescenti sono molto ingenui, non hanno ancora le difese degli adulti.»

Avvicinandosi a Tony, Saul gli bisbigliò all'orecchio: «Che cos'è? Psicologia adolescenziale, lezione 101: tutti i ragazzini vanno a confidarsi con il negro quando gli si rompe il preservativo?»

Ma Tony non poteva farci niente: sollevando obiezioni sulle affermazioni generiche, per quanto strumentali, di Ernie avrebbe solo fatto capire a tutti quanto era preoccupato.

«Ci fu un momento», chiese Stella, «in cui la piega presa dalla vita di Marcie cominciò a preoccuparla?»

Ernie disse con voce ferma: «Sì, e non poco».

«Perché?»

Osservando i giurati, Ernie si rivolse direttamente a loro: «Marcie venne da me in ufficio. Mi accorsi che era molto scossa ancor prima che mi chiedesse aiuto». Parlava in tono sommesso, come se quel ricordo lo affliggesse ancora. «Mi disse che aveva incominciato ad avere rapporti sessuali e che era in ansia.»

L'estetista lo guardava con occhi che a Tony parvero indiscutibilmente pieni di compassione. Stella aspettò un attimo, poi domandò a voce bassa: «Lei ha mai avuto rapporti sessuali con Marcie Calder?»

Ernie alzò la testa. «Assolutamente no. E non mi ha mai nemmeno sfiorato l'idea di averne.»

Tony si accorse che il pubblico ministero stava facendo al testimone le stesse domande che voleva fargli lui, smorzandone l'effetto. «Neanche dopo che sua moglie se ne andò?» insistette.

«Non l'avrei mai fatto. Un educatore, responsabile dei figli degli altri, non dovrebbe nemmeno pensare a certe cose.»

Pur volendo essere una stoccata per Sam, quell'ultima frase suonò difensiva e pedante, priva di considerazione per l'umana debolezza e per desideri che si possono provare anche se, nel complesso e rispettabile esercizio della moralità, non si devono mettere in pratica. Il vero Ernie, quello di cui Tony aveva ormai intuito l'esistenza, si nascondeva, forse perché aveva cominciato a mentire a se stesso o più probabilmente perché, sapendo che tutti ci raccontiamo comode bugie per giustificare i nostri comportamenti, sperava nell'indulgenza altrui. Ma qualcosa era andato perduto, e non solo ai fini dell'accusa: Ernie non era più lui e sapeva che Tony lo sapeva.

«Quando vide Marcie per l'ultima volta?» chiese Stella.

Come se gli costasse un grande sforzo, Ernie abbassò le braccia. Sottovoce rispose: «La sera in cui morì, quando venne a casa mia. Verso le otto».

Tutti i giurati sgranarono gli occhi e persino Leo Karoly, smettendo per un attimo l'impassibile maschera burocratica, parve attonito.

«Era una cosa insolita?»

Ernie mantenne un tono calmo. «Sì, a parte quando la chiamavamo per tenere i bambini. Appena la vidi, capii che c'era qualcosa che non andava.»

«Marcie le disse di che cosa si trattava?»

Ernie si voltò verso Sam. «Era rimasta incinta.»

«Le disse di chi?»

«Dell'uomo che frequentava, quello molto più grande di lei. Non mi disse altro.»

Adesso anche i giurati guardavano l'imputato. «Come le parve Marcie?» chiese Stella.

«Aveva bisogno di sfogarsi: era sconvolta, ma non isterica.»

«Disse che cosa intendeva fare?»

A quel punto Ernie si rivolse a Stella con voce fredda e chiara. «Sì. Mi disse che, appena uscita da casa mia, sarebbe andata a parlare con il padre del bambino. Per avvertirlo, disse.»

Il pubblico ministero lasciò passare qualche istante di silenzio. «Accennò alla possibilità di sposare quest'uomo?»

«Assolutamente no.» Il tono di Ernie si addolcì nuovamente. «Per la precisione, disse che lui non poteva aiutarla e che lei non gli avrebbe mai chiesto di farsi avanti.»

Era una risposta disastrosa per Sam, oltre che incompleta, a quanto ricordava Tony; ma la giuria non poteva saperlo. «Lei le prospettò qualche alternativa?» domandò Stella.

Ernie prese fiato. «Accennai alla possibilità di abortire, ma Marcie rimase seduta dov'era, sul divano, e disse: 'Ma è un bambino... È il mio bambino. Come posso sopprimerlo per un mio errore?'»

Anche questa volta Stella aveva anticipato Tony. «Chi si sarebbe occupato del bambino?» chiese.

«Disse che se ne sarebbe occupata lei.»

Stella fece un sorriso triste, da persona saggia. In tono calmo ma scettico, chiese: «Durante questa conversazione, signor Nixon, Marcie le parve disperata, sul punto di commettere un gesto insano?»

«Obiezione.» Tony si alzò lentamente, per interrompere il ritmo incalzante di domande e risposte. «L'accusa non ha convocato il testimone in veste di psicologo. È chiaro che il signor Nixon era molto legato a Marcie e adesso vuol dare tutta la colpa della sua morte all'imputato. Ma non rientra né nelle sue competenze né, credo, nei suoi desideri pronunciarsi sul fatto che Marcie meditasse un gesto insano.»

Assumendo un'aria esageratamente paziente, Stella lo lasciò

finire. «Possiamo capire che l'avvocato Lord sia molto sensibile al riguardo, vostro onore, dal momento che è stato lui a introdurre l'idea del suicidio, ma il signor Nixon ha lavorato tutta la vita con bambini e adolescenti e quindi presumo che sia la persona più adatta in quest'aula a dare un parere al riguardo, per quanto non qualificato.»

Karoly incrociò le dita. «Forse potrebbe formulare altrimenti la domanda.»

Stella annuì energicamente. «Ben volentieri», replicò. Poi si rivolse a Ernie Nixon. «Mi dica, signor Nixon, Marcie disse o fece qualcosa che la indusse a pensare che avesse intenzione di suicidarsi?»

«Assolutamente no», rispose pronto Ernie, in tono deciso. «Al contrario, tutte le cose che disse e fece indicavano che era fermamente intenzionata a far nascere il bambino.»

«Marcie le disse forse che non osava affrontare i suoi genitori?»

«No. Soltanto che non poteva dir loro chi era il padre.»

«Le disse anche che non aveva mangiato, vero?»

«Sì. Così le offrii un tramezzino al tonno.» Ernie si strinse nelle spalle. «Non mi restava altro.»

«Lo mangiò?»

«Sì. Disse che ormai doveva mangiare per due.»

Stella aspettò un attimo. «Ma non lo finì, vero?»

«No. A un certo punto guardò l'orologio e disse che doveva andare dal padre del bambino, a parlargli.»

Stella si avvicinò e i giurati la seguirono con lo sguardo. «Lei cercò di fermarla?» chiese.

«Non di fermarla, ma di farla ragionare. Mi sembrava che non avesse riflettuto abbastanza, che fosse venuta da me per parlarne e invece stesse scappando via... Non mi sembrava giusto. Come non mi sembrava giusto che quest'uomo più vecchio di lei dovesse rimanere nell'ombra. A parte me, quella povera ragazza era completamente sola.»

«Ma non volle fermarsi, giusto?»

Ernie si osservò le mani, torcendosi le dita, come se la sua sofferenza fosse anche fisica. «No, non volle fermarsi.» Abbassò la voce, come se parlasse fra sé. «Salì in macchina e se ne andò.»

La tensione in aula era quasi palpabile: Tony la riconobbe nel silenzio assoluto e nell'espressione dei giurati.

«E lei che cosa fece?» chiese sottovoce Stella.

Ernie alzò lo sguardo. «La seguii.»

Piegando la testa da una parte, lei gli chiese perché.

Lo stesso Ernie pareva chiederselo. «Non saprei», rispose dopo un po'. «Ero preoccupato e pensai che forse, se avessi scoperto chi era il padre...»

«E lo scoprì?»

«Non in quell'occasione», rispose Ernie con un filo di voce. «Non subito. La seguii per un tratto, poi mi resi conto che non era figlia mia, che l'unico modo in cui potevo aiutarla era aspettare.» Alzò di nuovo lo sguardo. «Così mi fermai, feci inversione e tornai a casa. L'ultima cosa che vidi di Marcie furono i fanalini della sua macchina. Uno lampeggiava come se stesse per bruciarsi la lampadina. Mi ripromisi di dirglielo alla prima occasione...» Lasciò la frase in sospeso e si morse un labbro. «Volevo fare bene e invece peggiorai la situazione. Perché, se l'avessi seguita, Marcie sarebbe ancora viva.»

Stella rimase immobile per un attimo, poi si voltò verso Tony e disse: «A lei il teste, avvocato Lord».

9

TONY si alzò riluttante, lanciando un'occhiata a Sue.

Era seduta tra i due figli e ricambiò lo sguardo con aria triste, preoccupata e affettuosa. Lui le rivolse un brevissimo sorriso d'incoraggiamento e, sfiorando la spalla di Sam, si girò e andò verso Ernie Nixon. Ernie si appoggiò allo schienale.

«Marcie le disse perché era venuta a trovarla quella sera?» esordì Tony.

Ernie incrociò le mani, con gli occhi fissi su Tony. «Sì, per dirmi che era incinta. Credo che sentisse il bisogno di una persona amica.»

«Ma aveva un'amica, Janice D'Abruzzi. Come mai si confidò con lei e non con Janice?»

«Non lo so. Forse voleva un consiglio da un adulto.»

«A quanto le risulta, sarebbe corretto affermare che Marcie aveva un rapporto difficile con il padre?»

«Obiezione», intervenne il pubblico ministero. «Il teste non può rispondere che basandosi su ciò che ha sentito dire.»

Tony scosse la testa. «La domanda riguarda lo stato d'animo della vittima, vostro onore, ed è volta ad accertare se, nelle circostanze in discussione, Marcie pensasse al suicidio.»

Karoly si rivolse a Ernie. «Il signor Nixon può rispondere.»

«Non so se lo definirei 'difficile'.» Ernie si agitava sulla sedia, esitante. «A volte diceva che facevano fatica a comunicare...»

«Perché il padre era autoritario, giusto?»

«Diceva così, sì.»

«E, a quanto lei ebbe modo di capire, Marcie non sapeva che cosa fare, vero?»

Ernie socchiuse gli occhi, forse cercando di capire dove volesse andare a parare, come una preda che cerca di anticipare le mosse del cacciatore, e Tony sentì tutto il peso del proprio ruolo. Sottovoce, rispose: «Sì, invece, Tony. Aveva appuntamento con il suo uomo».

Era chiaro che lo aveva chiamato per nome e aveva risposto in quel modo per disarmarlo, ma il risultato fu che Tony si arrabbiò e, a voce altrettanto bassa, ribatté: «A parte questo, che cos'altro pensava di fare?»

«Non lo so.»

«Quindi se Marcie aveva progetti per il futuro, al di là di quella sera, lei non ne era a conoscenza?»

«Voleva avere il bambino, ecco che progetti aveva.»

«E dove pensava di stare?»

«Non lo so.»

Tony fece un passo in avanti. «In base alla sua esperienza con i giovani, signor Nixon, direbbe che la vita per una ragazza madre a Lake City è particolarmente dura?»

«Dipende...»

«Da che cosa, per esempio?»

Ernie alzò le spalle. «Dal sostegno della famiglia, direi.»

Per la prima volta dalla voce di Tony trasparì una sfumatura d'ironia. «E anche con il sostegno della famiglia, lo scandalo non si mette facilmente a tacere a Lake City, Ohio, no?»

Ernie accennò un sorriso. «Immagino di no.»

«Come definirebbe il comportamento di Marcie, quella sera?»

«Come ho già detto... era preoccupata, ma non fuori di sé.»

«Pianse?»

«Sì.»

«Lei l'abbracciò?»

Il teste lanciò un'occhiata ai genitori di Marcie, poi, guardando Tony dritto negli occhi, mormorò: «Sì».

«Aveva bisogno di conforto e di affetto, vero? Lei lo capì subito.»

«Sì.»

«Quindi la ragazzina che le si presentò alla porta non era esattamente una giovane donna decisa ad avere un bambino, vero? Marcie era in lacrime, confusa, sola, aveva fame, era sconvolta e, a quanto lei ebbe modo di vedere, non aveva un'idea chiara di quel che avrebbe fatto dopo aver parlato con il padre del bambino che portava in grembo.»

Ernie lo osservò. «In parte sì, è vero. Ma non so che cosa avesse in mente.»

«Come non sa se, in determinate circostanze, Marcie sarebbe stata capace di togliersi la vita.»

Ernie rispose in tono ostinato. «Non notai nulla in lei, quella sera, che me lo facesse pensare.»

«Ma lei non è psicologo, vero?»

«Vero.»

«Né è esperto di suicidi adolescenziali.»

«Certamente no.»

«Non è forse vero, signor Nixon, che la prima volta che io le feci questa domanda lei mi riferì che Marcie le aveva detto che non avrebbe rivelato l'identità del padre del bambino, a meno che lui, e cito letteralmente, volesse 'farsi avanti'?»

«Mi pare di sì.»

«Allora, in base a quanto le disse, Marcie contemplava la possibilità che lui si facesse avanti.»

«Immagino di sì.»

«E la sposasse?»

«Questo non lo so...»

«Non sa né se lo pensava né se non lo pensava, giusto?»

«Giusto.»

«Abbiamo un quadro un po' diverso adesso, signor Nixon, non le pare? Adesso abbiamo una sedicenne incinta, spaventata, confusa e piangente, che ha paura di suo padre, non sa come affrontare la situazione e si affida totalmente al suo uomo, forse nella speranza che risolva tutto. Questa ragazzina, nel caso lui non volesse o potesse fare nulla, avrebbe potuto reagire in modi che lei, signor Nixon, non era in grado di prevedere o prevenire. Per esempio suicidandosi.»

Prima ancora di finire la frase, Tony sentì che Stella si alzava. «Era una domanda o un'arringa, vostro onore? Io non saprei dirlo; quel che so è che il discorsetto dell'avvocato Lord è composito, discutibile, basato su speculazioni, privo di fondamento e non richiede una risposta...»

«E tuttavia», la interruppe Tony ironicamente, «è molto più vicino alla vera Marcie del personaggio fittizio che lei ci ha presentato con l'aiuto del signor Nixon. Ma ritirerò la domanda e ne porrò un'altra al teste.»

Stella gli lanciò un'occhiata frustrata. Tony si girò e chiese gentilmente a Ernie Nixon: «Lei non fu di grande aiuto a Marcie, vero?»

L'uomo allargò le braccia. «Non potevo fare niente per lei.»

«E non sa chi avrebbe potuto darle una mano, vero?»

«No.»

«Marcie le chiese di sposarla, signor Nixon?»

Per un attimo Ernie parve interdetto, poi decisamente offeso. «Il nostro non era un rapporto di quel genere, avvocato Lord.»

«E che rapporto era esattamente?»

«Gliel'ho già detto. Io la incoraggiavo, quindi lei mi era affe-zionata...»

«Intendevo dire da parte sua.»

Ernie lo guardò con diffidenza. Tony si fece forza e cercò di non farsi scrupoli a danneggiare l'uomo che gli stava di fronte, la cui dignità e vita futura, in quanto avvocato, non dovevano interessargli.

«Le volevo bene», rispose semplicemente.

Infilandosi le mani in tasca, Tony percepì la tensione dei giura-ti che lo osservavano. Poi dimenticò la loro presenza e fu come se nell'aula ci fossero solo lui ed Ernie.

«Da quando lei è tornato a Lake City», chiese, «ci sono state altre adolescenti che le hanno fatto confidenze sulla loro vita ses-suale?»

Gli occhi di Ernie erano spenti e freddi come la sua voce quan-do rispose: «No».

«O che venivano a trovarla a casa, da sole?»

«No.»

«Quando si separò da sua moglie, signor Nixon?»

«Circa un anno fa.»

«E da allora Marcie cominciò a venirla a trovare a casa, giusto?»

«A volte, sì.»

«Quante volte venne?»

«Non le ho contate, signor Lord.»

«Più di dieci?»

Tony intuì che Ernie si stava chiedendo con quanta costanza lo avesse spiato Sarah Croff. «Forse, non so.»

«È possibile che siano state più di venti?»

A Ernie mancò il coraggio di guardarlo negli occhi e, per non farsene accorgere, finse di aggiustarsi la cravatta. «Come le ho già detto, non tenevo il conto.»

«Quindi non può escludere che negli ultimi sei mesi di vita Marcie sia venuta a trovarla a casa, da sola, più di venti volte?»

«No.» Ernie alzò lo sguardo, gelido. «Non posso rispondere né di sì né di no.»

«Riesce a quantificare il tempo che ha trascorso a tu per tu con questa sedicenne, signor Nixon?»

«No.»

Tony si mise un dito sulle labbra, come se fosse perplesso. «Di che cosa parlavate?»

Ernie assunse un atteggiamento sdegnato. «Gliel'ho già detto: Marcie, come molti suoi coetanei, aveva bisogno di parlare di tutto. Di scuola, di sport, degli amici, dei genitori...»

«A proposito», lo interruppe Tony, «i genitori di Marcie erano al corrente delle visite che le faceva?»

«Non ne ho idea.»

«Lei comunque non li informò?»

«No.»

«Non pensava che dovessero saperlo?»

Ernie allargò le braccia. «Senta, non so se lo sapessero», disse. «Non ci ho mai pensato.»

Tony pareva stupefatto. «Di che cosa parlavate lei e Marcie?»

«Non ricordo. Per lo più, la stavo a sentire...»

«Del suo matrimonio?»

Ernie si accigliò. «Non mi ricordo.»

«Lei si era appena separato da sua moglie, Marcie era sempre a casa sua e lei non ricorda se parlavate del suo matrimonio?»

«No.»

Tony fece un sorriso incredulo. «A proposito di memoria, signor Nixon, è possibile che i suoi ricordi riguardo alle visite serali di Marcie a casa sua siano un po' lacunosi?»

Ernie lo guardò senza rispondere. Era strano, pensò Tony, come la gente fosse convinta di essere invisibile e non pensasse mai all'eventualità che gli avvocati si servissero di detective privati. «Che intende dire?» domandò a sua volta Ernie.

«Per prima cosa penso ai sabati sera in cui Marcie prese a noleggio un film da guardare a casa sua.» Tony fece una pausa. «Mi dica, le è piaciuto di più *Sabrina* o *Love Story*?»

«Obiezione», interloquì il pubblico ministero. «Questa non è una domanda bensì un'insinuazione. Se l'avvocato Lord ha una domanda da fare, che la faccia.»

Per la prima volta sembrava veramente irritata. Senza dare a Karoly il tempo di rispondere, Tony disse: «Ne ho parecchie». E si rivolse a Ernie Nixon. «Marcie venne a casa sua, da sola, almeno quattro sabati sera?»

Ernie rimase di sasso, poi fece uno sforzo, chiaramente fasullo, di ricordare. «Se non mi sbaglio, un paio di volte Marcie si presentò così, senza preavviso.» Tacque per un attimo, quindi aggiunse in tono apparentemente casuale: «Sì, Janice D'Abruzzi aveva un nuovo ragazzo e a volte Marcie si trovava sola, ora mi viene in mente. Sapeva che anch'io ero solo, che non avevo niente da fare, così portava un film. Sì, ora me lo ricordo.»

«Dove guardavate il film?»

Ernie fu assalito da un impeto di collera. «Nella tavernetta di casa mia. Dove tengo il videoregistratore.» Il tono era secco. «Prima del divorzio, quando veniva a fare la baby-sitter, Marcie guardava la TV con i miei figli. Le piaceva.»

«E anche a lei piaceva, signor Nixon.»

A malincuore Ernie annuì. «Sì.»

«E quando guardavate un film insieme, dove si sedeva Marcie?»

Ernie lanciò un'occhiata a Stella, ma Tony sapeva che non gli avrebbe offerto nessun aiuto, perché un'obiezione avrebbe scatenato un'invettiva da parte sua e sarebbe comunque stata respinta da Karoly. Notò con interesse che anche il giudice aveva cominciato a guardare Ernie con uno stupore e una disapprovazione che parecchi giurati sembravano condividere.

«Di solito per terra», disse Ernie. «A volte sul divano.»

«E lei le si sedeva vicino.»

«A volte.»

«A parte guardare la cassetta, che cosa facevate?»

«Niente di speciale. Preparavamo il pop-corn, commentavamo il film. Appena finiva, andava via.»

«Aveva contatti fisici con Marcie, signor Nixon?»

«Assolutamente no.»

«Non le dava nemmeno il bacio della buonanotte?»

S'irrigidì. «Aveva sedici anni, avvocato Lord.»

«Appunto. Ai suoi genitori che cosa raccontava?»

«Non ne ho idea.»

«La signora Calder ha affermato che né lei né il marito sapevano che veniva da lei. Perché Marcie glielo teneva nascosto?»

«Non so se glielo tenesse nascosto.»

«No? Eppure quando il pubblico ministero glielo ha chiesto, lei non ha fatto cenno a queste visite.»

«Non c'era niente di strano, come le ho detto. La cosa che mi è rimasta impressa è che la sera in cui morì Marcie era diversa.»

Tony fece una pausa. «Quando Marcie veniva a trovarla, in questi sabati sera 'normali', a lei risultava che avesse un ragazzo?»

«No. Marcie era timida e non credo che legasse molto con i ragazzi della sua età.»

«All'epoca, le risultava che Marcie avesse mai avuto rapporti sessuali?»

La collera sparì dal viso di Ernie, quasi si fosse reso conto di non potersi permettere il lusso di arrabbiarsi, teso e attento com'era a pensare e reagire prontamente per non cadere in trappola. «Presumevo che fosse vergine, ma credo che non ne abbiamo mai parlato.»

«Allora quando, sei settimane prima di morire, Marcie le disse che aveva avuto rapporti intimi con un uomo, lei rimase sorpreso.»

«Sì, direi di sì.»

«E s'ingelosì?»

«No, non m'ingelosii.» Ernie s'interruppe, incollerito. «Mi preoccupai, piuttosto. Aveva sedici anni e si era messa con un uomo che si approfittava di lei...»

Lasciò la frase in sospeso. «Un uomo che a detta di Marcie le aveva insegnato molte cose», rettificò Tony.

Negli occhi di Ernie brillò un lampo di odio e di umiliazione. Il «sì» con cui rispose fu quasi un sibilo.

Stai calmo, si disse Tony. «E così, quella sera, la esortò a non andare da lui.»

«Volevo che si fermasse a riflettere.»

«E quando Marcie invece se ne andò, lei la seguì fino alla macchina.»

«Sì.»

«Cercò di bloccarla?»

Ernie lanciò un'occhiata alla giuria. «È possibile che l'abbia presa per un braccio», ammise alla fine. «Per poterle dire un'ultima cosa.»

«E cioè?»

«Di non andare.»

«E quando Marcie se ne andò senza darle retta, lei la seguì in macchina.»

«Sì.»

«La seguì», ripeté Tony, «per scoprire chi era il padre del bambino.»

Ernie, sulle spine, si rese conto dell'effetto che avrebbe fatto la sua risposta a quel punto. «Sì.»

«E lo scoprì, vero? Seguì la macchina di Marcie fino alla stazione di servizio e vide la ragazza salire sull'automobile di Sam Robb. E poi li seguì nel parco.»

344

Ernie Nixon gonfiò il torace. «No», disse con voce roca. «Tornai a casa. Come ho già detto.»

«Che ora era, signor Nixon?»

«Circa le otto e mezzo.»

«Qualcuno la vide?»

Stancamente, Ernie scosse la testa. «Non lo so. Bisognerebbe sapere se mi stavano spiando.»

Tony si avvicinò. «Lei conosce bene Taylor Park, vero?» chiese. Avrebbe dato chissà che cosa per non vedere la delusione straziante di Ernie, che aveva radici lontane e rifletteva fin troppo chiaramente il ricordo del giorno in cui un adolescente di colore aveva accompagnato un amico bianco nel parco per dimostrargli che credeva nella sua innocenza.

«Lo sa anche lei», rispose Ernie. «Da piccolo andavo a giocarci.»

«E a nascondercisi.»

«Sì.»

«A volte ci passava anche la notte.»

«Sì.»

«E conosceva tutti i nascondigli.»

Ernie incrociò di nuovo le braccia con lo sguardo vuoto. «Ero un bambino», ripeté. «Ai bambini piacciono i nascondigli. Agli adulti no.»

Tony piegò la testa da una parte. «Può provare che quando Marcie era a Taylor Park quella sera lei non la stava pedinando?»

Ernie lo guardò dritto negli occhi. «Alle ventidue e diciotto», disse, «telefonai a mia moglie. Ho la bolletta con l'orario della telefonata.»

Per Tony fu la prima sorpresa. Aveva previsto che Stella, conoscendo o immaginando le sue intenzioni, avesse aiutato Ernie a cercare un alibi almeno per parte della serata. Pur non essendo risolutiva, una telefonata alle ventidue e diciotto lasciava a Ernie ben poco tempo per commettere un omicidio. Tony cercò di assumere un tono indifferente: «Per quanto tempo parlaste?»

«Non parlammo. Trovai la segreteria telefonica.»

«Lasciò un messaggio?»

«No. Non avevo niente da dire a un registratore.»

Poteva sembrare che l'avesse fatto apposta per dimostrare che era in casa. Scettico, chiese: «Qual era il motivo della telefonata?»

«Volevo chiedere a Dee se era disposta a tornare con me», rispose Ernie sottovoce. «Per riprovarci.»

«Ne avevate parlato?»

«Erano mesi che non ne parlavamo più.» Guardò Tony dritto negli occhi. «Quella sera pensai molto e fra l'altro ripensai anche a Dee. A Dee e ai nostri figli.»

Se l'idea che si era fatto di Ernie era giusta, pensò Tony, era più che plausibile che, di fronte alle conseguenze di una sua fantasia più o meno cosciente, fosse tornato bruscamente a quello che era reale e importante. «E chiese a sua moglie di tornare?»

Ernie scosse la testa. «La mattina dopo mi parve inutile. Spesso alla luce del giorno i pensieri della notte sembrano assurdi.»

Forse era vero, o forse era una scusa con cui Ernie giustificava una telefonata fasulla, che in realtà non aveva mai avuto intenzione di fare. Comunque fosse, portò Tony al punto in cui sapeva di dover arrivare fin dalla sera in cui, tre mesi prima, aveva promesso a Sue Robb che avrebbe cercato di far assolvere suo marito.

Tornando al tavolo della difesa, Tony sentì su di sé gli sguardi dei giurati. Con un sorriso quasi impercettibile, un leggerissimo ammicco, Saul Ravin gli porse una busta.

Tony l'aprì e ne estrasse un orologio di plastica nero. «Vostro onore», annunciò, «ho qui il reperto numero uno presentato dalla difesa. Come vede, si tratta di un orologio di plastica. Chiedo alla corte di ammetterlo come prova, in modo da poter fare al signor Nixon alcune domande in merito.»

Il giudice Karoly si girò verso Stella. «Pubblico ministero?»

La donna si alzò. «Non capisco, vostro onore. Per quanto mi risulta, quest'orologio non ha niente a che vedere con il caso.»

Tony fece un passo avanti. «Con il vostro permesso, porrò un paio di brevi domande al teste, che forse dimostreranno che l'accusa ha ragione. Vorrei che venisse messo a verbale che ho comprato quest'orologio ieri in un grande magazzino.»

Karoly inarcò le sopracciglia. «Continui, avvocato.»

Tony si affrettò a porgere l'orologio a Ernie Nixon. «Che lei ricordi, l'orologio che Marcie portava la sera in cui morì era come questo?»

Accigliato, Ernie lo prese e se lo rigirò fra le dita. «Non ricordo.»

«La prego, lo guardi bene.»

Ernie soppesò l'orologio. «Non saprei proprio», disse stancamente. «Quella sera l'orologio di Marcie era l'ultima cosa che mi preoccupava.»

Tony si strinse nelle spalle. «Okay», disse e riprese l'orologio.

Rivolgendosi al giudice, Stella disse: «Noi abbiamo l'orologio di Marcie, vostro onore. Questo orologio è privo di qualsiasi valore probatorio».

«Data la testimonianza del signor Nixon», disse Tony a Karoly, «non discuteremo.» Ripose l'orologio nella busta e la porse a Saul, che ostentava un'espressione annoiata e disinteressata.

Ancora una volta Tony si rivolse a Ernie e chiese: «Lei si considera un uomo violento?»

L'altro sollevò la testa, cercando di darsi un contegno. «No», disse con voce chiara. «No.»

«Allora forse può spiegarmi il perché del fallimento del suo matrimonio.»

«Dee e io avevamo alcune divergenze. A lei non piaceva Lake City...»

«Non le piaceva farsi picchiare, vero?»

Ernie non poté fare a meno di trasalire. «Obiezione», scattò il pubblico ministero. «La domanda non è pertinente.»

Guardando il giudice Karoly, Tony allargò le braccia. «Devo dirlo a chiare lettere, vostro onore?»

Strizzando gli occhi, Karoly studiò il testimone. «No, non occorre. Obiezione respinta.»

Quando si voltò verso Ernie, Tony vide che l'estetista seguiva il suo sguardo, impaziente di sentire la risposta. «Le ripeterò la domanda, signor Nixon. Sua moglie aveva qualcosa da obiettare quando lei la schiaffeggiava?»

La vergogna e la confusione di Ernie erano evidenti. «Successe solo una volta in quindici anni di matrimonio e lei ne parla come se...»

«Le fece male?» lo interruppe Tony.

«Sì. Quell'unica volta.»

«E quell'unica volta le uscì del sangue e le si gonfiò la bocca?» Ernie sospirò. «Sì.»

«E dopo pochi giorni sua moglie la lasciò.»

«Sì.»

«Quindi questo episodio causò la fine del vostro matrimonio.»

«Non fu solo questo...»

«Che cos'aveva fatto sua moglie per meritare di essere presa a schiaffi, secondo lei? E con tanta forza?»

«Qualunque cosa avesse fatto, non avrei dovuto picchiarla. Avevamo litigato, Dee mi aveva detto delle cose offensive e io le mollai un ceffone senza pensare. Le chiesi subito scusa...»

«Ma ormai», l'interruppe a bassa voce Tony, «l'aveva ferita.»

«Sì.»

«Doveva essere molto arrabbiato, signor Nixon.»

«Sì, ero arrabbiato. Ma un attimo dopo mi era già passata.»

«Un attimo è più che sufficiente. Forse allora ci può spiegare esattamente che cosa le disse sua moglie per farle perdere le staffe in quel modo.»

Ernie lo guardava con gli occhi vitrei. «Non ricordo.»

«Davvero? Non nominò Marcie Calder?»

«Le ho detto che non ricordo...»

«In particolare, sua moglie non disse che Marcie era la ragazzina bianca dei suoi sogni e non l'accusò di volersela portare a letto?»

In trappola, senza vie di uscita, Ernie Nixon fece appello a tutta la sua dignità e con le braccia conserte rispose a bassa voce: «Si dicono un sacco di cattiverie fra moglie e marito. Certe è meglio dimenticarle».

Tony gli lanciò una lunga occhiata incredula. «Già», commentò a voce altrettanto bassa. «E quella è una da dimenticare, soprattutto adesso.»

Ernie lo fissò, disarmato tranne che per quella che era stata la sua difesa anche da ragazzo: lo stanco fatalismo di chi ha imparato a non aspettarsi niente dagli altri. Di colpo a Tony mancò il coraggio di guardarlo in faccia.

«Non ho altre domande», disse a Karoly e si sedette. Come all'inizio dell'interrogatorio, vide Sue che lo guardava piena di compassione.

Quella sera un martini non gli bastò. Verso la metà del secondo, Tony cominciò a immaginare Ernie Nixon che passeggiava avanti e indietro nella sua casa vuota. Che notte lo aspettava, si chiese, e come si sarebbe sentito la mattina dopo?

«Merda», disse forte.

Saul alzò le spalle. «Che differenza fanno un paio di vite rovinate in più o in meno? Hai fatto il tuo dovere.» Poi, in tono più gentile, proseguì: «Secondo me hai sbagliato ad accettare di difenderlo. Ma ora che Sam è tuo cliente, nostro cliente, non si può più fare niente. Oltretutto non c'è niente di più patetico di un avvocato che si fa un tardivo esame di coscienza, illudendosi di essere un animo sensibile». Si guardò intorno nel bar pieno di fumo che, come diceva lui, era uno dei pochi locali ancora frequentati da gente che aveva il coraggio di guardare la morte in faccia respirandola a pieni polmoni. «Dimmi, pensi che ci sia qualche possibilità che sia stato Ernie?»

«Praticamente nessuna», rispose Tony. «Secondo me, Ernie ha fatto una brutta figura non perché sia un assassino, ma perché si rifiuta di ammettere determinate cose di sé e di farne sapere in giro delle altre. Come tutti, del resto.» Bevve un altro sorso. «Ma una possibilità teorica c'è, ed è di questo che Sam ha bisogno.»

Saul fece una smorfia. «Non sembrava contento neanche lui.»

«Be', non è stata un'amichevole di basket.»

Saul rifletté un momento. «No, direi proprio di no.»

10

La mattina dopo lo *Steelton Press* titolava: pesanti accuse di lord contro il testimone chiave. Sotto, c'era la foto di Ernie Nixon che usciva dal tribunale nascondendosi alle telecamere. Tony non lo comprò.

Entrando in aula, trovò un'atmosfera diversa. C'erano più giornalisti, persino uno di *60 Minutes* e quello di *Vanity Fair* che voleva un'intervista su Alison Taylor. Sue e i figli – Sam junior, con i capelli castani e l'aria circospetta, e Jenny, alta e bionda – erano seduti in prima fila e ignoravano la stampa. Ma i Calder avevano cominciato a parlare con i giornalisti; sapendo che era stata l'indignazione per come lui aveva trattato Ernie Nixon a spingerli a questo, Tony rifletté tristemente che a giocare con i media si sa dove si comincia ma non dove si va a finire.

Anche Sam non era in vena di parlare e si limitò a chiedergli se pensava veramente che fosse stato Ernie Nixon a uccidere Marcie. Tony ebbe la sgradevole impressione che glielo avesse domandato un po' come Saul, poco convinto e senza rabbia. Chiedendosi se quel pensiero gli venisse dai sospetti che nutriva sul conto di Sam o dagli scrupoli di coscienza, guardò Stella dall'altra parte dell'aula.

Aveva l'aria cupa e risoluta di chi ha passato la notte in bianco. Non aveva salutato Tony entrando. Osservandola, Saul Ravin mormorò: «È la guerra».

Tony notò che Saul se la stava cavando molto meglio di lui: quando parlavano della strategia da adottare, a volte fino a tarda ora, si controllava nel bere e, anche se aveva la faccia stanca, il colorito era più normale e gli occhi castani più vivaci e attenti. Un po' come Sam, pensò Tony sorpreso, benché nel suo caso la ritrovata vitalità non desse adito a sospetti inquietanti.

«Guerra aperta», concordò Tony. In quel momento Stella chiamò a testimoniare Jack Seed.

L'ispettore della polizia di Lake City era ordinato e ossequioso, con gli occhi grigi limpidi e intelligenti. Fin dalle prime domande,

Tony si accorse che era l'ideale per una giuria come quella: competente, metodico e di razza bianca, era l'immagine stessa dell'autorità in cui tutti volevano credere, e l'attenzione dei giurati lo confermava.

Stella e Seed ricostruirono rapidamente la denuncia di scomparsa, il ritrovamento dell'auto di Marcie alla stazione di servizio abbandonata, le inutili ricerche alle prime luci di un'alba grigia e piovosa, l'assenza d'indizi su dove fosse andata e sull'identità dell'uomo più grande di lei tirato in ballo da Janice; poi Seed raccontò di essere rimasto sorpreso quando Sam Robb, che conosceva da anni, si era presentato alla stazione di polizia a dire che la sera prima era a Taylor Park con Marcie. Appoggiando i gomiti sul tavolo, Sam incrociò le braccia come per prepararsi a una lunga prova.

«Arrivati nel parco, scendemmo dalla macchina», disse Seed, «e proseguimmo a piedi nella direzione indicata da Robb. Pioveva e l'erba era bagnata. Ma vicino all'orlo del precipizio, dove c'era fango invece di erba, trovai delle impronte.»

Stella aspettò, con una mano appoggiata al tavolo dell'accusa. «Ce le può descrivere?»

«A prima vista sembravano impronte di scarpe da ginnastica da uomo, a giudicare dalla dimensione e dalla forma, e portavano dal prato al ciglio del precipizio. Vicino, paralleli alle impronte, c'erano due solchi lunghi e irregolari, poco profondi; pensai potessero essere stati lasciati trascinando qualcosa. Così ci facemmo da parte e seguimmo le impronte fin sul ciglio.»

Sul palco della giuria, la dietologa si fregò gli occhi.

«E, arrivati sul ciglio, che cosa vedeste?»

«Un salto di venti o trenta metri. E, quasi in fondo, un corpo di donna, in posizione supina. Anche da lontano si vedeva che era giovane e aveva i capelli neri, lunghi e dritti, come Marcie nella foto che ci avevano dato i genitori.» Abbassò la voce. «Indossava una felpa della scuola, proprio come aveva detto sua mamma.»

Nancy piangeva, in silenzio. Il marito le mise goffamente un braccio sulle spalle.

«E l'imputato?» chiese Stella sommessamente.

«Diede un'occhiata al corpo e si sedette sul bordo del precipizio. «L'unica cosa che disse fu: 'È lei'.»

«E a quel punto che cosa fece, ispettore Seed?»

«Riaccompagnai il signor Robb in macchina e chiamai l'ambulanza, nella remota ipotesi che Marcie fosse ancora viva. Poi chiamai la scientifica e il coroner e scesi a vedere il corpo da vicino.» S'interruppe, assorto, evidentemente ripensando a come aveva trovato Marcie. «Appena la toccai, capii che era morta. Arrivarono l'ambulanza e quelli della scientifica. Diedi ordine di transennare la zona, sia su nel parco sia intorno al corpo, e riportai Robb in centrale.»

Il modo in cui lo disse, in tono improvvisamente impersonale, rifletteva forse il momento, ancora chiarissimo nella sua mente, in cui Sam Robb si era trasformato da amico in indiziato. «Gli chiese di mettere a verbale una dichiarazione?»

«Sì, se lo desiderava: non era in stato di arresto e non sapevamo ancora niente. Tutto quello che Sam Robb poteva dirci per noi era importante.»

«E come reagì?»

«Si dichiarò dispostissimo a collaborare.» Dalla sua voce trasparì un briciolo di sarcasmo. «Promise che ci avrebbe detto tutto quello che sapeva. Così Carl e io lo portammo nella saletta dei testimoni e accendemmo il registratore.»

Tony la ricordava bene: era la stessa cella in cui ventotto anni prima, con Dana e McCain, aveva vissuto una esperienza traumatica e surreale il cui ricordo era allucinante quanto il nuovo incubo di Alison. Cominciò a sudare e, di riflesso, s'immedesimò in Sam.

Stella chiese: «E come si comportò l'imputato?»

Seed gli lanciò un'altra occhiata. «Sembrava addolorato, stordito. Ricordo che disse che voleva soltanto aiutarci.»

«Avete conservato la registrazione di quel colloquio?»

Tony, che l'aveva ascoltata più volte, desiderò ardentemente che la risposta fosse «no». Quando Seed indicò il nastro e il pubblico ministero lo infilò nel registratore, Sam distolse lo sguardo.

La voce registrata di Sam riempì l'aula, stranamente rieccheggiante, ma piena di emozione. Tony pensò che era un motivo in più per non farlo testimoniare davanti ai giurati, che avrebbero ricordato fin troppo bene il suono delle sue bugie.

«È stato un errore», diceva la voce di Sam a Seed. «Un terribile, stupidissimo errore. Ma non avrei mai più immaginato che cosa voleva da me... Sembrava così... come dire... così disperata, disse che nessuno doveva sapere niente, che non dovevamo farci vedere...» La frase rimase in sospeso, poi Sam mormorò: «Santo cielo, ho pensato che si trattasse di droga o, che so, di anoressia, o di problemi psicologici. Era così magra...»

«Le sembrò che ci fosse qualcosa che non andava?»

Il tono di Jack Seed era comprensivo, conciliante: Tony trovò quasi affascinante quella conversazione tra bugiardi che fingevano di credersi e si chiese fino a che punto si fossero effettivamente creduti. «Sì», diceva Sam. «Aveva saltato l'allenamento anche ieri.»

«Però poi si era presentata?»

«Già. Anche questo era strano: aveva saltato l'allenamento e si era fatta viva alla fine. Ma lì c'era gente e poi forse doveva tornare a casa per cena; per questo credo che volesse parlarmi dopo cena.»

«Ma non nel suo ufficio?»

«No.» Sam suonava affranto. «Disse che non stava bene, però che era una cosa urgente. Pensai di nuovo che fosse un problema di droga, magari che sapesse che c'era qualcuno che spacciava nella scuola. Abbiamo avuto qualche caso ultimamente, immagino che lei lo sappia...»

«Sì, sì.»

«Per la miseria, non riesco a credere che sia morta.» Di colpo la voce di Sam si era arrochita. «Come può essere successo?»

«Non lo so. Proprio non lo so. Magari con il suo aiuto lo scopriremo.» Dopo una pausa Seed aveva detto: «Sua moglie lo sapeva, vero?»

Mentre il nastro girava in silenzio, l'estetista guardò Sue, forse chiedendosi se credeva ancora nell'innocenza del marito. «No», rispose la voce registrata di Sam. «Per la verità, le dissi solo che avevo da fare.»

Jack Seed non rispose e Tony immaginò Sam che tamburellava con le dita sul tavolo. «La conosco», spiegò poi. «Mi avrebbe detto che era meglio non andare, e avrebbe avuto ragione. Ma Marcie aveva tanto insistito... Mi aveva dato appuntamento davanti al distributore. Non avrei mai immaginato che volesse andare nel parco, per stare sola con me.»

Teso, Tony vide Stella che ascoltava con gli occhi velati. Le nocche delle dita di Sam erano bianche.

«Così vi incontraste davanti al distributore?» stava chiedendo Seed.

«Sì.» Nella registrazione si udì chiaramente che Sam prendeva fiato e che la voce gli tremava leggermente. «Era strano... molto strano. Marcie mi disse che non poteva parlare, se non eravamo veramente soli. Da come insisteva, pensai che avesse paura di qualcuno, che magari ci fosse qualcuno che la seguiva.»

Ascoltando il nastro, Tony si sentì raggelare, non tanto dalle bugie di Sam quanto dal modo in cui le diceva: le pause piene di stupore, i momenti d'incredulità, l'evidente emozione. Ma l'emozione – la paura, forse, o il senso di colpa – era possibile che fosse autentica, com'era possibile che l'incredulità derivasse dalla sua innocenza: se aveva la colpa di essersi messo con una minorenne, non era detto che l'avesse anche uccisa. Le bugie migliori, ricordò che gli aveva detto, erano mezze verità. Poi a Tony venne in mente che Marcie forse aveva davvero paura di essere seguita da qualcuno: Ernie Nixon.

«Così», chiedeva a bassa voce Jack Seed, «portò Marcie nel parco.»

«Sì.»

«E che cosa successe?»

«Oh, Dio mio...»

Il tono di Seed era più gentile: «Che cosa c'è?»

«Mi fece delle avance.»

«Delle avance?»

«No, di peggio.» Sam parlava a voce bassa, come sgomento al ricordo della situazione in cui si era trovato. «Con una dolcezza inimmaginabile, questa ragazzina che credevo di conoscere mi venne a dire che era innamorata di me e voleva avere una storia con me.»

Le facce dei giurati, che ascoltavano attenti, erano severe: a qualunque conclusione fossero giunti riguardo all'omicidio, pensò Tony, avrebbero comunque disprezzato Sam Robb per il resto del processo. Nel silenzio che seguiva, mentre Seed meditava su come reagire, Tony vide che Sue chiudeva gli occhi. Jennifer le prese la mano e Sam junior le si avvicinò quasi impercettibilmente. Dietro di loro, i genitori di Marcie avevano lo sguardo fisso davanti a sé, come se non ce la facessero a guardare Sam.

La voce registrata di Seed domandò: «E lei che cosa le disse?»

«Dio mio», rispose Sam esterrefatto, come rivivendo lo shock. «Mi colse così alla sprovvista che lì per lì non dissi niente. Lei allora mi prese la mano e se la infilò sotto la felpa. Non aveva reggiseno...

«Come se avessi preso la scossa, di colpo mi resi conto di tutto: ero in macchina al buio a toccare il seno di una sedicenne che diceva di essersi innamorata di me. Improvvisamente mi accorsi di quanto ero stato stupido, di quanto era compromettente quella situazione e che non avevo mai capito niente di lei.» A voce più bassa, continuò: «Quando tirai via la mano, lei disse: 'No, ti prego'».

Era una storia molto simile a quella che aveva raccontato in tono altrettanto sincero a Tony, alla versione che gli aveva dato della scena di «seduzione» da parte di Marcie. Ma quel che gli dava più ai nervi non era tanto il dubbio che anche quella fosse una mezza verità, abilmente ricalcata sul carattere reale di Marcie, quanto il fatto che in qualche recesso della sua psiche Sam avesse bisogno di sentirsi desiderato dalle ragazzine.

«E poi che cosa successe?» stava chiedendo Seed.

«Fui preso dal panico. 'È una follia', ricordo che le dissi, e ripresi il controllo di me stesso. 'Senti', le dissi, 'non possiamo. Tu hai sedici anni e io sono il tuo allenatore: è una cosa che non si fa'. Poi le spiegai che, se davvero mi voleva bene, doveva rendersi conto che per me, e per mia moglie, la cosa avrebbe creato dei problemi.

«Allora lei scoppiò a piangere. Singhiozzava, non riusciva nemmeno a parlare.» D'un tratto la voce di Sam si riempì di rammarico. «Avrei dovuto rendermi conto di quanto era sconvolta, ma mi ero preso un tale spavento che dopo un attimo le misi le mani sulle spalle e dissi: 'Dobbiamo andare, Marcie. Sul serio, dobbiamo andarcene da qui, prima che qualcuno si faccia idee sbagliate'.»

Stella, schifata, incrociò lo sguardo di Tony. Alle spalle dell'accusa, il commerciante aveva la faccia scura e il magazziniere si guardava le mani.

«Come reagì Marcie?» chiese piano Seed.

Sam aveva la voce stanca, incolore. «Aprì la portiera. Non feci in tempo a fermarla che già correva, correva via, verso il lago. Feci per andarle dietro, ma...» La frase rimase in sospeso.

«Ma che cosa?»

«Ma poi mi fermai e tornai in macchina. Avevo troppa paura che qualcuno mi vedesse.» La voce di Sam non si sentiva quasi. «Lasciai scappare via nella notte una ragazza sconvolta, alterata. E adesso mi pare di vederla che cade nel precipizio...»

In aula, Sam Robb cominciò a piangere.

L'estetista lo guardò stupefatta. Sam restò a testa alta, senza asciugarsi le lacrime che gli rigavano il viso, come se non le sentisse.

Anche Tony era sbalordito. Se quella era simulazione, pensò, Sam Robb era davvero un uomo da temere. Ma a parte la moglie attrice, lui non conosceva nessun altro in grado di piangere a comando e quella parte della storia – Marcie che scompariva nella notte – era identica a quella che aveva raccontato a lui: ai fini dell'accusa di omicidio, era la parte più importante.

«Me ne andai», stava raccontando Sam a Seed. «La lasciai lì. Per un attimo i miei fari illuminarono una macchina che si era fermata dietro di noi e vidi una testa che spuntava dietro il cruscotto. Non saprei dire se era un uomo o una donna o che macchina era. Volevo solo andarmene.» La voce registrata adesso era incerta, piena di dolore e vergogna. «Pensai che Marcie aveva l'auto a quattrocento metri da lì...» Dopo un lungo silenzio, la voce di Seed chiedeva gentilmente: «L'ha detto a sua moglie adesso?»

«No.» La voce di Sam a quel punto s'incrinava. «No...»

Come se sentendo parlare della moglie si fosse riscosso di colpo, Sam si asciugò gli occhi. Poi Stella spense il registratore e si alzò in fretta.

«Ispettore Seed, lei poi si recò a casa di Sam Robb?»

Jack Seed aspettò un momento prima di rispondere, come se stesse ancora riflettendo sul nastro e sulle ombre che questo gettava su un uomo che credeva di conoscere. «Sì, insieme con l'ispettore Talley.»

«E che cosa faceste?»

«Sequestrammo la Volvo che aveva usato quella sera. Per cercare eventuali prove.»

«E che cosa trovaste?»

Seed guardò Sam. «Una macchia sul volante, che ci parve di sangue», rispose il poliziotto.

«E ne mandaste un campione all'ufficio del coroner perché venisse analizzata? Insieme con un campione di sangue del signor Robb?»

«Sì.»

«Il gruppo sanguigno del campione prelevato sul volante era lo stesso di quello dell'imputato?»

Tony avrebbe potuto sollevare un'obiezione, ma in seguito il coroner avrebbe semplicemente confermato i risultati e lui avrebbe fatto la figura dell'avvocato pedante e cavilloso. In silenzio, osservò Seed che scuoteva la testa. «Il sangue del signor Robb è del gruppo 0, quello rinvenuto sull'auto era AB.»

«E di che gruppo sanguigno era Marcie Calder?»

«AB», rispose Seed in tono neutro.

«E nel corso delle indagini prelevaste altro in casa del signor Robb?»

Seed annuì. «Prendemmo i vestiti che Robb disse di aver indossato quella sera. E un paio di scarpe da tennis, per confrontarle con le impronte che avevamo trovato sull'orlo del precipizio.»

«Di che misura erano le impronte?»

«Quarantacinque.»

«E le scarpe da tennis del signor Robb?»

Tony lo sapeva già. Ma i giurati no. E così, per la prima volta, Seed guardò verso di loro.

«Quarantacinque», rispose.

11

Tony pensò che Jack Seed aveva proprio l'aria del poliziotto competente, schietto, premuroso, che chiunque avrebbe desiderato a tutela dell'ordine pubblico nella propria città. «Solo per chiarezza, ispettore Seed, lei conosceva Sam Robb prima della scomparsa di Marcie Calder, vero?»

Seed annuì. «Sì, sì. È nato e vissuto a Lake City, credo, e sono anni che è vicepreside del liceo.»

«Prima che si presentasse alla stazione di polizia, le venne in mente di chiedere al signor Robb dove potesse essere Marcie?»

Seed lanciò a Sam un'occhiata perplessa prima di rispondere: «No».

«Di fatto, lei non era a conoscenza di alcun legame tra Marcie e Sam Robb.»

«Esatto. A parte il fatto che era vicepreside della scuola frequentata da Marcie.»

«Né aveva idea di dove fosse stata Marcie quella notte.»

«No.»

«E quando trovaste il cadavere di Marcie fu perché Sam Robb vi aveva portati a Taylor Park?»

Seed si accigliò. «Era solo questione di tempo: l'avremmo trovata comunque. Ma è vero.»

Tony continuò in tono di grande ponderazione. «Ispettore Seed, dopo che fu rinvenuto il cadavere, si presentò nessuno, a parte lo stesso Sam Robb, a collegare l'imputato con Marcie?»

Seed socchiuse gli occhi, apparentemente concentrato sulla domanda. «No, non si presentò nessuno.»

Tony lanciò un'occhiata ai giurati, notò che erano attentissimi e subito dopo vide che Stella si preparava a sollevare un'obiezione. «Dunque, se Sam Robb non fosse venuto alla polizia quando fu denunciata la scomparsa della ragazza», continuò, «adesso non sarebbe qui a rispondere della morte di Marcie?»

«Obiezione», disse subito Stella. «È una domanda che richiede un'ipotesi. Possiamo sapere solo quello che successe effettivamente, non quel che sarebbe successo se le cose fossero andate altrimenti.»

Karoly annuì. «Accolta.»

Tony se l'aspettava, ma aveva detto quel che voleva dire alla giuria e aveva pronta una domanda a cui Stella non poteva obiettare. «Ma non avete trovato nessuno a Lake City che sia in grado di collegare Sam Robb con gli avvenimenti che portarono alla morte di Marcie, vero?»

Seed scosse lentamente la testa. «No, signore, non abbiamo trovato nessuno.»

«Nessuno ha mai dichiarato di aver visto Sam Robb a Taylor Park quella sera, giusto?»

«Giusto.»

«Quindi non avete altri testimoni in grado di collegare il signor Robb agli avvenimenti che portarono alla morte di Marcie.»

«No.»

Era più che sufficiente, secondo Tony, per sottolineare che Sam aveva peccato d'ingenuità nel rivolgersi alla polizia. Se avesse insistito su quel tasto, avrebbe creato un problema: se Sam Robb era l'unico testimone, si sarebbe chiesta la giuria, non avrebbe dovuto deporre a propria discolpa? Tony passò prontamente al punto successivo. «Conoscendo la legge», chiese, «non ha pensato che venendo da lei Sam Robb rischiava di rovinarsi la carriera? O addirittura di perdere il posto?»

«Obiezione», scattò il pubblico ministero. «Non c'è fondamento per supporre che il teste sapesse quali potessero essere le conseguenze di quel gesto. La domanda richiede un'ipotesi.»

Karoly era visibilmente incuriosito, ma l'obiezione era valida. «Accolta», disse a Tony. «Forse può formulare altrimenti la domanda.»

«Grazie, vostro onore.» Tony si rivolse nuovamente a Seed. «Sam Robb venne da lei, di sua spontanea volontà, a raccontarle dove e quando era stato con Marcie.»

«Sì.»

«Non le sembra logico che non volesse ammettere una relazione che gli avrebbe rovinato la carriera?»

«Obiezione», protestò Stella con durezza. «Quel che sembra logico al teste non necessariamente lo sembra al signor Robb.»

«Accolta», sentenziò Karoly. Tony l'aveva previsto, ma ancora una volta gli bastava aver detto quel che desiderava alla giuria.

Si girò di nuovo verso Jack Seed. «Dopo la dichiarazione resa volontariamente dal signor Robb, gli chiedeste di sottoporsi a un prelievo di sangue, giusto?»

«Sì.»

«E lui non si oppose, vero?»

«No.»

«Inoltre, come lei ha già fatto presente, vi permise di entrare in casa sua.»

«Uno o due giorni dopo, sì.»

«In quell'occasione, il signor Robb vi consegnò anche gli indumenti e le scarpe che indossava quella sera.»

«Quelli che diceva di aver indossato, sì.»

«Finché non arrivai io, Sam Robb non aveva un avvocato, giusto?»

«Che a noi risulti, no.»

«Nemmeno quando gli sequestraste l'auto.»

«Vero.»

«E questo avvenne diversi giorni dopo.»

«Sì.»

«E in quel periodo di tempo il signor Robb si rifiutò mai di rispondere a vostre richieste d'informazioni?»

Seed strinse le labbra. «Nossignore.»

«Dopo il sequestro dell'auto, il signor Robb le disse che aveva parlato con un avvocato, vero? Un avvocato che era un suo vecchio amico.»

«Sì.»

«E, perché tutti lo sappiano, quell'avvocato ero io.»

«Così disse.»

«E le disse anche che gli avevo consigliato, in futuro, di far parlare me in vece sua?»

«Sì.»

«A quel punto, ispettore Seed, la polizia di Lake City stava seguendo anche altre piste?»

«Stavamo prendendo in considerazione tutte le possibilità.»

«Compreso il suicidio? O la morte accidentale?»

«Sì.»

«Ma avevate altri individui sospetti sui quali indagare qualora l'ipotesi dell'omicidio fosse stata confermata?»

Seed ci pensò su. «Devo dire, avvocato Lord, che non sorsero sospetti su nessun altro individuo.»

Era una risposta abile. Tony esitò per un attimo, poi passò alla domanda successiva. «Non è forse vero che dopo aver trovato il sangue sul volante della Volvo della signora Robb e dopo aver constatato che il numero di scarpe del signor Robb corrispondeva a quello delle impronte sul bordo del precipizio, vi concentraste su Sam Robb come unico indiziato in un eventuale processo per omicidio?»

Seed rimase un attimo zitto e Tony capì che aveva optato per l'ingenuità. «Rimase certamente il nostro indiziato principale. Ma avevamo anche una sua dichiarazione che lo collocava sulla scena del delitto.»

«Giusto. Tuttavia, che lei sappia, in base alle denunce che arrivano in centrale, non c'è un buon numero di persone che passano per Taylor Park di notte?»

«Sì.»

«Ci bazzicano gli spacciatori, no? Oltre che vagabondi e senzatetto che passano la notte nel parco...»

«È vero.»

«Durante le indagini sulla morte di Marcie, vi siete informati su eventuali episodi analoghi avvenuti nelle località vicine?»

«Non in maniera specifica.»

«Avete rispolverato i dossier sui reati a sfondo sessuale commessi a Lake City o nelle vicinanze, in questi ultimi anni?»

«No.» Per la prima volta, Seed parve sulla difensiva. «In base alle prove raccolte, ci convincemmo che non si trattava di un episodio casuale e che Sam Robb aveva il movente, i mezzi e l'opportunità per uccidere.»

Tony fece una breve pausa. «È a conoscenza dell'ultimo omicidio avvenuto a Lake City prima di questo? L'omicidio di Alison Taylor?»

Fra il pubblico in aula si alzò un brusio; il giornalista di *Vanity Fair* alzò di scatto gli occhi dagli appunti. Seed squadrò Tony senza nascondere la propria curiosità. «Non direttamente», rispose. «Avvenne prima che io entrassi nella polizia e quelli che seguirono il caso ormai se ne sono andati.»

«Ma sa che in quel caso non fu incriminato nessuno?»

«Sissignore.» Seed era impassibile. «L'ho saputo di recente.»

«Allora saprà anche che in quell'occasione fu sospettato un vagabondo, Donald White, con precedenti di reati a sfondo sessuale, che non aveva alcun nesso con la vittima, Alison Taylor?»

«Lo so, sì.»

«È al corrente del fatto che ad attirare l'attenzione della polizia su Donald White fu una ricerca effettuata negli archivi della polizia di altre giurisdizioni?»

«Obiezione», intervenne Stella. «Il teste non è personalmente a conoscenza della cosa.» S'interruppe e guardò Tony. «Inoltre, i fatti dell'omicidio Taylor, comunque si siano svolti, non hanno nulla a che vedere con il caso in esame in quest'aula. Se non per la difesa.»

«Sono d'accordo che i fatti non hanno nulla a che vedere con questo caso», disse Tony a Karoly, «ma il metodo con cui si sono svolte le indagini sì, e molto. La mia domanda, vostro onore, è se la polizia di Lake City ha preso in considerazione la metodologia adottata nelle indagini sull'omicidio di Alison Taylor per applicarla a quelle sulla morte di Marcie. Cosa che noi riteniamo avrebbe dovuto fare.»

Il giudice Karoly osservò Tony, un po' sconcertato da quelle allusioni al suo passato. «In tal caso», disse infine, «ha diritto alla risposta.» Rivolgendosi a Seed, domandò: «Avete contattato altre giurisdizioni per avere informazioni su analoghi episodi?»

Tony non avrebbe potuto chiedere di meglio: agli occhi della giuria, adesso la domanda aveva l'imprimatur del giudice. «No», rispose Seed. «In base agli elementi di questo caso, eravamo convinti di aver trovato il responsabile.»

«Così», intervenne velocemente Tony, «a parte Sam Robb non indagaste su nessun'altra persona che Marcie conoscesse?»

«Abbiamo raccolto informazioni su altre persone che Marcie conosceva, compresi amici o ragazzi che frequentava, ma non è emerso nulla che ci desse motivo di sospettare di nessuno di loro.»

«Anche su Ernie Nixon?»

Seed si appoggiò alla spalliera e incrociò le braccia. «Non consideravamo Ernie Nixon un possibile indiziato.»

A Tony la risposta parve formulata con cura, pensata, ma incompleta. «E adesso?» chiese Tony.

Se avesse risposto di sì, il caso si sarebbe chiuso nel giro di pochi minuti. Lentamente, Seed scosse la testa: «No, neanche adesso».

«Quando conobbe il signor Nixon?»

«Quattro o cinque anni fa, quando venne a dirigere il centro ricreativo... I miei figli ci vanno spesso.»

«Lei rimase sorpreso quando le disse che aveva visto Marcie Calder la sera in cui morì?»

Seed si strinse nelle spalle. «Non posso dire né sì né no.»

«È corretto affermare che lei si concentrò soprattutto sul fatto che la versione del signor Nixon confermava gli elementi di cui disponevate contro Sam Robb?»

«Sarebbe più corretto affermare che ci premeva far luce sulla morte di Marcie, avvocato Lord, e che quanto ci rivelò Ernie Nixon – e cioè che era incinta e che stava andando dal padre del bambino – poteva essere importante.»

«Mi pare giusto... Allora lei sapeva che Marcie andava spesso a casa del signor Nixon?»

Seed lanciò un'occhiata a Stella. «No, non lo sapevo.»

«Avete mai perquisito la casa del signor Nixon?»

«No.»

«E la sua auto?»

«No.»

«Avete prelevato suoi indumenti?»

«No.»

«Campioni di sangue?»

«No.»

Tony rallentò il ritmo: la domanda successiva era rischiosa e lui lo sapeva: non conoscendo la risposta, poteva finire in una trappola. Ma, per tendergliela, il pubblico ministero avrebbe dovuto a sua volta correre rischi. Sottovoce, chiese: «Avete controllato che numero di scarpe porta?»

Seed incrociò le braccia. «Quando?»

Tony aveva visto giusto; Stella aveva capito, ma solo dopo che lui aveva cercato di compromettere Ernie Nixon. «Mi dica se avete controllato.»

«Sì», rispose tetro l'ispettore. «Abbiamo controllato.»

«E quando?»

«Circa tre giorni fa.»

Tony sudava freddo, ma ormai non poteva tornare indietro. «E che numero porta il signor Nixon?» chiese.

Impassibile, Seed rispose: «Il quarantacinque».

Tony tirò un sospiro di sollievo e per un attimo dimenticò i propri scrupoli. La giuria era attonita. Con rinnovata fiducia, chiese: «Quindi in base al numero di scarpe, le impronte vicino al bordo del precipizio potrebbero essere tanto di Sam Robb quanto di Ernie Nixon o di qualcun altro?»

«Sì.»

«L'unica cosa che lei sa per certo è che il tipo di suola non corrispondeva a quello delle scarpe trovate in casa di Sam Robb.»

Seed esitava. «È vero.»

«Né fu ritrovato sangue sugli indumenti del signor Robb, o in casa sua.»

«No.»

Tony fece una pausa e si mise le mani in tasca. «Non si aspettava di trovarne, viste le ferite sul corpo di Marcie?»

Il silenzio di Seed era diventato ostile. «Non se, come supponiamo, Sam Robb si era sbarazzato dei vestiti che indossava.»

Ma in tal caso Sue Robb se ne sarebbe accorta, pensò Tony. Ma era un punto che non poteva chiarire senza chiamarla a deporre, e questa, dopo un'eventuale testimonianza di Sam, era l'ultima cosa che voleva. «Ma lei non ha idea di dove e quando il signor Robb si sarebbe sbarazzato dei vestiti che indossava, vero?»

«No, in questo momento no.»

«E non trovaste abiti insanguinati né a casa di Sam Robb né a scuola, dove egli dichiarò di essere andato dopo aver lasciato Marcie a Taylor Park?»

«No.»

«Né tracce di sangue nel suo ufficio?»

«No.»

Tony raddrizzò le spalle. «Come disse di essere vestito quella sera Sam Robb?»

«Con una tuta da ginnastica. Quella che ci consegnò.»

«Potete provare che non era vero?»

Seed lo guardò con l'espressione misurata di chi cerca di non perdere la pazienza. «C'era sangue sul volante, avvocato Lord.»

Era proprio la risposta in cui sperava Tony. «La consideraste una prova importante?»

Seed si strinse nelle spalle. «Be', non ci precipitammo ad arrestarlo.» Vedendo che Tony continuava a fissarlo, aggiunse a malincuore: «Sul momento pensammo che potesse essere significativa».

Tony rifletté per preparare con cura l'ultima domanda. «E sul momento questa traccia di sangue contribuì a convincervi che il potenziale assassino era Sam Robb e non qualcun altro?»

Seed lo guardò con aria interrogativa e dopo un po' rispose: «Sì, è così».

«Lei ha accertato in che modo quel sangue è finito sulla macchina della signora Robb?»

Seed esitò nuovamente. «No, avvocato Lord, non ho accertato nulla. Ma non credo che ce l'abbia messo il signor Nixon e di sicuro non siamo stati noi.»

Tony lo fissò un momento senza ribattere. «Grazie», disse cortesemente, «non ho altre domande.»

12

Walter Gregg, il capo della scientifica di Lake City, aveva un viso magro da asceta, occhi di un azzurro intenso, un paio di occhiali con la montatura di metallo e i baffi tagliati con cura. Tony pensò che sarebbe potuto essere tanto uno scienziato quanto un terrorista. Ma l'atteggiamento e il modo di parlare erano da scienziato, metodici e precisi, e lo rimasero anche quando Stella estrasse un primo piano a colori della faccia terrea di Marcie e lo appese al tabellone.

Fissava la giuria con gli occhi sbarrati e un filo di sangue scuro lungo la guancia. A Tony occorse un momento per riuscire a scacciare l'immagine di Alison Taylor, poi lanciò un'occhiata ai genitori di Marcie.

Erano immobili, pallidissimi, e a loro volta fissavano la foto con uno sguardo vuoto come quello della figlia. Sam, seduto accanto a Tony, non guardava. Sue e i figli se n'erano andati, su consiglio di Tony. Alcuni dei giurati osservavano Walter Gregg come se, al pari di Sam, non riuscissero a guardare la foto. Certamente a quel punto nessuno avrebbe più potuto dimenticare la vittima.

Sì, confermò Gregg, aveva scattato personalmente la fotografia. E anche quella delle impronte e dei solchi sull'orlo del precipizio. Era la seconda di sei foto, che vennero disposte intorno a quella di Marcie, così che ogni volta la giuria era costretta a guardare di nuovo anche quella.

Stella indicò la terza fotografia. «E questa, ispettore Gregg?»

«È una foto delle scarpe da tennis di Marcie Calder.» Gregg lasciò il banco dei testimoni e si avvicinò al pubblico ministero. Con il dito, indicò l'ingrandimento. «Mostra chiaramente che le incrostazioni di fango sono soltanto sulla punta delle scarpe. In base alle nostre analisi, la composizione della terra rinvenuta sulle scarpe corrisponde a quella dei solchi che corrono paralleli alle impronte delle scarpe. Nel complesso, se ne deduce che la vittima dev'essere stata trascinata fin sull'orlo del precipizio e che i solchi sono i segni lasciati dalla punta delle sue scarpe.»

«Dove si trovavano le impronte, ispettore Gregg, rispetto al cadavere di Marcie?»

«In corrispondenza del punto da cui dev'essere caduta.»

Passò rapidamente alla foto successiva, con il cadavere di Marcie in primo piano e la scarpata sullo sfondo. «E che cosa raffigura il reperto numero quattro?» chiese.

«Una prospettiva dal cadavere della vittima, ai piedi del dirupo.»

«Può descriverci la composizione geologica del dirupo?»

«Sì. Si tratta per la maggior parte di argilla, con qualche traccia di scisto. Sia l'argilla sia lo scisto sono piuttosto cedevoli.»

«Lo definirebbe un dirupo roccioso?»

«Non proprio. Per scisto s'intende una roccia friabile che si sgretola al tatto.»

«E avete ispezionato il dirupo?»

«Sì. In quadranti di mezzo metro quadrato ciascuno.»

«Che cosa avete trovato?»

«Abbiamo trovato scisto e argilla sgretolati lungo una striscia che portava al cadavere. Il fatto che il fango trovato sui jeans e sulla felpa di Marcie fosse della stessa composizione ha confermato che questa scia era stata lasciata dal corpo durante la caduta.»

«Sull'argilla o sullo scisto di cui parla vi erano tracce di sangue?»

«No, e il fatto di non averne trovate ha contribuito a convincerci che la morte di Marcie dev'essere avvenuta prima della caduta.»

«Avete trovato altro sulla spiaggia?»

«Sì.» Gregg lasciò passare un momento, poi toccò la quinta fotografia. «Una pietra, visibile qui, nel reperto numero cinque.»

«Può descrivercela?»

«Come si vede nella foto, è di forma allungata e di dimensioni paragonabili a quelle di un pallone da rugby. Era macchiata di sangue e recava qualche capello scuro.»

«L'avete pesata?»

«Sì. Era piuttosto pesante, circa quattro chili e mezzo.»

Stella si mise un dito davanti alla bocca. «Dov'era rispetto al cadavere?» domandò.

Gregg indicò l'ultima foto. «Sulla sabbia, a maggiore distanza dal dirupo. In questa foto, che costituisce il reperto numero sei, si vede che la pietra dista oltre due metri dal cadavere.»

«L'avete prelevata e chiusa in una busta sigillata?»

«Sì.»

Stella andò lentamente al tavolo dell'accusa ed estrasse da uno scatolone una pietra di forma allungata chiusa in un sacchetto di pergamina semitrasparente. Sotto gli sguardi attenti della giuria la portò a Gregg, reggendola con due mani per dare l'idea di quanto pesava. Anche a distanza, Tony, che l'aveva fatta esaminare in precedenza dal perito di parte, vide la macchia rossastra.

«Dio mio...» mormorò Sam. Tony vide che Nancy piangeva, mentre il marito guardava fisso davanti a sé.

Stella chiese a voce bassa: «È questa, contrassegnata come reperto numero sei, la pietra che avete trovato sulla spiaggia?»

Gregg non accennò a toccarla, ma, guardandola dall'alto in basso, rispose: «Sì, è questa».

«Vostro onore», disse il pubblico ministero, «vorrei sottoporre il reperto numero sei alla giuria.»

I giurati si passarono la pietra l'un l'altro con cautela, alcuni soppesandola, altri liberandosene il più rapidamente possibile. L'estetista, quando la ebbe in mano, alzò lo sguardo dalla pietra alla foto di Marcie.

Senza fare commenti, Stella riprese l'interrogatorio. «Avete poi inviato il reperto all'ufficio del coroner per le analisi del caso?»

«Sì.»

«E il coroner che cos'ha riferito in merito?»

«I risultati dell'esame del DNA. Che credo la difesa abbia accettato.» Il tono di Gregg era imparziale. «Il coroner ha concluso che il sangue presente sulla pietra apparteneva a Marcie Calder, come i capelli e il tessuto cutaneo ivi ritrovati. Tale tessuto proveniva dal cuoio capelluto della vittima, e precisamente dalla zona delle lacerazioni da cui le era colato sangue sul viso.»

«Durante le indagini è stato scoperto nient'altro che, a suo parere, potrebbe spiegare tali ferite alla testa?»

«No, non abbiamo trovato né oggetti contundenti né pietre di questa dimensione, né lungo la scarpata né nei pressi del cadavere.»

Tony si rendeva conto che il poliziotto stava demolendo sistematicamente la tesi dell'incidente o del suicidio, e Stella si apprestava a sottolinearlo. «Ispettore Gregg», chiese, «lei come spiega che una pietra con sangue, capelli e tessuto cutaneo di Marcie sia finita a oltre due metri di distanza dal suo corpo?»

«Obiezione.» Tony si alzò. «Pur se ammettiamo che il testimone dell'accusa sia stato convocato in qualità di esperto, le sue competenze sono limitate alle indagini svolte sulla scena del delitto. Non riteniamo che l'ispettore Gregg sia qualificato a esprimere un'opinione come quella chiestagli dal pubblico ministero.»

Stella lo guardò con aria volutamente indifferente. «Vostro onore», replicò, «il teste può dichiarare su che cosa si basa la sua opinione e, qualora non lo ritenga sufficiente, la corte potrà chiedere alla giuria di non tenerne conto.» In tono di annoiato sarcasmo aggiunse: «Quanto alle competenze del teste, ritengo che l'ispettore Gregg abbia la cultura e l'esperienza necessarie per spiegarci come mai una pietra di quattro chili e mezzo abbia fatto tanta strada».

Quando Karoly si voltò con le sopracciglia inarcate, Tony capì di aver commesso un errore: l'espressione del giudice era una critica più che eloquente alla sua impudente obiezione. «Respinta», disse con la voce più atona possibile. «Ricorda ancora la domanda, ispettore Gregg?»

«Sì, vostro onore», rispose il testimone. «La mia opinione è che qualcuno abbia preso la pietra in cima al precipizio, abbia colpito alla testa Marcie e poi abbia buttato giù sia il suo corpo sia la pietra.» Fece una pausa, durante la quale rivolse a Tony una breve occhiata sarcastica. «Quanto al motivo per cui ho maturato tale opinione, ve n'è più d'uno. Prima di tutto, c'erano numerose pietre di composizione assai simile vicino alle impronte in cima al dirupo, mentre non ne abbiamo trovato nessuna lungo la scia lasciata da Marcie Calder, cadendo. In secondo luogo, non c'erano impronte né vicino alla pietra, né vicino al cadavere. La vittima non è scesa a piedi sulla spiaggia e nessuno ha portato la pietra a due metri da lei. Terzo, Marcie non si è tolta la vita colpendosi ripetutamente alla testa con una pietra del peso di quattro chili e mezzo. Non ne avrebbe avuto la forza e, anche se l'avesse avuta, chi avrebbe lanciato la pietra nel vuoto? Quarto, era una pietra di quattro chili e mezzo. Se la vittima vi avesse battuto la testa accidentalmente, o nel corso della caduta, come potrebbe essere finita tanto lontano sia dal cadavere sia dai piedi del dirupo? Non mi sembra plausibile. Il quinto motivo, naturalmente, rimanda ai solchi sul bordo del precipizio: sono lunghi un metro e venti. Anche se Marcie fosse caduta, la punta delle scarpe che, secondo me, ha prodotto quei solchi non potrebbe aver lasciato due strisce così lunghe. La mia opinione è quindi che sia stata trascinata fino all'orlo del dirupo. Sesto, il corpo della vittima, va da sé, pesava più della pietra. Anche un individuo di considerevole forza fisica non sarebbe riuscito a lanciare un corpo di quarantotto chili molto lontano. Una pietra di quattro chili e mezzo della forma di un pallone da rugby è un altro discorso...»

Gregg s'interruppe di colpo, quasi avesse perso il conto dei molti motivi per cui la sua opinione era indiscutibilmente giusta. Quando Tony guardò da quella parte, vide che i giurati pendevano dalle sue labbra.

«Ah, sì», riprese Gregg. «La pietra era sprofondata nella sabbia, com'è visibile nel reperto numero cinque», disse guardando il tabellone alle sue spalle. «Come se fosse atterrata pesantemente.» Tacque, rendendosi conto che non era il suo argomento più convincente, e quell'esitazione lo rese improvvisamente più umano, rispetto all'atteggiamento controllato, quasi da automa, che aveva avuto fin a quel momento. Era un pezzo, pensò Tony, che non gli capitava di vedere un criminologo della polizia così credibile.

«Mi pare che non ci sia altro», concluse brusco Gregg.

Stella fece una pausa drammatica. «Quando l'avete trovata, ispettore Gregg, Marcie portava l'orologio?»

«Sì. Uno Swatch azzurro, di plastica, con il cinturino di gomma.»

Stella gli porse una busta di pergamina contenente un orologio. «È questo, contrassegnato con il numero sette?»

Gregg si rigirò la busta tra le mani. «Ritengo di sì.»

«E siete riusciti a trovarvi impronte digitali?»

«Ce n'erano tre ben distinte. Una, come prevedibile, apparteneva a Marcie. Un'altra non è stata identificata.»

«E la terza?»

«Apparteneva all'imputato.»

Stella si avvicinò. «Per quanto riguarda la macchia che la polizia ha trovato sul volante, avete mandato all'ufficio del coroner anche un campione di quel sangue?»

Gregg annuì. «Sì. Per l'esame del DNA.»

«E quali sono stati i risultati?»

Ancora una volta Tony rimase zitto: fare obiezione sarebbe servito solo a peggiorare una situazione già grave. Gregg guardò prima Tony e Sam, poi i giurati in attesa. «Il sangue sul volante apparteneva alla vittima, Marcie Calder.»

Nancy fissava Sam Robb con sguardo accusatore. «Non preoccuparti», mormorò Tony per rassicurarlo. «Non preoccuparti.»

«Non ho altre domande», concluse Stella.

13

Durante la pausa Tony chiese all'assistente di mettere via i reperti di Stella. Quando la giuria fece ritorno e Tony cominciò il controinterrogatorio, la fotografia di Marcie non c'era più.

Non dilungarti, si disse Tony. *Non pretendere troppo.* Era contento che Sue non fosse in aula.

Si alzò e si avvicinò a Gregg con aria perplessa. «Avete controllato se sulla pietra c'erano impronte digitali?»

«Certo. Non ne abbiamo trovate.»

«E la terza serie d'impronte sull'orologio, quella che non siete riusciti a identificare? L'avete confrontata con quelle negli archivi vostri e di altre giurisdizioni?»

«Sì, e non abbiamo trovato nulla.»

«Bene. Lei ha già detto che il sangue sulla pietra apparteneva a Marcie, giusto?»

«Sì.»

«C'era parecchio sangue su quella pietra, vero?»

«Già.»

«E lei ritiene che tutto quel sangue sia finito sulla pietra quando qualcuno, di cui lei non conosce l'identità, la usò per colpire Marcie?»

Gregg si lisciò la giacca. «Sì, ritengo di sì.»

«Ma lei non è un medico legale.»

«No.»

«Quindi la sua opinione non si basa sulle lesioni in sé, ma per esempio sul fatto che la pietra è stata trovata a due metri dal corpo.»

«Sì.»

«La sabbia sulla spiaggia era molto compatta, vero?»

«Sì.»

«La pietra non potrebbe quindi essere rotolata fin là?»

«Una pietra così pesante? Non credo, e comunque sulla sabbia non c'erano tracce che lo indicassero.»

«Questo non potrebbe essere dovuto alla pioggia?»

Gregg esitò. «Sì, potrebbe essere così.»

«E se la pietra si fosse staccata dalla parete durante la caduta di Marcie, non avrebbe acquistato una certa velocità? Soprattutto dato il suo peso?»

«È possibile. Ma tanto da rotolare per altri due metri? Ne dubito.»

Tony pensò che era inutile insistere su quel punto. «Se, come lei ritiene, Marcie fosse stata colpita alla testa da una persona in cima al precipizio, non ci sarebbe dovuto essere del sangue?»

«Penso di sì.»

«E ce n'era, nel caso specifico?»

«Sembra di sì, avvocato Lord. Abbiamo trovato del sangue sulla felpa e sui jeans della ragazza.»

«E lungo la scarpata?»

Gregg esitò di nuovo. «No. Niente.»

«Non vi sareste aspettati di trovarne anche lì?»

«Normalmente sì.» L'ispettore cambiò posizione. «Ma, quando abbiamo rinvenuto il cadavere, erano almeno sette ore che pioveva o piovigginava. Come lei stesso ha fatto notare poco fa.»

«Ma avete cercato tracce di sangue, vero? Nel fango, nell'erba... per la precisione in un'area di cinque metri quadrati intorno alle impronte?»

Gregg annuì: da buon esperto, capiva quando non era il caso di cavillare. «Non abbiamo trovato proprio niente, avvocato Lord.»

«E non avete trovato sangue neppure in casa del signor Robb, né sui vestiti o sulle scarpe che vi ha consegnato.»

«No. Niente.»

«L'assassino, secondo la sua ipotesi, non si sarebbe dovuto sporcare di sangue dalla testa ai piedi? Come la vittima?»

«Credo di sì.»

«Eppure non potete provare che il signor Robb si sia sbarazzato dei suoi indumenti.»

Gregg si aggiustò gli occhiali sul naso. «Per ora no.»

«Dove li avete cercati?»

«Nel parco, nel bosco adiacente e, qualche giorno dopo, alla Lake City High School.»

Tony aspettò un istante prima di formulare la domanda successiva. «Avete effettuato perquisizioni in altre case private da quando il signor Robb è stato incriminato?»

Gregg lo guardò con distacco. «No.»

«E per quanto riguarda il signor Robb, l'unica traccia di san-

gue di Marcie è stata trovata sul volante della macchina che guidava quella sera?»

«Proprio così.»

«A parte le teorie da lei formulate, non c'è modo di dimostrare
sulla base dei fatti come ci sia finito?»

Con la coda dell'occhio, Tony vide che Stella faceva per alzarsi, poi ci ripensava, fidandosi dell'ispettore. «La mia teoria si basa
sui fatti, avvocato Lord.» Gregg rifletté, poi concluse: «Ma siccome non ero presente, non posso sapere come la macchia di sangue
sia finita sul volante».

Improvvisamente, Tony assunse un atteggiamento più rilassa-
to, confidenziale. «Posso chiederle di presumere per un attimo
che quello che le dico sia vero?»

Gregg esitò. «D'accordo.»

«Presumiamo che si tratti di un omicidio. Presumiamo anzi
praticamente tutto quel che lei già presume, e cioè che Marcie sia
stata colpita con questa pietra, che l'assassino abbia scaraventato
il cadavere e la pietra giù dalla scarpata nel punto in cui avete
trovato le impronte, si sia liberato degli indumenti sporchi di
sangue e che la pioggia caduta durante la notte abbia cancellato
le tracce di sangue per terra. Mi segue?»

«Certo.»

«Cambiamo una cosa soltanto: presumiamo, ai fini del nostro
ragionamento, che io le fornisca una spiegazione innocente per la
macchia di sangue sul volante, che dimostri, per esempio, che
Marcie si era tagliata un dito.»

Gregg aveva l'aria tesa. Sottovoce, disse: «Come vuole».

Tony piegò la testa. «Quali altre prove materiali ha che sia
stato Sam Robb e non altri a compiere questo ipotetico omicidio?»

Gregg fece una smorfia. «Be', non ho prove altrettanto schiaccianti. Presumendo che...»

«Non altrettanto schiaccianti?» lo interruppe Tony, incredulo.
«Non ha prove in assoluto. Nemmeno l'ombra.»

«Non è vero.» Gregg s'interruppe e Tony vide che rifletteva.
«Restano le impronte digitali dell'imputato.»

«Ah, già. Le impronte digitali, certo. Lei non ha idea di come
siano finite sull'orologio di Marcie, vero?»

«No.»

Tony lasciò passare un momento, poi domandò a voce bassa:
«Né di chi siano le altre impronte digitali».

«No», ammise Gregg. «Gliel'ho già detto.»

Tony si avvicinò. «D'accordo. Torniamo alla macchia di sangue, allora. Quando avete mandato ad analizzare il campione di sangue, avete chiesto al laboratorio di controllare se conteneva sostanze estranee?»

«In che senso? Alcol o HIV?»

«No.» Tony fece un altro passo avanti. «Intendo sostanze estranee al sangue in sé.»

Gregg pareva preoccupato; per una volta era chiaro che non capiva dove volesse andare a parare Tony. «No», rispose sulla difensiva. «Non l'ho specificato e il laboratorio non ha rilevato la presenza di alcuna 'sostanza estranea', come dice lei.»

Tony annuì. «Grazie», disse e tornò a sedersi, consapevole della perplessità dei giurati e del fatto che, in quelle ultime due ore, Gregg lo aveva facilitato nel suo intento di basare la sua strategia difensiva su Ernie Nixon.

«Il teorema del suicidio non funziona», osservò Saul quella sera.

Tony stava guardando il panorama di Steelton, con le sue luci tremolanti. Non doveva scervellarsi per capire quel che era successo veramente, pensò per l'ennesima volta, ma solo valutare quello che sarebbe potuto succedere per scagionare il suo cliente e amico. «Hai ragione», disse alla fine. «A questo punto è difficile che i giurati si bevano la versione della ragazza incinta e sconvolta; né dimenticheranno che ci ho provato.»

Saul non lo contraddisse; in quanto collega, sapeva che era inutile cercare d'indorare la pillola. «Ma verso la fine è andata meglio.»

Tony accennò un sorriso. «Allora quanto mi dà, professore? Sei e mezzo?»

Anche Saul sorrise. «Sette più per il controinterrogatorio e sei meno per le obiezioni cretine.» Tornato serio, si appoggiò all'indietro. «Non è andata male. Ma hai l'aria stanca, Tony, più di quanto ci si può permettere durante un processo.»

Era vero e Tony lo sapeva. In aula l'adrenalina lo aiutava a reggere, però alla sera crollava, esausto, senza riuscire a riposare. «Dormo male», disse.

Saul aggrottò la fronte. «Stavolta, o ti succede con tutti i processi?»

«No, è questo.» Era inutile parlargli degli incubi, pensò, ma quando alle prime luci dell'alba finalmente prendeva sonno, non dormiva a lungo. Si versò un bicchiere di whisky e ne bevve un lungo sorso.

Saul non beveva. «Se vuoi, ti posso dare una mano», gli disse dopo un po'. «Potrei interrogare io un paio di testimoni.» Dal suo sguardo trasparivano compassione e, soprattutto, il desiderio di provare a Tony e a se stesso che valeva ancora qualcosa. «È chiaro», aggiunse, «che del tuo amico non me ne frega niente. Ma magari è anche meglio.»

Era un commento così cinico, e così vero, che Tony non poté fare a meno di sorridere. Guardò Saul con sincero affetto e rispose: «Ci penserò».

14

Erano le nove passate quando Tony tornò in albergo. Era stanco e aveva fame e pensava di farsi portare un sandwich in camera e preparare il controinterrogatorio del coroner, il testimone successivo di Stella. Ma quando aprì la porta trovò Sue seduta in fondo al letto.

Aveva un tailleur blu, come al processo, e lo osservò in silenzio prima di dire: «Spero di non disturbare».

Lui chiuse la porta e rimase lì, sorpreso e un po' allarmato, ma anche contento di poterle parlare a tu per tu e fuori del tribunale. «Ma figurati», rispose. «Come stai, piuttosto?»

Lei scosse la testa quasi impercettibilmente. «Sono tornata in aula oggi, dopo aver mandato a casa Sam e Jenny.»

«Non ti ho visto.»

«Lo so. Mi sono seduta in fondo, per non farmi vedere.»

«Che cos'hai sentito?»

«La maggior parte dell'interrogatorio dell'accusa e tutto il tuo.»

«Dio mio.» Le si sedette vicino e le prese la mano. «Ne hai già passate tante. Avrei preferito che non vedessi.»

«Credevi che non ci pensassi, a quella povera ragazza?»

«Lo so, ma un conto è pensare e un conto è vedere... Ho visto centinaia di foto come quella di Marcie Calder, e anche peggio. Ma ti assicuro che mi ha fatto impressione.»

Sue rimase in silenzio per un po'. Anche se continuava a guardarlo, sembrava assorta nei suoi pensieri e Tony temette di nuovo che fosse venuta a raccontargli qualcosa che lui avrebbe preferito non sapere. Ma alla fine lei disse soltanto: «Non si è suicidata, vero?»

Tony sospirò. «Non credo, no.»

«Allora non resta che Ernie Nixon.» Dopo una breve pausa, aggiunse: «O uno sconosciuto».

Lui non rispose direttamente. «Penso di poter vincere, Sue.»

Lei si voltò dall'altra parte a guardare dalla finestra un panorama molto simile a quello che Tony aveva guardato poco prima dallo studio di Saul. «Ti abbiamo chiesto tanto, Tony. Ti ho chiesto tanto. Molto più di quanto pensassi... Grazie.»

«Figurati», rispose lui con un sorriso.

«No, davvero. Ti ho chiesto troppo.»

Era evidentemente agitata. «Sam sa che sei qui?»

«Sì. Gli ho detto che volevo invitarti a cena. Sai che non mi piace dire bugie.»

Lo disse in tono tagliente e Tony non capì se ce l'avesse con Sam o con se stessa. «Come te la sei passata in tutti questi anni?... Non ne abbiamo quasi mai parlato.»

Sue si alzò e andò alla finestra. A Tony parve più magra, più piccola e, per la prima volta, gli diede l'impressione di essere fragile. «È strana, sai», disse, «la vita. Quando hai dei figli a cui vuoi bene e un marito con cui non sei felice, ma neanche tanto infelice da voler divorziare, fai quello che devi fare per gli altri e cerchi di non farti troppe domande.»

S'interruppe e restò immobile, guardando la città senza vederla. «Sono pur sempre la madre di Sam e Jenny», disse infine. «Mi faccio raccontare quello che fanno nella vita normale che vivono lontano da qui e cerco di mostrarmi ottimista sul processo. E, come in tutte le famiglie, ci sono argomenti che non tocchiamo mai: loro non mi hanno mai chiesto se penso che il padre sia innocente e io non gliel'ho mai detto. Sono contenti che io ci sia, perché hanno bisogno di me: senza di me, per loro sarebbe ancora peggio. L'unica differenza è che sono molto più premurosi del solito.» Con un'ombra d'ironia, aggiunse: «Forse l'hanno presa per una prova generale di quello che succederà quando sarò vecchia e non ci sarò più tutta con la testa».

Tony si rese conto che Sue aveva bisogno di parlare e lui aveva voglia di ascoltarla. Perché aveva scoperto che quella che a diciassette anni gli era sembrata profonda empatia era qualcosa di più: Sue aveva una sensibilità che una volta era mascherata dalla spensieratezza, ma che ora appariva a Tony in tutta la sua evidenza. «E Sam?» le chiese. «Che effetto ti fa?»

Lei non si voltò. «Vuoi dire che effetto mi fa venire in tribunale?» chiese. «O tornare a casa come se non fosse successo niente e dormire vicino a uno che forse ha ammazzato la ragazzina con cui mi tradiva?»

Più che una domanda, quell'ultima frase era una dichiarazione, che fece rabbrividire Tony per la sua schiettezza. «Tornare a casa con lui», disse.

Sue alzò le spalle, sempre senza guardarlo. «Quando eri sposato con la tua prima moglie litigavate molto? O c'era quella spaventosa atmosfera di civiltà per cui si fa finta di non accorgersi che non ci si vuole toccare, che si può parlare solo dei figli o del lavoro? Quella specie di morte lenta, hai presente?»

Tony si rese conto che non ne aveva mai parlato, se non con Stacey. «Tutte e due le cose. Marcia e io eravamo civili, ma litigavamo anche. E per quanto non mi piaccia la rabbia, a volte era quasi un sollievo.»

Sue tacque per un po', poi disse: «Per il momento, cerco di non arrabbiarmi. Come tanti anni fa: non alziamo la voce, sennò i bambini ci sentono litigare. E poi quando tuo marito è accusato di omicidio la rabbia è fuori posto. Davanti al processo tutto il resto passa in secondo piano». Cambiò improvvisamente tono di voce e, quando si voltò, Tony vide che piangeva. «Sono così sola, maledizione. Di notte tutti e due facciamo finta di dormire. Lo sento respirare e non oso muovermi per paura che dica qualcosa, o di dover dire qualcosa io. Così me ne sto lì, sveglia, a pensare.»

Tony esitò, poi si alzò e l'abbracciò forte. Sue lo strinse con la disperazione della solitudine. «Allora», mormorò dopo un po', «hai già cenato? Ti prometto che non piangerò.»

Lo disse con un certo spirito, come per rassicurarlo. «Ho una fame da lupo», rispose Tony. «Ma non possiamo farci vedere in giro insieme: chissà che cosa direbbero i giornali. Sarà meglio rimanere qui.» Tenendola ancora tra le braccia, rifletté un momento. «Da quanto non mangi una pizza?»

«Forse da quando Jenny è partita per l'università.» Sue alzò lo sguardo. «Ordiniamo anche una bottiglia di vino rosso?»

«Certo», rispose lui con un sorriso.

Andò al telefono e ordinò. Quando si girò, Sue era seduta su una poltrona in un angolo.

«Ci vorrà mezz'oretta», le disse. «Ti dispiace se lavoro un po'? Devo buttar giù un paio d'idee prima di dimenticarmele.»

Sue sorrise e prese una rivista di viaggi. «Fai pure. Io me ne sto qui a sognare posti lontani.»

Tony prese un blocco dal comodino, si allentò la cravatta e si sedette con la schiena appoggiata alla testiera del letto.

Cominciò a scrivere come se Sue non ci fosse, ma si rese conto che la sua presenza lo confortava: lontano da Stacey e Christopher, con Sam come unico amico, si era sentito molto solo in quegli ultimi tempi. E si accorse che, come con Stacey, riusciva a lavorare benissimo con Sue nella stessa stanza.

Soltanto una volta gli parve che lo stesse guardando. Alzò gli occhi e vide che gli sorrideva affettuosamente.

«Lavora, Tony», gli disse. «Fai finta che io non ci sia.»

Le sorrise e riprese a scrivere. Sue rimase zitta finché non arrivò la pizza.

Si sedettero per terra, con la pizza in mezzo, la bottiglia di vino e due bicchieri sul coperchio della scatola aperta.

«Com'è Christopher?»

«Fisicamente è il mio ritratto alla sua età, ma ha il suo carattere. Per fortuna non gli dispiace assomigliarmi.»

Sue sorrise. «Non vedo perché dovrebbe. Secondo me eri bellissimo.»

«Non me l'hai mai detto, però.»

«Mi vergognavo.» Smise di sorridere, come se si fosse ricordata di colpo del presente. «E per il resto non ti assomiglia?»

«Non saprei.» Tony bevve un sorso di Chianti, assaporandolo con gusto. «È intelligente e ha un buon carattere. Mi prende parecchio in giro, cosa che io non potevo fare con i miei. È un bravo ragazzo, direi, e simpatico; è meno ambizioso di quanto non fossi io alla sua età, probabilmente perché non ha bisogno di esserlo.» Tony rifletté. «Stacey è rimasta colpita dalla sua circospezione: Christopher sta attento a tutto e capisce le cose senza farsene accorgere. Credo che sia stato il divorzio; non ne parla mai, ma sono sicuro che ha un brutto ricordo dei conflitti tra me e sua madre. Forse per questo ha una specie di sesto senso per i guai... Forse invece l'ha preso da me. Ho sempre paura che gli succeda qualcosa di brutto. Anche se cerco di non farmene accorgere.»

Sue lo osservava, pensosa. «I figli capiscono tante cose. Anche i miei, soprattutto Sam junior. Suo padre lo ha sempre intimidito e credo che lui si sia identificato con me. Sta sempre così attento a non impegnarsi troppo con le ragazze e a non prendersi mai sul serio. Chissà che cosa pensa adesso.» Tacque e guardò Tony con aria interrogativa. «Tu cerchi di non pensare al passato, vero? E invece questo processo ti ci ha costretto.»

Istintivamente Tony avrebbe risposto che andava tutto bene, pur di non ammettere, nel bel mezzo del processo, che faceva una fatica spaventosa a reprimere le emozioni; oltretutto gli pareva che un'ammissione del genere fosse ingiusta nei confronti di Sue. Poi la guardò in quei suoi occhi castani che ricordava da quando avevano diciassette anni.

«Odio questo processo», disse.

Lei lo osservò. «Per via di Sam o di Alison?» chiese con un filo di voce.

«Per tutti e due, e per me stesso.» Tony tacque, ma poi non riuscì a trattenersi dal confidarle quello che non aveva mai detto neppure a se stesso. «A parte tu e Saul, nessuno mi aiutò a superare tutto quello che la tragedia di Alison comportò per me. I miei non sapevano che cosa fare e, anche se si fossero potuti permettere di mandarmici, pensavano che gli psicoterapeuti fossero per i pazzi. L'unico modo per uscirne quindi è stato lasciarmi tutto alle spalle: lo shock di trovare Alison morta, il modo in cui la gente mi trattò. Quando penso a come ero, un figlio della piccola borghesia convinto che la vita potesse solo migliorare, precipitato di colpo nella disperazione... Mi brucia ancora, sai. Già a quei tempi cercavo di far finta che non fosse successo a me; quando mi hanno preso a Harvard e me ne sono potuto andare da qui, ho continuato su quella strada. Lo faccio tuttora. Qualche volta, con Stacey, nella nostra bella casa, ci riesco quasi e allora mi sembra che Tony Lord a diciassette anni sia un'altra persona, uno che conoscevo appena. A parte il fatto che sono ossessionato da quest'incubo in cui trovo Alison morta. Adesso, da quand'è cominciato il processo, ne ho un altro in cui mi accusa di averla uccisa.» Si fermò e scosse la testa. «È un tale casino, Sue. In aula non posso permettermi di ricordare il passato. Non solo perché faccio l'avvocato, ma perché quando cerco di convincermi che Sam è innocente, non voglio pensare alla paura che deve avere, alla responsabilità che mi sono preso impegnandomi a salvarlo da qualcosa che non merita. E quando mi viene da chiedermi se è stato lui, penso a un ragazzo di diciassette anni cui ammazzarono la ragazza e sono sicuro che mi odia. Per non parlare di quel che sto facendo a Ernie Nixon.» Tony si sfregò le tempie. «È proprio un casino. Non so nemmeno che cosa sto dicendo, e ho paura di dirlo.»

Sue era immobile. «Io quel ragazzo l'ho conosciuto e ti assicuro che era una gran brava persona. Com'è tuttora.» Gli prese la mano. «Oh, Tony, quanto devi aver sofferto, quanto ti abbiamo fatto soffrire.»

«Tu non mi hai fatto soffrire, Sue. Forse sono stato io a farti del male, senza saperlo. Adesso, quando ti guardo, vorrei poter tornare indietro solo per un attimo e cambiare tutto.»

Lei aveva gli occhi pieni di lacrime. Scosse la testa in silenzio, poi si lasciò scivolare sulla moquette e gli appoggiò la testa sul petto. A Tony parve il gesto più naturale del mondo.

Delicatamente le prese il viso tra le mani.

Sue alzò lo sguardo. Tony non avrebbe saputo dire chi si era mosso per primo, ma le loro labbra si avvicinarono piano piano.

Abbracciati, si alzarono. Lui le posò le mani sui fianchi e si baciarono.

Lei gli si strusciò contro, lui la baciò avidamente. *Non sto facendo nulla di male*, pensò: si trattava di Sue, che conosceva da sempre, che vantava su di lui diritti che non aveva mai voluto ammettere e che, in un passato che aveva cercato invano di nascondere a se stesso, lo aveva amato più profondamente di Alison Taylor. Era la donna che quella parte di lui che non aveva rinnegato il proprio passato amava ancora.

Poi il bacio finì e Stacey Tarrant tornò a essere sua moglie.

Fu questo a fermarlo. Non bastò a calmargli il batticuore o a placare il desiderio, né a fargli dimenticare la nostalgia e il rimpianto, ma Sue lo capì perfettamente.

Con la fronte appoggiata alla sua, gli disse: «Lo so, non puoi. Non devi». Rabbrividì. «Dio solo sa quanto ti ho desiderato in tutti questi anni. Dalla prima notte che passammo insieme.»

La nostra notte, pensò Tony. Il dono reciproco che si erano fatti, con tutta la tristezza che era venuta dopo. «Quel ragazzo», mormorò, «l'ho appena rivisto. E ti vuole bene da star male. Come allora.»

Anche se aveva gli occhi umidi, Sue gli sorrise. «Questo è molto per me, Tony. Veramente.»

Tony si rilassò e riprese a respirare normalmente. «Allora resta ancora un po'. D'ora in poi non dobbiamo più lasciarci andare così. Anche se non ci fosse Stacey, sono l'avvocato di Sam...»

Non ebbe bisogno di finire la frase. Si sedettero vicini e, senza parlare, Sue gli si sistemò fra le gambe appoggiandogli la schiena sul petto. Dopo un po' allungò un braccio per prendere la bottiglia e un bicchiere e a turno sorseggiarono il Chianti.

«L'ami veramente», disse. «Stacey, intendo.»

«Molto.» Tony si fermò a riflettere. «È intelligente, sincera, e ha la sensibilità di non intromettersi: sa sempre quando lasciare le cose come stanno. Con Christopher è meravigliosa e mi conosce meglio di chiunque altro, anche se a volte mi rendo conto che io non ho fatto niente per aiutarla in questo.» Abbassò la voce. «Ho detto più cose a te stasera di quante ne abbia mai dette a lei.»

A voce altrettanto bassa Sue disse: «Te ne sono grata, Tony. Non per Stacey, ma per me stessa. Anche se forse è successo solo perché per combinazione stasera con te c'ero io».

Tony quasi si commosse. «Non è stato solo per questo. Come non lo fu quella notte, tanti anni fa.»

«L'hai riconosciuta, vero, la spiaggia dove hanno trovato Marcie?»

«Sì. È quella dove avevamo acceso il fuoco la sera che litigai con Alison.»

«Penso a Marcie, e poi a noi a quell'età... Sai che Sam tiene una pistola vicino al letto, adesso?»

«Perché?»

«Ha paura che qualcuno lo voglia morto. Frank Calder, magari... Dio mio, non posso pensare a quello che ci è successo. E a quello che ti abbiamo fatto, costringendoti a rivivere quei momenti.»

Tony la baciò sui capelli. «Gli avvocati non fanno che reprimere la loro parte più umana, fa parte del mestiere. Quindi forse è meglio che lo accetti e che mi renda conto che per me non è solo un difetto professionale... Tu non mi hai fatto niente di male, sono io che non sono stato all'altezza.»

Sue bevve un sorso di vino. «Hai mai letto *Fiesta* di Hemingway?»

«Certo. Il povero Jake Barnes, impotente, con Lady Brett Ashley che lo ama disperatamente. L'ho trovato amarissimo, da tutti i punti di vista.»

Lei accennò un sorriso. «Ti ricordi che cosa gli dice lei alla fine, tu che hai sempre letto tanto?»

Tony ci pensò un attimo su. «Qualcosa tipo: 'Oh, Jake, noi due saremmo stati così bene assieme'. E lui risponde: 'Non è bello pensare così?'»

Senza aggiungere altro, Sue gli si rannicchiò ancora più vicino.

Dopo un po', quando ebbero finito la bottiglia, lo baciò dolcemente sulla bocca e se ne andò.

Quella sera Tony non riuscì a prendere sonno, e a causa non degli incubi, ma dei pensieri che non poteva evitare. Non gli sembrava più di essere un avvocato.

Alla fine telefonò a Saul. «Avevi ragione», disse. «Sono stanco. Dicevi sul serio quando hai parlato di darmi una mano?»

Saul non riuscì a nascondere la propria sorpresa. «Ma sì...»

Quando riattaccò, Tony si trovò a fissare la scatola della pizza, la bottiglia e i bicchieri vuoti.

15

L'INDOMANI mattina, in tribunale, Tony percepì l'eco degli avvenimenti della sera prima nella maggiore concentrazione di Saul, che scriveva commenti a margine del rapporto del coroner, nel silenzio stanco dell'uomo che gli sedeva accanto, suo cliente e amico, sposato a una donna cui Tony voleva bene, nell'inquietante sensazione che provava di essere avviato a un'inevitabile resa dei conti con se stesso. Quando si voltò a guardare Sue, lei ricambiò apertamente il suo sguardo, ma con una certa affettuosa tristezza. Poi Tony si concentrò sulla testimone successiva.

La dottoressa Katherine Micelli dimostrava cinquantacinque anni. Aveva gli occhi infossati, il naso a becco e i capelli di un nero opaco che era senza dubbio frutto di una tintura. Il viso segnato dalle rughe dava un'impressione di grande serietà e i rari sorrisi erano rapidi e preoccupati, molto formali. Era chiaro che trovava poco divertente il proprio lavoro.

Ed era comprensibile. Con voce piatta e priva d'inflessioni, la Micelli raccontò a Stella di essersi recata sulla scena del delitto e descrisse tutte le operazioni svolte sul corpo senza vita di Marcie: la ricerca di sangue, capelli e fibre sugli indumenti, l'ispezione di mani e unghie per trovare eventuali tracce di pelle, il prelievo di un campione di sangue, il denudamento prima del prelievo dei tamponi orali, rettali e vaginali per determinare l'eventuale presenza di liquido seminale, l'esame visivo del corpo, le radiografie del cranio e, per finire, l'autopsia per determinare le cause della morte. Avendo assistito a varie autopsie nella sua carriera, Tony non poté fare a meno di pensare al rumore della sega sulla scatola cranica o allo spettacolo della materia cerebrale che veniva pesata sulla bilancia e di provare una gran pena per i genitori di Marcie. Frank Calder strizzava gli occhi e sua moglie deglutiva, perché l'idea che la loro figlia fosse stata fatta a pezzi in quel modo sistematico non poteva che risultare devastante, se non addirittura insostenibile. Per un attimo Tony immaginò Alison distesa sul tavolo autoptico nuda, sottoposta allo stesso umiliante trattamento descritto nello stesso linguaggio asettico del referto che Saul stava leggendo in quel momento.

«E siete giunti a determinare la causa della morte?» chiese Stella.

«Sì.» L'espressione della Micelli era talmente grave che sembrava arrabbiata, quasi crudele. «Marcie è morta in seguito a un'emorragia cerebrale che ritengo causata da un trauma cranico a seguito di plurimi urti contro un pesante oggetto contundente.»

«'Plurimi'?» ripeté il pubblico ministero.

«Sì. Come minimo tre.»

«Potrebbe descriverci le lesioni, dottoressa Micelli, e spiegarci com'è giunta a tale conclusione?»

«Certamente.» Katherine Micelli si voltò verso la giuria con l'aria della professoressa che si prepara a dare ai suoi allievi una lezione macabra ma indispensabile. «Il cuoio capelluto della vittima era lacerato in più punti. Il cranio era fratturato e presentava tre anelli concentrici, in cui il tessuto osseo si presentava avvallato. Questi tre anelli concentrici corrispondono a tre impatti a distanza ravvicinata uno dall'altro. Ciò si deduce dal fatto che le fratture dovute al secondo e al terzo urto – ciascuna caratterizzata da una serie di cerchi molto simili agli anelli di un tronco d'albero –, intersecandosi con quella provocata dal primo, le hanno impedito di allargarsi. I tre anelli concentrici s'incontrano in questo modo.»

Socchiudendo gli occhi, Saul scrisse qualcosa. I giurati ascoltavano con grande attenzione. In tono pacato Stella chiese: «Secondo lei in che modo la vittima si procurò il trauma cranico?»

Di nuovo la Micelli scrutò i giurati per assicurarsi la loro attenzione. «Ritengo che Marcie Calder sia stata ammazzata.»

Tony notò che quel giorno Stella era metodica e niente affatto drammatica: avrebbe lasciato che il peso delle prove, avvalorate dalla presentazione scientifica, parlasse da sé. «Dottoressa Micelli, ha considerato l'eventualità che il trauma cranico di Marcie sia stato causato dalla caduta dall'alto del precipizio?»

«Sì, con molta attenzione. E l'ho scartata.»

«Per quale motivo?»

La Micelli intrecciò le dita. «Tanto per cominciare, per il fatto che i tre colpi erano molto ravvicinati. È alquanto improbabile che un corpo, cadendo, riporti tre fratture così gravi e così vicine l'una all'altra. Inoltre sarebbe difficile spiegare come i tre colpi possano essere stati provocati dalla stessa pietra.

«Ritengo pertanto che siano stati inferti da una persona dotata di notevole forza fisica, nel parco, e che Marcie fosse già morta quando finì sulla spiaggia.»

«In base a che cosa è giunta a tale conclusione, dottoressa Micelli?»

«In base alla considerazione di vari fattori.» Si voltò verso la giuria e cominciò a elencarli uno per uno con la precisione di un metronomo. «In primo luogo, le lesioni cerebrali interne riportate durante una caduta sono diverse da quelle provocate da un colpo inferto da un'altra persona. È una semplice legge della fisica: a una lesione riportata nel corso di una caduta sulla parte destra della scatola cranica corrisponde una lesione dalla parte opposta. Per esempio, una lesione esterna sulla fronte provoca un trauma nella parte posteriore dell'encefalo. Questo perché l'impatto spinge il cervello dalla parte opposta: è quel che in termini tecnici si definisce 'lesione da contraccolpo'. Se invece il colpo è inferto da una persona, ci si trova di fronte a un tipo diverso di lesione cerebrale, cosiddetta 'da colpo', omolaterale rispetto alla ferita esterna...»

«E nel caso di Marcie...» intervenne Stella.

La Micelli si accigliò per l'interruzione, poi annuì. «Sia le lesioni interne sia quelle esterne erano sul lato destro della testa. Dal punto di vista medico quindi sono lesioni incompatibili con l'ipotesi di una caduta accidentale e indicano che si è trattato di un omicidio.»

Tony, che osservava i giurati, vide che il professore si sporgeva in avanti, attentissimo. Era chiaro che avevano capito la spiegazione ed erano rimasti colpiti dai modi autorevoli del coroner. Saul aveva smesso di prendere appunti e osservava semplicemente la teste: avrebbe cercato di renderla meno credibile mettendo in dubbio ogni sua affermazione.

«Ci sono altri motivi», proseguì intanto Stella, «per cui lei ritiene che la morte di Marcie non sia stata provocata da una caduta?»

«Sì», rispose la donna, rivolgendosi ai giurati. «Il viso della vittima presentava numerose escoriazioni. Queste abrasioni erano di colore arancione e di aspetto grinzoso, senza segni di emorragia. Ciò avviene quando la lesione cutanea si verifica dopo che il cuore ha smesso di pompare sangue.»

Tony notò che Sam teneva gli occhi bassi ed era pensieroso. «Guardala in faccia», gli sussurrò. «La giuria fa caso a queste cose...»

«Da quanto tempo si dev'essere fermato il cuore perché le escoriazioni abbiano le caratteristiche da lei descritte, ovvero colore arancione, aspetto grinzoso e nessun segno di emorragia?» stava chiedendo Stella.

«Bastano solo due minuti.»

Due minuti in cui l'assassino poteva aver trascinato Marcie, con i piedi che strisciavano nel fango, dal punto in cui era morta al ciglio del precipizio per buttarla di sotto, pensò Tony. «Lei, dottoressa, ha stabilito l'ora del decesso?» continuò Stella.

«Sì.» Girandosi, la Micelli si rivolse di nuovo direttamente ai giurati. «È mia opinione che Marcie sia morta intorno alle ventidue della sera in cui scomparve.»

Nel momentaneo silenzio che seguì, Stella si limitò ad annuire: se i calcoli del coroner erano esatti, Marcie era morta più o meno all'ora in cui Sam aveva detto alla polizia di essere uscito dal parco. Tony intuì che i giurati stavano immaginando Sam Robb che colpiva ripetutamente Marcie, trascinava il suo corpo senza vita sul ciglio del precipizio e lo scaraventava di sotto... Era la stessa sequenza che si era formata da tempo nella sua mente, come un film muto, inarrestabile. Lanciando un'occhiata a Sue, Tony vide che aveva gli occhi bassi.

«Le ventidue», ripeté Stella. «In base a che cosa lo afferma?»

«Quando arrivammo sul posto, il cadavere era ormai rigido e freddo: aveva ormai raggiunto la temperatura ambiente, che era circa diciotto gradi. Ciò significa che era morta da ore.» La Micelli guardò vari membri della giuria per assicurarsi che la seguissero. «Durante l'autopsia, abbiamo esaminato il contenuto dello stomaco di Marcie e vi abbiamo trovato i resti di un tramezzino al tonno.

«Secondo quanto dichiarato dal signor Nixon, Marcie aveva mangiato un tramezzino intorno alle otto. Questo coincide con quanto da noi riscontrato.»

«E perché?»

«Sono i tempi di svuotamento gastrico a permettere questo calcolo.» Con sicurezza professorale, continuò: «Se un pasto è abbondante, la digestione richiede dalle quattro alle cinque ore, cioè il tempo necessario ai succhi gastrici per trasformare gli alimenti. Se il pasto è di proporzioni minori richiede tre ore e uno spuntino, come per esempio un tramezzino al tonno, si digerisce in circa due ore... A meno che il processo digestivo non venga interrotto dalla morte. Nello stomaco di Marcie c'erano tracce di tramezzino al tonno, il che significa che la morte sopravvenne entro due ore dall'ingestione. Se il signor Robb si trattenne con lei fino alle ventidue, a Marcie non rimase molto tempo».

Saul si mosse, ma non fece obiezione. Il danno ormai era fatto, a mano a mano che si accumulavano le informazioni. Persino Sam sembrava sgomento, atterrito.

La dottoressa Micelli invece sembrava ancora più severa, un ritratto di El Greco. «Siete riusciti a ricostruire le ultime ore di Marcie?» chiese Stella.

«Sì», rispose la donna in tono piatto. «Abbiamo stabilito che ebbe un rapporto anale.»

«Come siete giunti a questa conclusione?»

«C'erano lacerazioni nella mucosa e nella zona rettale che indicavano sodomia. Come il sangue sullo sfintere anale esterno, del resto.»

«Dai tamponi risultava presenza di liquido seminale nell'ano?»

«No.» Ancora una volta la dottoressa si voltò verso la giuria. «I tamponi recavano tracce del lubrificante tipico di una diffusa marca di preservativi: Adam's Rib.»

Sam rivolse alla Micelli uno sguardo vuoto e arrossì. Sue si guardava le mani; i Calder avevano l'aria amareggiata, nauseata.

Dal suo scranno, il giudice Karoly seguiva il pubblico ministero con lo sguardo. «Lei ritiene che tale rapporto fosse consensuale?» chiese il pubblico ministero.

La dottoressa si rabbuiò. «Anche se non è facile stabilirlo, avrei una teoria al riguardo.»

«E cioè?»

«Sembrerebbe che Marcie avesse poca esperienza, se non addirittura nulla, di atti del genere. La penetrazione pertanto, pur consensuale, fu traumatica. E le nervature del tipo di preservativo usato possono aver aggravato le conseguenze. Se ci fosse stata violenza, le lesioni sarebbero state maggiori. La mia impressione è che si sia trattato di un rapporto anale consensuale con una ragazza che non lo aveva mai fatto prima.»

«Dottoressa Micelli, che cos'altro avete scoperto durante l'autopsia?»

«Che Marcie Calder era incinta.»

L'estetista lanciò un'occhiata fulminea a Sam. «Come siete giunti a questa conclusione?»

La Micelli si voltò verso i giurati. «L'utero conteneva un embrione», rivelò a bassa voce. «Morto tra il primo e il secondo mese di sviluppo. Insieme con la madre.»

L'estetista trasalì e Tony intuì che quella storia, oltre a scandalizzarla, la rattristava profondamente. «Vi era materiale fetale sufficiente per risalire all'identità del padre?» chiese Stella.

«Sì, attraverso la prova del DNA.»

«Che lei ha fatto eseguire?»

«Sì. Ho inoltre chiesto al laboratorio di sottoporre al test del DNA anche un campione del sangue prelevato al signor Robb dalla polizia.»

«Qual è stato il risultato, dottoressa Micelli?»

Gli occhi infossati della Micelli erano cupi. «Il materiale genetico dell'embrione corrispondeva a quello del sangue del signor Robb.» Fece una pausa, sotto gli occhi attenti dei giurati. «Con una probabilità di circa dieci milioni contro uno, quel bambino era figlio del signor Robb.»

Tony notò che Sam pareva aver smesso di respirare. Avvicinandosi alla teste, Stella sembrava incerta, quasi restia a rompere il silenzio. «Avete anche controllato, come richiestovi da questa procura, se era possibile che il padre del bambino fosse afroamericano?»

«Sì», rispose la Micelli con voce di nuovo atona. «In base al materiale genetico, era da escludere nella maniera più assoluta.»

Stella aspettò un attimo, con gli occhi bassi e le braccia conserte, prima di rivolgersi a Karoly e dichiarare in tono sommesso: «Non ho altre domande, vostro onore».

Il giudice annuì, poi, come soprappensiero, guardò l'orologio. «A questo punto», disse, «sospendiamo per il pranzo. Riprenderemo all'una e mezzo.»

Nell'aula regnava un pesante silenzio quando i giurati si alzarono con l'aria preoccupata e dalla balconata si levò un brusio sommesso.

Guardando Saul di traverso, Sam si rivolse a Tony. «Ti devo parlare», disse. «A quattr'occhi.»

16

Tony e Sam erano soli nella saletta dei testimoni, angusta e senza finestre, con un tavolo e alcune sedie di legno. Tony era a disagio non solo perché gli ricordava la cella in cui l'avevano interrogato i poliziotti di Lake City, ma soprattutto per la richiesta di Sam.

«Che cosa c'è?» gli chiese.

«Hai intenzione di farla controinterrogare da quel vecchio rimbambito?»

Dunque era per quello che voleva parlargli, non per Sue o per una confessione *in extremis*. «Sono stanco», rispose Tony. «E quando si è stanchi è facile sbagliare...»

«Preferisco che sbagli tu, piuttosto che lui», lo interruppe Sam alzando la voce. «Quella strega dice un sacco di stronzate. Io non so a che ora morì Marcie, né come, perché non c'ero più. La Micelli mi ha distrutto.»

Tony cercò di mantenere la calma. «Non si può dire che ti abbia facilitato, questo è certo. Ma nessuno può smentirla, nemmeno io. Dopotutto ha ragione sia sul fatto che Marcie era incinta sia sul rapporto anale e persino sulla marca di preservativi. Quanto al resto, Saul ha anni di esperienza e...»

«Quand'è stata l'ultima volta che ha messo piede in un tribunale, Tony? Forse per te questo è un viaggio sentimentale, ma io qui mi gioco tutto: il mio futuro, il mio matrimonio, la mia vita.» Si alzò di scatto. «Io sono qui che non vedo l'ora di poter dichiarare la mia innocenza, avrei voglia di gridare, cazzo, e tu te ne stai lì, gelido, e mi metti nelle mani di un vecchio ubriacone.» Appoggiò le mani sul tavolo e si sporse in avanti, rosso in viso, con la fronte imperlata di sudore. «È perché pensi che sia stato io, non è vero? Pensi che io non meriti più di tanto da un avvocato pronto a scoparsi mia moglie appena mi sbatteranno in prigione a farmi inchiappettare per il resto della mia vita, vero? Sempre che non te la stia già scopando adesso.»

Tony lo fissava a bocca aperta. «Posso capire che tu abbia paura», disse sottovoce. «Ma cerca di non invogliarmi troppo a perdere... Scusami, ho esagerato. Come spero abbia esagerato tu quando hai detto quelle cose di Sue. Perché ha già patito fin troppo e non se lo merita.»

«Stammi a sentire...»

«No, stammi a sentire tu», ribatté Tony alzando la voce. «Ti sto difendendo più che bene, Sam. Può darsi che ci sia qualcuno che saprebbe fare di meglio, ma non credo siano tanti. Perciò, se decido di prendermi una pausa prima del rush finale, lasciami fare. Potresti anche ringraziarmi, invece di parlare male di tua moglie e di ricordarmi quanto vivevo bene prima che Marcie Calder finisse su quella spiaggia. Che sia caduta o che ce l'abbiano buttata...» Cercò di dominarsi. «Per quanto riguarda Saul, sappi che mi guarderei bene dal mettere nei guai un amico per farne sentire utile un altro. Ma, prima di aprire di nuovo bocca, ti prego di ricordare che Saul è mio amico. E Sue anche.»

Sam abbassò gli occhi. «Siamo stanchi tutti e due», disse poi. Si lasciò cadere sulla sedia e si coprì il volto con le mani, sospirando. «Non dormo più. Non riesco a chiudere occhio, maledizione: sto lì, guardo l'ora ogni cinque minuti e non posso nemmeno parlare con Sue. Faccio finta di non accorgermi che anche lei è sveglia, perché non posso dividere con lei l'unica cosa che mi tiene in vita, visto che sono l'unico al mondo a sapere che sono innocente.» Sam alzò di nuovo gli occhi. Aveva il viso tirato. «Per me l'innocenza non è una presunzione e non dipende dalle tue capacità professionali. Prova un po' a immaginare che cosa vuol dire sapere di essere innocente e sentirsi rinfacciare tutti gli errori di una vita, tutte le cose più vergognose, e fare la figura dell'individuo non soltanto abietto, ma anche colpevole...» A testa bassa, continuò: «Tu lo sai. Per certi versi ci sei passato anche tu».

«Per certi versi», precisò Tony. «Solo io sapevo di essere innocente, a parte quello che l'aveva uccisa davvero. Tutti gli altri erano convinti che fossi stato io. Perciò capisco che tu ci tenga tanto. Ci tenevo anch'io, se ben ricordi.»

«E tengo anche a te, alla tua amicizia, Tony.» Sam gli prese la mano. «Non sono il tipo, credimi. Ti prego.»

Tony lo guardò negli occhi, vide la sua tacita supplica e capì quante implicazioni imprevedibili avesse l'amicizia, quanto influisse sulla vita di due persone. «Allora fidati di me», replicò Tony. «Ce la faremo. A prescindere dalle apparenze.»

Tony si sentì mancare quando Saul si alzò e si diresse a passi pesanti verso Katherine Micelli. Doveva essere sulla settantina e Tony si rese conto con rammarico che difficilmente sarebbe riuscito ad arrivare a ottant'anni, dopo una vita di alcol, di stravizi e di processi logoranti. Aveva ancora una certa autorità, ma a tratti gli tremava la voce.

«Buongiorno, dottoressa Micelli.» Nel silenzio che seguì, Tony percepì la tensione di Sam, che guardava Saul come se fosse un grande attore ormai troppo vecchio per ricordare le battute. Poi, di colpo, Saul disse: «Tre colpi in testa, dico bene?»

«È quello che penso, sì.»

«Se così fosse stato, non avremmo avuto alcuni schizzi di sangue?»

La Micelli incrociò le braccia. «Con il primo colpo non credo. Ma una volta lacerata la cute, con il secondo e il terzo colpo, immagino di sì.»

«Ho capito. Supponiamo allora che la vittima sia stata colpita da un ipotetico assassino. Dove sarebbe schizzato il sangue?»

La Micelli gli lanciò un'occhiata spazientita. «Dipende, avvocato Ravin. Dobbiamo supporre che l'assassino e la vittima fossero in piedi o a terra?»

Saul sorrise, quasi imbarazzato. «Giusto. Supponiamo prima che fossero a terra.»

La Micelli aggrottò la fronte. «In questo caso avremmo schizzi di sangue per terra, oltre che sui capelli e sul viso della vittima.»

L'anziano avvocato s'infilò le mani in tasca. «E sull'ipotetico assassino?»

«Probabilmente anche sui suoi capelli e sul suo viso.»

«Secondo lei le tracce di sangue per terra sarebbero state notevoli?»

«Be'... sì.»

«Però lei non crede che sia andata così, o sbaglio?»

«Così come?» domandò la Micelli lievemente irritata.

La giuria osservava Saul un po' perplessa, come contagiata dalla mancanza di rispetto della Micelli. «Scusi», disse Saul. «Intendevo dire che lei non crede che l'assassino abbia colpito la vittima da terra. O sbaglio?»

La Micelli aspettò un momento prima di rispondere. «No, non credo.»

Saul indicò i giurati. «Vuole spiegare il perché ai signori della giuria?»

Senza girarsi verso la giuria, la donna disse: «C'erano molte macchie di sangue sulla felpa e sui jeans di Marcie».

Saul si toccò il mento con un'aria così ingenuamente pensosa che a Tony scappò quasi da ridere. «Quindi secondo lei la vittima e l'ipotetico assassino dovevano essere in piedi?»

«Secondo me sì...»

«Ma allora, secondo lei, che cosa faceva la vittima?»

«Non lo so.»

Saul sorrise. «Certo, capisco, come fa a saperlo? Mettiamola così, dottoressa Micelli. Nel corso dell'autopsia, ha riscontrato elementi che possano far pensare a una colluttazione?»

«No.»

«Non ha trovato tracce di pelle sotto le unghie della vittima? Lividi sul collo o su qualche altra parte del corpo che possano essere stati provocati da una persona di considerevole forza?»

Accigliata, la Micelli rispose: «No».

«Ho capito. Supponendo che l'ipotetico assassino fosse in piedi, dove si sarebbe macchiato di sangue?»

«Sul viso, sulle braccia e sulla parte superiore del torace, probabilmente.»

«In misura considerevole?»

«Credo di sì.»

«E ci sarebbero dovute essere macchie di sangue anche per terra?»

«Sì, in misura minore.»

Saul fece un gran sospiro, come se quella raffica di domande e risposte l'avesse lasciato senza fiato. Tony si chiese se fosse davvero stanco o facesse finta, per distrarre la Micelli o magari per prendere tempo. Ne approfittò per guardare la giuria, attentissima, e Stella Marz, che aveva posato il blocco. Persino Karoly sembrava incuriosito, una volta tanto. «Tuttavia per terra non c'era sangue. Sia supponendo che assassino e vittima fossero in piedi sia supponendo che fossero a terra, non è stato trovato sangue.»

«Pioveva, avvocato.»

Saul sorrise. «Questa forse è una risposta per lei, dottoressa, ma non è quel che volevo sapere. Mi dica, sono state trovate tracce di sangue nel parco, sull'orlo del precipizio?»

«No, ma potrebbe averle cancellate la pioggia.»

«Ho capito... E nello stesso modo la pioggia potrebbe aver

cancellato eventuali tracce di sangue sulla scarpata se Marcie fosse caduta accidentalmente?»

La dottoressa esitò, prima di rispondere. «Penso di sì.»

«E potrebbe aver cancellato tracce di sangue anche su una pietra?»

«Sì, è possibile.» In tono condiscendente, aggiunse: «Ma lei ricorderà, avvocato, che la polizia ha trovato tracce di sangue e capelli su una pietra e che il laboratorio ha confermato che appartenevano alla vittima».

Saul sembrò perplesso. «Mi scusi, forse non mi sono spiegato. Io parlavo dell'altra pietra.»

La Micelli assunse un'aria interrogativa. «Non la seguo», disse in tono vagamente irritato.

«Va bene. Supponga per un momento che, contrariamente alla sua ipotesi, Marcie sia caduta accidentalmente. Solo per rispondere alla mia domanda, va bene?»

«D'accordo.»

«In quel caso la testa di Marcie non avrebbe sbattuto tre volte contro la stessa pietra, giusto?»

«Giusto.»

«Quindi avrebbe sbattuto contro tre pietre diverse?»

«Secondo la sua ipotesi, sì.»

«Allora, sulla prima non ci sarebbero state tracce di sangue, giusto? Perché, come lei ha spiegato, il primo impatto avrebbe provocato la lacerazione della cute senza fuoriuscita di sangue.»

«Esatto.»

Saul la osservò. «E sulla seconda pietra?»

«Sulla seconda ci sarebbero state tracce di sangue, sì.»

«Ma non quante sulla terza, giusto?»

«Giusto. Ma la polizia ne ha trovato una sola. Non c'erano altre pietre lungo la scarpata.»

«Sulla spiaggia però sì, vero? Ce n'erano parecchie e di dimensioni notevoli.»

«Ma senza tracce di sangue.»

Saul fece finta di niente. «Come mai quelle pietre erano sulla spiaggia?» domandò.

«Non lo so.»

«Non pensa che potrebbero essersi staccate in seguito alla caduta di Marcie?»

«Non lo so.» La Micelli fece una smorfia, poi cercò di darsi un contegno. «È possibile, avvocato Ravin. Ma se mi chiede se furono queste a causare la morte di Marcie, devo dirle che non recavano tracce di sangue.»

«Non potrebbe essere stata la pioggia a cancellare queste tracce? Non è forse vero che sulla seconda pietra della mia ipotetica ricostruzione ci sarebbe stato meno sangue che sulla terza?»

«Sì, è vero.»

«Inoltre, la pioggia potrebbe averlo cancellato completamente.»

La Micelli si appoggiò allo schienale della sedia e rispose seccamente: «Sono arrivata a quella che ritengo sia stata la causa della morte di Marcie mettendo insieme una serie di fattori, avvocato Ravin. Oltre alla pietra macchiata di sangue ritrovata a circa due metri dalla vittima, anche il tipo di ferite e l'assenza di lesioni da contraccolpo confermano la mia ipotesi, secondo cui Marcie fu uccisa nel parco e quindi scaraventata sulla spiaggia».

Saul si avvicinò al tavolo della difesa, voltandole le spalle, e si versò un bicchiere d'acqua. Sam gli lanciò un'occhiata inquieta. Poi Saul si girò nuovamente verso la Micelli e, mentre beveva, la osservò. «Mi scusi, avevo la gola secca», spiegò. «Secondo lei la vittima è caduta con una certa violenza, giusto?»

«Sembra di sì.»

«E anche i colpi alla testa furono di una certa violenza?»

«Sì.»

Saul posò il bicchiere. «Non pensa che sia possibile che Marcie abbia battuto la testa con una certa violenza contro la pietra che poi è stata ritrovata sulla spiaggia, facendola rotolare per altri due metri? Questo spiegherebbe la presenza di sangue sia sulla pietra sia sugli indumenti della vittima. Inoltre la pietra era tondeggiante...»

La Micelli lo guardò. «Quella che lei mi ha elencato è una serie di supposizioni, avvocato Ravin.»

Saul sorrise. «Mi scusi, ma anch'io ho formulato la mia ipotesi mettendo insieme una serie di fattori. Ora le faccio una domanda per volta.» Le si avvicinò e le chiese: «Uno schizzo di sangue potrebbe anche essere stato il risultato dell'urto contro una pietra, giusto?»

«In teoria è possibile...»

«Tanto più che era sulla manica destra e non sul davanti della felpa.»

La Micelli rimase un momento zitta, prima di ammettere: «È vero».

«Teoricamente si sarebbero potute macchiare di sangue anche la seconda e la terza pietra urtate dalla vittima cadendo.»

«In teoria, sì.»

«E una pietra urtata da un corpo di quarantotto chili di peso che precipita da una scarpata potrebbe acquistare velocità e rotolare per altri due metri.»

«Non si può escludere, ma presuppone un gran numero di coincidenze...»

Saul incrociò le braccia. «L'unica cosa che mi preme dimostrare è che lei non può accertare come si svolsero i fatti, giusto? Lo ha ammesso lei stessa.»

«È vero. Posso solo avanzare ipotesi sulle circostanze della morte di Marcie in base alla perizia medico-scientifica.»

Saul annuì. «Capisco. E la perizia, fra l'altro, mette in evidenza che la pelle della vittima appariva grinzosa e senza tracce di emorragia.»

La Micelli lo squadrò, sulla difensiva. «Esatto.»

«Non pensa che la pioggia potrebbe aver contribuito a rendere grinzosa la pelle?»

La donna rimase un attimo zitta, con gli occhi bassi, e Tony pensò che meditasse sul proprio dovere di mantenersi obiettiva e imparziale. «Sì, potrebbe aver influito», riconobbe. «Nelle parti scoperte, la pelle di Marcie era simile a quella di chi rimane troppo a lungo nella vasca da bagno. Soprattutto quella delle mani e in particolare delle dita.»

«D'accordo. E la pioggia potrebbe aver cancellato le tracce di sangue e alterato il colore sia delle lesioni sia della pelle integra. Tanto più che la vittima era atterrata in posizione supina.»

La Micelli rifletté. «Sì», disse poi. «La pioggia può avere mascherato la natura delle lesioni. Ma credo di poter affermare comunque che la vittima le abbia subite quando era già morta. Soprattutto le escoriazioni sul viso.»

Tony guardò Frank e Nancy Calder e vide che erano muti, come paralizzati.

«Ma siccome da queste escoriazioni sembrerebbe che la vittima sia precipitata strisciando sulla parte destra della faccia, non potrebbe darsi che abbia battuto la parte destra del cranio contro una o più pietre? Procurandosi le tre fratture ravvicinate?» chiese Saul.

La Micelli ci pensò su. Poi, un po' a malincuore, ammise: «Sì, è possibile. Ma, a mio parere, in questo caso ci sarebbe stata una lesione da contraccolpo».

D'un tratto Saul parve stanco. Si asciugò il sudore dalla fronte con un fazzoletto. *Adesso basta*, lo implorò mentalmente Tony. *Hai fatto tutto quello che potevi.*

Come se l'avesse sentito, Saul disse lentamente: «Possiamo passare al tramezzino al tonno, adesso?»

«Come vuole.»

«Quanto era grosso?»

La Micelli esitò. «Non saprei. Normale, immagino.»

«Lei sa quanto tonno ci aveva messo il signor Nixon?»

«No.»

Saul si rimise in tasca il fazzoletto. «Non pensa che la durata della digestione dipenda anche dalle dimensioni del panino e dalla farcitura?»

«Forse, ma non in misura rilevante.»

«Ma questo non significa necessariamente che dopo due ore esatte lo stomaco della vittima avrebbe dovuto essere vuoto, vero?»

«Vero. Il mio è un calcolo approssimativo.»

«Quindi avrebbe potuto volerci più tempo?»

«Sì. Ma, se ben ricorda, c'erano tracce di tonno nello stomaco della vittima. Il che significa che la digestione è stata interrotta dal decesso.»

«Che potrebbe essere avvenuto alle ventidue e cinque. O alle ventidue e dieci. O anche alle ventidue e quindici.»

«Sì.»

«Anche alle ventitré?»

Era una domanda incauta e Tony se ne accorse subito. «È alquanto improbabile», rispose la Micelli. «Ma è anche vero che può essere avvenuto prima. Alle ventuno e trenta, per esempio. O alle ventuno e quaranta. O alle ventuno e cinquanta. Cioè mentre l'imputato era ancora insieme alla vittima, per sua stessa ammissione.»

«Ma il signor Robb ha anche dichiarato di aver notato una persona in macchina, mentre usciva dal parco.»

«Sì.»

«È possibile che sia stata questa persona a uccidere Marcie prima delle ventidue e cinque, o dieci o quindici.»

La Micelli lo guardava perplessa. «Io posso dirle solo che secondo me Marcie è stata uccisa fra le ventuno e trenta al più presto e le ventidue e trenta al più tardi, che Sam Robb era il padre del bambino che portava in grembo e che il sangue trovato sul volante dell'automobile dell'imputato apparteneva alla vittima. Non sono in grado di esprimermi circa i fatti riferiti dal signor Robb alla polizia o l'ora in cui si allontanò dal parco.»

Tony capì subito che quella risposta poteva avere effetti devastanti: si vedeva dalla faccia che facevano i giurati.

«Merda», esclamò Sam.

«Con tutto il sangue che deve aver perso la vittima», disse Saul, come riflettendo ad alta voce, «sul volante dell'automobile di Sam Robb ce n'era solo una goccia?»

«Non ne sono state trovate altre tracce», ammise la Micelli.

«Ma allora come fa a dire che proviene da una delle ferite che hanno provocato la morte di Marcie? In fondo, scientificamente si può solo dimostrare che appartiene alla vittima, no?»

La Micelli lo squadrò prima con incredulità, poi con fastidio e quindi con rassegnazione. «Scientificamente, non posso dire altro.»

Tony si era reso conto che Saul stava cercando un modo per concludere l'interrogatorio. «Lei ritiene che quella macchia di sangue sia l'unico elemento che lega Sam Robb alla morte di Marcie Calder, quale che ne sia stata la causa?»

La teste rifletté. «Dal punto di vista strettamente medico-scientifico?» domandò poi.

«Sì.»

«Allora possiamo dire che quella macchia di sangue è l'unica prova materiale che lega Sam Robb alla morte di Marcie Calder.»

Saul pareva assorto nei propri pensieri. «Grazie», disse infine, ritornando al tavolo della difesa.

«Ottimo lavoro», gli sussurrò Tony. Lo pensava veramente: con Katherine Micelli non ci si poteva aspettare molto di più. Sam, quando la corte si ritirò, andò da Saul, accasciato sulla sua sedia, e con semplicità lo ringraziò.

E così si concluse la deposizione dell'ultimo testimone convocato dall'accusa.

17

QUELLA sera Tony portò Saul a cena nel solito ristorante sul lungofiume. Gli sembrava così contento che non disse niente quando si vide arrivare di nuovo una maionese dall'inquietante color arancione in bilico sull'insalata.

«Vedrai che entro quarantacinque minuti e sette secondi cola giù», scherzò Saul.

«Chissà. Giurerei che sono esattamente la stessa insalata e la stessa maionese che mi hanno servito l'ultima volta», rispose Tony scuotendo la testa. «Eppure la legge di gravità non è un'opinione. Dovresti chiamare la dottoressa Micelli e chiederle un parere. 'Secondo lei, supponendo che un cespo di lattuga rotoli giù da una scarpata...'»

Saul fece una risatina e poi assunse un'espressione curiosa. «Come va, Tony?»

Tony versò il vino. «Abbastanza bene», rispose. Poi si rese conto che Saul si aspettava qualcosa di più e aggiunse: «Sei stato in gamba, Saul. Avrei voluto vederti alle prese con quei due poliziotti, Dana e McCain, a parte il fatto che in quel caso sul banco degli imputati ci sarei stato io».

Saul lo osservò, come per assicurarsi che non lo avesse detto per complimento. *Dev'essere dura non sapere quanto terreno si è perduto*, pensò Tony, *avere tanti dubbi riguardo alle proprie capacità*. «È passato tanto tempo», replicò Saul. «Troppo tempo e troppo whisky. Non sono più quello di una volta.»

«Chissà come dovevi essere, allora. Imbattibile.»

Lui sorrise, questa volta anche con gli occhi, e Tony capì che gli credeva. «Ero come te», rispose. «La vita è strana a volte, vero?»

«Sì, molto strana.»

Dopo un attimo di silenzio, Saul chiese: «L'ami ancora? È per questo che lo stai facendo?»

Tony abbassò gli occhi, non sapendo che risposta dare neppure a se stesso.

«Sarei tornato anche se Sam avesse sposato un'altra. Certe esperienze lasciano il segno nella vita e penso che l'amicizia con

Sam rientri in questa categoria. E lo stesso vale per la morte di Alison. E per Sue.» Alzò gli occhi. «Sì, Saul, l'amo ancora. Non voglio che diventi un problema fra Stacey e me, ma in un certo senso questo complica ulteriormente le cose. Perché se penso alla vita che ha fatto e che sta facendo, e che non posso fare assolutamente niente per lei... L'unico che posso aiutare è Sam e, anche supposto che riusciamo a farlo assolvere, per Sue non sarà comunque facile.»

«Tu continui ad avere dubbi.»

«Sì.»

«È strano, il tuo amico. A volte, quando si comporta come si deve, tipo oggi, sembra sincero, quasi mite, se si può definire mite Sam Robb. Altre invece sembra proprio che reciti, come se gli stessero dicendo che cosa fare dalla regia attraverso un auricolare e lui, pur provandoci, non ci riuscisse.» Gli lanciò un'occhiata significativa. «Capisci che voglio dire?»

Benché si trattasse di una cosa seria, Tony sorrise. «Certo che capisco», rispose.

Saul ingollò un gran sorso di vino: stava bevendo più di quanto avesse fatto negli ultimi tempi, forse per il sollievo di essersi tolto dei dubbi riguardo alle proprie capacità, ed evidentemente il vino gli scioglieva la lingua. «Se fossi nei tuoi panni», disse dopo un po', «non me la prenderei troppo per Sue. Può anche darsi che avrebbe vita più facile se perdessi la causa piuttosto che se lui fosse assolto, perché in tal caso dovrebbe fare una scelta. Anche lei, come te, si chiederà sempre se Sam è un assassino. Ma tu almeno potrai tornare da tua moglie e da tuo figlio, sapendo di aver fatto il tuo dovere, mentre lei dovrà decidere se lasciarlo o restare con lui. E non credo che Sam le renderà facile la scelta, soprattutto se Sue è la donna che sembra. Comunque vadano le cose, resterà sempre il padre dei suoi figli.»

Tony capì che era vero. «È stata lei a chiedermi di difenderlo. Di farlo assolvere.»

Saul vuotò il bicchiere. «Te lo ha chiesto prima del processo, Tony. Chissà come la pensa adesso.»

Il giorno seguente non c'era udienza. Quel pomeriggio Sam invitò Tony a finire la partita di pallacanestro.

Lo aspettava a metà campo, con la palla sottobraccio e un gran sorriso stampato sul volto. «Eravamo rimasti quindici a quindici, giusto?»

«Sì.»

Tony si stupì che, nonostante il processo e quel che significava per entrambi, ricordassero ancora il punteggio. L'autunno era alle porte ed erano trascorsi ventotto anni dall'ultima stagione che aveva visto Sam e Tony, amici e rivali, impegnati nella partita contro il Riverwood. L'amicizia e la rivalità rimanevano, con modalità quasi immutate, istintive: era solo che Tony mancava da tanto tempo.

«Una regola nuova: vince chi ha due canestri di vantaggio», propose Sam. Sorrise, poi aggiunse: «Mi sembra la cosa più giusta».

Tony alzò gli occhi al cielo. «Ci metteremo una vita.»

«Per me va bene. Al processo non mi diverto molto.» Gli lanciò la palla. «Tocca a te. Avevo appena pareggiato usando il tuo stesso stratagemma, se ben ricordi.»

«Sei veramente fissato», disse Tony, portando la palla oltre la linea. Quando, davanti a Sam, gli girò improvvisamente la schiena e andò a canestro segnando il suo sedicesimo punto e lasciandolo di sasso, Sam lanciò un urlo di ammirazione.

«Troppo bravo», esclamò. Ma quando provò a usare lo stesso trucco e Tony gli rubò la palla, smise di ridere. Pur di fare canestro, gli diede una gomitata nel fianco. Dopo quel contrasto, non parlarono quasi più.

Il tempo passava, scandito dal loro respiro affannoso, dai passi veloci, dal sudore e dalle brevissime pause in cui si studiavano prima di correre sotto canestro o tirare a distanza. Erano ventitré pari quando Tony fece un tiro e sbagliò. Si buttarono tutti e due per prendere il rimbalzo e si scontrarono; Tony andò a sbattere contro il pilastro di cemento del tabellone e Sam cadde sull'asfalto.

Tony si fece male alla testa e al gomito e per un attimo vide tutto nero. Poi si accorse che Sam si stava rialzando per impadronirsi del pallone. «Smettiamo», gli disse.

Sam ci rimase male. «Vuoi fare una pausa?»

«Cinque minuti», rispose Tony e si rese conto che erano le prime parole che si rivolgevano da un pezzo.

Si sedettero per terra, un po' discosti.

«Ti sei fatto male?» gli chiese Sam dopo un po'.

«Sopravvivrò.» Tony non aveva voglia di parlare. Piegò il braccio e fece una smorfia. Si sentiva pulsare la tempia.

Sam guardò Taylor Park e il lago in lontananza. «Come stava Sue l'altra sera?»

Lo disse con un tono così piatto, volutamente indifferente, che l'altro si voltò a guardarlo. «Spero che tu non stia alludendo a quello che hai avuto il coraggio di dire l'altro giorno.»

«Volevo solo sapere come stava.»

«Senti, mettiamo in chiaro una cosa una volta per tutte: io non so come sta Sue, né che cosa farà. Lei parla con me solo perché non può farlo né con te né con i figli, solo perché io non faccio parte della sua famiglia. Non me la scopo affatto, per dirla elegantemente come hai fatto tu.»

«Non l'hai mai fatto?»

Tony lo guardò negli occhi, deliberatamente. Le bugie migliori sono mezze verità, gli aveva detto Sam. O altrimenti, si disse Tony, quelle che si dicono a testa alta. «Nel '68», disse, «ero troppo incasinato, non m'importava niente di nessuno. Ma forse tu non te ne rendevi conto, visto che non ci parlavamo più. Se ben ricordo, per il fatto che avevi dei dubbi sul mio ruolo nella morte di Alison.»

Sam abbassò gli occhi e a Tony rimase l'amara sensazione di averlo manipolato. Ma non voleva, né poteva, tradire Sue, come non poteva tradire un cliente. «Giochiamo a basket, che è meglio», disse.

Si alzarono in silenzio e ricominciarono la partita.

Erano tesi, come prima. L'unica differenza era che ogni tanto si scambiavano un cenno o un'occhiata, ma stavano attenti a non darsi spallate o gomitate che potessero innescare un conflitto irrimediabile. Tony si accorse che si sforzava di trattare Sam come un avversario qualsiasi, per cui non provava né affetto, né odio, né paura. Nello sport, come nella professione, la sua forza era sempre stata mettere da parte i sentimenti: in questo era molto diverso da Sam, che era più viscerale e s'infiammava facilmente. Ma con Sam anche Tony si scaldava.

Quando andò a canestro e segnò il trentesimo punto, Tony aveva la testa che gli scoppiava.

Aveva un punto di vantaggio. Ancora uno ed era finita.

Sam gli si parò di fronte. Accaldati, con il fiatone, si muovevano quasi all'unisono, uniti dalla voglia di vincere, da una passione istintiva che si risvegliava quando erano insieme. Tony guardò Sam negli occhi.

«Vaffanculo», gli disse Sam a bassa voce partendo verso il canestro con uno scatto improvviso, di una furia sorprendente.

Tony cercò di bloccarlo con una mossa disperata di fianco, come se fosse l'unica cosa di cui gli importava. Sam si fermò, con il volto stravolto dalla rabbia e dalla voglia di vincere, e poi avanzò lateralmente per smarcarsi. Tony non si spostò e l'altro gli andò addosso. Tony perse l'equilibrio, ma non prima di avergli sottratto la palla. Disperato, Sam si tuffò per riprenderla e cadde a pancia in giù sull'asfalto, mentre la palla rotolava fuori campo. Quando alzò gli occhi verso Tony, aveva uno sguardo vitreo, spietato.

Senza dire una parola, Tony gli tese la mano.

«Facciamo una pausa?» domandò.

Sam sembrava immerso nei propri pensieri. «Okay», disse.

Si avviarono insieme verso il bordo del campo. Dal lago soffiava un vento fresco. In silenzio, guardarono ancora una volta Taylor Park con le sue querce, i suoi cespugli e i suoi ricordi antichi e terribili.

«Hai visto Ernie Nixon?» domandò Tony.

Sam fece di no con la testa. «Sul *Weekly* c'era scritto che ha chiesto l'aspettativa. Senza spiegazioni.»

«Non ce n'era bisogno.»

Con una calma volutamente provocatoria, Sam chiese: «Allora quando tocca a me dire che non l'ho uccisa?»

«Forse non ti tocca proprio.»

«Dovrei nascondermi dietro di te?»

«No.» Lo disse con freddezza, senza giri di parole. «Da adulti razionali quali siamo, forse ci conviene decidere che in questo caso non devi per forza averla vinta. Che può bastare la deposizione del nostro criminologo per ottenere un'assoluzione per insufficienza di prove. Che non è il caso che tu cerchi di razionalizzare il fatto che hai tradito tua moglie, oltre che sodomizzato e messo incinta una tua studentessa e soprattutto che tu cerchi di razionalizzare tutto ciò davanti a dodici giurati che potrebbero anche chiedersi fino a dove sei capace di arrivare.» Poi aggiunse, a voce più bassa: «Facciamo una prova domani, poi vediamo».

Sam si voltò dall'altra parte e abbassò gli occhi. «Finiamo la partita», disse in tono piatto.

«La partita? Finiamola dopo il processo. Oggi non ho voglia di vincere.»

L'altro lo guardò in tralice, con gli occhi socchiusi. Tony si augurò che capisse il significato implicito di quelle parole e cioè che, quel giorno, chiudere la partita non avrebbe fatto bene a nessuno dei due.

Ma Sam ripeté, con calma: «Io preferirei finire ora».

Tony sorrise e se ne andò. «Il fatto è», disse senza nemmeno voltarsi, «che, come al processo, senza di me non puoi giocare.»

18

Un lunedì mattina, due settimane dopo l'inizio del processo, Tony tenne finalmente la sua prima arringa.

I giurati erano immobili e attentissimi. Lui sentì il peso delle loro aspettative, della tensione di Sam e dello sguardo indecifrabile di Sue.

«A questo punto non bisogna argomentare», esordì, «bensì esaminare le prove. Le cosiddette prove presentate dalla pubblica accusa sono tutte ed esclusivamente indiziarie. Non ci sono testimoni oculari della morte di Marcie Calder. L'unico ad aver dichiarato che Sam Robb andò a Taylor Park quella sera è stato lo stesso Sam Robb e nessuno ha potuto dimostrare che ci fosse andato per una ragione diversa da quella da lui stesso addotta quando fu denunciata la scomparsa di Marcie: ovvero che era preoccupato per lei.»

Tony s'interruppe e osservò le due file di giurati. «Il pubblico ministero ha tentato di darvi una serie di motivi per disapprovare Sam Robb: vi ha detto che aveva una relazione con una minorenne, che l'aveva messa incinta e che aveva tenuto nascosta alla polizia la natura del loro rapporto. E, sulla base di ciò, la pubblica accusa ha tentato di convincervi che Sam deve aver ucciso Marcie per evitare lo scandalo. Ma mentire non vuol dire uccidere. Per quanto sgradevole possa essere, oso affermare che tutti voi della giuria, tutti noi presenti in quest'aula abbiamo fatto qualcosa di cui ci vergogniamo e detto bugie di cui ci siamo poi pentiti. E dai fatti qui presentati risulta che Sam Robb non mentì per nascondere un omicidio alla polizia, cui si rivolse spontaneamente, ma per difendere il proprio matrimonio, la propria vita, la propria reputazione nella città in cui è nato e vissuto.» Assunse un tono di voce più duro. «Come Ernie Nixon tentò di nascondere a voi il rapporto che lo legava a Marcie, di qualsiasi natura esso fosse, qualsiasi fosse il motivo. Sia in un caso sia nell'altro, mentire non equivale a uccidere e le ipotesi non sono prove. E io sono convinto che, alla fine, dovrete concludere che la pubblica accusa non ha nemmeno dimostrato, al di là di ogni ragionevole dubbio, che Marcie sia stata uccisa. Supponiamo tuttavia per un momento, cosa che non potrete fare in camera di consiglio, che sia stata assassinata. Ricordate che non dovete condannare Sam Robb per omicidio perché disapprovate il modo in cui vive, né decidere se possa continuare a insegnare. Del resto a questo ha già pensato lo stesso Sam Robb, presentando le sue dimissioni...»

Stella si agitò, stizzita. Le dimissioni non rientravano tra le prove messe agli atti e non lo sarebbero state a meno che Sam non fosse salito sul banco dei testimoni. Ma Tony era già passato ad altro. «Il vostro dovere di giurati è decidere se le prove che vi sono state presentate sono sufficienti a mandare Sam Robb in prigione per il resto della sua vita. Si tratta forse della decisione più difficile che dodici persone possano prendere sul destino di un'altra.» Guardò prima Sam e poi Sue. «La vostra decisione può strappare per sempre quest'uomo alla sua famiglia. Ma è proprio questo che chiede la pubblica accusa. Su che basi? Un'impronta digitale e una goccia di sangue. Un'impronta digitale. Una goccia di sangue. Vi chiedo di riflettere. Perché, prima di stasera, sono certo che concluderete che il pubblico ministero non solo non è in grado di dimostrare che Sam Robb è colpevole di un omicidio, ma neppure che di omicidio si è trattato.»

Tony tacque per un istante e osservò i giurati a uno a uno, per come rammentare loro che si erano assunti l'impegno di ascoltare ed essere imparziali. Quindi li ringraziò e chiamò a deporre l'unico testimone che aveva convocato.

Peter Shapiro era un uomo grande e grosso con i baffi e i capelli brizzolati, occhi marroni, lo sguardo intelligente e sereno e un modo di esprimersi semplice e privo di fronzoli. Medico legale e criminologo specializzato presso la Ohio State University, era uno degli esperti più cari cui Tony si fosse mai rivolto.

Tony illustrò velocemente le sue credenziali e quindi il motivo per cui era stato convocato: riesaminare il rapporto della scientifica, il referto dell'anatomo-patologo e tutte le prove materiali su cui la pubblica accusa aveva basato la sua richiesta di condanna, senza svolgere nessuna nuova indagine. Shapiro dichiarò di avere avuto la possibilità di controllare le prove citate dall'ispettore Gregg e dalla dottoressa Micelli per verificarne le conclusioni.

«Secondo lei», chiese Tony, «dalle prove materiali si deduce inequivocabilmente che si è trattato di omicidio come sostiene l'accusa o è possibile anche che la vittima si sia suicidata o sia caduta accidentalmente?»

Shapiro annuì, pronto a rispondere. «In primo luogo desidero precisare che non voglio mettere in dubbio la competenza della polizia di Lake City e che nutro la massima stima per la dottoressa Micelli, di cui conosco l'esperienza e la professionalità. Costoro affermano che si è trattato di omicidio. Ritengo che ciò sia possibile», disse voltandosi a guardare la giuria. «Ma non posso escludere che Marcie Calder sia morta in altro modo.»

Un inizio perfetto, pensò Tony: rispettoso, equilibrato e credibile. A Sam Robb serviva un dubbio, non la certezza. «Su che basi lo afferma, dottor Shapiro?»

«Incominciamo dalle prove prodotte dalla dottoressa Micelli e prima di tutto dall'assenza di lesioni cerebrali da contraccolpo. Tale assenza indica che probabilmente Marcie non morì cadendo. Ma non lo esclude del tutto, almeno secondo me. Sono oltre duecento anni che si studia il legame fra cadute e lesioni da contraccolpo, ma non si è ancora arrivati a formulare una vera e propria 'legge della fisica' al riguardo. Basti pensare che una caduta dall'alto, per esempio da una finestra, non sempre provoca lesioni da contraccolpo. Neanche quando le fratture del cranio sono molto estese. Perché? Probabilmente perché il corpo cade a una velocità tale che il cervello e la scatola cranica sono sottoposti alla medesima accelerazione e quindi non si generano pressioni dovute all'accelerazione all'interno del cranio prima dell'impatto. In questo senso cadere da una sedia in teoria può provocare lesioni da contraccolpo più gravi che da uno strapiombo.»

Osservando la giuria, Tony si accorse che la dietologa sembrava impressionata, come pure il professore d'inglese. Per fortuna non erano presenti quando Shapiro gli aveva detto: «La Micelli probabilmente ha ragione: le probabilità che l'abbia buttata giù qualcuno nell'arco di tempo in cui il suo cliente ha ammesso di essere stato insieme con la vittima sono piuttosto alte. Ma se si esaminano le ragioni della Micelli una per una, si può trovare qualcosa da ridire su ciascuna. L'effetto complessivo, però, mi preoccupa: non glielo nascondo».

«Che cosa pensa dell'affermazione della dottoressa Micelli, secondo cui le abrasioni riscontrate farebbero ritenere che la caduta sia avvenuta dopo la morte della vittima?» chiese Tony in aula.

Ancora una volta Shapiro si rivolse alla giuria. «È certamente possibile. Ma gli appunti mossi dall'avvocato Ravin erano plausibili: è difficile giudicare, quando il cadavere è rimasto sotto la pioggia per sette ore o più. La pioggia infatti potrebbe in parte spiegare l'aspetto sia delle escoriazioni sia della pelle integra. Quanto poi alle impronte ritrovate sull'orlo del precipizio, è vero che potrebbero essere state lasciate da una persona che trascinava Marcie Calder. Ma è anche vero che, visto che non è stata trovata la scarpa, potrebbero appartenere a chiunque, magari a qualcuno che faceva jogging e si era fermato in quel punto a guardare il panorama.»

«E i solchi nel fango?» domandò Tony.

«Potrebbero essere stati lasciati dalla punta dei piedi della vittima, è vero, ma Marcie potrebbe anche essere inciampata o, perdonatemi la brutalità, essersi buttata troppo presto. E il fango potrebbe essere finito sulle sue scarpe durante la caduta.» Si pulì gli occhiali e riprese: «Non posso dire che la dottoressa Micelli abbia torto nel parlare di omicidio. Ma non posso nemmeno dire che abbia ragione e credo che ci siano molti motivi per cui in effetti neppure lei potrebbe farlo. Ognuno dei fattori da lei citati può avere un significato come non averlo, oppure significare qualcosa di molto diverso da quanto suggerito dalla pubblica accusa».

È ora di passare ad altro, pensò Tony: al massimo Shapiro poteva lasciare qualche altro inquietante interrogativo in sospeso. «Omicidio?» gli aveva detto varie settimane prima. «Sì, a mio parere le possibilità che lo sia stato sono quattro contro uno. Quanto ci vuole per ottenere un'assoluzione per insufficienza di prove, di questi tempi?»

Avvicinandosi al tavolo della difesa, Tony prese due ingrandimenti d'impronte digitali e le appese a un tabellone. Quando vide che Stella li osservava attentamente, prima l'uno e poi l'altro, fu certo che aveva capito.

Indicò prima l'impronta a sinistra. «Dottor Shapiro, vuole identificare il reperto numero uno della difesa?»

«È un ingrandimento delle tre impronte digitali trovate sull'orologio da polso di Marcie. Come ha dichiarato l'ispettore Gregg, una appartiene alla vittima. Quella a sinistra, per la precisione. La seconda è del signor Robb. A destra c'è quella che l'ispettore non è riuscito a identificare.»

Stella aveva uno sguardo di studiata imperturbabilità che Tony ben conosceva: lo sguardo dell'avvocato che sa di essere in procinto d'incassare un brutto colpo dalla controparte e non vuole che la giuria si accorga del proprio sgomento. «E il reperto numero due?» domandò.

«È l'ingrandimento di due impronte digitali rilevate su uno Swatch nero.»

La tensione nell'aula era palpabile. «A chi appartengono?»

Shapiro accennò un sorriso. «Avvocato Lord, una è sua.»

«E l'altra?»

«Non l'ho identificata.»

Tony fece una pausa a effetto. «Quando ha visto per la prima volta questo orologio?»

«La settimana scorsa, quando lei me l'ha consegnato. L'ho pulito togliendo ogni impronta, l'ho messo in una busta e gliel'ho restituito, avvocato.»

«Sa dove l'ho messo, poi?»

«Sì, nel cassetto del tavolo della difesa.»

«Come fa a saperlo?»

Shapiro intrecciò con calma le dita, con fare da esperto. «Lo so perché ero presente in aula.»

Il giudice Karoly lo guardò stupito: stava incominciando a capire.

«E che cosa ne ho fatto?» continuò Tony.

«Nel corso del controinterrogatorio, lo ha estratto dalla busta e lo ha consegnato al testimone Ernie Nixon.»

«E poi che cos'è successo?»

«Il signor Nixon lo ha tenuto in mano qualche istante.» Shapiro guardò Stella. «Poi il pubblico ministero ha sollevato un'obiezione e lei l'ha rimesso nella busta. Una volta concluso il controinterrogatorio, me lo ha riconsegnato.»

«E che cosa le ho chiesto di fare?»

«Di rilevare le impronte dall'orologio, accertandomi che nessun altro lo toccasse.»

Tony indicò l'altro ingrandimento. «E i risultati sono visibili in queste foto?»

«Sì.»

«La mia impronta è quella a sinistra?»

«Sì.»

Tony si rivolse alla giuria. «Quindi, per eliminazione, possiamo affermare che l'altra è di Ernie Nixon.»

Shapiro assunse un'espressione solenne. «Sì. È l'impronta del dito indice della mano destra del signor Nixon.»

«E riguardo all'impronta del signor Nixon, è riuscito a trarre altre conclusioni?»

«Sì.» Shapiro si voltò verso la giuria. «Combacia con l'impronta non identificata trovata sull'orologio che Marcie aveva al polso la sera in cui morì. Senza dubbio anche quell'impronta appartiene al signor Nixon.»

Tony sentì la reazione a quelle parole nel rumore di sedie smosse, nei colpi di tosse e nel brusio dei giurati alle sue spalle. Con la coda dell'occhio, vide che l'estetista era immobile. Guardando Shapiro, gli chiese: «Secondo lei perché sull'orologio della vittima c'è un'impronta digitale del signor Nixon?»

«Non ne ho idea», rispose il perito in tono stupefatto. «Come non ho idea del motivo per cui ci siano quelle del signor Robb. O di che cosa queste impronte vogliano dire.»

«D'accordo.» Allontanandosi dal tabellone, Tony lasciò ai giurati il tempo di assimilare quella notizia. «Le ho chiesto anche se Marcie avesse avuto un rapporto anale la sera della sua morte?»

«Sì.» Shapiro intrecciò le dita. «Sono pienamente d'accordo con la dottoressa Micelli. Marcie ebbe un rapporto anale e il suo partner usò il profilattico. Concordo anche con l'affermazione del coroner secondo cui la marca era probabilmente Adam's Rib.»

«Lei ritiene, come la dottoressa Micelli, che il rapporto sia stato consensuale o è di parere contrario?»

«Sono d'accordo con la dottoressa Micelli: uno stupro avrebbe provocato lacerazioni più estese. A mio parere le lesioni che la vittima riportò indicano che era nuova a quell'esperienza, ma consenziente.»

Sue guardava Sam con lo stesso sguardo indecifrabile che Tony aveva notato in lei al suo ritorno a Lake City, così diverso da quello della ragazza che ricordava. Sam si osservava le mani, non osando alzare gli occhi.

Meglio chiudere, pensò Tony. «Ha analizzato il campione di sangue prelevato sul volante della Volvo della signora Robb?» chiese al dottor Shapiro.

«Sì. E convengo che apparteneva a Marcie Calder.»

«Ha tratto altre conclusioni dall'analisi del sangue?»

«Sì. Su sua richiesta ho cercato di determinare se il sangue conteneva tracce di qualche sostanza estranea.»

«E ne ha trovate?»

«Sì.» Il perito si voltò verso la giuria, prima di spiegare in tono fermo: «Due esami diversi hanno rilevato che il campione conteneva tracce di una resina siliconica detta polidimetilsilicone o PDMS».

«E come ne spiega la presenza nel sangue della vittima?»

«Il PDMS è il lubrificante usato sui profilattici della marca Adam's Rib. Non vedo altra spiegazione.»

«Ne sono state ritrovate tracce anche nei tamponi prelevati dalla dottoressa Micelli?»

«Sì.»

«Ha trovato altre sostanze estranee nel sangue della vittima?»

«Sì.» Il perito guardava Tony. «In entrambe le analisi risulta la presenza di materia fecale.»

A voce bassa Tony domandò: «In base a tutto questo, dottor Shapiro, che cosa ci può dire circa il sangue ritrovato sul volante?»

«È dello stesso gruppo ritrovato sullo sfintere di Marcie e potrebbe essere finito sul volante quando il signor Robb si tolse il profilattico. O, perlomeno, quando lo toccò.»

Tony si avvicinò. «Secondo lei, sulla base di quelle macchie di sangue, si può affermare che Marcie è stata assassinata o risalire all'identità dell'assassino?»

Shapiro assunse un'aria grave. «Non credo proprio.»

Tony rimase un attimo zitto a guardare i volti dei giurati, pensosi e sorpresi. «Grazie», disse poi al perito e tornò al tavolo della difesa. Il sollievo che provava scomparve immediatamente, nel vedere la faccia di Sam, pieno di vergogna e, per un istante, anche di risentimento.

19

Squadrando Shapiro con gli occhi leggermente sgranati, Stella Marz esitò un momento prima di alzarsi, come se volesse decidere quale punto attaccare per primo. Ma la voce era calma e sicura. «Incominciamo con l'ipotesi dell'incidente o del suicidio», esordì, un po' brusca. «Lei è davvero convinto che la vittima sia caduta o si sia suicidata?»

Shapiro scosse la testa. «Non ho detto questo. Mi sono limitato ad affermare che alla luce delle prove prodotte dall'ispettore Gregg e dalla dottoressa Micelli non lo si può escludere.»

«Allora passiamo al colpo fatale. Il cadavere presentava varie lesioni da colpo, cioè traumi dalla stessa parte delle fratture ossee, giusto?»

«Giusto.»

«Da questo si deduce che i colpi sono stati inferti da un'altra persona, giusto?»

«Giusto.»

«Lei ha mai riscontrato lesioni da colpo di tale gravità in una persona morta in seguito a una caduta?»

Shapiro aggrottò la fronte. «No.»

«Bene. Allora, a quanto ho capito lei sostiene che l'assenza di lesioni da contraccolpo non esclude la caduta accidentale.»

«Precisamente.»

«Ma, se si considera la concomitanza di lesioni da colpo, non pensa che le probabilità che la vittima sia stata uccisa aumentino notevolmente?»

Tony si accorse che il perito dava i primi segni di disagio, forse perché temeva di essere giunto al limite della credibilità. «L'omicidio è effettivamente probabile, sì.»

«Dunque secondo lei si è trattato di un omicidio?»

«Probabilmente sì.»

La lunga occhiata che Stella gli rivolse, senza parlare, era quella di una maestra che ha appena colto in fallo uno dei suoi alunni più bravi. «Passiamo oltre», disse. «Lei ricorda di aver affermato che, siccome il cadavere rimase esposto alla pioggia per diverso tempo, non è possibile accertare se le abrasioni sul viso e sulle mani siano state riportate dalla vittima prima o dopo la morte?»

«Sì, è quello che ho detto.»

Tony notò che Shapiro era più cauto e pesava le parole. «Analoghe ferite in una persona viva causerebbero un'emorragia sottocutanea.»

«Sì.»

«Di cui però non c'è traccia in questo caso.»

«Vero.»

«Non crede che il motivo più probabile sia che il cuore di Marcie avesse già smesso di battere?»

«Sì.»

«Non ritiene quindi probabile che le lesioni siano avvenute postmortem?»

«Sì.»

«Anche perché la pietra era a oltre due metri dalla testa di Marcie.»

«Sì.»

«Non è stato trovato sangue su nessun'altra pietra?»

«No.»

«Quindi più di un fattore indica che Marcie fu uccisa prima di cadere: le lesioni da colpo, le probabili abrasioni postmortem, l'assenza di sangue in cima alla scarpata o su altre pietre e il fatto che l'unica pietra sporca di sangue si trovasse a una certa distanza dalla testa della vittima.»

«Sono tutti fattori plausibili, è vero.»

«Può cavillare su ciascuno, dottor Shapiro. Ma non trova che, tutti insieme, essi provino che si è trattato di omicidio?»

«Inducono effettivamente a pensarlo, sì.»

«E le impronte sull'orlo del precipizio? C'erano dei segni che potrebbero essere stati lasciati cadendo sulle ginocchia?»

«No.»

Con calma implacabile, Stella continuò: «Concorda dunque con me, quando dico che numerose prove materiali suffragano inequivocabilmente l'ipotesi dell'omicidio?»

Shapiro rifletté sulla formulazione della domanda. «Sì.»

«Vuole dire alla giuria quali prove materiali suffragano invece l'ipotesi di un suicidio o di un incidente?»

Shapiro incrociò le dita. «Inequivocabilmente?»

«Sì.»

«A mio parere, nessuna.»

Tony vide che Stella esitava, alla ricerca di una domanda risolutiva con cui concludere il controinterrogatorio. Poi evidentemente decise che non ce n'era bisogno. Tony era d'accordo con
lei.

«Dottor Shapiro, lei ha dichiarato che prima di morire Marcie
ebbe un rapporto anale consensuale, giusto?»

«Sì.»

«Lei presume che il partner di Marcie fosse Sam Robb?»

«Sì.»

«Dato il grado d'intimità fra i due, non ritiene che ci sarebbero
dovuti essere capelli della vittima sugli indumenti dell'imputato?»

«È possibile.»

«Invece sugli indumenti che il signor Robb ha dichiarato di
aver indossato quella sera non ce n'era la minima traccia. Dico
bene?»

«Dal rapporto del criminologo non risulta.»

«Da ciò non si potrebbe dedurre che il signor Robb in realtà
quella sera non indossava quegli indumenti e che pertanto mentì
alla polizia?»

Non era il caso di obiettare, Tony lo sapeva. «Non necessariamente», rispose Shapiro con calma. «È possibilissimo che non ci
fossero capelli della vittima sui suoi indumenti. Bisogna infatti
tenere conto che, proprio dato il grado d'intimità, nessuno dei
due era necessariamente vestito.»

Sam si spostò sulla sedia, inquieto e a disagio. Anche Tony
era preoccupato, ma per altri motivi: quella risposta rischiava di
ricordare alla giuria che Sam Robb non aveva testimoniato.

Il pubblico ministero si avvicinò. «Ma la polizia ha trovato
capelli di Marcie sul sedile posteriore della macchina, giusto?»

«Così risulta dal rapporto.»

«E sul poggiatesta del sedile del passeggero?»

«Sì, anche questo risulta dal rapporto.»

«Ma nessuna traccia di sangue sugli abiti dell'imputato.»

«Stando al rapporto, no.»

«Lei però crede che avesse le dita sporche di sangue.»

«Sì.»

«Questo non implica che Sam Robb abbia mentito alla polizia
e consegnato abiti diversi da quelli che indossava veramente quella sera?»

«Non necessariamente. Può essersi sporcato le mani, però non i vestiti.»

Tony immaginò Sam che cercava disperatamente di liberarsi dei vestiti sporchi di sangue, ma scacciò quel pensiero: non c'erano prove che le cose fossero andate veramente così. Lo guardò e vide che era sconsolato, pieno di vergogna, di nuovo vulnerabile.

«Dal rapporto della polizia risulta inoltre che sugli abiti della vittima c'erano capelli biondi e grigi, vero?»

«Sì.»

«Dello stesso tipo di quelli dell'imputato, giusto?»

«Sì.»

«Questo non le sembra indicare che l'imputato e la vittima avessero raggiunto un certo grado d'intimità quando lei era vestita?»

«Sì.»

«Eppure sugli abiti che Sam Robb ha dichiarato di avere indosso quella sera non c'è un solo capello di Marcie.»

«Infatti.»

«Lei o la scientifica avete trovato capelli che potessero appartenere a un afroamericano sui vestiti di Marcie?»

«No.»

«Non si sarebbe aspettato di trovarne, se ci fosse stata una colluttazione fra la vittima e un aggressore afroamericano?»

Shapiro si strinse nelle spalle. «Sono tutte supposizioni. Non sappiamo né se ci fu una colluttazione, né se l'aggressore toccò la vittima... È impossibile rispondere alla sua domanda.»

Era una risposta ragionevole e la giuria parve rendersene conto. Tutti si voltarono verso il pubblico ministero, in attesa della sua prossima mossa.

Stella rimase zitta e per un attimo le si lesse in viso che era frustrata, ma ritrovò subito l'espressione serena di sempre. «Passiamo un attimo al tramezzino al tonno», disse. «Supponendo che Marcie l'avesse mangiato intorno alle venti, lei concorda sul fatto che alle ventidue avrebbe dovuto averlo digerito completamente?»

«Solo fino a un certo punto: come ha detto anche la dottoressa Micelli, i calcoli vanno fatti con un'approssimazione di mezz'ora in più o in meno. Il che significa che la morte potrebbe essere sopraggiunta anche alle ventidue e trenta.»

«Dunque Ernie Nixon è fuori discussione, giusto? Nell'ipotesi naturalmente che la società dei telefoni non abbia commesso errori e il signor Nixon abbia effettivamente chiamato la ex moglie alle ventidue e diciotto.»

«Nell'ipotesi. Sulla quale io non posso pronunciarmi.»

«Lei sa che il signor Robb dice di essersi congedato da Marcie intorno alle ventidue?»

«Sì.»

«Quindi il signor Nixon avrebbe avuto circa diciotto minuti per trovare Marcie nel parco buio, prendere una pietra, colpirla tre volte alla testa, trascinarla sul bordo del precipizio senza lasciare capelli sui suoi abiti, gettarla di sotto, risalire in auto, ritornare a casa sua, che da Taylor Park dista oltre tre chilometri, e chiamare la moglie a Chicago.»

Shapiro assunse un'aria vagamente divertita. «Supponendo che l'ora in cui l'imputato ha dichiarato di essere uscito dal parco sia giusta, sì.»

«Supponendo che l'ora dichiarata da Sam Robb sia giusta, lei ritiene che il signor Nixon, o chiunque altro, possa aver fatto tutto questo in diciotto minuti?»

Shapiro rifletté prima di rispondere. «Tanto per cominciare», disse infine, «l'esattezza dell'ora è di estrema importanza. Se il signor Robb fosse andato via alle ventuno e trenta o alle ventuno e quarantacinque, cambierebbe tutto. E non abbiamo modo di sapere quanto sia precisa l'indicazione che fornì alla polizia, visto che probabilmente in quel momento non gli sembrava importante.

«Ma supponiamo per un momento che Sam Robb abbia fornito un'indicazione precisa. Lei mi chiede se secondo me il signor Nixon può aver fatto tutto in diciotto minuti. Non sono in grado di dirlo. Per rispondere dovrei sapere per esempio se si fermò a cambiarsi d'abito o se corse subito a casa. E non abbiamo niente su di lui, in quanto non è mai stato indagato.

«In linea di massima ritengo che gli sarebbe stato possibile fare tutto quello che lei ha elencato. Tanto più se chiamò la ex moglie appena tornato a casa...» Shapiro guardò la giuria, quindi concluse: «Non sto affatto dicendo che le cose siano andate veramente così. Sto dicendo solo che, in via del tutto ipotetica, potrebbero anche essere andate così. Questo per ribadire che, sempre che si sia trattato di omicidio, nulla dimostra che l'assassino sia Sam Robb».

Con la coda dell'occhio Tony vide Saul abbassare gli occhi cercando di non sorridere. Risentita, Stella cercò di riprendersi.

«Ricapitoliamo, dottor Shapiro. Non abbiamo nessuna prova inequivocabile che Marcie Calder sia caduta accidentalmente.»

«No.»

«Né che si sia suicidata.»

«No.»

«Né che Sam Robb avesse effettivamente indosso i vestiti che consegnò alla polizia.»

«No.»

«Invece abbiamo prove inequivocabili del fatto che ebbe un rapporto anale con Marcie e quindi mentì alla polizia.»

«Così pare. Sì.»

«E anche che aveva ingravidato Marcie e mentito al riguardo.»

«Sì.»

«Sul corpo di Marcie non c'erano segni di colluttazione: non aveva capelli né pelle sotto le unghie, giusto?»

«Giusto. Ma, come ha fatto notare lei, la presenza di capelli di Sam Robb sui suoi abiti si può spiegare con il fatto che avevano avuto un rapporto sessuale. Non ci sono prove materiali – né capelli, né frammenti di pelle – che ci sia stata un'aggressione. Soprattutto non da parte di Sam Robb.» Shapiro tacque per un attimo, poi lanciò la stoccata finale. «E mi riferisco anche al sangue sul volante, di cui ho già spiegato la provenienza.»

Era la risposta di un perito abituato a testimoniare: aveva aspettato il momento giusto per ribadire la linea della difesa.

«Non ritiene possibile che Sam Robb abbia ucciso Marcie Calder e che il sangue della vittima si sia mischiato con le tracce di lubrificante del profilattico che già aveva sulle dita?»

Shapiro appoggiò il gomito sul banco dei testimoni e la testa sul palmo della mano. «Non posso escluderlo, certo. Ma non saprei come spiegare la materia fecale individuata nel campione, in questo caso.»

«Però non può escludere che il sangue sul volante provenisse da una delle ferite alla testa della vittima, vero?»

«No. Posso solo affermare che non c'è nessun motivo di credere il contrario. Né nulla che indichi che il signor Robb ha commesso un omicidio.»

Stella si fermò e per un attimo parve in difficoltà. Avvicinandosi a Saul, Tony gli sussurrò nell'orecchio: «Pensi che abbiamo fatto il possibile?»

Saul osservò prima la giuria, poi Sam. «Sì», rispose. «Penso proprio di sì.»

20

Tony e Sam erano soli nella saletta riservata ai testimoni. «Domani voglio chiudere il nostro caso», lo informò Tony.

Sam lo guardò a lungo, gelido. «Il *mio* caso. Non il *nostro*.»

L'altro si appoggiò allo schienale, esausto. Appena l'udienza era stata aggiornata, era andato a ringraziare Peter Shapiro, poi aveva dovuto liberarsi del giornalista occhialuto di *Vanity Fair* che voleva un'intervista a proposito di Alison Taylor e quindi aveva preso accordi con Saul per una cena di lavoro. Quando aveva guardato Sue, aveva visto che era molto turbata e non si era neppure accorta di lui. A un certo punto si era sentito toccare sul braccio e, voltandosi, aveva visto Sam che guardava prima Sue e poi lui. Gli aveva detto: «Ti devo parlare», con un tono così deciso che Tony si era preparato al peggio.

In quel momento, chiuso nella saletta insieme a Sam, si sentiva agitato, in preda alla claustrofobia. «Comunque sia», replicò, «credo di poter vincere. Penso proprio che il ragionevole dubbio ci sia.»

Sam lo fissò. «Sono convinti che sia stato io. Li ho guardati: si vede benissimo che mi considerano colpevole.»

«Lo sospetteranno anche, ma non è dimostrato. Il mio compito non è farti sembrare innocente o simpatico, ma semplicemente farti dichiarare 'non colpevole'.»

«Farmi assolvere per insufficienza di prove, insomma: un colpevole in libertà grazie al suo avvocato tanto in gamba.» Si fermò e alzò la voce. «Mi odiano, Tony. I giurati, la gente, tutti. Ho inchiappettato una ragazza e ho raccontato un sacco di balle. Me la sono scopata e ho mentito anche su quello; ho mentito a mia moglie e ai genitori di Marcie. Per la miseria, ho mentito praticamente a tutti, su tutto...»

«È vero, hai mentito. E adesso vorresti andare a testimoniare? Ti sei dimenticato com'è andata la prova che abbiamo fatto l'altro giorno?»

«Maledizione, sanno già tutto e pensano comunque che io sia un assassino. Che cosa potrò mai fare per peggiorare le cose?»

«Be', anche se lo sanno già, il fatto di andare a testimoniare, di ammettere 'tutto' e poi cercare di fargli credere che sei una brava persona può peggiorare non poco le cose. E anche dare l'impressione che la giustizia non ti basti, che ti prema ottenere la loro comprensione. O fare la figura del bugiardo che vuole farli passare per un branco d'imbecilli.» Tony aveva mal di testa. «Stiamo parlando del rapporto delicato fra te e dodici sconosciuti che sono arrivati qui già prevenuti nei tuoi confronti, Sam. Se si guasta quel rapporto, roviniamo tutto quello che ho cercato di ottenere finora. Se la giuria decide che ti detesta, se si rifiuta di crederti anche quando dici la verità, è finita. Non basterà più un ragionevole dubbio.»

Sam si protese in avanti. «Tony», sussurrò. «Non l'ho uccisa io. Se non posso prendere la parola e dire che sono innocente, non potrò più vivere a Lake City. Non potrò riavere né Sue né i miei figli. Non riuscirò mai più a lasciarmi tutto alle spalle.»

In effetti Tony aveva paura che il suo amico finisse male, che passasse il resto dei suoi giorni in carcere. «E se ti condannassero?» gli chiese.

Sam, rosso in quell'ambiente chiuso e senz'aria, gli lanciò un'occhiata intensa. «Perderei soltanto la pseudovita che mi offri tu, quella di un uomo che si è nascosto dietro il suo avvocato.» Di colpo prese un tono accusatorio, duro, come se si fosse reso conto solo allora delle vere motivazioni di Tony. «È questo che vuoi, vero? Che mi nasconda dietro di te, mentre la gente mormora alle mie spalle come mormorava alle tue a proposito di Alison? Come cazzo puoi chiedermi una cosa del genere?»

«Non sono mica stato io a farti finire nei guai.» Si alzò e lo guardò negli occhi, vicinissimo. «Ti ci sei cacciato da solo e hai troppe cose da spiegare.»

Sam stava per perdere la pazienza, ma cercava di dominarsi. Dopo un po' gli chiese, in tono controllato: «Pensi che sia stato io, vero?»

Tony s'infilò le mani in tasca e si sforzò di mantenere un certo aplomb. Non gli restava che dire la verità. «Non lo so, Sam. Non lo so davvero. Ma in base alle prove potresti averlo fatto benissimo.»

Si sorprese nel vederlo più incuriosito che arrabbiato. «Come fai a vivere con un sospetto del genere?» ribatté Sam. «Pensando che potrei averla ammazzata io?»

«Non è facile, te l'assicuro.»

«Neanche per me. Tanto più che, se lo pensi tu, figurati gli altri.» Si allontanò e andò ad appoggiarsi al muro, con le braccia conserte. «Tu non sei mai finito in tribunale. E di certo c'è ancora qualcuno, per esempio i genitori di Alison, convinto che sia stato tu ad ammazzarla e non quello stupratore negro che...»

«*Qualcuno*, Sam? O tu per primo?»

Con un guizzo negli occhi, Sam rispose: «No, io non lo penso più. E non so nemmeno se sia stato Ernie a far fuori Marcie o se sia caduta da quello stramaledetto burrone. Tutto quello che so è che non sono stato io, come mi dicesti tu a proposito di Alison. Ma c'è una differenza fra te e me: io sono finito in tribunale, imputato di omicidio, e quindi ho il diritto di giurare davanti a Dio che sono innocente...»

«Davanti a Stella, oltre che a Nostro Signore», ribatté Tony sarcastico. «Vedrai come sarà contenta: mi chiede continuamente se ti farò testimoniare oppure no. Vuoi che ti spieghi che bel trattamento ti riserverebbe?»

«Che cosa vuoi che mi faccia quella lesbica stronza, più di quel che mi ha già fatto?» Improvvisamente Sam cambiò tono, come se stesse per rivelare una verità terribile. «Vuoi che dipenda da te, vero? Vuoi ancora fare il quarterback. Come se fossimo ancora al liceo e stesse a te dirmi che gioco dobbiamo fare, con lo stesso sguardo gelido, nello stesso tono gelido, manco tu vivessi in un altro mondo, dove noi non ti possiamo nemmeno sfiorare.

«Invece questa volta tocca a me scegliere, perché è la mia vita che è in ballo. Sono sicuro di potercela fare, Tony: voglio che mi credano, ho bisogno che mi credano, ho bisogno...»

Sam smise improvvisamente di parlare, come se la sincerità di quell'ultima ammissione l'avesse spaventato. Nel silenzio che seguì, Tony disse semplicemente: «Al minimo errore, Stella potrebbe portare in aula anche l'altra: Jenny Travis».

Come sgonfiandosi, Sam si appoggiò al muro: si era preparato a una reazione rabbiosa, non calma e ragionata. Forse la cosa che Sam aveva sempre temuto e odiato di più in lui, pensò Tony, era proprio l'autocontrollo.

«Scusa», disse Sam alla fine. «Non volevo offenderti.»

«Sicuro?»

«Be', forse hai ragione», rispose. «Sei sempre stato quello giudizioso, quello che non perdeva mai la pazienza. Per questo sei sempre stato migliore di me, non perché avessi più talento o fossi più intelligente, ma perché avevi quella freddezza che nessuno riusciva a toglierti.» Sospirò. «Sì, hai ragione, forse volevo proprio offenderti.» Lo guardò. «Ma qui non si tratta di essere o di non essere giudiziosi. Si tratta di... Come la chiamate, voi cattolici, redenzione? Be', per me l'unico modo per redimermi è arrivare sino in fondo. È l'unico modo per poter guardare in faccia la gente, o me stesso: convicerli che non sono un assassino.»

As-sas-si-no, as-sas-si-no...

Nel silenzio che seguì, Tony si sentì trasportato nel passato, in una palestra di liceo dove dagli spalti i ragazzi gridavano: *Fai finta che la palla sia il collo di Alison!*

Quando avevano cercato di espellerlo, Tony, accusato di omicidio da John Taylor, era stato zitto mentre Saul parlava per lui...

Perché fai l'arrogante? gli aveva chiesto Mary Jane Kulas. *Non te ne frega niente di quel che credono gli altri?*

Quanto avrebbe voluto dirle che non era vero...

Dice che non dovrei parlare con nessuno, aveva spiegato a Sam e a Sue. *Anche se sono innocente...*

«Saul mi diede la possibilità di vivere la mia vita», disse. «E io voglio darla a te. Tutto qui, Sam. Non è questione di vanità, non è un mio bisogno. Non è nemmeno un fatto personale fra me e te.»

«Invece sì. Tu eri innocente e io non ti aiutai. Adesso sono innocente io e ti chiedo di aiutarmi lo stesso.» Tornò a sedersi di fronte a Tony. «Mi aspettano, sai, quelli della giuria, il pubblico, la gente di Lake City. Aspettano e si domandano: ce l'avrà il coraggio di prendere la parola e dire che non è un assassino?» Abbassò la voce. «Forse, se lo farò, mi condanneranno. Ma sarò comunque io, non tu, a passare il resto dei miei giorni in cella ad aspettare, forse a sperare, di morire. Certo che, se ci finirò senza aver testimoniato, mi tormenterò continuamente al pensiero di come sarebbe potuta andare se avessi parlato. E sono sicuro che preferisco morire, piuttosto che vivere con quel tormento.»

Per una volta, Tony non seppe che dire. Sam si alzò e in silenzio gli posò una mano sulla sua. «Aiutami, Tony. Aiutami a essere un buon quarterback, una brava persona, perché so di poterlo essere. Forse allora crederai in me. A volte penso che sia la cosa che mi sta più a cuore nella vita.»

Tony vide che aveva gli occhi pieni di lacrime. Dopo un attimo disse: «Se è questo che vuoi, dobbiamo prepararci».

21

Sam Robb era seduto al banco dei testimoni, con la cravatta a righe e i capelli biondi brizzolati ben pettinati. Osservava l'aula con i suoi occhi azzurri e limpidi e, nonostante la tensione, Tony si rese conto del sollievo che doveva provare all'idea di poter parlare, quali che fossero le conseguenze di quella scelta. C'era anche un po' di affanno in lui, come se, di fronte alla disapprovazione dei presenti, non sapesse dove guardare e come comportarsi. A Tony venne in mente un'altra occasione in cui l'aveva visto vestito elegante, il giorno del funerale di Alison, e ricordò come Sue l'aveva aiutato a superare l'imbarazzo. Anche Tony era teso: non voleva essere parte in causa nello smacco del suo amico e avrebbe di gran lunga preferito non assistervi.

Gli chiese, in tono pacato: «Che rapporti aveva con Marcie Calder?»

Sam finse di guardare il suo avvocato, ma in realtà aveva lo sguardo perso nel vuoto e la voce un po' incerta. «All'inizio era solo una studentessa, una delle tante nella squadra di atletica, poi cominciai a sentirmi fiero di lei. Sei settimane prima della sua morte, iniziammo una relazione...»

Tony vide che Stella guardava l'imputato, fredda e implacabile. «Come avvenne?» gli domandò.

«Era giovane, carina...» cominciò Sam. Poi si fece forza e, in tono piatto ma controllato, continuò: «Marcie aveva bisogno di qualcuno. Di me, diceva. Erano anni che guardavo i giovani diventare campioni, com'ero stato io una volta. Di colpo riprovai l'emozione di sentirmi ammirato, di essere considerato un eroe». Fece una smorfia, poi scosse la testa. «Non assomigliava per niente a mia moglie, ma mi ricordava i tempi in cui Sue e io eravamo ragazzi...» Inaspettatamente alzò lo sguardo verso i Calder. «Approfittai della sua ingenuità. Se non fossi stato tanto egoista, adesso non saremmo qui. E ormai purtroppo non posso più rimediare.»

Tony si rese conto di avere il fiato corto. Non sapeva come sarebbe finita, che cosa avrebbe detto Sam, come avrebbero reagito i genitori di Marcie, non riusciva a immaginare il momento in cui la voce secca di Stella li avrebbe interrotti con un'obiezione. Ma il pubblico ministero si limitava a osservare.

«Lei mentì a sua moglie», disse Tony. «È vero?»

«Sì. A mia moglie, ai signori Calder, alla polizia.» Gli si riempirono gli occhi di lacrime. «Avevo paura e mi vergognavo.»

Il silenzio carico di sottintesi che seguì era difficile da rompere. «Ebbe rapporti sessuali con la ragazza», disse poi Tony, in tono privo di emozioni.

«Sì.» Sam si toccò la cravatta. «La prima volta fu a Taylor Park. In un sacco a pelo.» Imbarazzato, perplesso, continuò: «Avrei potuto dire di no...»

Karoly si guardava le mani. Sembrava che anche lui, come i giurati e Tony, desiderasse essere a mille miglia da quell'aula. Ci sono momenti nella vita degli altri, pensò, che risvegliano in noi disgusto, vergogna, paura di quello che noi stessi potremmo fare. L'unico modo per difenderci è chiudere gli occhi. Ma Sam li stava costringendo a tenerli aperti.

«Prendeste precauzioni?» domandò Tony.

«Sì, usammo il preservativo.» Dopo un breve silenzio, precisò: «La prima volta si ruppe...»

«Ma lei non si fermò, vero?»

Sam scosse la testa. «Avrei voluto, ma fu più forte di me... Era una novità molto eccitante. La tenerezza con cui questa ragazzina si era data a me, alla mia età...»

Basta così, avrebbe voluto dirgli Tony. Era profondamente a disagio e aveva la sensazione che il tempo scorresse lentissimo. Quella pubblica catarsi, se di quello si trattava, avrebbe finito per togliere a Sam ogni dignità. E poi aveva un dubbio ancor più spaventoso, e cioè che davanti ai suoi occhi si stesse svolgendo la confessione perversa di un assassino che si umiliava per ottenere comprensione.

«Pensò mai di troncare la relazione con Marcie?» gli domandò.

«Sì.» Sam si passò la lingua sulle labbra, poi bevve nervosamente un sorso d'acqua. «Per via di mia moglie. Quando si comincia a mentire a una persona che si ama, ci si sente soli, come se la si guardasse attraverso un vetro dietro cui ci si è nascosti con le proprie mani. La sera in cui Marcie morì, volevo dirglielo...»

In quelle ultime parole si percepiva tutto il suo senso di colpa. Quasi controvoglia, l'estetista alzò gli occhi.

«Che cosa successe quella sera?» chiese Tony a bassa voce.

Sam si appoggiò allo schienale e inspirò profondamente. Parlò con voce roca, grave. «Marcie era agitata e mi sembrò che avesse intuito quello che stavo per dirle. Quando arrivammo nel parco, mi disse che mi amava e che voleva fare qualcosa di speciale. Me lo sussurrò nell'orecchio...»

«Un rapporto anale.»

«Sì.» Sam non osava guardare nessuno. «Le avevo dato un preservativo. Lo teneva nella borsetta per me...»

Ci fu un colpo di tosse: era il primo rumore che si udiva nell'aula da quando era cominciato l'interrogatorio, a parte la voce di Sam e di Tony.

«E poi?»

«Oddio...» Sam scrollò la testa. «La tentazione fu troppo forte...»

«E così lo faceste. Sul sedile posteriore della macchina.»

«Sì.» Sam sfiorò il bicchiere, ma non bevve. «Alla fine, mi sentii un verme. Poi lei mi chiese se mi era piaciuto e la ringraziai...»

«A quel punto Marcie si rivestì?» chiese Tony.

Sam bevve un sorso d'acqua. «Le rimisi le mutandine», rispose. «Per coprirla.»

Tony avrebbe preferito evitare la domanda successiva, ma sapeva che era indispensabile: bisognava spiegare perché c'era una macchia di sangue sul volante e non sul sedile dietro.

«E il profilattico?»

«Feci per togliermelo.» Per un attimo nella voce di Sam trasparì un'ombra della paura che doveva aver provato quella sera. «Ma proprio in quel momento vedemmo i fari di un'altra macchina, in fondo al parcheggio. Così ci rivestimmo immediatamente. I fari si spensero. Immaginai che la macchina fosse appena arrivata...»

«A quel punto che cosa accadde?»

Sam alzò la testa e parlò a bassa voce, un po' stupito. «Marcie mi chiese di sposarla.»

«Rimase sorpreso?»

«Sì.» Era terreo in volto. «Mi disse che voleva darmi dei figli.»

«Le disse che era incinta?»

«No.» Per la prima volta, Sam guardò la giuria solo per un istante, poi distolse subito gli occhi. «Se non mi fossi lasciato prendere dal panico, sono certo che me l'avrebbe detto. Ma non le lasciai il tempo.»

«Perché?»

«Perché ero troppo scioccato, credo. Fu come se mi fossi svegliato di colpo e mi fossi accorto di essermi spinto troppo in là.

«Cercai delle scuse. Le dissi che ero sposato da tanti anni, che avevo la mia vita. Le dissi che ero troppo vecchio per lei, che non volevo che si buttasse via così. Volevo farle credere che lo facevo per lei, ma mi rendevo conto di usare quel tono superiore con cui si parla ai bambini. Alla fine crollai e le chiesi di proteggermi...» Lasciò la frase a metà, poi corresse il tiro: «Io, vicepreside del liceo, chiesi aiuto a una sedicenne. La implorai di proteggermi dalle conseguenze di quello che le avevo fatto...»

Sam si voltò da una parte, cercando di ricacciare indietro le lacrime. Ma negli occhi di Stella c'era un disgusto quasi incontenibile. Fece cadere apposta la matita, attirando su di sé l'attenzione dei giurati e quindi di Sam. Si scrutarono, da una parte all'altra dell'aula, e il disprezzo di lei si rifletté nell'improvviso rossore di lui.

Tony continuò: «Come reagì Marcie?»

Sam distolse lo sguardo da Stella e prese fiato, rabbrividendo. «Ricordo ancora l'espressione sul suo viso», rispose dopo un po'. «L'avevo già vista decisa, magari prima di una gara, ma mai arrabbiata. In quel momento, invece, piangeva e aveva uno sguardo così pieno di odio che mi resi conto di quanto aveva investito nel nostro rapporto.

«'Vuoi che ti aiuti?' mi disse. 'Va bene, comincio subito.' 'Aspetta!' la implorai. 'Perché?' gridò, sconvolta. 'Perché tu mi regali altri bei ricordi? Preferisco morire...'» S'interruppe e si portò una mano alla gola. «'Preferisco morire'», ripeté. «In questi tre mesi non ho fatto che pensarci. Non ho fatto che pensare a quel momento...»

Preferisco morire. Tony si chiese perché Sam non gliel'aveva mai raccontato. «E poi?»

«Marcie scese dalla macchina, d'un tratto, e si mise a correre. Dopo un attimo non la vidi più...» Gli s'incrinò la voce e lasciò la frase a metà. «Non ebbi il coraggio di seguirla, avevo troppa paura che qualcuno mi vedesse, magari la coppietta che immaginavo fosse sull'altra macchina. Così la lasciai andare. Quando la rividi, era morta.»

Si voltò, incrociando lo sguardo di Tony, che si domandò se

si aspettava di trovarvi sfiducia, o incredulità. «Quindi non sapeva della gravidanza?» gli chiese.

Sam parve farsi più piccolo e abbassò la voce. «Forse, capendo che non avevo intenzione di sposarla, preferì non dirmelo. Se me l'avesse detto, giuro che avrei fatto in modo di aiutarla, anche a costo di dire tutto a mia moglie. Invece è come se l'avessi uccisa... Anche se non l'ho fatto.» Si voltò verso i giurati e continuò in tono appassionato. «Non ho fatto quello che sostiene il pubblico ministero. Perché non sarei stato mai capace di togliere la vita a una persona a cui volevo tanto bene. Non sarei capace di togliere la vita a nessuno.» La sua voce assunse un tono addolorato, quasi rabbioso. «Non sono un assassino. Non sono uno che uccide per salvarsi la reputazione. Per questo andai alla polizia. E guardate che cosa me n'è venuto...» Distolse lo sguardo. «Lo so, è colpa mia e c'è chi ha sofferto molto più di me. Ma non l'ho uccisa io. Quando vidi il corpo, io...»

S'interruppe, come se avesse perso il filo, lasciando l'aula in un silenzio angosciato. L'espressione di Karoly era di autentico stupore e Stella, dura e rigida, pareva assorta e incuriosita. Ma tutti i giurati avevano alzato gli occhi.

«Che cosa fece poi quella sera?» chiese, un po' brusco.

Sam aveva lo sguardo vacuo, il volto tirato. «Me ne andai. Avevo paura, perciò la lasciai là.»

«Che ora era?»

«Non lo so.» Poi Sam si riprese e assunse un tono dimesso. «Alla polizia dissi che erano le dieci, ma non ne ero sicuro. Può anche darsi che fossero le nove e mezzo...» Si voltò verso la giuria e continuò, come svuotato: «Non mi rendevo conto di quanto fosse importante, allora. Speravo solo di trovarla, di rivederla viva...»

Tony lasciò ai giurati il tempo di osservarlo: dodici paia di occhi puntati su un uomo implorante. «Vide qualcun altro, prima di uscire dal parco?» gli chiese dopo un po'.

«Sì, nella macchina. Mi dispiace solo non aver guardato meglio. Invece non ricordo neppure che tipo di auto fosse. Ricordo solo una testa che sporgeva dietro il cruscotto.» Con aria addolorata e imbarazzata, aggiunse: «Per un attimo fui colto da un terrore assurdo. Per me, non per Marcie. Temetti che fosse Sue che mi aveva scoperto...»

«Che cosa fece, dopo essere uscito dal parco?»

«Andai a scuola e mi chiusi nel mio ufficio. Non sapevo nemmeno io come c'ero arrivato, non sapevo che cosa fare.» Si teneva le mani sulle ginocchia, lo sguardo perso nel vuoto. «Telefonai a casa, per sentire la voce di Sue. Quando non rispose, mi sentii perduto. Decisi che da quel momento in avanti mi sarei dedicato interamente a lei. Mi resi conto di quanto ero fortunato. Salii in macchina e tornai a casa.»

«E trovò sua moglie.»

«Sì.» Accennò un sorriso fugace, fuori posto, come ricordando quell'ultimo sprazzo di speranza. «Era a letto a guardare la TV. M'infilai anch'io sotto le coperte, come avevo fatto tante altre sere...» Quando vide lo sguardo implorante di Sam, Tony si rese conto che era rivolto a Sue. «Quella sera mi accorsi di amarla più che mai. Volevo solo un'altra possibilità...»

Gli occhi lucidi di Sam erano fissi sulla moglie. Tony si accorse che l'estetista aveva un'espressione meno ostile.

Gli chiese: «Può spiegarci la presenza delle sue impronte digitali sull'orologio di Marcie?»

Sam esitò un istante. Poi, quasi con riluttanza, distolse lo sguardo da Sue. «Mentre facevamo l'amore», rispose, «le tenni i polsi.»

Tony gli si avvicinò, come per proteggerlo dalla sua stessa vergogna. «E il sangue sul volante? Può spiegarci anche quello?»

Sam annuì lentamente.

«Mi scusi», disse Tony. «Può rispondere sì o no ad alta voce?»

Sam intrecciò le dita. «Appena arrivai a scuola, andai nel bagno e buttai il preservativo nel gabinetto. Nel togliermelo, vidi che era macchiato di sangue.» Chiuse gli occhi. «Probabilmente mi ero sporcato anche le dita...»

Incominciò a piangere sommessamente, senza nascondersi.

Tony si rivolse a Karoly e disse: «Non ho altre domande, vostro onore». Per una volta, si sentì sollevato di aver concluso.

22

STELLA MARZ si alzò prima ancora che Tony fosse tornato al suo tavolo. Sam, con il volto rigato di lacrime, si fece coraggio. Tony gli aveva raccomandato: «Prenditi tutto il tempo che vuoi e stai attento a non perdere la calma. È proprio quello che lei vuol far vedere alla giuria».

«Lei ha mentito a sua moglie», esordì Stella.

Seguendo i consigli di Tony, Sam aspettò un momento prima di rispondere, imponendo il proprio ritmo allo scambio. «Sì», rispose. «Le ho mentito.»

«Per non farsi scoprire.»

Sam lanciò un'occhiata a Sue. «Per non perderla, sì.»

«Ha ingannato i genitori di Marcie.»

«Sì.»

«Ha mentito anche al preside. Gli disse che non era andato a letto con Marcie.»

«Non volevo perdere il posto...»

«Sì o no?»

«Sì.»

«Ha mentito alla polizia sul tipo di rapporto che aveva con la vittima.»

«Sì.»

«Per non finire nei guai.»

«Sì», rispose stancamente. «Per non finire nei guai.»

«E ha mentito alla polizia anche riguardo a quel che fece con Marcie quella sera.»

Sam tacque, con gli occhi bassi. «Come ho detto prima, mi vergognavo...»

Lei lo interruppe in tono sprezzante. «Non è forse un'abitudine per lei, signor Robb, mentire ogni volta che la verità rischia di crearle dei guai?»

Sam incrociò le braccia. «No. Altrimenti non sarei andato alla polizia.»

È una bella risposta, pensò Tony. Aveva promesso a Sam che non sarebbe intervenuto a meno che il pubblico ministero non l'avesse costretto, e questo gli aveva fatto piacere: voleva che la giuria lo vedesse per quello che era, aveva detto. Ma Tony aveva già le mani sudate e quel ruolo passivo non faceva che aumentare il suo nervosismo.

«È andato alla polizia, sì, ma ha mentito», insistette Stella. «Non è vero?»

«Su alcuni punti...»

«Ha mentito alla polizia, a sua moglie, ai genitori di Marcie e al preside. Ogni volta che la verità poteva nuocerle, lei ha mentito.»

Sam tacque e negli occhi gli brillò una luce rabbiosa, ma mantenne la calma. «Andare a dire alla polizia che Marcie era con me, quella sera, non mi ha certo aiutato. E nemmeno dire dove l'avevo vista l'ultima volta. Anzi, non sarei qui a rispondere alle sue domande, se non l'avessi fatto...»

«Non esagerare», sussurrò Tony a voce bassissima.

Sam si fermò di colpo, quasi l'avesse sentito, e riprese in tono più pacato. «Ho sbagliato, me ne rendo conto, e rimpiango i miei errori.»

Tony vide che i giurati osservavano Sam assorti, attenti a non lasciarsi sfuggire eventuali passi falsi. Sam seguiva la linea che lui gli aveva preparato in modo da neutralizzare le bordate del pubblico ministero senza fare troppo il furbo.

Stella ribatté, pronta: «Non sta continuando a fare anche adesso quello che ha sempre fatto da quando ha cominciato ad avere rapporti sessuali con Marcie, e cioè mentire per non finire nei guai?»

«No.» Sam si rivolse alla giuria e guardò negli occhi l'estetista. «Non sto mentendo, adesso.»

«Ma ha ammesso di avere una relazione con la vittima solo quando l'esame del DNA ha dimostrato che Marcie era incinta e che il padre del bambino era lei.»

Sam si voltò lentamente a guardare Stella. «È vero. Ma avevo ragione ad aver paura e, come dice il mio avvocato, c'è una bella differenza fra mentire e uccidere. Tutti dicono delle bugie, ma non tutti uccidono. Io non ho ucciso.»

«Questo è un po' troppo», mormorò Saul. Tony annuì.

«Quindi lei si ritiene un innocente che è rimasto invischiato in una brutta storia.»

Sam si rabbuiò. «Mi sono invischiato da solo. Andando alla polizia...»

«Ingravidando la signorina Calder, vuol forse dire.»

«Certo, anche. Anche per quello.»

Nell'attimo di silenzio che seguì, i Calder guardarono Sam con odio malcelato. Poi Stella riprese: «Racconti alla giuria come ha sedotto Marcie».

Tony lo osservò, sulle spine. «Non posso dire di averla sedotta, in tutta onestà», rispose.

«Ah, davvero, signor Robb? Vuol forse dire che è stata Marcie a sedurre lei?»

Sam abbassò gli occhi. «Venne nel mio ufficio e disse che mi amava e che voleva diventare la mia donna. Non dico di non aver avuto le mie responsabilità. Tengo solo a precisare che non fui io a prendere l'iniziativa.»

Stella gli rivolse un sorriso colmo di disprezzo. «Lei non aveva mai avuto rapporti sessuali con una sua studentessa prima di allora, immagino.»

«Obiezione!» esclamò Tony. «Posso parlarle un momento, vostro onore?»

Karoly annuì. «Certamente.»

Con il cuore che gli batteva all'impazzata, Tony attraversò l'aula per avvicinarsi allo scranno. Quando Karoly si chinò in avanti, il pubblico ministero lo guardò negli occhi.

«Ci hai provato, eh?» le mormorò Tony fra i denti. Poi si rivolse a Karoly: «Che il mio cliente abbia avuto rapporti sessuali con altre studentesse è irrilevante ai fini dell'accusa di omicidio...»

«Non sono d'accordo», s'intromise Stella. «Il signor Robb sta per raccontarci la triste storia di come Marcie l'avrebbe sedotto. Io ho una testimone, Jenny Travis, che dichiara di essere stata costretta dall'imputato ad avere rapporti sessuali con lui quando aveva diciassette anni. La domanda è rilevante ai fini della credibilità dell'imputato e della sua predisposizione ad abusare delle donne.»

«Qui non si tratta di abuso, ma di omicidio», ribatté Tony. «Non ci sono prove di una predisposizione dell'imputato alla violenza e tanto meno all'omicidio.» Fissò il giudice e continuò stizzito: «Questo non è un dibattito accademico, vostro onore. Ritengo che le domande dell'accusa e la storia di Jenny Travis siano pregiudizievoli nei confronti del mio cliente, in quanto lo metterebbero in cattiva luce agli occhi della giuria senza avere alcun carattere probatorio. Se il pubblico ministero continuerà su questa linea, sarò costretto a chiedere l'annullamento del processo per vizio di procedura. Mi rivolgerò anche alla corte d'appello, se necessario». Si voltò verso Stella. «Stai perdendo e te ne rendi conto. Così cerchi di far cadere in errore il giudice...»

«Stronzate», ribatté lei con una collera che gli parve autentica. «Il tuo cliente ha un atteggiamento morboso nei confronti delle donne e mente.»

«Non ci uscire insieme, Stella. Ma non azzardarti a provare a incriminarlo per omicidio con false prove.»

«Va bene», s'intromise il giudice, un po' troppo tardi. Guardò prima Tony e poi Stella: era ancora indeciso, ma sapeva che, se avesse perso, sarebbe stata la difesa e non l'accusa a ricorrere in appello. Un giudice codardo preferisce sempre non rischiare l'annullamento della sentenza. Tony lesse negli occhi del pubblico ministero che aveva capito tutto.

«Accolgo l'obiezione», le comunicò Karoly. «Se continuerà su questa linea, concederò all'avvocato Lord l'annullamento per vizio procedurale. Mi sono spiegato?»

Lei abbassò gli occhi, cercando di nascondere la collera. «Sì, vostro onore.»

«Grazie, vostro onore», disse prontamente Tony. Tornando al tavolo della difesa prima che il giudice potesse cambiare idea, si sentì addosso lo sguardo grave di Sue.

«Abbiamo schivato un altro colpo», sussurrò Saul.

Tony aveva ancora il batticuore; Sam Robb tirò un sospiro di sollievo con gli occhi semichiusi. Quando li riaprì, guardò Tony con gratitudine.

«Ci dica», domandò Stella con rinnovata calma, «come fu che lei e Marcie incominciaste ad avere rapporti sessuali.»

Sam la guardò. «Venne in presidenza e mi disse che mi amava.»

«E poi?»

Sam prese fiato, ma non abbassò lo sguardo. «Mi propose un rapporto orale.»

Stella inarcò le sopracciglia. «E lei che cosa disse?»

«Non dissi niente», mormorò Sam.

«Neanche 'sì' o 'no' o 'grazie'? Se ricordo bene, ha detto di averla ringraziata dopo il rapporto anale, quella sera.»

Sam arrossì, furibondo. «Non ricordo che cosa dissi...»

«Ma la lasciò fare?»

«Sì.»

430

«Perché Marcie lo desiderava tanto.» Abbassò gli occhi. «E anch'io lo desideravo.»

Stella gli rivolse un'occhiata gelida. «Quindi non le costò gran che accontentarla, signor Robb...»

«No.»

«Lei sa se Marcie aveva mai fatto una cosa del genere prima?»

«No... Mi disse che non l'aveva mai fatto...»

«Però lei non la fermò.»

«No.»

«Raggiunse l'orgasmo, signor Robb?»

Tony si alzò. «Obiezione», disse. «Questo non interessa a nessuno, vostro onore. E tantomeno ai genitori della vittima. Oltre al fatto che non è pertinente.»

«Sciocchezze», ribatté bruscamente il pubblico ministero. «È pertinente in quanto concerne la vittima dell'omicidio di cui ci stiamo occupando. La credibilità della versione dei fatti offerta dal signor Robb, vera o presunta che sia, dipende dal tipo di rapporto che li legava, visto che l'imputato insinua che la vittima avrebbe preferito morire piuttosto che vivere senza di lui. Il signor Robb è venuto a deporre di sua volontà e la pubblica accusa, che può parlare a nome della defunta, deve poter spaziare un po' nel controinterrogatorio.»

Karoly fece una smorfia e guardò i genitori di Marcie. «Respinta.» Poi chiese a Stella di riformulare la domanda.

Il pubblico ministero si rivolse a Sam in tono disinvolto. «La prima volta, quando a suo dire Marcie le propose un rapporto orale nel suo ufficio, a scuola, lei raggiunse l'orgasmo?»

Sam guardò Tony e giunse le mani. «Sì.»

«Nella bocca della vittima?»

Sam chiuse di nuovo gli occhi. «Sì.»

«Lei sa come mai una ragazza inesperta la trovava così irresistibile?»

«No.» Scosse la testa. «Non lo so...»

«Pensa che avesse dei problemi psicologici?»

«No.»

«Che lei sapesse, era mai andata da uno psichiatra?»

«No.»

«Il suo profitto scolastico era buono?»

«Sì.»

«E godeva di una buona fama a scuola?»

«Sì.»

«Correva voce che fosse una ragazza leggera?»

«No.»

Stella lo guardò incredula. «Eppure questa sedicenne, senza preavviso, improvvisamente si trovò tanto attratta da lei da proporle una *fellatio* in presidenza.»

«Andò proprio così.» Sam aveva l'aria offesa. «Forse lei non lo può capire, ma andò proprio così.»

«No», disse Tony a voce bassissima. La dietologa, madre di due figlie adolescenti, sembrava stupefatta. L'occhiata che rivolse a Sam dal box della giuria esprimeva un disgusto che Tony non poteva che condividere.

«Mi spieghi, allora, signor Robb. Mi aiuti a capire.»

Sam divenne paonazzo. «Non posso», rispose. «So solo che volle farlo...»

«Proprio come volle che lei fosse il primo a sodomizzarla...»

«Senta», cominciò Sam, ma poi si trattenne. «Dei due ero io l'adulto e dovevo essere più responsabile. Sapevo che non avrei dovuto, eppure lo feci lo stesso. È questo che voleva sentirsi dire? L'ho detto.»

«Così all'inizio lei era riluttante anche al rapporto anale?»

«Sì.»

«E non l'aveva mai fatto, signor Robb? Neanche una volta?»

«Obiezione.» Tony assunse un tono di voce deliberatamente annoiato. «È evidente che il pubblico ministero desidera creare un clima di estremo disagio per nuocere all'imputato. Se vuole umiliarlo, però, scelga almeno domande che abbiano un minimo legame con la vittima e con il processo, per favore. Questa domanda non ha assolutamente niente a che fare né con l'una né con l'altro ed è particolarmente offensiva.»

«Se ho offeso la sensibilità dell'avvocato Lord me ne rammarico», disse Stella. «Ma lo scopo della mia domanda, vostro onore, è mettere alla prova la credibilità del testimone. Visto che il signor Robb sostiene che questa sedicenne gli propose un rapporto orale, pur non avendo nessuna esperienza in proposito, è importante valutare la *sua* esperienza, per stabilire se la sua versione è credibile. Soprattutto dal momento che la vittima non può fornirci la sua versione dei fatti...»

«Sono pertinenti le prove che concernono la morte della vittima», ribatté Tony. «Non quelle sulla sua reputazione o inesperienza in materia sessuale.»

«Vostro onore...» cominciò il pubblico ministero.

«Non importa, avvocato. Respingo l'obiezione della difesa. L'imputato risponda.»

Stella si voltò subito verso Sam. «Prima di quella sera lei aveva mai avuto rapporti anali con qualcuno? Uomo o donna?»

Sam la fulminò con lo sguardo. «No.»

«No? E come fece questa liceale a convincerla, signor Robb?»

Sam incrociò le braccia. «Non so...»

«Voglio dire, eravate in macchina nel posteggio di Taylor Park e questa sua studentessa sedicenne le chiese di sodomizzarla: non le venne nemmeno in mente per un attimo che forse non era una buona idea?»

«Non pensavo...»

«Mi dica, quante volte glielo dovette chiedere Marcie per convincerla?»

«Non so...»

«La costrinse a implorare o fu più condiscendente?»

Sam alzò la testa. «Successe e basta», dichiarò a denti stretti. «Persi la testa...»

«Lei? Strano.» Quando lui alzò gli occhi, offeso, Stella gli rivolse un sorrisetto beffardo. «Dunque, quando perse la testa che cosa fece? Voglio dire, a Marcie.»

«Dio mio», borbottò Saul. Tony rimase immobile.

«Deve cavarsela da solo», gli sussurrò. «Se intervengo tutte le volte che si arrabbia, la giuria finirà per odiare sia me sia lui.»

«Che razza di domanda è questa?» sbottò Sam.

«Va bene, se vuole gliela riformulo. Marcie si mise carponi?»

Risentito, Sam rispose: «Sì».

«Lei s'infilò il profilattico?»

«Sì.»

«Era sigillato, vero?»

«Sì.»

«Poi si tolse i calzoni?»

Sam incrociò le braccia e guardò Stella con astio. «Sì, mi tolsi i pantaloni.»

«Quanto tempo impiegò?»

Sam strinse gli occhi. «Cinque minuti, più o meno.»

«E nel frattempo lottava contro la sua coscienza.»

«Non so...»

«Marcie fece qualcosa per incoraggiarla? O se ne stava soltanto lì con il sedere all'aria ad aspettare pazientemente che lei fosse pronto?»

Sam inspirò. «Mi disse che mi desiderava.»

«E lei faceva sempre tutto quello che questa seduttrice sedicenne desiderava?»

«Lo volevamo tutti e due.» Lo disse affranto, come se Stella lo avesse costretto a guardarsi allo specchio e a vedere tutta la propria infamia. «Fu colpa mia...»

«Quanto tempo passò fra la richiesta di Marcie e la sua decisione di accontentarla?»

«Non so. Forse cinque minuti.»

«Più altri cinque per infilare il profilattico.»

«Sì.»

«Poi penetrò Marcie per via anale, giusto?»

Sam non osava alzare gli occhi e Tony non riuscì a capire se fosse per la vergogna o per la paura di perdere il controllo. «Sì», ammise.

«Marcie le disse se le faceva male?»

Sam deglutì, prima di rispondere. «Feci il più piano possibile.»

«Quanto tempo pensa che ci sia voluto? Per penetrarla sino in fondo, intendo. Almeno due minuti?»

«Non lo so, avvocato. Immagino di sì.»

«Raggiunse l'orgasmo, signor Robb?»

«Sì.»

«Quanto tempo dopo?»

Saul accennò un sorriso, a fianco a Tony. «Bella domanda», sussurrò, e Tony capì che anche lui aveva compreso dove voleva andare a parare Stella.

Sam abbassò gli occhi. «Quattro o cinque minuti.»

«Dopo di che Marcie le chiese se le era piaciuto.»

La rabbia negli occhi di Sam sembrava essersi trasformata in odio. «Sì.»

«E lei fu così gentile da ringraziarla.»

«Sì.»

«Era ancora dentro di lei?»

«Sì.»

«Quanto ci rimase?»

«Non so, forse altri cinque minuti.»

Stella lo guardò, gelida. «Quindi lei era lì, nudo, con il pene nell'ano di una sedicenne. Spero almeno che fosse buio.»

Sam prese il bicchiere e bevve un sorso d'acqua, guardandola con sospetto. «Era buio, sì.»

«Doveva essere buio per forza. Perché, secondo la sua testimonianza, foste sorpresi dai fari di un'automobile.»

«Infatti.»

«Immagino che fosse già buio anche quando cominciaste a fare l'amore. Voglio dire, altrimenti avrebbe avuto paura che qualcuno potesse riconoscervi.»

«Sì.»

«Era buio anche quando vi incontraste alla stazione di servizio, vero?»

Sam esitò e Tony si rese conto che aveva mangiato la foglia. «Non era buio, avvocato. Stava imbrunendo.»

«Quanto ci metteste ad arrivare a Taylor Park? Cinque minuti?»

«Più o meno.»

«E a quel punto era buio?»

Sam si appoggiò alla spalliera. «Quasi del tutto.»

«E dopo quanto tempo la vittima le chiese in un orecchio di penetrarla per via anale?»

Sam si rabbuiò. «Quasi subito.»

«Dopo un minuto? Due?»

«Quasi subito.» Lo disse a malincuore e Tony capì che l'uomo affranto dal dolore che la giuria aveva visto nella prima parte dell'interrogatorio era scomparso. «Diciamo due minuti.»

Lo sguardo di Stella era assorto, come se cercasse di visualizzare la scena. «Dunque impiegò almeno cinque minuti per arrivare nel parco, poi uno o due minuti prima che Marcie le proponesse il rapporto anale, cinque per mettere a tacere la sua coscienza, almeno altri cinque per togliersi i pantaloni e infilarsi il profilattico, un paio per penetrarla, quattro o cinque per raggiungere l'orgasmo e ancora cinque per ringraziare gentilmente Marcie prima che arrivasse l'altra macchina.» Alzò gli occhi verso il soffitto. «Una mezz'oretta, quindi, in totale. Le torna il conto, signor Robb?»

«Non so», rispose Sam freddamente. «Forse anche meno. Non guardai l'ora.»

Era ovvio che aveva capito dove voleva arrivare e, a giudicare dall'espressione scettica, anche la dietologa doveva essersene accorta.

Stella tornò al tavolo dell'accusa e prese un foglio. «Vostro onore», disse, «questa è una copia autenticata del rapporto del Centro Meteorologico Nazionale di Steelton per giovedì 23 maggio, la sera in cui Marcie Calder morì, da cui risulta che il sole quella sera tramontò alle venti e cinquantasei. Chiedo alla corte d'includerlo fra le prove.»

Karoly lanciò un'occhiata a Tony. Ma davanti a una giuria come quella, mettersi a contestare il rapporto del centro di meteorologia era una mossa perdente. Con calma rispose: «La difesa non ha nulla da obiettare».

Un momento dopo i giurati esaminavano la relazione. Sam era a braccia conserte, sulla difensiva. «Ammette che quando vide i fari dell'altra macchina doveva essere passata mezz'ora, se non di più, da quando aveva incontrato Marcie al crepuscolo?»

Sam guardò Tony. «Più o meno.»

«Questo allora ci porta alle ventuno e venticinque, come minimo. È d'accordo?»

Sam allargò le braccia. «Non sono né d'accordo né in disaccordo. Non lo so. Come non lo sa lei.»

Tony capì che cominciava a essere stanco e faceva fatica a rispondere rispettosamente a più di due o tre domande di fila. Ma la cosa più preoccupante era che l'antagonismo con Stella aveva ormai cancellato completamente l'immagine dell'uomo contrito dell'inizio della deposizione. Un'occhiata all'orologio convinse Tony che era meglio intervenire.

«Vostro onore», disse a Karoly. «È quasi mezzogiorno. Se, come sembra, l'accusa è arrivata a chiarire il punto, propongo di sospendere la seduta per il pranzo.»

Stella se lo aspettava. Lanciò un'occhiata sprezzante a Sam e disse, in tono pacato: «Se il signor Robb è stanco, sono pronta a concedergli una pausa...»

«Io sto benissimo», rispose Sam seccato.

Tony rivolse al giudice il suo sorriso migliore. «Anche se l'imputato sta benissimo», disse, «io ho un certo languore. Se il pubblico ministero può dirci quanto pensa che durerà ancora il controinterrogatorio...»

«Almeno due ore», dichiarò Stella.

Tony si voltò verso Karoly e alzò le spalle. «Per il resto della giornata, quindi.»

Karoly guardò Sam e Stella. «Facciamo una pausa», annunciò. «Ci rivediamo alle tredici e trenta.»

Mentre Sam si alzava, chiaramente infastidito, Tony mise in ordine le sue carte fingendo di non guardarlo. Solo quando Sam fu vicinissimo, senza alzare gli occhi, gli bisbigliò: «Smettila di fare cazzate. Adesso taci e stammi bene a sentire».

23

Sfuggendo ai giornalisti, Tony e Saul si avviarono in fretta verso la saletta dei testimoni con un sacchetto di panini comprati al bar del palazzo di giustizia. «Sai che credo proprio di essermi innamorato?» disse Saul. «Pensi che Stella accetterebbe di uscire con un vecchio avvocato grasso ed ebreo?»

Tony non poté fare a meno di sorridere. «È stata in gamba, eh?»

«Troppo in gamba», replicò Saul con un gemito ironico. «'Mi spieghi, signor Robb. Mi aiuti a capire.' Solo una donna può avere una faccia tosta del genere.» Si fermò sulla porta, meditabondo. «Forse se le promettessi di smettere di bere...»

Questa volta Tony non sorrise. «Spero che i giurati non la prendano altrettanto in ridere.»

«Non t'illudere. Lo sta massacrando.»

Tony gli porse un panino. «Sarà meglio che gli parli da solo», disse entrando nella saletta.

Sam lo aspettava con le mani appoggiate sul piano del tavolo. Aveva l'aria stanca e offesa, come se l'aggressività di Stella l'avesse lasciato svuotato, e rivolse a Tony un'occhiata spenta. «Volevi parlarmi?» gli chiese.

«Volevo tirarti fuori dell'aula prima che ti mettessi a insultare apertamente Stella.» Si chinò in avanti e abbassò la voce. «È il pubblico ministero e sta facendo il suo lavoro, Sam.»

«Ma che lavoro e lavoro... Quella mi odia!»

«E perché non dovrebbe?», ribatté Tony. «Non te la prendere, altrimenti sarà la giuria a prendersela con te.» Si fermò per sottolineare quello che aveva appena detto e lo guardò negli occhi. «Il problema non è Stella Marz. Il problema è Marcie Calder. Sembra che invece a te non freghi niente di quello che le è successo. Ti arrabbi talmente con quella donna che vengono dubbi persino a me.»

Sam si appoggiò allo schienale. «Mi sta umiliando.»

«L'umiliazione è il prezzo che devi pagare per aver voluto deporre. Vedi di non pagarne anche altri.» Gli si sedette di fronte e posò sul tavolo il sacchetto con i panini. «Lascia che ti spieghi come funziona. Stella non sta soltanto smontando la tua versione dei tempi: sta anche offrendo alla giuria l'opportunità di vedere come ti arrabbi con le donne. È questo che vuole. Ogni volta che perdi la pazienza, uno dei giurati t'immagina con una pietra in mano che ammazzi Marcie.» Addolcì il tono di voce. «Magari ti aveva irritato rimanendo incinta o minacciando di dirlo a qualcuno...»

Sam sgranò gli occhi. Con calma, domandò: «Che cosa stai dicendo?»

«Voglio che, tutte le volte che Stella ti fa arrabbiare, tu pensi a Marcie e a quanto ti dispiace per lei.»

Sam lo fissava. «Non l'ho uccisa io.»

Per un attimo, Tony non disse niente. «E io non ho ucciso Alison», replicò. «Ma non c'è stato giorno in questi ventotto anni in cui non mi sia dispiaciuto che sia morta. Se non farai in modo di provare quello che provo io, e in fretta, i prossimi ventotto anni tu li passerai in galera.»

Sam rimase a bocca aperta, di colpo esausto, svuotato. Dopo un po' annuì. Sul suo volto ormai era rimasta soltanto la paura.

Avevano ancora un'ora, pensò Tony. «Va bene», disse. «Adesso mangiamo qualcosa, e poi vediamo di capire dove vuole andare a parare Stella.»

Quando si risedette al banco dei testimoni, Sam Robb era calmo, composto.

«Che cosa successe dopo che vi foste rivestiti?» gli chiese il pubblico ministero.

Sam assunse un'aria pensosa, come sforzandosi di ricordare, poi rispose: «Marcie mi chiese di sposarla».

«Glielo chiese così, di punto in bianco?»

Sam annuì. «Credo che i fari avessero spaventato anche lei. E doveva averci già pensato.»

«E quale fu la sua reazione?»

Scosse la testa, stupito. «Ricordo soprattutto che rimasi stupefatto, scioccato. Ma mi sentii anche in colpa.»

«E disse a Marcie che non potevate più rivedervi.»

«Non solo: le dissi che ero sposato e che per lei sarebbe stata una follia. Suonò falso, e forse lo era davvero.»

«Come reagì Marcie?»

438

«Rimase male... Si arrabbiò. Non l'avevo mai vista così. Adesso ho capito che era furibonda perché sapeva di essere incinta.»

«Quanto tempo parlaste?»

«Non a lungo. Un paio di minuti.»

«Solo un paio di minuti?» Stella assunse un'espressione incredula. «Marcie le chiese di sposarla, lei le parlò di sua moglie, di ventiquattro anni di matrimonio e del fatto che non era giusto che Marcie gettasse via la propria vita per lei, tutto questo in un paio di minuti?»

Sam si mordicchiò un dito. «Forse un po' di più», ammise infine. «Quattro, cinque minuti. Eravamo tutti e due sconvolti, anche se per motivi diversi. Voglio dire, si fa presto a litigare, non ci si ferma a pensare a quello che si dice.»

Saul, che scrutava Sam con attenzione, chiese sottovoce a Tony: «Che cosa gli hai fatto? L'hai imbottito di tranquillanti?» Come per sottolineare il diverso atteggiamento di Sam, Stella lo squadrò e gli fece un sorriso tanto scettico che pareva quasi una smorfia. Ma Sam si stava comportando proprio come Tony gli aveva chiesto; c'era solo da sperare che non esagerasse.

«Dunque lei, vicepreside di liceo in macchina con una studentessa sedicenne, era spaventato a morte. Rischiava di perdere il posto, la carriera, la moglie e la famiglia, e oltrettutto Marcie adesso era anche arrabbiata con lei. Giusto?»

«Giusto.»

«E non poteva cercare di calmarla?»

«Scese dalla macchina così all'improvviso...»

«Lei non la seguì, signor Robb? Non le venne in mente che stesse per compiere un gesto sconsiderato?»

Sam abbassò lo sguardo. «Avevo paura che qualcuno mi vedesse.»

«Non aveva ancora più paura che Marcie lo dicesse a qualcuno?»

«Non lo so...»

«Come non lo sa? Per sua stessa ammissione lei si sentiva a un passo dalla catastrofe – tant'è vero che sostiene di aver mentito a tutti per questo – ma non le passò neppure per la mente che respingendo Marcie, come dice di aver fatto, rischiava di provocare la catastrofe lei stesso?»

Per un attimo Sam non parlò. Tony vide che i giurati aspettavano attenti la sua risposta. «Non credevo che mi avrebbe fatto una cosa simile», mormorò, imbarazzato. «Sul serio...»

«Aspetti un momento, signor Robb. La Marcie che ci ha descritto era una ragazza tanto disinibita da proporle un rapporto orale in presidenza, tanto aggressiva da chiederle di sodomizzarla, ma lei non credeva che, per impulsiva, aggressiva e arrabbiata che fosse, sarebbe andata a raccontare a qualcuno di aver avuto rapporti sessuali con lei?»

«Mi fidavo di Marcie», rispose Sam, chiudendo gli occhi. «E avevo ragione, perché tutti quelli che sono venuti a testimoniare hanno confermato che non lo disse a nessuno...» Gli s'incrinò la voce. Tony si stupì nel vederlo piangere, come se la riservatezza di Marcie l'avesse commosso.

Stella lo squadrò. «Quindi non la seguì?»

«No.» Si asciugò gli occhi. «Avrei voluto ma, come ho detto, avevo paura di essere visto...»

«Ma se aveva così paura di essere visto, signor Robb, perché si era fermato nel parcheggio?»

«Dovevamo soltanto parlare...»

«Invece faceste anche altro, no?»

«Già.»

«Aveste un rapporto anale che, sempre che lei ci abbia detto la verità, avrebbe potuto essere interrotto in qualsiasi momento dall'arrivo di un'altra macchina, giusto?»

Sam esitò. «Le ho detto che avevo perso la testa...»

«Tanto da sodomizzare una ragazza di sedici anni in un luogo pubblico? Mentre la prima volta avevate consumato l'atto sessuale in un sacco a pelo, al riparo da occhi indiscreti?»

Sam prese in mano il bicchiere, senza guardare Stella. «Sì.»

«No, invece», sbottò il pubblico ministero. «Perché non eravate nel parcheggio, non è vero? Eravate in qualche altro punto di Taylor Park, nascosti fra gli alberi, dove nessuno poteva vedervi.»

Sam posò lentamente il bicchiere, guardandola. «No», disse. «Eravamo nel parcheggio...»

«Sciocchezze. Nessuno vi vide nel parcheggio quella sera e lei non vide fari di sorta. Non c'era nessuno a impedirle di scendere dalla macchina, non è così?»

La giuria, sbigottita, vide che Sam arrossiva. «Sì, invece...»

Stella alzò la voce, sempre più alterata. «Così lei scese dalla Volvo e corse dietro Marcie. Quando la raggiunse, la colpì con una pietra macchiandosi i vestiti di sangue e poi gettò il corpo e la pietra giù dal burrone.»

Sam si afferrò ai braccioli della sedia. Tony aspettò, agitato, che rispondesse.

«Non è vero.» Il tono era controllato. «Per questo andai alla polizia.»

«È sicuro di non essere andato alla polizia perché, uscendo dal parco dopo aver ucciso Marcie, vide una macchina e si spaventò talmente da decidere d'inventare una storia?»

«No.»

«Storia che, ogni volta che interveniva un fattore nuovo, come la gravidanza di Marcie, cambiava? Non è così, signor Robb?»

«No», ribadì lui con voce rotta. «Non è così.»

Stella lo guardò, incredula. «E va bene», disse. «Seguiamo la sua versione dei fatti. Dopo aver visto l'automobile, lei si spaventò e decise di andare via, giusto?»

Sam prese fiato e cercò di calmarsi. «Sì, giusto.»

«Perché non andò direttamente a casa?»

Sam si morse un labbro. «Ero troppo scosso...»

«Perché era scosso? Perché aveva paura di non riuscire a sbarazzarsi in tempo delle scarpe e dei vestiti insanguinati?»

«No.»

«Non è per questo che andò a scuola? Perché aveva una tuta di ricambio nell'armadietto?»

«Obiezione!» Tony, veramente indignato, si alzò. «Abbiamo convenuto di lasciare spazio all'accusa, ma queste domande sono assolutamente prive di valore probatorio. Il pubblico ministero ci sta solo delineando un teorema, una sua versione dei fatti, non supportata da alcuna prova e volta esclusivamente a influenzare la giuria.»

Karoly assentì e si rivolse a Stella. «Obiezione accolta. L'accusa ha già chiarito il suo punto.»

Tony si risedette. «Non del tutto campato in aria, come teorema, comunque», gli fece notare Saul.

Stella riprese. «Mi dica, signor Robb, lei ricorda le scarpe da tennis che ha consegnato alla polizia?»

Dopo un attimo d'incertezza, Sam rispose: «Sì».

«Erano nuove, vero? Mai messe.»

«Le avevo messe quella sera per la prima volta», disse Sam in tono freddo. «Il liceo ha una convenzione con la Reebok, che ci manda un certo numero di scarpe gratis. Per questo le cambiamo spesso.»

Stella si avvicinò al banco dei testimoni. «Su una cosa siamo d'accordo, vero? Che lei andò a scuola per disfarsi delle prove.»

«No. Assolutamente no.»

«Del profilattico però si liberò, giusto? Era una prova della relazione con Marcie.»

«Sì.»

«E il bambino che Marcie aspettava non era anch'esso una prova della vostra relazione?»

Sam la guardò negli occhi e, a voce bassa, rispose: «Non sapevo che Marcie aspettasse un bambino. Se l'avessi saputo, perché sarei andato alla polizia?»

Stella gli lanciò un'occhiataccia. «Prima del processo lei era al corrente dell'esistenza degli esami del DNA?»

«Be'...» Sam s'interruppe, un po' sconcertato. «Ne avevo sentito parlare a proposito di O.J. Simpson. Sapevo che è possibile identificare una persona in base al sangue.»

«Ma sapeva che si può risalire alla paternità di un feto?»

La dietologa aggrottò la fronte, proprio come Sam al banco dei testimoni. «Credo, non so.»

«Non rimase sorpreso quando dalle analisi risultò che il bambino di Marcie era suo?»

«Fu il fatto che aspettasse un bambino a sorprendermi. Voglio dire, se era incinta, il bambino non poteva che essere mio.»

Tony lo fissò.

E credono che il bambino fosse mio? gli aveva domandato.

Ne sono sicuri. Con la prova del DNA si può fare questo e altro, non lo sapevi?

Stella lo studiava in silenzio. «Mi dica, signor Robb, secondo lei un feto è una vita umana?»

«Sì.»

«E Marcie che cosa ne pensava?»

Sam strinse gli occhi. «Non lo so.»

«Non sapeva che Marcie era cattolica osservante, contraria all'aborto?»

«Sì, sapevo che era cattolica. Ma di aborto non avevamo mai parlato.»

«Lei sapeva che Marcie era cattolica, avevate rapporti sessuali, ma non avete mai parlato di quello che avreste fatto se fosse rimasta incinta?»

«No, non ne parlammo mai.»

«Neppure dopo l'episodio del preservativo rotto?»

Sam cambiò posizione sulla sedia, a disagio. «Be', sì, parlammo delle precauzioni da prendere. Marcie cominciò a usare il diaframma...»

«Perché una gravidanza di Marcie per lei sarebbe stata un disastro, non è vero?»

«Sì.» Alzò gli occhi e aggiunse: «È stata un disastro. Come se il resto non fosse già abbastanza grave».

Stella lo guardò e, per la prima volta, parve in difficoltà. Il fatto di aver aiutato Sam a fare una figura migliore turbava non poco Tony. Era sempre più sconcertato: anche se quella volta Sam non gli aveva risposto, lui aveva avuto la netta sensazione che non sapesse delle prove del DNA.

«Va bene», aveva ripreso intanto il pubblico ministero. «Lei ha dichiarato di essere dispiaciuto del fatto che Marcie quella sera non le disse di essere gravida.»

«Sì.»

«Che cosa avrebbe fatto, signor Robb? Le avrebbe suggerito di abortire?»

«Forse.»

«E se si fosse rifiutata?»

Sam scosse la testa. «Non so», rispose poi. «L'avrei aiutata, suppongo.»

«Ma per la sua carriera, la sua reputazione e probabilmente il suo matrimonio sarebbe stata la rovina, giusto?»

«Immagino di sì...»

«Ma non è quella la decisione che prese, vero?» disse in tono calmo, controllato. «Lei voleva che quel bambino morisse e quindi doveva morire anche Marcie. Perché non le offrì alternativa, quella sera.»

A Sam si riempirono di nuovo gli occhi di lacrime. Alzò la testa per cercare Sue. «No», rispose, a bassa voce, come rivolgendosi a lei. «Io non sono così. Ho commesso tanti errori, ma non sono un assassino.»

Stella lo osservò e scosse lentamente la testa. Al giudice Karoly disse soltanto: «Credo di averne abbastanza del signor Robb, vostro onore».

Tony si alzò e si piazzò davanti a Sam. *Concentrati*, si disse. *Sei il suo avvocato*. Ma si sentiva svuotato.

«Abbiamo appreso dalle testimonianze che la vittima attribuiva grande valore alla vita umana», cominciò. «Lei anche?»

Sam assentì lentamente. «Sì.»

«Anche a quella di Marcie Calder?»

«Soprattutto a quella di Marcie Calder.»

«E perché?»

«Perché ero fiero di lei in quanto allenatore, perché le volevo
bene, perché era una bella ragazza con un futuro davanti, un
matrimonio, una famiglia... Cose che io ho avuto e che adesso
rischio di perdere.» Deglutì, poi riprese: «Perché, sebbene non
sempre abbia assolto i miei doveri, ho dedicato la mia vita a ragazzi come Marcie».

Fa' attenzione, pensò Tony. *Non esagerare*. S'infilò le mani in
tasca. «Non pensò che andando alla polizia si sarebbe messo nei
guai da solo?»

«No. Lo feci perché mi sentii in dovere di farlo, perché, fra
l'uomo che sono sempre stato e quello che ha sbagliato, scelsi il
primo. Andare alla polizia è l'unica cosa che non rimpiango di
aver fatto.» S'interruppe e, quando riprese, lo fece in tono più
sommesso. «Lo rifarei, se potesse servire a ritrovarla viva...»

Gli s'incrinò la voce e, d'un tratto, scoppiò in lacrime.

«Abbiamo finito», disse Tony, andandosi a sedere.

Quando alzò gli occhi, vide che Sue era immobile, con lo
sguardo fisso. Stella invece era visibilmente scettica.

Alla fine Sam si alzò e lanciò un'occhiata indecisa alla moglie.
Poi attraversò l'aula, si accostò a Tony e gli gettò le braccia al
collo, con gli occhi pieni di lacrime, proprio come aveva fatto
ventotto anni prima il giorno della premiazione, fra gli applausi
di tutta la palestra.

«Facciamo ancora una bella coppia», sussurrò all'orecchio del
suo avvocato. «Giochiamo ancora di squadra.»

24

Alcuni minuti dopo, Tony annunciò di essere pronto a chiudere il caso e Stella dichiarò che neanche lei avrebbe presentato altre prove.

«Bene», disse Karoly. «Farete le vostre perorazioni finali domattina alle nove.»

Mentre i presenti uscivano dall'aula, Saul disse a Tony: «Allora Ernie non torna».

Tony assentì. «Il che significa che non è in grado di dimostrare dove si trovava dalle venti e trenta alle ventidue e diciotto. In assenza di un alibi, Stella probabilmente ha ritenuto che fargli semplicemente ripetere che non è stato lui a uccidere Marcie fosse controproducente.»

Saul gli lanciò un'occhiata. «Forse», disse e Tony capì al volo: a suo parere il pubblico ministero preferiva che la giuria deliberasse con la deposizione di Sam ancora fresca nella mente. Osservando i giurati che se ne andavano con gli occhi bassi, come estranei su un ascensore, Tony non riusciva a immaginare quale sarebbe stato l'esito del processo.

Sam aveva gli occhi sbarrati, come una persona sotto shock che non vede più niente. Forse era esausto, pensò Tony, o forse la vergogna era tale da farlo sentire totalmente isolato. Ma poteva anche darsi che si fosse finalmente reso conto della sua situazione e che quella presa di coscienza l'avesse distrutto. Ciò che più turbava Tony, però, era il sospetto che quell'atteggiamento apatico fosse una sapiente messinscena, un'altra faccia che Sam aveva deciso di presentare per mascherare un perverso senso di trionfo. Comunque fosse, Tony non ne poteva più.

Gli posò una mano sulla spalla. «Andiamo.»

Sam alzò gli occhi e gli rivolse un sorriso stanco. «Grazie di avermi aiutato», disse. «È stato terribile, ma sono contento di averlo fatto.»

In altre circostanze, Tony gli avrebbe detto: «Allora era giusto che lo facessi». Dal suo silenzio, invece, traspariva quanto era turbato.

Si voltarono tutti e due verso Sue.

Tony si accorse che guardava lui e non Sam. Prima di riuscire a capire perché, la vide trasalire e, con la coda dell'occhio, scorse una figura che si avvicinava.

Era Frank Calder, che andava verso Sam con una smorfia di odio sul volto. Sam lo guardò stupito, senza accennare a difendersi.

«Porco», gli disse. Sam non si mosse neppure quando Frank alzò il pugno.

Tony s'intromise e afferrò l'uomo per un braccio, dandogli uno strattone. Erano vicinissimi e Tony sentì il suo respiro sulla faccia e gli lesse in viso che gli aveva fatto male. Nel frattempo era accorso un agente.

«E lei è peggio di lui», sbottò Frank.

Tony gli torse il braccio. Quello del padre di Marcie era un astio gelido, che forse faceva parte del suo carattere, ma non si poteva fare a meno di compiangerlo per tutto ciò che aveva sentito.

«Mi dispiace», rispose Tony, prima che l'agente riaccompagnasse Frank dalla moglie. Nancy era pallida, addolorata e distante, come se non osasse guardare suo marito.

«Dio mio», mormorò Sam.

Nel suo tono di voce c'era un'ombra di rispetto per la tragedia di quell'uomo. «Non si riprenderanno più», mormorò Tony. «È stato come mettere sotto processo anche loro.»

In quel momento notò Sue, che gli sfiorò una mano e poi, con un tono di voce indecifrabile, disse a Sam: «Sarà meglio andare».

Lo prese sottobraccio e si avviò verso la porta, dove li aspettavano i due agenti preposti a salvaguardare la loro incolumità. Quando Sam si voltò verso di lei mormorando qualcosa a bassa voce, Sue non lo guardò.

Quella sera Tony cercò di concentrarsi esclusivamente sull'arringa finale.

Ne aveva preparato una bozza già prima che cominciasse il processo e non c'era molto da cambiare perché le sorprese erano state poche: voleva dire che aveva fatto bene il suo lavoro.

Sdraiato sul letto, posò il blocco. Faceva l'avvocato da ventun anni: aveva cominciato cinque anni prima che nascesse Christopher, quattordici prima di sposare Stacey. Aveva quarantasei anni ed era più vecchio di quanto fosse Saul quando lo aveva difeso, dando una svolta alla sua vita.

Per difendere persone che potevano anche essere colpevoli, aveva sempre evitato di pensare ai loro presunti crimini, soffermandosi piuttosto sulla necessità di mettere alle strette l'accusa, di discutere ogni suo errore e presupposto in maniera da assicurarsi che l'imputato non venisse condannato in base a semplici supposizioni. Questa volta che l'imputato era Sam, però, e la vittima una ragazzina di sedici anni, si era trovato a dover fare i conti con l'abisso che talvolta separa l'etica del difensore e la legge morale più profonda che è in ognuno di noi, il senso di ciò che è giusto e ciò che è sbagliato che Tony aveva sin da piccolo. Invidiava Stella, che non doveva vivere il conflitto fra i principi in cui credeva veramente e quelli che proclamava in pubblico.

In qualità di avvocato, non sapeva né se Sam fosse colpevole né se avesse prestato falsa testimonianza.

Aveva appena ripreso il blocco e cominciato a prendere appunti a margine, quando sentì bussare alla porta.

Immaginava che fosse Sue, ma quando aprì la porta, indeciso fra la preoccupazione e il piacere di vederla, si ritrovò davanti Ernie Nixon.

«Non m'inviti a entrare?» gli domandò Ernie.

Lo stupore di Tony si trasformò in apprensione, ma annuì e si fece da parte.

Ernie andò a sedersi dove, una settimana prima, Sue si era messa a sfogliare una rivista di viaggi. Era visibilmente nervoso.

Tony lo guardò e s'infilò le mani in tasca. «Che cosa posso fare per te?»

Sebbene avesse lo sguardo tranquillo, Ernie riusciva a stento a mantenere la calma. «Ormai, puoi fare ben poco. Ora che metà delle famiglie che mandavano i figli al centro si rifiutano di affidarmeli, puoi solo togliermi una curiosità.» S'interruppe e lo guardò con un sorrisetto che nascondeva una grande rabbia repressa. «Sei davvero convinto che l'abbia uccisa io, Tony? O hai giocato semplicemente la carta del razzismo per salvare il tuo cliente?»

L'altro non si mosse, fingendo una calma che non provava. «Che cosa cambia?»

«Vorrei togliermi lo sfizio di sapere che cos'ho fatto per meritare tutto questo. E tu sei l'unico che lo sa.»

«No», rispose Tony. «Sei tu. Io so soltanto che sei stato imprudente e che non hai un alibi.»

Il sorriso amaro svanì. «Ma tu che cosa pensi? Stai sudando freddo perché sei chiuso in una stanza d'albergo con un assassino che ha tutte le ragioni di odiarti? O pensi solo che andassi a letto con Marcie e che sia un violento? O è stato tutto uno scherzo fra te e il tuo amico Sam?»

Per un attimo Tony si chiese se non fosse un trucco di Ernie o di Stella per farlo sbottonare, poi vide l'amico di tanti anni prima, vulnerabile ma controllato, e si sentì in colpa. A quel punto non gli restava che dire la verità.

«D'accordo», disse infine. «Vuoi sapere se penso che tu abbia ucciso Marcie? No, non lo penso. Che ci andavi a letto? Neanche, benché qualche dubbio in più lo avrei. Che fossi molto legato a lei? Questo lo credo. E se pensi che mi stia divertendo, ti sbagli di grosso. Quello che so per certo, invece, è che Sam Robb è imputato di un omicidio che potresti aver commesso tu per gelosia o per rabbia e che non hai detto la verità su come e quando vedevi Marcie. Probabilmente la tua è stata solo umana debolezza, ma io non posso sapere, né sono tenuto a saperlo, se non ci sia stato qualcosa di più. Comunque, visto che già mi odi, ti do una ragione in più per farlo. Sono perfettamente consapevole del fatto che alcuni membri della giuria tenderanno a sospettare di te perché sei nero e quando ho riferito loro le parole di tua moglie ho giocato su questo. Può darsi che la cosa contribuisca a far assolvere Sam Robb. Ma Dee quelle cose le disse veramente e tu la picchiasti veramente.»

Ernie lo fissava. «Sai qual è la cosa peggiore di te?» sbottò infine. «Che non credi in niente. Non credi che il tuo cliente sia innocente e non credi che io sia colpevole. Non sei nemmeno razzista. Sei un falso, un venduto, e visto che con Alison Taylor aveva funzionato, ci hai riprovato.»

Come ogni mezza verità, la parte vera faceva male e quella ingiusta bruciava ancora di più per il fatto che l'altra era vera. Ma Tony era stufo di porgere scuse. «Adesso che mi hai detto quel che pensi di me, te ne puoi anche tornare a casa», disse.

L'altro non accennò a muoversi. «Quale casa? Quale casa?»

Tony rimase in silenzio. Di fronte alla sua calma, la rabbia di Ernie svanì e Tony gli lesse sul viso un dolore e una solitudine che lo rattristarono profondamente. Ma non poteva dirgli nulla, perché glieli aveva procurati lui stesso. Aveva fatto del male a

Ernie, per il bene di Sam, trattandolo ingiustamente come una volta la polizia aveva trattato lui.

Ernie si alzò e gli si avvicinò. «Sai qual è la cosa peggiore per me?» gli chiese. «Essere stato amico di Marcie e sapere che è stato Sam ad ammazzarla. Sapere che hai fatto tutto questo per un assassino.» Tacque un istante, poi concluse con un filo di voce: «Ti auguro di scoprire anche tu la verità, Tony. Anche se probabilmente tu riusciresti a conviverci tranquillamente, perché sei uno stronzo. Uno stronzo a cui importa solo vincere, non è così?»

Vedendo che rimaneva zitto, Ernie scosse lentamente la testa e se ne andò.

25

QUANDO Stella si mise di fronte ai giurati e li guardò a uno a uno, Tony capì subito che aveva studiato con cura il suo esordio.

«Questo processo», disse con sereno disprezzo, «vede alla sbarra un uomo abituato a mentire – anche se non sempre in maniera credibile – il quale, quando le bugie non bastavano più a proteggerlo, ha ucciso una ragazza di sedici anni e ora vi chiede di credere alle sue menzogne. E dove le menzogne non bastano, vi chiede di credere nelle coincidenze. Ma le menzogne sono troppe e troppe sono le coincidenze.»

Stella fece una breve pausa, davanti a una giuria attenta, che dopo aver ascoltato deposizioni per oltre due settimane aspettava di sentire da lei che cosa significavano. L'estetista era immobile, le mani giunte come in preghiera. Accanto a Tony, Sam ascoltava in silenzio, impassibile come gli aveva raccomandato Tony.

«Non si tratta di un solo omicidio, ma di due», proseguì Stella. «L'omicidio di un bambino mai nato, colpevole solo di essere stato concepito, e quello di un'adolescente, colpevole come ogni madre di amare la vita che si sentiva crescere in grembo. Che si sia trattato di omicidio non ci sono dubbi. Le impronte sull'orlo del precipizio ai cui piedi fu ritrovato il cadavere di Marcie Calder, i solchi lasciati nel fango dalle sue scarpe, la triplice frattura al cranio, l'unica pietra con tracce di sangue e di capelli, le ferite postmortem riportate nella caduta dimostrano che di omicidio si è trattato e, nel complesso, sono prove chiarissime. Ci sono prove che la vittima sia caduta accidentalmente o si sia suicidata? No. Non ce n'è neanche una, né sulla scena del delitto, né nella vita di Marcie. Perché fu proprio il suo attaccamento alla vita del bambino che aveva in grembo a portarla a Taylor Park, quella sera, per incontrare il padre di suo figlio. E chi era quell'uomo?» Si voltò verso Sam, dall'altra parte dell'aula. «Sam Robb. La via che lo condusse a quell'appuntamento, a quel delitto, è costellata di menzogne. Sam Robb mentì alla moglie, ai genitori di Marcie, al preside, alla polizia. E ora la sua versione di quella tragica sera è piena di coincidenze. Secondo Sam Robb, è una coincidenza che lui e Marcie fossero soli nel luogo dove lei morì. È una coincidenza che Marcie fosse incinta di un figlio suo. È una coincidenza che ci fossero sangue di Marcie sul volante della sua automobile e sue impronte sull'orologio di Marcie. E, siccome ogni volta che una sua menzogna veniva scoperta l'imputato trovava una coincidenza, adesso la sodomizzazione di Marcie è paradossalmente diventata il suo alibi.» Impettita, continuò in tono fermo. «Ma è stato il coroner, non il signor Robb, a rivelare che Marcie fu sodomizzata. Con il pragmatismo che lo contraddistingue, Sam Robb ha fatto di necessità virtù e ora sostiene che l'impronta e la macchia di sangue sul volante non dimostrano il suo ruolo nell'omicidio, ma sono la traccia dell'ultimo atto d'amore fra un vicepreside di quarantasei anni e una studentessa della sua scuola. Questo sostiene, adesso che è stato costretto ad ammettere di aver avuto una relazione con lei, di aver ingravidato e sodomizzato una ragazza che, prima di conoscerlo, era sempre stata una brava studentessa, una sorella affettuosa e una figlia amorevole. Una ragazza innocente. Adesso Sam Robb ci viene a dire: 'È vero, ho mentito, ma credetemi: non sono un assassino'. Come possiamo credergli? È un uomo che ha mentito alla moglie, alla donna con cui ha vissuto per ventiquattro anni e che ha ingannato giorno dopo giorno tradendola con Marcie. Perché giorno dopo giorno le ha mentito spudoratamente e l'ha fatta franca. E, com'è riuscito a ingannare questa donna che lo conosce tanto bene, Sam Robb è senz'altro convinto di poter ingannare anche voi.» Aveva assunto un tono irato. «Con le lacrime agli occhi, pieno di rabbia e di autocommiserazione, vi chiede addirittura di compatirlo.»

Tony sbirciò dalla parte di Sue e vide che ascoltava stoicamente Stella con un'espressione che, più che addolorata, sembrava lontana, quasi indifferente. Sam, con gli occhi bassi, non guardava né lei né nessun altro.

«Non cadete nella sua trappola», esortò Stella. «Quest'uomo è falso, bugiardo e traditore. Ha ammesso, ma solo quando vi è stato costretto, di aver infranto la legge e violato la fiducia del suo prossimo seducendo una ragazza di sedici anni e mentendo finché non è stato messo con le spalle al muro. Ha mentito per salvarsi il posto, la professione, il matrimonio e la reputazione. E, quando Marcie gli ha rivelato di essere incinta e si è reso conto che le menzogne non sarebbero più bastate, l'ha uccisa. L'ha ammazzata per le stesse ragioni per cui prima aveva mentito: per salvarsi il posto, la professione, il matrimonio e la reputazione. E adesso, naturalmente, mente a voi. Nel corso di questo processo, ha finto di aver imparato molto in fatto di medicina legale.» Lo guardò e assunse un tono ironico. «Ha appreso fra l'altro, grazie a un tramezzino al tonno, che siamo in grado di determinare che Marcie è deceduta intorno alle ventidue. Motivo per cui adesso sostiene di non essere uscito dal parco alle ventidue, come aveva dichiarato alla polizia in un primo tempo, bensì verso le ventuno e trenta. E di aver rifiutato la proposta di matrimonio di Marcie, con tutti gli annessi e connessi, in cinque minuti invece che in trenta, in modo che la morte della ragazza appaia come un'altra triste coincidenza. E perché? Sam Robb nega di aver saputo che Marcie Calder era gravida e dichiara sotto giuramento che, nonostante Marcie avesse confidato a ben due persone – la dottoressa Nora Cox e Ernie Nixon – che quella sera doveva incontrarlo per avvertirlo, a lui non lo disse mai. Gli farebbe comodo che voi ci credeste, perché allora credereste anche che la conversazione è stata molto più breve e che lui non aveva un movente. Gli farebbe comodo, ma sarebbe un insulto alla vostra intelligenza. 'Credetemi, il bambino era una scusa che ha tirato fuori con gli altri', dice. 'In realtà voleva che la sodomizzassi e magari poi le regalassi un anello di fidanzamento.' Se voi ci credeste...» Si fermò e ricominciò daccapo, per dare maggior enfasi alla frase. «Se voi ci credeste, allora potrebbe chiedervi anche di credere che Marcie è stata uccisa da qualcun altro. Ma da chi? Da Ernie Nixon, naturalmente. È tanto logico: il signor Nixon non ha un movente credibile, nessuno l'ha visto nel parco, non ci sono prove che ci si sia recato ed egli afferma di non averlo fatto, ma di essere rimasto a casa tutta la sera. E abbiamo accertato che alle ventidue e diciotto c'era. Ernie Nixon non vi ha raccontato bugie. Lo conosciamo.» Si voltò brevemente verso Tony. «Come conosciamo la controparte, che per salvare un bugiardo e assassino è pronta a coprire d'ignominia un innocente. Certo, l'avvocato Lord sostiene che la polizia avrebbe dovuto controllare i vestiti del signor Nixon, visto che il signor Robb, raro esempio di sincerità e di collaborazione, consegnò alla polizia quelli che a suo dire erano gli indumenti che indossava la sera in cui Marcie morì. Naturalmente non vi era traccia di Marcie su di essi», continuò con voce improvvisamente bassa. «Né di profumo, né di trucco, né di capelli, nonostante sulla felpa di Marcie siano stati ritrovati alcuni capelli di Sam Robb. Non c'erano macchie di sangue, nonostante ce ne fosse una sul volante dell'auto di Sam Robb. Ed era sangue di Marcie.» Dopo una breve pausa, proseguì: «Non c'era sangue nemmeno sulla biancheria intima, che pure l'imputato sostiene di essersi infilato senza togliersi il profilattico presumibilmente sporco di sangue. Non è stato ritrovato assolutamente niente, perché quei vestiti, che Sam Robb non aveva indosso la sera in cui Marcie morì, sono un'altra delle sue menzogne».

Si avvicinò al box della giuria. «Ciò che è accaduto quella sera è chiarissimo. Sam venne a sapere che Marcie era incinta. Marcie si rifiutò di sopprimere quella vita umana. Allora Sam prese una pietra di quasi cinque chili e la uccise colpendola tre volte alla testa. Uccise la bambina che aveva sedotto e il bambino che aveva concepito insieme a lei e quindi, come sempre quando si trattava di Marcie, mentì. Forse qualcosa scattò in lui quando si accorse di aver perso il controllo della situazione, quando si rese conto che quella volta Marcie non lo avrebbe accontentato. Fu omicidio premeditato. Perché non si può prendere una pietra e spaccare il cranio a una ragazza in tre punti senza sapere che morirà, senza volere che muoia. Signore e signori della giuria, questo è l'uomo che cercava di coprirsi dietro le menzogne: un assassino. Un assassino che, quando nemmeno l'omicidio bastava più, ha insozzato anche l'ultima cosa che restava ai genitori di Marcie Calder: la sua memoria.»

Tony vide che i Calder piangevano.

«Vi chiedo giustizia», concluse Stella. «Per Frank e Nancy Calder e per la loro figlia Marcie, che non può più chiederla. Vi chiedo di dichiarare Sam Robb colpevole dell'omicidio di Marcie Calder.»

Tornò al tavolo con gli occhi bassi, assorta nei suoi pensieri. Sam, pallidissimo, taceva.

«Andrà tutto bene», mormorò Tony, sia a Sam sia a se stesso.

Alzandosi, Tony vide una serie di volti che da più o meno tempo erano entrati a far parte della sua vita: Sue, che aveva amato; i Calder, cui forse aveva fatto torto; Saul, l'amico che un tempo era stato per Tony ciò che ora lui era per Sam. Perché Sam non era solo l'amico dei tempi del liceo, ma un cliente, e le perplessità dell'uomo dovevano cedere il posto all'istinto dell'avvocato di proteggere e difendere il suo cliente, come aveva fatto Saul nei confronti di un ragazzo che tutti giudicavano colpevole. Fu per questo che guardò per ultimo Sam, il quale accennò un sorriso che esprimeva un misto di fiducia e d'incoraggiamento; poi Tony si voltò verso la giuria e parlò in tono calmo e razionale.

«Il pubblico ministero vi ha chiesto un atto di fede», esordì, «e quindi una vendetta. Vi ha chiesto un atto di fede perché le prove che dimostrano oltre ogni ragionevole dubbio che Sam Robb ha ucciso Marcie Calder non esistono. Vi ha chiesto di dichiarare il signor Robb colpevole di omicidio per vendetta, non perché avete stabilito che ha ucciso, ma perché intratteneva una relazione con una ragazza e ha cercato di nasconderla.»

L'estetista lo osservava attentamente e Tony lo interpretò come un segno di disponibilità. «Per questo Sam Robb ha già pagato e continuerà a pagare per il resto della sua vita», continuò. «Sia in termini di colpa e di umiliazione, sia per i danni che ciò ha causato alla sua famiglia, alla sua professione e reputazione. Ha pagato, in sostanza, perdendo la possibilità di continuare a vivere come prima. Il suo è stato un atto gravissimo, perché ha abusato della fiducia di un'adolescente, ma la pena che dovrà scontare per esso sarà altrettanto grave, perché durerà tutta la vita, nel senso più vero della parola.» Era un'argomentazione al limite della scorrettezza e, vedendo che Stella si agitava, si affrettò a concludere. «Sam Robb sconterà questa pena comunque, ovunque egli vada, ma il diritto di condannarlo anche all'ergastolo è nelle vostre mani e avete il dovere di esercitarlo con giustizia. Considerate, com'è giusto, le prove presentate dall'accusa.» S'interruppe, pensando a Ernie Nixon, mortificato e furibondo, ma si sforzò di andare avanti. «Tanti uomini portano scarpe numero quarantacinque, e uno di essi è Ernie Nixon. Due si sono presentati qui. Nessuno dei due aveva un alibi per la sera della morte di Marcie. Uno di essi è Ernie Nixon. Due uomini lasciarono impronte sull'orologio che Marcie portava al polso quella sera e, di nuovo, uno di essi è Ernie Nixon. Ci sono due spiegazioni possibili per la macchia di sangue sul volante di Sam Robb: una è sinistra, l'altra, assai più probabile, non lo è affatto.» Osservò i giurati e alzò il volume della voce, assumendo un tono più deciso. «Ma quell'unica macchia di sangue è bastata a portarci qui. Perché la polizia non ha mai controllato l'auto, o la casa, o la versione dei fatti del signor Nixon. Pensavano di aver trovato il colpevole anche se, a quanto abbiamo appreso, era il signor Nixon ad avere un passato di violenza nei confronti delle donne, non Sam Robb. La polizia si sbagliava e si sbaglia tuttora. Non controllarono il signor Nixon né i vagabondi né i recidivi. Per quanto professio-

454

nalmente capaci, l'ispettore Gregg e la dottoressa Micelli non ci hanno dato un assassino. Anzi, non hanno nemmeno dimostrato con assoluta certezza che ci sia stato un omicidio. Ogni indizio riguardo alla morte di Marcie Calder può essere interpretato in modi diversi. Sulla base delle prove fornite, si può ipotizzare tanto che Sam Robb sia un assassino, quanto che sia del tutto innocente. L'unica certezza è che non ci sono certezze. Perché l'assassino, sempre che ci sia stato un assassino, potrebbe essere qualcun altro.» Tony tese il braccio destro verso Sam. «L'unica persona che ha la certezza», continuò a bassa voce, «è Sam Robb. Lui non nega di essersi comportato male nei confronti di Marcie e della sua famiglia. Quel che ci ha raccontato non è bello, né facile da ammettere, e ha una conclusione quanto mai sconfortante: Marcie, in preda a forti emozioni, scappa da un uomo da cui si è sentita usata e poi rifiutata. Ma il signor Robb vi ha detto chiaramente che, per quanto riguarda il reato ascrittogli, è una vittima innocente di un pur tardivo rimorso di coscienza senza il quale, al di là di ogni ragionevole dubbio, non sarebbe mai stato chiamato qui a rendere conto di una vita distrutta. Pensate al prezzo che ha già pagato.» Tony fece una breve pausa e quindi riprese, in tono lievemente ironico. «E poi a che cosa ci ha guadagnato. Per condannare Sam Robb dovete non soltanto mettere in dubbio ogni sua parola, ma anche decidere che l'unico modo in cui Marcie può essere morta è quello ipotizzato dal pubblico ministero. Dovete accettare, per esempio, l'assurdità che, dal momento che sugli abiti del signor Robb non c'era prova di reato, essi devono per forza essere prova di reato. Questa è la tesi dell'accusa. Se l'accetterete, potrete condannare un uomo che ha già patito molto, ma nulla in confronto a ciò che continuerà a patire, per un crimine che non ha commesso.» Assunse un tono implorante. «La morte di Marcie è stata una tragedia che nulla ormai potrà cambiare. Nulla potrà restituire Marcie alla sua famiglia, ai suoi amici. Chiamare assassino un innocente non migliorerà la situazione.» Fece una pausa, poi, sotto lo sguardo attento dei giurati, concluse: «Anzi, aggiungerà a una tragedia un'altra tragedia».

PARTE QUARTA

SUE ROBB
Il presente

1

Tony aspettò per tre giorni che la giuria uscisse dalla camera di consiglio.

Chiamava Sam tutte le sere per riferirgli che non c'erano novità. Sempre più agitato e ansioso, Sam gli chiedeva che cosa significasse quel silenzio, ma lui sapeva dirgli soltanto che evidentemente alcuni giurati erano indecisi. Personalmente aveva l'impressione che la giuria si fosse divisa e non sapeva se esserne contento o preoccupato.

Al telefono Sue era gentile, ma un po' distante e, una volta che Tony le disse che non c'erano novità, non gli parve per niente curiosa. Si dovette fare forza per non trattenerla al telefono.

Il tempo non passava mai; telefonò a Stacey e, su richiesta di Christopher, rivide la tesina che aveva scritto per l'ammissione a Harvard. San Francisco gli sembrava lontanissima e Lake City terribilmente reale, mentre passato e presente si confondevano.

La sera del secondo giorno, chiamò Stella Marz. «Posso offrirti da bere?» le propose. «Soffro di ansia da separazione.»

Stella rise e gli diede appuntamento al bar dell'hotel.

Era un locale in stile vittoriano, un po' pretenzioso, con l'atmosfera fasulla delle ricostruzioni di ambienti del passato, frequentato da gente di passaggio dall'aria depressa. Il cameriere si presentò educatamente, ma servì a Tony il suo martini cocktail in una sorta di bicchiere da brandy. Tony alzò gli occhi al cielo.

«Come sei snob», lo rimproverò Stella. «Perlomeno qui si spende poco.»

Lui sorrise. «Allora offro io», disse e fece tintinnare il bicchiere contro il calice di vino di Stella. «Sei stata in gamba. Ci tenevo a dirtelo.»

Lei gli lanciò un'occhiata fra il divertito e lo scettico. «Anche tu. E, visto che siamo di nuovo amici, adesso speri che io non riporti in tribunale il tuo vecchio amico, Sam Robb, nel caso la giuria non pervenga a un verdetto. Decisione che certamente mi è più facile mandar giù se il suo avvocato è un uomo modesto e gentile come te.»

Colto in castagna, Tony scoppiò in una risata. Ma poi non sorrise. «Ti ci sei dedicata anima e corpo, vero?»

«Sì», ammise Stella, meditabonda. «È veramente un cattivo soggetto, il tuo amico. Vedendolo testimoniare me ne sono convinta definitivamente.» Alzò gli occhi. «È stato un caso difficile per l'accusa: lo sapevo fin dall'inizio. Ma credo che lasciandolo deporre tu mi abbia rimesso in gioco.»

Tony bevve un sorso. «Non è stata un'idea mia», disse dopo un po'.

Lei annuì lentamente, continuando a osservarlo. «Già. L'avevo intuito.»

Tony posò il martini e la guardò negli occhi. «Se ti può consolare, non ho niente che mi dimostri che è colpevole. Quel che ha detto in aula l'altro giorno potrebbe benissimo essere la verità.»

«Sì», rispose lei con calma. «Ma tu ci credi?»

Non si aspettava una risposta. «Molta gente mi dice che non credo in niente», replicò Tony dopo un momento.

«No, in qualcosa credi. E credi addirittura in alcune delle cose in cui credo anch'io. Quando ero all'università, mi dicevo che non aspiravo solo a una vita interessante, ma che volevo rendermi utile alla società. È stata una mia scelta. Quando ho giudicato la tua decisione di andartene da Lake City, dimenticavo sia che si tratta di scelte personali, sia che potevi avere dei motivi tuoi, a cominciare dalle ambizioni dei tuoi genitori. I miei volevano solo che io diventassi esattamente come loro. Quindi quella di lottare contro i mulini a vento è stata una mia scelta.» Prese il bicchiere e osservò il vino. «Sei una persona che sta alle regole, e ho imparato qualcosa da te. Ti ho osservato e ho visto che il processo ha preso la piega che tu ti aspettavi.»

Tony sorrise appena, soddisfatto. «Tranne la conclusione. Che non riesco proprio a indovinare.»

Stella finì il vino. «Può darsi che io perda», disse. «E che sia giusto così. Ma Dio sa quanto mi dispiacerebbe.»

Se ne andò poco dopo. Tony vide che si fermava un istante sulla porta a ravviarsi i capelli con le dita per poi uscire a grandi passi. Pensando al suo cliente, si augurò di non doversi congratulare con lei per l'esito del processo.

Il giorno dopo, intorno alle quattro e mezzo del pomeriggio, la giuria comunicò al giudice Karoly di non essere riuscita a raggiungere un verdetto unanime.

La portavoce era l'estetista. La dietologa, con cui durante il dibattimento sembrava in buoni rapporti, non la guardava nemmeno.

Saul, a fianco di Tony, gli disse: «La portavoce tiene per noi».

«Anch'io lo penso», sussurrò Tony e si maledisse al pensiero di non aver capito che tipo era la dietologa. Sam aveva l'aria abbattuta.

Stella, come Tony, osservava le facce dei giurati.

«Signora portavoce», disse Karoly, «senza dirmi chi ha votato a favore e chi contro, può riferirmi il risultato delle vostre deliberazioni?»

L'estetista lanciò un'occhiata alla dietologa. Poi riferì: «Nove a tre».

«Quante volte avete votato?»

«Quattro, vostro onore. E sempre con lo stesso esito.»

Karoly aggrottò la fronte. «Lei ritiene che discutendone ancora potreste raggiungere un verdetto?»

L'estetista scosse la testa, accigliata. «Le tre persone che impediscono di raggiungere l'unanimità sono irremovibili.»

Tony guardò Stella. Bisognava prendere una decisione tempestiva. Entrambi dovevano decidere se suggerire la prosecuzione del dibattito, con il rischio che la giuria si mettesse d'accordo, ma per farlo dovevano indovinare se la maggioranza era dalla loro parte. Vedendo che Stella era titubante, Tony fece la prima mossa. «Posso parlarle un momento, vostro onore?»

Karoly annuì e Stella seguì Tony davanti al giudice per poter confabulare con lui senza che la giuria sentisse. «Vostro onore», disse Tony. «Tre giorni di camera di consiglio non sono poi molti, data la complessità del caso. Mi chiedo se la corte non potrebbe aiutare la giuria a raggiungere un verdetto, in qualche modo.»

Stella scosse la testa. «Io credo che dovremmo attenerci a quanto hanno dichiarato i giurati. Loro sanno com'è la situazione e, per quanto possa essere spiacevole non giungere a un verdetto, costringendoli a esprimersi a tutti i costi rischiamo di trovarci con un verdetto ingiusto.» Dopo un attimo di silenzio, aggiunse: «Se necessario, sono pronta a riportare il caso in tribunale».

Karoly esitò e quindi si voltò verso la giuria. «La corte vi ringrazia per il servizio prestato», disse.

I voti erano nove a tre per l'assoluzione.

Osservando i giurati che uscivano dall'aula delusi, in silenzio,

Tony diede a Sam una pacca sulla spalla, poi andò a stringere la mano a Stella.

«Hai visto giusto», le disse.

Il suo sorriso appena accennato non nascondeva una certa amarezza. «L'avevi capito anche tu», ribatté lei. Dopo essersi soffermata un momento a guardare Sam Robb, si rivolse di nuovo a Tony. «Vieni nel mio ufficio verso le due, lunedì. Ho bisogno di un po' di tempo per abituarmi all'idea.»

Senza aspettare la risposta di Tony, cominciò a raccogliere le sue carte.

Quando lui tornò al tavolo della difesa, Sam e Sue erano vicini a Saul. «Cercherò di parlare con qualcuno dei giurati prima che lo faccia Stella», bisbigliò Saul a Tony. «Per capire che cos'è successo.»

Tony annuì. «Grazie.»

Stella se n'era già andata.

Sam e Sue tacevano. Sue era rigida, pallida, sfinita, e Sam le teneva la mano. Improvvisamente anche Tony sentì tutta la stanchezza che aveva accumulato.

«Mi dispiace», sussurrò. «Speravo di vincere.»

Sam annuì. «Ci siamo andati vicini. Almeno non sono finito dentro. Hai fatto tutto quello che potevi...»

«È vero», ribadì Sue. «Hai fatto quello che potevi.»

Alle loro spalle si stavano radunando i giornalisti in attesa che Tony rilasciasse una dichiarazione e nella speranza di ottenere una parola da Sam o Sue. «Ho appuntamento con Stella lunedì», li informò.

Voltandosi, vide i Calder.

Erano immobili al loro posto, vicini, ma non si sfioravano nemmeno. Frank aveva gli occhi spenti, colmi di stanchezza. Nancy piangeva. Alle loro spalle c'era un cronista dello *Steelton Press*, trattenuto da un assistente di Stella.

Sue seguì lo sguardo di Tony. Non c'era niente da dire.

Quella sera Saul gli telefonò. Aveva parlato con la maggior parte dei giurati.

«Sai che cos'è successo, secondo me?» gli disse. «Se non si sono messi d'accordo la colpa è del tuo assistito.»

«In che senso?»

«Ho l'impressione che prima che Sam andasse a deporre fos-

sero tutti convinti che le prove non erano sufficienti a condannarlo. Dopo averlo visto al banco dei testimoni, invece, si sono divisi.
Nove di loro, estetista compresa, sono rimasti della loro idea o si
sono ulteriormente convinti di quello che pensavano...»

«E gli altri tre?»

«Hanno deciso che era un bugiardo, un individuo spregevole.
La loro è stata una reazione istintiva, viscerale, in special modo
per la dietologa, che ha due figlie. Dopo averlo sentito parlare, le
tre donne hanno deciso che non lo volevano in giro a piede libero.
Punto e basta.»

Tony si sdraiò sul letto con la testa che gli scoppiava. «Dunque
pensi che Sam abbia fatto il gioco di Stella, alla fin fine.»

«Bisogna vedere se lei ne approfitterà.» Saul rimase un momento zitto e, per gentilezza, si finse fatalista. «Non si può mai
dire. Le dinamiche all'interno della giuria sono imprevedibili.
Magari si sarebbero divisi comunque.»

Per un istante Tony rimase in silenzio a riflettere. Ma era inutile. «Lunedì vedremo che cosa pensa di fare Stella», disse poi.

Lunedì alle due in punto Tony si presentò nell'ufficio di Stella.

Con sua sorpresa, la trovò vestita da tennis, con i capelli castani raccolti da un elastico. «Appena finiamo», spiegò, «me ne
vado. Ho preso un po' di ferie.»

Tony annuì. Capiva benissimo il senso di svuotamento, la fatica e la mancanza di concentrazione che seguivano i casi più difficili. Si sentiva così anche lui.

«Io torno a San Francisco domani», la informò.

Lei lo guardò, da dietro la scrivania ingombra che non aveva
avuto il tempo o la voglia di mettere in ordine.

«Be'», disse alla fine. «Probabilmente non avrai più bisogno
di tornare.»

«Perché?»

Stella era calma, impassibile. «Ne hai convinto nove su dodici.
La prossima volta immagino che spareresti al tuo cliente, piuttosto che lasciarlo testimoniare.» S'interruppe, come se non avesse
voglia di continuare. Poi però concluse: «Ho detto al mio capo
che sono contraria a un secondo processo. A meno che, naturalmente, non saltino fuori altre prove, magari i vestiti insanguinati.
Anche se presumo che Sam Robb se ne sia disfatto già da
tempo».

Non c'era altro da dire. «E il tuo capo è d'accordo», tirò a indovinare Tony.

«Sì. Quindi lo puoi comunicare al tuo cliente.»

Era stata rapida, pensò Tony, e aveva agito con una certa eleganza. «Ti ringrazio», le disse.

Stella accennò appena un sorriso. «No, non mi ringraziare.»

Si scusò, dicendo che doveva andare, e lo salutò. Tony andò a telefonare a Sam e Sue.

2

Quella sera Sam insistette per invitare Tony a cena al country club.

«Sono libero», proclamò. «Quindi devo ricominciare a vivere da uomo libero, se voglio rimanere in questa città. Se la prima volta vieni anche tu, per noi sarà più facile.»

A Tony era parso che il «noi» fosse ottimistico: seduto allo stesso tavolo appartato a cui aveva cenato con lei qualche tempo prima, aveva l'impressione che Sue fosse una mera spettatrice. Quasi a compensare il suo silenzio, Sam era particolarmente espansivo: forse non era una vera e propria festa, aveva detto un po' sulla difensiva, ma era comunque la fine di un incubo. A metà della cena aveva già bevuto quattro whisky con ghiaccio, serviti da una cameriera giovane e lievemente spaventata che si sforzava di far finta di non conoscerlo. Tony sorseggiava il suo Chardonnay e ascoltava, più che parlare: dallo sguardo attento di Sue aveva intuito che, senza di lui, Sue non ci sarebbe andata. I minuti passavano lentamente.

Sam ordinò un altro bourbon e, bevutone metà in un sorso solo, si appoggiò allo schienale e si guardò intorno con un'aria compiaciuta e soddisfatta che a Tony parve decisamente fuori luogo. «Vi ricordate la sera del ballo, l'ultimo anno di liceo?» chiese Sam. «La festa era in questa sala.»

Altroché, se me lo ricordo, pensò infastidito Tony. *Avevi bevuto troppo anche quella sera. Così io ti presi a pugni, ti riaccompagnai a casa e poi rimasi con Sue. Il ricordo di quella notte, in cui facemmo l'amore, è tanto dolce che in questo preciso momento so che anche lei sta pensando alla stessa cosa.* Tony fu ben attento a non incrociare lo sguardo di Sue, quando rispose: «Certo che me lo ricordo. Ma tu?»

Quella domanda, nonostante il tono leggero, fece comparire una sorta di ghigno sulla faccia di Sam. *Lo fa apposta*, pensò Tony e si chiese se Sam avrebbe mai dimenticato i suoi sospetti su Sue e lui. «Non ricordo tutto», rispose. «Anche perché né tu né Sue mi avete mai raccontato com'è andata a finire la serata.»

Sue sospirò. «Alludi a quando Tony e io andammo nel boschetto di aceri e facemmo l'amore e io ebbi il primo orgasmo della mia vita?» disse poi sottovoce. «Non c'è nulla da raccontare, Sam. Eccetto che m'innamorai di lui, è logico.»

Lo disse con un tono talmente naturale che sarebbe potuta sembrare una battuta, anche se un po' esasperata. Ma Tony rimase stupito e turbato e sul volto di Sam, improvvisamente paonazzo, apparve il sorriso risentito di chi non ha capito l'allusione ma sa benissimo di essere l'oggetto dello scherno. Si voltò verso Tony e gli domandò, a metà fra lo scherzo e l'accusa: «È questo che ricordi anche tu?»

Tony lo guardò, teso, incerto su che cosa dire. Poi sorrise a Sue e, in tono disinvolto, rispose: «Più o meno. Devo dire che se sono tornato è stato soprattutto per lei». Allungò una mano e gli diede una pacca affettuosa sul braccio. «Sai, sono contento che alla fine ne abbiamo parlato. E sono certo che anche Sue la pensa come me.»

Tony si accorse che Sam non sapeva se credere a quello che gli avevano appena detto o fare finta che fosse tutto uno scherzo. «Hai bevuto», gli disse Tony con gentilezza. «Non dovresti. Non sei più tu, quando bevi.»

Sam sgranò gli occhi e per un attimo Tony si chiese come avrebbe reagito. Poi, quasi avesse ripreso di colpo a ragionare, Sam disse: «È vero. Finisco questo e poi basta. È solo che mi sono preso un tale spavento che adesso non so più come comportarmi». Ingollò il resto del bourbon rabbrividendo. Si voltò verso Sue e mormorò: «Scusami, cara».

Per far passare inosservato il silenzio di Sue, Tony chiese: «Che cosa farai adesso?»

Sam passò il dito sull'orlo del bicchiere e Tony capì che ne avrebbe bevuto ben volentieri un altro. «Non so», rispose. «Per prima cosa penso che dovremo decidere se continuare a stare qui oppure...»

Lasciò la frase a metà: per prima cosa, Sue doveva decidere se rimanere con lui. Tony la vide che si guardava intorno con l'aria distratta di chi sta vivendo un grosso dolore o, forse, ha bevuto più vino del solito. Decise che avrebbe cercato di parlarle a tu per tu.

«Io mi trasferirei», consigliò a Sam. «Anzi, l'ho fatto, quand'è toccato a me. Lake City è troppo piccola.»

Sam si strinse nelle spalle, sgomento. «Ma dove vuoi che vada, Tony? Questo è l'unico posto che conosco.»

Lascia scegliere a Sue, pensò Tony. *Ammesso che voglia venire con te.* Si sforzò di sorridere. «Potreste trasferirvi vicino a uno dei figli, se a loro va bene. Per quanto non credo che, quando avrà la loro età, Christopher morirà dalla voglia di avermi tra i piedi.»

Sam non sorrise. «Figurati i miei, allora.» Guardò Sue, esitante. «Vi dispiace se ne ordino un altro? Poi andiamo.» Lo disse in tono implorante, con una certa vergogna. Era chiaro che per lui era difficile affrontare la realtà. Sue alzò le spalle, indifferente.

«Ti tengo compagnia», disse Tony.

Bevvero il loro whisky quasi in silenzio. Tony raccontò qualche aneddoto a proposito di Stacey e Christopher e di che cosa avevano fatto mentre lui era a Lake City. «Pensate che roba, può darsi che finisca a Harvard», disse a un certo punto. «È vero che, come mi ha fatto notare, suo padre se lo può permettere. Il mondo di Christopher è totalmente diverso...»

Era stata una mancanza di tatto, ma ormai era troppo tardi. Sam fece comunque tintinnare i bicchieri. «Al tuo successo, Tony. E ai nostri figli. Perché sono la cosa più importante, non è vero?» S'interruppe e guardò la moglie con affetto, anche se un po' esitante. «Se loro ce la fanno nella vita, vuol dire che qualcosa di giusto l'abbiamo fatto.»

A Tony parve un velato invito alla moglie a riconoscere qualche valore al loro passato, ma Sue non lo degnò neppure di uno sguardo.

«Sarà meglio che andiamo», disse Tony. «Domani mattina devo prendere l'aereo.» Sorrise. «E poi, come si suol dire, domani è il primo giorno del resto della vita.»

Guidò Sue, mentre Sam si accasciò sul sedile, sfinito dall'alcol e da settimane d'insonnia. Sembrava più stanco che sbronzo.

La luce nel soggiorno era accesa. Entrando, Sam si mise di fronte a Tony, con Sue al fianco. «Sono a pezzi», gli disse sforzandosi di sorridere. «Ma vedrai che domani sarò un altro. Sei sicuro di non volerti trattenere un altro giorno, magari per finire la partita? Siamo ancora pari, ricordi?»

Tony sorrise e scosse la testa. «Un pareggio mi sta benissimo, Sam. Soprattutto con te.»

Sam lo studiò un istante, poi fece un passo avanti e gli gettò le braccia al collo. «Grazie», mormorò. «Grazie di tutto. Non so come dirti quanto ha significato per me.»

«Lo so», rispose Tony. «Lo so.»

Quando si staccò da lui, Sam aveva gli occhi lucidi. Si voltò e si avviò su per le scale, lanciando un ultimo sguardo, come a dire che sperava che Sue lo seguisse presto. «Arrivederci, Tony», disse semplicemente, salutandolo con la mano.

Sue si voltò verso Tony. «Hai voglia di bere un bicchiere di vino con me?» gli domandò.

Sue aveva l'aria molto stanca e scoraggiata, ma lui voleva parlarle e accettò l'invito senza discutere. «Certo», rispose, sedendosi sul divano.

Sue ritornò poco dopo con due bicchieri. «Andiamo fuori?» propose. «Non fa freddo e in casa mi sento prigioniera.»

La seguì in silenzio in cucina e poi nel giardino dove a quattordici anni Sam e Tony, quasi senza accorgersene, erano diventati amici giocando a football.

Le si sedette accanto sull'amaca e per un attimo guardò le stelle, ripensando alla sera in cui avevano messo Sam a dormire lì ed erano andati ad aspettare l'alba insieme. «Ho pensato molto a te», disse.

«Anch'io», rispose lei. Ma sembrava distante.

«Mi avevi chiesto di farlo assolvere, Sue. Purtroppo non ci sono riuscito.»

«Non è stata colpa tua.» Aveva la voce un po' impastata e stette un attimo zitta prima di continuare: «Hai fatto più di quanto tu creda, Tony. Ma a questo punto non puoi fare più niente».

Quella frase ambigua gli fece sentire il bisogno di parlare di lei. «Vorrei solo poterti dare una mano», replicò con dolcezza.

Sue non disse nulla, poi Tony la sentì rabbrividire. «Allora, fammi questo piacere: non tornare mai più. Nemmeno se dovesse esserci un altro processo.»

Tony rimase stupito. «Se ti ho fatto qualcosa, Sue...»

«No, non è questo.» Lo guardò negli occhi. «Non hai capito?»

Le prese la mano. «No, che cosa c'è?»

Sue, con il viso pieno di angoscia, deglutì prima di dire: «Mente, Tony. Ha mentito in tribunale e penso che abbia mentito anche a te».

Tony s'irrigidì. Sebbene in fondo se lo fosse sempre aspettato, fu colto alla sprovvista. Con un filo di voce, chiese: «A che proposito?»

«I vestiti.» Sue gli sfiorò la manica della giacca e con voce tesa, agitata, spiegò: «Manca una tuta grigia. Sam ne teneva sempre una di riserva a scuola. Dopo la sua deposizione, l'ho cercata dappertutto e ho visto che non c'è più. E a scuola non può essere, perché la polizia l'avrebbe trovata».

Tony rimase sconvolto. *Mantieni la calma*, si disse. *Ragiona, non lasciarti prendere dall'emozione.* «A volte la memoria fa strani scherzi. Capita di 'ricordare' le cose di cui in realtà abbiamo paura...»

«Io più che altro ho *paura* di ricordare.» Alzò gli occhi verso la finestra della camera da letto. «Sam aveva un paio di scarpe da ginnastica vecchie. E sono sparite.»

Tony si rese conto di avere il cuore che batteva all'impazzata. «Se mentisse, non credi che avrebbe paura di quello che sai?»

Lei abbassò gli occhi. «Se avesse paura di quello che so», rispose a voce bassa, «non avrebbe detto che era la prima volta che aveva un rapporto anale. Credimi. Perché nessuno sa meglio di me che cosa gli piace e lui ne è perfettamente consapevole...»

Tony le mise un braccio sulle spalle.

Per un istante Sue rimase un po' rigida, poi si avvinghiò a lui in un silenzio disperato. «Forse non ne dovremmo parlare», bisbigliò Tony. «Né di questo né di altro che riguardi Sam.»

«Dobbiamo parlarne, invece.» Si staccò da lui e gli sfiorò una guancia, come per chiedergli perdono. Le tremava la voce. «C'è anche altro...»

«Molto altro», la interruppe Tony, assalito da un'improvvisa angoscia. «Sei sua moglie. E io sono il suo avvocato.»

«Non sei solo il suo avvocato.» Distolse lo sguardo, come se soffrisse soltanto a vederlo. «Posso farti una domanda, Tony?»

Tony esitò prima di rispondere, in preda a sentimenti contraddittori: paura, affetto, senso del dovere nei confronti di Sam, amore per lei, timore di scoprire che il suo amico e cliente, marito della donna che teneva fra le braccia, era l'assassino di Marcie. «Che cosa?»

Dopo un attimo di silenzio, scoppiò in lacrime. «Che ora era quando trovasti Alison morta?»

Tony capì immediatamente. E rabbrividì, come Sue poco prima. «Hai sempre detto che Sam era con te...»

«È vero.» Aveva gli occhi chiusi. «Ma nessuno mi chiese mai fino a che ora e a quei tempi non ci volli nemmeno pensare.»

Tony la fissò. Con una voce che non gli parve la sua, disse: «Dimmi che cosa successe esattamente, Sue. Raccontami tutto».

Sue aveva pensato che la finale contro il Riverwood avesse fatto uno strano effetto a Sam: vincere lo riempiva sempre di euforia, ma quella sera il touchdown decisivo l'aveva reso particolarmente ridanciano e voglioso di fare l'amore con lei. Quando Tony e Alison avevano detto che preferivano starsene per conto loro, però, aveva cambiato umore all'improvviso. Si erano appartati vicino al boschetto di aceri, ma Sam non l'aveva toccata e si era limitato a bere, guardando fuori del finestrino.

«Non gliene importa niente», aveva detto a un certo punto. «Non gliene importa di me.»

Sue si era voltata senza capire. «Parli di Tony?»

Non aveva risposto. «Fanno tutti quello che vuole lui», aveva detto poi. «Va tutto come vuole lui. 'Bel colpo, Sam, adesso scusa ma vado a scoparmi Alison'...»

Alison, aveva pensato Sue, guardando Sam che beveva dalla bottiglia nella macchina buia. Poi gli aveva chiesto: «Perché dici così? È questo che ti ha detto Tony?»

«No, non me lo direbbe mai.»

Si era accorta che era ubriaco e quando era in quello stato inevitabilmente venivano a galla tutti i suoi conflitti e la sua confusione. Aveva pensato che forse Sam si sentiva escluso, perché il momento di trionfo che Tony e lui avevano tanto cercato era già svanito e gli pareva che Tony non se ne fosse neppure accorto. A peggiorare le cose poi c'era il fatto che Tony e Alison avevano cominciato a fare l'amore senza accorgersi – perlomeno Tony, perché forse Alison lo intuiva – che cosa questo scatenava in Sam.

«E tu?» gli aveva domandato Sue. «Parli mai di noi due con Tony?»

Sam aveva bevuto un altro sorso di whisky. «No», aveva risposto secco.

Lei si era arrabbiata. «È per questo che ce l'hai con lui? Perché lui non ti chiede che cosa fai con me? O perché non ha nessuna voglia di far l'amore con me? Perché invece tu con Alison lo faresti, eccome, vero?» Si era interrotta, stupita delle sue stesse parole. Sam era ammutolito.

Preoccupata, aveva cercato di buttarla in ridere. «Va bene», aveva detto. «Perché allora non ce ne stiamo qui a immaginare che cosa fanno Alison e Tony a Taylor Park? Spero con tutto il cuore che siano contenti. Così almeno si chiariranno un po' le cose fra tutti noi.»

«Non c'è niente da chiarire», aveva decretato Sam.

C'era una calma sinistra nella sua voce. Sue gli aveva chiesto, con dolcezza: «Perché allora sei di questo umore? Ero così contenta per te, Sam... Vorrei tanto che tu fossi felice con me».

Sam aveva bevuto un altro sorso di whisky. «Scusami», le aveva detto dopo un po'. «Ho preso una gomitata in testa e mi fischiano ancora le orecchie.» Era una scusa per giustificare la scontentezza e la frustrazione che provava.

Pensosa, lei si era aggiustata le pieghe della gonnellina da *cheerleader*. «Forse è meglio che torni a casa», gli aveva proposto.

Sam si era lasciato scivolare sul sedile e aveva bevuto un altro po' di whisky, apparentemente immerso in chissà quali pensieri. Sue aveva aspettato che le parlasse.

Ma lui aveva continuato a bere in silenzio.

«Sam?»

Era rabbrividito, forse per effetto dell'alcol. «Sì», aveva risposto con la voce impastata. «Domani mi passa, te lo prometto.»

Lei aveva alzato le spalle, sentendosi piccola e sola. Sam l'aveva accompagnata a casa senza dire una parola. Gli aveva preso la mano, ma lui sembrava non essersene neanche accorto. Arrivati davanti a casa sua, si era come risvegliato da una trance.

«Vedrai che domani mi passa», le aveva ripetuto.

«Anche a me.» Gli aveva dato un bacio rapido e deciso. «Congratulazioni. In fondo hai vinto la partita.»

«Già», aveva replicato. «Ho vinto.»

Sue era scesa dalla macchina e si era avviata verso casa. Sulla porta si era resa conto che Sam era già ripartito in retromarcia.

Era salita in camera sua, si era svestita e si era messa a letto. L'orologio sul comodino segnava mezzanotte meno un quarto. Aveva pensato che era strano che Sam avesse preso la direzione opposta a quella di casa e si era augurata che non fosse troppo ubriaco per guidare. Per un attimo aveva avuto l'impulso di telefonargli per assicurarsi che fosse arrivato a casa sano e salvo, ma poi ci aveva rinunciato, per non svegliare i suoi.

Aveva pensato a Alison e Tony, ma si era accorta, con una certa sorpresa, di riuscire a immaginare solo Tony. Forse anche lei era come Sam, solo che non lo voleva ammettere.

Si era rigirata a lungo nel letto, confusa, finché non aveva preso sonno.

Ormai era quasi l'alba. Guardando Sue, Tony sentì tutto il freddo della notte nelle ossa.

«Pensi che ci fosse qualcosa fra Alison e Sam?» le chiese.

Lei gli prese le mani. «Non credo sia mai successo niente. Ma per un certo periodo Sam era come ossessionato da lei, come se avesse voluto essere lui il primo. Naturalmente, però, non poteva dirlo.» Parlava a voce bassa, vergognandosi. «La settimana prima che lei morisse, gli cadde da un quaderno il suo numero di telefono, quello della linea privata di casa Taylor, che non era sull'elenco. Gli chiesi come mai l'aveva e lui mi spiegò che gliel'avevi dato tu, perché Alison doveva aiutarlo a fare i compiti di spagnolo.»

«Non è vero.» Lo disse in tono piatto, senza emozione, ma aveva la pelle d'oca.

Sue si voltò dall'altra parte. «Sei sicuro...?»

«Sicurissimo.» Tony si alzò e guardò la finestra buia della camera da letto e, con un'ombra di collera nella voce, disse: «Se avessi saputo che Sam non era con te, qualche dubbio mi sarebbe venuto anche allora. E quanto pensi mi ci sarebbe voluto per capire, sentita la storia di Marcie? Non mi ha mai neppure sfiorato il pensiero per il semplice motivo che non credevo che Sam potesse essere a Taylor Park quella sera. Perché tu mi avevi sempre detto che era rimasto con te». Si voltò di scatto verso di lei. «Con che coraggio mi hai chiesto di difenderlo? Non volevi essere sola con i tuoi dubbi o speravi che io te li avrei tolti tutti?»

«Non lo sapevo, non sapevo niente di preciso. Ma dopo la morte di Marcie ho cominciato a mettere in dubbio tutto quanto...»

«Be', io avrei fatto qualcosa di più... Se soltanto ti fossi premurata di dirmelo prima che accettassi di difenderlo. E sono certo che anche la polizia si sarebbe mossa...» Lo disse con asprezza, alterato. «Ma Sam è un uomo fortunato. L'ho sempre pensato. E una delle sue fortune più grosse è avere a fianco te.»

Sue aveva gli occhi lucidi. Si alzò e gli posò le mani sulle spalle, guardandolo negli occhi. «È stata la sua deposizione. Non sono più riuscita a dormire, da quel giorno. Ero tormentata dai dubbi, speravo di essere pazza. E non solo perché ho una paura da morire o per i figli.» Abbassò la voce. «Ero costernata al pensiero di averti chiesto di difendere l'assassino di Alison. L'uomo che ti ha rovinato la vita...»

«Non sapendolo, ho accettato di diventare il suo avvocato», disse Tony, in tono di nuovo tranquillo. «Ma non è tutto: nessuno mi lascerebbe testimoniare in un eventuale secondo processo per l'omicidio di Marcie. È come se fossi muto e paralitico. E anche se Karoly permettesse alla moglie o alla ex moglie di Sam di salire sul banco dei testimoni – cosa che dubito fortemente –, resterebbe il problema di come la prenderebbero i tuoi figli. Per quanto riguarda Alison, infine, quello che mi hai detto non prova assolutamente niente.» Si fermò e, nonostante la rabbia, ritrovò una certa obiettività. «Spero che tu ti sia sbagliata. In fondo è possibilissimo. Altrimenti, vuol dire che Sam ha ucciso due volte.»

Sue scosse la testa, come per schiarirsi le idee. «A questo punto non puoi più fare niente», replicò in tono stanco. «Ti ho insinuato questo dubbio e adesso dovrai conviverci.» Si voltò dall'altra parte. «Dio mio, come posso averti fatto una cosa simile...»

Si piegò in avanti, con le mani sulla bocca. Il suo gemito, pieno di sensi di colpa, di vergogna e di dolore, si perse nella notte insieme al canto dei grilli.

STELLA sedeva alla scrivania davanti a un grosso classificatore. «Non mi aspettavo di rivederti», disse.

Tony rimase in piedi. Erano le due del pomeriggio e, da quando aveva lasciato Sue due sere prima, non aveva più dormito. «Neanch'io. Ma poi ho cominciato a pensare a questo.»

Stella lo guardò con fredda curiosità e un'ombra di compassione, o così almeno gli parve. «L'hanno dovuto tirare fuori dal seminterrato», gli disse. «Prima che arrivassi ho dato un'occhiata alle fotografie. Non sono un bello spettacolo, neanche per me che non la conoscevo.»

«Non ci fecero mai vedere il rapporto. Ma la trovai io e ricordo benissimo in che stato era.»

«Ma non l'hai vista dopo l'autopsia.»

«Be', non ho più diciassette anni.»

Stella lo guardò ancora un attimo, poi si alzò e gli porse l'incartamento. «In fondo al corridoio c'è una stanza vuota. Farò in modo che nessuno ti venga a disturbare.»

La seguì lungo un corridoio di mattonelle verdi ed entrò in un ufficio vuoto, squallidissimo e chiaramente inutilizzato. Stella gli indicò la scrivania di metallo. «Fai con comodo», gli disse. «Quando hai finito, torna da me.»

Tony la guardò. «Ti ringrazio dell'aiuto. Davvero.»

Lei continuava a guardarlo, stupita. Gli fece un cenno col capo e chiuse la porta.

Tony si sedette sulla seggiola di legno, con il classificatore davanti.

Per un po' non lo toccò e, quando si decise ad aprirlo, si rese conto di avere un nodo allo stomaco e le mani che gli tremavano.

C'era una busta. Immaginando che contenesse le fotografie, prese fiato prima di aprirla, ma non ebbe il coraggio di guardare subito. Sentì le foto lucide fra le dita.

Le sparse sulla scrivania.

«Alison», sussurrò, quasi senza volere.

Santa Maria, madre di Dio, prega per noi peccatori adesso e nell'ora della nostra morte...

Era esattamente come la ricordava. L'incubo non mentiva.

Le lacrime che gli riempirono gli occhi erano quelle del diciassettenne che le aveva voluto bene, ma anche dell'uomo adulto, del genitore, del penalista che capiva ciò che un ragazzo non poteva sapere, e cioè che la sua morte doveva essere stata orribile.

Fu l'uomo a spingere via le foto.

Il referto dell'anatomo-patologo era lungo diverse pagine. «La vittima», lesse Tony, «era di sesso femminile, di razza bianca, dell'età apparente di diciassette anni, altezza un metro e sessantaquattro centimetri, peso cinquantadue chilogrammi...»

«Ti voglio», gli aveva sussurrato.

«All'esame autoptico risulta presenza di liquido seminale nella vagina della vittima...»

Alison aveva cominciato a muoversi insieme con lui e Tony si era perso nell'odore pulito della sua pelle, nella morbidezza dei capelli, nel calore dei fianchi, delle cosce, del ventre.

«Le abrasioni sulla parete vaginale indicano che per la vittima si trattava del primo rapporto sessuale.

«Ti amo, Tony. Sono felice con te.»

«Dalla vagina sono stati prelevati campioni di liquido...»

«Ti ho fatto male?» le aveva chiesto.

Tony deglutì e girò pagina.

Alison si era protesa per baciarlo e gli aveva detto piano: «Sono contenta di averlo fatto con te».

«Dall'esame risulta inoltre che la vittima è stata penetrata per via anale...»

Tony rimase senza parole.

«Nell'ano della vittima è stata riscontrata presenza di liquido seminale, di cui sono stati prelevati dei campioni...»

«Non sono un assassino...»

«Le lesioni nel tessuto rettale e l'abbondante emorragia indicano che la vittima è stata sodomizzata con la forza...»

«Perché nessuno sa meglio di me che cosa gli piace...»

Tony si appoggiò allo schienale.

«Il decesso è avvenuto per asfissia», continuò a leggere Tony. «Sul collo della vittima si notano lividi che, come la rottura di vasi sanguigni sul viso e negli occhi, fanno pensare a una morte per strangolamento. Dall'esame si evince che il cuore ha cessato di battere durante la violenza carnale, nel corso della quale la vittima è stata trattenuta per il collo.»

Tony si alzò e cercò di riprendersi.

474

Appoggiandosi con le mani sulla scrivania, guardò il referto. «I campioni di liquido seminale sono stati conservati su vetrino...»

Tony posò il classificatore sulla scrivania di Stella. «Grazie», disse.

Lei lo guardò e gli chiese a bassa voce: «Hai trovato quello che cercavi?»

Tony fece uno sforzo di volontà per sedersi. «Prelevarono dei campioni di liquido seminale. Siccome il caso non è mai stato chiuso, dovrebbero essere stati conservati. Non è questa la procedura?»

Lei incrociò le mani. «Sì.»

Alle quattro e mezzo, Tony entrò nella chiesa di Saint Raphael per la prima volta dopo ventotto anni.

Si sedette in fondo alla navata buia, come faceva a volte da ragazzo, notando appena le luci e ombre nella chiesa, i rosoni colorati. Padre Quinn era morto da anni e non c'era nessuno che si ricordasse di lui, ma quella era pur sempre la sua chiesa.

A capo chino, pregò un Dio nel quale non credeva più.

Senza fede, senza più certezze, il Tony Lord che era uscito un giorno da quella chiesa si era affidato prima a un avvocato e poi alla legge. E per la legge, che era diventata la sua religione secolare, aveva dei doveri solo nei confronti di Sam.

Ma a un certo punto la sua vita e la legge si erano di nuovo intrecciate e, questa volta, la legge non offriva risposte.

Consapevole dei propri limiti, vergognandosi della propria arroganza, Tony ripensò ai Calder, a Marcie, a Ernie Nixon e a Jenny Travis, a Sue e, con strazio, ai Taylor e a Alison.

Non riusciva a perdonare se stesso né, sconvolto da quel che temeva di aver scoperto, Sam Robb. Se Sam era colpevole, il suo era un tradimento inconcepibile: giustizia non era stata fatta né in un caso né nell'altro e Tony, ferito dalla prima ingiustizia, si era reso responsabile della seconda.

Quello che provava andava al di là dell'odio, della terribile e amara consapevolezza che era stato Sam, e non lui, a segnare per sempre la vita di Tony Lord. Perché erano morte due ragazze e non si poteva escludere che, se a ucciderle era stato davvero Sam Robb, ce ne potesse essere una terza.

Era quello il peccato di cui Tony Lord si sentiva colpevole, un peccato per cui non avrebbe trovato né assoluzione presso Dio né rimedio attraverso la legge.

Pregò di trovare la forza di fare quel che doveva. Poi si alzò e uscì dalla chiesa per andare da Sam Robb.

4

Fu Sue ad aprirgli.

Rimase a bocca aperta, con la mano ancora posata sulla maniglia. «Dov'è?» le chiese Tony.

Lei gli fece segno con la testa. «Su, in camera.»

Tony si fermò sulla porta e le accarezzò una guancia. «Va' via», le disse con un filo di voce. «Subito.»

«Che cos'è successo?»

«Alison.» Tony entrò e, in fondo alle scale, si voltò. «Non voglio che resti in casa, Sue.»

Sue sbiancò. «Ricordati che ha la pistola.»

Tony si avviò per le scale.

S'impose di andare piano, di respirare profondamente. I pochi metri che lo separavano dalla camera da letto gli parvero chilometri.

Quando fu sulla porta, tese una mano per controllare se tremava.

Poi aprì.

Sam era davanti al comò che si guardava nello specchio. Trasalì nel vedervi riflesso Tony.

«Tony...» Nella sua voce c'era un misto d'imbarazzo, di piacere e di diffidenza. Poi sorrise, ma la circospezione negli occhi non scomparve. «Credevo fossi già partito.»

Tony si chiuse piano la porta alle spalle. «Ho deciso di rimanere per leggere il referto dell'autopsia di Alison.»

Sam sbatté le palpebre. «Di Alison?»

«Sì.»

Sam fece tre passi e posò le mani sul letto, chinando il capo con espressione pensosa. «E l'hai letto?»

«Certo.» Cercò il modo migliore per dirglielo. «È per questo che sono venuto, Sam. Perché penso di poter finalmente dimostrare che non sono stato io a ucciderla.»

Sam alzò gli occhi. Tony pensò a quante volte l'aveva guardato e vi aveva letto tutto, tranne quello che avrebbe dovuto leggervi. L'altro comprese e arrossì. Con un filo di voce gli chiese: «E come, Tony?»

«Alison fu violentata», rispose a voce altrettanto bassa. «Lo stupratore la strangolò per farla stare zitta. E per sodomizzarla.»

Sam rimase a bocca aperta.

«Presero campioni di liquido seminale. E l'omicidio è un reato che non cade in prescrizione.»

Sam incrociò le braccia. Aveva un'espressione calma, come se non fosse successo niente, e per un attimo, nonostante la pelle d'oca, Tony ebbe il dubbio di essersi sbagliato. «Il DNA... Si può fare l'esame del DNA», mormorò.

«È un'idea.» Tony rimase un istante zitto, trapassandolo con lo sguardo. «Chissà se Stella mi darà una mano.»

Sam gli rivolse un'occhiata sprezzante. «Stella.»

Tony aveva la gola riarsa. Il silenzio era pesante. Nessuno dei due si muoveva.

Alla fine Sam disse: «Non puoi. E lo sai benissimo».

Tony aveva un groppo in gola. «Tu hai sempre avuto un'idea molto particolare dell'amicizia, Sam. Vedrò di adeguarmi.»

Sam impallidì, interdetto.

Tony si chiese dove tenesse la rivoltella. «Hai perso la lingua?» gli domandò.

L'altro, con gli occhi lucidi, alzò una mano, supplichevole. «Non puoi farlo. Non sono stato io...»

«Oh, certo. Tu non sei un assassino.»

Sam arrossì. «È stata lei...»

A Tony salì il sangue alla testa. «Sue?» domandò. «O Alison?»

Sam fece un passo avanti, lo prese per le spalle e lo implorò con lo sguardo. «Stammi a sentire...»

Alison era seduta sul dondolo, dietro casa sua. Quando i suoi non c'erano, gli aveva spiegato, non aveva il permesso di fare entrare in casa i ragazzi.

Sam l'aveva guardata: alla luce del pomeriggio aveva un che di forte e di fragile al tempo stesso, uno sguardo assorto e misterioso. Solo dal dondolio della caviglia di una gamba accavallata sull'altra s'intuiva il nervosismo che la presenza di Sam le procurava, il desiderio represso che a Tony era sempre sfuggito.

Si era ravviata i lunghi capelli scuri con le dita sottili e bianchissime. «Non dovremmo», aveva detto.

«Che cosa non dovremmo?»

«Stare qui a parlare così». Alison lo aveva guardato dritto negli occhi. «Tu sei amico di Tony e io di Sue.»

«E allora?» Lui aveva le mani sudate. «A parlare non c'è niente di male. Se posso darti una mano con Tony, magari dirgli qualcosa... Voglio dire, non fa piacere a nessuno vedervi così.»

Alison non aveva distolto lo sguardo; la sua aria di sfida era identica a quella di Tony, tanto che a volte a Sam sembravano quasi la stessa persona. «Non c'è molto da dire», aveva replicato. «Lui vorrebbe, ma io non sono ancora sicura. Quando vedo che ci patisce, dispiace anche a me, ma...» Aveva lasciato la frase a metà e Sam aveva notato che il dondolio nervoso della caviglia non era cessato, anche se Alison si sforzava di apparire calma. «Sai», gli aveva detto un po' sorpresa, «sei l'ultima persona con cui credevo di poterne parlare. Tu e mia madre.»

Sam aveva gongolato: tutta la pazienza che aveva avuto in quelle ultime settimane – cosa strana per lui – stava dando i suoi frutti. Aspettarla vicino all'armadietto, incoraggiarla, essere gentile e disponibile non era stato vano. Stava imparando a fare come Tony, si era detto, a rendersi popolare. «A tua madre Tony non piace», le aveva detto. «A te invece sì e a me anche. Per quanto un ragazzo possa piacere a un altro ragazzo, cioè.»

Negli occhi di Alison era comparso un velo di tristezza. Aveva mormorato: «Io gli voglio bene. Ho solo paura...»

Si era interrotta bruscamente e Sam aveva approfittato di quell'attimo in cui Alison aveva abbassato la guardia.

Avvicinandosi, le aveva detto: «Lo so, Alison, ti capisco...»

Lei aveva sbattuto le palpebre rendendosi conto di quanto era vicino e di quanto la turbava. «Sam...»

Lui l'aveva messa a tacere con un bacio.

Aveva le labbra sottili, tremanti; non l'aveva né assecondato né respinto. Sam si era reso conto di avere un'erezione e un gran batticuore.

Le aveva passato la lingua fra le labbra e le si era insinuato nella bocca.

Quasi d'istinto Alison lo aveva abbracciato. L'aveva baciata con passione, con disperazione, cercandole il seno con la mano. Finalmente era sua, si era detto. Prendendole un seno nella mano, aveva immaginato di slacciarle il reggiseno e di vederle l'espressione che riservava a Tony...

«No», aveva esclamato lei, ritraendosi sdegnata, con uno sguardo duro e pieno di accuse. «Maledetto...»

«Senti...»

Alison si era alzata impettita. «Sono stata una stupida», gli aveva detto, arrabbiata. «È colpa mia, okay? Adesso però vattene.»

Sam le aveva afferrato i polsi. «Non voglio andarmene. E neanche tu lo vuoi. Lo sapevi che sarebbe finita così...»

«Forse», aveva risposto in tono freddo, abbassando gli occhi e guardandogli le mani. «Forse ti ho provocato e non merito affatto Tony. Ma se non altro mi hai aiutato a capire quanto lo desidero...»

«Un momento fa desideravi me.»

L'aveva guardato severamente negli occhi. «Non ti preoccupare, Sam, non glielo dirò. Purché tu te ne vada immediatamente.»

La stretta delle sue dita si era allentata e Alison, lentamente ma con fermezza, aveva liberato le mani.

In silenzio era andata ad aprire la porta per rifugiarsi in casa. Sam era rimasto lì, confuso e furibondo.

Alison si era voltata a guardarlo, immobile da dietro il vetro: era magra, bella, irraggiungibile. «So che ci odi tutti e due», gli aveva detto a bassa voce. «Ma chi dei due ami?»

E aveva chiuso la porta, lasciandolo solo nella sua umiliazione, consumato dal desiderio.

Sam era ubriaco e il ricordo di Alison sulla porta non gli lasciava requie.

Aveva le tempie che gli scoppiavano, la fronte madida di sudore. Mentre andava a Taylor Park gli pareva che gli alberi lungo la strada comparissero all'improvviso dal nulla e la mezzeria bianca si srotolasse veloce sotto i suoi occhi.

Aveva sterzato bruscamente per entrare nel parco. Nella macchina aleggiava ancora il profumo di Sue.

Aveva rallentato e si era fermato nel parcheggio.

Aveva abbassato il finestrino e respirato l'aria fresca della notte. Con il motore spento, il parco intorno a lui gli era parso enorme e silenzioso, buio, misterioso, abitato da ombre indefinite e desideri reconditi.

In quel parco, da qualche parte, Tony e Alison stavano cercando di non lasciarsi travolgere dalla passione.

Era rimasto in macchina per un tempo che gli era parso molto lungo. L'idea dei due amici lì vicini, ma nascosti, lo tormentava.

Aveva bevuto un altro sorso di whisky.

Poi era sceso dalla macchina con la bottiglia in mano, spinto da quell'idea che lo rodeva.

Come in preda alla febbre, aveva osservato gli alberi tutto intorno a lui, le ombre, lo spicchio argenteo di luna che ogni tanto scompariva dietro le nuvole. I suoi passi si sentivano appena sull'erba autunnale.

Dove poteva aver lasciato la macchina? Sam e Sue avevano il loro boschetto di aceri, ma Tony e Alison preferivano appartarsi a Taylor Park, perché era più vicino a casa di lei. Così c'era qualche minuto in più per un ultimo bacio appassionato, per un'ultima carezza prima dello scadere della mezzanotte.

Ma se quella sera l'intenzione era spingersi oltre, Tony doveva aver cercato un posto più isolato.

Solo, senza quasi fare rumore, aveva attraversato il prato. L'unico suono era lo sciabordio del lago, più in basso, accompagnato dal fruscio del vento fra le foglie secche.

Già, le foglie.

Tony si sarebbe sentito più al sicuro, nascosto fra gli alberi.

Aveva cercato nella memoria, come fosse stata una mappa, e si era incamminato verso le immagini che gli aveva offerto la sua mente.

Vicino al precipizio c'era un boschetto.

Era andato in quella direzione, guidato dal rumore delle foglie nel vento, brancolando nel buio. A un certo punto aveva scorto dei tronchi nodosi e si era fermato, tirando un sospiro.

Fra le foglie aveva intravisto un'ombra più scura: la macchina di Tony.

Si era avvicinato con cautela, con la testa incassata nelle spalle per il freddo, e si era fermato a meno di due metri dall'auto.

I finestrini erano appannati. Sam aveva teso le orecchie per captare qualche parola d'amore, qualche gemito, ma non aveva sentito nulla.

L'alcol, di cui sentiva ancora il sapore nella gola, gli dava coraggio.

Si era avvicinato ancora, in punta di piedi.

La luna in quel momento era spuntata da dietro le nuvole e Sam aveva visto qualcosa scritto sul finestrino, al contrario, in grafia un po' infantile.

TI AMO.

Chinandosi in avanti, Sam aveva letto la frase scritta sotto:

ANCH'IO. Ma un altro raggio di luna gli aveva permesso anche di vedere dentro la macchina, attraverso le scritte sul vetro.

Aveva riconosciuto due sagome scure, che si muovevano a tempo: Alison, la bocca sulla bocca di Tony, le natiche di lui fra le sue gambe aperte.

Era rimasto impietrito, colto da un desiderio irrefrenabile e da un doloroso senso di esclusione. Aveva visto le labbra di Alison che si muovevano e Tony che alzava un braccio per guardare l'ora. Poi il fiato aveva appannato il vetro, nascondendoli un'altra volta.

Era arretrato piano piano. Le lancette fosforescenti del suo orologio segnavano le 23.42.

In preda alla gelosia e alla confusione, si era nascosto dietro un albero e aveva appoggiato la faccia sulla corteccia ruvida, ansimando. L'aria era gelida, ma il liquore lo riscaldava.

La portiera si era aperta.

Sorpreso, Sam aveva visto due ombre scendere veloci dalla macchina e cercare di ripulire il vetro, appannato dal loro fiato e da quello di Sam.

«Non ti preoccupare», aveva sentito che diceva Alison. «Posso andare a casa a piedi.»

«Ti accompagno», aveva risposto Tony.

Le due ombre si erano voltate e, con passo incerto, si erano avviate dalla sua parte. Sam era rimasto immobile, attento a non fare il minimo rumore.

Con i muscoli contratti, li aveva osservati.

A pochi passi da lui si erano improvvisamente fermati. Sam aveva trattenuto il fiato. Se si fossero voltati dalla sua parte, l'avrebbero visto di sicuro: gli sarebbe bastato allungare una mano per toccarli.

«Che buio», aveva bisbigliato Tony.

Lei gli aveva preso la mano. «Davvero.»

Erano andati avanti, sempre incerti. Due passi, tre.

Lui era uscito da dietro l'albero e li aveva seguiti.

Come se l'avessero sentito, Tony e Alison si erano fermati, si erano scambiati un'occhiata e avevano cominciato a correre nel prato che li separava dalla casa di Alison. I loro passi riecheggiavano nella notte.

Spinto dal ricordo di quello che aveva visto, Sam li aveva seguiti senza fretta, attento a non farsi sentire, senza un piano preciso.

Il rumore dei passi dei due amanti si era spento nella notte.

Aveva proseguito guardingo nel prato buio finché a un certo punto la luna non era rispuntata da dietro le nuvole, illuminando Tony e Alison, uno di fronte all'altra, a malapena visibili accanto alla fila di querce che separava dal parco la casa dei Taylor, il cui tetto si stagliava contro il cielo scuro.

Sam si era fermato.

Benché sussurrate, le parole di Alison erano giunte alle sue orecchie trasportate dal vento. «Sarà meglio che ci salutiamo.»

Tony l'aveva baciata sulla fronte. «Ti aspetto qui.»

Lei aveva scosso la testa. «Fa freddo», gli aveva detto. «Aspettami in macchina e tienila calda.»

Lo aveva detto con una voce bassa, da donna, che a Sam aveva fatto l'impressione di un lungo sorso di whisky.

Poi aveva dato a Tony un bacio, lungo e profondo. Le nuvole avevano coperto di nuovo la luna e a Sam non era restato che l'eco della sua voce che sussurrava: «Adesso devo proprio andare. Ci vediamo fra un quarto d'ora».

Dunque disubbidiva ai genitori per amore di Tony Lord, usciva di casa di nascosto per darsi di nuovo a lui. Come faceva sua madre con l'allenatore Jackson... Sam aveva l'amaro in bocca.

Poi, in lontananza, aveva scorto Alison alla luce della veranda che salutava con la mano. Nella sua confusione, aveva avuto l'impressione che quel saluto fosse rivolto a lui.

La luce si era spenta e la porta si era chiusa con un fruscio.

Aveva sentito dei passi, i passi di Tony.

Era rimasto nell'ombra, con la bottiglia in mano. Se Tony l'avesse visto, magari gli avrebbe offerto il brindisi che prima aveva rifiutato.

Ma non si vedeva niente e il rumore dei passi di Tony era sempre più vicino. Improvvisamente gli si era gelato addosso il sudore.

Poi i passi avevano incominciato a farsi più fievoli fino a scomparire del tutto. Era rimasto solo.

Si era portato la bottiglia alle labbra.

Alison sarebbe uscita di nuovo, nel giro di un quarto d'ora.

Quando si era avvicinato alla casa, non aveva sentito neppure il rumore dei propri passi. Aveva pensato di sedersi sul dondolo ad aspettarla, per sorprenderla con il cigolio metallico appena usciva. «Adesso tocca a me», aveva pensato di dirle.

Si era fermato a circa tre metri dalla veranda.

Credeva che gli sarebbe bastato guardarla, fantasticare. L'alcol gli riempiva la testa di fantasie e, ripensando alle due ombre abbracciate nella macchina, aveva immaginato di prendere il posto di una di loro.

Aveva bevuto l'ultimo sorso di whisky.

Era avanzato fino al ciglio del burrone e aveva gettato la bottiglia vuota nell'acqua. Per un pelo non le era andato dietro.

Prendendole un seno nella mano, aveva immaginato di slacciarle il reggiseno e di vederle l'espressione che riservava a Tony...

Stava pensando che era meglio andare via quando, voltandosi, era rimasto impietrito nel vedere Alison sulla porta della veranda.

Alison si era voltata a guardarlo, immobile da dietro il vetro: era magra, bella, irraggiungibile. «So che ci odi tutti e due», gli aveva detto a bassa voce. «Ma chi dei due ami?»

Aveva sentito le assi scricchiolare sotto i suoi piedi.

Era rimasto immobile. Quando Alison era scesa dalla veranda sul prato, non l'aveva più vista. I suoi passi sull'erba non facevano rumore.

Sarebbe stato il destino a decidere, aveva pensato. Se gli fosse passata davanti senza vederlo, Sam l'avrebbe lasciata tornare da Tony. Se l'avesse scorto nel buio, invece, voleva dire che doveva succedere.

I passi erano sempre più vicini...

Di colpo aveva visto un'ombra. Alison non si era fermata né voltata. Ancora pochi passi e sarebbe stata vicinissima.

Era a due metri, a un metro da lui. Sam era eccitatissimo.

D'un tratto il cielo si era rasserenato e la luna aveva illuminato la notte.

Aveva udito il gemito di paura di Alison e subito dopo aveva visto la sua faccia di porcellana, i suoi occhi sbarrati.

«Ciao», le aveva detto.

Il grido le si era fermato nella gola.

Sam aveva visto tutto con estrema lucidità: il sollievo quando lo aveva riconosciuto, poi di nuovo la paura. Il tentativo di darsi un contegno, di mantenere il sangue freddo, proprio come Tony. La smorfia quando aveva capito dall'odore che Sam aveva bevuto. Persino la scelta di non fargli domande.

«Non dovresti essere qui», gli aveva detto con un filo di voce, ma con fermezza.

Sam aveva risposto: «Ti ho visto in macchina con lui».

A quelle parole si era spaventata veramente. Sam si era accorto di avere il batticuore: l'atteggiamento di Alison, impettita, a testa alta, lo offendeva e lo eccitava al tempo stesso. «Allora sai anche quanto gli voglio bene», aveva ribattuto con altrettanta semplicità. A voce bassa, per non farsi sentire dai suoi genitori, ma tremante.

Voleva tornare da Tony, era chiaro. Anche se lui era lì, a pochi centimetri da lei.

«Fai finta che io sia Tony», le aveva detto, avvicinandosi ancora di più.

Le aveva passato la lingua fra le labbra e le si era insinuato nella bocca...

«No», aveva detto Alison, girandosi dall'altra parte. «Non voglio...»

«No», aveva esclamato lei, ritraendosi sdegnata, con uno sguardo duro e pieno di accuse.

Sam non sapeva che cosa fare, paralizzato dalla vigliaccheria e dall'ira.

Alison aveva aperto la bocca, come per gridare.

Allora lui gliel'aveva tappata con una mano, mentre gli montava il sangue alla testa. Si era detto che ormai era troppo tardi, che non c'era più niente da fare. Il terrore negli occhi di lei aveva riacceso tutto il suo desiderio e disprezzo. Alison aveva cercato di mordergli la mano...

Il dolore gli aveva fatto perdere completamente il lume della ragione. Non ci aveva più visto.

«Sì, invece», aveva insistito con una ferocia che gli veniva dall'alcol. «Sì...»

Le aveva piegato un braccio dietro la schiena e l'aveva sbattuta per terra, continuando a tenerle una mano sulla bocca.

Alison era in ginocchio e si divincolava, senza fiato, terrorizzata. Con il palmo della mano bagnato della sua saliva, Sam aveva sentito fra le dita le narici che si dilatavano nello sforzo di respirare. Quando aveva cercato di girarla sulla schiena, Alison si era gettata in avanti, faccia a terra, rigida, rifiutandosi di dargli quel che voleva.

Boccheggiando, gli aveva detto: «Preferisco morire...»

Lui le aveva premuto con più forza la mano sulla bocca e, in un accesso di odio, con la mano libera le aveva tirato su la gonna e le aveva afferrato l'elastico degli slip.

Era senza calze. L'unico ostacolo era il nylon delle mutandine.

Gliele aveva strappate. Alison continuava a opporre resistenza, spingendo il pube contro il terreno; Sam aveva sentito la rotondità delle natiche.

«*So che ci odi tutti e due*», gli aveva detto. «*Ma chi dei due ami?*»

Le aveva stretto il collo con una mano. «Non ti muovere», le aveva intimato in un sussurro. «Non fare rumore.»

Con le dita tremanti, si era slacciato i pantaloni. Sentiva la gola di Alison pulsare, udiva il suo respiro corto, affannoso, sempre più debole.

Le natiche di Tony fra le sue gambe aperte.

«Lo facciamo così», le aveva detto.

Quando l'aveva sentito spingere da dietro, Alison si era irrigidita, aveva cercato di gridare, ma l'urlo si era spento contro la mano che la soffocava.

Aveva rabbrividito quando lui l'aveva penetrata. Poi Sam le aveva stretto il collo con tutte e due le mani, spingendo forte, più in profondità, mentre lei singhiozzava in silenzio.

Sam aveva chiuso gli occhi e tutto era diventato buio.

Aveva continuato a stringerle il collo come se ne andasse della propria vita e il brivido che l'aveva scossa era stato anche il suo; l'orgasmo l'aveva riempito di un piacere selvaggio e di un panico sconfinato, i denti stretti per soffocare i propri gemiti. Le lacrime di Alison erano state anche le sue.

Poi lei non si era più mossa.

Sam aveva abbassato gli occhi, stupefatto, dove i loro corpi si congiungevano. L'unico suono era il suo stesso ansimare.

Si era staccato da lei e le aveva abbassato la gonna. «Alison», aveva mormorato.

Ma lei non aveva risposto. L'aveva girata su un fianco e si era reso conto di quello che le aveva fatto.

Colto dalla nausea, era rimasto in ginocchio lì accanto, fremente di dolore e di vergogna.

Poi si era alzato barcollando, istupidito, e si era riallacciato i pantaloni. Alison era rimasta a terra.

Sam aveva fatto un passo indietro, vacillando.

«Alison...»

La voce di Tony lo aveva raggiunto come in sogno. Si era voltato, intontito, senza capire dov'era.

Un ramo si era spezzato sotto i suoi piedi.

«Alison...»

Sam si era messo a correre. Aveva intravisto una sagoma davanti a sé, un'ombra che conosceva quasi come la propria.

Si era sentito morire.

Aveva continuato a correre nell'oscurità, disperato, grondando sudore, sperando che quell'ombra non lo raggiungesse.

Poi, come un miraggio, gli era apparsa davanti la macchina.

Si era fermato, aveva cercato le chiavi, era salito. Il motore si era acceso subito. Del ritorno a casa ricordava solo frammenti: fari di automobili, ombre, una sirena in lontananza, il profumo di Sue.

La casa era buia, immersa nel silenzio. Era andato di sopra, nella camera accanto a quella dei suoi genitori, e si era infilato nel letto senza nemmeno spogliarsi. La notte era surreale, come un sogno...

Il mattino dopo si era svegliato con la testa che gli scoppiava, lo stomaco sottosopra per la sbornia e un dubbio orribile nella mente. Era corso nel bagno e aveva vomitato. Fra i conati, si era aggrappato a un'unica certezza.

Non era stato lui.

Tony era troppo sconvolto per parlare.

Guardandolo, Sam fece un passo indietro, poi un altro ancora. «Non sono stato io...»

Alison era paonazza, con una smorfia orribile sul viso e gli occhi, che erano stati così pieni d'amore per lui, vuoti e spenti, iniettati di sangue.

«No, Sam.» La voce di Tony era controllata. «Non sono stato io.»

Sam trasalì, ma rimase in silenzio.

Tony aveva sentito contro la testa qualcosa di freddo e di metallico e aveva cominciato a tremare. «Animale, che cosa le hai fatto?»

Tony si rese conto che, se avesse avuto in mano una pistola, avrebbe ammazzato Sam senza pensare. Gli pareva di sentirla in mano, di avere già il dito sul grilletto.

«Niente. Non importa niente», aveva ripetuto Sam a bassa voce. «A me non importerebbe, se anche l'avessi ammazzata tu.»

Sam aveva posato una mano sul comodino. Il cassetto era socchiuso.

«È importante», disse Tony a bassa voce. «Anzi, forse più adesso di allora. Perché tu hai ucciso Marcie Calder.»

Sam toccò il bordo del cassetto.

Tony pensò: *mantieni la calma* e tenne gli occhi fissi sulle dita di Sam che si muovevano nervose.

«È stato come con Alison?» gli chiese.

Sam chiuse gli occhi.

Di carnagione chiara, aveva i capelli neri e dritti, lunghi... Mentre si chinava ai blocchi, aveva ammirato la curva delle cosce, le sue natiche sode.

«No», rispose Sam. Poi si riprese e, con una luce dubbiosa negli occhi azzurri, precisò: «Solo alla fine...»

L'ultima sera erano tornati nel parco. Sam aveva bevuto e si sentiva ansioso, eccitato. Marcie, al suo fianco, era taciturna.

Quella sera Sam avrebbe realizzato il suo sogno più grande. Quando Marcie, con voce emozionata, gli aveva chiesto se potevano vedersi, aveva pensato che fosse per la promessa che gli aveva fatto. Aveva continuato a bere perché il tempo sembrava non passare mai.

Aveva fermato la macchina nel boschetto dove Tony si era appartato con Alison. Quando si era voltata verso di lui, con le labbra socchiuse, Sam l'aveva baciata con passione. Sentendo che aveva bevuto, Marcie aveva avuto un moto di repulsione. Sembrava incerta, sgomenta.

«Non ti preoccupare», l'aveva rassicurata Sam. «Vedrai che andrà tutto bene.»

Marcie aveva capito a che cosa si riferiva e le era venuto da piangere. «Ci tieni tanto?» gli aveva domandato.

«Sì.»

Allora aveva abbassato gli occhi. «È cambiato tutto, la mia vita è cambiata...»

Sam l'aveva abbracciata per confortarla. «Non ti preoccupare», aveva ripetuto.

A testa bassa, Marcie aveva assentito. Quando si era spogliata in silenzio e si era sdraiata a pancia in giù sotto di lui, Sam era stato il più delicato possibile.

Aveva rabbrividito quando lui l'aveva penetrata. Poi Sam le aveva stretto il collo con tutte e due le mani, spingendo forte, più in profondità. Alison singhiozzava in silenzio.

Era stato talmente attento che Marcie non aveva emesso suono...

Il brivido che l'aveva scossa era stato anche il suo; l'orgasmo l'aveva riempito di un piacere selvaggio e di un panico sconfinato, i denti stretti per soffocare i propri gemiti. Le lacrime di Alison erano state anche le sue.

Non si era mossa né aveva parlato neanche dopo che Sam aveva raggiunto l'orgasmo.

Quando si era staccato da lei, Sam l'aveva chiamata: «Marcie?»

Ma lei non aveva risposto. L'aveva girata su un fianco e si era reso conto di quello che le aveva fatto...

«Voglio vederti in faccia», le aveva sussurrato e, nel momento in cui si era voltata a guardarlo, gli si erano riempiti gli occhi di lacrime.

«Grazie», le aveva detto. «Grazie.»

Marcie si era rivestita in fretta, inquieta. «Ti devo parlare», gli aveva detto, sconfortata. «È per questo che ti volevo vedere. Non per quello che abbiamo fatto.»

Sam si era irrigidito, sentendosi rimproverato. «Che cosa mi volevi dire?»

Marcie gli aveva posato una mano sulla spalla e aveva abbassato lo sguardo. «Sono incinta.» La voce era triste, disperata. «Aspetto un bambino da te.»

Sam era rimasto senza parole. Di colpo aveva visto incombere su di sé un mare di conseguenze catastrofiche: avrebbe perso Sue, il lavoro, il rispetto che si era faticosamente guadagnato.

Marcie si era resa conto del suo shock. «Nessuno sa che è tuo...»

Si era sentito svuotato. «Adesso. Ma prima o poi tuo padre ti farà sputare il rospo...»

«Non l'ho detto nemmeno a Janice. Perché pensi che lo direi a lui?» aveva ribattuto con rabbia, poi si era come accasciata, con la testa sulla sua spalla. «Tienimi stretta, okay? Ho tanta paura...»

Sam l'aveva abbracciata, un po' impacciato. «Ti accompagnerò ad abortire.»

Marcie aveva scosso la testa. «No. Non potrei mai...»

«Ma devi.» Aveva alzato la voce. «Che cosa conta di più per te? Io o un bambino che rovinerà la vita a tutti e due?»

Marcie si era staccata, inorridita. «Non è stato il bambino a scegliere.»

«Neanch'io. Non sono un donatore di seme, Marcie.»

La ragazza aveva incrociato le braccia. «Sei il padre di mio figlio», gli aveva detto. «Sono venuta a dirti che vi proteggerò, sia lui sia te.»

La sua inflessibilità dapprima lo aveva infastidito, poi lo aveva mandato su tutte le furie. «Se mi amassi...»

«Se tu amassi me, cercheresti di consolarmi», aveva ribattuto lei. Le tremava la voce. «Mi diresti: 'Ti amo, Marcie'. Come quando me l'hai messo nel didietro.»

Sam era arrossito. «Ma tu volevi...»

«L'ho fatto per te.» Lo aveva detto con disprezzo. «Perché credevo di essere speciale e che tu fossi un uomo. Invece sei egoista come un ragazzetto e t'interessa solo quello che penseranno gli altri...»

A quel punto Sam l'aveva schiaffeggiata.

Lo schiocco della mano sulla guancia di Marcie l'aveva scioccato. Quando lei si era girata di nuovo verso di lui, era rimasto a bocca aperta.

Sam aveva udito il gemito di paura di Alison e subito dopo aveva visto la sua faccia di porcellana, i suoi occhi sbarrati.

L'aveva trapassato con lo sguardo, poi aveva aperto la portiera. Con la voce rotta aveva detto: «Non ti azzardare a toccarmi di nuovo...»

Un attimo dopo era sparita, scomparsa nella notte.

Sam le era corso dietro.

Era freddo; alla debole luce della luna coperta dalle nuvole l'aveva vista correre verso la casa di Alison.

Sarebbe stato il destino a decidere, aveva pensato.

Se non fosse scappata, forse non sarebbe successo niente. Ma non poteva assolutamente correre quel rischio.

Aveva accelerato, spinto dalla paura, dalla collera e dal whisky.

Sentiva il rumore dei passi di Marcie sull'erba, vedeva la falcata potente e veloce che le aveva insegnato lui...

L'aveva quasi raggiunta; erano vicini alla casa dei Taylor...

«Marcie», aveva gridato.

Si era voltata, aveva incespicato, era caduta. Era rotolata sulla schiena e l'aveva guardato, pallida, spaventata. Sam si era avvicinato al passo.

«Marcie», le aveva detto piano.

«Vaffanculo.» L'aveva detto con astio, terrore, rabbia. «Non m'interessa che cosa ti succederà. Il bambino è più importante...»

«No», aveva detto Alison, girandosi dall'altra parte. «Non voglio...»

Ai suoi piedi c'era la pietra su cui aveva incespicato.

Sam l'aveva presa in mano e aveva afferrato Marcie, facendola rialzare con uno strattone.

«Non ti muovere», le aveva intimato in un sussurro. «Non fare rumore.»

Marcie si divincolava. «Sei impazzito», era riuscita a dirgli, prima che lui le tappasse la bocca.

Sentiva la gola di Alison pulsare, udiva il suo respiro corto, affannoso, sempre più debole.

In un impeto di rabbia e di paura, Sam l'aveva colpita alla testa con la pietra, con forza.

Aveva sentito il contraccolpo in tutto l'avambraccio: con gli occhi fuori delle orbite, Marcie gli era crollata fra le braccia, scossa da un brivido.

L'aveva colpita altre due volte perché smettesse di tremare. Solo alla fine aveva sentito uno schizzo di sangue sulla faccia.

Era rimasto in mezzo al parco buio con Marcie fra le braccia. Scioccato e incredulo, non riusciva a muoversi.

«*Alison...*»

La voce di Tony lo aveva raggiunto come in sogno. Si era voltato, intontito, senza capire dov'era.

Si era voltato verso il lago.

Sotto la luna l'acqua scura si confondeva con il cielo coperto. Il rumore delle onde era basso, lontano.

Marcie aveva avuto un ultimo sussulto.

Fuori di sé, Sam l'aveva trascinata verso il lago, continuando a stringere la pietra nella mano.

Il parco era enorme e silenzioso. Da un momento all'altro sarebbe potuta arrivare una macchina, sorprendendolo con i fari accesi. Sam era in un bagno di sudore; il rumore del suo respiro affannoso pareva giungere da lontano, come se non gli appartenesse.

Marcie non si muoveva più.

Era pesante, ingombrante. Se l'era appoggiata sul fianco e la reggeva con il braccio sinistro. Le penzolava una mano, che sfiorava l'erba, rischiarata dalla luna.

In fondo al prato c'erano un tratto fangoso e poi il burrone. Aveva trascinato Marcie per gli ultimi metri e, guardando la spiaggia buia in basso, si era reso conto di avere ancora la pietra nella destra. L'aveva scagliata più lontano che poteva. Cadendo, non aveva fatto rumore.

Poi aveva sollevato Marcie con tutte e due le braccia, reggendola sotto le ascelle. L'aveva guardata, immobile in una smorfia di terrore. Aveva chiuso gli occhi e, lentamente, aveva avvicinato la guancia alla bocca di lei, per sentire se respirava. Ma non c'era nessun suono, nessun alito tiepido.

Con gli occhi lucidi, l'aveva guardata un'ultima volta, per sicurezza, e poi l'aveva scaraventata nel vuoto. Aveva sentito il rumore del corpo che scivolava giù per la scarpata, in una caduta che sarebbe stata comunque fatale.

Come in trance era tornato verso il boschetto.

Si era inginocchiato accanto alla macchina e si era pulito le mani nell'erba umida. Poi si era tolto la tuta, l'aveva rivoltata e se l'era rimessa a rovescio. Salendo in macchina, gli era parso strano che Marcie non fosse seduta accanto a lui.

Si era reso conto di non poter tornare a casa.

Era uscito dal boschetto a fari spenti, controllando che non ci fossero altre macchine, o magari un vagabondo come Donald White. Aveva attraversato il prato con i nervi tesi e acceso i fari solo quando era arrivato al parcheggio asfaltato.

Aveva svoltato e si era diretto verso l'uscita.

In quel momento i fari di un'altra macchina lo avevano abbagliato. Sam aveva socchiuso gli occhi e, quando si era avvicinata, aveva riconosciuto l'auto della polizia che sorvegliava il parco.

Con il fiato sospeso, aveva proseguito piano piano, con le mani strette sul volante. Anche la polizia aveva rallentato, forse per controllare che macchina era, magari prendere nota della targa, vedere chi era alla guida...

Ma era passata oltre senza fermarsi e lui, vedendo i fanalini di coda allontanarsi nello specchietto retrovisore, aveva tirato un gran sospiro di sollievo. E aveva ritrovato la lucidità.

Prima che qualcuno lo vedesse, doveva ritornare Sam Robb.

Il parcheggio riservato agli insegnanti era vuoto. Aveva spento il motore e controllato l'orologio. Erano le ventidue e ventisei. I genitori di Marcie la stavano già aspettando. Sue stava aspettando lui.

Era sceso in fretta e si era avviato verso la porta laterale della palestra. Aveva avuto un attimo di esitazione nell'infilare la chiave nella toppa, ma poi si era fatto coraggio ed era entrato.

La palestra gli era parsa straordinariamente grande e buia. Il parquet scricchiolava sotto i suoi piedi.

Le gradinate e i canestri erano solo ombre. Sulla parete di fronte a lui c'era l'elenco dei nomi di tutti gli studenti che erano stati Atleta dell'Anno.

Si era diretto verso lo spogliatoio: era strano vedere quel posto immerso nell'oscurità e nel silenzio...

Anche lo spogliatoio era buio. Aveva cercato a tastoni i lavandini e acceso l'interruttore. Allo specchio aveva visto un uomo con il mento un po' cascante e le tempie brizzolate. Aveva il viso e i capelli imbrattati di sangue.

Era corso nel bagno e aveva vomitato. Fra i conati, si era aggrappato a un'unica certezza...

Nello spogliatoio deserto erano riecheggiati i conati di Sam.

Pallido, Sam si era lavato la faccia sporca di sangue e di vomito con le mani che gli tremavano: quell'uomo era un estraneo, non era lui.

A quell'ora i bidelli facevano le pulizie. Da un momento all'altro a qualcuno poteva venire voglia di andare al gabinetto.

Era corso in una delle docce, si era spogliato, si era tolto le scarpe e si era lavato i capelli.

Dentro il suo armadietto c'erano una tuta di ricambio e un paio di scarpe da ginnastica nuove. Si era seduto su una panca e si era rivestito in fretta e furia.

Tony era sceso dalla panca senza dare loro il tempo di applaudire e aveva abbracciato i più vicini. Quando era arrivato a Sam, aveva detto soltanto: «Dove si sono nascoste le nostre ragazze?»

In preda al panico, si era asciugato i capelli con un asciugamano, lo aveva infilato in una sacca insieme alle scarpe da ginnastica e alla tuta insanguinate e aveva spento le luci. Con la sacca in una mano, aveva aperto la porta della palestra piano piano.

E la luce l'aveva abbagliato.

Mike Griggs, il capo dei bidelli, stava lavando per terra. Con il cuore in gola Sam aveva richiuso la porta. Il *clic* gli era parso fortissimo.

Spaventato, aveva fatto dietrofront.

Con un mezzo sorriso, Sam aveva fatto ruotare la palla sulla punta di un dito come un mappamondo, fissandola con grande concentrazione. «Nel parcheggio», aveva risposto, rilanciandola a Tony.

Era corso verso l'altra porta, l'aveva spalancata ed era stato investito dall'aria fredda della notte.

Il parcheggio pubblico era oltre il campo da football. Era così buio che non si vedevano nemmeno le porte. Si era messo a correre alla cieca.

Quando era arrivato nello spiazzo, aveva rallentato il passo e si era sforzato di ricordare.

In un angolo c'era un tombino: la sera che Tony l'aveva lasciato solo sul molo era andato lì, si era seduto dietro una delle porte, aveva finito la bottiglia e ce l'aveva buttata dentro.

Si era chinato e aveva infilato vestiti, scarpe e asciugamano fra le sbarre del tombino. Per ultima, aveva buttato anche la sacca. Si era messo a piovere e si sentiva lo scroscio dell'acqua nei tubi sottoterra.

Era di nuovo sobrio, era tornato a essere se stesso.

Era corso alla macchina, aveva messo in moto e se n'era andato. Mancavano cinque minuti alle undici.

Aveva cercato di ricomporsi e si era fermato a chiamare Sue da una cabina del telefono. Non ottenendo risposta si era sentito preoccupato e sollevato al tempo stesso. I quattro minuti che lo separavano da casa gli erano parsi infiniti.

Era andato di sopra, nella camera accanto a quella dei suoi genitori, e si era infilato nel letto senza nemmeno spogliarsi. La notte era surreale, come un sogno...

Sam aveva aperto la porta della camera.

Sue era a letto che si limava le unghie ascoltando distrattamente il telegiornale delle undici.

«Ti ho chiamato», le aveva detto.

Sue aveva alzato gli occhi, per nulla incuriosita. «Sarò stata sotto la doccia», aveva risposto. Poi, aggrottando la fronte, gli aveva comunicato: «Mi sono rotta un'altra unghia. Ho mani da lavandaia».

Chissà perché, a Sam era venuto voglia di baciarla, ma si era trattenuto, temendo che Sue la prendesse per un'ammissione di colpa. Si era svestito e si era infilato sotto le coperte.

«Sono stanco», le aveva detto, contento di dire la verità.

Sue non si era accorta di niente.

Si era addormentata e Sam era rimasto accanto a lei, al buio, inorridito e incredulo al tempo stesso. Continuava a ripensare a un uomo in macchina, sorpreso da un paio di fari. Un uomo che non poteva essere lui.

Chiudendo gli occhi era stato ad ascoltare il respiro regolare di Sue, come fosse stato il proprio.

Il giorno dopo, sarebbe tornato a essere se stesso.

Forse sarebbe dovuto andare alla polizia. Quando era se stesso, tutti gli credevano sempre. Persino Tony.

6

Tony aveva di fronte l'uomo che aveva stuprato e ucciso Alison Taylor cambiando totalmente la sua vita e che molti anni dopo si era servito di lui per sfuggire alle conseguenze dell'omicidio di Marcie Calder.

Parlò a voce bassa. «Hai avuto il coraggio di dirmi che non importava, che a te avrei potuto dirlo, se avevo ucciso Alison Taylor...»

Le dita di Sam erano ancora sul bordo del cassetto. «Tu avresti potuto, ma io no...»

«E se avessi ucciso Sue? Non ti sarebbe importato neanche questo?»

Sam alzò la testa. «Ci sei andato a letto e mi hai mentito, ma io ti ho perdonato. Credi che non sapessi che cos'era successo quella notte, che non mi fossi accorto che Sue era diversa, quando l'accarezzavo? Subito mi sembrò d'impazzire, ma poi lasciai perdere. Per il bene di tutti e due.»

Tony si sentì invadere lentamente da una collera incontenibile. «Dunque con quello pensavi fossimo pari, eh? Per questo hai creduto di avere il diritto di chiamarmi a difenderti quando ne hai ammazzato un'altra. A maggior ragione se ne avessi approfittato per riportarmi a letto Sue.» Gli tremava la voce. «Hai goduto di più quando mi hai chiesto se 'me la scopavo', o quando hai strumentalizzato il fatto che ero stato accusato ingiustamente di aver ucciso Alison per farmi credere che eri nella mia stessa situazione?»

Sam era sbiancato. «A sentir te sembra che sia stato un gioco...»

«Alison, Sue, il processo... È stato tutto un gioco, una partita, non credi? Solo che l'unico a conoscere le regole eri tu.» Tony si fermò e gli si avvicinò. «Chissà quanto ti sei divertito a farmi tornare qui. Per l'ultimo round.»

Sam scosse lentamente la testa. «L'idea è venuta a Sue, non a me. Io non volevo. A volte non mi rendevo nemmeno conto che fosse successo.» Gli s'incrinò la voce. «Ero competitivo nei tuoi confronti, è vero. Ma tu facevi parte di me. Ancora adesso, in

496

certi momenti, sei più importante di chiunque altro.» Aveva il viso distorto dal dolore. «Non è stato facile dirtelo, Tony. Quando non lo sapeva nessuno, era come se non fosse accaduto. Ora invece ti guardo e so che è vero. Perché anche tu lo sai.»

In quel silenzio carico di tensione Tony dimenticò tutto tranne l'uomo che aveva davanti e quel che aveva fatto ad Alison. «Non saremo solo noi due a saperlo. Quando Stella leggerà il referto del coroner, capirà quello che ho capito anch'io.» Lo disse con rabbia. «Se fossi in lei, t'imputerei di duplice omicidio. A quel punto sarebbe un po' difficile scaricare la colpa su Ernie.»

Lo sguardo di Sam si appannò. Con gioia perversa, Tony gli lesse sul viso che si stava rendendo conto della propria rovina. Aggrappandosi all'ultimo filo di speranza, Sam disse: «Sei il mio avvocato...»

«Vuoi dire che sarebbe scorretto da parte mia?» lo interruppe Tony. «Che non posso farti una cosa del genere? Che andrebbe contro le regole del gioco? Lascia che ti spieghi una cosa. Sono stato io a trovare il cadavere di Alison e quindi sono un testimone, oltre che un indiziato.» Infuriato, fece un altro passo avanti. «Ma anche se non c'entrassi niente, chiederei lo stesso a Stella di fare quegli esami. E tu sai che è una donna molto in gamba.»

Anche negli occhi di Sam c'era una luce rabbiosa. Di colpo Tony vi lesse un'umiliazione e uno sgomento che potevano spingerlo a uccidere. «Non mi lascerò fregare così.»

Tony cercò di non perdere il controllo. «Hai ucciso due persone», gli disse, «e continui a dire che non sei un assassino. Ora basta.»

Sam infilò la mano nel cassetto. Tony cominciò a sudare freddo. «È troppo tardi...»

Senza dire una parola, Sam tirò fuori un revolver nero.

La vista dell'arma puntata contro di lui colpì Tony come uno schiaffo. Pensò a Christopher, a Stacey. Sam era paonazzo, ma aveva lo sguardo freddo, come se adesso si sentisse alla pari con lui. Poi Tony vide il riflesso nello specchio.

«Guarda come siamo ridotti», disse con voce tremante, facendo segno a Sam di voltarsi. «Vuoi spararmi veramente?»

Sam guardò lo specchio: due uomini, uno con la pistola in pugno e l'altro a un passo dalla morte. Gli tremò leggermente la mano. «Non avrei mai pensato che saremmo arrivati a questo punto, Tony. Tu eri mio amico.»

Tony guardò la pistola. «Se fossi tu l'amico che è stato sfruttato, usato per ben due volte, sapresti perdonare? Rischieresti di avere sulla coscienza un'altra ragazza, le sofferenze di altri genitori?» Non riuscì a trattenere l'amarezza. «Se fossi in me, intendo dire.»

Sam lo guardò. Poi, sottovoce, chiese: «E se tu fossi in me?»

«Mi arrenderei, perché ormai il gioco è finito. Sue lo verrà a sapere, tutta la città lo verrà a sapere. Se tu mi ammazzi, adesso, da sobrio, lo saprai anche tu. Saprai di aver fatto soffrire mia moglie e mio figlio come hai fatto soffrire i Taylor e poi i Calder.» Assunse un tono più pacato. «Sei davvero così, Sam? Vuoi farmi morire con questo pensiero?»

Con gli occhi lucidi, Sam fece due passi avanti. «Non posso permetterti di denunciarmi, Tony.»

Ormai erano a un metro l'uno dall'altro. Tony si preparò a strappargli di mano la pistola al momento opportuno. «E Sue?» gli domandò. «Vuoi che anche lei capisca?»

Sam assunse un'espressione addolorata. «Non nominare Sue», disse. «Smetti di servirti di lei contro di me.»

«Allora sta a te decidere.»

Quando alzò la pistola e gliela appoggiò delicatamente sulla fronte, suo malgrado Tony si stupì. Non poteva muoversi. «Dio mio, Sam. Per l'amor del cielo...»

Sam annuì lentamente, le guance rigate di lacrime. «Uno dei due deve morire, Tony.»

Con la pistola puntata alla testa, Tony lo guardò negli occhi: Sam era emozionato come la sera della finale di ventotto anni prima, la sera della vittoria che forse era stata il momento più bello della loro amicizia. Non osava aprire bocca.

«Non posso lasciarti vincere», gli spiegò Sam con tranquillità. «Lo sai.»

Fece un passo indietro, continuando a tenere la pistola puntata sull'altro e fissandolo. «Addio.»

A Tony tremava la voce quando disse: «Sam...»

Con un sorriso lievissimo, Sam si puntò la pistola alla tempia. «Hai perso», gli disse, e premette il grilletto.

Tony trasalì.

Vide uno schizzo di materia cerebrale, poi Sam che vacillava e crollava in ginocchio, lo sguardo fisso su di lui. Rimase in quella posizione una frazione di secondo, con gli occhi sbarrati, le braccia lungo i fianchi. La pistola cadde a terra con un clangore metallico. Poi Sam si piegò di lato e stramazzò.

Impietrito, Tony lo guardava senza rendersi conto di quel che era successo, incapace di accettare la realtà che aveva davanti.

La porta si aprì alle sue spalle.

Sue mandò un grido. Tony si riscosse e si voltò. Insieme guardarono Sam.

Il proiettile non aveva mutato la sua espressione. Era lì, con il sorriso sulle labbra, come se si fosse addormentato. A Tony venne in mente che era la stessa faccia che aveva la sera del ballo della scuola, quando l'avevano sdraiato sull'amaca.

«Scommetto che morirà di vecchiaia, nel sonno», aveva detto Tony.

Quando Sue si voltò verso di lui, con il viso bagnato di lacrime, Tony si chiese se anche lei ci aveva pensato.

L'abbracciò. Piangevano tutti e due, per Sam, naturalmente, ma anche per Alison, per Marcie e per tutti i ricordi ormai irreversibilmente cambiati con i quali avrebbero dovuto fare i conti.

Alla fine Tony la prese per mano e l'accompagnò fuori della camera da letto. Sue si voltò un istante a guardare l'uomo riverso a terra, suo marito, l'amico di Tony, l'assassino di due ragazze.

Tony si trattenne ancora qualche giorno per dare una mano a Sue.

Il giorno prima del funerale rilasciò una dichiarazione in una sala stracolma di reporter, fotografi e cameramen.

Per prima cosa parlò a nome di Sue Robb e dei suoi figli, esprimendo il loro profondo stupore per quel che avevano scoperto, il loro rammarico per le famiglie delle vittime e spiegando la scelta di tenere le esequie in forma strettamente privata. Poi riferì brevemente che prima di morire Sam aveva ammesso di aver ucciso Alison Taylor e Marcie Calder e che, tormentato dal senso di colpa e dalla vergogna, oppresso dalla propria coscienza, aveva deciso di togliersi la vita. Non fece cenno al referto del coroner né al ruolo che lui stesso aveva svolto nell'ultimo, tragico, confronto con Sam.

A titolo personale, infine, disse che la giuria aveva avuto ragione, perché le prove presentate al processo non erano sufficienti a farlo condannare. Solo Sam Robb conosceva la verità e, alla fine, aveva deciso di rivelarla. L'unica cosa che gli rimaneva da fare era porgere le proprie scuse a Ernie Nixon.

«Ho coinvolto un innocente», disse, «senza credere veramente che fosse un assassino. Il signor Nixon non ha fatto nulla di male. Sono io che ho sbagliato. Marcie Calder è stata la vittima di Sam Robb ed Ernie Nixon la mia. Voglio che tutti a Lake City lo sappiano.»

Se ne andò senza rispondere alle domande e senza accennare al proprio ruolo nella vicenda di Alison Taylor. Quel che restava da dire sarebbe stato detto in privato.

Sue e i figli accompagnarono la salma al cimitero da soli. Tony non c'era.

Era andato a completare la confessione incominciata ventotto anni prima. Il prete, un'ombra nel confessionale che parlava a voce bassa, lo ascoltò.

A diciassette anni, disse Tony, aveva fatto l'amore con Alison

Taylor. Non credeva che fosse peccato, ma quell'atto aveva portato ad altri peccati; forse, disse, non aveva saputo trarne il giusto insegnamento, perché aveva abbandonato la fede per fare della legge la sua religione e poi, travolto dall'arroganza e dalla follia, aveva abbandonato anche quella.

Forse l'aveva fatto per Ernie Nixon, o per Jenny Travis. O più probabilmente per Sue, a cui voleva ancora bene. Ma aveva anche affrontato Sam per orgoglio e, ne era quasi certo, per sete di vendetta.

«Perché dice questo?» gli chiese il sacerdote.

«Gli ho mentito», rispose semplicemente Tony, poi si spiegò.

Quando ebbe finito, il prete rimase un attimo zitto e poi gli diede la penitenza.

Tony l'accettò di buon grado, per il bene della propria anima. Poi, in ginocchio nella chiesa di Saint Raphael, pregò per l'anima di Alison Taylor, per Marcie Calder e, da ultimo, per Sam.

Trovò Ernie Nixon davanti al garage di casa sua, chino a riempire degli scatoloni. Ernie alzò gli occhi e lo vide. Il suo sguardo era freddo.

«Sì», disse sottovoce. «Immaginavo che saresti venuto.»

Tony s'infilò le mani in tasca. «Che cosa fai?»

Ernie rimase un istante soprappensiero. «Me ne vado», rispose. «Come te...»

«Senti, so che non tocca a me dirlo, ma forse dovresti tenere duro.»

L'altro si rialzò. «No, non tocca a te dirlo.» S'interruppe e si accigliò ulteriormente. «Non so che cosa vuoi da me. Ormai il danno è fatto.»

«Non voglio niente da te. Volevo solo venire a scusarmi di persona. Come ho sempre fatto... di persona.»

«Che cos'è? Una specie di via crucis?» replicò Ernie, senza emozione. «Non puoi fare a meno di fare l'eroe, eh? Qualsiasi cosa succeda.»

Tony si alterò. «Hai ragione, sono fatto così», concordò. «Ma, anche se non serve a niente, mi piacerebbe sapere che cos'hai intenzione di fare. A parte andartene.»

«Cercherò di convincere Dee a tornare a vivere insieme», disse dopo un po'. «È disposta a parlarne e io incomincerò con l'ammettere che aveva ragione. Ma ora sono cambiato, Tony. E forse devo ringraziare te.» Dopo un attimo di silenzio, continuò a voce più bassa. «Stella dice che non è solo per questo che ti devo ringraziare. Ma, credimi, mi riesce difficile.»

«Lo capisco benissimo», disse Tony. «In bocca al lupo, comunque.»

In silenzio Ernie riprese il suo lavoro. Tony se ne andò.

Erano quasi le cinque quando arrivò al cimitero. La luce del pomeriggio brillava sulla lapide di Alison.

Era andato a dirle addio e lo fece, con il cuore gonfio d'angoscia.

Era sicuro che l'incubo non avrebbe più tormentato i suoi sonni, ma gli sarebbe rimasto un dolore profondo, innegabile, una tristezza e una consapevolezza che non l'avrebbero mai abbandonato.

Sue non aveva voluto che Sam fosse seppellito lì: i Taylor avevano già sopportato abbastanza.

Nel piccolo cimitero vicino a Taylor Park, Tony trovò la sua tomba. «Samuel James Robb», diceva semplicemente. «Marito di Sue, padre di Samuel e Jennifer.»

Atleta dell'Anno, pensò Tony. *Assassino di Alison e Marcie*. La lapide era già stata macchiata di vernice rossa, forse profanata da qualche ragazzino.

«Abbiamo perso tutti e due», disse Tony all'amico.

Rimase a lungo davanti al portone di casa Taylor. Stava già per andarsene quando la porta si aprì e apparve il volto di John Taylor, segnato dagli anni e dalla tragedia.

Negli occhi gli brillò brevemente una luce, un'ultima scintilla di vitalità. «Che cosa vuole?» gli chiese.

Tony sentì stringere il cuore e capì che forse, davanti a quell'uomo, sarebbe sempre stato così. «Non lo so neanch'io. Forse cercare di capirci, se è possibile. La morte di Alison fu un duro colpo per tutti e due.» S'interruppe un attimo, poi proseguì. «Almeno adesso sappiamo come andarono veramente le cose.»

John Taylor strizzò gli occhi. «Dice che fu un colpo per tutti e due?» Fece una smorfia e assunse un tono aspro. «Lei però l'ha superato, signor Lord. Se non fosse stato per quest'ultimo bizzarro rimorso di coscienza, sempre che di questo si sia trattato, grazie a lei Sam Robb avrebbe potuto uccidere ancora. Mi chiedo di che cos'è, allora, che vuole parlare. E chi potrebbe avere voglia di starla a sentire.»

Taylor non sapeva che cosa aveva fatto Tony, ma Tony improvvisamente capì che cosa aveva fatto Taylor: odiare Tony era diventata la sua ragione di vita e ormai non poteva più smettere. «Quando Alison morì», disse Tony dopo un momento, «lei mi chiese la verità. Adesso la conosce. Può continuare a odiarmi, se vuole, ma con tutto il rispetto è una perdita di tempo.»

John rimase zitto, impenetrabile. Tony si congedò e se ne andò, amareggiato.

Prima di salire in macchina si fermò un istante a guardare Taylor Park.

Per quasi trent'anni Sam Robb aveva determinato la vita dei Taylor e, in un certo senso, anche la sua. Ma adesso, qualunque cosa fosse successa, non sarebbe più stato così. Fu quella la lezione che imparò da John Taylor.

Quella sera Sue decise di rimanere con i figli. Tony cenò con Saul.

Andarono nel solito ristorante e, su insistenza di Saul, Tony ordinò di nuovo lattuga con maionese.

Contento della compagnia, Tony parlò poco. Dopo un po' Saul ruppe il ghiaccio: «Stai pensando di lasciare la professione, vero?»

Fissando quel volto un po' da prete, un po' da cinico, Tony si meravigliò di quanto bene lo conoscesse. «Non riesco a immaginare di ricominciare», spiegò. «Ci vuole un'obiettività spietata, una dedizione che non credo più di avere, o che forse non voglio più avere.»

«Brutti tempi, amico mio.» Bevve un sorso di vino rosso. «Naturalmente Sam avrebbe anche potuto essere innocente, come te. Il fatto che non lo fosse non cambia le cose.»

«Non cambia nemmeno la fine che ha fatto fare a Alison e a Marcie, e che potrebbe aver fatto fare ad altri. Né la mia responsabilità per averlo scagionato.» S'interruppe, poi riprese. «Ti ricordi quella storia che mi raccontasti una volta? Quella del pedofilo che avevi fatto assolvere e che poi ammazzò il figlio? Con Sam mi sarebbe potuta succedere la stessa cosa.»

Saul si appoggiò alla spalliera con le braccia conserte e lo squadrò. «Come hai fatto? A spingerlo al suicidio, voglio dire?»

Tony accennò un sorriso senza un'ombra di allegria. «Sono già andato a confessarmi. Perché vuoi farmi fare anche questa fatica? Stasera avevo solo voglia di stare in tua compagnia.»

«Be'», disse Saul alla fine. «Sono sicuro che anche la dea giustizia ti perdonerà. Qualunque cosa tu abbia fatto.» Gli posò affettuosamente la mano su un braccio. «Sei una brava persona e un bravo avvocato. Dopo tutto questo tempo, penso proprio di aver avuto ragione a credere in te.»

Tony sorrise di nuovo. «E tu, Saul, che cosa farai?»

«Non lo so. Forse seguirò un altro caso. Mi hai ispirato.» I suoi occhi avevano assunto un'espressione seria e il tono era pacato quando disse: «Non rovinarti la vita anche tu. Goditi quello che hai, ma ricordati che quand'è l'ora di andarsene, bisogna andarsene e basta».

Saul sapeva benissimo che Tony aveva capito, ma sapeva anche che difficilmente ci sarebbe stata un'altra occasione per dirglielo.

«Mi mancherai, Saul.»

«Anche tu.» Saul si voltò bruscamente verso la finestra e le luci e le ombre di Steelton. «Se tornerai da queste parti, sarà solo colpa tua.»

8

Né Sue né Tony volevano dirsi addio nella casa in cui era morto Sam. Così, in una fredda mattina di autunno, si diedero appuntamento al molo di Lake City.

Si sedettero vicini, con i piedi penzoloni. Sue gli appoggiò la testa sulla spalla. «È qui che ci siamo salutati l'altra volta, ricordi?»

«Certo che mi ricordo.» D'un tratto Tony s'immalinconì al pensiero degli anni che erano passati. «Non me lo sarei mai immaginato, Sue. Nemmeno lontanamente.»

Sue rimase zitta un momento. «Avrei dovuto accorgermene», disse. «Ma c'erano cose che preferivo non sapere.»

Tony la prese per mano. «Anch'io. E c'erano anche cose che né tu né io potevamo sapere. Così gli siamo stati vicini, senza mai vederlo per quello che era.»

Lei abbassò gli occhi. «A modo suo, voleva più bene a te che a chiunque altro, Tony. L'ho sempre saputo. Ma guarda com'è finita...»

«È finita come doveva finire», disse Tony. Dopo un istante di silenzio, aggiunse: «Altrimenti, avrebbe passato il resto della sua vita con la consapevolezza di quel che aveva fatto. Non ho mai pensato che mi ammazzasse, Sue. Solo all'ultimo ho avuto paura».

Sue si voltò verso di lui e lo squadrò. «Pensavi che si sarebbe sparato, vero?»

Lui guardò negli occhi quella donna a cui era tanto legato riflettendo su quel che doveva dirle, poi decise di dirle la verità. «Non gli ho lasciato scelta: o mi ammazzava o io lo denunciavo. Sam ha preso la decisione che pensavo.»

Lei gli sfiorò una guancia. «Per questo non sei andato da Stella?» gli chiese con dolcezza.

«Volevo che tu avessi un po' di pace e che Alison avesse giustizia. Era l'unico modo.»

«Come sarebbe a dire?»

Tony la guardò negli occhi. «Senza processarlo per l'omicidio di Alison, Stella non sarebbe riuscita a farlo condannare neppure per quello di Marcie. Perché io non sarei mai potuto andare a testimoniare e le prove erano sempre le stesse.»

Lei rimase impietrita. «Ma perché non...»

Tony le abbassò la mano, che era ancora sulla sua guancia, ma continuò a guardarla negli occhi. «Stella non avrebbe potuto incriminarlo per l'omicidio di Alison perché i campioni di liquido seminale sono andati persi nel corso di questi ventotto anni. Lei pensa che sia impossibile ritrovarli.» Abbassò il tono di voce. «E qualsiasi avvocato avrebbe dovuto dirlo al suo cliente.»

Sue lo guardò, registrando lentamente il significato di quanto le aveva appena detto. «Oh, Dio mio...»

«Forse alla fine ho 'vinto' io, anche se Sam non c'è più a tenere il punteggio.»

Sue si girò dall'altra parte e per un attimo rimase in silenzio. Poi si alzò e guardò il lago.

Anche Tony si alzò e continuò: «In questi tre giorni mi sono detto che saresti stata meglio senza di lui. È l'unica giustificazione che sono riuscito a darmi».

Sue non si mosse. «Non spettava a te decidere.»

Addolorato, Tony incassò il colpo. S'incamminò lentamente verso il centro del molo.

Era lì che Sam gli aveva detto che non gli sarebbe importato, se anche Tony avesse ucciso Alison. Ma quel pensiero non gli fu di nessun conforto, come non lo era stato allora.

Udì i passi di Sue alle sue spalle.

Non osava voltarsi. Poi sentì che gli posava una mano sulla vita e la testa sulla schiena.

«Mi perdoni?» le chiese.

«Sì.» Lo disse a voce bassa, tremante. «E tu?»

«Ma certo.» Si girò e l'abbracciò a lungo, senza dirle niente.

Poi la guardò. Sue ricambiò lo sguardo di lui con gli occhi asciutti.

«Resterai qui?» le chiese.

«Per ora sì. I ragazzi hanno la loro vita. Venderò la casa e vedrò come va con il lavoro. Ho degli amici qui e il pensiero mi conforta, anche in un momento come questo.» Per la prima volta, accennò un sorriso. «Se vincerò alla lotteria, mi metterò a viaggiare. Andrò a Capri.»

La sua determinazione, il fatto che evitasse di autocompatirsi lo commossero. «Se posso fare qualcosa per te...»

Sue scosse la testa. «Non credo che sarebbe una buona idea.

Né per me né per te.» Esitò e si fece seria. «Ti amerò sempre, Tony. È un momento un po' strano per dirtelo, lo so, ma non c'è mai stato un momento adatto.»

Tony le accarezzò il viso. «Non lo sappiamo. Forse, in un'altra vita, se le cose fossero andate diversamente, se non fosse successo quello che è successo, Alison avrebbe quarantacinque anni, due bei bambini e un marito approvato dai suoi genitori e tu e io saremmo sposati.»

Sue gli diede un bacio affettuoso. Poi lo guardò con gli occhi lucidi e disse: «Non è bello pensare così?»

Tony prenotò il volo per San Francisco con un nome falso, per evitare i giornalisti. L'arrivo fu più piacevole di quanto immaginasse, perché trovò Stacey e Christopher ad aspettarlo.

Christopher rimase indietro, ma Stacey gli corse incontro, ignorando gli sguardi della gente, e lo baciò.

«Ho pensato di venire di persona», gli disse. «Caso mai ti fossi dimenticato di me.»

Tony sorrise. «Neanche per un minuto.»

In macchina Stacey, pensierosa, parlò poco. Quando arrivarono a casa, lo lasciò un po' solo con Christopher.

A Tony sembrava che il figlio fosse maturato, nel frattempo. Al piacere di rivedere il padre erano seguiti la curiosità e una certa preoccupazione per quel che gli era successo. Solo allora Tony si sentì in colpa per aver rischiato la vita.

Si sedettero in salotto. «Com'è andata?» gli chiese Christopher.

Allora Tony gli spiegò meglio che poteva quel che gli era successo quando aveva diciassette anni, sorpreso lui stesso di essere arrivato a mettere la parola fine a quella storia. Christopher non disse nulla, ma gli si leggeva in faccia che capiva.

Quando Tony ebbe finito, Christopher disse: «Questo spiega tante cose, papà».

«Sì. Immagino di sì.»

Parlarono per ore e, quando alla fine Christopher andò a letto, Tony uscì sul balcone a guardare il mare, le luci, le stelle.

Dopo un po', Stacey lo raggiunse. «Che cos'hai intenzione di fare adesso?»

«Non ne ho idea.»

Lo prese per mano. «Be'», disse, «avremo tutto il tempo di parlarne, ora che sei di nuovo a casa.»

Sì, era quella casa sua, pensò Tony. Quella città, quella donna, la loro vita insieme, quel ragazzo a cui tutti e due volevano bene. Non se n'era mai reso conto come in quel momento e, per ora, non chiedeva altro. Il resto sarebbe venuto piano piano.

Tony Lord si voltò verso la moglie, la donna che amava. «Sì», rispose. «Sono a casa.»

RINGRAZIAMENTI

NON avrei mai potuto scrivere *Il silenzio del testimone* senza l'aiuto di molte persone. A San Francisco mi sono avvalso dei consigli di quegli esperti che sto cominciando a considerare il mio pool personale di consulenti: il medico legale Boyd Stephens, l'ispettore della squadra omicidi Napoleon Hendrix, l'investigatore privato Hal Lipset e gli avvocati Hugh Levine e Jim Collins.

Come al solito, il sostituto procuratore Al Giannini mi ha dato consigli preziosi prima ancora che cominciassi a scrivere e ha riletto il manoscritto dando più atmosfera e autenticità al romanzo.

Per Lake City e Steelton mi sono ispirato a Bay Village e Cleveland, i luoghi dove ho vissuto più o meno ininterrottamente dai dieci ai ventiquattro anni, ma devo ribadire quel che spero sia già ovvio, e cioè che questo è un romanzo e che sia l'ambientazione sia la vicenda sono del tutto immaginarie. Per amore del vero, desidero precisare inoltre che sono entrambe molto più belle sia di Lake City, che immagino isolata in mezzo alla campagna, sia di Steelton, città industriale decaduta il cui grigiore è ispirato a ben altri modelli. Ritornarvi, tuttavia, mi ha aiutato a ricreare l'atmosfera che volevo per la storia di Tony e Sam e mi ha permesso di incontrare persone che mi hanno dato un aiuto prezioso.

Carmen Marino, responsabile della sezione penale della procura della contea di Cuyahoga, mi ha dato spiegazioni quanto mai avvincenti su una serie di strategie processuali. L'avvocato Jerry Gold mi ha fornito ottimi consigli, fatto buona compagnia e dato suggerimenti preziosi per i controinterrogatori. La dottoressa Elizabeth Balraj, coroner della contea, l'esperta di medicina legale Linda Luke, ex assistente del procuratore Jack Hudson, e l'amico e compagno di università Jerry Weiss mi hanno aiutato tutti nelle ricerche. (Vorrei aggiungere che chi conosce la contea di Cuyahoga sa che, a differenza di molte altre giurisdizioni, il coroner permette con relativa facilità di accedere ai referti. Le restrizioni di cui parla il romanzo sono la norma quasi ovunque.)

Molte persone – Fred Drenkhan, Jim Tomkins, Eric Eakin, Mary Slama, Joe Loomis e George Serb – mi hanno rammentato come si vive nelle piccole città del Midwest. Un ringraziamento particolare va al mio vecchio amico Dick Penton, che mi ha aiutato a tornare ai tempi della gioventù di Tony Lord.

Il personaggio di Sam Robb è piuttosto complesso dal punto di vista psicologico. Gli psichiatri Rodney Shapiro e Ken Gottlieb hanno valutato le possibili componenti della patologia di Sam aiutandomi a inserirla in un contesto narrativo. Anche nella vita di Tony Lord ci sono aspetti complessi: il mio amico Mike Robe mi ha aiutato a ricreare la storia di un campione in una cittadina di provincia e da padre Tony Sauer mi sono fatto spiegare l'evoluzione della Chiesa cattolica dagli anni '60 ad adesso, che ha permesso a Tony di ripensare al proprio allontanamento.

Molte persone care mi hanno aiutato durante la stesura. Come al solito mi hanno dato una mano il mio agente e amico Fred Hill e il mio agente per i diritti cinematografici Richard Green. Mia moglie Laurie, la carissima Anna Chavez e la mia straordinaria assistente Alison Thomas, che di romanzo in romanzo diventa sempre più brava, mi hanno dato consigli preziosi in ogni fase della lavorazione. Gli amici Philip Rotner e Thelton Henderson hanno commentato vari aspetti del manoscritto. E i miei editori della Knopf, fra cui Sonny Metha e Jane Friedman, sono stati incoraggianti come sempre.

Infine desidero ringraziare Linda Grey e Clare Ferraro. In qualità di presidente della Ballantine Publishing Group, Linda ha cominciato a occuparsi di me qualche romanzo fa. Nell'aiutarmi a fare dei miei libri altrettanti bestseller, è diventata un'amica e una gradevolissima guida nel mondo talvolta misterioso dell'editoria. Clare Ferraro è un punto fermo nella mia carriera e la sua compagnia e il suo sostegno sono diventati indispensabili per me. Senza l'aiuto di George Fisher, Kim Hovey, Woody Tracey, Jean Fenton e molti altri, compresi tutti gli addetti alle vendite della Ballantine, non sarei riuscito a raggiungere quello che ritengo sia il massimo riconoscimento per uno scrittore: farsi conoscere persino dai propri figli.

INDICE

PROLOGO
Tony Lord
Il presente   7

PARTE PRIMA
Alison Taylor
Novembre 1967 – Agosto 1968   19

PARTE SECONDA
Marcie Calder
Il presente   155

PARTE TERZA
Sam Robb
Il presente   285

PARTE QUARTA
Sue Robb
Il presente   455

Ringraziamenti   509

Finito di stampare
nel mese di gennaio 1999
per conto della Longanesi & C.
da La Tipografica Varese S.p.A. (VA)
Printed in Italy